红楼梦的语言艺术
红楼梦的艺术创新

周中明文集 一

周中明—著

北京联合出版公司
Beijing United Publishing Co.,Ltd.

……无怪乎有人慨叹说，现今的"红学"，实际搞的是"红外线"，是"红水泛滥"，"红学"变成了"曹学"。正是在这样的背景之下，我高举双手欢迎周中明的新著《红楼梦的语言艺术》。因为这本书的出版问世，有如在闷热的天气里吹来一阵凉风，给人以一种清新舒畅的感觉。

对《红楼梦的语言艺术》的成就进行科学的探讨和总结，以为有志于文学创作的人提供借鉴，同时也为广大作者增强欣赏能力提供具体帮助，无疑是一件极有意义的事，而这也就是《红楼梦的语言艺术》著者用意之所在。

——吾三省《文史丛话》，上海文汇出版社 2000 年版

几年来，我一直设法将你的《红楼梦的语言艺术》一书推荐给研究生们，这是千真万确的。

——美国哈佛大学教授、著名汉学家韩南 1991 年 10 月 15 日致周中明的信

《红楼梦的艺术创新》虽然集中、突出地论述了小说写实艺术的继承、打破与创新，但也兼及了艺术审美的诸多探索，是目前《红楼梦》小说本体研究中不可多得的一本好书。

——李希凡《序周中明著〈红楼梦的艺术创新〉》

　　周中明，男，安徽大学文学院教授，1934年4月生，江苏省扬中市人。1961年毕业于北京大学中文系汉语言文学专业。又在山东大学中文系进修二年多。曾任安徽大学学术委员会委员、中国红楼梦学会常务理事、《红楼梦学刊》编委、中国金瓶梅学会理事、《金瓶梅研究》编委、中国俗文学学会理事、安徽省文联委员、安徽省桐城派研究会顾问。在大陆和台湾出版有专著：《红楼梦的语言艺术》，被美国哈佛大学韩南教授列为博士研究生必读参考书；《红楼梦——迷人的艺术世界》，1992年被评为安徽省哲学社会科学优秀成果一等奖；《金瓶梅艺术论》，1996年被评为安徽省哲学社会科学优秀成果二等奖；《中国的小说艺术》，1995年被评为安徽省高校人文科学优秀成果一等奖；《桐城派研究》，被钱仲联先生誉为"持论精辟，史实可信"，"寿世可必。"先后在《文学评论》、《红楼梦学刊》、《红楼梦研究集刊》、《光明日报·文学遗产》、《文史哲》、《学术月刊》、《社会科学战线》、《明清小说研究》等刊物发表论文百余篇。退休后著有《姚鼐研究》。

全家福

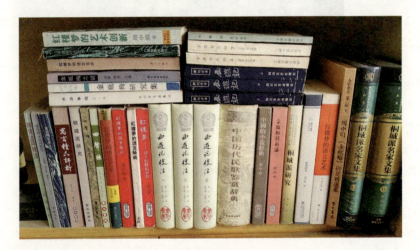

周中明作品

目 录

上篇　红楼梦的语言艺术

修订版前言[①]

　　人的生命是有限的，而《红楼梦》这类伟大的文学作品的生命却是无限的。它作为人类文化的光辉成果，能够不受时代、阶级、种族和国家的限制，博得世世代代人们的珍惜和喜爱，并且随着人类社会文明的发展，它势必越来越广泛、越来越浓烈地受到人们的珍惜和喜爱。社会的文明和进步，要求人人的个性和聪明才智皆得到最充分的发展，要求人人皆有相当高的文化艺术修养，而阅读《红楼梦》这类伟大的作品，正是使人们启迪智慧、增长才干、提高文化艺术修养的必要途径之一。马克思早已指出："如果你愿意欣赏艺术，你就必须是一个有艺术修养的人。""从主观方面看来，只有音乐才引起人的音乐感觉；对于非音乐的耳朵，最美的音乐也没有意义……只有凭着从对象上展开的人的本质的丰富性，才能发展着而且部分地第一次产生着人的主观的感受的丰富性：欣赏音乐的耳朵，感到形式美的眼睛——简单地说，能够从事人的享受和把自己作为人的本质力量来肯定的各种感觉。"[②]因此他的结论是："艺术对象创造出懂得艺术和能够欣赏美的大众。"[③]《红楼梦》作为伟大典范的"艺术对象"之一，随着社会文明的进步，要求人的本质力量越来越得到更大的释放，其艺术的生命力也势必越来越旺盛。它如同"希腊艺术和史诗"一

---

　　① 2005年，周中明为广西人民出版社重印《红楼梦的语言艺术》一书所作。

　　② 马克思：《1844年经济学哲学手稿》，《马克思恩格斯论艺术》第1卷，人民文学出版社1960年版，第244页、第204页。

　　③ 马克思：《〈政治经济学批判〉导言》，《马克思恩格斯全集》第12卷，人民出版社1962年版，第742页。

样，不但永远"能够给我们以艺术享受，而且就某些方面说还是一种规范和高不可及的模本"①。拙著《红楼梦的语言艺术》的写作宗旨，就是要拉近人们与"高不可及"的《红楼梦》的距离，为促进其"创造出懂得艺术和能够欣赏美的大众"而尽绵薄之力。

人的艺术修养确实是靠"艺术对象创造出"的。我对《红楼梦》即有个由不太爱看到爱不释手、由看不大懂到有所领悟的过程。促使我完成这个转变的，是我最敬重的老师吴组缃教授。20世纪50年代，我在北大中文系读书，吴先生给我们上"《红楼梦》研究"专题课，他讲得头头是道，细致入微，鞭辟入里，令我听得入迷。北大毕业后，我被分配到安徽大学中文系教元明清文学，而《红楼梦》正是元明清文学中最杰出的文学名著，是必须重点讲授的篇章之一。我要备课，就不得不把所有研究《红楼梦》的论著都找来拜读。这样就使我逐渐加深了对《红楼梦》的理解，为《红楼梦》的巨大魅力所深深地吸引，产生了研究《红楼梦》的浓厚兴趣。

我要研究《红楼梦》应从何下手？怎样在前人和时贤研究的基础上做出属于我的新开拓和新贡献呢？这是我首先思考的问题。光冥思苦想不行，还得从分析红学研究的现状和我本人的实际条件出发：（1）有关《红楼梦》及其作者的资料考证，胡适、俞平伯、周汝昌等已经做出显著成绩，而我所在单位图书资料有限，如果我再做这方面的研究，几乎不可能有什么新的发现。何况那种连研究者本人都感到"越研究越糊涂"的烦琐考证，那种猜谜式的"索隐"或"考证"式的猜谜，那种把贾家与曹家、贾宝玉与曹雪芹相提并论，把红学与史学混为一谈的研究究竟有多少科学性，我觉得大可怀疑。（2）有关《红楼梦》的人物论及思想内容的研究，王昆仑、李希凡、何其芳、蒋和森等的论著皆已先声夺人，我若按照他们开辟的路子，跟在他们后面亦步亦趋，也

---

① 马克思：《〈政治经济学批判〉导言》，《马克思恩格斯全集》第12卷，人民出版社1962年版，第762页。

势必只能望尘莫及，难以超越。何况这方面的研究，我感到也存在着庸俗社会学的恶劣影响，把《红楼梦》与当时的社会现实混为一谈，更有甚者把它过分政治化，把红学研究当作政治的奴婢，主观地恣意打扮和使唤，忽视文学自身的主体性，忽视文学作为语言艺术这个根本特性。（3）关于《红楼梦》的艺术成就和特色，尤其是对于《红楼梦》语言艺术的研究，是个明显的薄弱环节。经过这番审时度势，我就决心摆脱把红学与史学混为一谈、红学与政治相提并论，以及庸俗社会学的羁绊，另辟蹊径，从《红楼梦》文本出发，把脂本与程本各种版本的文字加以比较，探寻其长短优劣，下功夫着重研究《红楼梦》的语言艺术。为此，要写一两篇论述《红楼梦》语言艺术的文章，还不太难，要连续写十几篇，汇成二三十万字的专著，这就犹如挖井一样，在地皮表层挖一二尺深，不难，越往深处挖，底层尽是硬土或岩石，那就困难重重了。所以我前后用了近二十年时间。好在只要坚持不懈，即使到了"山重水复疑无路"之日，也终究会有"柳暗花明又一村"之时。拙著《红楼梦的语言艺术》终于在 1982 年 10 月由漓江出版社出版了。

出乎我意料的是，拙著出版后反响颇为强烈。只是我孤陋寡闻，直至 1989 年才从台湾的一个书目上看到，台湾木铎出版社早在 1983 年已将拙著盗印在台湾发行。后来台湾的贯雅文化事业有限公司、里仁书局又相继来函，要求正式授权在台湾以繁体字出版。这样拙著在台湾即先后有三家出版社出版，共印过四次。在大陆漓江出版社于 1986 年、1992 年也重印过两次。大陆与台湾共发行三万册以上。美国哈佛大学著名汉学家韩南教授将拙著列为博士研究生的必读参考书，我也是迟至 1990 年才从我校公派到哈佛做访问学者的石晓林君那儿获悉的，当时我还将信将疑，直到韩南教授于 1991 年 10 月 15 日亲笔致函给我，说这是"千真万确的"，才使我确信无疑。称拙著为"第一部研究《红楼梦》语言艺术的专著"①，似已成定评，因为这是谁也无法改变的历

① 见《红楼梦学刊》1983 年第 4 辑及《河南教育学院学报》2004 年第 3 期《20 世纪〈红楼梦〉语言研究综述》对拙著的评论。

史事实。问题在于这种"第一"是在什么历史背景下出现的？它有多大的正确性和必要性？我最近才从吾三省的《文史丛话》一书中看到他于 1983 年 7 月写的对拙著的书评，他说："我也可算是一个《红楼梦》迷了，有关《红楼梦》研究的书籍，无论是专著，是论文集，还是辑刊，几乎是见到一本就买一本……可惜的是这些年来翻来翻去，我对买书的兴趣却越来越降低了。为什么，因为我觉得有些红学家的研究工作实在离题太远了，说句不客气的话，简直走的是旁门左道……诚然，有些红学家从政治学、历史学、社会学的角度来研究《红楼梦》，并取得了一定的成绩，但那毕竟只是文学研究可以借助的一种外力，而不能用来代替文学研究本身。至于那些硬把《红楼梦》看成作者的自传，因而一头栽进烦琐考证之中的研究者，不惜花费大量精力，在曹雪芹死于壬午年还是癸未年、曹家的祖宗谱系如何、大观园在南京还是北京、某处发现的一幅曹雪芹画像是真是假，诸如此类的问题上，连篇累牍，争论不休，就把读者引向了迷魂阵里，无怪乎有人慨叹说，现今的'红学'，实际搞的是'红外线'，是'红水泛滥'，'红学'变成了'曹学'。正是在这样的背景之下，我高举双手欢迎周中明的新著《红楼梦的语言艺术》，因为这本书的出版问世，有如在闷热的天气里吹来一阵凉风，给人以一种清新舒畅的感觉……对《红楼梦》的语言艺术的成就进行科学的探讨和总结，为有志于文学创作的人提供借鉴，同时也为广大读者增强欣赏能力提供具体帮助，无疑是一件极有意义的事，而这也就是《红楼梦的语言艺术》著者用意之所在。""其议论范围，从《红楼梦》语言艺术的整体美、风格美、哲理美、寓意美到生动性、准确性，从简洁美、绘画美、境界美到艺术独创性，以及对俗语和比喻的运用等等，既可以作为文学语言手册来读，又可以作为《红楼梦》的辅导读物来读。"[①]我之所以不厌其烦地摘录吾先生对拙著的书评，绝不只是因为他盛赞拙著是本"好书"，也并非我自认为有多么高明（相反我深感自

---

① 吾三省：《文史丛话》，上海文汇出版社 2000 年版，第 342～344 页。

身的稚嫩和浅薄），而是由此可见我在当时另辟蹊径的意义（当然红学研究可以有多种蹊径）：回归《红楼梦》文本研究和文学是语言艺术的本体研究的必要性和重要性。我热诚期望，我所开辟的蹊径能后继有人，后来者居上，使《红楼梦》的语言艺术研究，由稚嫩和浅薄走向成熟和渊博。我当然也竭诚欢迎选择红学研究的其他蹊径，只要它是有助于人们正确认识《红楼梦》，而不是"反《红楼梦》的"。①

上个月我接到广西人民出版社总编江淳女士的电话，说他们打算将拙著《红楼梦的语言艺术》重印。我说既然重印，我想修订一下。于是有了这个修订版。究竟作了哪些修订呢？（1）改正了个别字句；（2）把原来没有小标题的，统统加上了小标题，以便于阅读；（3）原书最后三篇不属于直接论述《红楼梦》语言艺术的，统统撤下，新补上后来发表的两篇。

黑龙江教育出版社于2002年9月还出版了我的另一本专著：《红楼梦的艺术创新》。读者若有兴趣，可一并参阅。不当之处，请不吝赐教。

2005年6月10日，于合肥

---

① 据说，俞平伯在告别尘世之前作的《宗师的掌心》（外三章）中说："一切红学都是反《红楼梦》的。即讲的愈多，《红楼梦》愈显其坏，其结果变成'断烂朝报'，一如前人之评春秋经。笔者躬逢其盛，参与此役，谬种流传，贻误后生，十分悲愧，必须忏悔。"转引自董文成：《〈红学末路〉管窥解斑录》，贵州《红楼》2005年第2期，第31页。

台湾版序言 [①]

"看看《红楼梦》吧！它有多么丰富、生动、出色的语言哪！专凭语言来说，它已是一部了不起的著作。

"它的人物各有各的语言。它不仅教我们听到一些话语，而且教我们听明白人物的心思、感情；听出每个人的声调、语气；看见人物说话的神情。书中的对话使人物从纸上走出来，立在咱们的面前。它能教咱们——念对话，不必介绍，就知道那是谁说的。这不仅是天才的表现，也是作者经常关切一切接触到的人，有爱有憎的结果。" [②]

这是被誉为中国当代语言艺术大师的著名作家老舍在三十五年前写下的一段话。它有助于我们了解《红楼梦》在语言艺术上所取得的令人为之惊叹的辉煌成就。

《红楼梦》不但在语言艺术上"是一部了不起的著作"，代表着中国古代小说艺术的最高峰，而且它是光辉灿烂的整个中华民族文化的结晶。因此，每个炎黄子孙，乃至每个想了解中国文化的人，都不能不读《红楼梦》。《红楼梦》虽然是一部通俗小说，却不是读一两遍就能完全读懂的。因为它是一部非常伟大的语言艺术作品，如同人们欣赏贝多芬的交响乐需要有懂得音乐的耳朵，欣赏米开朗琪罗的画需要有艺术的眼光一样；要真正读懂《红楼梦》，也必须有中国语言艺术修养。即使有相当文化水

---

① 1989 年，周中明为《红楼梦的语言艺术》一书繁体版出版所作。
② 老舍：《红楼梦并不是梦》，《人民文学》1954 年 12 月号。

平的中国人，也未必就有很高的中国语言艺术修养，未必能完全读懂《红楼梦》。我所说的"懂"，不只是指字面上的懂，更重要的是要懂得它的全部意蕴和情味。对于《红楼梦》这样伟大的作品来说，这是很难做到的。前人早就说过自己切身的体会："好书不厌百回读，小说之佳者，尤令人久读不倦。余于《石头记》几每岁必读一过，而偶一开卷，辄有新感触，自觉趣味无穷，它书乃无此乐。"①为此，请您不妨读一读拙著《红楼梦的语言艺术》，然后再读《红楼梦》，一定会给您带来无穷的兴味和乐趣。

至于有志于从事文学创作者，更有必要熟读《红楼梦》。俗话说，熟读唐诗三百首，不会作诗也会吟。当代中国有成就的小说家，几乎无不从《红楼梦》中汲取艺术营养。著名作家茅盾于 1981 年逝世时，他的同乡挚友钱君匋在悼文中曾经透露了一件逸事："记得开明书店的主人章锡琛曾对郑振铎说：茅公能背出一百二十回《红楼梦》来，郑振铎不信。有一次，大家聚在一起，章锡琛请茅公背《红楼梦》，并指定一回，茅公果然应命滔滔不绝地背了出来，大家都十分惊讶。可见茅公深厚的古典文学造诣。"②茅盾在文学创作上的杰出成就，显然是跟他熟读《红楼梦》等古典文学名著分不开的。

当然对于大多数人来说，或许没有当作家的梦想。但是，作为一个中国人，却不能没有中国语言艺术修养。对世界各国每一个想学习中国汉语，或者想了解中国文化的人来说，《红楼梦》都可谓是个最好的范本。拙著如果能为您读懂《红楼梦》，提高对中国语言艺术的修养助一臂之力，那就是敝人的最大荣幸了。

关于《红楼梦》的研究，不但早已是一门专门的学问，而且成了世界性的热门，被称为"红学"。在美国和中国，曾先后两次举行国际《红楼梦》研

---

① 眷秋：《小说杂评》，《雅言》1913 年第 1 期。
② 钱君匋：《深厚的乡情与友谊》，1981 年 4 月 19 日上海《文汇报》第 4 版。

讨会。法国《快报》周刊在 1982 年 12 月 31 日一期关于《红楼梦》法译本在法印行的报道中说："世界上没有任何小说像《红楼梦》这样赢得了如此之多的读者和研究人员……无论是在北京，还是在中国香港、美国和法国巴黎，都有无数评价和研究它的文章。"《红楼梦》的读者数以亿万计，而红学的文章读的人却不多，其根本的原因，就在于红学研究脱离《红楼梦》的实际，脱离《红楼梦》的广大读者，而被纳入了经院的高墙之内。北京有位著名红学家甚至把对《红楼梦》作品本身的研究排斥在红学之外，令人不能不感到惊诧。愚以为所谓红学，就是关于《红楼梦》的创作和阅读的学问，有关作家、版本等问题的考证，当然是必要的，但是《红楼梦》首先是一部以语言艺术为特征的文学作品，必须从这个特性出发，通过研究，来帮助作家吸取《红楼梦》的创作经验，帮助读者正确认识和欣赏《红楼梦》。《红楼梦》既有别于单纯消遣或谈情说爱的闲书，也不同于一般的政治历史教科书。《红楼梦》的创作虽然以作者曹雪芹的家庭生活做基础，但是它已经经过了作者的艺术加工，成为"假语村言"。《红楼梦》既不同于现实世界，更有别于理想世界，它是个由作家创造出来的艺术世界。拙著就是本着这样的宗旨而写的。除了本书，敝人即将推出的另一本书——《红楼梦：迷人的艺术世界》，目的都是要打破经院式的红学樊篱，开创一个新局面：把《红楼梦》作为一部艺术作品来研究，使红学成为广大作家、文学爱好者和《红楼梦》的广大读者所喜爱的一门学问。尽管我们不能要求学术著作为每个普通读者所喜爱，但是我深信红学著作如果不能为《红楼梦》的广大读者所爱读，那是可悲的。

令人欣慰的是，拙著自 1982 年由漓江出版社出版以来，颇受海内外读者的欢迎。1986 年又曾重印，两次共印刷发行二万四千余册。在内地学术界被誉为是有相当学术水平的。①美国哈佛大学著名汉学家韩南教授也把拙著列为博士研究生的必读参考书。②1983年台湾木铎出版社曾予翻印。今台湾贯雅文化事业有限公司已取得该书繁体字版权，现趁此书在台湾重新出版之机，特写这篇台湾版自序，希望拙著能为促进海峡两岸的学术交流，共同弘扬中华民族文化尽一分绵薄之力，并恳请台湾及海内外的读者、方家不吝赐教。

1989年4月10日，于合肥安徽大学中国语言文学系

---

① 《北方论丛》1984年第3期发表胡文彬《论曹雪芹》一文，指出拙著"是有相当水准的"。上海《文汇报》1986年11月21日头版《安徽大学文科教师奋笔著书》的报道中指出："周中明撰写了《红楼梦的语言艺术》一书，颇有学术价值。"1986年6月14日，《黑龙江日报》头版头条新闻《哈尔滨国际红楼梦研讨会开幕》，把"周中明"的名字列为"国内著名红学家"之一。

② 这是据在美国哈佛大学留学的石晓林君，1988年11月14日给我的信。韩南教授亦于1991年10月15日给我的信中说："这是千真万确的。"（2005年6月4日补注）

悲喜映照及其他

——谈《红楼梦》语言艺术的整体美

狄德罗说:"看完戏以后,我要获得的不是一些词句,而是印象。""任何东西,假使不是一个整体就不会美。"[①]

《红楼梦》作为一部伟大的文学作品,它的美,也绝不仅仅是表现在一些词句上,更重要的是,它首先具有语言艺术的整体美——在悲和喜、动和静、冷和热、藏和露、疏和密、张和弛等方面,它的作者充分地运用和发挥了艺术的辩证法,使其达到对立统一、互相结合、彼此衬托、映照生辉的艺术效果。

一、悲喜映照,喜极悲绝

我们知道,《红楼梦》写的是贾宝玉和林黛玉、薛宝钗的爱情婚姻悲剧,是从一个封建大家庭的盛衰,进而宣判了整个中国封建社会必然崩溃的大悲剧。这是它的基本主题。然而作家把这个悲剧的主题,却经常安排在喜剧的艺术氛围中加以表现。贾政的女儿贾元春被封为皇妃,奉旨省亲,贾政特地兴建了长达三里半的大观园。迎亲那日,"园内各处,帐舞蟠龙,帘飞彩凤,金银焕彩,珠宝争辉,鼎焚百合之香,瓶插长春之蕊,静悄无人咳嗽。贾赦等在西街门外,贾母等在荣府大门外。街头巷口,俱系围幕挡严"。等了好久好

---

① 狄德罗:《论戏剧艺术》,《文艺理论译丛》第 1 册,1958 年版,第 151 页、第 184 页。

久，先是十来对红衣太监骑马缓缓地走来，垂手站立，然后"方闻得隐隐细乐之声"，然后是一对对的仪仗队和捧着各种用具的太监过完，最后是这位尊贵的妃子驾到。这可算是《红楼梦》中贾府喜庆、繁华、显赫的鼎盛场面了。如同作者所说，要按"别书的俗套"，定"欲作一篇灯月赋，省亲颂"，对这"太平气象，富贵风流"来个绝顶的赞颂了。然而伟大作家曹雪芹，却在这富贵繁华的喜剧氛围中，揭开了一幕令人沉痛欲绝的悲剧：一面是"两阶乐起"，隆重举行喜庆会见的礼仪，一面却是——

　　贾妃满眼垂泪。方彼此上前厮见，一手搀贾母，一手搀王夫人，三个人满心里皆有许多话，只是俱说不出，只管呜咽对泣。邢夫人，李纨，王熙凤，迎、探、惜三姊妹等俱在旁围绕，垂泪无言。半日，贾妃方忍悲强笑，安慰贾母、王夫人道："当日既送我到那不得见人的去处，好容易今日回家娘儿们一会，不说说笑笑，反倒哭起来。一会子我去了，又不知多早晚才来。"说到这句，不禁又哽咽起来。（第十八回）

在会见她父亲贾政时，也是：

　　又有贾政至帘外问安，贾妃垂帘行参等事。又隔帘含泪谓其父曰："田舍之家，虽齑盐布帛，终能聚天伦之乐；今虽富贵已极，骨肉各方，然终无意趣。"（第十八回）

在"时时细乐声喧"的大喜大庆中，伴奏的却是极痛极悲的"呜咽对泣"声。原来喜庆的是"富贵已极"，悲痛的却是个性自由和骨肉人情的丧失。那个时代，社会的主要矛盾是广大人民反封建、争自由与封建统治的矛盾，正是这个主要矛盾，导致了封建社会的必然灭亡。贾妃的悲痛是与这个社会主要矛盾相通的。在这样一个大喜大庆的场面，出现的却是矛盾、悲哀和沉痛，甚至连一个"富贵已极"的皇妃，都郁结着"终无意趣"的愤懑，发出了对"不得见人的去处"的诅咒。如此喜中见悲，便使人不由得不激动、寻味，对那个丧失人性的封建统治感到无比的愤慨和绝望。

如果说贾元春还只是个封建统治下有幸而又痛苦的驯服羔羊的话，那么，作品的主人公贾宝玉却是个令人赞颂的不屈的叛逆者了。这里，喜中见悲，悲喜映照，同样也取得了巨大的艺术效果。如第四十三回写凤姐过生日，"办得十分热闹，不但有戏，连要百戏并说书的男女先儿全有，都打点取乐顽要"。在这样举家喜庆、尽欢极乐的场面中，李纨突然提起：怎么少了个宝玉？这一提，作品马上转入了一个深悲极哀的场面，写"宝玉遍体纯素"，往七八里路外"冷清清"的荒郊，找到一个"水仙庵"后院的井台上，焚香含泪，祭起被逼投井自杀的丫鬟金钏儿来了。在这尽欢极乐、合家喜庆的时刻，如同李纨、探春等众口一词所说的："凭他什么，再没有今日出门之理。"可是宝玉竟出门了，而且竟是"遍体纯素"地出门了。这并不是出于巧合，而是如陪他去祭祀的书童茗烟所说："我知道今儿咱们里头大排筵宴，热闹非常，二爷为此才躲了出来的。"与此同时，金钏儿的妹妹玉钏儿，也在"歌管之声中""独坐廊檐下垂泪"。如此喜中见悲，悲喜映照，正是强烈地说明了宝玉的心是与那穷欢极乐的人相背，而与这班被迫害被奴役的金钏儿、玉钏儿心心相连的；这就突出了贾宝玉的叛逆性格。

不仅有喜中见悲，而且还有悲中见喜。喜中见悲，突出的是人们对封建统治的不满和叛逆；悲中见喜，则强烈地暴露了封建阶级本身的荒淫和衰朽。贾敬信道服丹，突然烧胀而殁。噩耗传来，作为贾敬儿孙的贾珍、贾蓉父子，特奉"天子""额外恩旨"，回家尽孝殡殓，一路"店也不投，连夜换马飞驰"，一日四更天气，刚到都门，贾珍、贾蓉就下了马，"放声大哭，从大门外便跪爬进来，至棺前稽颡泣血，直哭到天亮，喉咙都哑了方住。尤氏等都一齐见过，贾珍父子忙按礼换了凶服，在棺前俯伏"。孝敬、悲痛，可谓极矣！然而，转眼之间，就在这个满"挂孝幔"的灵堂上，竟出现了这样的事：

> 贾蓉且嘻嘻的望他二姨娘笑说："二姨娘，你又来了。我的父亲正想你呢。"尤二姐便红了脸，骂道："蓉小子，我过两日不骂你几句，你就过不得了。越发连个体统都没了。还亏你是大家公子哥儿，每日念书学礼的，越发连那小家子飘坎的也跟不上。"……众丫头看不过，都笑说："热孝在身，老娘才睡了觉。他两个虽小，到底是姨娘家。你太眼里没有奶奶了，回来告诉爷，你吃不了兜着走。"贾蓉撇下他姨娘，便抱着丫头们亲嘴，说："我的心肝，你说的是，咱们饶他两个。"（第六十三回）

这是怎样绝顶荒淫无耻的行径啊！须知，并不是贾蓉一个败类如此，整个封建统治阶级都糜烂和衰朽了，贾蓉为自己的辩护，就明显地透露了这个意思："从古至今，连汉朝和唐朝，人还说'脏唐臭汉'，何况咱们这宗人家。谁家没风流事，别讨我说出来。连那边大老爷这么利害，琏叔还和那小姨娘不干净呢。凤姑娘那样刚强，瑞叔还想他的账。那一件瞒了我！"（第六十三回）暴露封建阶级的荒淫衰朽，可以有各种各样的暴露法，曹雪芹却把它放在这个浓烈的悲剧氛围中，从泪痕未干、哭声犹荡、满挂孝幔的灵堂上，演出"孝孙"调戏姨娘、丫头的"喜剧"，悲喜映照，把封建统治阶级荒淫透顶的腐朽本质暴露得深入骨髓，叫读者实在不能不嘲笑不止。

续作者高鹗也继承了曹雪芹这种悲喜映照的手法，他巧妙地把林黛玉的死和贾宝玉与薛宝钗的成婚之喜，安排在同一个时辰，一面是林黛玉的气绝命亡，"大家痛哭"，一面又"听得远远一阵音乐之声"，而正是这"音乐之声"葬送了纯洁优美可敬可爱的少女的生命。因此，这哭泣声中的音乐之声，音乐声中的哭泣之声，喜中见悲，悲中见喜，喜极悲绝，叫人真不忍听，不忍看；听了，看了，即使铁石心肠，心头又怎么能不激动啊。

在喜剧的艺术氛围中写悲，在悲剧的艺术氛围中写喜，悲喜映照，从而造成了不可抗拒的艺术魅力，叫人每读一次，都不能不沉思深省，刻骨铭心，好像受了一次洗礼，既有思想上的深刻教益，又有精神上的莫大快感。这便是由于曹雪芹在艺术创造上，善于运用悲和喜相结合的艺术的辩证法。

二、动静结合，双璧生辉

我国古典小说，渊源于民间艺人讲史说书的口头创作。因此，它在表现手法上，有个传统的特点：善于描写"动"，从人物自身富有特征性的行动中，去展示人物的内心世界，作家一般不直接地静止地对人物进行心理活动的解剖。《红楼梦》继承了我国这个传统的艺术手法，它力求通过人物自身的语言行动，把人物隐蔽、微妙、复杂的感情活现出来。如袭人在王夫人面前献策献媚，王夫人赞扬她"竟有这个心胸，想的这样周全"。可是作者并没有直接描写袭人的"心胸"如何，"想的"怎样"周全"，而完全通过袭人自己的语言把它活现出来了。她说："论理，我们二爷也须得老爷教训两顿；若老爷再不管，将来不知做出什么事来呢。"这是把老爷管与不管作对比，说明事关重大。又说："二爷是太太养的，岂不心疼。便是我们做下人的，服侍一场，大家落个平安，也算是造化了。要这样起来，连平安都不能了。"这里把平安与不平安作对比，说明如果对宝玉不管，将来更要心疼。又说："俗语说的：'没事常思有事'，世上多少无头脑的事，多半因为无心中做出，有心人看见，当作有心事，反说坏了。"这里把无心与有心作对比，说明"只是预先不防着，断然不好"。又说："那起小人的嘴有什么避讳，心顺了，说的比菩萨还好；心不顺，就贬的连畜生不如。二爷将来倘或有人说好，不过大家直过没事；若要叫人说出一个不好字来，我们不用说粉身碎骨，罪有万重，都是平常小事，但后来二爷一生的声名品行岂不完了。"这里把"心顺了"与"心不顺"作对比，把"有人说好"与"叫人说出一个不好字来"作对比，把我们粉身碎骨事小与二爷一生的声名事大作对比，说明"不如这会子防避的为是"。又说："太太事情多，一时固然想不到。我们想不到则可；既想到了，若不回明太太，罪越重了。"这里把太太与自己作对比，把想不到与想到作对比，说明袭人的一番苦心。作者用如此集中、强烈、鲜明、生动的一系列对比的语言，显然是为突出袭人的奴才心理如何为主子"想的周全"而特意创造的一种语言艺术。它比作者静止地直接地作袭人的心理剖析，给人的印象和感染力显然要强烈得多。

贾宝玉与林黛玉的爱情，是最真挚的爱情。如果曹雪芹直接宣讲他们的爱情如何真挚，人们是很难完全相信的，即使相信了，也不会因为他们的爱，而引起自己感情的深深激动。这种激动读者心灵的强大的艺术魅力，也主要是来自人物自身的行动描写。请看，当众小厮"把宝玉所佩之物尽行解去"的时候——

林黛玉听说，走来瞧瞧，果然一件无存，因向宝玉道："我给的那个荷包也给他们了？你明儿再想我的东西，可不能够了！"说毕，赌气回房，将前日宝玉所烦他作的那个香袋儿——才做了一半——赌气拿过来就铰。宝玉见他生气，便知不妙，忙赶过来，早剪破了。宝玉已见过这香囊，虽尚未完，却十分精巧，费了许多工夫。今见无故剪了，却也可气。因忙把衣领解了，从里面红袄襟上将黛玉所给的那荷包解了下来，递与黛玉瞧道："你瞧瞧，这是什么！我那一回把你的东西给人了？"林黛玉见他如此珍重，带在里面，可知是怕人拿去之意，因此又自悔莽撞，未见皂白，就剪了香袋；因此又愧又气，低头一言不发。宝玉道："你也不用铰。我知道你是懒待给我东西，我连这荷包奉还何如？"说着，掷向他怀中便走。黛玉见如此，越发气起来，声咽气堵，又汪汪的滚下泪来，拿起荷包来又剪。宝玉见他如此，忙回身抢住，笑道："好妹妹，饶了他罢。"（第十七回）

只一荷包，作者用"铰""解""递""掷""抢"等动词，把宝黛爱情写得多么纤细入微、生色动人！黛玉的"铰"，从"赌气"之中，表现了她对宝玉爱情的执着、专一，不容有丝毫的亵渎。宝玉的忙"解"衣领、"解"荷包、"递"荷包，既写出了宝玉一时慌促的景象，又把宝玉对黛玉特别珍重、诚挚、深厚的爱情和盘托出，使黛玉明白真相，自悔莫及。不料宝玉又来一个"掷"，使黛玉本来已经平息的气，又"越发气起来"，她"拿起荷包来又剪"，这"怒之极，正是情之极"①，宝玉完全懂得这一点，因此他"忙回身抢住"。这个"铰""解""递""掷""抢"的行动过程，把黛玉褊妒多疑的性格，从"赌气"到"自悔"再到"越发气"的微妙复杂心理，把宝玉那淳朴、憨厚、诚笃的性格，焦急、娇痴而又俯就的心理，刻画得是那样腾挪跌宕，令读者的心情也不能不随之回旋激荡，其艺术魅力，简直有铄石熔金之妙！

由此可见，人物自身的语言、行动描写，确实是最能把人物的精神面貌、内心世界揭示得既鲜明、突出，又强烈、动人的；曹雪芹充分继承了我国古曲小说善于作"动"的描写的优良传统。但是，人物的内心世界，毕竟是很隐秘、微妙、矛盾、复杂的，仅用"动"的描写是不够的。作者曾说过宝玉对林黛玉"早存了一段心事，只不好说出来"。林黛玉明明为自己的婚姻恋爱而痛苦流泪，热泪还挂在脸上，宝玉问她："怎么又哭了？"她却勉强笑道："好

---

① 庚辰本《石头记》第十七、十八回脂砚斋于此处的批语。

好的，我何曾哭了！"即使是跟她最亲近的紫鹃，她也不肯吐露一句真情。紫鹃明明说到了她的心坎上，她却骂紫鹃"白嚼蛆"，甚至说紫鹃"疯了"，要"明儿回老太太退回你去"。如此隐蔽复杂的感情，当然不可能完全靠"动"的描写——人物自身的语言和行动来表现，而必须同时运用"静"的描写——作家直接对人物心理活动的解剖。

当贾宝玉在人前颂扬黛玉为"知己"，而骂薛宝钗劝他讲经济学问为"混帐话"，并从此跟她"生分了"，这时，站在门外的——

> 林黛玉听了这话，不觉又喜又惊，又悲又叹。所喜者：果然自己眼力不错，素日认他是个知己，果然是个知己。所惊者：他在人前，一片私心称扬于我，其亲热厚密竟不避嫌疑。所叹者：你既为我之知己，自然我亦可为你之知己矣；既你我为知己，则又何必有金玉之论哉；既有金玉之论，亦该你我有之，则又何必来一宝钗哉！所悲者：父母早逝，虽有铭心刻骨之言，无人为我主张；况近日每觉神思恍惚，病已渐成，医者更云："气弱血亏，恐致劳怯之症。"你我虽为知己，但恐自不能久待；你纵为我知己，奈我薄命何！想到此间，不禁滚下泪来。（第三十二回）

又喜又惊，又悲又叹，这是怎样一种矛盾复杂的心情啊！作家似乎把人物置于显微镜下，使我们对人物的内心世界，看得再细腻入微、准确清晰不过了。这是人物的行动描写所不可能达到的艺术效果。

《红楼梦》人物的内心世界，是那么丰富而明朗，强烈而动人，以至于我们读了《红楼梦》，对它里面不少人物形象的了解和喜爱，仿佛胜过对自己周围的人的了解和喜爱。《红楼梦》所达到的这种艺术效果，是与曹雪芹在人物描写上运用动和静相结合的艺术辩证法分不开的；它不是如我国一般古曲小说那样，有"动"无"静"，而是既有"动"又有"静"。"动"则使人物形象表现得强烈、鲜明，"静"则使人物心理描绘得细腻入微；动静结合，相辅相成，双璧生辉。这是曹雪芹对我国古典小说传统艺术手法的巨大发展。

三、冷热相生，魅力倍增

鲁迅先生说《红楼梦》之所以有很高的价值，"其要点在于如实描写，并无讳饰，和从前的小说叙好人完全是好，坏人完全是坏的，大不相同，所以其中所叙的人物，都是真的人物"①。我体会这话的意思，主要是说他写出了人物性格的复杂性，如同"真的人物"一样复杂和生动。是的，"真的人物"是很复杂的，并非"好人完全是好，坏人完全是坏的"。但好人又毕竟是好人，坏人毕竟是坏人。所谓写出人物性格的复杂性和真实性，绝不是故意美化坏人，给坏人涂脂抹粉，把好人写成精神分裂，给好人抹黑涂灰。这同样也不是"真的人物"。曹雪芹是怎样创造"真的人物"的呢？他有鲜明的思想倾向，有强烈的爱憎，但他不把这种倾向和爱憎赤裸裸地宣讲出来，而是埋藏、融和、贯穿在人物的性格里，通过艺术描写上的冷中见热、热中见冷、冷热相生，魅力倍增，使人物性格既真实、复杂，又在本质上好坏分明。

林黛玉对贾宝玉的爱，是真挚的、炽热的，但她的炽热的爱通常却是通过"冷"来表现的。宝玉听宝钗的话不喝冷酒，喝热酒，黛玉为什么要当众奚落他呢？奚落，看来是"冷"，而人们从中感受到的，却是她对宝玉炽热的爱，爱到近乎自私、莫名嫉妒的炽热。当黛玉确信宝玉是真诚爱她的"知己"，而又喜又惊又悲又叹，"不禁流下泪来"的时候，恰好被宝玉看见了，"禁不住抬起手来替她拭泪。林黛玉忙向后退了几步"，说道："你又要死了。作什

---

① 《鲁迅全集》第8卷，人民文学出版社1957年版，第350页。

么这么动手动脚的！"这里好像表现了黛玉态度的"冷"，其实正是为了更有力地表现她的"热"。看，作者接着又写："宝玉笑道：'说话忘了情，不觉的动了手，也就顾不的死活。'林黛玉道：'你死了倒不值什么，只是丢下了什么金，又是什么麒麟，可怎么样呢？'"一句话又把宝玉说得"筋都暴起来，急的一脸汗"，这时林黛玉竟同样"禁不住近前伸手替他拭面上的汗"。人来替我拭泪，则"忙向后退"，表现得很"冷"，"冷"到甚至出口伤人；一会儿却自己伸手替人拭汗了，表现得又很"热"，"热"到把刚刚还遮裹得密密的封建礼教的面纱，一下子便撕掉了。这真是冷中见热，冷热相生，其热才更胜十分呢。

贾宝玉被贾政毒打得几近丧命，王夫人、贾母、凤姐、薛姨妈、宝钗、香菱、袭人、史湘云都赶来了，作者唯独不让林黛玉来，等"混了半日"，一切"调停完备"，薛宝钗又第二次送药来了以后，林黛玉才来了。看来好像林黛玉比薛宝钗对贾宝玉要冷淡得多，其实这正是为了表现林黛玉对贾宝玉异乎寻常的热爱。她一来，就"只见她两个眼睛肿的桃儿一般，满面泪光"。可见她不是不知道宝玉挨打，更不是不热心来看他，而是她感到比打在自己身上还要悲痛，悲痛得以致不能立即行动，经过一阵抑制之后，她才能走到宝玉面前。见了面，"心中虽有万句言词，只是不能说得半句。半日，方抽抽噎噎地说道：'你从此可都改了罢'"。粗看这话也是寡情薄意，细嚼则情浓意蜜，炽热无比，是冷中见热，其热百倍。贾宝玉当然是能体会的，所以他马上斩钉截铁地回答她："你放心。别说这样话。我便为这些人死了，也是情愿的！"

早在贾宝玉正被贾政要"狠命着实打死"的当儿，王夫人是首先赶出来护持的。她不但又哭又闹，"抱住板子"，而且"爬在宝玉身上"，宣称："既要勒死他，快拿绳子来，先勒死我，再勒死他。"竟不惜以自己的性命相护了，还不是对宝玉"热"到白热化的爱吗？其实作家用的正是热中见冷的手法。作者用王夫人自己的话说，"我如今已将五十岁的人，只有这个孽障；必定苦苦的以他为法，我也不敢深劝。今日越发要他死，岂不是有意绝我"！"因哭出'苦命儿'来，忽又想起贾珠来，便叫着贾珠哭过：'若有你活着，便死一百个我也不管了。'"看！原来他爱的是"我"，是封建大家庭传宗接代的阶级利益，而对宝玉这样的亲生儿子，却认为"便死一百个"，也可以"不管"的；我们看了实在不能不惊叹：天下竟有这么冷酷的父母心！作者就是这样从王夫人对宝玉态度的极"热"中，写出了她内心的极"冷"，如此热中见冷的描写，是多么深刻、真实而又生动地揭示了王夫人复杂性格的本质啊。

贾宝玉被打伤后，薛宝钗不但是最先赶到现场的人物之一，而且当她跟众人一起散了之后，不久又独自"手里托着一丸药走进来"，给宝玉治伤，问他"这会子可好些"，其热心关怀，确非寻常。但作者接着写她对宝玉叹道："早听人一句话，也不至今日。"在热烈的怜爱之中，却是冷漠的责怪。袭人说宝玉挨打，是因她哥哥薛蟠惹是生非，宝钗说："你们也不必怨这个，怨那个。据我想，到底宝兄弟素日不正，肯和那些人来往，老爷才生气。"临走时，还再三嘱咐袭人："你只劝他好生静养，别胡思乱想的就好了。"问题很明白，她是完全站在"老爷"那一边的，宝玉挨打是他"素日不正"，罪有应得；而她的热烈的怜爱，正是为她冷漠的责怪服务的，目的是为"老爷"感化、规劝他悔改"素日不正"。因此，这里的热中见冷，真是把她的"任是无情也动人"①的性格，表现得既深刻，又恰到好处；初上来，人们不能不为她的热情所感动，但紧接着接触到她的内心，人们就不能不为她的冷酷无情而感到可惊可畏了。

贾母是这个封建大家庭的神经中枢，首先是在她身上，集中表现了封建

---

① 在宝玉过生日的怡红院夜宴上，薛宝钗掣得的酒令牙签上画着牡丹，并且有这样一句诗："任是无情也动人。"这是作家用来暗示她的性格的。

阶级的没落情绪。第七十六回写贾母带着家人中秋赏月。这时，贾府早已走了下坡路，丫鬟们死的死、撵的撵，姑娘们散的散、病的病，都觉"冷清了好些"，贾母也为"天下事总难十全"而"不觉长叹一声"。在这一片凄凉心灰意冷之中，贾母却要强作欢笑，从"热"中求得精神解脱，"令丫头媳妇们也都团团围坐赏月"，还要叫人远远地吹起笛来。但因"笛声悲怨"，贾母又"不免有触于心，禁不住堕下泪来。众人彼此都不禁凄凉寂寞之意，半日，方知贾母伤心，才忙转身陪笑，发话解释"。尤氏提议说笑话，贾母勉强笑道："这样更好，快说来我听。"撑持到深夜四更，贾母还兴犹未尽，说："那里就四更了？""王夫人笑道：'实已四更。她们姊妹们熬不过，都去睡了。'"剩下的只有贾母、王夫人和探春，于是贾母也只好败兴而归。这一夜，饮酒赏月，听笛说笑，热闹非常，实际却是以热消冷，热中见冷，更冷十分，正是作者这种"热中见冷"的手法，使我们更加强烈地感到贾府的衰颓、封建统治阶级的没落情绪，实在已经是无比凄凉、不可解脱的了。

在人物性格描写上，曹雪芹注意到了人物的外表现象和内心本质矛盾统一的辩证规律，用冷中见热、热中见冷的手法，从而充分地揭示了人物性格的复杂性和真实性，使人物形象显得格外丰满和生动，大大加强了作品的艺术魅力。

四、藏露得体，各有妙用

薛宝钗在谈到给大观园画画时说："你就照样儿往纸上一画，是必不能讨好的。这要看纸上的地步远近，该多该少，分主分宾，该添的要添，该减的要减，该藏的要藏，该露的要露。"曹雪芹写《红楼梦》也正是如此，他不是照相式的再现现实生活，而是有所选择、剪裁和加工的；是有藏有露、藏露得体的，藏则给人以无穷的回味，露则给人以强烈的感染。

拿处理金钏儿这个情节来说，自从金钏儿被撵之后，作者就不再让她出场了。她被撵出贾府后，精神上的痛苦，生活上的艰难，以及投井自杀的过程，这一大段情节都被作者"藏"起来了，没有展开具体的正面的描写。我们只知道，在金钏儿被撵前，她曾对王夫人跪下哭道："我再不敢了。太太要打要骂，只管发落，别叫我出去，就是天恩了。"只要"别叫我出去"，"太太要打要骂"也是"天恩"，这就可以想见：出去后将是怎样呢？从金钏儿处境的艰难，完全可以想见那时代是怎样一个欲做奴隶而不可得的社会！这里面该有多么深广的社会内容，该有多么沉痛的血泪感情，使我们不由得回味、深思、猛省！如果作者具体展开这个情节，不仅在艺术上造成累赘和散漫，而且会在思想内容上局限了它巨大深广的意义，所以这儿"藏"比"露"好，必须"藏"。同时也只能"藏"。因为人们从金钏儿的话里，已完全可以想象金钏儿被撵后的痛苦的悲惨情景，也完全可以理解金钏儿自杀的必然性，最后交代了她的自杀，这对封建阶级血腥罪恶的控诉，已经足够令人怵目惊心的了。

　　作者对这个情节，"露"的是人们对金钏儿事件的态度；连袭人这样的封建卫道者，都同情流泪了；宝玉更是"一心总为金钏感伤，恨不得此时也身亡命殒，跟了金钏儿去"；王夫人也不能不承认"是我的罪过"，甚至还洒下了鳄鱼的眼泪；而独有薛宝钗毫无人性，一味讨好王夫人，不惜睁眼说瞎话："姨娘是慈善人，固然这样想。据我看来，她并不是赌气投井，多半她下去住着，或是在井跟前憨顽，失了脚，掉下井去的。……纵然有这样大气，也不过是个糊涂人，也不为可惜。"作者用"露"的办法突出这么个情节，显然是"火上加油"，把读者对于金钏儿的死所燃起的愤恨情绪，引到了怒火冲天的地步，恨不得要给薛宝钗一记响亮的耳光；而王夫人是金钏儿之死直接的凶手和罪魁，作者写出她事后的"慈善"面孔，更叫人看透了封建阶级伪善的本质。因此，这个情节的"露"，既增强了金钏儿之死的控诉力量，给读者以不能不怒火冲天的艺术效果；同时又刻画了更多的人物性格，使宝玉、袭人、王夫人、薛宝钗等许多人物的性格，都在这次事件中给我们留下了清晰明朗而深刻强烈的印象。

《红楼梦》在情节的取舍和剪裁上，就是如此有藏有露，藏露得体，藏则耐人寻味，"含不尽之意，见于言外"[①]，露则扩大和提高作品的思想艺术力量，给人以新的思想教益和强烈的艺术感受。这就是曹雪芹在作品的情节取舍和剪裁上，所运用和达到的藏露结合的艺术的辩证法。

五、有疏有密，主次分明

在一部文学作品中，能出现几个成功的主要人物形象，这已经是很不容易的了，更难得的是，不仅主要人物写得很成功，次要人物也很动人。《红楼梦》共写了四百多个人物，其中性格鲜明，给人留下了深刻印象的，至少也有四五十个。其描写人物之众多、成功，不仅在我国文学史上，就是在世界文学史上，也是很罕见的。为什么它能描写出如此众多、成功的人物呢？这当然有多方面的复杂的原因，但在情节结构、人物安排上，曹雪芹能运用疏和密的辩证结合，做到疏中有密，密中有疏，疏密相间，主次分明，各得其位，肯定是起了积极作用的。

《红楼梦》一方面以贾宝玉和林黛玉、薛宝钗之间的爱情、婚姻悲剧为中心，使各个主要人物如线穿珠，如珠走盘，一丝不乱地围绕着它展开活动，从而得到反复、充分和细密的刻画；另一方面又通过贾府的四次做生日，刘姥姥三进荣国府，秦可卿之死，贾元妃归省，贾政笞挞宝玉，抄检大观园等大场面，密密麻麻地集中描写了许多次要人物。如抄检大观园，只用了半回的篇幅，凤姐的奸诈凶恶，王善保家的得势逞威，袭人的奴性驯服，晴雯的刚

---

① 宋·欧阳修：《六一诗话》。

烈勇敢，探春的泼辣豪强，惜春的胆小怕事，入画的畏惧可怜，司棋的理直气壮……都一一活现，琳琅满目，目不暇接，美不胜收。诸如此类的大场面，其描写人物之多，可说是"密"，但就它对每个人物所用的笔墨来说，又着笔不多，所以又可说它是"疏"，是密中有疏。在这些大场面以外的日常场面，展开的主要是对贾宝玉、林黛玉、薛宝钗等几个主要人物的描绘；就这些篇章描绘的人物之少来说，是"疏"，而就对主要人物本身的刻画来说，则精雕细琢，绘声绘色，形神俱现，毫发无遗，细到不可再细，密到不可再密。如此密中有疏，疏中有密，在不同的场合，对不同的人物，用不同的笔墨，主次分明，各得其所，使众多的人物都能得到恰当的表现，都能对读者起到它所应起的作用。同时，在整个情节结构上，由于有微波涟漪的一般场面，也有洪峰突起的大场面，对人物描写的安排，能疏密相间，就给人一种艺术的节奏感。

六、张弛相间，紧松适度

跟人物描写上的有疏有密相应的，《红楼梦》在故事的组织上也有张有弛，有紧有松，张弛相间，紧松适度。它既不同于纹丝不动的小池死水，令人窒息；又不同于惊涛骇浪的大海，老是叫人提心吊胆。而是如同千里长江，有惊心动魄的山峡急流，也有此起彼伏、前推后涌、平稳前进的滚滚波涛，叫人感到既曲折紧张，又轻松愉快。

情节的曲折紧张，不但能加强作品对读者的吸引力，而且有利于使矛盾集中、尖锐化，突出人物的性格。我国古典小说，有情节曲折紧张、故事性强的传统特点。曹雪芹是继承了我国这一传统手法的，他写的虽然是封建大家庭的日常生活，但他也力求使小说的情节曲折紧张，有一定的故事性，贾政的笞挞宝玉，本来是很平常的老子打儿子，作者却把它写得那么令人惊心动魄。他不是让贾政把贾宝玉拉上场来就毒打一顿，而是先写贾政"原来无气"，喊宝玉上场，并未想到要打他，突然忠顺府长官派人来索取蒋玉菡，贾环又来报告金钏儿的自杀，才使贾政从"原本无气"到"又惊又气""气得目瞪口歪"，进而"气得面如金纸"，似晴朗的夏天，突然雷轰电掣，乌云压顶，空气骤变。作者把贾宝玉安排在当场对证，更增加了紧张气氛。宝玉看到挨打已势所必然，连忙托人进去给贾母、王夫人捎信，碰上的偏偏又是个耳聋的老婆子。这些情节的安排，显然都跟增加故事的曲折紧张有关。但作者并没有让我们一直紧张下去，不久王夫人、贾母就出场了，不仅救了贾宝玉，贾母还把贾政怒斥得"叩头认罪"，一阵紧张之中，紧接着来此一着，不禁大快人心，令人轻松无比。"抄检大观园"也是，我们都为那些正直的丫鬟、姑娘担心，生怕找出什么来使她们遭受莫名的打击，但在抄检过程中，作者却描写了得势嚣张、执行抄检任务的王善保家的，如何吃了探春一记响亮的耳光，又恰好从她外孙女司棋那儿抄到情书，使王善保家的"又气又臊"，"只恨无地缝儿可钻"，使我们于极度紧张之中，获得的却是喜悦轻松。这是从一个场面看。

在各个场面之间，作者也惯于使情节的发展，"草蛇灰线，伏脉千里"，绝不一气呵成。多种情节的错综交替、灵活变换，使我们感到张弛相间，紧松适度，有一种富于变化而又节奏和谐的音乐美。如金钏儿被撵后的命运，是我们所最关心的，但情节发展到她被撵这个节骨眼上，如同民间艺人说书的"卖关子"一样，作者却把它放下了。笔锋一转，转为描写宝玉与诸丫鬟的关系，宝玉与钗黛的关系，写宝玉对丫头们的关怀同情，写他斥薛宝钗讲仕途经济为"混帐话"，认定林黛玉为从不讲这些混账话的"知己"，如此从更深更广的角度展示了宝玉的叛逆性格以后，再又描写金钏儿自杀，进而引起贾政笞挞宝玉的轩然大波，而在受笞挞之后很久，还又描写宝玉乘凤姐做生日，举家欢庆的当儿，偷偷地去水仙庵祭金钏儿。《红楼梦》的情节组织，就是如此波纹式的，有张有弛，无数大波起伏，汪洋澎湃；每一大波又环包着无数小波，前波似尽，余漾犹存；此波未平，后涟已起。钩连环互，读者还以为是闲情阑珊的叙述，却被作者由一波送到另一波，自己已辨不出，是在哪个大波之间、小波之内，给人的感受不是单调和沉闷，也不是杂乱和厌倦，而是处处别开生面，时时新鲜别致，丰富优美，令人不得不耳悦目眩，心动神移。如果说情节的曲折紧张和有故事性，是曹雪芹对我国古典小说和民间讲唱艺术传统的继承的话，那么，这种张和弛、紧和松的辩证结合，就是曹雪芹的《红楼梦》所创造的独有的艺术境界了。

以上我们从艺术氛围的创造、人物形象的描绘、性格的刻画、情节的取舍、结构的安排及故事的组织等各个方面，考察《红楼梦》在艺术描写上确实多方面地充分地运用了悲和喜、动和静、冷和热、藏和露、疏和密、张和弛等矛盾统一的辩证法，从而使《红楼梦》达到了这样一种独特的语言艺术境界：不是一览无余，而是耐人寻味；不是单调、浅薄，而是复杂、丰满；不是模糊、淡薄，而是鲜明、强烈；不是穿凿、刻板，而是真实、生动。他不是用一种笔墨，而是同时用几种不同的笔墨；他不是只写一面，而是既写这一面，又写那一面。早在戚蓼生写的《〈石头记〉序》中，已经指出他"一声也而两歌，一手也而二牍""注彼而写此""不啻双管之齐下也"。他认为我们应该这样来读《红楼梦》：

> 然吾谓作者有两意，读者当具一心。譬之绘事，石有三面，佳处不过一峰；路看两蹊，幽处不逾一树。必得是意以读是书，乃能得作者微旨。[1]

看来他已隐隐约约地感觉到，曹雪芹是用了"注彼而写此""双管齐下"

---

[1] 见 1911 年有正书局石印本《石头记》卷首。

的辩证的艺术手法，但是他不能理解它，更不能给予科学的说明，而只能惊叹他："神乎技矣！""嘻，异矣！"今天这个问题该是可以看清楚的时候了。难道曹雪芹也具有科学的辩证法思想吗？人们也许会有这样的困惑。其实，列宁早就说过："辩证法是人类的全部认识所固有的"[①]，它并不是来源于哲学家们头脑的臆造，而是来源于生活。曹雪芹当然不是根据辩证法的理论进行创作的，他是从对现实生活的现实主义的深刻观察中，自觉或不自觉地掌握了生活的辩证法，从而运用于他的艺术描写之中，使他的《红楼梦》语言艺术，不是在某个细节或局部，而是从全局看，具有对立统一、映照生辉的艺术的整体美。

---

① 《列宁全集》第 36 卷，人民出版社 1959 年版，第 369 页。

质朴自然

——谈《红楼梦》语言艺术的风格美

歌德说："对艺术家所提出的最高的要求就是：他应该遵守自然，研究自然，摹仿自然，并且应该创造出一种毕肖自然的作品"。[①]

曹雪芹正是达到这种"最高的要求"的语言艺术大师。他在《红楼梦》中谈到大观园的建筑时，就曾经通过贾宝玉的口，明确地提出要"有自然之理，得自然之气"，如"天然图画"（第十七回）一般。《红楼梦》正是他的这种艺术见解的卓越的实践。

但是，《红楼梦》并非简单地"摹仿自然"，它比生活和自然更集中、更典型、更完美。它如同一个人工建成的大观园，既是那样规模宏伟、结构复杂，却又亭台楼阁、山石池沼、草木花卉都像天造地设一样。它把生活和人物描绘得是那样的丰富和复杂，却又天然浑成，几乎看不出人工雕琢的痕迹。比生活更美，而又像生活本身一样质朴自然，这是《红楼梦》在语言艺术上的重大成就和显著特色，是《红楼梦》在艺术上达到"最高的要求"的一个重要标志，值得我们认真地加以探讨和借鉴。

---

① 转引自朱光潜：《西方美学史》下册，人民文学出版社 1964 年版，第 76 页。

一、在平凡的话语中，寓有雄伟神奇的思想

童年的生活，常常引起我最甜蜜的回忆。多少个昔日的夜晚，繁星满天，凉风扑面，瓜棚架下，阖家团聚，乘风纳凉。我偎依在妈妈身旁，听老祖母数星星，话月亮。众人眼目一线牵，那牛郎织女星总是最吸引人。难道天上的星星数它俩最大、最亮？难道它俩身上有啥奇彩异光？不，它俩跟千万颗星星一样平常。所不同的，只是它们有着牛郎织女坚贞相爱、反抗压迫的社会内容；在它们身上，汇集了人类崇高感情的热流，迸发着斗争理想的光芒！它们的美，首先是社会生活的美，是人类崇高感情的美，是斗争理想的美。

《红楼梦》语言艺术的风格美，首先并不在于它的词藻如何的华丽鲜艳，相反它很朴素，跟日常生活一样朴素。它美就美在从朴素的日常生活语言中，却表现了极为深广的社会内容，寄托了人物浓烈、丰富的感情，迸发出光彩夺目的斗争理想的火花。

看过《红楼梦》的人，没有不记得贾宝玉常挂在口头的一句话："女儿是水作的骨肉，男人是泥作的骨肉，我见了女儿，我便清爽；见了男子，便觉浊臭逼人。"（第二回）初听，我们觉得这话傻气可笑；细嚼，我们便不能不敛起笑容，刮目相看，肃然深省。不是吗，对于那个处在政权、神权、族权、夫权四重压迫下的妇女，这是多么崇高的赞美；而对于那个以男子为中心的封建社会，又是个多么大胆的挑战！宝玉这种激烈反对"男尊女卑"的民主思想和对"清爽""浊臭"爱憎分明，爱之深、憎之绝的感情，真是热乎乎、神采逼人！妙在宝玉的这几句话，并不是作家信手拈来的，我们也绝不能把它孤立地看。它实在是《红楼梦》全书所支持所说明的一个真理，读者读了《红楼梦》便都觉得，对那些被压迫、被奴役而又在争自由、争人权的女儿，确实不可不爱；那些贾府的男人及雨村、薛蟠辈，确是混沌渣滓，浊臭逼人，对他们则不可不憎。宝玉的"怪话"，我们仿佛很自然地相信了，共鸣了。

这是作者创作的成功，语言质朴自然美的力量。其源泉，不仅在于它民主思想的内核和巨大的社会生活、思想感情的容量，而且在于它和整个作品的思想和形象的和谐合拍，浑然一体。

柳湘莲对贾宝玉说："你们东府里，除了那两个石头狮子干净，只怕连猫儿狗儿都不干净。"（第六十六回）这话的分量该多重！真是一言说尽了贾府的罪恶，道绝了柳湘莲郁结在心的满腔愤怒和憎恶的感情。更令人惊心动魄、深恶痛绝的是，就因为这一句话，还导致了一场尤三姐殉情的悲剧：柳湘莲已经接受了尤三姐自由择定的爱情，但因为他打听到她跟贾府有点瓜葛，"是珍大嫂子的继母带来的两位妹子"中的一个，便认定她也是东府里不干净的"尤物"，而拒绝了她的爱情；这样，尤三姐便拿起他们定情的剑"往项上一横"，"以死报此痴情"，柳湘莲见她"这等刚烈，自悔不及"，便也"掣出那股雄剑来，将万根烦恼丝一挥而尽，便随那道士，不知往那里去了"（第六十六回）。看完这场令人惊心动魄的悲剧，我们很自然地回味起柳湘莲的那句话，不仅是对"东府"说的，实在也是那整个封建统治阶级荒淫腐朽的深刻反映；尤三姐的殉情，强烈地表明她犹如一茎艳丽的荷花，出污泥而不染，显得格外惹人敬爱。

赖嬷嬷教训她的儿子说："你那里知道，那奴才两字是怎么写的！"（第四十五回）这更是用血泪写成的语言。那么，"那奴才两字是怎么写的"呢？焦大就是贾府的一个忠实奴才。他"从小儿跟着太爷出过三四回兵，从死人堆里把太爷背了出来，得了命；自己挨着饿，却偷了东西给主子吃，两日没水，得了半碗水给主子吃，他自己喝马溺"。当年如此效忠并有功于主子的奴才，如今得到的是，动不动"便把他捆起来，用土和马粪满满的填了他一嘴"。更可惊可悲可叹的是，在如此横遭荼毒和屈辱的情况下，焦大并没有真正地觉醒，而是仍不失其为忠实奴才的特性。他只能以"贾府的屈原"①的身份，以恨铁不成钢的口吻"乱嚷乱叫"，大骂主子是"畜生"，"每日偷鸡戏狗，爬灰的爬灰，养小叔子的养小叔子"，甚至扬言要跟主子拼一拼："不和我说别的还可；若再说别的，咱们红刀子进去，白刀子出来。"（第七回）甲戌本脂批在这句话上面批道："忽接此焦大一段，真可惊心骇目，一字化一泪，一泪化一血珠。"从这样一个奴才嘴里，说出这种话来，确实是谁也不能不惊心动魄的。在这简短朴素的语言里，该是浓缩着多么深刻的社会内容和多么强烈的思想感情啊！它不禁使我们勾起千头百绪的遐想：整个封建统治阶级在急剧地腐烂下来；奴才们，哪怕是最忠实的奴才，这时都再也按捺不住心头的怒火了，尽管他们还谈不上真正的觉醒，但是封建统治阶级的日益荒淫腐朽和残酷压迫，却不能不激起他们的愤怒谴责。

显然，贾府中的奴才、丫鬟，并不都是和封建阶级思想对立、感情决绝、勇于斗争的。作者无意于把所有的人物都塑造成勇敢的战士，他所描写的是那些日常生活中常见的普通人，作为"统治思想"②的封建思想，不仅时刻羁绊着他们，而且有的还很严重。可贵的是，就是从这些普通人身上，作者也发掘出了他们崇高的灵魂、优美的感情；不是用豪言壮语，而是用普通人的朴素的语言，就给那个封建阶级和封建制度，以沉重的打击和深刻的揭露。从质朴中见雄伟，柔中寓刚；从自然中显神奇，绵里藏针，这是《红楼梦》语言艺术的风格美的一个重要特点。

袭人，是奴才中受封建思想毒害最深的一个人物。可是，作者并未把这个人物一味地丑化，而是在对她效忠于封建统治的思想行为进行适当批判的同

---

① 鲁迅：《伪自由书·言论自由的界限》，《鲁迅全集》第5卷，人民文学出版社1957年版，第94页。

② 马克思、恩格斯说："任何一个时代的统治思想都不过是统治阶级的思想。"见《马克思恩格斯全集》第3卷，人民出版社1960年版，第488页。

时，也写出了她令人同情和对那个社会愤懑的一面。正如她对她母兄所说的："当日原是你们没饭吃，就剩我还值几两银子，若不叫你们卖，没有看着老子娘饿死的理。"（第十九回）金钏儿被王夫人逼得投井自杀，她便"点头嗟叹，想素日同气之情，不觉流下泪来"（第三十二回）。她的这种阶级地位，难道不值得我们同情吗？有一次贾宝玉到袭人家里去，袭人便对他说："这个地方不是你来的。"宝玉看见她的穿红衣服的姨妹子，表示赞赏，说："怎么也得他在咱们家就好了。"袭人冷笑道：'我一个人是奴才命罢了，难道连我的亲戚都是奴才命不成！'"（第十九回）有一次宝玉外出归来，因迟开了门，袭人便被宝玉一脚踢在肋上，青了碗大一块，以致夜间"梦中作痛，由不得'嗳哟'之声，从睡中哼出"（第三十回），直至口吐鲜血，宝玉即刻要叫人来给她治病，袭人却笑着说："你这一闹不打紧，闹多少人来，倒抱怨我轻狂。分明人不知道，倒闹的人知道了，你也不好，我也不好。正经明儿你打发小子问问王太医去，弄点子药吃吃就好了，人不知鬼不觉的，可不好？"（第三十一回）尽管贾宝玉的思想对封建阶级是叛逆的，但他的地位、身份毕竟是个公子哥儿；袭人虽然封建思想毒素中得很深，但她的地位、身份毕竟是个奴才。袭人的语言是再顺从柔和不过的奴才语言了，但从她不愿她的亲戚跟她一样是"奴才命"，从她怕"闹多少人来，倒抱怨我轻狂"的话语里，岂不令人感到那个社会的极不合理和袭人命运、遭遇的可怜、可悲吗？可见《红楼梦》语言柔中寓刚、绵里藏针的特点，即使在最顺从的奴才身上，也不例外。

我们说，《红楼梦》语言的质朴自然，就在于它既像日常生活那样真实、平凡，又深入到了社会阶级关系的本质（尽管作者主观上不可能具有自觉的阶级观点，但他像马克思所赞扬的"在深刻理解现实关系上总是极其出色的巴尔扎克"[①]那样），使它的语言具有深广的思想和感情的容量。如果用一句话来概

---

① 马克思：《资本论》。转引自《马克思恩格斯论艺术》第2卷，人民文学出版社1963年版，第396页，。

括，那就是：它不是追求语言的辞藻美，而是追求寓雄伟神奇的思想于质朴自然的语言风格之中。

二、在平淡的白描中，蕴藉着妩媚浓烈的感情

《红楼梦》语言的博大而精深的思想内容，并不是以哲理的逻辑的力量取胜，而是以它形象的、感情的力量摄人心魄的。因此，在平淡的白描中，蕴藉着妩媚、浓烈、崇高、纯洁、真挚、丰满的感情，是《红楼梦》语言质朴自然风格的又一特点。

我国唐代大诗人白居易说过："感人心者，莫先乎情。"[1] 曹雪芹正是怀着深深激动的感情，一边抹着"一把辛酸泪"，一边在执笔创作的。

感情这东西，是很微妙隐蔽的，有时是情动于中而绝不肯言于外的。因此，曹雪芹常常通过作家对人物行动和对话的白描手法，来揭示人物丰满、复杂的感情。有一次，薛姨妈和宝钗、黛玉等人在一起闲谈，薛姨妈——

> 又向宝钗道："……我想着你宝兄弟，老太太那样疼他，他又生的那样，若要外头说去，断不中意，不如竟把你林妹妹定与他，岂不四角俱全？"黛玉先还怔怔的听，后来见说到自己身上，便啐了宝钗一口，红了脸，拉着宝钗笑道："我只打你！你为什么招出姨妈这些老没正经的话来？"宝钗笑道："这可奇了。妈说你，为什么打我？"紫鹃忙也跑来笑道："姨太太既有这主意，为什么不和太太说去？"薛姨妈哈哈笑道："你这孩子急什么？想必催着你姑娘出了阁，你也

---

① 白居易：《与元九书》，见郭绍虞主编的《中国历代文论选》上册，上海中华书局1962年版，第408页。

要早些寻一个小女婿去了。"紫鹃听了，也红了脸，笑道："姨太太真个倚老卖老的起来。"说着，便转身去了。黛玉先骂："又与你这蹄子什么相干。"后来见了这样，也笑起来，说："阿弥陀佛！该，该，该！也臊了一鼻子灰去了。"薛姨妈母女及屋内婆子丫鬟都笑起来。（第五十七回）

这里作者写的全是家常的闲谈、说笑，没有一句故作惊人之笔或专门的心理刻画，可是它却把人物内心的感情激荡刻画得汹涌澎湃，错综复杂，叫人不能不感到惊心动魄。你看，那薛姨妈明明给她女儿打了把金锁，声言要拣有玉的才可婚配，而她在林黛玉面前却要那样的卖乖讨好；她的话明明是说给林黛玉听的，而她却冲着自己的女儿宝钗说。林黛玉因"见说到自己身上"，便不能不羞涩脸红。她既痴心钟情于宝玉，却又不能公开承认；她既不好直接冲着薛姨妈责怪，却又要明啐宝钗，暗嗔薛姨妈。紫鹃的提问，既说到了林黛玉的心坎里，又将了薛姨妈一军，戳穿了薛姨妈的讨好卖乖，惺惺作态。可是薛姨妈却不动声色地反唇相讥，把紫鹃奚落了一顿。紫鹃明明是帮着林黛玉讲话的，可是林黛玉当着众人的面，却不能不责骂紫鹃，以致引得"薛姨妈母女及屋内婆子丫鬟都笑起来"了。这里作者毋须另着一字的描绘或说明，仅仅通过如实地写出在场的各个人物之间的关系，就把每个人物柔肠百转的复杂感情，表现得多么惟妙惟肖啊。淡淡的几笔白描，简洁的几句对话，却情深意浓，真叫人有美不胜收之感。

当贾宝玉坚定、公开、直率地向林黛玉表示爱情的时候，只说了三个字："你放心。""怎么放心不放心？"连林黛玉都这样追问过，作者依然没有让宝玉明说。其实这时实在无法明说，也不必明说。林黛玉也不是不知道这话的情意，所以作者紧接着作了下面一段白描："林黛玉听了这话，如轰雷掣电，细细思之，竟比自己肺腑中掏出来的还觉恳切。竟有万句言语，满心要说，只是半个字也不能吐，却怔怔的望着他。此时宝玉心中，也有万句言词，一时不知从那一句上说起，却也怔怔的望着黛玉。两个人怔了半天。"（第三十二回）在其他不少地方，作者也常常描写他们，两人怔怔相对，心有千言万语，口内却一个字也说不出。但从作者这淡淡的白描里，我们已经深深地感到了，那蕴藏着的无比浓厚的感情。这真是"此时无声胜有声"，使《红楼梦》的语言艺术，又具有在质朴的叙述中寓旖旎，淡中见浓，在自然的白描中寓妩媚，静中见动的风格特点。

"无声胜有声"，对于表达那些微妙隐蔽的感情来说，往往是有效的手法；但要表现那种火山爆发式的激烈的感情，"无声"的手法就很难取"胜"了。曹雪芹的语言艺术，就在于他不仅能表现那些微妙隐蔽的感情，而且能把人物激烈的感情，表现得如雷霆万钧似的令人惊心动魄。在这方面，我们拿他来跟《红楼梦》后四十回高鹗续书比较一下，就更清楚了。林黛玉的死，对于贾宝玉来说，应该是没有什么比这更伤心的了。高鹗是怎样描写宝玉这时悲痛欲绝的感情的呢？他写宝玉"不禁号啕大哭""哭得死去活来""哭得气噎喉乾"；一句话，除了哭还是哭，搜肠刮肚，续作者再也找不出别的语言可以描绘了。这样的语言，尽管有"号""大""死""活""噎""乾"等极尽形容的词汇，而对于读者来说，除了知道宝玉很伤心以外，是很难进一步为宝玉的哭所深深激动的。第五十七回曹雪芹写了"慧紫鹃情辞试忙玉"，那紫鹃不过骗了一下宝玉，说林黛玉要回苏州去了，作者就把贾宝玉的感情写得多么动人心魄！宝玉一听紫鹃说"明年家去"，就"吃了一惊"，进一步追问，是林黛玉要"回苏州去"，更"如头顶上响了一个焦雷一般"，"半天，见他只不作声"。"晴雯见他呆呆的一头热汗，满脸紫胀，忙拉他的手，一直到怡红院中。袭人见了这般，慌起来了，只说时气所感，热汗被风扑了。无奈宝玉发热事犹小可，更觉两个眼珠儿直直的起来，口角边津液流出，皆不知觉。给他个枕头，他便睡下；扶起他来，他便坐着；倒了茶来，他便吃茶。"这种感情，写得真如火山爆发，势不可挡，气不可止，叫人也跟着情不可抑，心不能静。作者还不罢休，又从宝玉身上移到"众人"身上来进一步写宝玉，说"众人见了这样"，如何"一时忙乱起来"。宝玉的奶妈李嬷嬷，应该是比较了解宝玉脾气的了，所以袭人首先"便差人去请李嬷嬷来"。李嬷嬷来对宝玉问话、摸脉、掐人中以后，竟"只说了一声，'可了不得了'！'呀'的一声，便搂着放声大哭起来"。接着又捶床捣枕说："这可不中用了，我白操了一世的心了！"弄得袭人"也哭起来了"。林黛玉听到这个消息，更是"哇的一声，将腹中之药，一口呛出，抖肠搜肺、炽胃扇肝的痛声大嗽了几阵，一时面红发乱，目肿浮筋，喘的抬不起头来"。贾母也气急得"眼内出火"地骂紫鹃。众人在这般空前的紧张忙乱之中，使读者的心理也不能不跟着紧张起来了。妙在宝玉并不是真的得了什么丧魂失魄的病，作者又把笔头从众人身上回到宝玉身上，"谁知宝玉见了紫鹃，方哎呀了一声，哭出来了。众人一见，方都放下心来"。他"一把拉住紫鹃，死也不放，说'要去连我带了去！'"接着林之孝家的来看他，宝玉听了一个林家，便满床闹起来，说："了不得了！林家的人接他们来了，快打出去罢！"又"哭道：'凭他是谁，除了林妹妹，都不许姓林的！'""一时，宝玉又一眼看见了十锦格子上陈设的一只金西洋自行船，便指着乱说：'那不是接他们来的船来了，湾在那里呢！'"袭人把船拿给他，他"便掖在被中，笑道：'这可去不成了！'一面说，一面死拉着紫鹃不放"。宝玉这一切，粗看是太傻气，细想却极清醒，处处扣紧了对林妹妹的爱，爱得是这般真挚、这般深沉、这般浓烈，真的达到了似傻如狂的地步。读者读到这里，谁能不对他们寄予热烈的同情？这就是《红楼梦》质朴自然的语言风格美的巨大魅力。

黛玉还活着，只是将要回苏州去，而且还未成为事实，只是透露了这么一个消息，宝玉的感情已经激烈得这么不可收拾；后来黛玉真的死了，永远离开了宝玉，永远离开了人间，这时，宝玉的感情将要火山爆发到何等程度啊！可惜得很，我们的语言艺术大师曹雪芹，已经比林黛玉先离开了人间，使我们没有眼福看到曹雪芹笔下林黛玉死的场面了。可以慰藉我们的是，曹雪芹还写了宝玉的贴心丫鬟晴雯的死。读《红楼梦》的人，读到这个场面，恐怕是极少有不鼻酸眼湿的。这里不可能详细介绍这个场面，只从宝玉为她写的祭文《芙蓉女儿诔》摘几句，看他给予一个奴婢是多么崇高的赞美："其为质则金玉不足喻其贵，其为性则冰雪不足喻其洁，其为神则星日不足喻其精，其为貌则花月不足喻其色。"（第七十八回）这里我们看到的，不仅是晴雯形象的无比崇高，更重要的是贾宝玉这种平等待人的精神、真挚深沉的感情，很自然地在我们心中激起了浪花。

黛玉要回家，宝玉那么痴病发作；晴雯死，宝玉那么虔诚地尊奉为芙蓉神。这些都在质朴自然的描写中突现出神奇，犹如奇峰突起，天外而降，风云山色，变化万千，奇极妙绝；妙在能奇中见真，字字得神，诱人入迷，逼人共鸣。能够从质朴中见神奇，自然中传神情，这便是《红楼梦》语言在描写人物感情，尤其是描写人物激烈感情时的风格特点。这类例子在书中还可以举出不少。宝玉固然好像经常有些"痴病"，往往感情上一受刺激就会"痴病"发作。林黛玉的病，是跟"痴"一点关系也扯不上的。但"黛玉葬花"，不也是痴极奇极吗？正是这种极痴极奇的行动，却最深刻最动人地表现了林黛玉复杂浓烈的感情。生活是平凡的，但生活也是最错综复杂、变化万千、丰富多彩的，尤其是人们的感情世界，总不会是赤裸裸的，而自有它曲折独特的表现方式。因此，曹雪芹的《红楼梦》语言质朴的自然美，有在平淡的白描中，蕴藉着妩媚浓烈感情的风格特点；它植根于现实生活而又高于现实生活，绝非离开生活故意卖弄技巧所得。我觉得，曹雪芹是这样来使用他的语言技巧的：他除了在语言本身的鲜明、生动、准确、精练上费尽心血推敲以外，更着力的是如何使他的语言具有最大、最多、最复杂、最真实的思想和感情的容量，使读者的心灵首先为他的语言内在的思想和感情所征服。

三、以极精练的语言，创造极大的想象空间

由于《红楼梦》的语言具有巨大的思想和感情的容量，这就给它的语言风格美带来另一特点："念在嘴里倒像有几千斤重的一个橄榄似的。"（第四十八回）这是曹雪芹通过香菱的口，对王维《送邢桂州》一诗语言造诣的评语，实际上恰好说明了曹雪芹自己在《红楼梦》中所追求和达到的这种语言艺术的境界。从外表看，它像橄榄那样质朴无华，天然无饰，而在内里它却字字句句经得起咀嚼，百读不厌，发人深省，耐人寻味，余香满口，醇美无穷。宝钗说黛玉的语言，"话虽没什么，回想却有滋味"（第四十二回）。宝玉和黛玉听了贾母"不是冤家不聚头"的话，便"都低头细嚼这句话的滋味……"（第二十九回）。黛玉读了《牡丹亭》，也是"细嚼'如花美眷，似水流年'八个字的滋味""自觉词藻警人，余香满口"（第二十三回）。《红楼梦》人物口中一再出现的对语言要求能"细嚼"，有"滋味"，好"回想"，有"余香"，并"惊人"到"心动神摇""如醉如痴""不觉潸然泪下"，这显然都是反映了作家本人在这方面的努力和美学追求。

那么，《红楼梦》的语言究竟是怎样达到耐人咀嚼的呢？除了上面所说的思想深刻和感情丰满以外，作家在遣词造句和描写手法上的含蓄，也是一个重要原因。贾宝玉在给大观园题词时，曾讲求过"蕴藉含蓄"。这也是作者的一个美学观，反映了作者在整个《红楼梦》的创作中，是非常自觉地创造这种"蕴藉含蓄"的语言艺术风格的。

美是无止境的，任何一个天才的作家也不可能把美创造到极致。因此，聪明的作家总是要给读者留下想象和创造的空间，把读者吸引到参加作品美的创造中去。我所说的《红楼梦》的"蕴藉含蓄"，正是这个意思。它并不是晦涩、含糊、吞吞吐吐，而是吸引读者参加作品美的再创造的一种手段，给读者

留下余地，勾引起读者的想象和创造，去补充和丰富作品的美。

有人曾经煞费苦心地给大观园画了全图，但是读过《红楼梦》的人，谁也不满意这张全图，连图画作者本人也声明："良多挂漏，阅者谅焉。"①我想我们不能责怪图画作者笨拙，实在任何高明的画家也只能自己创作，而不可能把《红楼梦》中的大观园令人满意地再现出来。因为我们每个读者都有自己心目中最优美的大观园，《红楼梦》吸引读者参加了这种美的创造。第十七回，贾政兴致勃勃地领着一帮人给大观园题对额，走东游西，说南道北，作者可算是对大观园作了最集中最详尽的描写了，但他并没有写尽，游了半天，"才游了十之五六"，贾政便没有工夫再游下去了。当他们要走出大观园时，"都迷了旧路，左瞧也有门可通，右瞧也有窗暂隔。及到了眼前，又被一架书挡住，回头再走又有窗纱明透，门径可行。及至门前，忽见迎面也进来了一群人，都与自己形相一样，却是玻璃大镜相照。及转过镜去，一发见门多了"。这里面该是有多少迷人的好景啊。同一大观园，在第十七回还是人工装点的自然美，清新、优雅、阑珊、别致；到第四十四回刘姥姥游大观园，就是琳琅满目，豪华奢侈，充满富贵脂粉气了；后来贾府败落的大观园，将是一番什么景象呢？可惜曹雪芹大师未能描绘下去，但从第七十六回赏中秋，我们感到也就够萧瑟凄凉的了。这般变化多端、气象万千、游之不尽、观之不足的大观园，难怪多少人都恨不得一见。其实真的见了，也许倒会大失所望的，因为作品所描绘的和我们读者想象中的大观园，已经创造得美之不尽了。

"一年三百六十日，风刀霜剑严相逼，明媚鲜妍能几时！……侬今葬花人笑痴，他年葬侬知是谁？"（第二十七回）这是林黛玉作的葬花词，自白自叹，自怨自艾，其凄楚辛酸，令人实在不忍卒读。作者直接写林黛玉哭诵葬花词，全书仅见一次，但在我们的想象和印象中，仿佛林黛玉的生活总是跟吟诵

①　见商务印书馆版《石头记》。

葬花词连在一起的。这并不是毫无根据的遐想，而是作者用含蓄的艺术描写告诉我们的。在潇湘馆的廊檐下，养着一只鹦鹉，第三十五回，作者写它一见了黛玉"便长叹一声，竟大似黛玉素昔吁嗟音韵"，接着念道："侬今葬花人笑痴，他年葬侬知是谁？"无知的鹦鹉，竟然也这般多情，代替它的主人时刻在倾吐心声。它不禁使我们想到，有多少个日日夜夜，林黛玉面对着竹影纱窗，陪伴着鹦鹉，满面泪痕地在吟诵着……她是怎样的痛极和哀极、愤极和怨极啊！这里面作者给了我们用自己的想象来丰富林黛玉形象的无限余地，使我们不能不想得很多，同时又不忍心再多想。如果作者不是用这种含蓄的语言，而是一次又一次地直接正面描写林黛玉如何天天葬花词不离嘴，那不仅会索然无味，而且必然惹人厌烦，就更谈不上给人以多大的精神感染和美感的享受了。

从这些地方我们可以看出，《红楼梦》语言质朴的自然美，又具有以极精练的语言创造极大的想象空间，疏中见密、密中有疏的风格特点，疏密相间，创造了一种言有尽而意无穷的境界。

四、以极准确的字句，活现人物的神情心态

文学作品的语言风格美，归根结底表现在人物形象塑造上。离开了人物形象的塑造，再美的语言风格也如同离开了泥土的鲜花一样，终究是不耐看的、没有生命力的、不能动人心魄的。《红楼梦》质朴自然的语言风格美，正是在于作者对人物形象的塑造上，表现了极大的能耐。在这方面，除了我们上面所说的种种语言风格特点，都使人物形象大大丰满、提高和有艺术魅力以外，《红楼梦》的语言风格，体现在人物形象塑造上，还特别富有传神美。

《红楼梦》描绘人物的一言一行时，总要同时细腻、准确地描绘出人物的神情变化。紧跟着贾母迎接疼爱的外孙女林黛玉之后，王熙凤出场了。人还未到，她的笑声先到了，一出场当然更是笑着说话，但说到"可怜我这妹妹这样

命苦"时，"说着便用帕拭泪"了，贾母表示不忍听这话，不忍看这相，凤姐又"忙转悲为喜"。这一瞬间，就三次写了凤姐的神情变化，忽笑忽哭，忽又"转悲为喜"，变化是这般的急剧、神速，在我们的耳中眼中心中，仿佛一个泼辣机警、敏捷随和、虚伪逢迎、讨欢得势的少妇形象，突然闯进来了，叫人着实可惊可畏，终生难忘。

贾政跟我们见面的机会很少，作家对他着重描写的只有"大观园试才题对额"和"不肖种种大承笞挞"两回。但是仅从这两回对贾政神情变化的描写，作家就已经把这个迂腐古板、脆弱无能的卫道者的形象，镂刻在我们的心上了。我们看他对贾宝玉试才题对额，忽"拈须点头不语"，忽又"点头微笑"，忽又"气的喝命杖出去，才出去，又喝命回来，命再题"一联。（第十七回）神情是这般变化无常，真叫我们看透了这位卫道者矛盾、空虚的心灵。在"不肖种种大承笞挞"之前，作者先写贾政得悉宝玉与司棋、金钏儿的关系，从"又惊又气"到"气得目瞪口歪"，再到"气得面如金纸"。一气再气又气，层层深透，几句神情描写，就已把这个气极愤绝，而又迂腐无能、教子无方，势必只有拼命狠打的内虚外凶的贾政，神形活现在我们面前了。

人物的神情刻画，《红楼梦》作者往往并不借助于特别的形容、描绘，而只是自然质朴地用人物本身的语言、声态口吻和行动描写，就使人物神形活现了。

第九回"训劣子李贵承申饬"，贾政"正在书房中与相公清客们闲话，忽见宝玉进来请安，回说上学里去"。这时作者对贾政、宝玉的神情，一句话未加以形容，只写贾政冷笑道："你如果再提上学两个字，连我也羞死了。依我的话，你竟玩你的去是正经。仔细站脏了我这地！靠脏了我这门！"看！贾政这段话多么绘形传神：宝玉身子贴靠着门站着，跟贾政和那班清客们离得远远的，对他们既不愿亲近，也不敢靠近，不用作者另着一字的说明，读者一眼就可看出他那畏畏缩缩而又不可屈服的神态；贾政在众清客们面前，摆出的那副装腔作势的面孔，气势汹汹，咄咄逼人，完全是一副大不近情理的腔调。这一切，仅通过贾政的寥寥数语就都力透纸背，浮雕般凸现在我们面前了，叫人真是听其言，便似亲临其境，见其形，得其神。

描写人物声调口吻的毕肖，也是《红楼梦》人物语言具有质朴自然的传神美的重要一环。林黛玉作的一首《桃花行》诗，宝琴冒充是自己作的，宝玉一眼就识破，说这"声调口气，迥乎不像"，并一口咬定它"自然是潇湘子稿"（第七十回）。这说明各人有各人迥乎不同的声调口气，作家必须比熟悉自己的爱人更熟悉他的人物，找到他的个性化的声调口气，才有助于把人物写活，写得传神。

贾宝玉见林黛玉没有玉，便摘下那玉，就狠命摔去，骂道："……我也不要这劳什子了！"贾母则急的搂了宝玉道："孽障！你生气，要打骂人容易，何苦摔那命根子！"（第三回）同一块玉，那个骂作"劳什子"，这个捧为"命根子"，一个恨极，一个疼极，全从不同的声调口气中表现出来了，"要打骂人容易"，说得多么轻佻！一句话的口气，把贾母的封建主子性格已表现得入木三分。

当乌进孝给贾府送来一张庞大得几乎无所不包的礼品单和价值二千五百两银子的田租时，作者一句未说贾珍怎么凶狠刻毒、贪得无厌，只写贾珍皱眉道："我算定你至少也有五千银子来，这够做什么的！……这一二年里，赔了许多，不和你们要，找谁去？！"（第五十三回）一字一句都极平常、质朴、自然，但那声调口气——"这够做什么的！……不和你们要，找谁去？！"却把这个狠毒的封建主子的面孔和贪婪成性的肮脏灵魂都暴露无遗了。

曹雪芹描绘人物声调口气，往往自然到毕肖其人，达到一字不可改的妙境。贾珍做寿摆家宴，宴前凤姐在园中看景色，贾瑞乘机跑来勾引她。庚辰本《石头记》上写凤姐儿说："你快入席去罢，仔细他们拿住，罚你酒！"

（第十一回）说得既干净利落，又荡态如画。程高本《红楼梦》把它改为："你快去入席去罢，看他们拿住了你，罚你的酒。"一个"去"字加得累赘，"了""的"两个虚字一加，更是把凤姐那刁钻泼辣劲儿全湮没了，剩下的只有关怀备至的柔情蜜意。明眼人一看，就会感到不对味儿。

《红楼梦》之所以能通过极其质朴自然的语言就能达到传神美的效果，我觉得这跟作者用词的精练、准确是分不开的。他往往只消一个字，就把人物形神惟妙惟肖地活现出来了。贾琏乘凤姐不在家跟鲍二家的私通，派一个丫头在门外望风。不料凤姐突然回家来了，作者写那个丫头："一见了凤姐，缩头就跑。"（第四十四回）这一"缩"字妙极，它写尽了那小丫头畏惧、急迫的神态，确实是作者对人物形神观察入微得来的。凤姐儿、王善保家的带着一帮人抄检大观园，作者未形容她们如何的来势汹汹，只说她们"直扑了丫头们的房门去"（第七十七回）。不说"走""跑""奔""跨"，而说"扑"，一个"扑"字把这帮人如狼似虎般的凶恶势焰，描绘得多么准确、传神！

从这些地方，我们可以看出《红楼梦》的语言质朴自然的风格美，又具有以极准确的字句活现人物神情心态的风格特点，如此精心建构一字一词，可真是"字字看来皆是血，十年辛苦不寻常"啊！

我们从以上几个方面阐述了《红楼梦》质朴自然的语言风格美。法国现实主义雕塑家罗丹说："艺术家所见到的自然，不同于普通人眼中的自然，因为艺术家的感受，能在事物外表之下体会出内在的真实。"[1]曹雪芹有着艺术家的眼光，他对生活和人物观察得特别深刻、精细、准确，能够剔肤见骨，勾魂摄魄；同时他在语言的运用上，又把它当作一项极其严肃的艺术创造事业，不惜倾注自己毕生的心血和生命。因此他才能使他的《红楼梦》在质朴自然中创造出了如此高超的语言风格美。

---

① 罗丹：《罗丹艺术论》，人民美术出版社1978年版，第19页。

列夫·托尔斯泰说："朴素是美的必要条件。"①曹雪芹《红楼梦》的语言艺术无疑地是具备这种"美的必要条件"的。他的语言艺术成就是多方面的，很值得我们去作更深一步的研究和探讨。

---

① 列夫·托尔斯泰：《致安德列夫》，见段宝林编的《西方古典作家谈文艺创作》，春风文艺出版社 1980 年版，第 564 页。

诗人、历史家和哲学家的三位一体

——谈《红楼梦》语言艺术的哲理美

我国当代的语言艺术大师老舍说:"戏剧语言还要富于哲理。含有哲理的语言,往往是作者的思想通过人物的口说出来的,当然,不能每句话都如此。但在一幕戏中有那么三五句,这幕戏就会有些光彩。若不然,人物尽说一些平平常常的话,听众便昏昏欲睡。"[①]其实,老舍的这段话,不仅适用于戏剧语言,它也是对古今中外一切优秀的文学艺术语言的经验之谈。

列宁说:"俄国工人阶级研究列夫·托尔斯泰的艺术作品,会更清楚地认识自己的敌人。"[②]同样,我们要了解中国封建社会,也不可不读《红楼梦》。《红楼梦》纯粹是作家个人创作的小说,而不是根据史实编写的历史演义,这是毫无疑问的。问题是《红楼梦》为什么给人以一部形象的中国封建社会没落的历史的深刻印象呢?我觉得其根本的原因就在于:作者写得太真实、太深刻了,它形象地揭示了一些带有阶级斗争规律性的社会本质问题;与此相适应的,在语言上也富有哲理隽永的特色。

---

① 老舍:《我的经验》,《剧本》1959 年第 10 期。
② 《列宁全集》第 16 卷,人民出版社 1959 年版,第 352 页。

一、"天下老鸹一般黑"

"天下老鸹一般黑。"《红楼梦》中引用的这句民间俗语，是对剥削阶级本质上具有反动共性的生动写照。它凝结着我国广大劳动人民长期积累的阶级斗争经验，是我们认识错综复杂的阶级关系的一把钥匙。《红楼梦》对于反动统治阶级的揭露，不是局限于他们中的哪一个坏人、哪一个"暴君"或"赃官"的个人罪恶，而是反映了整个反动统治阶级的罪恶和整个封建制度的不合理，在一定程度上深刻地揭示了反动统治阶级"天下老鸹一般黑"的共同的反动本质。这正是《红楼梦》对中国封建社会的阶级关系反映得特别真实、深刻之处。

"天下老鸹一般黑"，首先"黑"在一切反动阶级都是吸血鬼。他们剥削成性，贪得无厌，敲骨吸髓，无恶不作，残暴至极！《红楼梦》第五十七回写到，史湘云不认识当票，林黛玉也不认识，众人都笑她们"是个呆子"。那个"珍珠如土金如铁"的"四大家族"之一的薛姨妈解释给她们听，湘云、黛玉二人说："原来如此，人也太会想钱了。姨妈家的当铺也有这个不成？"众人笑道："这又呆了。'天下老鸹一般黑'，岂有两样的。"这里说的不仅是当票，更重要的是由当票所反映的剥削阶级"太会想钱"的共同的反动本质。"四大家族"之首的贾府管家婆王熙凤，更是经常为了钱财，不惜害死人命。她甚至连用人每月仅一二两银子的"月钱"，都要克扣下来去放高利贷。仅此一项，一年不到就刮了上千银子的利钱。后来抄家时，"抄出两箱房地契又一箱借票，都是违例取利""重利盘剥"（第一百零五回）。连贾政都担心："这种声名出去还了得吗？"（第一百零六回）

马克思、恩格斯在《共产党宣言》中指出："资产阶级在它已经取得了统治的地方，把一切封建的、宗法的和田园诗般的关系都破坏了。它无情地斩断了把人们束缚于形形色色的封建羁绊，它使人和人之间除了赤裸裸的利害关系，除了冷酷无情的'现金交易'，就再也没有任何别的联系了。"①《红楼梦》所反映的是中国封建社会开始没落的时代，资产阶级尚未正式形成，更未取得统治地位。但是，我们从《红楼梦》所反映的阶级关系及其对于统治阶级本质的揭露，可以清楚地看出，原来那种"封建的、宗法的和田园诗般的关系""形形式式的封建羁绊"，正在被"赤裸裸的利害关系"所破坏和代替，至少是部分地被破坏和代替了。封建制度不是要求妇女"三从四德"吗？可是在贾府你要办什么事情，托贾琏不成，只要求求他老婆王熙凤准能行。有一次，贾琏想偷借贾母的金银器去当钱，要他老婆跟鸳鸯说一声，王熙凤就要贾琏给她一二百两银子作报酬。夫妻之间尚且如此唯利是图，连贾琏都有点吃惊，说："这会子烦你说一句话，还要个利钱，真真了不得！"《红楼梦》对于反动统治阶级本质的这种揭露，富有深刻的时代特征，反映了中国封建社会走向没落、资本主义正在萌芽的历史趋势。

"天下老鸹一般黑"，还"黑"在《红楼梦》形象地描绘了"宗法封建性的土豪劣绅，不法地主阶级，是几千年专制政治的基础"②。王熙凤为坐享三千两银子，害死了两条人命。作者不是把这件事写成她一个人的罪过，而是说她"假托贾琏所嘱，修书一封"，通过长安县节度使云光，以"久见贾府之情，这点小事岂有不允之理"，运用封建政权的力量，迫使张金哥退婚，造成一对未婚夫妇自杀的惨剧。这不仅反映了王熙凤是吃人的母老虎，更重要的是，还有代表她那个封建地主阶级的专制政权做她的靠山和帮凶。《红楼梦》第四回介绍了什么叫"护官符"："如今凡作地方官者，皆有一个私单，上面写的是本省最有权有势极富极贵大乡绅的名姓，各省皆然。倘若不知，一时触犯了这样的人家，不但官爵，只怕连性命还保不成呢。"作者在这里不但指出封建

---

① 马克思、恩格斯：《共产党宣言》单行本，人民出版社1971年版，第26页。
② 毛泽东：《湖南农民运动考察报告》，《毛泽东选集》第1卷，北京人民出版社1951年版，第17页。

政权就是"极富极贵大乡绅"的政权，而且特别强调"各省皆然"，也是从政治上揭露了"天下老鸦一般黑"的意思。《红楼梦》所反映的阶级关系不管多么复杂，总是证明了一个真理："地主政权，是一切权力的基干。"[①]

曹雪芹作为亲身经历过败家、落魄的封建统治阶级中的一员，他的感受和揭露是深刻的；但是，时代和阶级的局限性，又使他的揭露不可能达到彻底的、无保留的、革命的程度。在前面对"护官符"的说明中，他强调的是"地方官"，而最高统治者——以皇帝为代表的封建朝廷，是不包括在这个"天下老鸦一般黑"之内的。正如贾宝玉所说："要知道那朝廷是受命于天，他不圣不仁，那天地断不把这万几重任与他了。"（第三十六回）曹雪芹为自己"无材可去补苍天"而感到抱憾终生。他揭露反动统治阶级罪恶本质的目的不是要革命，而是要"补"封建制度之"天"；"补天"不成，他就只能幻想有个"白茫茫大地真干净"。曹雪芹的这个局限性，从反面教育了我们，要真正彻底地认识反动阶级"天下老鸦一般黑"的反动本质，必须具有自觉的革命立场，必须有马克思列宁主义的指导。

二、"不是东风压倒西风，就是西风压倒东风"

当紫鹃、袭人和林黛玉谈到贾府所发生的一系列事件时，袭人感到很不理解地说："想来都是一个人，不过名分里头差些，何苦这样毒，外面名声也不好听。"林黛玉斩钉截铁地向她指出："但凡家庭之事，不是东风压倒西风，就是西风压倒东风。"（第八十二回）其实，不仅"家庭之事"如此，社会之事也一概如此。这个"四大家族"之外的苏州姑娘，尽管在她主观上不可能

---

① 毛泽东：《湖南农民运动考察报告》《毛泽东选集》第 1 卷，北京人民出版社 1951 年版，第 34 页。

懂得什么叫作阶级斗争，但是，她通过在贾府所亲身体验和亲眼观察到的阶级斗争和封建贵族内部争权夺利斗争的事实，在客观上作出了符合阶级斗争规律的深刻论断。

"不是东风压倒西风，就是西风压倒东风。"这是阶级矛盾不可调和，阶级斗争极端残酷和尖锐化的必然反映。在《红楼梦》中，集中地表现为金玉良缘与木石姻缘、仕进与反仕进、男尊女卑与反男尊女卑、压迫与反压迫、剥削与反剥削等血淋淋的生死大搏斗。林黛玉虽然是贾母的嫡亲外孙女，她刚到贾府时，被奉为上宾，贾母叫她是"心肝儿肉""百般怜爱，寝食起居一如宝玉，迎春、探春、惜春三个亲孙女倒且靠后"。可是当她跟不满意封建制度的贾宝玉互认"知己"，她的思想性格不合于封建统治阶级的规范时，贾母等人对她不仅另眼看待，而且为了替贾宝玉选择一个符合封建阶级利益要求的妻子，不惜把林黛玉逼死，把贾宝玉气疯。阶级斗争就是这样的残酷无情！甄士隐的独生女儿英莲被人骗去，后来卖给了冯渊，薛蟠将冯渊打死，把英莲霸占为妾，冯渊真是"逢冤"啊！贾赦为了占有石呆子家祖传的古董扇子，强迫人家卖给他，石呆子不卖，贾赦便勾结官府，"讹他拖欠官银"，弄得他家破人亡。王夫人清查了一次大观园，就逼死了一群人，晴雯就是其中的一个。贾府是那样的富贵繁华，可是在贾府内地位连"下三等的奴才"都不如的芳官、龄官、藕官等几个唱戏的女孩子，却把贾府比作"牢坑"，把自己比作"笼中鸟"。她们是多么痛苦地在挣扎着，多么迫切地在盼望着，有朝一日能跳出这"牢坑"，冲破这"鸟笼"啊！

《红楼梦》中统治阶级内部的斗争，同样的残酷无情，如作品中探春所说："咱们倒是一家子亲骨肉呢，一个个不像乌眼鸡，恨不得你吃了我，我吃了你！"（第七十五回）一次，赵姨娘竟用五百两银子买通马道婆，用纸做的十个青面白发的鬼，写上王熙凤、贾宝玉两个人的年庚八字，分别掖在他们各人的床上，乞灵于马道婆的魔法，企图达到为其亲子贾环夺取贾府继承权的目的，如赵姨娘所说的："把他两个绝了，明日这家私不怕不是我环儿的。"（第二十五回）王熙凤一面涕泪满面地向尤二姐"诉苦"，一口一声"好妹妹"，装出一副恪守封建妇德的"贤良"面孔，花言巧语地把尤二姐骗进贾府来住；另一面背后却采取"借刀杀人""坐山观虎斗"等种种阴谋手段，逼得已怀孕六个月的尤二姐吞金自杀，害了两条人命。王熙凤不但逍遥法外，还骗了个"贤良"之名。表面上看，这是大小老婆之间的争斗，实质上仍是为了争权夺利。王熙凤没有生儿子，贾琏私娶尤二姐时，就有"将凤姐一笔勾倒"的流露，她很怕尤二姐"果然生了个一男半女"，威胁她在贾府的统治地位。按照曹雪芹原定的计划，王熙凤最后的下场也确是要被贾琏休弃的。

"不是东风压倒西风，就是西风压倒东风"，完全符合"阶级斗争，一些阶级胜利了，一些阶级消灭了。这就是历史，这就是几千年的文明史"[①]的历史规律。在《红楼梦》中，统治阶级貌似很强大，残害人命，无恶不作。但是作者不是停留在这种表象上，而是写出这并不是他们的胜利，却是他们反动、衰朽的表现，是他们必然走向失败、灭亡的征兆。晴雯虽然被迫害死了，但是她的斗争精神和悲惨遭遇，激励和鞭策了贾宝玉更加坚定地走上叛逆的道路。当晴雯被撵出大观园时，他气愤地说："我究竟不知晴雯犯了什么弥天大罪！"（第七十七回）并私自到晴雯家去看望她。晴雯死讯传来，他以满腔的怨恨和悲愤，写了一篇血泪斑斑的《芙蓉女儿诔》，痛骂封建统治阶级的腐朽昏庸，热烈赞颂"身为下贱"的晴雯，比金玉还要贵，比冰雪还要洁，把她的反抗斗争精神升华到比星日还要光辉夺目的高度。相反的，王熙凤是那么凶狠残暴，诡计多端，"少说些有一万个心眼子"。但是她得胜了没有呢？没有。连王熙凤自己也感到"骑上老虎了""一家子大约也没有个不背地恨我

---

① 毛泽东：《丢掉幻想，准备斗争》，《毛泽东选集》第 4 卷，人民出版社 1960 年版，第 1491 页。

的"（第五十五回）。最后她落了个"机关算尽太聪明，反误了卿卿性命"的可耻下场。这绝不是像有的人所说的，因为王熙凤"女人薄命"，而是整个反动统治阶级必然灭亡的历史法则，即使像王熙凤那样"有一万个心眼子"，也改变不了、抗拒不了这个法则。

曹雪芹"不敢稍加穿凿"地写出了封建统治阶级已处于"末世"地位，反映了尽管西风猖獗一时，最终必将是东风压倒西风——封建统治阶级面临着"一代不如一代""运终数尽，不可挽回"的必然没落的历史命运。这是现实主义的伟大胜利，是曹雪芹从封建贵族地位跌落下来，促成他的世界观对于本阶级永世长存的幻想破灭的反映，是当时社会阶级矛盾尖锐化的结果。但是，没落贵族的阶级地位，决定了曹雪芹的现实主义再伟大也不可能达到彻底的历史唯物主义的高度。他对于被压迫的奴婢和广大劳动人民只是抱有一定的同情，而绝无意于改变他们被压迫的阶级地位。他看到了本阶级的必然没落，却看不到社会发展的光明前途。所谓"运终数尽"云云，就是作者找不到前途而涂上的一层宿命论的色彩，但它毕竟在客观上反映了封建阶级必然没落的历史命运。

三、"外面的架子虽未甚倒，内囊却也尽上来了"

《红楼梦》是怎样反映出封建统治阶级必然没落的历史命运的呢？"外面的架子虽未甚倒，内囊却也尽上来了。"作者通过"冷子兴演说荣国府"时说的这句话，作了提纲挈领式的深刻而形象的描绘。

曹雪芹所处的时代，实际上已开始进入中国封建社会的末期。但是当时封建统治阶级和他们的御用文人，并没有认识到这个历史趋势，他们还扬扬得意地自称是处于"乾隆盛世"。曹雪芹由于在抄家、落魄中经历过阶级斗争和统治阶级内部斗争的洗礼，所以他能够从这"盛世"的外表，看出其日趋衰朽的本质。这在当时是个很了不起的远见卓识。所以我们读《红楼梦》，比读当时的一切历史书籍都更有收获，更能真实、生动、具体、形象地了解中国封建社会没落的历史。

那么，作者是怎样通过"外面的架子虽未甚倒，内囊却也尽上来了"的哲理性语言，来揭示出封建统治阶级必然没落的历史命运的呢？他不是孤立地写这句话，而是以《红楼梦》的全部艺术描写，证明了这种哲理的历史必然性。

他从封建统治阶级的凶狠残暴中，揭示出其矛盾重重、空虚脆弱的政治危机。你看那贾政毒打贾宝玉，是多么凶狠残暴："喝命：'堵起嘴来，着实打死！'""举起大板打了十来下，贾政犹嫌打轻了，一脚踢开掌板的，自己夺过来，咬着牙，狠命盖了三四十下。"王夫人赶来相劝，"贾政更如火上浇油一般，那板子越发下去的又狠又快"。把贾宝玉打得"早已动弹不得了"，仍不肯罢休，还要拿"绳索来勒死"。这是一般的老子打儿子吗？不是。这是政治上尖锐的阶级斗争在这个封建大家庭内部的反映。作者通过贾政把这场斗争的性质讲得很明白，不打则有"明日酿到他弑君杀父"的危险，"不如趁今日一发勒死了以绝将来之患"！但是，封建统治阶级内部矛盾重重，不仅读书应举、仕途经济、男尊女卑等封建传统观念失去了征服人心的力量，遭到了贾宝玉的竭力抗拒，而且贾母、王夫人从她们传宗接代的封建阶级利益出发，又不得不护卫着贾宝玉这个命根子，使贾政不能按照封建阶级的传统要求来管教儿子，只得在贾母面前保证："从此以后，再不打他了。"（第三十三回）贾母还吩咐贾政的亲随小厮：今后"你老爷要叫宝玉，你不用上来传话，就回他说，我说了……"并"将此话说与宝玉，使他放心。那宝玉本就懒与士大夫诸男人接谈，又最厌峨冠礼服贺吊往还等事；今日得了这句话，越发得了意，不但将亲戚朋友一概杜绝了，而且连家庭中晨昏定省一发都随他的便了"（第三十六回）。读书应举，这本是封建统治阶级培养本阶级接班人的根本道路。在贾宝玉的反抗和贾母的溺爱下，贾政只得"遂也不强以举业逼他了"（第七十八回）。这场斗争以贾政的完全失败而告终。这并不是贾政一个人的失败，而是反映了当时整个社会阶级斗争所引起的急剧变化。如薛宝钗所说："男人们读书明理，辅国治民，这便好了；只是如今并不听见有这样的人，读了书，倒更坏了。"（第四十二回）《红楼梦》以令人信服的无比强大的艺术力量告诉我们，别看封建统治阶级表面上气势汹汹，可隐藏在后面的是空虚脆弱的本质，是不可摆脱的重重矛盾，是不可救药的政治危机。

《红楼梦》从封建统治阶级的富贵繁华中，揭示出其由于贪图享乐、穷奢极欲而造成日益枯竭的经济危机。你看贾府这个封建大家庭，是多么富贵繁华而又奢侈靡费！平时，吃一顿茄子，"倒得十来只鸡来配他"（第四十一回）；吃一次螃蟹，再搭上酒菜，这一顿的钱，"够我们庄家人过一年的了"（第三十九回）。给贾珍的媳妇秦可卿办丧事，光是一口棺材就值一千多两银子。送葬时，"连家下大小轿、车辆，不下百余十乘。连前面各色执事、陈设、百耍，浩浩荡荡，一带摆三四里远"（第十四回）。贾政的大女儿贾元春做了皇妃，为了她回家探一次亲，就特地造了长达三里半、"天上人间诸景备"的大观园，作为"省亲别院"。不但大兴土木，还特地到苏州去采买女孩子来办家庭戏班子。搞得富丽堂皇，"真系玻璃世界，珠宝乾坤"。连贾元妃都感到"奢华过费""过分之极"（第十七回）。迎接皇妃尚且如此，接驾皇帝那就更了不得。"只预备接驾一次，把银子都花的淌海水似的。""别讲银子成了土泥，凭是世上所有的，没有不是堆山塞海的，'罪过可惜'四个字竟顾不得了。"（第十六回）

封建统治阶级这样的"奢华过费""过分之极"，是建立在什么基础上的呢？作者明确地告诉我们，这是建立在残酷地剥削、压榨广大劳动人民的基础之上的。贾府的筵席，实际上是人肉筵席；花的银子"淌海水似的"，实际上是榨取的被压迫者的血汗如海水。你看黑山村的乌庄头来贾府交租，除了交来猪、羊、鸡、肉及熊掌、海参等大量的珍贵食品外，还交了一千担米、二千五百两银子。那还是个"年成实在不好"的灾荒之年。广大劳动人民过的是饥寒交迫的生活，如"只靠两亩薄田度日"的刘姥姥所说："我们成日家和树林子作街坊，困了枕着他睡，乏了靠着他坐，荒年间饿了还吃他。"（第四十一回）可是穷奢极欲的封建贵族，把农民的劳动果实几乎全部掠夺去了还不满足。看了那长长的缴租单子，贾珍皱眉道："我算定你至少也有五千银子来。这够做什么的！""这几年添了许多花钱的事……不和你们要，找谁去？"从农民身上榨尽了血汗，却怎么也填不满这般寄生虫们的欲壑。贾蓉对乌进孝说："这二年，那一年不多赔出几千银子来。头一年省亲连盖花园子，你算算，那一注共花了多少，就知道了。再二年再一回省亲，只怕就净穷了。"（第五十三回）管家婆王熙凤"这几年生了多少省俭的法子"，也毫无用处。她急得病倒了，由探春代理管家。"敏探春兴利除宿弊"，一年也不过只省下四百两银子，够解决什么问题呢？封建贵族面临的这种入不敷出、日益枯竭的经济危机，反映了封建社会剥削与被剥削的矛盾必然日益激化。而这种经济危机，又是由封建统治阶级贪图享乐、极尽奢侈的本质决定的，它深刻地反映了整个封建制度的必然衰落。正如马克思、恩格斯所指出的："在近代，享乐哲学是跟封建制度的衰落一起产生的，是跟封建土地贵族之变为专制王朝时代的贪图享乐和极尽奢侈的宫廷贵族同时产生的。"[①]

《红楼梦》从封建统治阶级庄严肃穆、等级森严的礼教中，揭示出其道德败坏、腐朽堕落的精神危机。你看那"宁国府除夕祭宗祠"，"只见贾府诸人分昭穆排班立定：贾敬主祭，贾赦陪祭，贾珍献爵，贾琏贾琮献帛，宝玉捧香，贾菖贾菱展拜毯，守焚池。青衣乐奏，三献爵，拜兴毕，焚帛奠酒"（第五十三回）。一个个是何等的庄严肃穆！贾府的用人"亦按差役上中下"分

---

① 《马克思恩格斯论艺术》第 1 卷，人民文学出版社 1960 年版，第 365、366 页。

三等。有个丫鬟名叫红玉，因为"玉"字犯了林黛玉、贾宝玉，便只得改名叫小红。她连给主子倒茶的资格都没有，偶尔给贾宝玉倒了一次茶，立即遭到了旁人的嘲讽："你也拿镜子照照，配递茶递水不配！"属于"荣府三等人物"，他们只配浆洗，连主子的住房都是不准进的。至于那些唱戏的丫头，赵姨娘说："我家里下三等奴才也比你高贵些。"（第六十回）这是多么等级森严！

可是就在这庄严肃穆、等级森严的封建大家庭中，难道主子们真的比奴婢们高贵吗？不！不但一点不高贵，而且都烂透了。像贾赦，"胡子苍白"，儿孙一大群，却"左一个小老婆右一个小老婆放在屋里"，"放着身子不保养，官儿也不好生作去，成日家和小老婆喝酒"（第四十六回）。还想要贾母的丫鬟鸳鸯做他的小老婆，贾母不肯，说："我这里有钱，叫他只管一万八千的买去，就这个丫头不能。"贾赦果然"各处遣人购求寻觅，终久费了八百两银子，买了一个十七岁的女孩子来，名唤嫣红，收在屋内"（第四十七回）。贾琏更是"欲令智昏"，不顾孝服在身，"贾敬停灵在家"，他却"乘机百般撩拨，眉目传情"（第六十四回），勾搭尤二姐，停妻再娶。问题不只是贾赦、贾琏这一二个人腐化堕落，而是整个封建统治阶级在溃烂。贾琏与鲍二家的通奸，这个丑事被凤姐逮住了，闹到贾母那里，贾母却笑着说："什么要紧的事！小孩子年轻，馋嘴猫儿似的，那里保得住不这么着。从小儿世人都打这么过的。"（第四十四回）还是书中的柳湘莲说得好："你们东府里，除了那两个石头狮子干净，只怕连猫儿狗儿都不干净。"（第六十六回）救过贾府太爷命的忠实老奴仆焦大气愤地说："我要往祠堂里哭太爷去。那里承望到如今生下这些畜生来，每日家偷狗戏鸡，爬灰的爬灰，养小叔子的养小叔子。"（第七回）封建贵族老爷、少爷、少奶奶们，陷入这般荒淫无耻、糜烂不堪的精神危机，绝不是偶然的，正如恩格斯所说，它是一种"不可救药的社会现象"①，是封建统治阶级必然没落的一个征兆。

曹雪芹无情地鞭挞了封建统治阶级的腐化堕落，但是他并不完全反对封建的妻妾奴婢制度。作者对贾宝玉幻想有"两三个人"跟他"同死同归"，是持肯定态度的。这两三个人，实际上就是所谓"贤妻美妾"。对于王熙凤迫害贾琏的小老婆尤二姐，夏金桂迫害薛蟠的小妾香菱，作者不认为是封建的妻妾制度不合理造成的，而是看作"女人的妒病"。作者还特地写了贾宝玉问名医王一贴："你可有贴女人的妒病方子没有？"（第八十回）这个问题提得似乎有点荒唐，其实它说明作者看到了封建统治阶级糜烂腐朽和内部矛盾重重的病情是无药可救的不治之症，但是由于时代和阶级的局限性，他不可能正确地找到病根，当然更不可能找到医治这个病根的方子。

我们不应向曹雪芹提出在他那个时代所不可能做到的要求。好在他从封建统治阶级所面临的政治危机、经济危机和精神危机，入木三分地揭露了封建贵族之家"外面的架子虽未甚倒，内囊却也尽上来了"的历史趋势。它使广大人民耳目一新，透过"外面的架子"，看到了封建统治阶级正在溃烂的"内囊"。这对于打破当时统治阶级制造的"乾隆盛世"的神话，粉碎对于现存阶级关系的传统的幻想，引起对于封建统治永世长存的怀疑，是有其不可估量的历史意义的；对于我们今天认清一切反动阶级外强中干的本质，掌握阶级斗争的历史规律，也是富有现实教育意义的。

四、"百足之虫，死而不僵"

封建统治阶级既然面临种种不可解决的危机而必然衰落，那么，他们是不

---

① 恩格斯：《家庭、私有制和国家的起源》，《马克思恩格斯文选》第1卷，人民出版社1961年版，第224页。

是会甘心退出历史舞台，或者轻而易举地就衰亡呢？不会。"百足之虫，死而不僵。"《红楼梦》第二回、第七十四回两次用这句富有哲理性的语言，并且以生动的艺术描写，揭示了以贾府为典型的封建贵族阶级必然衰落而又垂死挣扎的过程。

封建统治阶级所以"死而不僵"，首先是由于他们当时还掌握封建国家政权。他们可以利用这个政权为非作歹，鱼肉人民，竭力维持封建统治。"政权在哪一个阶级手里，这一点决定一切。"[①]反动统治阶级也是深深懂得这一点的。不管他们内部如何矛盾重重、腐朽不堪，但是他们在残酷地镇压人民革命这一点上，却总是一致的，甚至包括贾宝玉这种不满意封建制度的叛逆人物，也不免要对镇压农民起义的刽子手林四娘持颂扬的态度。王夫人和邢夫人虽然矛盾很尖锐，但是她们在通过抄检大观园镇压奴婢这一点上却统一起来了。探春气愤地说："你们别忙，自然连你们抄的日子有呢！你们今日早起不曾议论甄家自己家里好好的抄家，果然今日真抄了，咱们也渐渐的来了。可知这样大族人家，若从外头杀来，一时是杀不死的。这是古人曾说的，'百足之虫，死而不僵'。必须先从家里自杀自灭起来，才能一败涂地！"（第七十四回）这段话不仅是探春发泄了对抄检大观园的不满，更重要的是作者借此预示，由于阶级矛盾和统治阶级内部矛盾的日益激化，贾府这个封建大家族将要被封建王朝抄家。那样"自杀自灭"，失去封建政权的支持，当然就只能"一败涂地"了。探春把贾府"一败涂地"的主要原因归结于抄家的说法，是带有很大的片面性的。封建统治阶级的衰落及其内部矛盾，归根结底是由阶级矛盾所推动和决定的。不过，由此说明封建政权正是封建地主阶级所赖以垂死挣扎、"死而不僵"的主要支柱。在这一点上，探春的见解还是有价值的。

封建统治阶级"死而不僵"的另一重要原因，是凭借着他们反动的封建

---

① 《列宁全集》第25卷，人民出版社1958年版，第357页。

思想体系，毒害和统治着人们的灵魂。在贾府内有不少富有反抗性格的奴婢，如晴雯、鸳鸯、司棋等。她们的反抗精神实在可歌可泣，生动形象地说明了"哪里有压迫，哪里就有反抗"这个颠扑不破的真理。但是，她们的反抗方式基本上是属于自发的、个人的、消极的，往往只能以死来表示她们最后的抗争。一方面，这反映了曹雪芹的局限性，正像贾宝玉对于晴雯的被逐，只能是大哭一场，却不能起而抗争一样，作者的态度也仅是局限于同情地描写这些女奴的悲惨遭遇，因而他不可能充分地认识和反映出女奴们的革命造反精神；另一方面，这也由于封建统治思想的统治太根深蒂固，连富有反抗性格的奴仆也难以完全摆脱它的羁绊。至于袭人、焦大等典型的奴才性格，受封建统治思想的毒害那就更深了。

封建统治阶级所以"死而不僵"，归根结底，是由他们的阶级地位和阶级本性决定的。正如列宁所指出的："这个历史真理就是，在任何深刻的革命中，剥削者照例要进行长期的、顽强的、拼命的反抗，多年内的事实上对被剥削者保有巨大的优势。"[①] 这是由于他们在国际国内还有广泛的社会联系，他们还占有生产资料，还有金钱。"他们的作用与他们在人口总数所占的人数相比，要大得不可估量。"[②]《红楼梦》描写的"四大家族"也类似这种情况。王熙凤出身在所谓"东海缺少白玉床，龙王来请金陵王"的豪门贵族家庭。她爷爷专管各国进贡朝贺的事，凡有外国人来，都是她家养活。粤、闽、滇、浙所有的洋船货物都是她家掌管。她叔叔王子腾从京营节度使升任九省都检点，是当时在朝掌管军权、声势显赫的人物。在经济上，刘姥姥家穷得"连吃的都没有"，凤姐虽然说贾府"不过是旧日的空架子"，但她还是给了刘姥姥这个穷亲戚二十两银子。正如刘姥姥说的，"瘦死的骆驼比马大""你老拔根寒毛，

---

① 《列宁全集》第28卷，人民出版社1956年版，第235页。
② 《列宁全集》第30卷，人民出版社1957年版，第95页。

比我们的腰还粗呢"。

事实证明，这个腐朽反动的封建统治阶级"死而不僵"，是个相当长期的历史过程。在《红楼梦》问世后，他们还继续垂死挣扎了将近一百年。在外国帝国主义侵略面前，他们又变成了出卖民族利益、勾结帝国主义残酷镇压本国人民的卖国贼，作为帝国主义在中国的帮凶和走狗，又苟延残喘地延续了一百年。直到中国共产党领导的新民主主义革命胜利，才把封建地主阶级最终赶出了历史舞台。历史已经证明，并且将继续证明，《红楼梦》对于反动统治阶级"死而不僵"的反动本质的揭露，是我们革命人民更清楚地认识自己的敌人，保持清醒的头脑，下定长期作战的决心，将革命进行到底，所永远不可忘记的历史经验。

以上我们通过对《红楼梦》中几句哲理性的语言的分析，说明了它所反映的社会生活和阶级斗争经验的历史性和深刻性、丰富性和完整性。这是同时期任何作家作品，甚至包括一切哲学、政治、经济、文学、历史著作都比不上的。在《红楼梦》中类似上述哲理性的语言还有很多，诸如"树倒猢狲散""盛筵必散""月满则亏，水满则溢""大有大的艰难去处""一时比不得一时""山高高不过太阳""人急造反，狗急跳墙""物不平则鸣""拼着一身剐，敢把皇帝拉下马"等等，不胜枚举。但我们仅从以上几个侧面就足可说明，《红楼梦》作者运用哲理性语言的特点：它不是作者外加的，而是跟他的全部艺术描写水乳交融在一起的；它不是孤立的，而是为作品的全部思想内容所证实了的。因此，它不仅是用几句哲理性语言的问题，更重要的是它从全书的历史性内容和艺术整体上，反映了含意隽永的哲理美。有的同志也许会疑惑：语言艺术靠形象思维，怎么扯上思想内容上的哲理美了？因为无论作家、历史家或哲学家，他们在本质上都要反映客观的规律，只是反映的方式各有不同罢了。好在曹雪芹的哲理美，所用的不是哲学家那种抽象的逻辑语言，而是"老鸹""东风""架子""百足之虫"等形象化的文学语言。古希腊的亚里士多德说得好："语言是表现思想的，能够使我们把握新的思想的语言，是最为我们所喜欢的语言。"[①]法国著名作家雨果也指出："谁要是名叫诗人，同时也就必然是历史家和哲学家。荷马包括了希罗多德和达勒斯。莎士比亚也是如此，他是一个三位一体的人。"[②]曹雪芹的语言艺术的哲理美，证明他也恰恰是这样一个"三位一体"的语言艺术大师。

---

① 亚里士多德：《修辞学》，《西方文论选》上册，上海文艺出版社 1963 年版，第 92 页。

② 雨果：《莎士比亚论》，《古典文艺理论译丛》第 3 册，人民文学出版社 1962 年版，第 95 页。

艺术皇冠上的明珠

——谈《红楼梦》中对俗语的运用

如果说《红楼梦》是我国封建时代艺术宝库中的一顶皇冠的话，那么曹雪芹在《红楼梦》中所运用的许多民间俗语，可以说就是这顶皇冠上的璀璨的明珠。它为这顶皇冠增加了更加魅人的熠熠光彩。

探讨民间俗语在《红楼梦》中的运用，这对于我们认识《红楼梦》的思想艺术成就，对于我们借鉴曹雪芹的艺术创作经验，对于促进我们认真学习群众语言，也许都是颇为发人深省的。

一、化为自己的血肉，铸成作品的筋骨

曹雪芹和历史上一切语言艺术大师一样，他们个人的语言艺术才能，总是建立在善于吸取群众语言艺术创造才能的基础之上的。正如毛泽东同志所说的："应当认真学习群众的语言。如果连群众的语言都有许多不懂，还讲什么文艺创造呢？"[1]学习群众语言，对于文艺创造来说，是个重要的前提和基础。

民间俗语是群众语言中的精髓。在《红楼梦》中，曹雪芹运用民间俗语之多，那是非常惊人的。如秦可卿对凤姐说："你如何连两句俗语也不晓得！

---

① 毛泽东:《在延安文艺座谈会上的讲话》，见《毛泽东选集》第 3 卷，人民出版社 1953 年版，第 873 页。

常言‘月满则亏，水满则溢’；又道是‘登高必跌重’。如今我们家赫赫扬扬，已将百载，一日倘或乐极悲生，若应了那句‘树倒猢狲散’的俗语，岂不虚称了一世的诗书旧族了！”凤姐对贾琏说："错一点儿，他们就笑话打趣；偏一点儿，他们就指桑说槐的抱怨。坐山观虎斗，借剑杀人，引风吹火，站干岸儿，推倒油瓶不扶，都是全挂子的武艺。"兴儿向尤二姐介绍说，凤姐"嘴甜心苦，两面三刀；上头一脸笑，脚下使绊子；明是一盆火，暗是一把刀；都占全了"。这些语言几乎全部都是由民间俗语组成的。由此我们可以窥见，曹雪芹对于民间俗语是多么的重视和熟悉；《红楼梦》之所以能成为我国艺术宝库中的皇冠，是跟曹雪芹吸取了人民群众的语言艺术创造才能分不开的。

民间俗语不仅具有形象生动、语言精练、哲理性强等特点，而且它本身就是群众生活经验的概括、思想智慧的结晶。有不少民间俗语反映了社会生活中许多本质问题，闪耀着朴素的辩证法的思想光辉。正如列宁所指出的："常常有这样的成语，它能以出人意料的恰当，表现出相当复杂现象的本质。"[①]在曹雪芹创作《红楼梦》的时候，当然不可能有马列主义、毛泽东思想的科学指导，但是由于他把一些比较正确地概括了客观规律的民间俗语，作为观察和反映社会生活的一个重要指导线索，这对于《红楼梦》反映社会生活的深刻性，显然是起了很大的积极作用的。如秦可卿所说的"月满则亏，水满则溢""登高必跌重""乐极悲生""树倒猢狲散"，不仅形象生动地反映了社会生活的某些客观规律，而且它本身也就是《红楼梦》故事情节发展的一条重要的指导线索。凤姐所说的"指桑说槐""坐山观虎斗""借剑杀人""引风吹火""站干岸儿""推倒油瓶不扶"等民间俗语，实际上也是作者对整个《红楼梦》所描写的封建社会末期，人与人之间复杂的阶级关系的深刻写照。兴

---

① 转引自铁马：《论文学语言》，文化工作社未名丛书，中国图书发行公司总销售，1953 版，第 57 页。

儿向尤二姐介绍凤姐的为人，则既是对凤姐这个人物性格发展史的生动概括，也是对于反动阶级的这个典型人物两面派本质的有力揭露。这些民间俗语的运用，不仅增强了《红楼梦》语言的生动性，更重要的是，它对于曹雪芹如何认识和反映社会生活，揭示《红楼梦》的深刻的主题，描写封建社会末期人与人之间复杂的阶级关系，刻画人物丰富多彩的典型性格，都起到了明察善辨、别出心裁的作用。

也就是说，曹雪芹不仅是把民间俗语作为生动形象的艺术语言运用在他的作品之中，更重要的，他是把那些概括了社会生活中某些本质规律的民间俗语，用来指导他的整个作品的创作。因此，在《红楼梦》中，民间俗语不是游离于整个作品的主题思想、情节结构、人物性格之外，不是作为黏附在它们的外表上的一种美丽的装饰品，而是像人体的血管和神经一样，非常自然地、有机地渗透在整个《红楼梦》的主题思想、情节结构、人物性格之中，共同成为造就《红楼梦》这一伟大的艺术瑰宝的不可或缺的重要元素。

我们从《红楼梦》第二回冷子兴同贾雨村的一段对话中，也可以看出民间俗语对于作者在深刻地认识和反映社会生活方面所起的指导作用。贾雨村只看到表面现象，他说：贾府宁荣"二宅相连，竟将大半条街占了。大门前虽冷落无人，隔着围墙一望，里面厅殿楼阁，也还都峥嵘轩峻；就是后一带花园子里，树木山石，也还都有蓊蔚洇润之气，那里像个衰败之家"！而冷子兴便引用"百足之虫，死而不僵"的古人俗语，深刻地指出贾府"如今外面的架子虽未甚倒，内囊却也尽上来了"。这里写的虽然是冷子兴说的话，却反映了民间俗语正是使作者摆脱贾雨村之流的迂腐世俗之见，能够透过表面现象，深刻地认识和反映社会生活本质的锐利思想武器。

《红楼梦》的整个故事情节的发展，也反映了以贾府为代表的封建统治阶级"百足之虫，死而不僵"的特点；作者总是透过表面现象，深刻地揭示出内在的本质和尖锐的矛盾。如为贾元妃省亲，特地造了个"天上人间诸景备"

的大观园，那"奢华过费"真是"说不尽这太平景象，富贵风流"，如按贾雨村之流的迂腐之见，或按"别书的俗套"，定要作"省亲颂"，大肆美化一番。然而曹雪芹却偏要"且说正经为是"，写"贾妃满眼垂泪"，一片凄凄惨惨切切，令人为之酸鼻；揭示出那"鲜花着锦""烈火喷油"之盛，不过是瞬息的繁华，在这一片太平景象、富贵风流后面，掩盖着的却是不可调和的矛盾、无法解脱的痛苦与必然没落的命运。经过一系列内在的矛盾冲突，发展到抄检大观园，对晴雯等奴婢实行大镇压，以贾府为代表的封建统治阶级的反动和衰朽更加表面化了。这时作者通过探春之口，激愤地说："可知这样大族人家，若从外头杀来，一时是杀不死的。这是古人曾说的，'百足之虫，死而不僵'。必须先从家里自杀自灭起来，才能一败涂地！"在这里，"百足之虫，死而不僵"等民间俗语，显然不只是增强了人物语言的形象性和说服力，更重要的是发挥了它对于深刻地认识和反映社会生活、结构作品故事情节的指导作用。

在贾氏宗族中，贾芸家是较早地就衰落了。他为了找凤姐谋个吃饭的差事，不得不去找开香料铺的舅舅，想赊点香料来给凤姐送礼。他说："难道舅舅就不知道的，还是有一亩田，两间房子，如今我手里花了不成？巧媳妇做不出没米的粥来，叫我怎么样呢！"这里，贾芸用"巧媳妇做不出没米的粥来"的俗语，十分生动有力地说明了他家已衰落到穷困不堪的地步。耐人寻味的是，后来贾母那儿临时添了个人吃饭，却没有饭了。"鸳鸯道：'如今都是可着头做帽子了，要一点儿富余也不能的。'王夫人忙回道：'这一二年旱涝不定，田上的米都不能按数交的。这几样细米更艰难了，所以都可着吃的多少关去。生恐一时短了，买的不顺口。'贾母笑道：'这正是"巧媳妇做不出没米粥来"。'"临时添了一个人，饭不够吃，这本来是家常琐事，但作者把它与整个封建地主经济的危机联系起来，说成是因"这一二年旱涝不定，田上的米都不能按数交的"，又以"巧媳妇做不出没米粥来"的俗语，来跟前面贾芸说的这句俗语相映照，它该是产生了多么强烈的艺术效果啊！读到这里谁又能够不深长思之，对于以贾府为代表的封建统治阶级的急剧衰落产生深刻的印象呢？！

此外，如"盛筵必散""千里搭长棚，没有个不散的筵席""一时比不得一时""卖油的娘子水梳头。自来家里有的，好坏不知给了人多少，这会子轮到自己用，反倒各处求人去了"，这些俗语都交织在《红楼梦》的整个故事情节之中，有力地揭示了《红楼梦》所要表现的封建统治阶级必然没落的伟大主题。

我们不妨设想一下，如果把上述民间俗语从《红楼梦》中统统删去，那对于《红楼梦》所表现的伟大主题，对于整个作品的思想和艺术成就，岂不是伤筋动骨的极大破坏吗？因为这些民间俗语，在《红楼梦》中不只是作为几个生动的词语来使用的，它是整个作品的主题思想、情节结构、人物性格的有机组成部分，是支撑整个作品不可或缺的筋骨。

曹雪芹能够把民间俗语如此化为自己的血肉，铸成自己作品的筋骨，说明他在思想上跟人民群众保持着紧密的联系；说明他之所以能创造出《红楼梦》这部人类文学史上罕见的光辉杰作，不只是靠他个人的天才，更重要的是由于他汲取了我们伟大民族的思想智慧和语言艺术创造才能。

二、自有炉锤化腐朽，点铁成金作妙用

马克思、恩格斯说："语言是思想的直接现实。"[1]曹雪芹在《红楼梦》中对民间俗语的运用，正是首先从加强作品的思想性出发的。我们从《红楼梦》中可以看到许多这样的事例，往往由于作者对一二句俗语的匠心独运，而把作

---

[1]　马克思、恩格斯：《德意志意识形态》，人民出版社1961年版，第515页。

品的思想性提高到了一个奇峰崛起的崭新境界。

譬如，在《红楼梦》第二回，贾雨村列举许多历史人物，来说明"天地生人，除大仁大恶两种，余者皆无大异"。他的长篇大论说得玄乎其玄，使人简直有莫名其妙之感。然而作者通过冷子兴之口，用一句民间俗语把它点破了。"子兴道：'依你说，成则王侯，败则贼了。'雨村道：'正是这意。'"这是根据现今流传的最早的底本——乾隆甲戌本《脂砚斋重评石头记》，后来到了庚辰本《脂砚斋重评石头记》、戚蓼生序本《石头记》，以及通行的程甲本、程乙本《红楼梦》，都把这句俗语改为："成则公侯，败则贼了。""王侯"是指最高的封建统治者，"公侯"则是指一般的上层封建统治者，这一字之差，就把作品原有的批判锋芒和政治倾向大大削弱了。这看来很可能是脂砚斋或后人的有意篡改。

曹雪芹把批判的矛头直接指向最高封建统治者，在《红楼梦》中是时常情不自禁地溢于言表的。如作者把那尊严神圣的皇宫，写成是令人悲痛不已的"不得见人的去处"；把皇帝亲赐给北静王而又转赠给贾宝玉的鹡鸰香念珠，通过林黛玉之口说，"什么臭男人拿过的，我不要他"。如果这些话还只是旁敲侧击的话，那么引用"成则王侯，败则贼"这句俗语，岂不是把最高封建统治者存在的合理性都给否定了吗？后人特意把"王侯"篡改成"公侯"，这也更加说明了作者引用这句俗语该是具有多么强大的政治威力！以致使那些有浓厚封建思想的人如鲠在喉，必欲除之而后快。

凤姐在谈到尤二姐的未婚夫张华，为贾琏破坏他们的婚姻要告状时说："俗语说：'拼着一身剐，敢把皇帝拉下马。'他穷疯了的人，什么事作不出来。"凤姐当然是站在维护反动的封建统治的立场上说这些话的，但是作者通过引用这句俗语，不仅把这场斗争在客观上从婚姻问题上升到了被统治阶级与反动统治阶级进行你死我活的阶级斗争的高度，还点明了这种你死我活的阶级斗争，其根源在于惨重的经济剥削，它把被剥削阶级逼到"穷疯了"的地步，使他们不得不起来作拼死的斗争，而且它还深刻地揭示出了凤姐的性格极富有反动阶级的斗争经验。因此，当凤姐唆使张华告状的目的达到后，她便"悄命旺儿遣人寻着了他，或讹他作贼，和他打官司，将他治死；或暗中使人算计，务将张华治死，方剪草除根，保住自己的名誉"。凤姐对待张华所以如此阴险狠毒，并不是由于他们之间有什么个人恩怨，而是由于凤姐的反动阶级本性，由于凤姐所处的封建没落时代，使她深知俗语说的"拼着一身剐，敢把皇帝拉下马。他穷疯了的人，什么事作不出来"。作者对这个俗语的运用，既深化了这个情节的思想政治意义，又突出了凤姐这个人物的典型性格。

民间俗语本身也是很复杂的，它的思想政治内容并不全是健康的。因此，曹雪芹在学习和吸取民间俗语的同时，还对一些含有消极因素的民间俗语进行了积极的改造，使之能为突出作品的思想政治内容服务。如薛宝钗在偷听到小丫鬟小红跟坠儿说的私语之后，作者写她心里想道："今儿我听了他的短儿，一时人急造反，狗急跳墙，不但生事，而且我还没趣。""人急造反，狗急跳墙"这个俗语，在这里显然是具有积极意义的，它形象地说明了"哪里有压迫，哪里就有反抗"的客观真理，深刻地反映了薛宝钗这个封建卫道者对于丫鬟们的反抗斗争极其恐惧的阴暗心理。但是，原来这个俗语却是"人急悬梁，狗急跳墙"。在《荡寇志》第九十五回、《西洋记》第九十七回，都是这样用的。"悬梁"与"跳墙"，又音韵合拍。因此，很可能是曹雪芹对这句俗语进行了积极的改造，把原来鼓吹悬梁自尽的消极内容，改造成为富有积极反抗斗争精神的"人急造反"；至少是原先"人急悬梁"与"人急造反"这两种俗语并存，而曹雪芹抛弃了前者，选取了后者。不论是属于哪种情况，都可说明曹雪芹对民间俗语的运用，是以其进步的思想为指导的。

经过曹雪芹加工改造过的民间俗语，不仅其思想内容健康了，而且在语言艺术上也更加优美生动。如凤姐向刘姥姥诉说"大有大的艰难去处"，刘姥姥说："嗳，我也是知道艰难的！但俗语说的，'瘦死的骆驼比马大'。凭他怎么，你老拔根寒毛，比我们的腰还粗呢。""瘦死的骆驼比马大"这句俗语，在《二刻拍案惊奇》第二十卷，原来是作"瘦骆驼尚有千斤肉"。"你老拔根寒毛，比我们的腰还粗呢"，在《醒世恒言》第十八卷中是这样说的："这银两若是富人掉的，譬如牯牛身上拔根毫毛，打甚么紧！"这两个俗语经过曹雪芹的加工改造，把骆驼与马、寒毛与腰作鲜明的对比，不仅使这两个俗语更加形象生动，而且赋予了贫富悬殊、阶级对立等极为丰富和深刻的思想政治内容。

还有些民间俗语，本来的思想内容是很消极的，但经曹雪芹的巧妙运用，却产生了积极的思想政治意义。如"阎王叫你三更死，谁敢留人到五更"，这本来是宣扬宿命论，树立阎王神圣权威的一句俗语。曹雪芹却能化腐朽为神奇，用阴间的铁面无私来反衬、揭露阳间的"瞻情顾意"。作者是这样写的：秦钟临死前，因记挂着种种私事，便"百般求告鬼判"。"无奈这些鬼判都不肯徇私，反叱咤秦钟道：'亏你还是读过书的人，岂不知俗语说的：阎王叫你三更死，谁敢留人到五更。我们阴间上下都是铁面无私的，不比你们阳间瞻情顾意，有许多的关碍处。"这个本来宣扬宿命论的俗语，经作者把它运用于跟阳间作对比，就对徇私舞弊、浑浑噩噩的封建政治起到了狠狠一击的作用。

清代诸联说：《红楼梦》"所引俗语，一经运用，罔不入妙，胸中自有炉锤"[①]。这炉锤，就是作家进步的思想政治倾向。对社会生活的深刻观察，跟人民群众的血肉联系，使得曹雪芹能把民间俗语熔铸成为他揭示作品重大政治主题的显著标志，大有点石成金、触手生春之妙！

三、因人而用极妥当，展现性格顿生辉

在《红楼梦》中，对于人物形象的刻画，常常由于作者恰到好处地运用

---

① 见一粟编：《古典文学研究资料汇编：红楼梦卷》第 1 卷，中华书局 1963 年版，第 118 页。

一二句民间俗语，而使人物性格更加形神兼备，情趣盎然，给人留下含意隽永、余味无穷的艺术魅力。

贾宝玉是个封建叛逆者的典型形象。作为他的叛逆性格的几个主要特征，几乎无一不是和作者巧妙地运用民间俗语相联系着的。如为了表现贾宝玉尊重人的个性自由发展的民主思想，作者让贾宝玉说："古人云：千金难买一笑。几把扇子，能值几何？""你爱这样，我爱那样，各自性情不同。比如那扇子，原是扇的，你要撕着玩也可以使得，只是不可生气时拿他出气。"作者给这个故事定的回目，就是"撕扇子作千金一笑"。可见作者构思这个故事情节，与受了"千金难买一笑"这个古人俗语的启迪是分不开的。如果作者不引用这个俗语说明尊重人的个性自由发展的思想可贵，而仅仅让宝玉鼓动晴雯用撕扇子来寻欢作乐，那岂不成了纯粹纨绔子弟的恶作剧！

有一次，贾宝玉和黛玉、宝钗等人，至妙玉的尼姑庵里去做客，妙玉给各人用不同的茶杯倒茶招待他们。这本来是极其平常的生活琐事，可是由于作者通过宝玉引用一句民间俗语，就把他那要求民主平等的思想性格突出出来了。"宝玉笑道：常言'世法平等'，他两个就用那样古玩奇珍，我就是个俗器了。"说得妙玉只好"又寻出一只九曲十环"的精致茶杯来。如果宝玉不引用"世法平等"这个体现了民主平等思想的俗语，而仅仅是为了一个茶杯在喋喋不休，那还有什么情趣呢？

又如，有一次芳官因为受不了她干娘的虐待，两人争吵了起来。这在旧社会本来也是司空见惯的事，但作者通过贾宝玉引用民间俗语对这个事情加以评论，就突出了贾宝玉不满封建压迫剥削的民主平等思想。宝玉道："怨不得芳官。自古说：'物不平则鸣。'他少亲失眷的在这里，没人照看，赚了他的钱，又作贱他，如何怪得！"在这里，正是"物不平则鸣"这个俗语，把宝玉对被压迫者的同情上升到了为争取民主平等而斗争的思想高度，使吵嘴斗气的生活琐事，立刻发出了宝石般的魅人的光彩。

贾宝玉与林黛玉的自由爱情，是作者刻画他俩叛逆性格的一条主要的线索。然而这种爱情最为激动人心的可贵之处，也正是通过引用民间俗语所体现的自由平等的叛逆思想，这成了他俩的爱情坚不可摧的基础。如在一个夜深人静后，紫鹃劝黛玉趁贾母健在的时候，拿主意要紧："姑娘是个明白人，岂不闻俗语说的'万两黄金容易得，知心一个也难求'！"黛玉嘴上虽然说："这个丫头今儿不疯了！"心里却"未尝不伤感。待他睡了，便直泣了一夜，至天明方打了一个盹儿"。黛玉为什么这样忧郁悲痛、锥心难寐、激动不已呢？正是由于紫鹃引用的这句俗语，道出了宝黛爱情的可贵之处，概括了他俩对于这种真挚爱情的执着而又痛苦的追求。如果紫鹃不是引用这个俗语，而是用其他的语言来叙述，那就不可能引起这么激荡人心、耐人寻味的效果。因为这个俗语，不仅表达了宝黛爱情是以相互"知心"为基础的，而且还概括了在旧社会世世代代"知心一个也难求"的血泪痛苦，使宝黛爱情悲剧的典型意义更加扩大和加深了。

凤姐的形象，在《红楼梦》的人物画廊中是特别引人瞩目的。这同样也是跟作者选用能够表现她的性格特征的民间俗语分不开的。

在通常情况下，许多小说只是运用民间俗语来证明某个问题，而在《红楼梦》中，运用俗语却往往不仅是证明某个问题，更重要的是还能起到表现人物复杂性格的作用。如《警世通言》第二卷，写庄生见到一个妇女扇坟，急于要把丈夫的坟土扇干了她好改嫁。庄生对此感慨万分地说："生前个个说恩爱，死后人人欲扇坟。画龙画虎难画骨，知人知面不知心。""知人知面不知心"这个俗语，在这里仅仅是为了说明有的妇女忘恩负义，而对于表现人物性格却很难说有多少裨益。在《红楼梦》中，曹雪芹是怎样运用这个俗语的呢？贾瑞有意调戏凤姐，凤姐听了他的说话，见了他的神态，就已"猜透八九分"，接着她就"向贾瑞假意含笑"，说了些恭维他的话，临别时，贾瑞"慢慢的一面走着，一面回过头来看。凤姐儿故意的把脚步放迟了些，见他去远了，心里暗忖道：这才是'知人知面不知心'呢，那里有这样禽兽的人呢！他如果如此，几时叫他死在我手里，他才知道我的手段"。"知人知面不知心"这个俗语，在这里不仅表现了贾瑞利令智昏、衣冠禽兽的性格，更重要的是把凤姐那刁钻狡黠、毒辣透顶的本质，刻画得淋漓尽致，令人毛骨悚然！凤姐对贾瑞的意图明明从一开始就已"猜透八九分"，明明是她"假意含笑"，是她"故意的把脚步放迟了些"，是她勾引得贾瑞上钩，可是她却说她对贾瑞是"知人知面不知心"。实际上她已经把贾瑞的心看透了，怎么"不知心"呢？真正"知人知面不知心"的，应该说是贾瑞对凤姐，而不是凤姐对贾瑞。正如凤姐有意指桑骂槐地对贾瑞说的："果然你是个明白人，比贾蓉两个强远了。我看他那样清秀，只当他的心里明白，谁知竟是个糊涂虫，一点不知人心。"表面上这是在贬斥贾蓉，褒扬贾瑞，实际上却正是在骂贾瑞是个"一点不知人心"的"糊涂虫"！这跟"知人知面不知心"这个俗语一样，表面上是凤姐对贾瑞禽兽心理的感慨，实际上却是对凤姐的两面派本质的生动写照，使人感到既情趣盎然，又怵目惊心！

凤姐对刘姥姥说："俗语说，朝廷还有三门子穷亲戚呢，何况你我。"凤姐引用这个俗语，把她那既骄妄又虚伪的性格，表现得何等熨帖自然！从她俨然把贾府与封建朝廷相提并论来看，显得她多么骄横不可一世；从她不因为刘姥姥是"穷亲戚"而加以嫌弃来看，又似乎显得她非常宽怀大度，会做人。实际上她不过是为了讨好王夫人，因为刘姥姥家祖上和王家连过宗，她必须派人请示王夫人。果然王夫人嘱咐："不可简慢了他。""朝廷还有三门子穷亲戚呢"，这个俗语该是多么恰到好处地反映了凤姐在这个封建末世的典型环境中的典型性格啊！

在凤姐生病，由探春等代理管家的时候，凤姐曾嘱咐平儿说："如今俗语说：'擒贼必先擒王'，他如今要作法开端，一定是先拿我开端。倘或他要驳我的事，你可别分辩，你只越恭敬，越说驳的是才好。千万别想着怕我没脸，和他一撵就不好了。"这里凤姐用"擒贼必先擒王"这个俗语,不仅为她的语言增加了说服力,而且对于表现凤姐的地位、身份、品质、睿智,也都是精当贴切、入木三分的。

在《红楼梦》里,即使是次要人物,对于民间俗语的运用,也总是从有利于表现人物性格出发的。如有一次,"可巧王夫人见贾环下了学,命他抄个金刚咒唪诵"。他便小人得志,装腔作势起来:"一时又叫彩霞倒杯茶来,一时又叫玉钏儿来夹夹蜡花,一时又说金钏儿挡了灯影。众丫鬟们素日厌恶他,都不答理。只有彩霞还和他合的来,倒了一钟茶递与他。因见王夫人和人说话,他便悄悄向贾环说道:'你安分些罢。何苦讨这个厌那个厌的。'贾环道:'我也知道了。你别哄我。如今你和宝玉好,把我不答理,我也看出来了。'彩霞咬着嘴唇,向贾环头上戳了一指头,说道:'没良心的!狗咬吕洞宾,不识好人心。'""狗咬吕洞宾,不识好人心"这句俗语,既洞隐烛微、曲尽其妙地反映了彩霞对贾环的炽热感情,又深入骨髓、惟妙惟肖地刻画了贾环那卑贱多疑、不识好歹的性格。因此,脂砚斋在这句俗语上面批道:"此等世俗之言,亦因人而用,妥极当极。"[①]"因人而用,妥极当极",这便是曹雪芹把民间俗语运用于刻画各种不同人物性格的卓越贡献。

四、民间俗语成明珠,创作经验堪借鉴

从曹雪芹在《红楼梦》中对民间俗语的运用,我们可以看出,这样一个伟大作家的伟大作品的诞生,绝不是偶然的,而是深深地扎根于人民群众的土壤之中的。俗话说:"话不投机半句多。"没有共同的思想感情,就不可能有共同的语言。曹雪芹如此大量而巧妙地运用民间俗语,这说明他跟人民群众在

---

① 见庚辰本《脂砚斋重评石头记》影印本,人民文学出版社 1975 年版,第 560 页,。

思想感情上保持着多么紧密的联系！他对民间俗语的运用，不仅增加了他的作品的语言美，更重要的是加强了他的作品的整个思想和艺术成就，使整个作品情思豁然，独辟蹊径，精美绝伦，人物性格卓然独立，婀娜多姿。

从曹雪芹在《红楼梦》中对民间俗语的运用，我们也可以看出，运用民间俗语，不只是个艺术技巧的问题，作家向人民群众学习民间俗语，必须首先学习人民群众的思想感情。只有这样，才能对民间俗语取其精华，弃其糟粕；才能把民间俗语中某些消极的、落后的东西，改造成为积极的、进步的；才能正确地、充分地发挥民间俗语的作用。在这里作家进步的思想和艺术才能，就像振聋发聩的电闪雷鸣一样，把天空中密布的浓云化为倾盆大雨，使那些被蒙上污垢的珍珠，显露出它特有的光泽。

从曹雪芹在《红楼梦》中对民间俗语的运用，我们还可以看出，不同的人物性格，必然引用不同的民间俗语。贾宝玉所用的大多是一些表现他的民主平等思想倾向的俗语，凤姐所用的则大多是属于如何维护其封建统治的俗语。这些因人而用的俗语，不仅有利于表现不同人物的思想性格，而且说明这些人物性格的产生，是对我们民族思想文化传统的继承和发展，是我国人民传统的民主主义思想哺育了贾宝玉的叛逆性格，是阶级地位、阶级斗争的客观规律决定了凤姐等封建统治阶级人物的反动本质及其必然灭亡的命运。民间俗语的运用，大大增强了《红楼梦》在人物塑造上的典型性，犹如浩瀚的长江，它不仅使我们看到了眼前的波涛滚滚，奔腾不息，而且必然要吸引人们追溯它的源远流长，百媚千娇。

在文学作品中运用民间俗语来增强文学语言的表现力，这是人们屡见不鲜的。然而，却很难得像《红楼梦》这样，把民间俗语广泛运用到正确地观察和反映社会生活，构思和组织作品的故事情节，揭示和体现作品重大的政治倾向，刻画和突出人物的典型性格，使民间俗语成为艺术皇冠上的灿烂明珠！《红楼梦》丰富、宝贵的创作经验，颇值得今人予以借鉴。

文浅意深

——谈《红楼梦》语言艺术的寓意美

在《红楼梦》第二回，曹雪芹写贾雨村看了智通寺门旁的一副对联："身后有余忘缩手，眼前无路想回头"，因想道："这两句话，文虽浅近，其意则深。"脂砚斋认为，这是《红楼梦》"一部书之总批"[①]。在脂砚斋的其他批语中，还盛赞作者"几千斤力量写此一笔"[②]"一字一千斤重"[③]"大有深意""寓意深远"[④]"是平常言语，却是无限文章，无限情理"[⑤]，这些话确实是道出了《红楼梦》语言艺术的巨大成就和重要特色。

如同巴尔扎克所说的，"艺术是思想的结晶""艺术作品就是用最小的面积惊人地集中了最大量的思想"[⑥]。只有这样，才能使艺术充分发挥其巨大的认识、教育和美感作用，使人们从中可以看到"巨大的思想深度和意识到的历史内容"[⑦]欣赏其"每一个字都适当其位，用不多几个字就可抓住按其容量说必须用很多字才能表达的思想"[⑧]。

那么，文学作品怎样才能做到寓意美——"文浅意深""用最小的面积惊

---

① 见甲戌本《石头记》第二回脂批。

② 见甲戌本《石头记》第三回脂批。

③ 见甲戌本《石头记》第五回脂批。

④ 见庚辰本《石头记》第四十三回脂批。

⑤ 恩格斯：《致斐·拉萨尔的信》，见《马克思恩格斯论艺术》第 1 卷，人民文学出版社 1960 年版，第 37 页。

⑥⑦ 巴尔扎克：《论艺术家》，见《古典文艺理论译丛》第十册，人民文学出版社 1965 年版。

⑧ 别列舍娜选辑，梁真译：《别林斯基论文学》，上海新文艺出版社 1958 年版，第 235 页。

人地集中了最大量的思想"呢？曹雪芹的《红楼梦》为我们提供了丰富的经验，值得我们认真探索。

一、由表及里

凤姐说："知人知面不知心。"（第十一回）"表壮不如里壮。"（第六十八回）贾珍说："黄柏木作磬槌子——外头体面里头苦。"（第五十三回）这里都提出了一个哲学命题，即"面"和"心"、"表"和"里"、"外头"和"里头"，如何达到矛盾的统一，而不是停留在外表现象上。这虽然是作品中人物的语言，但它也反映了作者观察问题、展开语言艺术描写的一个指导思想——引导人们由表及里，透过现象看本质。这是《红楼梦》语言具有巨大思想容量的一条重要途径。

文学的中心任务是写人。正如高尔基所说的："人是比较复杂的。""我不知道还有比人更好、更复杂、更有意思的东西。"[1]曹雪芹写《红楼梦》之所以能够把人物写得既生动复杂而又具有极为深广的典型意义，其中很重要的一条经验，就在于它不是停留在外表的描写上，而是能够由表及里，深刻地反映出人物的内心世界及其所代表的富有历史意义的思想内容和时代气息。如他写贾宝玉与林黛玉的爱情，往往以互相吵嘴、怄气的形式来表现。从表面上看，这是黛玉的多心、妒忌、好耍小性儿，而在实质上却不仅表现了她对爱情的热烈追求，而且反映了封建意识和那个令人窒息的环境所强加于她的无限痛苦，以及她对于人性自由、个性解放的追求、呼唤和抗争。

请看，有一次宝玉与宝钗一齐到贾母这边——

---

[1]　高尔基：《文学书简》上卷，人民文学出版社1962年版，第56页。

正值林黛玉在旁，因问宝玉："在那里的？"宝玉便说："在宝姐姐家的。"黛玉冷笑道："我说呢，亏在那里绊住，不然，早就飞来了。"宝玉笑道："只许同你玩，替你解闷儿。不过偶然去他那里一趟，就说这话。"林黛玉道："好没意思的话！去不去，管我什么事。我又没叫你替我解闷儿。可许你从此不理我呢！"说着，便赌气回房去了。宝玉忙跟了来，问道："好好的又生气了？就是我说错了，你到底也还坐在那里，和别人说笑一会子。又来自己纳闷。"林黛玉道："你管我呢！"宝玉笑道："我自然不敢管你，只没有个看着你自己作践了身子呢。"林黛玉道："我作践坏了身子，我死，与你何干？"宝玉道："何苦来？大正月里，死了活了的。"林黛玉道："偏说死！我这会子就死！你怕死，你长命百岁的如何？"宝玉笑道："要像只管这样闹，我还怕死呢，倒不如死了干净。"林黛玉忙道："正是了。要是这样闹，不如死了干净。"宝玉道："我说我自己死了干净，别听错了话赖人。"正说着，宝钗走来道："史大妹妹等你呢。"说着，便推宝玉走了。（第二十回）

从表面上看，这场争吵，语言是何等针锋相对！感情又是多么气极愤绝！然而作家却正是通过林黛玉说的这些气话，强有力地表现了她对贾宝玉的爱非同寻常。她具有特别高尚的思想境界。她要求爱情的专一，却不是自私、庸俗、低级地只许宝玉替她解闷儿，不许到宝钗那儿去。她要的不是只许怎么，不许怎么；她要的是宝玉的一颗心。如果没有这样一颗心，你从此不理我，也是许可的，那还有什么不许可的吗？林黛玉这种高尚、纯净的思想感情，当时即使连宝玉也未能领会，因此他错怪了黛玉，惹得黛玉"便赌气回房去了"。尽管宝玉对她充满关怀、体贴之情，生怕她又一个人纳闷，作践了身子，可是黛玉要的不是对于她的身体的关怀和体贴，她要的是对于她那一颗充满火热、纯净爱情的心的理解与感应；如果得不到这种爱情，别说作践了身子，即使死，也在所不惜。这虽然是气话，却表现了她为反抗封建礼教、实现自由爱情的理想而献身的宁死不屈的抗争精神。贾宝玉说"倒不如死了干净"，林黛玉也说"不如死了干净"，语言形式是一样的，内涵却截然不同。贾宝玉说的"死了干净"，是表示他对这个矛盾剧烈的社会环境厌恶、痛绝的态度，而林黛玉说的"死了干净"，是表示她尽管强烈追求自由、专一的爱情，却绝不愿庸俗无聊地跟薛宝钗争夺所谓"好姻缘"，"死了干净"——不就没有人妨碍他们的"金玉姻缘"了吗？宝玉本是无可奈何地表白说他自己死了干净，可是林黛玉却要处处多心，硬往自己身上拉，乘机反戈一击，步步紧逼宝玉抉择：你到底爱哪一个？

正当宝玉与黛玉各自都表示"不如死了干净"的时候，引起他们争吵的宝钗又闯进来把宝玉推走了。宝钗完全是出于无意，而林黛玉却多心，她"越发气闷，只向窗前流泪"。刚才他们争吵得那么厉害，林黛玉并没有流泪，现在她流泪了。薛宝钗闯进来显然是起了加剧矛盾的作用。"没两盏茶的工夫，宝玉仍来了。林黛玉见了，越发抽抽噎噎的哭个不住。"她说：

> 你又来作什么？横竖如今有人和你玩，比我又会念，又会作，又会写，又会说笑，又怕你生气拉了你去，你又作什么来？死活凭我去罢了。（第二十回）

程甲本把林黛玉这段话改成：

> 你又来作什么？死活凭我去罢了。横竖如今有人和你玩耍，比我强多呢，又会作，又会写，又会说，又会笑，又怕你生气拉了你去，你又来作什么？

这一改，就把曹雪芹语言由表及里的深邃意境，改成了从表象到表象、浅薄不通的皮相之谈。

第一，曹雪芹写林黛玉说的"横竖如今有人和你玩"，这"玩"字显然不仅是指一般的玩耍，更重要的它含有相亲至爱的深情厚意。程甲本把它改成"玩耍"，那就成了孩子们之间的低级趣味。果真如此，林黛玉还有什么可嫉妒的呢！

第二，曹雪芹写林黛玉说的"比我又会念，又会作，又会写，又会说笑"，虽然有她比我强的意思，但林黛玉那强烈的自尊心，不容许她如程甲本改的那样明确地说出"比我强多呢"。"又会说笑"，是指薛宝钗的口才好，擅长花言巧语，这明显的是褒中藏贬，明褒实贬。程甲本改为"又会说，又会笑"，硬把说笑一词拆开。试问：除了哑巴、白痴，谁又不会说、不会笑呢？这样浅薄不通的语言，岂能出自林黛玉之口！

第三，曹雪芹写林黛玉这段话的重点在"死活凭我去罢了"一句，它把林黛玉说这段话的内心感情推到了最高峰，使人感到她为争取自由爱情不可得而显得非常悲苦、决绝，令人不忍读，不忍听。程甲本修改者硬是把这句话提前，在开头和结尾一再强调的是责问："你又来作什么？"这就把原本林黛玉那种嫉妒、气闷而又痛苦的感情大大冲淡了，不是由表及里，而是使语言仍停留在由争吵到争吵的表象上。

正因为黛玉最后说了"死活凭我去罢了"这样悲痛、决绝的话，所以宝玉听了，才为之深受感动，而连忙上来悄悄地说道："你这么个明白人，难道连'亲不间疏，先不僭后'也不知道？我虽糊涂，却明白这两句话。头一件，咱们是姑舅姊妹，宝姊姊是两姨姐妹，论亲戚，他比你疏；第二件，你先来，咱们两个一桌吃，一床睡，长的这么大了，他是才来的，岂有个为他疏你的？"宝玉终于在黛玉、宝钗之间明确地说出亲疏来了。这无疑是能够打动黛玉的心的，但这仍然是皮相之谈，并没有说到问题的实质。这同他后来说的，黛玉从来不说"混帐话"，所以深敬黛玉，相比之下，显然这时候宝玉对黛玉的思想性格还缺乏本质的了解。林黛玉追求的是自由、纯洁的爱情和高尚、理想的人生，而绝不是自私、庸俗的亲一个，疏一个。因此，"林黛玉啐道：'我难道为叫你疏他？我成了个什么人了呢！我为的是我的心。'宝玉道：'我也为的是我的心。难道你就知道你的心，不知我的心不成？'"（第二十回）这下子他们两颗心就像两块磁石，经过这场风暴的洗礼，更加紧紧地吸到一起来了。

"我为的是我的心。"这不仅是林黛玉对自由爱情的追求，同时也是她对美好理想的向往，个性解放的呼号，生活诗意的赞歌。她这颗心是那样的悲苦而又顽强不屈，纯洁而又复杂微妙，觉醒而又带着沉重的镣铐；它呼吸着时代的气息，跳动着历史的脉搏，反映了那整个历史时代的要求——民主思想正在颖异不凡地萌芽、滋长。由此可见，作者仅仅通过这一场吵嘴、怄气，就由表及里地反映了多么深广的思想和感情的容量啊！

曹雪芹总是这样，他描写任何一个具体的现象，绝不就事论事，而必须由表及里地揭示出隐藏在现象后面的社会本质问题。如有一次宝玉路过乡下，见到纺纱车——

> 便上来拧转作耍，自为有趣。只见一个约有十七八岁的村庄丫头跑了来乱嚷："别动坏了！"众小厮忙断喝拦阻。宝玉忙丢开手，陪笑说道："我因为没见过这个，所以试他一试。"那丫头道："你们那里会弄这个。站开了，我纺与你瞧。"（第十五回）

宝玉作为一个贵族公子，从未见过纺纱车，感到它新奇好玩，这本是个很平常的现象。可是作者却通过写出"宝玉忙丢开手，陪笑说道"，反映出他对一个卑贱的"村庄丫头"的尊重。那个"村庄丫头"以命令的口吻乱嚷：

"别动坏了！"他不但不发少爷脾气，不摆贵族公子的架子，相反却遵命"忙丢开手"。从这里难道我们不依稀可见其尊重人、平等待人的性格本质吗？

再说那村庄丫头，在这个贵族公子面前，她一点也不感到自卑，相反的，她是那样的自豪，以主人翁的态度制止宝玉"别动坏了"。她的自豪并不是妄自尊大，而是反映了劳动者的骄傲，反映了她对贵族公子"四体不勤"的一种鄙视。她认识到这班贵族公子"你们那里会弄这个"，只有"站开了，我纺与你瞧"。她的自豪正是建立在这种具有劳动创造技能的基础之上的。

贾宝玉对于纺纱车感到新奇，"拧转作耍"，作者通过这么一件很普通的生活琐事，反映出来的却是两个阶级不同人物的性格本质，而且描绘得那么栩栩如生，使人真有亲历其境，目睹其人之感。

可是，同样描写这件事情，程乙本稍加改动，就大异其趣了——

　　　　只见一个村妆丫头，约有十七八岁，走来说道："别弄坏了！"
　　众小厮忙上来吆喝，宝玉也住了手，说道："我因没有见过，所以试
　　一试玩儿。"那丫头道："你不会转，等我转给你瞧。"

那"村庄丫头"的"庄"字改成"妆"字，即由农村丫头改成带有贬意的粗妆丫头。由"跑了来乱嚷"，改成"走来说道"，不仅改掉了其豪放的性格，而且使下一句"众小厮忙上来吆喝"，变成牛头不对马嘴了。众小厮忙上来吆喝谁呢？本来应是"吆喝"制止住村庄丫头的"乱嚷"，为宝玉助威保镖，壮其贵族公子的声势。这一改，变成似乎是在"吆喝"宝玉了。因为村庄丫头只是"走来说道"，有什么可"吆喝"的呢？既不可能是吆喝村庄丫头，那么，众小厮竟敢对主子采取"吆喝"的态度吗？如此把主奴关系颠倒了，岂不是情理不通之至？！

原来在村庄丫头"乱嚷"的情况下，与众小厮对待村庄丫头采取"断喝

拦阻"的粗暴态度截然相反，作者以宝玉"忙丢开手，陪笑说道"，突出了他对村庄丫头的尊重和平等待人的性格。程乙本改成"众小厮忙上来吆喝，宝玉也住了手，说道……"，那就改掉了宝玉对村庄丫头的尊重，而变成他在众小厮的吆喝下，被迫不得不"住了手"。本来由表及里，刻画出了具有非凡的新思想、新作风的叛逆性格，这一改，则变成了一个不得不听命于大人吆喝的顽皮孩子，完全成了由表象到表象的皮相之见，不仅味同嚼蜡，而且大大歪曲了宝玉的叛逆形象。

那个村庄丫头的形象因此也被糟蹋得不成样子了。本来她说"你们那里会弄这个"，这就不仅是指宝玉一个人，更重要的这是包括了所有"四体不勤"的贵族公子之流。它由表及里，在语气之间即表现了劳动者的自豪感和对整个"四体不勤"的剥削阶级的鄙视。程乙本改成"你不会转"，由原来的由表及里，变成完全就事论事，这就把那村庄丫头作为劳动者所具有的令人钦佩的性格本质完全湮没了。

可见，能否作由表及里的刻画，其语言艺术所达到的思想容量，真有汪洋大海与弹丸坑洼之分；其所创造的语言艺术境界，真有崇山峻岭与一抔黄土之别。

二、以小寓大

在《红楼梦》第三十八回，写宝玉、黛玉、宝钗等人作螃蟹咏，曹雪芹通过众人的口说："这些小题目原要寓大意，才算是大才。"以小寓大，这正是曹雪芹使《红楼梦》的语言具有巨大思想容量的又一重要途径。

贾宝玉与林黛玉初次见面，问她可也有玉没有？黛玉说："我没有那个。想来那玉亦是一件罕物，岂能人人有的？"这本是两个少年表兄妹之间家常的闲谈，可是在曹雪芹的笔下却写得令人惊心动魄——

宝玉听了，登时发作起痴狂病来，摘下那玉，就狠命摔去，骂道："什么罕物！连人之高低不择，还说通灵不通灵呢。我也不要这劳什子了！"吓得地下众人一拥争去拾玉。贾母急的搂了宝玉道："孽障！你生气，要打骂人容易，何苦摔那命根子！"宝玉满面泪痕，哭道："家里姊姊妹妹都没有，单我有，我说没趣。如今来了这么一个神仙似的妹妹也没有，可知这不是个好东西。"（第三回）

　　这时宝玉只是个十二岁的孩子。他见到黛玉没有玉，便要把自己颈脖上戴的玉摔掉。这本属于耍孩子脾气的区区小事，可是曹雪芹却通过这样一件小事，寄寓了封建与民主、卫道与叛逆两种思想性格的尖锐冲突。贾宝玉之所以摔玉，并不是由于他对玉玩腻了，而是由于从那玉"连人之高低不择"，他识破了封建家长把"玉"说成是"罕物"的神话；他主张，要有大家都有，"家里姊姊妹妹都没有，我说没趣"。这不正是一种民主、平等思想的萌芽吗？

　　可是贾母却认为："你生气"，可以用任意"打骂人"来出气。这在封建专制者看来，比家常便饭还要"容易"。她们只知唯我独尊，而根本不考虑尊重人权。矛盾就是这样尖锐地明摆着：贾宝玉重人不重物，贾母则重物不重人，她迷信那块玉是本阶级赖以传宗接代、万世长存的命根子，把它作为神圣的拜物教，用以自欺欺人。她显得那样的荒唐而又丑恶，愚昧而又可笑。

　　就在宝玉摔玉所引起的这个矛盾冲突之中，作者岂不是生动地反映了民主平等的先进思想与腐朽反动的封建势力之间的尖锐对立吗？就其思想性质来说，这种矛盾冲突显然超出了一个家庭的范围，而具有全社会的划时代的历史意义，它跟那个时代资本主义的萌芽，以及整个社会上的民主力量与腐朽反动的封建势力之间的矛盾斗争，是互相呼应、彼此相通的。在像是耍孩子脾气的区区小事之中，迸发出来的却是如此寓有重大历史意义的新思想的闪光，这叫人感到该是多么惊心骇目啊！

宁、荣两府凤姐派人办事用钱都是靠发牌子，这本是大户人家司空见惯的小事，可是作者却插入这么一段对话——

秦钟因笑道："你们两府里都是这牌，倘或别人私弄一个，支了银子跑了怎样？"

凤姐笑道："依你说，都没王法了。"（第十四回）

这里，秦钟的问话表现了小户人家子弟的稚气。凤姐的回答非常自然，然而却深刻地暴露了封建王法的实质——"地主政权，是一切权力的基干"[①]。封建政权不仅保护着地主阶级的合法统治，而且成了地主阶级肆无忌惮地进行巧取豪夺的驯服工具。凤姐所以能"弄权铁槛寺"，坐享三千两银子，害死了一对未婚夫妇，而自己却平安无事，还不是靠了勾结"那节度使名唤云光"（第十五回）作弄成的吗？薛蟠打死人可以逍遥法外，也是"仗势倚情"，靠了应天府尹贾雨村"因私而废法"（第四回）的结果。凭借着地主政权的庇护，封建贵族大地主可以恣意为非作歹，用王熙凤的话来说："便告我们家谋反也没事的。"（第六十八回）这当然不是说贾家真的会"谋反"，而是说明了所谓"王法"，只是为了镇压被压迫者的，至于所谓"王子犯法，与庶民同罪"，原本就是带有很大的欺骗性的。曹雪芹以发牌子等区区小事，对封建政权的阶级本质，对那个封建末世的腐朽黑暗，揭露得该是多么深刻啊！

小中寓大，作家不能就事论事，而必须站在时代的高度，揭示出社会的内在矛盾及其急剧发展。这当然要取决于作家对社会生活的时代本质有深刻的认识。然而作家的认识不管多么深刻，总是必须通过适当的语言来表现的。

---

① 毛泽东：《湖南农民运动考察报告》，见《毛泽东选集》第1卷，人民出版社1951年版，第34页。

邢夫人的胞弟邢德全输了钱，喝得醉醺醺的，骂两个娈童"专浍上水"，"只不过我这一会子输了几两银子，你们就三六九等了"。两个娈童说："我们这行人，师傅教的，不论远近厚薄，只看一时有钱势就亲敬；便是活佛神仙，一时没了钱势了，也不许去理他。"程高本把"便是活佛神仙……"三句，改为"你老人家不信，回来大大的下一注，赢了，就瞧瞧我们两个是什么光景儿"。本来是说，连"活佛神仙"在钱势面前都只能甘拜下风，这是多么寓意深远啊。经程高本一改，变成同义反复，毫无寓意了；由原来钱能通神的整个社会问题变成仅仅是两个娈童对待邢德全这个人的个别问题了，那还有什么意义呢？脂批本接着写邢德全对贾珍感叹说："怨不得他们视钱如命。多少巨宦大家出身的，若提起钱势二字，连骨肉都不认了。"并说他和他的胞姊邢夫人赌气，"就为钱这件混帐东西，利害，利害"！（第七十五回）这说明，随着资本主义的萌芽和封建统治阶级的衰朽，温情脉脉的封建伦理关系正在让位给冷若冰霜的金钱关系。这是那个时代正在孕育并急剧发展的一个多么深刻的变化啊！可是程高本却把邢德全的这番感慨都删掉了，使本来寓意深远，反映了那整个时代在急剧变化的大容量语言，变得容不得一点时代气息，十分浅薄寡味了。

对于反映时代精神的深意，如果只作空泛的描写，那自然是苍白无力的。只有采取小中寓大，通过作品中人物的身世、思想、感情和性格反映出来，才能具有生动感人的艺术力量。如作者写龄官生病，"天天闷闷的无个开心"。她的爱人贾蔷便去买了个上面扎着小戏台会衔旗串戏的雀儿笼子来给她解闷，不料龄官却生气地说："你们家把好好的人弄了来，关在这牢坑里学这劳什子还不算；你这会子又弄个雀儿来，也偏生干这个。你分明是弄了他来打趣形容我们，还问我好不好。"贾蔷"连忙赌身立誓"，说明自己完全出于一片好心，并立刻将雀儿放了，把雀笼拆了。这里，作者从一个鸟笼，却引出龄官认为贾府是"牢坑"的愤激之言，使人不能不想起包括龄官在内的那些被贾府买来唱戏的女孩子，她们的遭遇该是多么的痛苦和不幸，她们对于笼中鸟般失去自由的艰难处境，该是郁积了多么深沉的悲愤。

这里不仅有对剥夺她们人身自由的封建压迫者的强烈愤慨，而且含有对人性和人情的热烈追求。请看作者接着写龄官对贾蔷说道："那雀儿虽不如人，他也有个老雀儿在窝里，你拿了他来弄这个劳什子也忍得！今儿我咳嗽出两口血来，太太叫大夫来瞧，不说替我细问问，你且弄这个来取笑。偏生我这没人管没人理的。又偏病。"说着，又哭起来。贾蔷立即要请大夫去。"龄官又叫站住：'这会子大毒日头地下，你赌气子去，请了来我也不瞧。'贾蔷听如此说，只得又站住。宝玉见了这般景况，不觉痴了，这才领会了画'蔷'深意。"（第三十六回）

宝玉所领会的画"蔷"深意是什么呢？那就是"自此深悟人生情缘，各有分定"。龄官所追求的也正是这个"情"字。她要求于贾蔷的，不是花钱买东西来给她解闷，而是要懂得人情，理解她那一颗充满悲伤和痛苦的心。她自己对于贾蔷也是在责备之中满怀着脉脉深情——宁可自己忍着病痛，也绝不愿让贾蔷在大毒日头下赌气去请大夫。人性高于一切，人情重于一切，这就是龄官的性格，这就是作者于贾蔷送雀笼子这件小事中，所寄寓的反映着时代精神的闪光的思想。

曹雪芹的《红楼梦》语言就是这样，它像一颗颗小小的露珠，在灿烂阳光的照耀下，能够映射出缤纷多姿的奇光异彩；它像一个个小小的原子核，蕴藏着强大的爆炸力和燃烧力；它像一粒粒小小的种子，孕育着开花结果的旺盛的生命力。能够站在时代的高度，从典型环境中的典型性格出发，采用小中寓大的艺术手法，这是《红楼梦》语言之所以能够达到如此奇妙境界的一条重要经验。

三、由此及彼

《红楼梦》重点写的是荣国府，可是曹雪芹经过"寻思从那一件事自那一个人写起方妙"，决定从"千里之外，芥豆之微"的刘姥姥写起。他说，刘姥姥这"小小一个人家，因与荣府略有些瓜葛，这日正往荣府中来，因此便就这一家说来，倒还是个头绪"（第六回）。

写荣国府，为什么不直接从荣国府本身写起，而要从"千里之外，芥豆之微"的刘姥姥"写起方妙"呢？我看，这就是因为事物都是存在于相互联系、相互比较之中的，而艺术更需要在对比映照之中得到鲜明突出的表现。恩格斯主张把文学作品中的"人物描绘得更加鲜明些，把他们对比得更加突出些"[①]。他还非常赞赏"优秀的德国画家许布纳尔的一幅画"，认为"从宣传社会主义这个角度来看，这幅画所起的作用要比一百本小册子大得多"。为什么呢？就因为"它画的是一群向厂主交亚麻布的西里西亚织工，画面异常有力地把冷酷的富有和绝望的穷困作了鲜明的对比"[②]。恩格斯如此一再指出"鲜明的对比"在艺术表现中的杰出作用，这绝不是偶然的，而是对艺术表现的客观规律和艺术欣赏规律的一个科学的揭示。

《红楼梦》的语言所以使人感到容量无比丰富，跟曹雪芹在艺术上作了由此及彼的鲜明对比是分不开的。

就拿刘姥姥进大观园来说吧，它把两个阶级、两种人物、两种生活对比得该是多么生动有趣、发人深省啊！贾府吃一顿螃蟹，刘姥姥叹息说："阿弥陀佛！这一顿的钱，够我们庄家人过一年的了。"（第三十九回）在如此贫富悬

---

① 恩格斯：《致斐·拉萨尔的信》，见《马克思恩格斯论艺术》第 1 卷，人民文学出版社 1960 年版，第 38 页。

② 恩格斯：《共产主义在德国的迅速进展》，见《马克思恩格斯全集》第 2 卷，人民文学出版社 1960 年版，第 589 页。

殊的对比之中，谁看了能无动于衷而不感慨万千呢？

刘姥姥天天种茄子，吃茄子，可是她吃了贾府的茄鲞，却不相信"茄子跑出这个味儿来了"。经过仔细打听茄鲞的制作方法，不禁使刘姥姥"摇头吐舌道：'我的佛祖！倒得十来只鸡来配他，怪道这个味儿'"（第四十一回）。如果贾府吃的是山珍海味，刘姥姥作为乡下人没有见识过，那是不足为奇的，当然也就不存在对比的条件了。作者所以不写山珍海味，而特地写"茄鲞"，显然是为了使"天天吃茄子"的刘姥姥好作出鲜明的对比，以扩大语言的容量，使读者从贾府的家常吃喝进而联想到那时整个社会的贫富悬殊，认识封建统治阶级"真糜费之极"，"一茄之费至于如此，其余可知"①。如果作者不写出刘姥姥来作这种对比，而只是孤立地写出贾府吃茄子如何考究，其思想容量那就要浅薄得多了。《金瓶梅》在揭露封建统治阶级生活的奢侈糜烂方面，也是令人非常触目惊心的。可是正由于它缺乏像《红楼梦》这样鲜明的对比，结果使全书腐朽的反面力量压倒了积极的健康力量，不但思想容量浅薄，而且使这种揭露难免在读者中造成腐蚀人心的严重副作用。

由此及彼的对比，不仅能使读者在思想上得到深刻的教育，在艺术上留下鲜明的印象，而且它能起到一种虚实相生的作用，以有限的语言给读者留下无限广阔的想象的余地。

拿薛蟠来说，他是个作恶多端的纨绔公子，在他跟他母亲、姊姊进京的时候，他是不乐意住在贾府的，"生恐姨父管约的紧，料必不自在的"。"谁知自来此间，住了不上一月的光景，贾宅族中凡有的子侄俱已认熟了一半，凡是那些纨绔气习者，莫不喜与他来往。今日会酒，明日观花，甚至聚赌嫖娼，渐渐无所不至，引诱的薛蟠比当日更坏了十倍。"（第四回）作者没有直接写贾府的纨绔子弟中有谁比薛蟠更坏的，他先是着重写了薛蟠到贾府之前，已经打死

---

① 见商务印书馆版《石头记》第四十一回清代姚燮批语。

一个小乡宦，并把人命官司视为儿戏，接着又通过写薛蟠对贾府前后看法不同的对比，通过实写薛蟠打死人命和虚写贾府"引诱的薛蟠比当日更坏了十倍"的对比，这就使人不能不联想到，不只是薛蟠一个人，也不仅是薛府一家，而是包括以"训子有方，治家有法"闻名的贾府在内，整个封建贵族阶级都在腐朽糜烂了，他们是培养薛蟠一类纨绔子弟的温床，是一切罪恶的渊薮。问题不仅仅是要惩办像薛蟠这样个别的坏人，更重要的是必须推翻引诱这种坏人"比当日更坏了十倍"的整个封建贵族阶级。尽管曹雪芹在政治上不可能赞成这样做，在感情上更不会痛快地接受这一点，然而现实主义却使他清醒地看到了他心爱的封建贵族阶级已经不配有更好的命运，通过艺术的对比，他无情地作出了这种历史的判决。它所给人的巨大而强烈的艺术感受，如同一江春水向东流的自然规律一样，使任何人只能折服，而不可能加以逆转。

周瑞家的女婿冷子兴"不知怎的被人放了一把邪火，说他来历不明，告到衙门里，要递解他还乡"。她女儿急得不得了，来找周瑞家的托人说情。可是周瑞家的却满不在乎地对她女儿说："有什么大不了的！""小人儿家没经过什么事的，就急得你这样了。"原来"周瑞家的仗着主子的势利，把这些事也不放在心上，晚间只求求凤姐儿便完了"（第七回）。甲戌本脂批说，这一小段插曲，"亦是阿凤正文"。可是作者并没有直接写凤姐，甚至连周瑞家的在晚间如何求凤姐也只字未提。它只是将周瑞家的女儿和周瑞家的两个人物进行了对比：一个惊恐万状，心急如焚；另一个则有恃无恐，满不在乎。如此截然相反的态度，并不是由于她们的阶级地位有什么不同，只不过在周瑞家的背后有着主子的势力可以依仗罢了。清代的王希廉评曰："凤姐之平日弄权，于斯可见。"[1] 这种"可见"，完全是作者以鲜明的对比调动读者想象的结果。它比由作者直接写凤姐平日如何弄权，则别有一番耐人咀嚼的滋味。

---

[1] 商务印书馆版《石头记》第七回回末总评。

通过鲜明的对比，不仅使语言艺术更加耐人寻味，而且把人与人之间的阶级关系刻画得更加微妙复杂，使人有触手生春、美妙无穷之感。如贾琏与鲍二家的私通，被凤姐发现了，大哭大闹了一场。这本来是争风吃醋一类相当无聊的事情，可是一经作者通过鲜明的对比，却显得非常有意义。矛盾本来发生在贾琏与凤姐夫妻之间，可是作者不写他们夫妻对打对骂，而偏要由此及彼，写他们"都拿着平儿煞性子"。正如平儿说的："好好儿的，从那里说起，无缘无故白受了一场气。"弄得"平儿委屈的什么似的"，"哭的哽噎难抬"。主子之间的夫妻吵架，却把罪责转嫁到奴才身上，由普通的夫妻吵架变成了"无缘无故"的阶级压迫。这本身已经够令人神思飙举的了，然而作者却不满足于此，他又进一步展开了贾琏、凤姐夫妇与贾宝玉的对比。贾琏夫妇是那样无缘无故地拿平儿煞性子，可是贾宝玉对平儿却关怀备至，体贴入微。他热诚真挚地"忙劝道：'好姐姐，别伤心，我替他们两个赔个不是罢'"。他不仅向平儿赔礼，而且又是吩咐小丫头舀洗脸水，又是叫袭人拿衣裳来与她换，"又将盆内的一枝并蒂秋蕙，用竹剪撷了下来，与他簪在鬓上"（第四十四回）。宝玉这样做，不只是出于对平儿个人的关心和同情，作者又进一步写出，宝玉因"今日是金钏儿的生日，故一日不乐。不想落后闹出这件事来，竟得在平儿前稍尽片心，亦今生意中不想之乐也。因歪在床上，心内怡然自得。忽又思及贾琏惟知以淫乐悦己，并不知作养脂粉。又思平儿并无父母兄弟姊妹，独自一人，供应贾琏夫妇二人，贾琏之俗，凤姐之威，他竟能周全妥帖，今儿还遭荼毒，想来此人薄命，比黛玉尤甚。想到此间，便又伤感起来，不觉凄然泪下"。这里作者通过对宝玉"不想""忽又思""又思"等一连串心理活动的描写，仿佛如当今盛行的"意识流"艺术手法那样，很自然地把平儿的不幸遭遇，跟被王夫人逼死的丫鬟金钏儿的悲剧，跟寄人篱下，"一年三百六十日，风刀霜剑严相逼"的林黛玉的身世，都联系在一起了。它展现在我们面前的，不只是平儿一个人的不幸遭遇，而是众多妇女共同的悲惨命运；不只是贾琏夫妇个人的心术不端，更重要的是那整个社会对妇女的倒行逆施。

因此，曹雪芹的这种艺术对比，不仅是由此及彼，使形象更加鲜明突出，同时也是由个别到一般，使问题层层深入，把每个人物形象放在整个社会阶级关系之中加以剖析，这就使他的语言艺术具有管中窥豹，一滴水足以映照大千世界的巨大容量。

四、一以当十

小说的使命就是要创造典型环境中的典型性格。"何谓创作中的典型？"别林斯基回答说："典型既是一个人，又是很多人，就是说：是这样的一种人物描写：在他身上包括了很多人，包括了那体现同一概念的一整个范畴的人们。"[①]我觉得，曹雪芹的《红楼梦》便具有这样一以当十的特色。它不是孤立地写个别人、个别事，而总是要从个别体现出一般，要以有限的语言表现出无限广阔的社会生活，其容量之大，犹如海洋一样浩瀚，如天空一样高不可测。

如刘姥姥这个人物，既具有她自己特征鲜明的个性，在某种意义上也可以说她就是许多"庄家人"的代表。她在贾府喝酒，鸳鸯打趣地问她：那木制的酒杯"到底是什么木的"？刘姥姥笑道："怨不得姑娘不认得，你们在这金门绣户的，如何认得木头！我们成日家和树林子作街坊，困了枕着他睡，乏了靠着他坐，荒年间饿了还吃他；眼睛里天天见他，耳朵里天天听他，口儿里天天讲他：所以好歹真假，我是认得的。让我认一认他。"结果，她认为"你们这样人家，断没有那贱东西。那容易得的木头，你们也不收着了。我掂着这杯体沉，断乎不是杨木，这一定是黄松的"。实际上它恰恰是杨木的。说得"众人听了，哄堂大笑起来"（第四十一回）。这话虽然是从刘姥姥一个人口里说

---

① 别列金娜选辑，梁真译：《别林斯基论文学》，上海新文艺出版社 1958 年版，第 120 页。

出来的，可是它既反映了那个时代整个庄家人常吃树皮草根的痛苦生活，又符合许多贫苦人特定的心理。正如清代姚燮的眉批所指出的："每借姥姥口中反射诸人之不知稼穑艰难者。""富贵人带铜器，未有不以为金者，贫人带着金器，人将以为伪造疑之矣。"

不仅是语言和事情本身具有普遍的典型意义，而且曹雪芹在重点描写个别事件的同时，往往要明确地点出其普遍性，把读者的思路由个别引导到一般的具有普遍意义的社会问题上去。如贾雨村新官上任，就遇到一件薛蟠打死人命案。他曾经装模作样地表示："事关人命，蒙皇上隆恩，起复委用，实是重生再造，正当殚心竭力图报之时，岂可因私而废法，是我实不能忍为者。""门子听了，冷笑道：'老爷说的自是理正，但如今世上是行不去的。岂不闻古人云：大丈夫相时而动。又曰：趋吉避凶者为君子。依老爷这一说，不但不能报效朝廷，亦且自身不保，还要三思为妥。'"（第四回）这就表明，不只是贾雨村这样的个别官吏"因私而废法"的问题，而是不如此，"如今世上是行不去的"，这是那个时代整个社会的问题，是不以个人的意志为转移的。其语言的容量，便由个别典型人物一下子扩展到了那个时代的整个社会典型环境，使其具有历史性的无比丰富深广的社会内容。

写元妃省亲，其耗费之大，确实是很惊人的，仅是那个"天上人间诸景备"的大观园，"多少工夫筑始成"！如果全国仅是这么一个贾家如此耗费，那也算不了什么。好在作者又同时写出"当今至孝纯仁，体天格物"，省亲的圣旨一下，"谁不踊跃感戴。现今周贵人的父亲，已在家里动了工了，修盖省亲别院呢。又有吴贵妃的父亲吴天祐家，也往城外踏看地方去了"。由筹划建造省亲别院，又勾起赵嬷嬷的许多感慨："那时候我才记事儿。咱们贾府正在姑苏扬州一带，监造海舫，修理海塘，只预备接驾一次，把银子都花的淌海水似的。"凤姐说："我们王府也预备过一次。"赵嬷嬷又说："还有如今现在江南的甄家，嗳哟哟，好势派！独他家接驾四次。若不是我们亲眼看见，告诉谁，谁也不信的。别讲银子成了土泥，凭是世上所有的没有不是堆山塞海的，'罪过可惜'四个字竟顾不得了。"（第十六回）作者就是这样，从个别到一般，把贾家的省亲，跟周家、吴家的省亲，跟贾家、王家、甄家的接驾联系起来，这就不仅是一个贾府奢侈靡费的问题，而是反映了从最高统治者到整个封建地主阶级，他们全都恣意挥霍劳动人民以血汗创造的财富。其思想容量之大，使读者读了不能不得出这样的结论：如此腐朽反动的封建统治阶级，不注定落得个必然衰亡的历史命运，那才怪呢！

这些自然不单纯是个语言问题，它跟深邃的艺术构思和巧妙的情节结构是结合在一起的。不过在语言本身力求从个别体现出一般，也很重要。如：

> 可知"贫富"二字限人，亦世间之大不快事。（第七回）
>
> 侯门公府必以势压人。（第十八回）
>
> 你也拿镜子照照，配递茶递水不配！（第二十四回）
>
> 看的眼热了，也把我送在火坑里去。（第四十六回）
>
> ……

这些语言都具有从个别到一般、一以当十的特点，使人看了感到有咀嚼不尽的思想容量。它仿佛"要强迫我们来思索，来理解蕴含在事件中的深刻意义"[①]。

宝玉与秦钟初次见面，"一见秦钟人品"，便自思"可恨我为什么生在这侯门公府之家，若也生在寒儒薄宦之家，早得与他交结，也不枉生了一世"。秦钟"自见了宝玉形容出众，举止不浮"，也自思"可恨我偏生于清寒之家，不能与他耳鬓交接。可知'贫富'二字限人，亦世间之大不快事"（第七

---

① 莫泊桑：《小说》，《古典文艺理论译丛》第 3 册，人民文学出版社，1962 年版。

回）。两个青少年彼此爱慕，一见倾心，这本是生活中习以为常的事情，至于所以未能"早得与他交结"，其原因可以是多方面的。例如，居住两地，互不相识，没有交结的机会，等等。可是作者不写这些属于个人的一般的原因，而从两个人的家庭出身不同，引出具有普遍深刻意义的结论——把"贫富"的阶级界限作为"世间之大不快事"提了出来，这就不仅是两个人交朋友的问题，而是揭示出了贫富的阶级界限是"世间之大不快事"的根源。如此由个别到一般，则不仅是量的增加，更重要的是质的飞跃，它把读者的认识升华到了一个崭新的思想境界。

妙玉独自在西门外牟尼庵住着，王夫人说："既这样，我们何不接了他来。"林之孝家的回道："请他，他说侯门公府必以贵势压人，我再不去的。"（第十七回）庚辰本脂批说："补出妙卿身世不凡，心性高洁。"实际上这不仅表现了妙玉个人的"心性高洁"，同时也道出了一个普遍的真理：侯门公府的阶级地位，决定了它"必以贵势压人"。作者不是像旧社会常见的许多庸人那样，羡慕侯门公府的显赫权势，而是揭露其压迫人民的阶级本质。这里由个别到一般，不只是量的增加，而是质的显示，使读者从妙玉个人的"心性高洁"之中感受到她这句话在客观上反映了广大人民对侯门公府的愤恨痛绝之情。

宝玉要喝茶，恰好被干粗活的小丫头红玉听到了，便给他倒了一杯茶。大丫头秋纹知道后，兜脸便啐了一口，骂道："没脸的下流东西！正经叫你催水去，你说有事故，倒叫我们去。你可等着做这个巧宗儿。一里一里的，这不上来了。难道我们倒跟不上你了。你也拿镜子照照，配递茶递水不配！"（第二十四回）红玉是宝玉屋里干粗活的小丫头，她没有资格直接服侍宝玉，因此她尽管常年在宝玉屋里干活，宝玉却不认识她。大丫头秋纹对红玉的责骂，不仅说明处于小丫头的地位受压迫之深，更重要的是它却由此反映出整个封建等级制度森严到了何等不合理的程度！连给主子递茶递水也存在着配不配的问题，这叫人对那个社会感到该是多么寒心！本来这是大小丫头之间嫉妒、吵嘴之类的小事，可是反映出来的问题却是意义如此深广。

贾赦要娶鸳鸯做小老婆，鸳鸯的嫂子来劝她，说这"可是天大的喜事"。鸳鸯把她嫂子骂了一顿，说："怪道成日家羡慕人家女儿作了小老婆，一家子都仗着他横行霸道的，一家子都成了小老婆了。看的眼热了，也把我送在火坑里去。"（第四十六回）"火坑"一词，其思想容量之大，它不仅表明鸳鸯绝不肯给贾赦做小老婆的愤激之情，而且令人惊心动魄地反映了封建的纳妾制度给妇女带来多么巨大的痛苦！用贾政的小老婆赵姨娘的话来说："我在这屋里熬油似的熬了这么大年纪。"（第五十五回）火坑、熬油，这难道是人过的日子吗？人们由此不能不想得很多很多，不只是对鸳鸯个人表示同情和支持，而且必然诅咒那整个封建社会制度的残忍无人性。

由个别到一般，不仅要反映出典型环境的社会容量，而且要刻画出典型人物一生的性格或命运。

在描写凤姐为坐享三千两银子，逼死张金哥未婚夫妇后，作者接着写道："自此凤姐胆识愈壮，以后有了这样的事便恣意的作为起来，也不消多记。"（第十六回）仅此捎带几句，就给人留下了无穷的言外之意。正如庚辰本于此处的脂批所指出的：

> 一段收拾过阿凤心机胆量，真与雨村是一对乱世之奸雄。后文不必细写其事，则知其平生之作为，回首时无怪乎其惨痛之态，使天下痴心人同来一警，或万期共入于怡然有得之乡矣。

由细写一件事捎带上几句，就使人"知其平生之作为"。类似这种由一事而写出一生，具有巨大容量的语言艺术手法，在《红楼梦》中是屡见不鲜的。

有一次，宝玉在薛姨妈处喝酒，他的奶妈加以阻止——

宝玉笑央道："好妈妈，我只吃一钟。"李嬷嬷道："不中用！当着老太太、太太，那怕你吃一坛呢。想那日我眼错不见一会，不知是那一个没调教的，只图讨你的好儿，不管别人死活，给了你一口酒吃，葬送的我挨了两日骂。姨太太不知道，他性子又可恶，吃了酒更弄性。有一日老太太高兴了，又尽着他吃，什么日子又不许他吃，何苦我白赔在里面。"（第八回）

读者由此看到的不只是李嬷嬷阻止宝玉喝酒这一件事本身，更重要的是看到了宝玉、贾母、李嬷嬷等人一生的性格特征。宝玉好"弄性"，却处处受到别人的管束，不仅直接受到封建家长的管，连奶妈对他也负有管束的使命；贾母只图自己"高兴"，一时尽着宝玉喝酒，一时又不许他喝，溺爱与专制皆毫无原则，她对奴才则更蛮不讲理，使李嬷嬷无故挨骂、受气；李嬷嬷的怨气冲天——"给了你一口酒吃，葬送的我挨了两日骂""只图讨你的好儿，不管别人死活"，这里面该是饱含着李嬷嬷多少辛酸和痛苦啊！然而她身为奴才，却不得不忠实执行主子不准宝玉"弄性"的旨意。曹雪芹仅仅通过李嬷嬷的这几句话，就深刻地反映了这么丰富的社会内容，活生生地勾画出了三个人物的性格、命运和遭遇。其容量之大，令人不禁拍案叫绝！

有一次贾雨村来到贾府，贾政派人来叫宝玉去会见他。作者写宝玉抱怨说："有老爷和他坐着就罢了，回回定要见我。"这就从一回见，向读者揭示了过去回回见的情景。接着又写："湘云笑道：'主雅客来勤。自然你有些警他的好处，他才只要会你。'宝玉道：'罢，罢！我也不敢称雅，俗中又俗的一个人，并不愿同这些人往来。'"这又把宝玉不愿见贾雨村的原因，提到了俗人与雅人两种人物性格对立的高度，使读者对宝玉的叛逆性格和他之所以不愿见贾雨村的典型意义，有了更深刻的认识。接着又写湘云笑道："还是这个情性不改。如今大了，你就不愿读书，去考举人进士的，也该常常的会会这些为官做宰的人们，谈谈讲讲些仕途经济的学问；也好将来应酬世务，日后也有个朋友。没见你成年家只在我们队里搞些什么。"这就不仅从宝玉一贯的"性情"，比较全面地揭示了他的叛逆性格，而且由此亮出了史湘云的思想观点，激起贾宝玉的极大反感。他当场就给史湘云下不了台，竟下逐客令说："姑娘，请别的姊妹屋里坐坐，我这里仔细脏了你知经济学问的。"（第三十二回）贾宝玉的思想性格跟封建的人生道路，就是这般水火不相容！

　　袭人为帮助史湘云摆脱困境，当即介绍了"上回也是宝姑娘也说过一回，他也不管人脸上过的去过不去，就咳了一声，拿起脚来走了"。接着袭人又由宝姑娘联系到林姑娘，她由这一件事情深深感到宝姑娘"真真有涵养，心地宽大"，"教人敬重"。她不能理解宝玉为什么从此"反倒同他生分了。——那林姑娘见你赌气不理她，你得赔多少不是呢"。宝玉对她的回答是："林姑娘从来说过这些混帐话不曾？若她也说过这些混帐话，我早和她生分了。"（第三十二回）问题很清楚，宝玉是以说不说"混帐话"作为他爱憎的思想基础和唯一标准的。贾宝玉的这种思想性格，反映了封建统治的腐朽衰落，以致在封建统治阶级内部竟然出现了贾宝玉这样对封建的人生道路采取如此愤绝态度的人物——它标志着与旧时代决裂的新思想的萌芽，向封建的人生道路表示坚决叛逆的一代新人的诞生。这该是多么富有崭新的时代特色和深广的典型意义啊！

　　由贾宝玉对会见贾雨村的一声抱怨，作者竟然引出了这么众多的人物性格，这么丰富的思想内容：贾宝玉的坚持叛逆，爱憎分明；史湘云的爽朗洒脱，见机劝导；袭人的扬钗抑黛，不谙事理；宝钗的维护封建，富有涵养；黛玉的从不说"混帐话"和爱赌气。作者写的是个别的事情，刻画出来的却是整个的人物性格和人生态度。其艺术容量之大，实具有寓人物的一生于一事的特征。

清代的二知道人在《红楼梦说梦》一书中说："太史公纪三十世家，曹雪芹只纪一世家。……然雪芹纪一世家，能包括百千世家。"[①] 这说明，像《红楼梦》这样伟大的艺术作品，其容量是任何历史著作所不可比拟的。如同恩格斯评价巴尔扎克的作品所说的，我们从中"所学到的东西"要"比从当时所有专门历史家、经济学家和统计学家的全部著作合拢起来所学到的还要多"[②]。艺术作品的语言，要尽量扩大其容量，使其做到如恩格斯所说的有"巨大的思想深度和意识到的历史内容"[③]。用我国传统的艺术理论来说，就是要"叙事有寓理，有寓情，有寓气，有寓识。无寓，则如偶人矣"[④]。具有深远的寓意美，我觉得这就是《红楼梦》语言艺术的一个重要特色。无寓，则如同僵死的木偶人一样，哪还谈得上有什么艺术魅力呢？这是区别艺术的语言与非艺术的语言的重要标志。我们要提高社会主义文艺作品的思想和艺术水平，切不可不重视曹雪芹的《红楼梦》在这方面所提供的宝贵而丰富的艺术经验。

---

① 见一粟编：《古典文学研究资料汇编·红楼梦卷》第 3 卷，北京中华书局 1963 年版，第 102 页。

② 恩格斯：《致玛尔加丽塔·哈克纳斯的信》，《马克思恩格斯论艺术》第 1 卷，人民文学出版社 1960 年版，第 10 页。

③ 恩格斯：《致斐·拉萨尔的信》，《马克思恩格斯论艺术》第 1 卷，人民文学出版社 1960 年版，第 37 页。

④ 清·刘熙载：《艺概·文概》。

情趣盎然

——谈《红楼梦》语言艺术的生动性

曹雪芹曾经郑重宣告，他的《红楼梦》是写得"深有趣味"[①]的，既可给人以崇高的艺术美感享受，"适趣解闷"[②]，"省了些寿命筋力"[③]，又能够发挥巨大的认识和教育作用，"令世人换新眼目"[④]。

脂砚斋在对《红楼梦》的批语中，也一再称赞它："收结转折，处处情趣"[⑤]，"处处是世情作趣"[⑥]，"触处成趣"[⑦]，"新鲜趣语"[⑧]，"有趣之至"[⑨]，"极趣之文"[⑩]……

可见，情趣盎然，这是《红楼梦》的一个重要的艺术特点，也是它之所以赢得广大读者爱不释手、啧啧称赞的一个重要原因。

趣，这是艺术语言区别于非艺术语言的重要特质之一，是文艺作品激动读者心灵的琴弦。否定情趣，实际上就是扼杀文艺的特质，排斥文艺的美感作用，把文艺变成政治说教的传声筒。因此，除了"四人帮"一类历史的小丑，鼓吹中世纪的僧侣禁欲主义，帽子、棍子满天飞，把文艺创作要表现情趣诬蔑

---

①②③④　均见庚辰本《石头记》第一回，以下凡引《红楼梦》原文，除特别注明版本者外，均系据庚辰本，个别字句采用俞平伯校本。

⑤　蒙古王府本第四十二回脂批。

⑥　见庚辰本第四十三回。

⑦　见庚辰本第十八回。

⑧　见庚辰本第五十三回。

⑨　见庚辰本第四十八回。

⑩　见庚辰本第六十六回。

为资产阶级人性论、兴趣主义或低级趣味之外，在历史上，可以说没有一个真正的文学家、艺术家不力求在自己的作品中熔铸浓郁的情趣的。

不过，对于怎么样才能使文艺作品做到情趣盎然，前人总是把它说得玄乎其玄。如宋代著名的文艺批评家严羽，在他的《沧浪诗话·诗辨》中说："盛唐诗人唯在兴趣，羚羊挂角，无迹可求，故其妙处，莹彻玲珑，不可凑泊。如空中之音，相中之色，水中之月，镜中之象，言有尽而意无穷。"[①]明代杰出的古文家袁宏道也说："世人所难得者唯趣，趣如山上之色，水中之味，花中之光，女中之态，虽善说者不能下一语，唯会心者知之。"[②]我们的祖先推崇情趣的"难得"，这是有眼力的。然而他们断言其"无迹可求""不能下一语"，那就未必了。

曹雪芹是怎样在他的《红楼梦》中创造出情趣盎然的艺术境界的呢？下面我试图对这个问题作出探索和回答。我认为，这不仅可以拨开古代文艺理论家所散布的迷雾，更重要的是，对于排除"四人帮"复活禁欲主义的毒焰，汲取曹雪芹那丰富而宝贵的创作经验，严格按文艺自身的客观规律办事，提高我们今天文艺创作的艺术质量，都有着颇值得重视的现实意义。

一、以物拟人，以人拟物

情趣，来自人物性格的真实，可是它又不是用通常的、直接的、赤裸裸的语言来反映的，而是经过作家奇妙的想象和高度的凝练。以物拟人，以人拟物，生动贴切，瑰丽多姿，便是曹雪芹用来造成盎然情趣的重要艺术手法之一。

---

① 严羽：《沧浪诗话》，见郭绍虞主编的《中国历代文论选》中册，中华书局1962年版，第170页。

② 袁宏道：《叙陈正甫会心集》，见郭绍虞主编的《中国历代文论选》中册，中华书局1962年版，第337页。

有一次，贾母生气，凤姐和薛姨妈陪贾母打牌解闷。凤姐故意输钱给贾母，并且——

> 回头指着贾母素日放钱的一个木箱子笑道："姨妈瞧瞧，那个里头不知玩了我多少去了。这一吊钱，玩不了半个时辰，那里头的钱就招手儿叫他了。只等把这一吊也叫进去了，牌也不斗了，老祖宗的气也平了，又有正经事差我办去了。"话未说完，引的贾母众人笑个不住。偏有平儿怕钱不够，又送了一吊来。凤姐道："不用放在我跟前，也放在老太太的那一处罢。一齐叫进去倒省事，不用作两次，叫箱子里头的钱费事。"贾母笑的手里的牌撒了一桌子，推着鸳鸯，叫："快断他的嘴！"（据戚本第四十七回）

贾母木箱子里的钱，当然是没有知觉的。可是作者通过凤姐的巧嘴利舌，却把它说得活灵活现，说它能"招手儿"，把凤姐的钱叫进贾母的箱子里去，凤姐却落落大方，让它"一齐叫进去倒省事，不用作两次，叫箱子里头的钱费事"。她名义上说的是箱子里的钱，实际上指的却是箱子和钱的主人贾母。她通过把贾母箱子里的钱拟人化，来恭维贾母的神通广大，使贾母顿时变气为乐，高兴得简直手舞足蹈起来了。

凤姐的此言此语，贾母的此情此景，把凤姐那善于逢迎、巧言善辩、讨人欢喜的性格，刻画得多么自然逼真而又神情活现啊！正如万有文库版《石头记》该回批语所说："趣极。""凤姐一开口，真真要恨杀人，亦真真要爱杀人。言之者舌底有神，作书者笔端有鬼，真真令人爱杀。"

如果不是通过这种拟人化的艺术语言，而是由凤姐对贾母直接吹捧一番，那就不会像这样妙趣横生，而是令人作呕，也就根本不像凤姐的性格了。庚辰本《石头记》就将"不用作两次，叫箱子里头的钱费事"这句拟人化的语言，直接写成"不用做两次开箱子装钱费事",感到"费事"的由箱子里头的钱,赤裸裸地变成了箱子和钱的主人贾母,岂不就显得十分唐突而又索然寡味了吗?

在晴雯被封建统治阶级迫害致死后,作者写道:

> 独有宝玉一心凄楚,回至园中,猛然见池上芙蓉,想起小丫鬟说晴雯作了芙蓉之神,不觉又喜欢起来,乃看着芙蓉嗟叹了一会。忽又想起死后并未至灵前一祭,如今何不在芙蓉之前一祭,岂不尽了礼,比俗人去灵前祭吊,又更觉别致。(第七十八回)

于是贾宝玉便"洒泪泣血,一字一咽,一句一啼",作了祭晴雯的《芙蓉女儿诔》。这种以人拟物,与刚才凤姐的以物拟人,都同样造成了盎然的艺术情趣。

芙蓉,这是多么美好而又寄寓着神话传说的象征啊!唐代伟大诗人李白,在他那脍炙人口的诗篇中写道:

> 爱君芙蓉婵娟之艳色,若可餐兮难再得。
> 怜君冰玉清迥之明心,情不极兮意已深。[1]

宋代杰出的文学家欧阳修,为芙蓉描绘了这样神奇的传说:

> 〔石〕曼卿卒后,其故人有见之者,云恍忽如梦中言:"我今为鬼仙也,所主芙蓉城。"欲呼故人往游,不得,忿然骑一素骡去如飞。[2]

---

① 李白:《寄远十二首·其十二》,舒芜选注《李白诗选》,第147页。
② 宋·欧阳修:《六一诗话》。

作者正是通过把晴雯比拟为芙蓉花神，有力地渲染了晴雯品格的纯洁、高尚、优美、可爱，以及贾宝玉对被压迫者的同情和爱慕，对压迫者的愤恨和不满。这种比拟，如同贾宝玉的《芙蓉女儿诔》中所说的，初听"似涉无稽"，细思则"深为有据"，是"相物以配才"，"可谓至洽至协"（第七十八回）。如果不是通过这种蕴含丰富想象的美妙比拟，而是写贾宝玉直接到晴雯的灵前宣读一篇诔文，那就不会像这样有"更觉别致""别开生面"（第七十八回）的情趣，也不可能收到这般异彩纷呈、深邃激越的艺术效果。

同样，潇湘馆的竹子、鹦鹉，黛玉所葬的鲜花，等等，所以给人留下情感炽热、神思飙举、精彩绝艳的深刻印象，也就在于作者把这些竹子、鲜花和鹦鹉，都在一定程度上加以拟人化和性格化了，使人感到在这些竹子、鲜花和鹦鹉身上，都带有林黛玉所特有的那种情趣。如第二十六回林黛玉到贾宝玉那儿去，叫门叫不开，林黛玉误认为是贾宝玉恼她的原故，便——

> 越想越伤感起来，也不顾苍苔露冷，花径风寒，独立墙角边花阴之下，悲悲戚戚，呜咽起来。原来这林黛玉秉绝代姿容，具希世俊美，不期这一哭，那附近柳枝花朵上的宿鸟栖鸦一闻此声，俱忒楞楞飞起远避，不忍再听。

宿鸟栖鸦听到声音而惊飞远避，这是很平常的。然而作者却把它想象成是因"不忍再听"林黛玉的哭声，才惊飞远避的。连宿鸟栖鸦都竟然如此通达人情，"不忍再听"，更何况人呢，难道人竟而不如禽鸟吗？甲戌本对这段话的脂批说："可怜杀，可疼煞，余亦泪下。"紧接此后的回末总批又说："每阅此本掩卷者十有八九，不忍下阅看完，想作者此时泪下如豆矣。"这段文字为什么会收到如此感人至深的艺术效果呢？当跟曹雪芹这种拟人化的景物描写，对人物感情的神奇渲染，是分不开的吧！

　　林黛玉葬花之所以那么给人以诗情画意般的浓烈情趣，同样也是因为作者以花拟人、以人拟花，花成了林黛玉那种纯洁优美而又红颜薄命的化身。正如第二十七回林黛玉的《葬花词》所说的：

　　　　未若锦囊收艳骨，一抔净土掩风流。

　　　　质本洁来还洁去，强于污淖陷渠沟。

　　　　尔今死去侬收葬，未卜侬身何日丧？

　　　　侬今葬花人笑痴，他年葬侬知是谁？

　　　　试看春残花渐落，便是红颜老死时。

　　　　一朝春尽红颜老，花落人亡两不知！

　　庚辰本眉批称："余读《葬花吟》凡三阅，其凄楚感慨令人身世两忘，举笔再四不能加批。先生想身（？）宝玉，何得而下笔，即字字双圈，料难遂觯儿之意。"黛玉葬花，为什么能产生如此巨大的艺术效果呢？我认为就在于作者把花和人融为一体了，它那字字句句，都饱含着林黛玉的血和泪，交织着林黛玉的爱和恨，抒发着林黛玉的满腔郁愤和忧伤，寄托着林黛玉崇高的人生理想——"质本洁来还洁去，强于污淖陷渠沟"。因此，与其说是黛玉葬花，不如说就是葬她自己，不如说就是控诉那"一年三百六十日，风刀霜剑严相逼"的黑暗社会，葬送了千千万万像林黛玉这样纯洁高尚、明媚鲜艳的美女。作者通过以花拟人，把林黛玉那凄楚哀怨的感情加以形象化，使看不见摸不着的感情，通过人物惜花、怜花、拾花、葬花的具体行动，汇成了如惊涛骇浪般的感情的激流。同时，作者又通过以人拟花，使林黛玉的形象显得更加优美动人，仿佛有一股芬芳扑鼻，令人陶醉。

　　正当林黛玉为自己的薄命而悲伤不已的时候，她——

一面想，一面只管走，不防廊上的鹦哥见林黛玉来了，嘎的一声，扑了下来，倒吓了一跳，因说道："作死的，又扇了我一头的灰。"那鹦哥仍飞上架去，便叫："雪雁，快掀帘子，姑娘来了。"黛玉便止住步，以手扣架道："添了食水不曾？"那鹦哥便长叹一声，竟大似林黛玉素日吁嗟音韵，接着念道："侬今葬花人笑痴，他年葬侬知是谁……"黛玉、紫鹃听了，都笑起来。（第三十五回）

鹦鹉学舌，这是符合生活真实的。然而像作者描写的这样，林黛玉的鹦鹉竟然如此通人性、达人情，学舌学得那么得体，则显然是加上了作者的想象，给鹦哥赋予了某种程度的人格化，从而别有一番艺术情趣：既引人发笑，又发人深思；人们笑的是鹦哥竟然如此通人性、达人情，思的是从鹦哥"竟大似林黛玉素日吁嗟音韵"的学舌之中，不能不遐想到林黛玉那日日面对着鹦哥，无数次地独自吟诵葬花词的情景——音韵是那样凄楚，神情是那样悲恸，泪水是那样横流，身影是那样柔弱……就在这充溢着美感的艺术情趣之中，作者把一个个读者都一起拉进了他所创造的诗的境界，使你不能不陶醉、激动，不能不受到深深的感染。

二、看似荒唐，实则奇妙

情趣，还来自反映人物性格成长历史的故事情节之中，但它不是一般的故事情节，而是作家的艺术创造。它往往看似荒唐，实则奇妙，既符合生活本质的真实，又显得非常有趣，耐人寻味。

比如曹雪芹把贾宝玉与林黛玉的爱情，说成是"木石前盟"；把贾宝玉与薛宝钗的婚姻，说成是"金玉良姻"。这两种姻缘的矛盾冲突，是这么尖锐、激烈，具有强烈的真实感，但是它又这么神奇，甚至令人觉得荒谬；它显得多么奇妙，具有多么深邃的情趣啊！

在"木石前盟"中，那"木"是"西方灵河岸上三生石畔"的"绛珠草"。它经过许多磨难，"脱却草胎木质，得换人形""仅修成个女体"。它"下世为人"，是要用她"一生所有的眼泪"，来"酬报"神瑛侍者对她的"灌溉之德"的；那"石"，是"女娲氏炼石补天之时"，"单单的剩了一块未用"，因"无材不堪入选，遂自怨自叹，日夜悲号惭愧"。后来，被一僧一道打动凡心，它要求他们携入红尘，"在那富贵场中温柔乡里享受几年"（第一回）。据说，这就是林黛玉与贾宝玉的来历。

在"金玉良姻"中，那"金"，据薛姨妈说，是"和尚送给"薛宝钗的金锁，要"等日后有玉的方可结为婚姻"（第二十八回）；那"玉"，据冷子兴说，是贾宝玉"一落胎胞，嘴里便衔下一块五彩晶莹的玉来"（第二回），被贾母视为"命根子"（第三回）。贾宝玉的叛逆性格，在封建统治阶级看来，是"孽根祸胎"，必须用薛宝钗这把金锁来把他锁住。

"木石前盟"，概括了我们伟大民族优美的神话传说、丰富的想象和有趣的虚构，而"金玉良姻"则是荒谬绝伦的封建迷信，正如贾宝玉所说的："和尚道士的话如何信得！什么是金玉姻缘，我偏说是木石姻缘！"（第三十六回）这种荒谬的封建迷信，不过是贾、史、王、薛四大家族需要借助它来进行狼狈勾结的遮羞布罢了。

"木石前盟"，象征着贫困无权的卑贱者的联盟。贾宝玉这个"无材不堪入选"的"顽石"，虽然出生在封建贵族之家，然而他处于在政治上受压制，在经济上根本无权的地位，正如贾宝玉自己所说的："我只恨我天天圈在家里，一点儿作不得主，行动就有人知道，不是这个拉，就是那个劝的，能说不能行。虽然有钱，又不能由我使。"（第四十七回）"若论银钱吃的穿的东西，究竟还不是我的，惟有我写一张字，画一张画，才算是我的。"（第二十六回）

林黛玉比贾宝玉的处境更惨，她既无家产，又无父母兄弟，是个寄人篱下的"孤女"（第三回），被人鄙弃的"草木之人"（第二十九回）。而"金玉姻缘"，则代表着极富极贵、奢侈腐朽的封建贵族之间的勾结，即所谓"贾不假，白玉为堂金作马。阿房宫，三百里，住不下金陵一个史。东海缺少白玉床，龙王来请金陵王。丰年好大雪，真珠如土金如铁"。"这四家皆连络有亲，一损皆损，一荣俱荣，扶持遮饰，皆有照应。"（第四回）

"木石前盟"，包含着作家对封建贵族腐朽统治的满腔愤恨，如贾宝玉作为"顽石"时的"自怨自叹"；投生人世之后，说："可恨我为什么生在这侯门公府之家"；"竟成了泥猪癞狗了"（第七回）。林黛玉作为"绛珠草"时，须依靠别人的甘露灌溉，投生人世后，更是过着寄人篱下，"一年三百六十日，风刀霜剑严相逼"的痛苦生活。而"金玉姻缘"，则是为了挽救封建统治的危亡，既然贾府的儿孙们都已经"一代不如一代了"（第二回），那就只有依靠妇女来当家。早在薛宝钗与贾宝玉的亲事还未定的时候，贾府就已经迫不及待地需要请薛宝钗来协助王熙凤理家了，可见这个贵族之家是多么需要薛宝钗这样的封建淑女来支持它那摇摇欲坠的封建统治大厦啊！

"木石前盟"，寄托着作家叛逆的反封建的人生理想。他们不只是爱情上的情侣，更重要的还是思想上的知己，政治上志同道合的挚友。他们都坚决拒绝走封建的道路，对被压迫者寄予了深切的同情，用贾宝玉的话来说："我便为这些人死了，也是情愿的。"（第三十四回）而"金玉姻缘"，不仅是对宝黛的爱情、青春、幸福和理想的毁灭，而且还迫使宝玉出家，宝钗守寡，岂不是连金玉姻缘本身也被葬送了吗？

毋庸讳言，在"木石前盟"和"金玉良姻"中，也笼罩着作家虚无主义的迷雾和对人生理想无法实现的宿命论的阴影。

总之，在"木石前盟"与"金玉良姻"的故事情节中，作者不仅表现了自由爱情与封建婚姻的矛盾冲突，而且反映了新生与腐朽两种社会力量的生死搏斗，进步与反动两种政治理想的竞相争胜，叛逆与卫道两条人生道路的毫发不让；其艺术情趣之博大精深、剔透玲珑，犹如一串晶莹绚烂、光芒四射的珍珠，它几乎可以照见整个大千世界的五光十色，人们从不同的角度看它，都会有新的发现，仿佛它那里面蕴藏着无穷的奥秘，给人以美不胜收的感觉。

曹雪芹把他创造的"木石前盟"与"金玉良姻"的故事情节，称作"说起根由虽近荒唐，细按则深有趣味"（第一回）。以"虽近荒唐"的故事情节，创造出"深有趣味"的艺术瑰宝，这应该说是《红楼梦》一个重要的艺术特色。

曹雪芹明明是创作一部现实主义的伟大作品，为什么要采用近似荒唐的故事情节呢？这一方面固然是迫于政治上的需要，在那个言论不自由的黑暗年代，作家有他难言的苦衷；另一方面这也是出于艺术上的要求，如果曹雪芹不是采用这种近似荒唐的情节，则未必能达到那么"深有趣味"的艺术效果。因为艺术的语言总是切忌直说的。正如恩格斯所说："作者的观点愈隐蔽，对于艺术作品就愈好些。"[①]

在《红楼梦》中，不仅贯串全书的"木石前盟"与"金玉良姻"的故事情节，含有非常丰富、动人的情趣，而且它的许多具体的、局部的故事情节，也是如此。以第三十回下半回"龄官画蔷痴及局外"为例，宝玉在花园里散步解闷，隔着篱笆缝儿，看见蔷薇花下有个女孩子在地上一笔一画地画"蔷"字，画来画去，"已经画了有几千个"。"里面的原是早已痴了"，"外面的不觉也看痴了"。宝玉心想："这女孩子一定有什么话说不出的大心事，才这样个形景。外面既是这个形景，心里不知怎么熬煎。看他的模样儿这般单薄，心里那里还搁的住熬煎。可恨我不能替你分些过来。"这时候忽然下起雨来。宝玉看那女孩子身上顿时湿了，心想："这时下雨，他这个身子如何禁得骤雨一

---

① 恩格斯：《致马尔加丽塔·哈克纳斯的信》，见《马克思恩格斯论艺术》第1卷，人民文学出版社1960年版，第10页。

激！"因此便喊那女孩子："不用写了。你看下大雨，身上都湿了。"那女孩子听说，倒吓了一跳，抬头一看，还只当是个丫头喊她，因笑道："多谢姐姐提醒了我。难道姐姐在外头有什么遮雨的？"这才提醒宝玉；一看自己身上也都湿了，一气跑回怡红院，"心里却还记挂着那女孩子没处避雨"。

这个故事，把贾宝玉对女孩子的关心、爱护、体贴与同情，写得简直达到了忘我的境界；更有趣的是，他把两个人如痴如醉的神情，写得那么真实而又奇妙，竟然看到人家身上被雨水淋透了，喊人家避雨，而自己身上也被淋透了却一点也未感觉到。正如清代有篇根据《红楼梦》这个故事改编的题为《椿龄画蔷》的子弟书所说：

> 情重失神便似痴，
> 那知局外也忘机！
> 女伶魄走何时也，
> 公子魂消却为伊。
> 两下迷离一样景，
> 一番风雨两不知。
> 好一副难描难画的痴人小像，
> 全在那彼此交呼猛省时。[1]

人物形象如此真实、传神，情节安排这么奇特、巧妙，它所造成的艺术情趣，就像把人物似痴如醉的浓烈感情，刻画得如同金刚石在阳光下绚烂生辉，惹人喜爱；就像把人物肝胆相照的动人的神情，描绘得如同朵朵蔷薇花，在一

---

① 据清代百本张抄本，日本波多野太郎影印《子弟书集》，横滨市立大学纪要人文科学第 6 篇中国文学第 6 号。

片绿叶丛中放出妩媚的异彩，引人羡慕、赞赏不绝。它所造成的艺术效果，就像清澈甘甜的泉水，在山间独辟的蹊径之中，叮咚叮咚地流淌，点点滴滴都沁人心脾。还是那篇子弟书的改编者，说出了大家共同的心声："羡《红楼》何处得来生花妙笔，似这般花样他越写越奇。"

三、指桑说槐，妙趣横生

情趣，还来自人与人之间感情深处复杂微妙的矛盾冲突，然而它不是直抒胸臆，而是指桑说槐，令人感到妙趣横生，兴味无穷。

有一次，贾宝玉与林黛玉发生口角，两人和好之后，被凤姐拉到贾母那里，碰见宝钗，宝玉于无意之中话语奚落了宝钗，"宝钗因见林黛玉面上有得意之态"，乘黛玉问"宝姐姐，你听了两出什么戏"之机，宝钗——

> 便笑道："我看的是李逵骂了宋江，后来又赔不是。"宝玉便笑道："姐姐通今博古，色色都知道，怎么连这一出戏的名字也不知道，就说了这么一串子。这叫《负荆请罪》。"宝钗笑道："原来这叫作《负荆请罪》！你们通今博古，才知道'负荆请罪'，我们不知道什么是'负荆请罪'。"一句话还未说完，宝玉、林黛玉二人心里有病，听了这话，早把脸羞红了。凤姐于这些上虽不通达，但只看他三人形景便知其意，便也笑着问人道："你们大暑天，谁还吃生姜呢？"众人不解其意，便说道："没有吃生姜。"凤姐故意用手摸着腮，诧异道："既没人吃生姜，怎么这么辣辣的？"宝玉、黛玉二人听见这话，越发不好过了。宝钗再要说话，见宝玉十分惭愧，形景改变，也就不好再说，只得一笑收住。（第三十回）

这段对话，看似家常叙谈，如同一江春水，水面似乎相当平静，水底却暗礁林立，旋涡滚滚，激流翻腾，使人读了，尽管没有发现其中有什么特别闪光的词语，却仍然感到情趣横溢，精巧妙绝！

这里面的奥秘何在呢？妙在作家善于洞察和把握住人物心灵深处感情的激荡，并用指桑说槐、意在言外的语言，恰到好处地把它表现出来，叫人不发作又不好受，发作又说不出口，使读者不禁沉湎于这种人物无比复杂微妙、内心激荡的情趣之中。宝钗表面上是笑语盈盈，骨子里却是字字句句如利剑、赛锋刃，使他俩无地自容。这时插入凤姐的诙谐打趣，看上去似乎是替宝黛解围，帮助他俩摆脱窘境，而实际上却是把宝钗内含讽刺挖苦的真谛进一步点破，使宝黛感到"越发不好过了"。不过，无论宝黛心里怎么不好受，他俩在表面上却只能若无其事。林黛玉只好事后背地里对宝玉说："你也试着比我利害的人了。谁都像我心拙口笨的，由着人说呢。"（第三十回）

其实，林黛玉并不"心拙口笨"，她也曾采用类似的手法，对宝玉、宝钗进行过指桑说槐的揶揄。那是有一次宝玉在宝钗处喝酒，宝玉听从了宝钗的劝告，不喝冷酒，"命人暖来方饮"。这时——

黛玉磕着瓜子儿，只抿着嘴笑。可巧黛玉的小丫鬟雪雁走来与黛玉送小手炉，黛玉因含笑问他："谁叫你送来的？难为他费心。那里就冷死了我！"雪雁道："紫鹃姐姐怕姑娘冷，叫我送来的。"黛玉一面接了，抱在怀中，笑道："也亏你倒听他的话。我平日和你说的，全当耳旁风。怎么他说了你就依，比圣旨还快些！"宝玉听这话，知是黛玉借此奚落他，也无回复之词，只嘻嘻的笑两阵罢了。宝钗素知黛玉是如此惯了的，也不去睬他。（第八回）

这里，林黛玉抓住薛宝钗"费心"劝宝玉别喝冷酒，贾宝玉在宝钗面前

"听话"，巧妙地利用雪雁给她送手炉的机会，既是指桑说槐，也一样是针锋相对地把宝玉、宝钗奚落了一番。

这跟第三十回宝钗讽刺宝玉对黛玉"负荆请罪"相比，尽管在艺术手法上都是指桑说槐，然而它们所创造的情趣却又迥然有别。前者，作家通过薛宝钗的语言，那情趣着重在于表现宝黛之间的卿卿我我，在宝钗的反唇相讥之下，宝黛更加羞愧难言的微妙心理；而这里，黛玉对宝玉、宝钗的奚落，其情趣则主要在于它把林黛玉那"如此惯了的"尖酸锋利的性格，描绘得是这样的准确、俊丽，而把林黛玉要求贾宝玉必须爱情专一的嫉妒心理，刻画得又是如此惟妙惟肖，叫人看了，由不得不为作家的匠心独运、细针密缕、巧夺天工而啧啧称叹。

同样是指桑说槐，又同样是写妒意，在曹雪芹的笔下，对于不同的人物，却能写得情如其人，各异其趣。如第十六回贾琏小时候的奶妈赵嬷嬷，要贾琏为她的两个儿子找工作，迟迟没有着落，她又来求凤姐，这时——

> 凤姐笑道："妈妈，你放心，两个奶哥哥都交给我。你从小儿奶的儿子，你还有什么不知他那脾气的？拿着皮肉倒往那不相干的外人身上贴。可是现放着奶哥哥，那一个不比人强？你疼顾照看他们，谁敢说个不字儿？没的白便宜了外人。——我这话也说错了。我们看着是'外人'，你却是看着'内人'一样呢。"说的满屋里人都笑了。赵嬷嬷也笑个不住，又念佛道："可是屋子里跑出青天来了。若说'内人''外人'这些混帐原故，我们爷是没有，不过是脸软心慈，搁不住人求两句罢了。"凤姐笑道："可不是呢！有内人的他才慈软呢，他在咱们娘儿们跟前才是刚硬呢。"赵嬷嬷笑道："奶奶说的太尽情了，我也乐了，再吃一杯好酒。从此我们奶奶作了主，我就没的愁了。"贾琏此时没好意思，只是讪笑吃酒，说："胡说……"

凤姐的这番话，既是对赵嬷嬷的应酬，更是对贾琏的针砭。她对贾琏在外面乱搞女人的那种肮脏的灵魂和卑劣的丑态，揭露得是那样婉转、俏皮，挪揄得又是那样洒脱、诙谐。赵嬷嬷既要巴结、恭维凤姐，又不能得罪贾琏。凤姐明明听到赵嬷嬷不同意她对贾琏关于"内人""外人""这些混帐原故"的指责，可是她却硬是借着赵嬷嬷话语中说贾琏"脸慈心软"的话头，从容自如地拉扯上说贾琏对"有内人的他才慈软呢"。凤姐这些花言巧语，不仅把赵嬷嬷说"乐了"，使她感到"说的太尽情了"，而且也把贾琏说得"此时没好意思"。这里面所表现出来的情趣，犹如珠联璧合。凤姐跟赵嬷嬷的对话，不仅要说给赵嬷嬷听，更重要的还要说给贾琏听。在她对贾琏进行针砭的含沙射影之中，我们仿佛可以嗅到她那醋意四溅的酸味。可是她那种醋意，却根本不同于林黛玉要求贾宝玉爱情专一的嫉妒。她的主要目的，是要由她一个人独揽家政大权，使贾琏不好再"拿着皮肉倒往那不相干的外人身上贴"，不敢再对她"刚硬"。因此，与其说她吃醋的是贾琏在外乱搞女人的话，不如说她更关心的却是财产和权力绝不能旁落，而必须由她一个人死死地攥在手里。曹雪芹正是通过刻画凤姐的这种语言情趣，不需藻饰，毋烦辞费，就使我们对凤姐的性格，犹如剔肤见骨，洞察入微。

四、人物语言，别开生面

　　情趣，就某一个人物的语言来说，既要符合"这个"[①]人物性格规定的统一性，又要使它呈现出千姿百态的多样性，这样才能既给人以完整统一、真实贴切的感觉，又给人以摇曳多姿、变化无穷的艺术美的享受。《红楼梦》中对

　　① 恩格斯在《致敏·考茨基》中说："每个人都是典型，但同时又是一定的单个人，正如老黑格尔所说的，是一个'这个'，而且应当是如此。"见《马克思恩格斯书信选集》，人民出版社1962年版，第434页。

于凤姐这个人物语言的描写，可以说就达到了这种情趣无穷、美不胜收的奇妙境界。

凤姐那么年纪轻轻，所以能独揽贾府的家政大权，主要是靠了贾母这根顶梁柱的支撑。因此，一贯千方百计地对贾母逢迎拍马，满足贾母在精神和物质上享乐的要求，博取贾母的欢心，赢得贾母对她的宠爱，这是凤姐性格规定性的重要特质之一。要把凤姐性格的这个重要特质表现出来并不难，难能可贵的是曹雪芹把它表现得处处峰回路转，别开生面，令人感到有无穷的情趣。

在《红楼梦》第三回中，我们第一次见到凤姐出场，是她迎接林黛玉到达贾府的时候——

> 这熙凤携着黛玉的手，上下细细打谅了一回，便仍送至贾母身边坐下，因笑道："天下真有这样标致的人物，我今儿才算见了。况且这通身的气派，竟不像老祖宗的外孙女儿，竟是个嫡亲的孙女。怨不得老祖宗天天口头心头一时不忘。只可怜我这妹妹这样命苦，怎么姑妈偏就去世了。"说着，便用帕拭泪。贾母笑道："我才好了，你倒来招我。你妹妹远路才来，身子又弱，也才劝住了，快再休提前话。"这熙凤听了，忙转悲为喜道："正是呢，我一见了妹妹，一心都在他身上了，又是喜欢，又是伤心，竟忘记了老祖宗，该打，该打！"

在这里，看上去凤姐是在对林黛玉的标致表示热烈赞扬，而实际上她却是在对贾母竭力奉承。她嘴上"竟忘记了老祖宗"，内心却挖空心思地要向贾母讨好。贾母表面上虽然责怪凤姐"倒来招我"，而内心却被凤姐说得乐滋滋的。表面看上去，恐怕谁也不能当着凤姐的面，说她是在对贾母拍马屁，可是实际上，凤姐这却是真的把马屁拍得震天响。因此，这里无论是凤姐或贾母，她们所用的语言，读者都不是可以一览无余的，而必须回味其言外之情，领略其表里不一之趣，为其所塑造的非常深沉内向、真实复杂的人物形象而深受感染。

贾赦这个"癞虾蟆想吃天鹅肉"的老色鬼，却想要贾母的贴身丫鬟鸳鸯做小老婆。鸳鸯宁死不肯。贾母在王夫人面前，责备儿媳们"原来都是哄我的，外头孝敬，暗地里盘算我。有好东西也来要，有好人也要。剩了这个毛丫头，见我待他好了，你们自然气不过，弄开了他，好摆弄我"（第四十六回）。经过探春的说明，贾母知道此事与王夫人不相干，便要宝玉向王夫人赔不是，又怪凤姐儿也不提醒他，这时——

> 凤姐儿笑道："我倒不派老太太的不是，老太太倒寻上我了。"
> 贾母听了与众人都笑道："这也奇了，倒要听听这不是。"凤姐儿道："谁教老太太会调理人，调理的水葱儿似的，怎么怨得人要！我幸亏是孙子媳妇，若是孙子，我早要了，还等到这会子呢。"（第四十六回）

你看，凤姐的这种语言是多么有趣，她表面上是"派老太太的不是"，实际上却是用"不是"来作反衬，更加有力地颂扬了贾母的能干，"会调理人"，把个个丫鬟都"调理的水葱儿似的"，惹人喜爱。凤姐的这番话，说得是那么乖巧，又是这样得体。她既吹捧了贾母，又没有得罪贾赦，"说的众人都笑起来了"。本来是贾母生气，一个个地胡乱责怪小辈，空气沉闷、紧张得像立刻要爆炸似的，凤姐的这一席话，好像在人们的心头开了窗户，不仅使令人窒息的沉闷空气顿时为新鲜舒畅的气流所代替，而且婆媳之间的猜疑责备，也立刻为喜笑颜开的亲切稠密感情所充溢。仿佛音乐中的变调，把读者引入张弛相间、忧喜交替的强烈而又和谐的节奏之中。这一切，使读者从中领略到了多么美妙动人的情趣啊！

相反相成，这是事物发展的辩证规律之一。曹雪芹在《红楼梦》中，经常运用这个规律，来使他的语言艺术鲜明生动、情趣浓烈，给人留下刻骨铭心的印象。如上述凤姐对待贾母，通过貌似批评实则颂扬的办法，来刻画她殚精竭虑地对贾母阿谀逢迎的性格，不正是运用相反相成的认识规律，来达到奇峰突起的艺术效果吗？在《红楼梦》中，诸如此类的例子，不胜枚举。我们仍举凤姐为例：

谁想贾母自见宝钗来了，喜他稳重和平，正值他才过第一个生辰，便自己蠲资二十两，唤了凤姐来，交与他置酒戏。凤姐凑趣笑道："一个老祖宗给孩子们作生日，不拘怎样，谁还敢争，又办什么酒戏。既高兴要热闹，就说不得自己花上几两。巴巴的找出这霉烂了的二十两银子来作东道，这意思还叫我赔上。果然拿不出来也罢了，金的银的，圆的扁的，压塌了箱子底，只是勒掯我们。举眼看看，谁不是儿女，难道将来只有宝兄弟顶了你老人家上五台山不成！那些梯己，只留与他。我们如今虽不配使，也别苦了我们。这个够酒的？够戏的？"说的满屋里都笑起来。（第二十二回）

（贾母谈到她从小在鬓角上碰了个伤疤，差一点儿不得活命）凤姐不等人说，先笑道："那时要活不得，如今这大福可叫谁享呢？可知老祖宗从小儿的福寿就不小，神差鬼使，碰出那个窝儿来，好盛福寿的，寿星老儿头上原是一个窝儿，因为万福万寿盛满了，所以倒凸高出些来了。"未及说完，贾母与众人都笑软了。贾母笑道："这猴儿惯的了不得了，只管拿我取笑儿起来。恨的我撕你那油嘴。"凤姐笑道："回来吃螃蟹，恐积了冷在心里，讨老祖宗笑一笑，开开心。一高兴，多吃两个，就无妨了。"贾母笑道："明儿叫你日夜跟着我，我倒常笑笑，觉的开心。不许回家去。"（第三十八回）

贾母点头叹道："我虽疼他，我又怕他太伶俐也不是好事。"凤姐儿忙笑道："这话老祖宗说差了。世人都说太伶俐聪明了，怕活不长。世人都说得，人人都信得；独老祖宗不当说，不当信。老祖宗只有聪明伶俐过我十倍的，怎么如今这样福寿双全的？只怕我明儿还胜老祖宗一倍呢！我活一千岁后，等老祖宗归了西，我才死呢。"贾母笑道："众人都死了，单剩下咱们两个老妖精，有什么意思？"说的众人都笑了。（第五十二回）

上述例子，从表面上看，凤姐都是跟贾母唱反调的，而实际上却又句句都是对贾母的阿谀谄媚，共同体现了凤姐性格规定的统一性，然而在语言表达上，它却呈现出百媚千娇的多样性。

从凤姐对贾母蠲资给宝钗做生日说的那段话中，我们看到的，凤姐字字句句仿佛都是对贾母的抱怨和责备，然而我们感受到的，她口口声声却又都是对贾母的撒娇和讨欢，在嬉皮笑脸的逗趣声中，既表现了她对钱财垂涎欲滴的贪婪心理，又使贾母受了"责备"还要打心眼里高兴。说贾母那"金的银的，圆的扁的，压塌了箱子底"，不仅语言生动，而且如庚辰本眉批所说："小科诨解颐，却为借当伏线。"最后一句凤姐说的"这个够酒的？够戏的"更使我们如闻其声，如见其人，不用作者另作一字的说明，凤姐那双手拿着贾母给的钱，一边说，一边伸出手来给大家瞧的神态，就猝然活现在我们的面前了。

在凤姐对贾母鬓角上的那个伤疤的谄媚中，我们由不得不佩服，凤姐其人是多么娴于辞令，取笑逗趣，竟如此活脱可喜，先声夺人！当贾母对凤姐"拿我取笑"露出假意责备的口吻时，照一般人写来，凤姐此时必然濒于无辞以对的绝境了，然而这绝不是凤姐的性格；凤姐，她有绝处逢生的本领，她说这是为了"讨老祖宗笑一笑，开开心"，可以多吃两个螃蟹。她是如此巧言善辩，舒卷自如，叫人感到仿佛不论情况如何变幻莫测，她总是显得既风韵万千，而又雍容自若。

凤姐对贾母"怕他太伶俐了"的反驳，庚辰本眉批称："妙处缤纷，此是书中之笔路灵隽处，不可没也。"其妙处就在于它不是陈陈相因，千语一腔，通篇一律，而是思绪升腾，宕开一笔，转进一层，其意思虽然不外乎仍然是对贾母的善颂善祷，然而同时却又表现出凤姐那恃强好胜、骄悍飞扬的性格特色。

人物的语言艺术就是要像凤姐的语言这样，处处给人展示出别开生面的神髓，新鲜独特的风采，才能使人有妙语惊人的情趣，愈看兴味愈浓，而毫无沉闷、腻味之感。

五、戏谑笑谈，增添活气

情趣，还来自人物的戏谑笑谈之中。然而这种戏谑笑谈，绝不是一味地追求庸俗低级趣味的插科打诨，而是要恰到好处地反映人物的性格，生动有趣地揭示出深刻的思想意义。

鲁迅很赞赏："外国的平易地讲述学术文艺的书，往往夹杂些闲话或笑谈，使文章增添活气，读者感到格外的兴趣，不易于疲倦。"他批评"中国的有些译本，却将这些删去，单留下艰难的讲学语，使他复近于教科书。这正如折花者，除尽枝叶，单留花朵，折花固然是折花，然而花枝的活气却灭尽了"[①]。讲述学术文艺的书，尚且需要"夹杂些闲话或笑谈"来"使文章增添活气"，至于以愉悦性作为重要特质之一的文艺作品，穿插一些笑语趣谈，那就更是使文艺作品增加艺术情趣所必不可少的了。

在《红楼梦》中，以凤姐的语言写得最成功，最生动有趣。其重要原因之一，就在于"他素日善说笑话，最是他肚内有无限的新鲜趣谈"（第五十四

---

① 鲁迅：《华盖集·忽然想到（二）》，《鲁迅全集》第 3 卷，人民文学出版社 1956 年版，第 12 页。

回）。不仅是对凤姐，对其他一些人物，曹雪芹也经常通过说笑话来展示人物的性格，增加作品的情趣。

众人都说，老太太的笑话"比凤姐儿的还好还多"。于是贾母便说，有家人家十个儿子，娶了十房媳妇。唯有那第十个媳妇聪明伶俐，心巧嘴乖，公婆最疼，成日家说那九个不孝顺。这九个媳妇委屈，便相约一起到阎王庙去烧香，问阎王爷："为什么单单的给那个小蹄子一张嘴，我们都是笨的？"九个人烧香后，都在供桌底下睡着了。九个魂没有等到阎王，却遇见孙行者驾着筋斗云来了。她们忙把事情的根由告诉他，求"大圣发个慈悲"。孙行者笑道："这却不难。那日你们妯娌十个托生时，可巧我到阎王那里去的，因为撒了泡尿在地下，你那小婶子便吃了。你们如今要伶俐嘴乖，有的是尿，再撒泡你们吃了就是了。"（第五十四回）说毕，大家都笑起来。

这是笑谁呢？作者没有明说，只是紧接着写："凤姐儿笑道：'好的，幸而我们都笨嘴笨腮的，不然也就吃了猴儿尿了。'尤氏娄氏都笑向李纨道：'咱们这里谁是吃过猴儿尿的，别装没事人儿。'薛姨妈笑道：'笑话不在好歹，只要对景就发笑。'"

谁一听都能明白，这个笑话是在说凤姐。然而妙在贾母这个笑话既"对景"，而又不点明是说谁，在场的众人也心照不宣，凤姐却"装没事人儿"，硬把自己也说成是"笨嘴笨腮的"。就在这既"对景"而又不说穿的若即若离之中，使人由不得不体会其中的情趣：贾母既偏心喜爱凤姐的嘴乖，又生怕其他人嫉妒、抱怨，故借打趣凤姐来安慰他人；凤姐乖就乖在她善于作假，明知贾母奚落到她头上，她不但"装没事人儿"，还主动钻进"笨嘴笨腮"的人儿之中；而那些真正"笨嘴笨腮"的人，却不必也不会像凤姐那样声明自己是属于"笨嘴笨腮的"，只是在简短的言语之间，流露出得意之态罢了。作者通过贾母这个笑话，把各种人物的性格、内心深处的心理状态，既刻画得细腻入微，又给了读者以十分轻松、舒畅的愉悦。

贾宝玉与林黛玉的爱情，充满痛苦的纠葛，然而爱情本身总是无比美好、甜蜜、幸福和欢乐的，即使在黑暗的旧社会，面临封建统治风雨如磐的无情压迫和摧残，必然要遭受到无穷的磨难，甚至落个舍身丧命的悲剧结局，也必须把自由爱情无限幸福和欢乐的本质表现出来。曹雪芹在宝黛爱情这个令人饮泪泣血的悲剧之中，使它充溢着许多欢声笑语，这就不仅为宝黛爱情增添了许多情趣，而且为这个悲剧增强了震撼人心的思想和艺术力量。因为悲与喜、哭与笑、哀与乐，总是相反相成、辩证地统一在一起的，只有充分地写出喜、笑、乐，才可能达到强烈的悲、哭、哀的效果。

　　难道事实不正是这样吗？你看，曹雪芹把宝黛爱情写得多么欢乐啊！当宝玉在黛玉那儿闻得一股令人醉魂酥骨的幽香从黛玉袖中发出时，"宝玉一把便将黛玉的袖拉住，要瞧笼着何物"，然后黛玉又拉扯上："我有'奇香'，你有'暖香'没有？""你有玉，人家就有金来配你；人家有'冷香'，你就没有'暖香'去配！"惹得宝玉"将两只手呵了两口，便伸向黛玉胳肢窝内两胁下乱挠"。黛玉素性触痒不禁，被宝玉挠得"笑的喘不过气来"，忙笑着讨饶："好哥哥，我可不敢了。""宝玉笑道：'饶便饶你，只把袖子我闻一闻。'说着，便拉了袖子，笼在面上，闻个不住。"

　　接着，他俩又"斯斯文文的躺着说话"。贾宝玉讲了个笑话，说"扬州有一座黛山，山上有个林子洞"，洞里有一群耗子精，要煮腊八粥，老耗派小耗出去偷红枣、香芋等果品，那个去偷香芋的小耗，说他可以摇身一变，变成个香芋，众耗叫他变变看，他"摇身说变，竟变了一个最标致美貌的一位小姐"。众耗笑他"变错了"，他说："我说你们没见世面，只认得这果子是香芋，却不知盐课林老爷的小姐才是真正的香玉呢。""黛玉听了，翻身爬起来，按着宝玉，笑道：'我把你烂了嘴的，我就知道你是编我呢。'说着，便拧的宝玉连连央告，说：'好妹妹，饶我罢！再不敢了！我因为闻你香，忽然说起这个故典来。'"说到"故典"，恰好薛宝钗到了，宝钗接上说："他肚子里的故典原多，只是可惜一件，凡该用故典之时，他偏就忘了。有今日记得的，前几夜里的芭蕉诗就该记得。眼面前的倒想不起来，别人冷的那样，你急的只出汗，这会子偏偏又有记性了。"（第十九回）

这些看上去似乎只是无关宏旨的嬉笑逗趣，实际上它不但不是庸俗的低级趣味，而且生动地反映了宝黛的"木石前盟"与封建统治阶级制造的"金玉姻缘"之间的矛盾冲突。庚辰本在黛玉说"人家有'冷香'，你就没有'暖香'去配"处旁批道："的确是颦儿活画，然这是阿颦一生心事，故每不自禁自及之。"在宝玉讲到"却不知盐课林老爷的小姐才是真正香玉"处，庚辰本旁批说："前面有试才题对额，故紧接此一篇无稽乱话。前无则可，此无则不可。盖前系宝玉之懒为者，此系宝玉不得不为者。世人诽谤无碍，奖誉不必。"为什么"此一篇无稽乱话"，是"宝玉不得不为者"呢？因为贾宝玉正是借助这个笑话，向林黛玉倾诉了他的爱慕之情，在他看来，世界上只有林黛玉"才是真正香玉"，她身上有一股无名"奇香"，对于贾宝玉有着"醉魂酥骨"般的强大魅力。就是在"此一篇无稽乱话"之中，它蕴含着多么丰富、复杂的情趣啊！这里面既有贾宝玉与林黛玉内心对自由爱情的向往、憧憬和欢乐，同时也披露了"金玉姻缘"对他们自由爱情的威胁、破坏，乃至最后毁灭的可怕的魔影；既有青年男女情窦初开的天真、活泼、纯洁、可爱，又不能完全摆脱封建礼教在他们思想上的侵蚀和羁绊，以致他们表达爱情的方式，又是如此的曲折、隐晦、微妙和蹊跷，可以意会而不可言传。因此，这里的笑语趣谈，不仅是增加作品的情趣和愉悦性所必需的，而且也是刻画人物形象，表达作品的主题所"不得不为者"。

文艺作品有它的认识作用、教育作用和美感作用，而它的认识作用和教育作用，必须通过美感作用来实现。只有首先感动人，才能深刻地教育人。而情趣，正是文学作品动人的琴弦。从我们上述对曹雪芹在《红楼梦》中如何创造艺术情趣的浅陋剖析中，可以证明它并不像古代文论家说的那样玄乎其玄，它在文学作品中既是客观存在，就必然是有迹可求的；如果要给它"下一语"的话，情趣便是作家以丰富的想象、有趣的语言或情节，创造出来的一种动人心弦、耐人回味的艺术境界。

还是回到曹雪芹在《红楼梦》开卷第一回所说的，他之所以要使他的《红楼梦》写得"深有趣味"，乃因"市井俗人喜看理治之书者甚少，爱看适趣闲文者特多"。可见他是相当自觉地要使他的作品摆脱封建理治的桎梏，从内容到形式都能适合"市井俗人"的需要；这正是曹雪芹所以能够创造出这么情趣盎然的伟大艺术珍品的最深厚的根源。它跟我们今天所说的，人民是作家的母亲，不恰恰是一脉相通的吗？人民要求自己的文艺作品，必须打破任何理治的束缚和说教，反映人民自己的思想和情趣。这是一切作家充分发挥自己艺术才能的不可匹敌的动力和永不枯竭的源泉，也是文艺发展不可抗拒的客观规律。

怎样才"能使读者由说话看出人来"[①]

——谈《红楼梦》人物语言的性格化

人物语言的性格化，是文学的真实性、形象性、丰富性和生动性的必然要求。因为文学的特性，就是要通过创造"每个人都是典型，但同时又是一定的单个人，正如黑格尔所说的，是一个'这个'"[②]般生动的人物形象，才能给读者以深刻的感染和生动的教育。

曹雪芹在《红楼梦》开卷第一回，首先就对我国小说创作中那种"千部共出一套"，千人一面，众口一腔，"悉皆自相矛盾大不近情理之说"[③]，进行了严正的讨伐。这说明，公式化、概念化是完全违背精神生产的客观规律的，是扼杀艺术生命的大敌。

如何通过人物语言的个性化，来刻画生动感人的艺术形象，这是许多作家所关心的问题。因为"对话——这是小说里最难写的部分之一。需要熟悉生活中的对话。要凭空想出有趣的对话，几乎是不可能的。我们年轻的作家写得最差的正是对话"[④]。

世界上许多伟大的作家，也都很重视这个问题。鲁迅就说过："高尔基很

---

① 鲁迅：《看书琐记（一）》，见《鲁迅全集》第5卷，人民文学出版社1957年版，第429页。

② 恩格斯：《致敏·考茨基》，见《马克思恩格斯书信选》，人民出版社1962年版，第434页。

③ 据俞平伯校订的《红楼梦八十回校本》。本文引用《红楼梦》原文，凡未注明版本者，均同此，人民文学出版社1963年版。

④ 马卡连柯：《和初学写作者的谈话》，见《论写作》，人民文学出版社1955年版，第37页。

惊服巴尔扎克小说里写对话的巧妙，以为并不描写人物的模样，却能使读者看了对话，便好像目睹了说话的那些人。中国还没有那样好手段的小说家，但《水浒》和《红楼梦》的有些地方，是能使读者由说话看出人来的。"①

怎样才"能使读者由说话看出人来"？究竟有哪些"好手段"呢？本文试图通过分析《红楼梦》的一些典型例子对这个问题作一探讨。

一、性格各殊，谈吐亦异

恩格斯说："我觉得人物的性格不仅表现在他做的什么，而且表现在他怎么样做。"②同样，从说话看出人来，不仅表现在人物说什么，也表现在怎么说上。《红楼梦》的有些地方，所以能使读者由说话看出人来，在于作者笔下的每个人物都有自己独特的语言表达方式。

贾宝玉有时用的是"发作起痴狂病来"的方式，他的摔玉、砸玉、丢玉、还玉，无一不是用"痴狂病"的语言方式来表达的。然而他真的有什么"痴狂病"吗？用他自己的话来说："我为林姑娘病了。"（第九十六回）事实很清楚，他这种"痴狂病"，正是封建统治阶级在精神上对他压抑、折磨和摧残的结果，也是他向封建统治者进行反抗斗争的一种特殊的形式，是在那个黑暗腐朽的封建统治下被扭曲了的形象。正像从石头缝里生长的苍松、翠竹，他处境十分险恶，被挤压得弯曲变形，显得营养不良，然而他的生命力却顽强不屈，以傲然挺拔的英姿，令人瞩目赞赏。

林黛玉虽然跟贾宝玉同样具有反封建的叛逆性格，然而她的"寄人篱下"的地位、女孩子的身份和自尊心极强的个性，决定了她不可能像贾宝玉那样公

---

① 鲁迅：《看书琐记（一）》，《鲁迅全集》第 5 卷，人民文学出版社 1957 年版，第 429 页。

② 恩格斯：《致斐·拉萨尔的信》，《马克思恩格斯论艺术》第 1 卷，人民文学出版社 1960 年版，第 38 页。

开发泄，她只能采用"多心伤感"的方式，来倾吐自己的痛苦和愤懑，采用"比刀子还尖"的语言，来对付那"一年三百六十日，风刀霜剑严相逼"的险恶环境，保卫自己"质本洁来还洁去，不教污淖陷渠沟"（第二十七回）的生活理想。

当贾宝玉与她初次见面，就因为摔玉而受到贾母严厉责备的时候，林黛玉当场没有吭一声，这并不是她没有话可说。果然，夜间她在房里"淌眼抹泪"，对丫头鹦哥说："今儿才来，就惹出你家哥儿的狂病。倘或摔坏了那玉，岂不是因我之过！"（第三回）袭人劝她："姑娘快休如此，将来只怕比这个更奇怪的笑话儿还有呢。若为他这种行止，你多心伤感，只怕你伤感不了呢。快别多心！"（第三回）

多心伤感，这就是林黛玉的独特的语言表达方式和个性特征。宝玉的第二次砸玉，就是因为她对宝玉说："我知道，昨日张道士说亲，你怕阻了你的好姻缘，你心里生气，来拿我煞性子。""那宝玉又听见他说'好姻缘'三个字，越发逆了己意，心里干噎，口里说不出话来，便赌气向颈上抓下通灵宝玉来，咬牙狠命"（第二十九回）地要砸玉。这"好姻缘"三个字，既是林黛玉多心的想法，又体现了她说话"比刀子还尖"的特点，只有从林黛玉的口里才能说得出来。

宝玉不信"金玉姻缘"的邪说，表现为摔玉、砸玉，说："什么劳什子，我砸了你完事。"而林黛玉要冲破"金玉姻缘"的樊篱，却表现为多心伤感，她见贾宝玉砸玉，早已哭起来，说道："何苦来，你摔砸那哑巴物件。有砸他的，不如来砸我。"这话把宝玉说得"脸都气黄了，眼眉都变了，从来没气的这样"（第二十九回）。而林黛玉也"越发伤心大哭起来"。他俩原"都是求近之心"，为何"反弄成疏远之意"呢？这并不是因为他们所用的语言词不达意，而恰恰表现了他们各自独特的个性和独特的语言表达方式，并且使这种独特的个性和独特的语言表达方式，在他们共同具有叛逆思想的基础上，被赋予了各自不同的典型意义。

贾宝玉与"金玉姻缘"的矛盾，实际上是做封建阶级的孝子贤孙，还是做封建叛逆者的人生道路问题。而林黛玉与"金玉姻缘"的矛盾，则不仅表现在人生道路上，而且表现在她那寄人篱下的社会地位，无父母做主的孤女处境，不屑于趋炎附势、逢迎讨好的癖性，卓越的诗人气质和才能，瘦弱多病的身体，以及封建意识对妇女的毒害，等等，都跟"金玉姻缘"的邪说一起，像重重叠叠的大山一样，压在她的心上。多心伤感，只不过是比较集中地表现了林黛玉那痛苦不堪的悲惨命运罢了。她的独特的个性化的语言表达方式，所表达的社会典型意义确实可以说是无比的丰富而深刻。鲁迅说："北极的爱斯吉摩人和非洲腹地的黑人，我以为是不会懂得'林黛玉型'的；健全而合理的好社会中人，也将不能懂得，他们大约要比我们的听讲始皇焚书，黄巢杀人更其隔膜。"[1]这也就是说，林黛玉的独特的语言所表现出来的，作为一个妇女所受到的无穷的精神痛苦，我们只有联系到中国封建社会那个万恶的深渊，才能对她有真正的认识和了解。

前人曾说，晴雯是黛玉的影子，袭人是宝钗的影子[2]。的确，晴雯和黛玉，袭人和宝钗，在思想上是有共通之处，在艺术表现上，作者也曾用她们来衬托、对比，互相映照。然而，作者通过她们不同的语言表达方式，却把她们的性格特征和典型意义区别得泾渭分明，绝不会让人感到有一点重复或混淆。

晴雯，她"身为下贱，心比天高"（第五回），在不满封建世俗这一点上，她与黛玉是一致的。然而作为一个位卑人贱的奴婢，她的反抗精神和语言表达方式，则比黛玉要泼辣得多。举一个很相近的例子吧！

---

① 鲁迅：《看书琐记（一）》，《鲁迅全集》第5卷，人民文学出版社1957年版，第430页。
② 甲戌本第八回批语："余谓晴有林风，袭乃钗副。"王希廉评本《红楼梦问答》："袭人，宝钗之影子也。写袭人，所以写宝钗也。""晴雯，黛玉之影子也。写晴雯，所以写黛玉也。"大某山民评本《读法》："是书钗黛为比肩，袭人晴雯乃二人影子也。"

周瑞家的为薛姨妈给各位姑娘送宫花，当送给林黛玉时：

> 黛玉只就在宝玉手中看了一看，便问道："还是单送我一人的？还是别的姑娘们都有呢？"周瑞家的道："各位都有了，这两枝是姑娘的了。"黛玉冷笑道："我就知道，别人不挑剩下的也不给我。"（第七回）

同样也是对待别人的馈赠，当秋纹在袭人之后，也得到王夫人赏的两件旧衣服而感到兴高采烈时：

> 晴雯笑道："呸，没见世面的小蹄子！那是把好的给了人，挑剩下的才给你，你还充有脸呢。"秋纹道："凭他给谁剩的，到底是太太的恩典。"晴雯道："要是我，我就不要。若是给别人剩下的给我也罢了，一样这屋里人，难道谁又比谁高贵些？把好的给他，剩下的才给我，我宁可不要，冲撞了太太，我也不受这口软气。"（第三十七回）

这里，黛玉捍卫的是身为寄人篱下的姑娘，要与贾府其他姑娘有平等的不受歧视的地位；而晴雯捍卫的则是身为奴婢，比别人低一等"也罢了"，比"一样这屋里"的袭人还要低一等，那她绝不能容忍。黛玉说话的语气是多心、尖刻；晴雯说话的方式则充满着鄙视和强烈的愤恨，活现了她那"火爆"的性格[1]。两者近似的例子，相通的思想，可是通过各自独特的语言方式表达出

---

① 《红楼梦》第五十二回平儿说："晴雯那蹄子是块爆炭，要告诉了他，他是忍不住的。"这是说明了晴雯的性格特点的。

来的，黛玉是小姐的多心和不满，而晴雯则是奴婢的心高和反抗，各自独特的性格特征和典型意义，犹如白菊花和紫罗兰一样发出不同的芳香，各自独具诱人的魅力。

在维护封建正统思想方面，袭人和宝钗也是相通的。然而从她们不同的语言表达方式，却可以使我们看出，她们依然是两个不同的典型性格。

当宝玉被贾政打伤之后，袭人和宝钗都先后看望宝玉的伤势。

袭人咬着牙说道："我的娘！怎么下这般的狠手！你但凡听我一句话，也不得到这步地位。幸而没动筋骨，倘或打出个残疾来，可叫人怎么样呢。"

宝钗见他睁开眼说话，不像先时，心中也宽慰了好些，便点头叹道："早听人一句话，也不至今日。别说老太太、太太心疼，就是我们看着，心里也疼。"刚说了半句，又忙咽住，自悔说的话急了，不觉的就红了脸，低下头来。（第三十四回）

这里，袭人和宝钗都同样有责怪宝玉不听话的意思。然而，袭人的语言表现出来的，是对贾政那毒心狠手的惊讶和不满，对宝玉不听话的抱怨和惋惜，对"幸而没动筋骨"的庆幸和慰藉；宝钗的语言则显得"任是无情也动人"[①]，她对封建家长的暴行，没有丝毫的愤恨和不满，而把挨打的原因，却看成是宝玉不听话的罪有应得，同时她又表示心疼。她这种心疼，与"老太太、太太心疼"一样，纯属私情。老太太、太太心疼，因为她们是宝玉的直系亲属，宝钗的心疼，却没有这种特殊的亲属关系，她这种柔情蜜意，在封建社会是见不

---

① 这是《红楼梦》第六十三回薛宝钗掣得的酒令牙签上的一句诗，作者是借此来暗喻薛宝钗的性格特点的。

得人的，因此她羞得"不觉的就红了脸"。这些独特的语言表达方式，不仅使我们看到了两个不同的典型形象，而且作家把她们内心深处感情激荡的密纹微波，都纤毫发毕露地展现在读者的面前了。

事实说明，《红楼梦》语言的性格化，不仅能把不同阶级和倾向、不同思想代表的人物，如宝玉和贾政，贾母和王夫人，凤姐和李纨，赵姨娘和平儿，刘姥姥和赖嬷嬷，黛玉和宝钗，探春和惜春，等等，作了截然不同的区分，而且对同一阶级和倾向，或同一思想的人物，如贾宝玉和林黛玉，林黛玉和晴雯，薛宝钗和袭人，等等，也通过他们独特的语言表达方式，区分得个性鲜明，色彩迥异，一个个都具有自己活泼独特的风姿。这种各自独特的语言表达方式，并不是作家凭空杜撰的，而是根据人物的地位、身份、思想、感情、性格、教养和说话的环境、对象、动机、目的等多方面的特定因素，而产生的遣词造句、语气口吻、思想和感情等特定的语言色彩。

当代著名的语言艺术大师老舍，以自己的切身体会指出："要知道对话是人物性格的'声音'，性格各殊，谈吐亦异。作者必须深思熟虑：如此情节，如此地点，如此时机，应该说什么，应该怎么说。一声哀叹或胜于滔滔不绝；吞吐一语或沉吟半晌，也许强于一泻无余。说什么固然要紧，怎么说却更为重要。说什么可以泛泛交代，怎么说却必须洞悉人物性格，说出掏心窝的话来。说什么可以不考虑出奇制胜，怎么说却要求妙语惊人。不论说什么，若总先想一想怎么说法，才能逐渐与文学语言挂上钩，才能写出自己的风格来。"①我想，老舍的这段话，不仅是他个人创作的经验之谈，也是对包括《红楼梦》在内的历史经验的真知灼见。

---

① 老舍：《话剧语言》，转引自孙钧政的《漫谈老舍的文学语言》，《北京文艺》1979 年第 4 期。

二、言行结合，相辅相成

"人物的性格必须通过行动来表现"[①]，这只是一个方面；与行动相配合的说话，也是表现人物性格的一个重要方面。两者都不可忽视或偏废。问题是需要言和行的恰当结合，使这两者都对表现人物性格起相辅相成的作用；忽视和偏废了哪一方面，对于突出人物性格都是不利的。

从《红楼梦》的艺术实践来看，在描写人物行动的同时，是不是恰到好处地描写人物的说话，其艺术效果是大不一样的。

第七十四回抄检大观园，在庚辰本里，作者只描写了晴雯的行动：

> （王善保家的搜检）到了晴雯的箱子，因问："这一个是谁的？怎么不开开让搜？"袭人等方欲代晴雯开时，只见晴雯挽着头发闯进来，豁一声，将箱子掀开，两手端着底子朝天，往地下尽情一倒，将所有之物尽都倒出。王善保家的也觉没趣，看了一看，也没有什么私弊之物。回了凤姐，往别处去。

一百二十回程甲本，在描写了晴雯翻倒箱子那个怒气冲冲的行动之后，增加了一段对话描写：

> ……王善保家的也觉没趣儿，便紫涨了脸说道："姑娘，你别生气。我们并非私自就来的，原是奉太太的命来搜察。你们叫翻呢，我们就翻一翻，不叫翻，我们还许回太太去呢。那用急的这个样子！"晴雯听了这话，越发火上浇油，便指着他的脸说道："你说

---

① 茅盾：《关于艺术的技巧》，《文艺学习》1956 年第 4 期。

你是太太打发来的，我还是老太太打发来的呢！太太那边的人我也都见过，就只没看见你这么个有头有脸大管事的奶奶！"

增加这段对话描写，加强了故事情节的合理性。王善保家的仗着主子的势力，那么气势汹汹地"直扑了丫头们的房门去"，碰到晴雯那样放肆无礼，"豁"一声将箱子底朝天翻倒在地，她怎么会忍气吞声地一声不吭呢？晴雯翻倒箱子的行动，说明她心里已经憋足了一肚子气，不吐不快。特别是像晴雯，性格那样刚烈，她有怒火是压不住的，非让它烧个痛快不可。因此，增加这段对话，是完全合乎故事情节和人物性格发展的内在逻辑的；没有这段对话，则使人感到若有所失，不可思议。

增加这段对话描写，还加强了人物性格的鲜明性。王善保家的说的话，看似对晴雯的教训和奚落，实则充分表现了狗腿子的那副奴才相。她浑身的解数，就是仗着"奉太太的命"。正如鲁迅所说的："宠犬，其地位虽在主人之下，但总在别的被统治者之上的。"[①]她妄图抬出主子来以势压人，晴雯不仅偏不吃她这一套，而且以牙还牙，以"我还是老太太打发来的呢"，把王善保家的气焰压倒，以辛辣的讽刺和羞辱，弄得王善保家的"只得咬咬牙，且忍了这口气"。这种通过人物性格化的语言，展开两种性格的尖锐冲突，仿佛把读者也卷进了这场矛盾斗争的旋涡之中，使每个性格各异的人物都在读者的脑海之中真正活了起来。

增加这段对话描写，更进一步地突出了晴雯性格的战斗性。王善保家的把主子抬出来，不仅反映她的奴才性格，而且也说明，晴雯跟王善保家的斗争，实质上也就是跟封建主子的斗争。晴雯对王善保家的回击，充分地表现了她

① 鲁迅：《二心集·"民族主义文学"的任务和运命》，《鲁迅全集》第4卷，人民文学出版社1957年版，第244页。

对于封建统治势力及其帮凶的蔑视和反抗精神，揭示了她那倔强高傲、锋芒毕露、绝不示弱、不甘任人摆布、机智勇敢、顽强战斗的高贵品格，使她那形象显得高大起来，仿佛也如"火上浇油"一般，在读者的心头燃起了一团烈火，由不得不叫人拍手称快。

可见，增加这段对话描写，不仅对于作品的艺术性是个加强，对于作品的思想性也是个提高。①

有其言必有其行。正像人们在生活中必须言行一致一样，在文学作品中，人物的语言和行动也必须一致，必须共同为表现人物性格服务。如果人物的语言和行动描写，配合得不好，那就不但谈不上性格化，而且有损于艺术的生命——真实性。

在第七十五回，有正本是这样描写的：

> 小丫鬟炒豆儿捧了一大盆温水，走至尤氏跟前，只弯腰捧着。银蝶笑道："说一个个没权变的，说一个葫芦就是个瓢。奶奶不过待咱们宽些，在家里不管怎么样罢了，你就得了意，不管在家出外，当着亲戚也只随便罢了。"尤氏道："你随他去罢，横竖洗了就完事了。"炒豆儿忙赶着跪下。尤氏笑道："我们家上下大小的人只会讲外面的假礼假体面，究竟作出来的事都够使了。"

按照贾府的规矩，主子洗脸，丫鬟要捧着脸盆，跪着侍候主子洗。这次小丫鬟炒豆儿"只弯腰捧着"，这是违背封建礼节的行为。作者写另一个丫

---

① 《红楼梦》一百二十回本与脂批手抄本相比，在文字上有很多变动，其中有改好了的，也有改坏了的。我们须具体分析，是好则说好，是坏则说坏，不必一概否定，也不必全盘肯定。程伟元、高鹗的《红楼梦引言》说，他们对前八十回抄本曾"广集校勘，准情酌理，补遗订讹"。一百二十回本中改得好的地方，也许是有原本为依据的。即使没有原本为依据，只要真正改得好，我们也应予以承认。

鬟银蝶批评她，而主子尤氏却说："你随他去罢，横竖洗了就完事了。"这样的对话，叫人一听是丫鬟银蝶要维护跪下的封建礼节，而主子尤氏却是很宽厚的，这岂不是把阶级关系弄颠倒了吗？同时，这样的对话与行动的描写本身也存在着矛盾。既然主子尤氏已经表示"横竖洗了就完事了"，为什么炒豆儿还要"忙赶着跪下"呢？究竟是听主子尤氏的，还是听丫鬟银蝶的呢？既然尤氏本人不讲究这些礼节，为什么她又要批评"我们家上下大小的人只会讲外面假礼假体面"呢？人物对话，如果不符合人物的身份，不与人物的行动相一致，那就必然矛盾百出，叫人不可理解。

一百二十回程甲本，对这一段是这样描写的：

（尤氏）说着，一面洗脸，丫头只弯腰捧着脸盆。李纨道："怎么这样没规矩！"那丫头赶着跪下。尤氏笑道："我们家上下大小的人只会讲外面假礼假体面，究竟作出来的事都够使的了。"

这样把银蝶的话删去，改由李纨来指责丫头"怎么这样没规矩"，这一删改，不仅完全切合人物的身份、性格，而且一语中的，指出丫头只弯腰捧着脸盆而不跪下，这是违背了封建主子的规矩。李纨这个少奶奶既然已经当面指责，那丫头当然只好"赶着跪下"，而尤氏乘机发泄她对"我们家上下大小的人只会讲外面假礼假体面"的不满，也就完全是在情理之中的了。由于人物的语言和行动，都是建立在真实可信的基础上的，因此我们就感到尤氏对"假礼假体面"的揭露，不是不可理解，而是含意隽永，耐人寻味。

世界上的事情是很复杂的。正如马克思说的："如果现象形态和事物的实质是直接合而为一的，一切科学就都成为多余的了。"[①]我们所说的人物的语言

① 马克思：《资本论》第 3 卷，人民出版社 1953 年版，第 1069 页。

和行动要相互一致，这种"一致"，是表现在共同反映人物性格的真实性上，而不是简单、机械地强求人物的语言和行动"直接合而为一"。在文学作品中，有时候恰恰是利用人物言行的不相符合，才更加真实、生动地反映了人物性格的复杂性。《红楼梦》在这方面为我们提供了卓越的范例。有一次——

> 宝玉忙忙的穿了衣裳出来，忽见林黛玉在前面慢慢的走着，似有拭泪之状，便忙赶上来，笑道："妹妹往那里去？怎么又哭了？又是谁得罪了你？"林黛玉回头见是宝玉，便勉强笑道："好好的，我何曾哭了！"宝玉笑道："你瞧瞧眼睛上的泪珠儿未干，还撒谎呢。"一面说，一面禁不住抬起手来替他拭泪。林黛玉忙向后退了几步，说道："你又要死了。作什么这么动手动脚的！"宝玉笑道："说话忘了情，不觉的动了手，也就顾不的死活。"林黛玉道："你死了倒不值什么，只是丢下了什么金，又是什么麒麟，可怎么样呢！"一句话又把宝玉说急了，赶上来问道："你还这样说。到底是咒我，还是气我呢？"林黛玉见问，方想起前日的事来，遂自悔自己又说造次了，忙笑道："你别着急，我原说错了。这有什么的？筋都暴起来，急的一脸汗。"一面说，一面禁不住近前伸手替他拭面上的汗。（庚辰本第三十二回）

这里，黛玉的行动明明是在"拭泪"，可是她却强做笑脸说"我何曾哭了"，以谎话来掩饰她内心的痛苦，把封建礼教强加在林黛玉这个少女内心的难言之痛，表现得多么真挚、深沉、栩栩如生！难怪她使宝玉深深地感动了，"禁不住抬起手来替他拭泪"。

这里，黛玉的语言明明是责怪宝玉不该"这么动手动脚的"；甚至出口伤人，骂他"你又要死了"。可是，当她自己说造次了，把宝玉说得"筋都暴起来，急的一脸汗"，她又同样"一面说，一面禁不住近前伸手替他拭面上的汗"。显然，作者是有意利用人物前后言行的矛盾，给我们活画出了一对热恋挚爱着的痴儿女的形象。

这里，言和行的矛盾不是削弱，而是更加增强了人物性格的真实性、复杂性和生动性。贾宝玉"说话忘了情"，可以"顾不的死活"地向黛玉表示自己的爱情。而林黛玉却只能把她那颗和宝玉同样炽热的心，深深地埋藏在心底。这不仅是因为少女的害羞，更重要的是由于她受到封建礼教的迫害，比男子要大得多。她时刻担心着"什么金""什么麒麟"会夺走她的爱情，因此，尽管宝玉一再向她表白过、发誓过，她还是脱口而出，把宝玉说得"急的一脸汗"。如果说黛玉伸手替宝玉拭汗，是发自她内心的真情，那么，她不要宝玉替她拭泪，则显然是受封建思想束缚造成的羞态。从拒绝宝玉替她拭泪，变成她自己伸手替宝玉拭汗，这一矛盾现象极其生动地说明，林黛玉发自内心的爱情是多么的炽热，它像火山爆发似的无法抑制，竟然把封建思想的束缚冲到九霄云外去了！

这里，作者把宝、黛的人物语言，写得非常富有形象性。作者不用对人物形象另加一个字的描绘，我们从宝、黛的话里，既看见了林黛玉那满脸泪痕而又不承认流泪，热恋着宝玉而又满怀着担心和忧虑，极为真实、复杂而动人的丰姿，同时又看到了贾宝玉那一会儿"说话忘了情，不觉的动了手，也就顾不的死活"，一会儿却"筋都暴起来，急的一脸汗"，交织着妩媚与焦躁、甜蜜与痛苦的极为诚挚、朴实而迷人的形象。

《红楼梦》之所以"能使读者由说话看出人来"，我看很重要的一个秘诀就在这里："作者用对话表现人物的时候，恐怕在他自己的心目中，是存在着这人物的模样的，于是传给读者，使读者心目中也形成了这人物的模样。"[1]因此，它无论是写人物语言和行动的一致还是矛盾，都能紧紧地扣住突出人物的性格和形象。

三、准确写照，惟妙惟肖

要使读者由说话看出人来，作家"要非常仔细地琢磨有性格的对话，不能有任何一个多余的字"[2]。做到准确写照，惟妙惟肖。

就在凤姐过生日，贾母"定要叫凤姐痛乐一日"的时刻，贾琏与鲍二的媳妇私通，被凤姐当场逮住，夫妻俩大吵大闹起来。贾琏竟拔出剑要杀凤姐，凤姐去向贾母告状，贾琏也持剑赶来了。这时作者写道：

> 邢夫人气的夺下剑来，只管喝他："快出去！"那贾琏撒娇撒痴，涎言涎语的还只乱说。贾母气的说道："我知道你不把我们放在眼里，叫人把他老子叫来，看他去不去！"贾琏听见这话，方趔趄着脚儿出去了，赌气也不往家去，便往外书房来。这里邢夫人、王夫人也说凤姐儿。贾母笑道："什么要紧的事！小孩子年轻，馋嘴猫儿似的，那里保得住不这么着？从小儿世人都打这么过的。都是我的不是。你多吃了两口酒，又吃起醋来。"说的众人都笑了。贾母又道："你放心，等明儿我叫他来替你赔不是。你今儿别要过去臊着他。"因又骂："平儿那蹄子，素日我倒看他好，怎么暗地里这么坏！"尤氏等笑道："平儿没有不是，是凤丫头拿着人家出气。两口子不好

---

① 鲁迅：《花边文学·看书琐记》，《鲁迅全集》第 5 卷，人民文学出版社 1957 年版，第 429 页。

② 富曼诺夫：《论创作》，见《论写作》，人民文学出版社 1955 年版，第 218 页。

对打，都拿着平儿煞性子。平儿委屈的什么是的呢，老太太还骂人家。"贾母道："原来这样。我说那孩子倒不像那狐媚魔道的。既这么着，可怜见的，白受他的气。"因叫琥珀来："你出去告诉平儿，就说我的话：我知道他受了委屈，明儿我叫凤姐儿替他赔不是。今儿是他主子的好日子，不许他胡闹。"（第四十四回）

我们不妨从这一段文字描写，来看看作者是怎样非常仔细地琢磨有性格的人物语言的。

要紧紧扣住人物特定的身份、地位和感情、态度。贾母身为老祖宗，在贾府处于唯我独尊的地位。因此，每当贾母在场，作者总是要以贾母为中心。我们刚刚引的这段相当长的文字，实际上绝大部分都是贾母一个人说的话。但作者不是写她长篇大论地直说下去，而是写她先批评贾琏，后劝导凤姐，再责骂平儿，又吩咐琥珀；展现在读者面前的，是贾母居于众多人物之上的很热闹的场面。她说的话尽管很多，却因为符合她这个老祖宗的地位、身份，作者又让她不断转换对不同人说话的角度，所以它能把读者引入作者所描写的场面，一点也不使人感到冗长、啰唆、沉闷。

人物的感情、态度，跟其地位、身份相联系，然而它却更能体现人物的个性特征。贾母这个老祖宗，她的感情和态度，总是体现着封建末世享乐哲学的特征。① 她对贾琏的荒淫无耻，甚至公然要行凶杀妻，一点都不感到气愤；她感到气愤的，只是贾琏到了她面前竟敢无礼，"不把我们放在眼里"。这句话非常典型地反映了贾母唯我独尊，谁也不能触犯她的尊严，谁也不准打扰她享乐的独特的感情和态度。这种独特的感情和态度，不仅使她对贾琏的丧伦败

---

① 马克思、恩格斯说："在近代，享乐哲学是跟封建制度的衰落一起产生的，是跟封建土地贵族之变为专制王朝时代的贪图享乐和极尽奢侈的宫廷贵族同时产生的。"见《马克思恩格斯论艺术》第1卷，人民文学出版社1960年版，第365、366页。

俗的丑行，认为不是"什么要紧的事"，而且她竟然还可以从中找到及时行乐的兴致，对凤姐打趣说："你多吃了两口酒，又吃起醋来"，"说的众人都笑了"。这种语言，都只有贾母"这个"老祖宗才说得出。

人物的感情和态度，是由人物独特的生活经历和思想观点决定的。因此，只有反映人物独特的生活经历和思想观点，才能使人物性格化的语言具有深刻的典型意义。贾母饱经世故，见多识广，因此她认为贾琏不过是"小孩子年轻，馋嘴猫儿似的，那里保得住不这么着。从小儿世人都打这么过的"。用"馋嘴猫儿似的"来比喻贾琏荒淫无耻的丑行，既生动形象，又恰当地反映了贾琏这个贵族公子人面兽心的丑恶本质。而这种丑恶本质又不是贾琏一个人所独有的，是"世人都打这么过的"——在整个封建末世的统治阶级中有其普遍的典型意义。作者通过贾母这一番话，使读者由贾琏这一个人的荒淫堕落，看到了当时整个封建统治阶级的腐朽溃烂。它由贾母这个饱经世故的老祖宗说出来，显得更加真实、贴切，令人感到可惊又可信。

"从小儿世人都打这么过的"，一百二十回程本把"世人"改成"是人"，这一改就大异其趣了。"世人"，应是指在贾母眼中上流社会的人，即跟贾琏一类的贵族公子。而"是人"却是指所有的人了，哪里会一切人从小儿都像贾琏这样腐化堕落呢？这一字之改，不仅违背了作者的原意，而且把贾琏丑行的典型意义也歪曲了。

难道贾母会把贾琏的丑行，上升到在本阶级具有普遍意义的丑恶本质，来进行揭露吗？这当然不是贾母的本意。贾母的本意，不过是在凤姐面前有意为贾琏开脱，以她自己丰富的生活经历和人生当及时行乐的思想观点，来劝导凤姐想开一点，不要"吃醋"。贾母的这番话，由于是从她自己独特的生活经历和思想观点出发的，因而它既是非常性格化的，又在客观上具有非常深广的典型意义。

分明是"平儿没有不是，是凤丫头拿着人家出气。两口子不好对打，都拿着平儿煞性子。平儿委屈的什么是的呢，老太太还骂人家"。尤氏等说的这番话，不但是对贾母错骂平儿的纠正，而且它实际上补充描绘了一系列的人物性格：贾母的主观武断，凤姐的任性使气，平儿的横遭荼毒，尤氏的爱打抱不平。听了尤氏等人的话，连贾母也感到平儿"可怜见的，白受他的气"。这不仅使人更加同情平儿，而且在客观上使读者不能不认识到，主子为非作歹，吵架出气，受害的却是无辜的奴婢。统治阶级内部的矛盾，反过来嫁祸于被压迫者，这是一个多么不合理的黑暗社会啊！

难得的是，作者写得很深刻，具有非常深广的典型意义，然而却又非常切合人物性格的分寸。表面看上去，贾母好像也对平儿的不幸表示一点同情，并叫琥珀去传达她对平儿的安慰，但是她的目的，还是要平息奴婢的反抗："不许他胡闹"。从贾母主观武断地骂"平儿那蹄子"，到最后说出这句话，都非常恰到好处地反映了贾母这个人物的阶级本质和性格特征。

还要准确地表达各人不同的语气、神态、口吻和称呼，才能使人物性格化的语言达到惟妙惟肖的艺术境界。

贾母见到贾琏，开口第一句话就说："我知道你不把我们放在眼里。"从这句话里，我们就可以想象到贾母那威严、不满的神态，生气的口吻和轻蔑的语气，真是闻其声，如见其人。"放在眼里"这几个字，唯独庚辰本作"放在眼睛里"，无端加一个"睛"字，而俞平伯的《红楼梦八十回校本》，竟然也根据庚辰本补上个"睛"字。我认为，加上这个"睛"字，不仅使贾母说话的语气不顺，而且语义也变得不通了。"眼睛"，是人的五官之一，怎么能把人放在眼睛里去呢？"不把我们放在眼里"，这"眼里"显然不是指具体的"眼睛里"，而是指眼神、目光的射程里面，也就是我们常说的不知天高地厚，目中无人。根据其他各种版本都作"眼里"，根据贾母说话的语义和语气，这个"睛"字显然是属于庚辰本抄写人误加上去的。而"有性格的话"，确实是"不能有任何一个多余的字"的啊。

贾母说贾琏"馋嘴猫儿似的，那里保得住不这么着"，庚辰本、甲戌本、程甲本都是这样，有正本却把"儿"字删掉，改为"馋嘴猫似的"，把"不这么着"，改为"不这么样"。去掉这个"儿"字，不仅失去了口语的味道，而且失去了贾母说这话时那种轻飘飘的语气和神态。"不这么着"是很肯定的语气，改为"不这么样"，那究竟是怎么样呢？却叫人有点捉摸不定。贾母叫琥珀"去告诉平儿"，程乙本改为"去告诉平姐姐"，贾母怎么可能以这种口吻称呼平儿呢？即使琥珀喊平儿为平姐姐，贾母也不会以琥珀的口气叫她"去告诉平姐姐"呀。只有说"去告诉平儿"，这才合乎贾母的口吻。

鲁迅曾经很赞赏陀思妥耶夫斯基："写人物，几乎无须描写外貌，只要以语气、声音，就不独将他们的思想感情便是面目和身体也表示着。"[①]《红楼梦》的不少地方，我认为也是达到了这种艺术境界的。

四、互挑空儿，曲尽其妙

怎样才"能使读者由说话看出人来"，《红楼梦》作者还提出要让人物善于从对方的说话中"挑出这个空儿来"，使矛盾冲突通过对话进一步展开，使人物性格通过针锋相对的对话更加鲜明突出，使个性化的语言通过斗争的锤炼更加光彩熠熠。这样，不但从说话能看出人来，而且非常引人入胜，使作品中的人物形象给读者留下难以磨灭的印象。

下面就是善于从人物对话中"挑出这个空儿来"的一段。那是贾赦要娶鸳鸯做小老婆，鸳鸯不答应，邢夫人叫她嫂子来劝她：

> 鸳鸯道："什么话？你说罢。"他嫂子笑道："你跟我来，到那里

---

① 鲁迅：《集外集•〈穷人〉小引》单行本，人民文学出版社 1959 年版。

我告诉你，横竖有好话儿。"鸳鸯道："可是大太太和你说的那话？"他嫂子笑道："姑娘既知道，还奈何我。快来，我细细的告诉你。可是天大的喜事。"鸳鸯听说，立起身来，照他嫂子脸上下死劲唾了一口，指着他骂道："你快夹着屄嘴离了这里，好多着呢！什么'好话'！宋徽宗的鹰、赵子昂的马都是好画儿。什么'喜事'！状元痘儿灌的浆儿又满是喜事。怪道成日家羡慕人家女儿作了小老婆，一家子都仗着他横行霸道的，一家子都成了小老婆了！看的眼热了，也把我送在火坑里去。我若得脸呢，你们在外头横行霸道，自己就封自己是舅爷了；我若不得脸败了时，你们把忘八脖子一缩，生死由我。"一面骂，一面哭。平儿、袭人拦着劝。他嫂子脸上下不来，因说道："愿意不愿意，你也好说，不犯着牵三挂四的。俗语说，'当着矮人，别说短话'。姑奶奶骂我，我不敢还言。这二位姑娘并没惹着你，小老婆长，小老婆短，人家脸上怎么过得去？"袭人、平儿忙道："你倒别这么说。他也并不是说我们，你倒别牵三挂四的。你听见那位太太、太爷们封了我们作小老婆？况且我们两个也没有爹娘哥哥兄弟在这门子里，仗着我们横行霸道的。他骂的人自有他骂的，我们犯不着多心。"鸳鸯道："他见我骂了他，他臊了，没的盖脸，又拿话调唆你们两个，幸亏你们两个明白。原是我急了，也没分别出来，他就挑出这个空儿来。"（第四十六回）

其实，从对方的说话中"挑出这个空儿来"的，不只是鸳鸯她嫂子，鸳鸯和袭人、平儿的说话，又何尝不也是善于从对方的说话中挑空儿呢？他嫂子说"有好话儿"，鸳鸯就扯上"好画儿"；他嫂子说"不犯着牵三挂四的"，袭人、平儿就反过来说他嫂子"你倒别牵三挂四的"。互相挑空儿，正是她们之间这段对话的共同特点。

通过互相挑空儿，使人物语言做到脍炙人口。鸳鸯她嫂子一来，就说"有好话儿"，"有天大的喜事"要告诉鸳鸯。可是鸳鸯一听说"好话""喜事"，就气得火冒三丈，她不等她嫂子"细细的告诉"，就气得"下死劲啐了一口"，指着她嫂子痛骂了一顿。鸳鸯骂的话，首先就是挑出她嫂子说的"好话""喜事"作空儿，拿"宋徽宗的鹰、赵子昂的马都是好画儿""状元痘儿灌的浆儿又满是喜事"；来对她嫂子羡慕人家做小老婆、妄想攀高附上的丑态，进行了无情的揭露和讽刺、挖苦和痛斥。脂批本都是这么写的，唯独程乙本却把鸳鸯挑她嫂子说的"好话""喜事"的空儿，针锋相对地进行形象化的驳斥的这一段话删掉了，变成干瘪的两句："什么好话，又是什么喜事。"这就不仅使鸳鸯说话的生动性和形象性丧失殆尽，而且使她的语言原来所包含的丰富的含意，都变得令人兴味索然了。

鸳鸯针对她嫂子说的"好话""喜事"所作的批驳，之所以非常脍炙人口，不仅是由于她运用形象化的比喻，把她嫂子既挖苦得很生动，又痛斥得很蹊跷，更重要的是，她这种善于"挑空儿"的语言，蕴含着她那疾恶如仇、无情反击的锋芒，不慕虚名、有远见卓识的胸怀，聪明伶俐、肝胆刚烈的性格；文字朴实无华，清新自然，而语意却秀丽妩媚，玲珑透剔，使人越看越想探测精蕴，越读越觉得兴味无穷。

通过互相挑空儿，使人物性格更加血肉丰满。从鸳鸯问"什么话"，到她嫂子回答"好话儿"；从鸳鸯驳斥"好画儿"，到她嫂子"牵三挂四"，挑出"小老婆"来把矛头引向在场的袭人、平儿，袭人、平儿又反驳她嫂子的"牵三挂四"，最后使她嫂子"自觉没趣，赌气去了"。通过这种互相挑空儿的尖锐剧烈的矛盾冲突来刻画人物性格，真是力透纸背，生色动人。

你看鸳鸯那慷慨陈词，说得多么痛快淋漓，感情激越！她骂她嫂子"成日家羡慕人家女儿作了小老婆……也把我送在火坑里去"，"我若得脸呢"怎么样，"我若不得脸"又怎么样。这种由她嫂子所说的"好话""喜事"所激发出来的无比愤慨之情，如大海的怒涛，汹涌浩瀚，澎湃奔腾，使读者的心灵和感情不能不受到强烈的震动和激荡，不能不由衷地发出深长的感叹：噢，原来她嫂子是这般凶狠丑恶！为了自己能趋炎附势，好仗势欺人，竟然不惜要把鸳鸯"送在火坑里去"！可是，鸳鸯却一点也不为她嫂子所说的"好话""喜事"所迷惑，她不仅有荡气回肠的铮铮铁骨，而且有明睿深邃的真知灼见，一眼就看穿了她嫂子所说的"好话""喜事"是什么货色，寥寥数语，就把她嫂子的卑鄙灵魂和丑恶本质揭露得刻骨传神。鸳鸯"一面骂，一面哭"，她骂得是那样鞭辟入里，振聋发聩，哭得是那样声情激越，震撼人心。这是一个多么桀骜不驯、饱含魅力的光辉形象啊！

一个说是"天大的喜事"，一个说是送我下"火炕"，鸳鸯和她嫂子通过挑空儿，展开了两种性格的尖锐冲突。结果她嫂子碰了一鼻子灰。可是作者对于她嫂子这样一个极其次要的人物，也一点没有把她简单化，而是通过她反过来对鸳鸯的话挑空儿，抓住鸳鸯说话中反复提到的"小老婆"这个词，把旧矛盾避开，挑起新的矛盾。说什么"不犯着牵三挂四的"，"姑奶奶骂我，我不敢还言。这二位姑娘并没惹着你，小老婆长，小老婆短，人家脸上怎么过得去？"分明是她自己"脸上下不来"，而她却说"人家脸上怎么过得去"；分明是她自己"牵三挂四"，妄图挑起袭人、平儿的多心不满，来摆脱自己被骂的窘境，而她却反诬鸳鸯"牵三挂四"。这种说话挑空儿，把她嫂子那不仅卑鄙丑恶而且奸诈油滑的性格，刻画得多么不同凡响，曲尽其妙啊。

通过互相挑空儿，使人物形象特别瑰丽多姿。作者不用另着一字的描绘，我们从人物互相挑空儿的对话之中，就能清晰地看到不同人物形象的风采娇姿。如从鸳鸯一开始见到她嫂子时说："什么话？你说罢。"我们一听就会感到她的态度冷若冰霜，她对她的嫂子了如指掌，知道她在这个时候必然是来者不善。接着，她抓住"好话""喜事"作空儿，针锋相对地对她嫂子进行痛斥。我们一听就会感受到，站在我们面前的是一个多么义愤填膺、锋芒毕露的人物形象！她骂急了，"小老婆长，小老婆短"，竟然没有顾忌到身旁的袭人、平儿，幸好她俩是明白人，不受她嫂子的调唆，没有多心生气。她嫂子一见鸳鸯就说："你跟我来"，"快来"。我们一听就仿佛看到了她嫂子那欢快、得意的神态。遭到鸳鸯痛骂后，从她那"牵三挂四"的话中，我们更看清了她那"脸上下不来"，而又要竭力倒打一耙的狡黠的窘态。袭人、平儿和鸳鸯对她的回击，使读者产生一种整体感，听到这一群人的对话，似乎自己也置身于她们之中了。这是她们互相挑空儿的对话所产生的一种特有的艺术魅力。

通过挑空儿使人物对话性格化，是《红楼梦》作者曹雪芹通过鸳鸯之口明确提出来的。不仅这一处描写是如此，而且它也是《红楼梦》中人物对话常用的一个艺术手法。如第八回描写贾宝玉在薛姨妈处喝酒，宝玉听从薛姨妈和薛宝钗的劝告，不喝冷酒。林黛玉在旁便借小丫鬟雪雁来给她送手炉的机会，含沙射影地说："谁叫你送来的？难为他费心。那里就冷死了我！"又说："也亏你倒听他的话。我平日和你说的，全当耳旁风。怎么他说了你就依，比圣旨还快些！"她这番话就是挑宝玉听宝钗的话，不喝冷酒这个空儿说的，明为说雪雁，实际指宝玉。不仅语言高度性格化，而且使人物形象生动有趣至极。

所谓"挑空儿"，并不一定是人物说话本身有自相矛盾之处，它主要是由于人物性格不同而造成的；是通过矛盾冲突，来突出人物性格的一种语言艺术。如鸳鸯她嫂子本来并未说"好画"，而鸳鸯却偏要由她嫂子说的"好话"，拉扯上"好画"；鸳鸯本来没有把袭人、平儿包括在小老婆之列，她嫂子却偏要"牵三挂四"，把袭人、平儿拉出来做她的挡风墙。宝玉听从宝钗的劝告，不喝冷酒，本来丝毫没有亲宝钗而疏黛玉的意思，但林黛玉的性格决定她必然要多心嘲讽。

由此可见，"挑空儿"的对话艺术，绝不是对话的油滑和雄辩，而是人物性格的矛盾冲突在语言上的曲尽其妙。从人物性格出发，这是人物语言性格化的前提和基础。

五、对比衬托，变化无穷

人物之间的对话，有时针锋相对地展开矛盾冲突，固然能够突出人物之间不同的性格和不同的语言特色。但是，矛盾冲突的形式总不是刻板划一，而是千变万化的。它有时采取锋芒毕露的形式，有时却表现为隐秘曲折的形式。在《红楼梦》中，人物对话有时不表现为尖锐的冲突，而通过相互对比衬托，也能够鲜明地把不同的性格和不同的语言特色显示出来。

有一次，夏金桂和宝蟾吵架，薛姨妈和宝钗去劝架，而夏金桂却一味地撒泼：

> 金桂道："好姑娘，好姑娘！你是个大贤大德的。你日后必定有个好人家，好女婿，决不像我这样守活寡，举眼无亲，叫人家骑上头来欺负的。我是个没心眼儿的人，只求姑娘我说话别往死里挑拣，我从小儿到如今没有爹娘教导。再者，我们屋里老婆汉子，大女人小女人的事姑娘也管不得！"宝钗听了这话，又是羞又是气；见她母亲这样光景，又是疼不过。因忍了气说道："大嫂子，我劝你少说句儿罢。谁挑拣你？又是谁欺负你？不要说是嫂子，就是秋菱，我也从来没有加他一点声气儿的。"金桂听了这几句话，更加拍着炕沿大哭起来，说："我那里比得秋菱，连他脚底下的泥我还跟不上呢！他是来久了的，知道姑娘的心事，又会献勤儿；我是新来的，又不会献勤儿，如何拿我比他！何苦来，天下有几个都是贵妃的命，行点好儿罢！别修的像我嫁个糊涂行子守活寡，那就是活活儿的现了眼了！"薛姨妈听到那里，万分气不过，便站起身来道："不是我护着自己的女孩儿，

他句句劝你，你却句句恼他。你有什么过不去，不要寻他，勒死我倒也是稀松的。"宝钗忙劝道："妈妈，你老人家不用动气，咱们既来劝他，自己生气倒多了一层气。不如且出去，等嫂子歇歇儿再说。"

（第八十三回）

　　这里，夏金桂是那样的咄咄逼人，把宝钗说得"又是羞又是气"。可是宝钗并没有针锋相对地批驳她，只是"忍了气"，继续劝说。而夏金桂这个泼妇却越发撒泼，连薛姨妈听了都"万分气不过"。但这时候宝钗不但不作一句批驳，相反地还劝她妈妈"不用动气"，主张"等嫂子歇歇儿再说"。这里不是采用针锋相对的对话，来突出不同人物的性格和语言特色，而是着力写金桂的撒泼，来烘托宝钗的有涵养。正如薛姨妈说的："他句句劝你，你却句句恼他。""劝"是好意平息纠纷，"恼"则故意惹人生气。"劝"与"恼"，恰好是南辕北辙，背道而驰的。然而也正因为如此，两种人物不同的性格、不同的对话，才对比得更加鲜明，收到了相反相成的艺术效果。

　　为了突出夏金桂的撒泼，作者特地写她连喊两声"好姑娘"，说宝钗"是个大贤大德的"，"日后必定有个好人家，好女婿"。读者一听，就会感到她这个人说话非常尖酸刻薄。接着又写夏金桂说自己是"守活寡"，说什么"老婆汉子大女人小女人"，显得非常老辣无耻。在宝钗劝她少说几句后，她又挖苦宝钗"天下有几个都是贵妃的命"，"别修的像我嫁个糊涂行子守活寡"。这话比尖酸刻薄、老辣无耻，意义又更深了一层。她是针对宝钗的心病直刺将进去，不仅要刺得她心疼，简直要把她的心刺穿，刺碎。因为她并不是随便说的，而是针对宝钗一心想当贵妃，她家所以移住到北京来，就是为了等待"选聘妃嫔"的（第四回）。后来看看没有当贵妃的命，又看上了贾宝玉。她母亲特地给她配了一副金锁挂在脖子上，说什么要拣有玉的才能婚配。而贾宝玉又是个口不离要"化灰化烟"的人物，宝钗跟宝玉结婚后，"守活寡"的命运是在人们预料之中的。因此，金桂说的这番话，都是直刺宝钗的心病，是刺得非常刁钻狠毒的，叫一般人看来，简直被"怄"得难以忍受、无地自容了。而薛宝钗却一点也不在乎，她竟然忍受住了。她这种涵养功夫，确实令人惊叹！

宝钗对于夏金桂的讽刺挖苦之所以一再退让，不只是因为她的涵养好，作者还由此更深一层地表现了她那恪守封建妇道的复杂性格。她一方面"见她母亲这样光景，又是疼不过"；另一方面对于金桂讽刺她没有"贵妃的命"，将来要"守活寡"，她听了也只能"装愚守拙"，直当没有听懂，但她内心却是痛苦的，因此她不再劝了，赶快打退堂鼓。然而宝钗这个退堂鼓打得也妙，她不是狼狈地仓皇败退，而是不露一丝被讽刺挖苦得无地自容，下不了台的痕迹，倒落落大方，高人一着地说："咱们既来劝他，自己生气倒多了一层气。不如且出去，等嫂子歇歇儿再说。"这样话题一转，宝钗似乎已经变被动为主动了。她不但"退"得不露痕迹，而且显得虽退犹进，在表现她的涵养功夫上她占了上风，给人留下了温柔娴淑的好印象。

由此可见，人物性格是复杂的，人物性格的语言表现形式更是千变万化的；作家为了使人物形象鲜明突出，生动感人，必须善于利用矛盾，利用不同人物性格的不同的矛盾表现形式。在这方面，社会生活为我们的艺术创造提供了无穷的源泉，《红楼梦》所采用的艺术手法也是变化无穷的，上述夏金桂与薛宝钗的这段对话，只不过是在《红楼梦》中利用隐蔽曲折的矛盾表现方式，来突出不同人物性格的一个例子罢了。

当代中国杰出的作家周立波说："《红楼梦》的作者曹雪芹在一个长篇里，创造了好几百人物。……他的主要人物，各有特点和口吻，我们只要看到一段对话，一个行动，不用看人物的名字，就能知道，这是谁说的、谁干的，这是一个清醒的现实主义者给我们留下的达到世界最高水平的不朽的艺术。"[1] 现在，我们的国家和人民正在向着"四化"进军，我们的社会主义文艺，必须创造出无愧于世界最高水平的不朽的艺术。为此，我们该是多么迫切地需要汲取包括《红楼梦》人物语言在内的辉煌的艺术经验啊。

---

[1] 周立波：《谈人物创造》，载《文艺月报》1955 年第 10、11 期合刊。

精当贴切，自然奇警

——谈《红楼梦》中对比喻的运用

一、善用比喻，非常必要

读过《红楼梦》的人，对于《红楼梦》中的许多人物形象和语言，总是感到像浮雕那样，留下生动难忘的印象。这是什么原因呢？善于运用精当贴切、自然奇警的比喻，我觉得是其中的重要因素之一。

善用比喻，是人类认识活动的一个重要特点。俗话说："不怕不识货，就怕货比货。""比较是思想上反映对象本质属性的条件。"[①]人们在实践活动中，对某一客观事物比较或比喻的过程，就是认识与掌握事物本质属性的过程。通过比较或比喻，能帮助人们更好地认识事物。逻辑性的比较和修辞性的比喻，反映了人们在生活实践中对客观事物认识的特点，是人类认识活动的重要规律之一。

善用比喻，对于文学创作来说尤其必要。诚如歌德所指出的："绘画是将形象置于眼前，而诗则将形象置于想象力之前，所以诗的形象是要多来考察的第一桩事。人们先从比喻出发，然后继之以种种的形容，只要常能表现于外部感官之物，便用语言表现出来。"[②]文学是以语言为主要材料。它不能只给读者

---

① 高尔斯基·塔瓦涅茨主编，宋文坚译:《逻辑》，三联书店1961年版，第42页。
② 思慕译:《歌德自传》，生活书店1936年版，第288页。

空讲大道理，进行赤裸裸的说教，而是要通过具体生动的形象来反映现实生活，以生动可感的形象，从感情上、精神上给予深切的感染、激励、陶冶和美的享受。因此，比喻可以说是文学作品塑造形象，调动读者的想象力，达到认识、教育和美感作用所不可缺少的重要手段之一。用不用比喻，其艺术效果往往是大不一样的。请看贾政对李贵说，贾宝玉上学——

　　那怕再念三十本《诗经》，也都是掩耳偷铃，哄人而已。（己卯本、庚辰本第九回）

　　那怕再念三十本《诗经》，也都是虚应故事而已。（戚本第九回）

　　己卯本、庚辰本用"掩耳偷铃，哄人而已"，来比喻再念三十本《诗经》也毫无用处，这不仅表明贾政反对贾宝玉读真正伟大的文学典籍——《诗经》，只要求宝玉以习学科举应试的八股文来沽名钓誉的昏庸、迂腐、蛮横的态度，而且这个比喻本身还使贾政的形象显得更加寡廉鲜耻，颐指气使，它使人不能不回味：念《诗经》与学八股文，究竟哪个才是真正的"掩耳偷铃，哄人而已"呢？正确的回答，恰恰应该是后者而不是前者。可是，它一经戚本改为"虚应故事而已"，那就既不能给人以具体形象的感觉，而又令人味同嚼蜡，顿觉扫兴。因此，真正懂得语言艺术的作家，向来都是很重视比喻的作用的。如老舍说："在适当的地方，我们的文学需要精辟的比喻，不能长篇大套地叙述。"[1]诗人艾青说："为事物寻找比喻，是诗人的几乎成了本能的要求。"[2]农民诗人王老九，更是强调要"多打比喻，比喻一比，话就有力量，有

---

①　转引自孙钧政：《漫谈老舍的文学语言》，《北京文艺》1979 年第 4 期。

②　艾青：《和诗歌爱好者谈诗》，载《人民文学》1980 年第 5 期。

时十句话都说不清的，一个比喻就说清了，还有劲"①。

文学创作不仅要用比喻，而且要善用比喻。我们拿符合或接近曹雪芹原作面貌的脂本与经过续作者修改过的程乙本比较一下，在这方面就看得更清楚了。

在谈到晴雯生病吃药时，脂本写宝玉说道：

> 我和你们一比，我就如那野坟圈子里长的几十年的一棵老杨树，你们就如秋天芸儿进我的那才开的白海棠。连我禁不起的药，你们如何禁得起。（第五十一回）

程乙本改作：

> 我和你们就如秋天芸儿进我的那才开的白海棠似的；我禁不起的药，你们那里经得起？比如人家坟里的大杨树，看着枝叶茂盛，都是空心子的。

这里虽然都是写宝玉用比喻来说明"我禁不起的药，你们那里经得起"，但两者之间显然存在着善不善用比喻的问题。

首先在思想上，脂本通过写贾宝玉自比"老杨树"和把晴雯等女孩子比作"才开的白海棠"，这不仅说明了晴雯等比他身体嫩弱，更加经不起吃药的道理，更重要的是由此反映了他一贯爱慕女孩子的那种纯洁、高尚的性格和对晴雯等奴婢表示敬爱和尊重的初步民主、平等的思想。经过程乙本的修改，则不仅使原比喻所反映出来的贾宝玉这种可贵的思想性格不见了，而且把贾

---

① 王老九：《谈谈我的创作和生活》，见《作家谈创作经验》，中国青年出版社 1959 年版，第52 页。

宝玉写成那样老脸皮厚，竟以"那才开的白海棠"自我颂扬，以他那"泥作的骨肉"跟"水作的骨肉"相提并论[①]，这些显然都是跟贾宝玉一贯尊崇女性、自惭形秽的性格自相矛盾的。

其次在艺术上，脂本将"一棵老杨树"与"才开的白海棠"相比，前者老而平凡，后者嫩而娇贵，对比极为鲜明，而且由宝玉用在他自己和晴雯等奴婢的对比上，寓意隽永，足以启人心扉，引起深邃的联想。使人物形象显得更加丰满厚实，光彩高大；同时，借以论证前者老辣，吃药尚且经不起，后者嫩弱，吃药自然更加经不起了，寓严密的逻辑推理于生动的形象对比之中，显得非常有说服力。经程乙本修改为"我和你们"都以"才开的白海棠"作比喻，那究竟取其哪一点能证明我禁不起的药，你们也禁不起呢？这跟大杨树"看着枝叶茂盛，都是空心子的"又有什么关系呢？这里既缺乏鲜明的形象对比，又没有论证的逻辑力量，叫人简直感到有点语无伦次，莫名其妙。

由此可见，善不善用比喻，它所创造的思想艺术境界，是大有天壤之别的。

善用比喻，是我们民族的传统和汉语的一个重要特点。正如有的语言学家所说的："中国人是非常会用比方的。我们人民大众的口语里，有各式各样的打比方的话。"[②]"具体、活泼、优美、富于幽默感，而且简练经济，这是我们汉语的特点。善用比方，是构成这些特点的主要原因之一。"[③]"在这一方面，我们的语言是最擅长的。因为比喻和描写形象的词语自古以来就特别发达。"[④]在我国古典文学中，不论《诗经》《楚辞》，或《孟子》《庄子》等诸子散文，无不充溢着许多美丽动人的比喻。如汉代著名的文艺批评家王逸在《离骚序》中就指出："《离骚》之文，依诗取兴，引类譬喻。故善鸟香

---

① 贾宝玉曾经说："女儿是水作的骨肉，男人是泥作的骨肉，我见了女儿，我便清爽；见了男子，便觉浊臭逼人。"见《红楼梦》第二回。

②③ 张瓖一：《修辞概要》，中国青年出版社 1953 年版，第 102 页。

④ 周祖谟：《加强认识我们语言的优点》，载《语文教学》1951 年第 2 期。

草，以配忠贞；恶禽臭物，以比谗佞；灵修美人，以媲于君；宓妃佚女，以譬贤臣；虬龙鸾凤，以托君子；飘风云霓，以为小人。其词温而雅，其义皎而朗。"[①]一点不错，《离骚》这部我国文学史上的伟大杰作，其所以能达到"温而雅""皎而朗"的思想艺术境界，"引类譬喻"正是它所采用的一个重要的艺术手法。

曹雪芹的《红楼梦》，继承和发扬了我国古典文学的民族特色和优良传统，在善用比喻方面，它同样为我们提供了卓越的范例和丰富的经验。它是一部小说，而小说是以创造典型环境中的典型性格为中心任务的。主要从塑造典型环境中的典型性格出发，为突出人物性格服务，这是《红楼梦》作者善用比喻的基本特点。

那么，曹雪芹的《红楼梦》究竟是怎样善用比喻来为突出人物性格服务的呢？这正是我们所需要进一步探讨的问题。

二、体现性格，出神入化

根据人物的性格特征来运用比喻，通过比喻，又进一步使人物的性格特征更加显豁、生动、丰满、浑厚，这是《红楼梦》作者善用比喻为塑造人物性格服务的一个特点。例如，他写：

晴雯——"是块爆炭。"（第五十二回）

袭人——"是没嘴的葫芦。"（第七十八回）

李纨——"竟如槁木死灰一般。"（第四回）

迎春——"浑名叫二木头，戳一针也不知嗳哟一声。"（第

---

① 见《楚辞补注》影印本卷首，中华书局仿宋版。

六十五回）

　　探春——"浑名是玫瑰花。……玫瑰花又红又香，无人不爱的，只是有刺戳手。"（第六十五回）

　　这些比喻，就人物和被比喻的事物本身来说，诸如晴雯和"爆炭"，袭人和"没嘴的葫芦"，等等，当然是有本质不同的，但作者利用它们与人物性格在某一点上的相似，却使人物性格被刻画得非常适性随趣，生动传神。

　　根据人物性格特征来运用比喻，首先要使比喻切合人物的性情。

　　"晴雯那蹄子是块爆炭，要告诉了他，他是忍不住的。"（第五十二回）这是平儿为了掩饰坠儿偷虾须镯的丑事而对麝月说的。作者通过这个比喻，不仅说明了平儿之所以不让麝月把这丑事告诉晴雯的理由，而且由此进一步刻画了晴雯一贯的性情——她是那样的淳朴、耿直、刚烈、疾恶如仇，碰到一点点火星，就恨不得顷刻要把那些丑恶的东西焚烧殆尽。正如清道光年间姚燮的眉批所指出的："目晴雯为爆炭，品评确极。炭若一爆，归于无何有之乡矣。"[①]这个比喻之所以"确极"，就在于他抓住了爆炭的火爆恰跟晴雯性情的刚烈相似。清代王希廉的批语还指出："连平儿详知其性情，晴雯之为人可知矣，那不后来为众人所挤撵出去。"王希廉把晴雯被撵，归咎于晴雯个人的性情，这当然是出于批评者的阶级偏见。但从这个比喻中，既能使人"详知其性情"和平生的"为人"，又能预示着其未来的命运和故事情节的发展，这倒是确实反映了这个比喻所具有的描摹人物性情准确、意境蕴藉隽永的特点。它绝不是作者凭空杜撰出来的，而是对于他所要比喻的人物"详知其性情"的反映。凡是读过《红楼梦》的人，恐怕没有不对晴雯那爆炭般疾恶如仇的刚烈性格，留下深刻印象的。

---

　　①　见万有文库版《石头记》，本文所引姚燮、王希廉的批语，皆据该书，不另注明。

根据人物性格特征来运用比喻，还要使比喻契合人物的神髓。

"袭人本来从小儿不言不语，我只说他是没嘴的葫芦。"（第七十八回）这是贾母在王夫人面前对袭人的性格所作的介绍。这"没嘴的葫芦"，不仅形象地反映了袭人"不言不语"的性格特征，而且它使人们不能不引起一连串的联想。脂砚斋在甲戌本第一回"皆呼作葫芦庙"旁，曾将"葫芦"二字，批作"糊涂也"。甲戌本第四回的脂批还指出："起用'葫芦'字样，收用'葫芦'字样，盖云一部书皆系葫芦提之意也。"至于一部书是否"皆系葫芦提之意"，这里姑且不论，但它说明葫芦确寓有葫芦提——糊涂之意。袭人是那样尽心竭力地效忠于主子，岂不正像个葫芦——糊涂人那样，听任主子的摆布吗？俗话还说："谁知他那葫芦里卖的什么药。""没嘴的葫芦"，也就是"闷葫芦"。人们别看袭人"不言不语"，可是她对于主子的使唤却是极为有心机的，她不仅俯首帖耳地为主子效劳，而且充当主子的耳目，向王夫人进谗言，陷害具有反抗性格的丫鬟晴雯。别看她像煞个"没嘴的葫芦"，可是就在她这闷葫芦里却藏着坑害人的毒药呢。这种种联想，并不是毫无根据的主观臆测。如果作者仅仅是要比喻袭人"不言不语"，那为什么不用像王熙凤所说的那样："林之孝两口子，都是锥子扎不出一声儿来的。"（第二十七回）或者像兴儿说迎春那样："戳一针也不知嗳哟一声。"（第六十五回）联系作者对袭人性格整个描写来看，我们完全有理由说，作者之所以用"没嘴的葫芦"来比喻袭人，正因为它非常契合袭人这个奴才性格的神髓；它既说明了袭人"不言不语"的表象，又由表及里地映照出了她那奴才性格的灵魂深处。

根据人物性格特征来运用比喻，还要使比喻能揭示出人物性格的社会本质。

"这李纨虽青春丧偶，且居处于膏粱锦绣之中，竟如槁木死灰一般，一概无闻无见，惟知侍亲养子，外则陪侍小姑等针黹诵读而已。"（第四回）这"竟如槁木死灰"一句比喻，把小寡妇李纨受封建礼教毒害之深，"青春丧偶"

所给予的精神打击之重，使她不仅被扼杀了青春的活力，而且竟这般处于麻木、僵化的状态，叫人感到实在可悲可怜，可恨可叹！——可悲的是青春守寡，便终生再也不能享受夫妻生活的幸福；可怜的是好端端的一个年轻妇女，竟被那个社会折磨成"槁木死灰一般"，尽管她身"处于膏粱锦绣之中"，但物质生活的丰腴，却丝毫不能减少她精神生活的痛苦；可恨的是封建礼教如此坑人、吃人；可叹的是她竟安于"命运"的摆布，"惟知侍亲养子"。作者对李纨的这个比喻，该是反映了多么深刻的社会本质问题啊！它在读者的心灵深处，又该是激起了多么波澜壮阔的感情的浪花啊！不仅如此，作者这样描写李纨，还有跟其他人物对比、衬托的作用。正如甲戌本于此处的脂批所指出的："一段叙出李纨，不犯凤姐。"姚燮的眉批说得更明确："李纨亦必如此叙其妇德者，正以反衬凤姐也。"

根据人物性格特征来运用比喻，还要使比喻与人物在作品中的整个表现互相呼应。

"二姑娘浑名叫二木头，戳一针也不知嗳哟一声。"（第六十五回）这是兴儿向尤二姐介绍贾迎春时说的。他用"戳一针也不知嗳哟一声"的比喻，并不是说明迎春呆头呆脑或沉默寡言的外部特征，而是把她那内在的性格特征——懦弱可欺，忍辱退让，描绘得令人刻骨铭心。其所以能收到这般艺术效果，我觉得就在于这个比喻跟迎春在作品中的整个表现是互相呼应的。当后来我们读到抄检大观园的时候，看到晴雯、探春等皆有极为不满、激烈反抗的表示，而迎春却只顾睡大觉；从她的丫鬟司棋那儿抄到一封情书，王夫人决定要撵逐司棋，"司棋亦曾求了迎春，实指望迎春能死保赦下的"，结果迎春却一句好话也不肯替她说，使司棋只能哭道："姑娘好狠心！哄了我这两日，如今怎么连一句话也没有？"（第七十七回）看到迎春如此听任封建家长撵逐她的丫鬟而不吭一声，这就必然使我们进一步加深了对兴儿说的"戳一针也不知嗳哟一声"的迎春性格的印象。因此，这种前呼后应的比喻，既是人物性格形象化的生动表现，又是人物性格特征的哲理性的深刻概括。《红楼梦》跟它以前的古典小说如《水浒传》等惯于用"混江龙""及时雨""黑旋风"等绰号来表现人物的性格特征相比，显得更加具体、生动，富有内在的更为丰满的性格特色和内容。这是曹雪芹的《红楼梦》在艺术描写上对我国古典小说的一个发展。可是程乙本却偏偏把后面这句画龙点睛的比喻删掉了，而光秃秃地仅剩下"二姑娘浑名叫'二木头'"。这显然就使迎春的性格特征，不可能像曹雪芹原来所比喻的那样，给我们留下那么鲜明、强烈而深刻的印象了。

根据人物性格特征来运用比喻，还要使比喻能充分显示出人物性格的复杂性。

"'三姑娘的浑名是玫瑰花——'尤氏姊妹忙笑问何意。兴儿笑道：'玫瑰花又红又香，无人不爱的，只是有刺戳手。'"（第六十五回）这里如果兴儿仅仅说三姑娘探春的"浑名是玫瑰花"，人们同样很难明白它的含意。大概正因为原作有人"笑问何意"，程乙本也就不好把后面兴儿说的比喻删掉。经过兴儿这么一比喻，它使我们不能不想起探春那一生"才自清明志自高，生于末世运偏消"（第五回）的可钦可叹的境遇。用她自己的话来说："我但凡是个男人，可以出得去，我必早走了，立一番事业，那时自有我一番道理；偏我是女孩儿家，一句多话也没有我乱说的。"（第五十五回）她有封建社会革新家的壮志和才情，有坚持原则的斗争精神。她不仅敢于揭露封建统治阶级内部"一个个不象乌眼鸡，恨不得你吃了我，我吃了你"（第七十五回）的尖锐矛盾，而且为了捍卫封建家族的利益，她甚至连自己生身母亲赵姨娘也不惜加以刺伤。赵姨娘的兄弟赵国基死了，她代替凤姐主持家政，也只准照例给二十两银子的丧葬费。赵姨娘一把眼泪一把鼻涕地哭诉着，指责探春"都踩下我的头去"了，而探春却寸步不让，说："我是按着旧规矩办。"（第五十五回）赵姨娘再讨情分，她越发连自己的生母和舅舅都一概不认了。作者用玫瑰花既是"又红又香，无人不爱的"，而又"有刺戳手"的比喻，把探春那令人既可钦又可畏的复杂性格，刻画得既清雅工丽而又激越雄健，真叫人过目难忘啊。

上述例证说明，曹雪芹运用比喻，不是停留在说明人物形象的外部表象上，而是能深入人物的性情、神髓和社会本质，反映出其内在的性格特征；他不是孤立地使用比喻，而是把比喻和整个人物性格的描写前后呼应，彼此映照，互相印证，从而使人物的性格特征，在读者的脑海中如滚滚的波涛那样，勾连环套，前推后涌，勾起读者的万千思绪，浮想联翩，从而前后贯通，逐步地、反复地加深印象，不得不令人产生流连忘返而陶醉于其中的巨大艺术效果。

三、幻拟心理，能量无比

根据人物的心理特征来运用比喻，通过比喻，又进一步深入人物的心底，使人物的内心感情和思想性格，得到更加生动传神而又形象感人的表现。这是《红楼梦》作者善用比喻为塑造人物性格服务的又一特点。

"刘姥姥只听见咯当咯当的响声，大有似乎打箩筐筛面的一般，不免东瞧西望的。忽见堂屋中柱子上挂着一个匣子，底下又坠着一个秤砣般的一物，却不住的乱晃。"（第六回）在这里，比喻虽然不是直接用来说明刘姥姥的性格特征，但是由于它是根据刘姥姥的心里特征来运用比喻的，因此，这种比喻本身却更加巧妙地起到了描绘人物性格的作用。正如甲戌本于此处的脂批所指出的，这是"从刘姥姥心中意中幻拟出奇怪文字"。"从刘姥姥心中目中设譬拟想，真是镜花水月。"

人们看了那"大有似乎打箩筐筛面"和"又坠着一个秤砣般的一物"的比喻，谁能不发笑呢？就在这情不自禁的笑声中，它使我们仿佛亲眼看到了那惯于家常跟箩筐、筛子、秤砣打交道，而根本不知挂钟为何物的一个乡下老妇人的形象，它使我们不能不赞叹这个乡下老妇人心地的质朴，眼界的狭窄——它在客观上又极为真实而自然地反映了封建贵族阶级与广大劳动人民在生活水平上的巨大差距。因而刘姥姥的这种心理又不只是属于她个人的，而是那个贫富悬殊的封建没落社会的必然产物，它具有极为深广的社会典型意义。它使读者不能不佩服，甚至如脂砚斋那样，惊呼为"镜花水月"般的"奇怪文字"。其实，这也并没有什么"奇怪"。说穿了，作者就是善于从人物的心理特征出发，从社会生活的真实出发，用家常生活中习见的事物作比喻，从而使这种比喻具有人物独特的心理特征和真实的生活气息，能够给读者以精神的愉悦、亲切的感染、明睿的认识和生动的教育。

人物的心理特征，是由人物的阶级地位和性格特征决定的。因此，从人物的心理特征出发来运用比喻，往往能够更加深刻地反映人物性格的本质，使人物形象充分地显示出其深广的典型意义。如薛蟠是个仗势称霸，随便打死人的纨绔公子，但是最足以表现他这个纨绔公子性格的，并不是打死人这件事情本身，而是要抓住他这个纨绔公子所特有的心理——"人命官司，他竟视为儿戏，自为花上几个臭钱，没有不了的。"（第四回）以"儿戏"来比喻"人命官司"，它把薛蟠这个纨绔公子逞凶肆虐、横行无忌、轻薄无知、蛮不讲理的性格特征，刻画得如此从容自如而又跃然纸上，轻描淡写却又震撼人心，使人读之宛如耳闻目睹其人。

令人啧啧称叹的是，曹雪芹的这个比喻不仅深入人物的肺腑，同时，它还触及了那整个社会的病根——封建统治阶级由于他们在经济上有钱，在政治上有权，便可以养成薛蟠这样的纨绔公子，肆无忌惮地草菅人命，把人命官司视为儿戏。这在客观上岂不是提出了既要在政治上反迫害，又必须在经济上反剥削这样重大的带有根本性的社会问题吗？事实明显地告诉人们，仅仅反对薛蟠这样的纨绔公子个人是无济于事的，根本的问题是那个"花上几个臭钱"，人命官司即"没有不了"的社会现实。薛蟠之所以视人命官司为儿戏，正是他那个封建末世的黑暗时代和封建贵族阶级腐朽没落的反动本质的必然反映。

从曹雪芹的这个比喻，我们不仅可以看到性格鲜明的薛蟠这个人物，同时还可以进一步洞察造成他这个人物的那整个腐败黑暗的历史时代和腐朽反动的封建统治阶级。它从人物的心理特征，把人物的性格特征、阶级特征和时代特征都贯串起来了，从而使薛蟠这个人物所具有的社会的历史的典型意义，得到了极为深广的开掘。它如一颗璀璨的珍珠，其晶莹透明，仿佛足以把大千世界都映照在其中那样，给人以层见叠出、尽收眼底、瑰丽沉厚、推波成澜的艺术感受。

　　在《红楼梦》中，薛蟠这个人物形象，可以说都是从他视人命官司为儿戏这个心理特征生发开来的，或者说都是跟他这个心理特征相呼应的。如写他"急的眼睛铃铛一般"（第二十八回），"急的眼睛似铜铃一般"（第三十四回），用"铃铛""铜铃"来比喻他急的神情，就活现了他那一副流氓无赖气急败坏的形象。写他被柳湘莲打得"遍身内外滚的似个泥猪一般"（第四十七回），就活画出了他这个纨绔公子受惩罚后的丑态，给人以痛快淋漓之感。他母亲说："人人都知道是你说的，还赖呢。"而他的回答却是："人人说我杀了人，也就信了罢？"（第三十四回）他为了要他老婆的丫鬟宝蟾做妾，便跪在他老婆夏金桂面前说："好姐姐，你若把宝蟾赏了我，你要怎样就怎样。你要人脑子，也弄给你。"（第八十回）他口口声声就是"人人说我杀了人""你若要人脑子，也弄给你"，这些岂不是处处都跟他那视人命如儿戏的心理特征相呼应，事事都暴露出他那流氓歹徒惯耍无赖、纨绔公子仗势逞凶的典型性格吗？作者抓住人物的心理特征，以这一系列鲜明的比喻，经过如此层层点染，它使薛蟠这个作者着墨不多的人物形象，给读者留下了多么生动而又深刻的印象啊。

　　艺术是以人物的感情来使读者受到感染的。从人物的心理特征出发，往往可以使比喻带上强烈的感情色彩，通过比喻，让人物把自己灵魂深处的爱憎感情，袒露在读者的面前。如贾宝玉刚出场不久，贾母就把他那颈脖子上挂的"通灵宝玉"比喻为"命根子",而贾宝玉却把它比喻为"劳什子"(第三回),并且要把它摔在地上,砸它个稀巴烂!这里无论是称"命根子"或"劳什子",显然都是根据他俩各自的心理和爱憎感情而设想出来的比喻。人们仅从这两个不同的比喻,就可以看出他们的爱憎感情是多么的不同。而从他们这种不同的爱憎感情之中,人们便很自然地感受到,尽管贾母把贾宝玉当作"命根子"百般溺爱,而他俩的思想性格却是根本对立的——贾宝玉不信邪,不管那块玉通灵不通灵,只要妨碍他与林黛玉的自由爱情,妨碍他追求个性自由、平等的生活理想,他就要把它砸掉;而贾母则迷信那块玉能保佑她那个封建贵族统治阶级传宗接代,光宗耀祖,流芳百世。两种心理、两种感情所幻拟出来的两句不同的比喻,不仅反映出了两个具有对立思想性格的典型形象,而且它为此后《红楼梦》全书故事情节的展开及人物性格冲突的发展埋下了伏线,起到了前呼后应、一呼百应、鬼斧神工、曲尽其妙的巨大作用。

　　贾宝玉与林黛玉的爱情,就是因为"金玉姻缘"与"木石前盟"的矛盾,而常常引起他俩的猜疑、误会和纠纷。有一次林黛玉便对贾宝玉笑道:"真真你就是我命中的天魔星。"(第十九回)己卯本、庚辰本、程甲本这里都作"天魔星",而戚本却改作"妖魔星",程乙本则改作"魔星"。这两种改法显然都不及"天魔星"的比喻更为切合林黛玉此时说话的心理和神情。因为"魔星"本是令人可憎的,但是作者所要表现的却是林黛玉此时以字面上的憎来寄寓她那内心的爱的感情,而"天"是至高无上、不可抗拒的,加上一个"天"字,就把林黛玉那明憎实爱的微妙心理和寓爱于憎的浓烈感情,表现得更加溢于言表和情流字外了。戚本把"天"字改为"妖"字,就变成憎恨得不惜诅咒的味道。这显然跟林黛玉那时候的炽爱心情和音容笑貌是大相抵牾的。由此可见,作者从人物心理幻拟出来的比喻,确实是一字不可减,一字不可改;无论是减一个字或改一个字,都会使人物形象大为走样,丧失所固有性格的完整性和形象的真实性。

诚如歌德所指出的："眼睛也许可以称作最清澈的感官，通过它能最容易地传达事物。但是内在的感官比它还是更清澈，通过语言的途径，事物最完善最迅速地被传达给内在的感官；因为语言是真能开花结果的，而眼睛所看见的东西，是外在的，对我们并不发生那么深刻的影响。莎士比亚是完全诉诸我们内在的感官的，通过内在的感官幻想力的形象世界也就活跃起来，因此就产生了整片的印象，关于这种效果我们不知道该怎样去解释；这也正是使我们误认为一切事情好像都在我们眼前发生的那种错觉的由来。"[①]

上述所谓"打箩筐筛面"，视"人命官司"为"儿戏"及"命根子""天魔星"等比喻，显然都不是靠人的眼睛这个感官所能看得出来的，而是通过人物心理内在的感官幻拟出来的。因此，它也最能引起读者丰富的想象力，使读者由一个比喻，"就产生了整片的印象"。它仿佛是一粒原子核，论体积小到人的肉眼无法看到，然而它凭着它那内在的燃烧力，却能够放射出巨大的能量。

四、着眼环境，揭示本质

根据人物所处的典型环境来运用比喻，通过比喻，既进一步揭示出人物性格的阶级本质，又充分写出人物性格的复杂性，使环境和人物的典型性都得到高度的统一和极大的提高。

"下流东西，灌了黄汤，不说安分守己的挺尸去，倒打起老婆来了。凤丫头成日家说嘴，霸王似的一个人，昨儿吓的可怜。要不是我，你要伤了他的命，这会子怎么样？！"（第四十四回）这是贾母教训贾琏时说的一番话。因

---

① 歌德：《说不尽的莎士比亚》，杨业治译，《古典文艺理论译丛》，第 3 册，人民文学出版社1962 年版，第 26～27 页。

贾琏跟鲍二家的胡搞，被凤姐大吵大闹一顿，他不但不认错，反而拔出剑来要杀凤姐，幸亏被贾母制止了。这里贾母把凤姐比喻成"霸王似的一个人"，不仅把她一贯心狠手辣、骄横跋扈、作威作福的性格本质，比喻得更加形象化，也更加概括化了，而且特意在这里与她"昨儿吓的可怜"形成强烈的对比，反映了凤姐尽管无比精明强悍，"少说些有一万个心眼子"（第六回），"竟是个男人万不及一的"（第二回），但在那个社会的封建夫权制度下，她也不能不被"吓的可怜"——这并不是由于贾琏本人有什么能耐，更不是由于凤姐个人胆小理亏，而是在那个典型环境之中，只能有这样的典型性格。它使我们清楚地看到，即使像凤姐这样有权有势，十分刚强、精明，极为暴戾恣肆的人，她也不能不受她所处的社会典型环境的制约。尽管在平时凤姐的权力似乎比贾琏还要大（如贾芸要想在贾府谋个差事，跟贾琏说了很久不管用，跟凤姐一说就成了），尽管贾琏本人是个颟顸无能、腐化堕落的花花公子，但是，在必要的时候，贾琏却可以使出封建夫权的淫威，拔出剑来要杀凤姐，按照曹雪芹的艺术构思，最后贾琏还把凤姐休弃了。[①]封建统治阶级的腐朽没落，使他们中的男子"一代不如一代"，只有依靠"牝鸡司晨"——像凤姐这样"霸王似的"妇女来当家，但她却又要遭到封建夫权的无理挟制和残暴打击。这样一个腐朽没落的社会，这样一个矛盾重重的统治阶级，它又怎么能不遭到"运终数尽，不可挽回"（第五回）的命运呢？这里面作者把环境和人物的典型性相结合，该是给我们开拓了多么广阔而丰富的艺术想象的余地啊。

在凤姐与贾府其他成员、凤姐与奴婢之间，作者通过比喻，也同样地揭示了其性格的阶级本质和复杂性，并且深刻地反映出其在典型环境中典型性格的必然性。如作者写凤姐说："一家子大约也没个不背地里恨我的，我如今也

---

① 《红楼梦》第五回写王熙凤的判词中有"一从二令三人木，哭向金陵事更哀"。甲戌本脂批指出"一从二令三人木"是"拆字法"，因此这"人木"是"休"字的拆字，暗示凤姐最后被贾琏休弃，哭回金陵老家。

是骑上老虎了，虽然看破些，无奈一时也难宽放；二则家里出去的多，进来的少。凡百大小事仍是照着老祖宗手里的规矩，却一年进的产业又不及先时。多省俭了，外人又笑话，老太太、太太也受委屈，家下人也抱怨刻薄，若不趁早儿料理省俭之计，再几年就都赔尽了。"（第五十五回）这里作者用"骑上老虎了"这个比喻，把凤姐所处的岌岌可危的典型环境和矛盾复杂的典型性格，刻画得该是多么形象而深刻啊！正如戚本在这一回的回末总批所指出的："以凤姐之聪明，以凤姐之才力，以凤姐之权术，以凤姐之贵宠，以凤姐之日夜焦劳，百般弥缝，犹不免骑虎难下，为移祸东吴之计，不亦难乎。"难就难在整个阶级的剥削、压榨，仍无法维持封建贵族穷奢极欲的挥霍、浪费——"出去的多，进来的少"。封建贵族阶级的腐朽衰落，这是不以任何个人的意志为转移的，即使他们中有像凤姐、探春这样极其聪明能干的人当家，也于事无补。凤姐这个人物一方面固然非常凶狠毒辣，横行霸道，看上去像个"霸王似的"，而另一方面骨子里她却虚弱得很，连她自己都深深感到像"骑上老虎了"那样担惊受怕。这把凤姐性格的阶级本质，写得该是多么真实、复杂而又深入骨髓啊！

在那个时候，封建统治阶级在本质上是很腐朽、虚弱的，然而他们毕竟在事实上还占据着统治的地位，还有着如真老虎那样吃人的一面。他们不仅"吃"被压迫的奴婢，而且连他们本阶级中有叛逆倾向的人，也绝不放过。曹雪芹通过比喻，充分写出了这种阶级关系的复杂性和矛盾的尖锐性。

请看作者对于描写具有反封建叛逆倾向的贵族公子贾宝玉，所用的比喻：

> 有一次，贾政派人叫宝玉去，"宝玉听了，好似打了个焦雷，登时扫去兴头，脸上转了颜色，便拉着贾母扭的好似扭股儿糖，杀死不敢去"。（第二十三回）

贾母说他："见了他老子，不像个避猫鼠儿！"（第二十五回）

贾政一走，他便"如同开了锁的猴子一般"。（第二十二回）

只要有人一提到"你仔细明儿老爷问你的话"，他"便如孙大圣见了紧箍咒儿一般，登时四肢五内，一齐皆不自在起来"。（第七十三回）

这里，作者用"焦雷"来比喻贾政的暴虐，用猫吃老鼠来比喻贾政的凶狠，用"锁"和"紧箍咒儿"来比喻贾政对贾宝玉的管教和压迫，用"扭的好似扭股儿糖""避猫鼠儿""开了锁的猴子""孙大圣"，来比喻贾宝玉对贾政这个建封家长既惧怕而又顽强不屈的叛逆性格，不仅形象非常鲜明生动，而且含意十分颖异不凡，动人心弦。

"扭的好似扭股儿糖，杀死不敢去""避猫鼠儿"，这不仅反映了贾宝玉非常怕老子的个性特征，寄寓了作者对贾宝玉的同情和对贾政的憎恶，更重要的，它还揭示了贾政与贾宝玉这对父子关系的实质，乃是吃与被吃、压迫与被压迫的阶级关系。作者用的猫鼠关系这个比喻，它仿佛拨开了笼罩在封建贵族家庭关系上的重重迷雾，使我们更加看清了作为封建卫道者贾政的凶恶面目，更加同情贾宝玉的可怜处境，同时也更加认识到贾宝玉的叛逆倾向跟封建卫道者具有你死我活的某种对抗性质。这一切难道是我们胶柱鼓瑟的主观臆测之词吗？不。这是由于曹雪芹使用的这个比喻，并非信手拈来，而是严格地从典型环境中的典型性格出发的。谓予不信，请看《红楼梦》第三十三回，贾政不是曾经"喝命"将贾宝玉"堵起嘴来，着实打死"吗？不是发狠心要"趁今日一发勒死了，以绝将来之患"吗？贾政如此对待贾宝玉，岂不是跟猫对待老鼠那样，恨不得要一口把他吃掉吗？

贾政对贾宝玉的压迫，不仅表现在肉体的摧残上，更重要的是，作者通过"锁"与"猴子"、"紧箍咒"与"孙大圣"的比喻，形象而深刻地反映了这

167

种压迫在实质上是代表封建主义的思想体系对于一个叛逆者的阶级压迫。贾政动手打宝玉，这在全书中仅有一次。他对宝玉的压迫，更多的是表现为强迫他读书应举，走仕途经济的封建道路，也就是作者用形象化的比喻所说的，他是妄图把贾宝玉的叛逆性格"锁"住，用"紧箍咒"来把这个敢于大闹天宫的"孙大圣"制住。这"锁"和"紧箍咒"的比喻，不正是封建主义的礼教制度和思想体系扼杀个性自由的极为恰当的写照、极为深刻的诅咒吗？作者不用孙行者、孙悟空、孙猴子来比喻贾宝玉，而特意用"孙大圣"来作比喻，这既反映了作者对贾宝玉叛逆精神的一片景仰、颂扬之情，又深刻地揭示出了贾宝玉性格的本质属性。

由此可见，如何运用比喻，这不只是个艺术技巧问题，更重要的它还取决于作者对于典型环境中的典型性格有深刻的认识和正确的爱憎感情。《红楼梦》的续作者，他有本领把曹雪芹的《红楼梦》续成那个样子，其艺术技巧不可谓不高。可是由于他对贾宝玉的性格本质缺乏正确的认识，他在对类似的比喻运用上就不免相形见绌。如第八十八回，续作者写贾母对贾宝玉说：

> 你也够受了，不记得你老子在家时，一叫作诗词，吓的像个小
> 鬼儿似的，这会子又说嘴了。

用"吓的像个小鬼儿似的"来比喻贾宝玉，这无论对于说明贾宝玉的性格，或者对于认识他和贾政之间的关系，既毫无意义，又不能增加一点语言的形象性。"小鬼儿"究竟是个啥样子？有谁见过？它只不过是世俗家常骂人的恶谥，仿佛把一盆污水泼到了贾宝玉的身上，只能起到对这个光辉的艺术形象进行丑化和贬低的作用。这种蹩脚的比喻，显然是出于续作者的凭空想象，而不是根据典型环境中的典型性格从实际生活中提炼出来的。

从典型环境出发来运用比喻，不仅可以提高人物形象的典型意义，而且

能够扩大对整个作品所描写的典型环境的认识。如水月庵的小尼姑智能，当秦钟向她求爱时，她说："你想怎样，除非等我出了这牢坑，离了这些人，才依你。"（第十五回）尼姑庵一向被认为是个行善的大慈大悲之所在，然而智能这个小尼姑却把它比作"牢坑"。这不能不叫人感到十分惊讶，必欲寻个究竟。原来就是这个水月庵的净虚老尼，串通凤姐，一手造成了张金哥和她未婚夫的双双殉情自杀，以慈善作标榜的尼姑庵，实际上却是这么个作恶多端的黑窝。除了智能把水月庵比喻为"牢坑"之外，唱戏的龄官也把贾府比作"牢坑"（第三十六回），鸳鸯则把要她给贾赦当小老婆，比作送她进"火坑"（第四十六回）。这些比喻，说明封建末世的阶级压迫和被压迫者的痛苦，已经达到了叫人多么难以忍受的地步，谁能不渴望着早日跳出牢坑呢？

所有这些从典型环境出发的比喻，都说明了贾宝玉、智能、鸳鸯等所从事的斗争，绝不仅仅是争取个人爱情自由、婚姻自主，反对封建礼教的斗争，他们所进行的实质上是争取人身自由、个性自由，反对吃人、坑人，反对整个封建压迫的伟大斗争。贾政、凤姐也绝非仅仅由于他们个人品质凶恶、残暴，而是整个封建末世的历史时代和他们所处的政治经济地位，使他们不能不作垂死的挣扎。也就是说，作者通过这些从典型环境出发的比喻，便使他笔下的人物达到了典型的高度："他们行动的动机不是从琐碎的个人欲望里，而是从把他们浮在上面的历史潮流里汲取来的。"①尽管《红楼梦》作者曹雪芹当时不可能具有阶级和阶级斗争的观念，然而由于阶级和阶级斗争是社会的客观存在，由于他对社会生活有深刻的观察和体验，所以他运用比喻来描写当时的典型环境中的典型性格时，却能在客观上深刻地揭示出当时整个典型环境中的阶级斗争形势——封建社会面临着必然没落；鲜明地反映出人物性格的阶级本质——

---

① 恩格斯：《致斐·拉萨尔的信》，见《马克思恩格斯论艺术》第1卷，人民文学出版社1960年版，第37～38页。

"主要的人物事实上代表了一定的阶级和倾向"[①]。因此，这种种比喻，既着眼于典型环境，精当贴切，又揭示出人物性格的本质，自然奇警，令人耳目为之一新，灵魂为之震动，思想境界大大开阔。

五、卓绝大师，也有败笔

自然，我们也应看到，"卓绝的大师所写的一切并非都是卓绝的"[②]。由于历史和阶级的局限，《红楼梦》中也有极少量的比喻，是用得不恰当的，有损于作品的人物形象和主题思想的败笔。如林黛玉把刘姥姥比喻为"母蝗虫"（第四十二回），这显然是对劳动人民的鄙视和诬蔑。而作者对此却感到津津有味，特意在回目上标明是"潇湘子雅谑补余音"，并通过薛宝钗对林黛玉这个比喻大加赞扬，说什么"更有颦儿这促狭嘴，他用'春秋'的法子，将市俗的粗话，撮其要，删其繁，再加润色比方出来，一句是一句。这'母蝗虫'三字，把昨儿那些形景都现出来了。亏他想的倒也快"（第四十回）。作者对这个比喻是如此得意、如此欣赏，然而由于它反映的是作家的阶级偏见，我们对这个"润色比方"，却只能感到十分不满、十分厌恶，跟作者的赞赏之情和得意之态则恰恰相反。这不能不说是作者毕竟还跟我们存在着阶级立场的差别。

再如晴雯被从贾府撵回家，作者写贾宝玉说："他这一下去，就如同一盆才抽出嫩箭来的兰花，送到猪窝里去一般。"（第七十七回）作者的本意是要说明贾宝玉对晴雯被撵后的悲惨生活，寄予深切的同情和惋惜。然而他把晴雯

---

① 恩格斯：《致斐·拉萨尔的信》，见《马克思恩格斯论艺术》第 1 卷，人民文学出版社 1960 年版，第 37 页。

② 歌德：《说不尽的莎士比亚》，转引自费定的《作家的技巧》，见《第二次全苏青年作家代表会议报告及发言集》。

被撵后回到她穷困的姑舅哥哥家，比作"送到猪窝里去一般"，是极不恰当的，这与宝玉一向对贫苦的劳动家庭表示羡慕和尊重的思想性格，也是不相符合的；把晴雯比作"一盆才抽出嫩箭来的兰花"，看似对晴雯的热烈赞美，实际上却仍未摆脱公子哥儿的传统的阶级偏见——把女孩子看作只不过是供男子欣赏、解闷的花卉。因此，这个比喻并未能真正达到同情晴雯的目的，相反，它却有损于贾宝玉和晴雯的光辉形象。

又如作者写晴雯说芳官"也不过是会两出戏，倒象杀了贼王，擒了反叛来的"（第五十八回）。这显然也是反映了作者的阶级偏见。所谓"贼王""反叛"，那是封建统治阶级对起来反对他们的人进行攻击、诬蔑之词。本来描写芳官会唱两出戏的得意之状，可用的比喻和词汇多得很，为什么要把一个女孩子会唱戏跟"杀了贼王""擒了反叛"相比呢？这跟芳官的地位、身份和思想、性格，岂不是太不相称了吗？

总之，正反两方面的例子都说明，有真切的见解，才能有精辟的比喻。作家的阶级立场和思想感情是否对头，对社会生活的认识和体验是否深刻，对于典型环境中的典型性格的把握是否准确，是在文学作品中善不善用比喻的前提、基础和关键。

"只有一个词可以表现它"

——谈《红楼梦》语言的准确性

　　莫泊桑在《论小说》中说："不论一个作家所要描写的东西是什么，只有一个词可以表现它，一个动词可以使它生动，一个形容词可以限定它的性质。因此就得去寻找，直到找到了这词，这个动词和形容词，决不要满足'差不多'，决不要利用蒙混的手法，即使是高明的蒙混手法，不要利用语言上的诙谐来避免上述的困难。"①

　　这不仅是莫泊桑个人的见解，也是古今中外许多著名作家共同的经验。法国著名的现实主义作家福楼拜就说过："我们不论描写什么事物，要表现它，唯有一个名词；要赋予它运动，唯有一个动词；要得到它的性质，唯有一个形容词。我们须继续不断地苦心思索，非发现这唯一的名词、动词和形容词不可，仅仅发现与这些名词、动词、形容词类似的词句是不行的，也不能因思索困难，用类似的词句敷衍了事。"②

　　在我国文学史上，炼字、炼句更是诗人、作家从事创作的普遍经验。庚辰本第十四回有条脂批就指出：

　　诗中知有炼字一法，不期于《石头记》中多得其妙。

　　在《红楼梦》第四十八回，曹雪芹通过香菱的口，称赞王维两首诗中的

---

　　①　转录自 1981 年 1 月 4 日《文汇报》第四版《百家语》。《古典文艺理论译丛》第 3 册对此的译文，在文字上略有出入，读者可参阅。

　　②　转录自北京师范大学中文系编：《写作基础知识》，北京出版社 1979 年版，第 121 页。

用词："若说再找两个字换这两个，竟再找不出两个字来。""想来必得这两个字才形容得尽。"这跟莫泊桑、福楼拜所说的"只有一个词可以表现它"，岂不是不谋而合吗？

曹雪芹说他写作《红楼梦》，曾"披阅十载，增删五次"。从现存的各种脂批本来看，故事情节的改动并不大，而具体文字上的出入却很多，仅据庚、戚两本互校，异文即多达两三万处。致异的原因是多方面的，其中有不少显然是属于钞胥的错讹，也有许多则是出自曹雪芹的修改。从中我们可以依稀窥见曹雪芹为求得语言的准确无比——"只有一个词可以表现它"，确实呕尽了心血。他在《红楼梦》的许多遣词造句上，堪称达到了如脂批所指出的"一字不可更改，一字不可增减，入情入神之至"①的境界。程高本稍作妄改，往往不是显得破绽百出，就是犹如锦缎上打了个布补丁，一看就很刺眼。

一、一字一句，"是一颗打中目标的子弹"

《红楼梦》语言的准确无比，首先表现在曹雪芹对社会现实观察得深刻和对人物思想性格刻画得入情入神上。"一个作家应当同时也是思想家。"②只有具备敏锐、深刻、进步的思想，才能使他的语言如列宁说的那样："每一句话都不是一句寻常说出的话，而是一颗打中目标的子弹。"③

为了说明贾宝玉的叛逆性格具有时代的典型意义，作者在描写贾宝玉的同时，给我们介绍了一个跟贾宝玉属于"一派人物"的甄宝玉。贾宝玉把女儿比作水做的骨肉一般纯洁，而甄宝玉则常说：

---

① 庚辰本第十八回，另甲戌本第五回也有脂批："一字不可更，一字不可少。"
② 老舍：《答友书——谈简练》，《人民文学》1959 年 11 月号。
③ 斯大林：《论列宁》，见《列宁文选》（两卷集）第 1 卷，人民出版社 1959 年版，第 38 页。

这"女儿"两个字，极尊贵、极清净的，比那阿弥陀佛、元始天尊的这两个宝号，还要尊荣无对的呢！（庚辰本第二回）

　　阿弥陀佛、元始天尊是佛道两家各自对自己始祖的尊称，是封建神权统治的两大精神支柱。封建统治阶级把他们打扮成至高无上、主宰一切的神圣偶像，叫人们无条件地对他们虔诚尊崇和顶礼膜拜。可是就有这么一个甄宝玉，他胆大妄为，竟然把这两尊神圣无比的偶像，践踏在女儿的脚底下。无须作者另着一字的说明，这个甄宝玉的叛逆形象就令人可惊可愕地矗立在读者的面前了。

　　而程高本却把它改为：

　　这"女儿"两个字极尊贵极清净的，比那瑞兽珍禽、奇花异草更觉希罕尊贵呢！

　　瑞兽珍禽、奇花异草，在旧社会都是供贵族老爷和公子哥儿观赏、玩弄的对象，这跟他们把女子当作自己的玩物一样，并行不悖，互为表里，其精神境界不是"希罕尊贵"，而是卑微猥琐。这跟曹雪芹笔下的甄宝玉敢于亵渎神灵，实在是抔土之与高山，岂能相比？！

　　脂批本和程高本在用词上的这种不同，显然不是由于运用语言的技巧问题，而是反映了原作者和修改者立场世界观的违迕，必然要在语言上对人物的思想性格横加扭曲。

　　凤姐的女儿出天花，按照封建迷信，须夫妻分居，打扫房屋供奉痘疹娘娘。因此，曹雪芹写"贾琏只得搬出外书房来斋戒"。就在这斋戒期间，贾琏这个浪荡公子却乘机去与多姑娘胡搞，并丑态毕露地对多姑娘说："你就是'娘娘'，我那里还管什么'娘娘'！"（第二十一回）这就不仅表现了贾琏的腐化堕落，而且同时反映出封建迷信的虚伪——如此"斋戒"，岂不是对神灵的莫大亵渎！封建统治阶级连遮羞的一层薄薄的面纱也都撕得精光了。

可是，程高本却把描写贾琏的"斋戒"二字，改为"安歇"。同是搞腐化，一个是在"斋戒"之中，一个是乘"安歇"之机，这两个词所反映的问题的性质和思想意义，犹如黄钟瓦釜，迥然有别。

曹雪芹的用词，有的孤立地看上去，似乎没有什么深意，而前后对照联系起来看，却准确得不可移易。如庚辰本第四回写道：

> 宝钗日与黛玉、迎春姊妹等一处，或看书着棋，或做针黹，倒
>
> 也十分乐业。

程高本把这"乐业"二字改成"相安"。安居乐业，这是人们口头常说的。就词义来说，"相安"与"乐业"似乎差别不大，而用在这里却大异其趣。因为在前面第三回《西江月》词中，说过贾宝玉"富贵不知乐业"，林黛玉则"从来不说这些混帐话"，他俩在政治思想上互相引为"知己"，而跟薛宝钗却存在着深刻的分歧。对于薛宝钗来说，封建制度现存的一切，不仅是完全合理的，而且是非常美好的，因此，她感到"十分乐业"。林黛玉坚持走叛逆的道路，则必然感到"一年三百六十日，风刀霜剑严相逼"（第二十七回）。因此，甲戌本脂批指出："这一句衬出后文黛玉之不能乐业。细甚，妙甚。"说明这"乐业"二字，曹雪芹绝不是轻易下笔的，而是他对他所要描写的《红楼梦》中的人物关系作了深刻观察和周密部署的结果。程高本改为"相安"，变成用以指宝钗与黛玉、迎春姊妹们之间的亲爱和睦，则不仅改变了曹雪芹的原意，而且使《红楼梦》中的阶级关系也走了样，由卫道者与叛逆者的尖锐的思想矛盾和性格冲突，变成了大家和平共处，彼此相安快乐。

列夫·托尔斯泰说："在艺术作品里，只有在这样的情况下，即既不能加一个字，也不能减一个字，还不能因改动一个字而使作品遭到损坏的情况下，

思想才算表达出来了。这就是作家应该努力以求的方法。"[1]

由此可见，文学语言的准确性，归根结底还是要为表达思想服务，只不过它有它自己的方法，这就是用词的准确要服从于表现整个作品的主题和人物的思想性格。它跟政治论文不同，作家的进步思想不是运用传声筒式的赤裸裸的政治词汇来表达的，而是通过准确地描写人物的思想性格和阶级关系体现出来的。因为人物的思想性格和阶级关系是个整体，牵一发而动全身，改动一个字则可能使整个作品遭到损坏。从作品的主题和人物思想性格的全局来要求语言的准确，这是曹雪芹的宝贵经验，也是一切"作家应该努力以求的方法"。程高本篡改者由于不懂得文学语言的这个特性，因此，他的篡改就不能不露出马脚来。

二、"摹一人，一人必到纸上活见"

思想是人物性格的灵魂。然而人物性格的不同，却不一定都表现为思想上的对立。用恩格斯的话来说："人物的性格不仅表现在他做的什么，而且表现在他怎么样做；从这方面看来，我认为如果把各个人物描绘得更加鲜明些，把他们对比得更加突出些，剧本的思想内容是不会受到什么损害的。"[2] 这说明，人物性格虽然是为表现作品的思想内容服务的，但是人物性格却各有"这一个"的独特表现方式，绝不会因为思想一致而在性格表现上也众口一词，千人一腔。因此，《红楼梦》语言的准确无比，还在于它"写一种人一种活

---

[1] 转引自《俄罗斯古典作家论》下册，人民文学出版社 1958 年版，第 1129 页。
[2] 恩格斯：《致斐·拉萨尔的信》，见《马克思恩格斯论艺术》第 1 卷，人民文学出版社 1960 年版，第 38 页。

像"①，"摹一人，一人必到纸上活见"②，"毕肖之至"③，"酷肖之至"④，是"活龙活现之文"⑤。

如贾宝玉和林黛玉同属叛逆性格，他俩初次相会，也都有点一见钟情的味道，然而他俩的性格表现却大不一样。作者写黛玉见到宝玉："黛玉一见，便吃一大惊，心下想道：'好生奇怪，到像在那里见过一般，何等眼熟到如此。'"而当宝玉见到黛玉，则写："宝玉看罢，因笑道：'这个妹妹，我曾见过的。'贾母笑道：'可又是胡说，你又何曾见过他。'宝玉笑道：'虽然未曾见过他，然我看着面善，心里就算是旧相识，今日只作远别重逢，亦未为不可。'"（第三回）甲戌本脂批指出："黛玉见宝玉写一'惊'字，宝玉见黛玉写一'笑'字，一存于中，一发于外，可见文于下笔，必推敲的准稳，方才用字。"其"推敲的准稳"就在于它准确地刻画了林黛玉、贾宝玉形象别具特色的"这一个"表现。他俩一见如故的心理状态是共同的，而外在的表现方式和形象特征却是属于各自的"这一个"的。从一个"惊"字，我们仿佛看到了林黛玉那发自内心的欣喜、爱悦之情，同时却又尽力保持住外表的克制，俨然是一副十分动情而又非常矜持的少女形象。而从一个"笑"字，活蹦乱跳地展现在我们面前的则是贾宝玉那无拘无束、天真烂漫、喜形于色、热情洋溢的少年男子形象。这里用词的准确性，如果仅仅以人物的思想不同为着眼点，那显然是不够的，还必须以人物形象的个性特色和"这一个"的表现为依据。

从人物形象的个性特色和"这一个"的表现出发，用词的准确，不仅表现在生动的绘形上，而且要深刻地刻画出人物的内在神情，犹如画龙点睛，给人以绘形传神、情趣盎然的艺术感染。而用词不当，绘形则往往画蛇添足，传

---

① 甲戌本《石头记》第五回脂批。
② 庚辰本《石头记》第十五回脂批。
③ 庚辰本《石头记》第十四回脂批。
④ 庚辰本《石头记》第二十三回脂批。
⑤ 庚辰本《石头记》第二十六回脂批。

神则常常点金成铁，惺惺作态，令人啼笑皆非。

当贾宝玉和薛宝钗正在互认通灵宝玉和金锁，笑语声喧的时候，甲戌本、戚本、程高本出现了三种不同的写法：

> 话犹未了，林黛玉已摇摇的走了进来。（甲戌本第八回）
>
> 话犹未了，林黛玉已走了进来。（戚本第八回）
>
> 话犹未了，林黛玉已摇摇摆摆的走了进来。（程高本第八回）

甲戌本在"摇摇的"字旁有脂批曰："二字画出身。"的确，我们从"摇摇"二字，仿佛看到了林黛玉那娇弱婀娜、身材苗条的形象，看到了她那弱不禁风而又轻盈敏捷的神态，预感到她这一不同寻常的到来，必有妙语警人，使人不能不刮目相看。戚本则没有"摇摇的"三个字，使全句由形象的描绘，变成了平淡的叙述。如同一杯美酒换成了一杯白开水，一点味道也没有了。程高本把"摇摇的"改成"摇摇摆摆的"，使林黛玉猝然成了一个风骚浪荡的泼妇形象，如此唐突潇湘，岂不令人咋舌！可见像戚本那样平淡的叙述，固然离开了艺术语言必须富有形象性的特征；像程高本那样离开了人物性格固有的神情，任意糟蹋形象，则更属恶劣；只有像曹雪芹的原稿那样抓住人物形象的"这一个"，才能使用词的准确达到了足以绘形传神的艺术境界。

曹雪芹非常懂得文学语言不仅要求准确地描绘人物形象，而且这种描绘要力求选择最恰当的形神兼备的词汇。如第二十一回，作者写贾宝玉眼中的丫鬟蕙香"生得十分水秀"。庚辰本在"水秀"后面夹批曰："二字奇绝，多少娇态包括一尽，今古野史中无有此文也。"可是程高本却把"水秀"改为"清秀"，两者的词义虽然相近，但是"清秀"却远不如"水秀"新鲜、奇绝，给人以清秀如水那样纯净、秀丽、娇嫩、含情脉脉等形象化的艺术情味。

作者绘形传神，用词准确到一字不可更的程度，这方面的例子是很多的。

如当平儿整理被褥发现贾琏与多姑娘私通时遗留在床上的一绺青丝，这时作者写道：

> 平儿指着鼻子，晃着头笑道："这件事，怎么回谢我呢？"（庚辰本第二十一回）

这里作者用一"晃"字，把平儿抓到贾琏的把柄而非常娇俏得意的神态，刻画得真可谓轩昂夺人。程高本却把这一"晃"字改成"摇"字，"摇着头"在习惯上是表示否定的意思，或者是一种很轻浮油滑的神态。平儿为什么要"摇着头"跟贾琏说话呢？程高本这一改真使人感到莫名其妙。

贾珍、贾琏调戏尤三姐，不料尤三姐却是那样的老辣。作者写道：

> 弟兄两个本是风月场中耍惯的，不想今日反被这闺女一席话说住。（庚辰本第六十五回）

程高本把"说住"改成"说得不能答言"。其实，"说住"，不仅有"不能答言"的意思，而且有目瞪口呆的神态，比"说得不能答言"既绘形又传神，既精练又贴切。

当贾政发火，准备毒打宝玉，吩咐他不许动时，作者写贾宝玉：

> 正在厅上干转，怎得个人来往里头去捎信，偏生没个人。（庚辰本第三十三回）

这"干转"二字，形象地刻画了贾宝玉如热锅上的蚂蚁那样焦急万分，而又无可奈何的神态。"干"是口语"空"的意思，如"干着急"，意为空着急。程高本将"干转"改为"旋转",只反映了其"转"如"旋"的形状,却无助于刻画贾宝玉此时此境着急无奈的动人形象,甚至不禁使人怀疑这种"旋转"简直有点滑稽可笑,或者神经不正常。可见,曹雪芹用词不是一般的形象准确,而是从整个人物形象出发,达到了绘形传神般的准确。

着眼于整个人物形象绘形传神般的准确,就不仅要画出人物行动的外表,而且要写出人物形象的神情。从画出人物行动的外表来看,程高本以"旋转"二字形容宝玉的动作,可谓是刻意追求形似;然而就贾宝玉形象的神情来看,他却不是无缘无故地在做游戏般地"旋转",而是心急如焚又无可奈何地在"干转"。因此,像"旋转"之类的离神绘形,其结果是貌合而神离;只有如"干转"那样的绘形传神,才形真而神活。

只有抓住人物内在的"神",才能准确地传达出切合人物性格的外在的"形"。有一次,在贾府全家热热闹闹地给凤姐做生日的时候,贾宝玉却私自带着茗烟到郊外祭金钏儿去了,贾府上上下下都急得不得了,回来后,贾母一面责怪他:"怎么也不说声就私自跑了,这还了得!明儿再这样,等老爷回家来,必告诉他打你。"一面又十分关切地问他:"到底那去了?可吃了什么?可吓着了?""贾母又要打跟的小子们,众人又忙说情,又劝道:'老太太也不必过虑了。他已经回来,大家该放心乐一回了。'贾母先不放心,自然发了恨;今见来了,喜且有余,那里还恨,也就不提了。还怕他不受用,或者别处没吃饱,路上着了惊怕,反百般的哄他。"(庚辰本第四十三回)程高本把"过虑"二字改为"生气"。从表面上看,贾母又是批评,又是发恨要打跟的小子们,似有生气的样子;可是实际上此时的贾母,正如作者所说的,"喜且有余",哪里还会"生气"呢?所以从贾母形象的实质来说,她不是"生气",而是对宝玉钟爱之至的"过虑"。只有"过虑"这两个字,才足以刻画出贾母此时的神情、性格的特征和形象的本质,同时作为"众人"对这位"老太太"的"劝道",也只有说她"不必过虑了",才算体察入微,爱护备至；如果说她"不必生气了"，这就多少含有批评、指责的意味。众人对老太太岂有这样说话的声气？

由此可见，《红楼梦》语言的准确性，妙就妙在它是以整个人物形象为依据的，不是通常那种就事论事的形似的准确，而是着眼于以形传神，一语画出心灵，对于整个人物形象具有最大表现力的独一无二的准确。这样的语言准确性，如果不是由于作家对人物形象的"这一个"有独到的观察和深刻的感受，那只能是望洋兴叹，无能为力的。程高本的修改，有的是由于修改者的世界观的支配，那是属于别有用心的篡改；有的则是由于不理解文学语言的准确性要求从整个人物形象出发，着眼于以形传神，而是就事论事地讲求形似的用词准确，如上述的改"干转"为"旋转"，改"过虑"为"生气"，结果却因小失大，弄巧成拙，形似的用词准确，却损坏了整个人物形象以形传神的准确。这类修改恐怕还是出于好心，只不过由于不懂得文学语言的特性，以致效果适得其反罢了。

我们上面列举了一些程高本改坏了的例子，绝无意于否定程高本对《红楼梦》的整理、刊行、流传毕竟功大于过的事实；即使对于它改坏了的过失，我们也不赞成那种感情用事，只顾把它痛骂一顿的态度。我们主张把它的功过作为一份珍贵的历史遗产，而从创作上和理论上认真地总结和吸取其经验教训。小说艺术的语言，不能拘泥于个别词句形似的准确，而必须服从于整个人物形象以形传神的准确，这就是我们从中引出的一条重要的经验教训。

三、"一句一滴泪，一句一滴血之文"

《红楼梦》语言的准确无比，还表现在对人物感情色彩的描绘上。艺术的语言，必须充溢着感情的血液。用脂砚斋的话来说，"须滴血为墨，研血成字"①。而《红楼梦》的许多语言，正是"一句一滴泪，一句一滴血之文"②。其感人的力量，有时实足以使"一字化一泪，一泪化一血珠"③。准确地选择最富有感情色彩的词汇，这正是曹雪芹懂得艺术语言的特性，使他的《红楼梦》语言特别富有感染力的一个重要的原因。

当贾府十二个唱戏的女孩被遣发出来做使唤丫头时，作者写道——

当下各得其所，就如倦鸟出笼，每日园中游戏。（第五十八回）

庚辰本、甲辰本、程高本这几句文字皆同。其中一个"倦"字，既表现了作者对这班女孩子的深刻同情，同时又令人触目惊心地活现了这班女孩子的悲惨命运。她们被贾府买来充当家庭戏班的演员，不仅如笼中鸟一样失去了自由，而且她们娱乐了封建主子，却使自己疲倦不堪。如今她们并没有飞出贾府这个牢坑，只不过由戏子变成了供主子使唤的丫头，她们就竟然感到"如倦鸟出笼"一样地舒畅，可见在贾府比"下三等奴才"④（第六十回）还不如的戏子受压迫之深。这一个"倦"字，该是濡染着多么令人凄怆的血泪感情啊！可是，戚本这个字却不作"倦"，而作"放"字，"放鸟出笼"，那就不仅失去了"倦"字所蕴藉的感情血液，而且谁"放鸟出笼"呢？其主语只能是贾府的封建主子。封建主子由这班唱戏的女奴的压迫者，又俨然成了解放者，岂不怪哉？！这一字之差，恰如南辕北辙，自相矛盾，于情理上不通之至。

为有人来讨六百余两银子的欠债，小管家俞禄来向贾珍请示："……或是爷内库里暂且发给，或是挪借何项，吩咐了，奴才好办去。"贾珍吩咐：

---

① 戚本《石头记》第六十七回开始总批。
② 甲戌本《石头记》第六回脂批。
③ 甲戌本《石头记》第七回脂批。
④ 在《红楼梦》第六十回，赵姨娘曾经指着芳官骂道："小淫妇，你是我银子钱买来学戏的，不过娼妇粉头之流，我家里下三等奴才也比你高贵些……"

"你无论那里借了给他罢。"俞禄笑回道:"若说一二百,奴才还可巴结;这五六百,奴才一时那里办得来。"这"巴结"二字,己卯本、甲辰本、程甲本均同;它是道地的奴才语言,洋溢着奴才的感情,不用另着一字的说明,就呼之欲出地画出了一副奴才的嘴脸。戚本却不用"巴结"二字,而用"挪借"。这就完全失去了奴才的口吻和感情色彩,而变成了任何人都可用的一般化的客观叙述,那就不是蜜,而是水,一点甜美的风味也没有了。

邢岫烟因家境贫寒,冷天却穿着夹衣服,宝钗嘱咐她:"千万别自己熬煎出病来。"(庚辰本第五十七回)这"熬煎"两个字,把邢岫烟的痛苦处境和薛宝钗的关怀、同情,刻画得令人多么感情炽热啊!可是戚本这"熬煎"二字却变成一个"弄"字,"千万别自己弄出病来",这成什么话?天下有谁愿自讨苦吃——自己弄出病来呢?尽管这里"熬煎"与"弄"的主语都是"自己",可是其感情色彩却有被动和主动之别。人们听了"自己熬煎出病来",必然会引起满腔的同情,对迫使她受熬煎的客观环境则必然会激起强烈的愤慨。如果说是"自己弄出病来",那么读者就不可能寄予同情,而只会感到迷惑不解,甚至还会骂一句:"自作自受,活该!"

可见,艺术语言必须注意选择词语的感情色彩,而这正是《红楼梦》语言具有高度准确性和感染力的一个重要方面。

艺术语言不仅选择词汇的感情色彩要准确,而且它是以作家对生活或艺术的特殊感受为依据的。用《红楼梦》中香菱的话来说:"有口里说不出来的意思,想去却是逼真的;有似乎无理的,想去竟是有理有情的。"(第四十八回)这里"说不出"与"逼真","似乎无理"与"有理有情",看上去是矛盾的,实际上却是辩证的统一,它反映了艺术语言表达感情的独特而曲折的方式。在这方面,曹雪芹在《红楼梦》中大致采用了以下几种语言艺术手法:

(一)名词作动词用。如作者在庚辰本第十四回写道——

宝玉听说，便猴向凤姐身上，立刻要牌。

　　这一个"猴"字，不仅刻画了宝玉屈身攀援、天真活泼的生动形象，而且活现了他那娇生惯养、纠缠不休的情态。"猴"字这个名词作动词用，在我们家乡江浙群众的口语中也是常用的，记得小时候顽皮，就常听大人喝道："不要猴！"可是程甲本修订者却不懂得这个"猴"字也可作动词用，而认为这里用"猴"这个名词于语法不通，因此把它改用动词"挨"字。这一改，不仅使宝玉于此时所特有的形象和感情走样了，而且于前后文反而不通顺了。"挨"是靠近的意思，只能是"挨向凤姐身边"，又怎么能"挨向凤姐身上"呢？如果仅仅是"挨向凤姐"，紧接着下文凤姐怎么又说："我乏的身上生疼，还搁的住这么揉搓？""挨向"又怎么能跟"揉搓"拉扯得上呢？这不是语无伦次，逻辑不通吗？可见这里只有一个"猴"字，才能最准确地表达人物的形象和感情。

　　贾环输了钱耍赖皮，被凤姐骂了一顿。接着凤姐说："为你这个不尊重，恨的你哥哥牙痒，不是我拦着，窝心脚把你的肠子窝出来呢。"这后一个"窝"字，显然也是名词作动词用，它突出了凤姐说话时那种愤激的感情和狠毒的劲儿。"窝"字作动词用，也是合乎汉语词法的。如人们常说的"窝工""窝赃"，就是"窝"作起支配作用的动词。可是戚本这个"窝"字却作"抓"字，程甲本则作"抽"字。这种改动，看来都是以为只有换个标准的动词才合语法。结果这一改却反而不合逻辑了。"抓"和"抽"，都只有用"手"才行，"窝心脚"又岂能执行"抓"或"抽"的任务呢？

　　上述事实说明，名词作动词用，并不是曹雪芹不懂语法，而是妄改者既不了解汉语词类可以活用的特点，又不懂得艺术语言要求感情色彩必须准确的特性。

（二）不成话之话。在庚辰本第五十七回，作者写道——

袭人定了一回，哭道："不知紫鹃姑奶奶说了些什么话，那个呆子眼也直了，手脚也冷了，话也不说了，李妈妈掐着也不疼了，已死了大半个了。"

这是在紫鹃给宝玉说了一句林妹妹要回苏州去的玩话，贾宝玉急得痴狂病发作之后，袭人来向林黛玉、紫鹃告急时说的。庚辰本脂批指出，这是"从急怒姣憨口中描出不成话之话来"。袭人怎么会称"紫鹃姑奶奶"，人岂有"死了大半个"的，这确实是"不成话之话"。然而曹雪芹却正是通过这种语言，准确传神地表达了袭人那急怒姣憨的浓烈感情，给人以"从纸上活跳出来"①的深刻感受。

在《红楼梦》中，这种"不成话之话"是相当多的。如贾宝玉说的"女儿是水作的骨肉，男人是泥作的骨肉，我见了女儿，我便清爽；见了男子，便觉浊臭逼人"（第二回）。甲戌本脂批指出，这是"真千古奇文奇情"。小书房内挂着一幅美人图，贾宝玉竟因"今日这般热闹，想那里那美人自然是寂寞的，须得我去望慰他一回"（第十九回）。戚本于此处脂批指出："极不通极胡说中写出绝代痴情，宜众人谓之疯傻。"眼看着几个媳妇拉着把司棋撵出去，宝玉在她们背后指着恨道："奇怪，奇怪！怎么这些人只一嫁了汉子，染了男人的气味，就这样混帐起来，比男人更可杀了！"（第七十七回）难道男人都可杀吗？被宝玉视为挚友的秦钟、蒋玉菡不也是男人吗？宝玉自己不也是男人吗？这些话从逻辑上来看，都是"不成话之话"，然而它确是最准确、有力地表达了贾宝玉独特的爱憎感情，用曹雪芹自己的话来说，这叫作"满纸荒唐

---

① 万有文库版《石头记》第五十七回批语。

言，一把辛酸泪"。就语言形式来看，它是逻辑不通、荒唐可笑的，然而就它所表达的血泪感情来说，却是最真实、准确、浓烈的，令人读后深感到作品中人物的热血沸腾。

（三）相反相成。凤姐协理宁国府，要处罚一个迟到的用人，作者写——

> 凤姐冷笑道："我说是谁误了，原来是你，你原比他们有体面，所以才不听我的话。"（第十四回）

甲戌本脂批指出：

> 凡凤姐恼时，偏偏用笑字，是章法。

平儿知道凤姐在外面放高利贷是背着贾琏的，因此当凤姐正在与贾琏谈话时，有人来给凤姐送利钱，平儿便马上揽过去。后来凤姐查问，平儿才说因为怕贾琏知道"奶奶有了这个体己"，她才"撒谎说香菱"的。作者写凤姐听了笑道——

原来你这蹄子调鬼。（第十六回）

庚辰本于此处旁批曰：疼极反骂。

每个人物都有表达自己感情的独特的语言方式，"恼时偏偏用笑字""疼极反骂"，这便是凤姐的感情准确而独特的一种表现方式。"恼"与"笑"、"疼"与"骂"看似矛盾对立，实则相反相成。它把凤姐那恼得奸险、疼得刁钻的性格，诡异亢奋、腾挪跌宕的感情，刻画得如一泓溪水，分外清澈透明，生色动人。

相反相成，不仅是人物感情独特性的明澈表现，而且是人物感情复杂性的显豁写照。如林黛玉读了《西厢记》，明明感到自觉辞藻警人，余香满口，虽看完了书，却只管出神，心内还默默记词。可是当贾宝玉引用《西厢记》中的话，说"我就是个'多愁多病身'，你就是'倾国倾城貌'"的时候，林黛玉却大发脾气，指责宝玉——

> "你这该死的胡说！好好的把这淫词艳曲弄了来，还学了这些混话来欺负我，我告诉舅舅舅母去。"说到"欺负"两个字上，早又把眼睛圈儿红了，转身就走。宝玉着了急，向前拦住说道："好妹妹，千万饶我这一遭。原是我说错了。若有心欺负你，明儿我掉在池子里，教个癞头鼋吞了去，变个大忘八，等你明儿做了一品夫人，病老归西的时候，我往你坟上替你驮一辈子的碑去。"说的林黛玉嗤的一声笑了，揉着眼睛，一面笑道："一般也吓的这个调儿，还只管胡说。'呸，原来是苗儿不秀，是个银样镴枪头'。"宝玉听了，笑道："你这个呢？我也告诉去。"（庚辰本第二十三回）

这里，从表面上看，黛玉的语言似乎是前后矛盾的，一会儿说《西厢记》"词藻警人"，一会儿却又斥责为"淫词艳曲"，一会儿指责宝玉是"学了这些混话来欺负"她，一会儿自己却又同样用《西厢记》中的话来比喻宝玉，正如万有文库版《石头记》于此处眉批所指出的，黛玉"前此之怫然变色，似乎矛盾，实非矛盾"。它情真意切地表现了黛玉一方面对自由爱情满怀着热烈的憧憬，另一方面自身却又受着封建意识的严重桎梏。所谓"淫词艳曲"，这显然是封建统治阶级的诬蔑不实之词，仍然在粗暴地威慑着他们正在初开的情窦。她由反对宝玉用《西厢记》中的"混话"，进而自己也用《西厢记》中的"银样镴枪头"来比喻宝玉，这在思想感情上该是经历了多么艰难曲折的变化啊！这种冲破封建意识的牢笼迸发出来的对宝玉表示抚慰、爱悦的感情，犹如春梅绽雪、秋蕙披霜一样，显得特别难能可贵而格外动人心弦。

这里需要指出的是，在脂批本上黛玉指责宝玉时用的"混话"一词，其意思，据《小说词语汇释》的解释是"乱话"。《儒林外史》第五回有"只管讲这些混话，误了我们吃酒"。可见"混话"虽属贬义词，但却并非骂人的意思。而程高本却把"混话"改作骂人的"混帐话"。宝黛两人都是把封建道统的那一套视为"混帐话"的，宝玉因为黛玉"从来不说这些混帐话"，所以才"深敬黛玉"，黛玉也因宝玉把她视为知己，而激动不已。这里黛玉又怎么会骂宝玉也说"混帐话"呢？这一字之差，显然就跟曹雪芹所描写的黛玉的思想感情完全抵牾了。

由此可见，曹雪芹运用相反相成的语言艺术手法，是为了更加准确、真实而深刻地刻画人物思想感情的内在波澜。这跟妄改者违情悖理地任意夸大或人为地制造人物性格的矛盾，是截然不同的。

四、源于生活的准确，会产生"真正的美"

曹雪芹的《红楼梦》语言为什么能做到准确无比呢？究其根本原因，是由于作家忠实于生活——这既是衡量艺术语言准确与否的根本标准，又是作家进行艺术语言创造的主要源泉。在给大观园内的蘅芜院题对额时，众清客胡拟乱扯地题了很多，宝玉说："此处并没有什么'兰麝'、'明月'、'洲渚'之类，若要这样着迹说起来，就题二百联也不能完。"（第十七回）贾宝玉为晴雯写的诔文，林黛玉针对其中的两句"红绡帐里，公子多情；黄土垄中，女儿薄命"，说："这一联意思却好，只是'红绡帐里'未免熟滥些。放着现成的真事，为什么不用？"（第七十九回）这两个例子虽然各有其表现人物性格和情节发展的需要，但是从中却明显地透露出，作者是以生活的真实作为其评判是非的标准和进行艺术语言创造的源泉的。整个《红楼梦》的语言也是如此，正因为它非常的真实，所以才显得特别的准确；同时又由于它用词的无比准确，又才使作品的真实性达到了"天然去雕饰"的境界，俨然如一块纯美的水晶，只见晶莹，不见衬露晶莹的绚丽色彩；只见精微，不见雕琢精微的人工痕迹。

郭绍虞在《汉语语法修辞新探》一书中说："汉语是以词汇丰富著称的，外国学者这样讲，中国学者也这样讲，这可以说已成为一致公认的定论了。"①曹雪芹能够充分发挥汉语词汇特别丰富的长处，这是他用词准确的一个重要原因。他善于从种种相似的词汇中挑选出最准确、最富有表现力的词汇。如他写晴雯生病，"在外间房内爬着"（第七十七回）。他不用"卧着""躺着""睡着"，也不用"眍着""靠着""仰着"，而用"爬着"。这个"爬"字用得多么准确有力啊！它把晴雯病中那痛苦难耐的神态真是写活了，使人看了这个"爬"字，不能不激起对迫害这个女奴的封建主子的满腔的怒火，不能不对这个在痛苦中挣扎而无人问讯的女奴表示由衷的同情。它说明选词的准确，其艺术感染力胜过一切华美的辞藻。

丰富的汉语词汇，不仅给曹雪芹的创作提供了选词的无穷宝库，而且也大大增强了他的艺术语言的表现力。如作者写贾母、凤姐等往清虚观打醮，"可巧有个十二三岁的小道士儿，拿着剪筒，照管剪各处蜡花，正欲得便且藏出去，不想一头撞在凤姐儿怀里。凤姐便一扬手，照脸一下，把那小孩子打了一个筋斗，骂道：'野牛茂的，胡朝那里跑！'那小道士也不顾拾烛剪，爬起来往外还要跑。正值宝钗等下车，众婆娘媳妇正围随的风雨不透，但见一个小道士滚了出来，都喝声叫：'拿，拿，拿！打，打，打！'贾母听了忙问：'是怎么了？'贾珍忙出来问。凤姐上去搀住贾母，就回说：'一个小道士儿，剪灯花的，没躲出去，这会子混钻呢。'"（第二十九回）这里仅是写小道士"跑"的动作，作者就用了"藏""撞""跑""滚""躲""钻"六个动词。通过描写

---

① 郭绍虞：《汉语语法修辞新探》上册，商务印书馆 1979 年版，第 226 页。

这种种"跑"的动作，不仅生动地刻画了小道士那惊慌失措的神情，而且有力地衬托了贾府众人的赫赫势焰。如果不是充分发挥汉语词汇的丰富性，而仅仅用一个"跑"字来写小道士的动作，那就不可能收到如此花团锦簇的艺术效果。

为了丰富其作品的表现力，曹雪芹殚心竭虑地从各个方面吸收养分，扩大词汇的来源。如他写史湘云的打扮"越显得蜂腰猿背，鹤势螂形"（第四十九回）。这就是从打拳的姿势中吸取来的词汇。戚本于此处脂批指出："近之拳谱中有坐马势，便似螂之蹲立。昔人爱轻捷便俏，闲取一螂，观其仰颈叠胸之势。今四字无出处，却写尽矣。"又如凤姐说："我因为到了老祖宗那里，鸦没雀静的。"（第五十回）庚辰本于此处脂批指出，鸦没雀静"这四个字俗语中常闻，但不能落纸笔耳，便欲写时究竟不知系何四字，今如此写来，真是不可移易"。能像海绵吸水般，从人民群众生活的海洋里充分吸取各方面的词汇，这是曹雪芹的《红楼梦》所以能够做到词汇丰富而准确得"不可移易"的一个重要原因。

对于描写丰富复杂的社会生活来说，仅仅靠吸取和利用现成的词汇是远远不够的。曹雪芹还在现成词汇的基础上作了可贵的创造。如贾宝玉给那些热衷于仕途经济的人，"起个名字叫作'禄蠹'"（第十九回）。这个新创造的名词，给人留下了极为深刻的印象。贾宝玉那睥睨浊世的叛逆性格，跟作者独创了这么一个揆情度理、光色绮丽、令人瞩目的新词，是分不开的。它所引起的艺术效果，就像一面历史的折光镜，使每个人在这面镜子面前都不能不反射出自己的态度，袒露出自己的灵魂。正如庚辰本脂批所指出的，禄蠹"二字从古未见，新奇之至，难怨世人谓之可杀，余却最喜"。

创造新词，也离不开原有词汇的基础。这"禄蠹"一词，可能就是从以禄致仕，如以饵钓鱼的"禄饵"一词演化而来的。《宋史·陈仲微传》："禄饵可以钓天下之中材，而不可以啖天下之豪杰。"随着封建统治阶级的日益腐朽，作者认识到这班追求禄饵之徒，不仅够不上"中材"，而且简直就是吃国家俸禄的蠹虫了。禄蠹，对于人类不仅有百害而无一利，而且其危害之烈，令人由不得不切齿痛恨。因此，它迫使每个人不得不在它的面前激起鲜明的爱憎，脂评所说的或曰"可杀"，或称"最喜"，就是个历史的见证。

成语乃是习用的固定词组，但是曹雪芹并不拘守其"习用"的陈规，而往往能推陈出新，用得搜神夺巧之至，如第三十三回，写贾政在毒打宝玉之前，忠顺王府的长史官来找宝玉要琪官，"宝玉连说不知"。那长史官指出："既云不知此人，那红汗巾子怎么到了公子腰里？""宝玉听了这话，不觉轰去魂魄，目瞪口呆。"而贾政则"此时气的目瞪口歪，一面送出那长史官，一面回头命宝玉：'不许动！回来有话问你'"。这里曹雪芹用"目瞪口呆"的成语，反映了贾宝玉对秘密被揭穿的惶惶然，对封建家长权威的恐惧，以及对即将大祸临头——遭受严厉责罚的惊吓，用词既质朴无华，而又清新隽永，使人看了对宝玉的同情之心油然而生，不禁要为他捏一把汗。更为奇妙的是，作者接着用"目瞪口歪"来刻画贾政的形象，以对成语的一字之改，跟贾宝玉的"目瞪口呆"形成鲜明的对比，绝妙的映照；它把贾政这个卫道士在听到自己的儿子竟与下贱的戏子私下交往，做出了在他看来伤风败俗、大逆不道的事情时，那种由惊诧到失望，再到愤恨，直至气恼变形的全部心理变化过程都反映出来了，其气急败坏的丑态和恼羞成怒的凶相，真可谓跃然纸上，且词句含锋，给人以痛快淋漓、剔肤见骨的深刻感受。

可是程甲本修订者却不懂得曹雪芹如此活用成语之妙，而将描写贾政的"目瞪口歪"，仍改用"目瞪口呆"。这一改，不仅改掉了贾政那气恼得"口歪"的凶相和丑态，而且连上下文也变得不通了。贾政既然已经气得"目瞪口呆"，怎么紧接着又"一面送出那长史官，一面回头命宝玉"呢？篡改者不懂得文学语言必须从人物形象的准确性出发，固守成语的死框框，竟陷入了如此自相矛盾的境地。

此外，如曹雪芹把"扬眉吐气"的成语，改成"扬眉挺身"（第五十回）

更加突出了史湘云那恣肆泼辣、不肯让人的神气；把"利令智昏"的成语，改为"欲令智昏"，以说明"贾琏只顾贪图二姐美色，听了贾蓉一篇话，遂为计出万全，将现今身上有服，并停妻再娶，严父妒妻，种种不妥之处皆置之度外了"（第六十四回）。万有文库版《石头记》上姚燮的眉批指出："本是'利令智昏'话头，今改一'欲'字，利欲固无二也。"

曹雪芹在《红楼梦》中对于新词语的独创和旧词语的改造，并不是罕见的例外，而是不胜枚举的。诸如"金玉姻缘""木石前盟""冷香丸""剩王八"等词语，不仅使语言新鲜别致，准确精粹，而且它在整个《红楼梦》中对于故事情节的发展，人物性格的刻画，乃至整个作品主题思想的开掘，都起到了相当突出的作用。

"艺术是不能容忍近似、朦胧和含混的。"[1]高尔基说得好："作为一种感动的力量，语言的真正的美，是由于言辞的准确、明朗和响亮动听而产生出来的，这些言辞形成书籍中的情景、性格和思想。对一个作家——艺术家来说，他必须广泛地熟悉我国语言最丰富的语汇，必须善于从其中挑选最准确、明朗和生动有力的字。"[2]我国当代有的作家也深切地体会到："'准确'太重要了，首先是'准确'。准确了，就会产生一种质朴的美。"[3]因此，用词的准确，绝不是微不足道的雕虫小技，而是关系到文学艺术语言的特性和能否创造出"真正的美""质朴的美"的问题。

高尔基在《和青年作家谈话》中还指出："普希金……从日常丰富的口语中，严格地挑选了最准确、最恰当和最有意义的字眼。可是我们今天的文学家没有理解这种挑选的必要性，这样就大大地降低了他们的作品的质量。"[4]人们

① 《阿·托尔斯泰谈文学创作》，程代熙译，见《文艺论丛》第9辑，第24页。
② 高尔基：《论社会主义现实主义》，孟昌译，见《人民文学》总第41期，第73页。
③ 李准：《"大河奔流"创作札记》，见《十月》杂志1978年第1期，第196页。
④ 转录自1981年1月4日《文汇报》第4版《百家语》。1956年人民文学出版社出版的《论写作》第4～5页对此段的译文，在文字上略有出入。

感到我们今天许多作品的质量不高，跟作家对挑选和驾驭语言的重要性认识不足，所花的工夫不够，显然是大有关系的。文学家需要提高语言艺术的修养，如同战士需要提高自己的军事素质一样，是绝不可忽视的一个重要方面。

"念在嘴里倒像有几千斤重的一个橄榄"

——谈《红楼梦》语言艺术的含蓄有味

　　《红楼梦》第四十八回，香菱读过林黛玉给她选的诗后，说她"领略了些滋味"，并引用王维的五言律诗《送邢桂州》中的诗句："日落江湖白，潮来天地青"，说："这'白''青'两字也似无理，想来必得这两字才形容得尽，念在嘴里倒像有几千斤重的一个橄榄。"香菱评诗的这几句话，岂不也反映了曹雪芹在《红楼梦》的语言艺术上所追求的一种醇美境界吗？请看，曹雪芹在《红楼梦》开卷第一回作的一首诗中写道——

　　　　满纸荒唐言，一把辛酸泪。

　　　　都云作者痴，谁解其中味？

　　曹雪芹说的"荒唐言"，跟香菱说的"似无理"；曹雪芹说的"谁解其中味"，跟香菱说的"念在嘴里倒像有几千斤重的一个橄榄"，彼呼此应，这样紧密，岂不恰好说明作者的艺术匠心吗？

　　贾宝玉批评"秦人旧舍"四字"过露"，赞扬"沁芳"比"泻玉""蕴藉含蓄"。（第十七回）

　　林黛玉嫌恶陆游的诗"浅近"（第四十八回），赞赏《西厢记》的"词藻警人，余香满口"（第二十三回），《牡丹亭》的词句有"滋味"，耐人"细嚼"（第二十三回）。

李纨称赞薛宝钗的海棠诗"含蓄浑厚"（第三十七回）。

这些虽然都是作品中人物的语言，但它显然也反映了含蓄有味正是曹雪芹所欣赏、所赞美、所追求的一种语言艺术境界。

在脂砚斋对《红楼梦》的批语中，"含蓄不吐"[①]，"便有含蓄"[②]，"有无限含蓄"[③]，"细读细嚼，方有无限神情滋味"[④]，"如人饮醇酒，不期然而已醉矣"[⑤]。这类批语，更属比比皆是。它显然也是深得《红楼梦》语言艺术的个中三昧的。

戚蓼生写的《石头记序》，称此书"如春秋之有微词，史家之多曲笔"，强调读《红楼梦》"如捉水月，祇把清辉；如雨天花，但闻香气，庶得此书弦外音乎"。这话说得虽然有点玄乎，但它却说明不是一览无余，而是含蓄有味，这乃是《红楼梦》语言艺术的一个重要特点。

那么，《红楼梦》的语言艺术是怎样做到含蓄有味的呢？下面我们就这个问题作一具体的探索。

一、心传神会，不必道明

《红楼梦》语言的含蓄有味，并不是作家的故弄玄虚，恰恰相反，它正是人物心传神会的生活真实的写照。

在生活中，有许多事情可以心传神会，是不必道明，也不应道明的。如秦可卿病危，尤氏介绍其病情后，庚辰本上写道——

---

① 见脂批戚本《石头记》第十五回批语。
② 见脂批庚辰本《石头记》第十七回批语。
③ 见脂批戚本《石头记》第五十六回批语
④ 见脂批庚辰本《石头记》第五十七回批语。
⑤ 见脂批戚本《石头记》第四回批语。

凤姐儿听了，眼圈儿红了半天，半日方说道："真是'天有不测风云，人有旦夕祸福'。这个年纪，倘或就因这个病上怎么样了，人还活着有甚么趣儿！"（第十一回）

程乙本改写为——

凤姐听了，眼圈儿红了一会子，方说道："'天有不测风云，人有旦夕祸福'。这点年纪，倘或因这病上有个长短，人生在世，还有什么趣儿呢！"

这里，程乙本把"眼圈儿红了半天，半日方说道"，改成"眼圈儿红了一会子，方说道"。这"半天""半日"，虽带有夸张的成分，却是人们口语中习惯的说法，而且用在这里，突出了凤姐十分激动的感情和好长时间说不出话来的神态，给人以回味、想象的余地。改成"一会子"，实是实了，却失去了人物当时应有的神情，显得一点味道也没有了。至于把"倘或就因这个病上怎么样了"，改成"倘或因这病上有个长短"，这就更使凤姐的性格走样了。"怎么样了"，本是一种心传神会的含蓄的说法，当时凤姐对秦氏病危感到极度悲痛，不忍明说，也不必明说，在场的人和读者都会理解。而改成"有个长短"，则不仅在语义上过露了，更重要的是，凤姐怎么显得这样不懂情理，竟然用这样的话来触动在场亲属们的感情，简直有诅咒秦氏死的嫌疑了。这既有悖于生活真实，更不符合凤姐的性格特征。凤姐绝不是这样一个说话不知轻重、笨嘴笨舌的人。"人还活着有甚么趣儿"，这话既表现了凤姐对秦氏遭病的厄运愤愤不平，寄予深切同情，又表示她本人也因此而悲伤得简直不想活的极为丰富复杂而又有点矫揉造作的感情。改成"人生在世，还有什么趣儿呢"，则不仅把凤姐原来那丰富复杂而有点矫揉造作的感情简单化了，变成消极厌世的颓废伤感情绪，而且也歪曲了凤姐的性格。凤姐是个竭力追求钱财权势的人物，她只有趋炎附势，至于消极厌世，那是跟凤姐的性格绝缘的。

含蓄有味，不仅是生活真实的写照，而且也是艺术真实的结晶。生活中并不是所有真实的事情，都可以直接作为艺术描写的对象的。"譬如画家，他画蛇，画鳄鱼，画龟，画果子壳，画字纸篓，画垃圾堆，但没有谁画毛毛虫，画癞头疮，画鼻涕，画大便。"①其道理是一样的。艺术要求既给人以积极的思想教育，又给人以高尚的愉悦和健康的美感享受。因此，它不能作自然主义的生活实录，而应是反映生活本质真实的艺术创造。

含蓄有味的语言，正是适应了艺术创造的美的需要。如贾瑞在黑夜中误把贾蔷当作应约而来的凤姐，"抱到屋里炕上，就亲嘴，扯裤子"，"忽见灯光一闪，只见贾蔷举着个捻子照道：'谁在屋里？'只见炕上那人笑道：'瑞大叔要臊我呢。'贾瑞一见，却是贾蓉，真臊的无地可入，不知要怎样才好，回身就要跑"（第十二回）。程乙本把"瑞大叔要臊我呢"，改成"瑞大叔要肏我呢"。原作用"臊"字，人人既可心领神会，又感到含蓄有味；改成"肏"字，则显得粗鄙淫秽不堪，而且贾蓉当时也未必能这样说得出口。

像曹雪芹这样真正伟大的艺术家，是不屑于作污浊、低级、庸俗、淫秽的自然主义描绘的。如袭人给宝玉系裤带时，发现他裤子上"冰凉一片粘湿"，便问宝玉："你梦见什么故事了？是那里流出来的那些脏东西？"宝玉道："一言难尽。"接着宝玉"便把梦中之事细细说与袭人听了"，并且"遂强袭人同领警幻所训云雨之事"（第六回）。这里只含蓄地用"一言难尽""细细说"来一笔带过，至于"警幻所训云雨之事"，则不加具体描写。这就用含蓄的笔墨保持了文学语言的纯洁和优美，如果作自然主义的生活实录，那就跟《金

---

① 鲁迅：《且介亭杂文末编·半夏小集》，《鲁迅全集》第6卷，人民文学出版社1958年版，第483页。

瓶梅》差不多了。

　　自然，语言的含蓄有味，不只是为了忌讳，也不只是为了避免淫秽，更重要的是为了使人物形象通过心领神会的含蓄描绘，能够达到神情毕肖的奇妙境界。贾蔷就被派往苏州采买唱戏的女孩子，及置办乐器行头等事，来向贾琏汇报。"贾琏听了，将贾蔷打谅了打谅，笑道：'你能在这个行么？这个事虽不算甚大，里头大有藏掖的。'"藏掖，意思是夹带、隐匿，这里指有私弊、外快。可是，贾琏没有明说，而是含蓄、优雅地用了"藏掖"这个词。但是作为一个叔父对侄儿担负出差的重任，担心他能否在行的不是完成任务，而是会不会营私舞弊，这是一种多么利欲熏心的卑劣心肠啊！难怪甲戌本脂砚斋眉批："射利人微露心迹。"庚辰本夹批："射利语，可以，是亲侄。"所谓射利，即追求财利，见利所在，即如猎者射箭猎取它。可是贾琏并没有明说，在场的人也都不把他的意思说穿，只是写凤姐插上来笑着说："你也太操心了，难道大爷比咱们还不会用人！偏你又怕他不在行了。谁都是在行的！孩子们已长的这么大了，'没吃过猪肉，也看见过猪跑'。大爷派他去，原不过是个坐纛旗儿，难道认真的叫他去讲价钱会经纪去呢。依我说，就很好。"贾琏道："自然是这样。并不是我驳回，少不得替他算计算计。"因问："这一项银子动那一处的？"贾蔷道："才也议到这里。赖爷爷说，不作从京里带下去。江南甄家还收着我们五万银子，明日写一封书信会票我们带去，先支三万，下剩二万存着，等置办花烛彩灯并各色帘栊帐幔的使费。"贾琏点头道："这个主意好。"凤姐忙问贾蔷道："既这样，我有两个在行妥当人，你就带他们去办。这个便宜了呢！"贾蔷忙陪笑说："正要和婶婶讨两个人呢。这可巧了。"因问名字。凤姐便问赵嬷嬷。"彼时赵嬷嬷已听呆了话，平儿忙笑推他，他才醒悟过来，忙说：'一个叫赵天梁，一个叫赵天栋。'凤姐道：'可别忘。我可干我的去了。'说着，便出去了。"（第十六回）原来凤姐、赖管家早已与贾蔷计议妥帖，贾琏还被蒙在鼓里呢。这会子凤姐为贾蔷说两句好话，又乘机塞进了她

"两个在行妥当人"。这里贾琏、凤姐、贾蔷真是各怀鬼胎，而又互不把各人真实的心意公开，作者也不用另着一字的说明，就使读者在心传神会之中感受到他们各自的心理和神情活现。正如庚辰本脂砚斋对这段所作的眉批："《石头记》中多作心传神会之文，不必道明。一道明，便入庸俗之套。"作者对人物性格之间的现实关系，洞察得极其真实、深刻、细腻，描绘得极其生动、传神、有味，这便是《红楼梦》语言令人心领神会而避免"入庸俗之套"的一个重要法门。

二、囫囵语，千斤重

含蓄有味，并不是含糊其辞，令人酸甜苦辣说不上什么味儿来，而是要赋予语言以深广的社会内容，丰富复杂的思想感情。用脂批的话来说："亦是囫囵语，却从有生以来肺腑中出，千斤重。"

有一次袭人回家了，贾宝玉私自到她家去看她，在她家里看到有个穿红的姑娘，宝玉便问袭人："今儿那个穿红的是你什么人？"袭人说："那是我两姨妹子。"作者接着写道："宝玉听了，赞叹了两声。"庚辰本于此处有段夹批："这一赞叹，又是令人囫囵不解之语。只此，便抵过一大篇文字。"为什么"这一赞叹""便抵过一大篇文字"呢？如果作者光写这"赞叹了两声"，那就不是含蓄有味，而是令人含糊不解了。好在作者接着写了袭人道："叹什么？我知道你心里的缘故，想是说他那里配穿红的？""宝玉笑道：'不是，不是。那样的不配穿红的，谁还敢穿！我因为见他实在好的很，怎么也得在咱们家就好了。'"他又说："我不过是赞他好，正配生在深堂大院里，没的我们这种浊物到生在这里。"由此可见，在这"赞叹"之声中，不仅表现了贾宝玉对贫苦人家少女的崇敬、仰慕、向往之情，而且活现了他这个生长在富贵豪门而自惭形秽的独特的叛逆性格。几千年的私有制社会，人们总是以富贵为荣耀，以贫苦为卑贱。"卑贱者最聪明，高贵者最愚蠢。"这是只有把颠倒了的历史重新颠倒过来之后，人们才有的新思想。可是贾宝玉身为贵族公子不以为荣，却自认为是个"浊物"，而把卑贱的贫家女子看得无比尊贵，这岂不是令人耳目一新的民主思想吗？难怪庚辰本在"没的我们这种浊物到生在这里"后面有段批语所说的："听其囫囵不解之言，察其幽微感触之心，审其痴妄委婉之意，皆古今未见之人，亦是未见之文字。"这"古今未见之人"，即具有民主主义思想萌芽的新人；这"未见之文字"，即粗看是囫囵不解之语，细嚼则是包含有崭新的思想、奇特的感情，耐人详察细审而非常含蓄有味的文字。

　　第三十二回曹雪芹写贾宝玉向林黛玉"诉肺腑"，只用了"你放心"三个字，这三个字也是囫囵语。因此，"林黛玉听了，怔了半天方说道：'我有什么不放心的？我不明白这话。你倒说说怎么放心不放心？'"可是作者依然没有让宝玉明说，而是写宝玉叹了一口气，问道："你果不明白这话？难道我素日在你身上的心都用错了？连你的意思若体贴不着，就难怪你天天为我生气了。"林黛玉还是说："果然我不明白放心不放心的话。"贾宝玉又点头叹道："好妹妹，你别哄我。果不明白这话，不但我素日之意白用了，且连你素日待我之意也都辜负了。你皆因总是不放心的原故，才弄了一身病，但凡宽慰些，这病也不得一日重似一日。"究竟有什么放心不放心的话，作者始终也没有让贾宝玉直说，可是它却比直说能收到不可比拟的巨大效果："林黛玉听了这话，如轰雷掣电，细细思之，竟比自己肺腑中掏出来的还觉恳切。"以至于贾宝玉还要说什么，她都觉得是多余的。她说："有什么可说的。你的话，我早知道了！""藤花榭原版耘香阁重梓"的嘉庆甲子本《红楼梦》上，对此有一段评语，说到了这种含蓄语言的妙处——

　　　肺腑之言，宝玉至此不得不诉，然千万不可尽诉，尽诉则黛玉
　　必至大翻，与上两次犯复；否则终不能以礼自持，坠入小家气象。作

者于此千思万算出"你放心"三字来,刻骨铭心毫不着迹。黛玉不嫌唐突,佯不明白。又算出"皆因不放心"一段文字来,肺腑之言尽诉而仍不着迹。黛玉以"知道了"三字收之。宝玉肺腑之言尚留一半,却对袭人诉之,奇奇妙妙,令人不可思议。

其实,这并没有什么"令人不可思议"的。既不使黛玉发脾气,"与上两次犯复",又不"坠入小家气象",说明用含蓄有味的"囫囵语",恰到好处地反映了人物性格在特定情况下的特定的表现。"肺腑之言尽诉而仍不着迹",则反映了"囫囵语"不是含糊不解而是含蓄有味的特点;它不是作家脱离实际的"千思万算"的造作,而是从人物性格之中发出的"肺腑之言"。

"囫囵语"既是出自人物的"肺腑之言",因此它不必"着迹"把话说实,便能更深刻感人地反映出人物的神情、性格。如贾宝玉有一次叫史湘云替他梳头,并顺手拈了胭脂吃,被袭人撞见了。她为宝玉这个"不长进的毛病儿","凭人怎么劝都是耳旁风",而感到非常生气。但她并不就此罢休,而是变换一种办法——"用柔情以警之"。宝玉兴冲冲地从史湘云那儿回来,袭人故意不理睬他,"便在炕上合眼倒下"。宝玉因见麝月进来,便问道:"你姐姐怎么了?"麝月道:"我知道么!问你自己便明白了。"宝玉自觉没趣,也到自己床上歪下,合目装睡。袭人一面替他盖斗篷,一面点头冷笑道:"你也不用生气。从此后,我只当哑巴,再不说你一声儿,如何?"宝玉禁不住起身问道:"我又怎么了?你又劝我。——你劝我也罢了,才刚又没见你劝。我一进来,你就不理我,赌气睡了,我还摸不着是为什么。这会子你又说我恼了,我何尝听见你劝我什么话了。"袭人道:"你心里还不明白!还等我说呢!"(第二十一回)就在这最后一句话上面,庚辰本脂砚斋有眉批:"《石头记》每用囫囵语处,无不精绝奇绝,且总不觉相犯。"另有旁批:"亦是囫囵语,却从有生以来肺腑中出,千斤重。"

这"囫囵语"，看来也不过是日常的口语，它又"精绝奇绝"在哪儿呢？它精就精在以极简短含蓄的语言，表现了人物极其丰富复杂的感情，奇就奇在它如此鲜明而令人惊心骇目地突出了人物的独特个性。花袭人是那样殚精竭虑地想尽一切办法要规劝宝玉"改邪归正"，可是宝玉却毫无改悔之意。他不但不知改悔，而且从他说的"我又怎么了？你又劝我"这句囫囵语里，可以看出，他根本就没有觉察到自己的行为有什么不对。在他看来，他爱跟女孩子在一起玩，爱吃胭脂，这都是出于他的个性自由，有什么值得大惊小怪的呢？而花袭人却用封建道学的眼光来看待贾宝玉的叛逆性格，她说贾宝玉心里明白，可是她根本就不能懂得、更不能理解贾宝玉那一颗追求个性自由的心，因此她原以为"用柔情以警之，料他不过半日片刻仍复好了。不想宝玉一昼夜竟不回转，自己反不得主意，直一夜没有好生睡得"（第二十一回）。这真是落了个自讨苦吃，活该!

三、粗看是呆话、疯话，细玩则深有意味

《红楼梦》语言的含蓄有味，是从生活中真实的人物性格出发的。它既赋予人物以独特的个性化的艺术表达方式，又使其具有极为深广的典型意义。如贾宝玉的语言，粗看，"不是呆话，就是疯话"（第七十一回）；细玩，则仿佛感到它如惊雷，催人从昏昏的梦境中猛醒过来，似闪电，使人在沉沉的黑夜中看到一线光明。

"女儿是水作的骨肉，男人是泥作的骨肉。我见了女儿，我便清爽；见了男子，便觉浊臭逼人。"（第二回）这话是多么富有贾宝玉的个性特色，又是含有多么深广的典型意义啊！它被人再三咀嚼，总是感到其味无穷。

从贾宝玉这句名言中，我们可以看出他是反对男尊女卑的封建观念，厌恶以男子为中心的封建统治者的卑鄙污浊的。可是如果他不是以这种含蓄有味的

艺术语言来表达，而是赤裸裸地说我反对男尊女卑，我喜欢女子，厌恶男子，那还有什么意味呢！它之所以使人感到意深味浓，就在于他使用的是含蓄的艺术语言。什么"水作的骨肉""泥作的骨肉"，人们粗看简直感到荒唐可笑之极，正因为它在语言表达方式上显得荒唐可笑，异常奇特，这就不能不给人留下深刻难忘的印象，不能不引起人们刮目相看，沉思不已。而一经深思回味，则不仅可以从中理解到他那反对男尊女卑的叛逆思想，而且还可以从中强烈地体会到他那愤世嫉俗的感情，鲜明地感受到他那"我见了女儿，我便清爽；见了男子，便觉浊臭逼人"的独特的个性，越咀嚼则越感到这里面蕴含着深刻的思想、丰富的感情和生动的人物性格等多方面的巨大的容量。如同一块在阳光下闪烁着光彩的天然宝石，任你从不同的角度去欣赏它、玩味它，都可以从中领略到无穷无尽的丰姿异彩。

不仅贾宝玉的语言"不是呆话，就是疯话"，而且作者描写贾宝玉的行动，也"千真万真的有些呆气"。玉钏儿给宝玉端了一碗汤，不小心将汤泼在宝玉手上，"宝玉自己烫了手，倒不觉的，却只管问玉钏儿烫了那里了，疼不疼"。"他自己烫了手，倒问人疼不疼，这可不是个呆子。"他自己被"大雨淋的水鸡似的，他反告诉别人：'下雨了，快避雨去罢'。你说可笑不可笑！时常没人在跟前，就自哭自笑的，看见燕子，就和燕子说话；河里看见了鱼，就和鱼说话；见了星星月亮，不是长吁短叹，就是咕咕哝哝的。且连一点刚性也没有，连那些毛丫头的气都受的。爱惜东西，连个线头儿都是好的；糟蹋起来，那怕值千值万的都不管了"（第三十五回）。

这是傅试家两个嬷嬷对贾宝玉的评论，可以代表当时一般人的世俗之见。然而曹雪芹的认识，却比这种世俗之见高出一筹。他看到在这种"呆气"后面，反映了贾宝玉同情、关怀被压迫者，甚于爱惜他自己；他是那样的多情，不论是天上的星星月亮、空中的飞燕，还是河里的游鱼，他都寄予遐思遥爱；他是那样的尊重人的个性自由，身为贵族少爷，连受了毛丫头的气也不计较。

可是作者并没有正面地直接地描写和讴歌贾宝玉这种带有民主主义色彩的思想品格，而是采用"千真万真的有些呆气"的语言，让人去体会和感受贾宝玉为当时世俗之见所耻笑的新人的性格特征。这不仅使语言显得非常含蓄有味，增加了语言艺术的魅力，而且使人物形象的典型意义得到了更为深广的开掘，显得更加不同凡响，引人瞩目，发人深省，使人进而体察到，在封建社会环境中成长的贾宝玉的叛逆性格，就犹如从石缝中生长出来的黄山松一样，虽被山石压得扭曲变形，却显得格外顽强不屈地挺拔、可爱！

可见要做到粗看是呆话、疯话，细玩则深有意味，关键在于作家要有高出世俗之见的认识能力，要以超越世俗之见的语言形式，表达出为一般世俗之见所不理解的具有崭新典型意义的思想和行动。只有像曹雪芹这样伟大的作家，才能创造出这样一种含蓄有味的语言艺术。

四、以物喻人，以人拟物

《红楼梦》语言的含蓄有味，还往往通过以物喻人、以人拟物，使语言不是浅薄过露，而是更加形象生动、鲜明突出地表现出人物曲折隐蔽的内心世界和各个人物之间复杂微妙的关系。

有一次为送戒指的事情，林黛玉说史湘云"真真你是糊涂人"。史湘云说："你才糊涂呢。"接着她摆了一番道理，要"大家评一评谁糊涂"。在场的众人听了，都说史湘云说得"果然明白"。贾宝玉也顺便接上去说史湘云"还是这么会说话，不让人"。林黛玉听了，便冷笑道："他不会说话，他的金麒麟也会说话。""一面说着，便起身走了。幸而诸人都不曾听见，只有薛宝钗抿嘴一笑。宝玉听见了，倒自己后悔又说错了话，忽见宝钗一笑，由不得也笑了。宝钗见宝玉笑了，忙起身走开，找了林黛玉去说话。"（第三十一回）大家知道，金麒麟是个没有生命的哑巴物件，它怎么又"会说话"呢？林黛玉这话看上去是说不通的，然而她以物拟人，把林黛玉强烈要求爱情专一的思想内容，满怀嫉妒的曲折微妙的内心感情，表现得却是如此诙谐生动，奇妙有趣。程乙本改为："林黛玉听了，冷笑道：'他不会说话，就配带金麒麟了！'"把原来以物喻人的含蓄语言，改成如此明白无误地直说，不仅把原著语言的诙谐、生动、含蓄、有味全改掉了，而且也不符合林黛玉那聪明伶俐而又深沉内向的人物性格，使林黛玉在众人面前变成了一个浅薄、刻毒的小人，岂不令人惊诧！可见是否运用以物喻人、以人拟物的含蓄语言，并不是作家的信手而作或别出心裁，实乃出于表现人物隐蔽微妙的内心感情和曲折复杂的思想性格之所必需。

以物喻人，以人拟物，特别适用于惟妙惟肖而又生动有趣地描写人物的内心世界。有一次贾宝玉要瞧瞧薛宝钗的红麝串子，宝钗从左腕上脱下来，贾宝玉看宝钗生得肌肤丰泽，"比林黛玉另具一种妩媚风流，不觉就呆了，宝钗脱了串子来递与他也忘了接。宝钗见他怔了，自己倒不好意思的，丢下串子，回身才要走，只见林黛玉蹬着门槛子，嘴里咬着手帕子笑呢。宝钗道：'你又禁不得风吹，怎么又站在那风口里？'林黛玉笑道：'何曾不是在屋里的。只因听见天上一声叫唤，出来瞧了瞧，原来是个呆雁。'薛宝钗道：'雁在那里呢？我也瞧一瞧。'林黛玉道：'我才出来，他就"忒儿"一声飞了。'口里说着，将手里的帕子一甩，向宝玉脸上甩来。宝玉不防，正打在眼上，'嗳哟'了一声"（第二十八回）。

这里作者写了贾宝玉看着薛宝钗"不觉就呆了"，"宝钗见他怔了，自己倒不好意思的"，而写林黛玉则"嘴里咬着手帕子笑呢"。作者没有明说此时黛玉的心理活动，但从她笑而咬着手帕，就含蓄而生动地告诉人们，她是有意用咬手帕来忍住笑声，以不惊动宝玉、宝钗而自己好看个究竟。不料被宝钗回身看到了，这时宝钗正要掩饰自己内心的"不好意思"，便有意找个话题，想把黛玉的注意力岔开。可是林黛玉却顺势又将话题接上，把看宝玉比喻为瞧呆雁，明里是回答宝钗的问话，实际却又是说给宝玉听的。这里又爱慕，又羞怯，又嫉妒，又掩饰，又斗智，又戏谑，把人物内心世界及人物之间的错综复杂的感情，刻画得惟妙惟肖之极，而语言又表现得生动有趣。这里如果作者不借助于以雁喻人、以人拟雁的笔法，那又怎么能创造出如此耐人寻味的醇美境界呢？作者对人物的思想性格有深刻的认识和准确的把握，固然是个首要的条件，可是语言艺术技巧的作用，也是毋庸抹杀的。

五、一语双关，一击两鸣

《红楼梦》语言的含蓄有味，还往往表现为以一语双关、一击两鸣的手法，用最精粹的语言来获得最丰富的表现力。

贾宝玉那样"洒泪泣血，一字一咽，一句一啼"地作了一篇祭晴雯的《芙蓉女儿诔》，他难道仅仅是哀悼晴雯吗？作者写林黛玉特别赞赏他诔文中的两句："红绡帐里，公子多情；黄土垄中，女儿薄命。"她说："这一联意思却好，只是'红绡帐里'，未免熟滥些。放着现成真事，为什么不用？"林黛玉为什么说"这一联意思却好"呢？它好就好在可以一语双关，一击两鸣，使林黛玉从宝玉与晴雯的关系联想到宝玉与自己的关系，从晴雯的悲惨下场联想到自己的悲剧命运。她建议宝玉将"红绡帐里"改成"茜纱窗下"。宝玉因茜纱窗是黛玉之窗，"在我实不敢当"。黛玉则强调"我的窗即可为你之窗，何必分得如此生疏"。最后宝玉决定改成："茜纱窗下，我本无缘；黄土垄中，卿何薄命。""黛玉听了，怔然变色，心中虽有无限的狐疑乱拟，外面却不肯露出，反连忙笑着点头称妙，说：'果然改的好，再不必乱改了，快去干正经事罢。'"（第七十九回）黛玉听了之所以"怔然变色"，乃因为贾宝玉于无意之中一语双关，说到了林黛玉所日夜悬心的痛处。作者特意从《芙蓉女儿诔》中挑出这两句来，就是因为这两句有一语双关的寓意。正如庚辰本脂砚斋批语所指出的："一篇诔文，总因此二句而有，又当知虽诔晴雯，而又实诔黛玉也，奇幻至此。若云必因晴雯来，则呆之至矣。"

在《红楼梦》中，不仅是诔晴雯，其他诸如人物对话、情节线索、诗词谜语、演戏说笑，乃至人物命名，等等，也往往含有双关的寓意。这种双关的寓意，有许多并不是简单地使用一眼就可看穿的双关词语，而是必须紧密结合整个作品人物性格和故事情节的发展，才能真正领略其中的神情滋味。如宝玉遭到贾政的毒打，林黛玉明明自己哭得"两个眼睛肿的桃儿一般"，可是当她看见薛宝钗"眼上有哭泣之状"，便在后面笑道："姐姐也自保重些儿，就是哭出两缸眼泪来，也医不好棒疮！"（第三十四回）其实，薛宝钗倒没有为宝玉挨打而悲泣，实因被薛蟠的几句话气哭了。林黛玉不知内情，一看到她"眼上有哭泣之状"，就以为跟自己一样，必定是为宝玉遭受"棒疮"而哭的。因此，这里表面上写的是黛玉讥讽、打趣宝钗，实际上却反映了林黛玉自己的嫉妒心理和尖刻的性格，并用林黛玉的哭和薛宝钗的哭前后映照，衬托出她俩俨然是双峰对峙的截然不同的典型形象。万有文库本《石头记》上，明斋主人总评说，读《红楼梦》"总须领略其笔外之神情，言时之景状"。我认为这话是有道理的，是切合其一语双关、一击两鸣等语言含蓄的特点的。

六、"没要紧语正是极要紧语，乱道语正是极不乱道语"

《红楼梦》语言的含蓄有味，不同于诗歌中的炼字炼句，它往往更着重于炼意——从闲言戏语中，天然无饰地流露出来。清代刘熙载的《艺概·词曲概》中说："没要紧语正是极要紧语，乱道语正是极不乱道语。"这也是《红楼梦》语言所以给人以浑厚醇美之感的重要因素之一。

王夫人的丫鬟金钏儿被迫害致死后，宝玉特地穿着"遍体纯素"，带着书童茗烟，偷偷地到郊外水仙庵的井台上去祭祀——

宝玉掏出香来焚上，含泪施了半礼，回身命收了去。茗烟答应着，且不收，忙爬下去磕了几个头，口内祝道："我茗烟跟二爷这几年，二爷的心事我没有不知道的。只有今儿这一祭祀，没有告诉我，我也不敢问。只是这受祭的阴魂，虽不知名姓，想来自然是那人间有一，天上无双，极聪明极俊雅的一位姐姐妹妹了。二爷的心事，不能出口，让我代祝：若芳魂有感，香魄多情，虽然阴阳间隔，既是知己之间，时常来望候二爷，未尝不可。你在阴间，保佑二爷来生也变个女孩儿，和你们一处相伴，再不可又托生这须眉浊物了。"说毕，又磕几个头，才爬起来。宝玉听他没说完，便撑不住笑了，因踢他道："休胡说，看人听见笑话。"（第四十三回）

茗烟这一段话，看似小孩子无关紧要的戏言乱语，细嚼深思则感到很有趣味。它表现了茗烟作为宝玉的书童，不仅极为伶俐乖巧，而且十分知心贴心。如同《西厢记》第三折《酬韵》，莺莺降香第三炷，心怀衷情，有口难言，红娘则代祝数语，直将莺莺的心事道破。此处若由作者代替宝玉直抒胸臆，则味同嚼蜡；若写宝玉一祝，则未免失真，被人笑话；若不祝，则成一哑谜，人们只知宝玉对金钏儿之死虔诚哀悼，却不能由此生动感人地进一步刻画出宝玉的典型性格。故写茗烟一段戏言，直戏入宝玉心中，便巧妙地衬托出贾宝玉的愤世嫉俗，对"须眉浊物"的深恶痛绝，对被迫害的婢女寄予深切同情，甚至热烈向往。犹如一守礼待嫁的女儿，其素日一股脂香粉气，不用作者多费一词，即已神情活现，芬芳扑鼻。至于茗烟之乖觉可人，更是跃然纸上，不失为堪与红娘比美。

在《红楼梦》中，类似这种"没要紧语正是极要紧语，乱道语正是极不乱道语"，是举不胜举的。它反映了文艺的特点，不是以空洞的说教来教训人，也不是以直截了当的语言，让人一眼就能看透，而是通过生活场景的描绘、闲言趣语的叙述及艺术形象的塑造，使人们从情趣盎然的欣赏、愉悦之中，受到心灵的感染，如饮醇酒，不期然而然地陶醉于其中。

认识和掌握这个艺术特点，不仅从事文艺创作的人，可以从《红楼梦》中获得艺术借鉴，即使对于普通读者，也才能深得其中三昧。戚本第五十四回回末总批说——

> 读此回者凡三变。不善读者徒赞其如何演戏，如何行令，如何挂花灯，如何放爆竹，目眩耳聋，接应不暇。少解读者赞其坐次有伦，巡酒有度，从演戏渡至女先，从女先渡至凤姐，从凤姐渡至行令，从行令渡至放花爆，脱卸下来，井然秩然，一丝不乱。会读者须另具卓识，单着眼史太君一席话，将普天下不近理之奇文，不近情之妙作，一齐抹倒，是作者借他人之酒杯浇自己傀儡（块垒），画一幅行乐图，铸一面菱花镜，为全部总评。噫，作者已逝，圣叹云亡，愚不自谅，辄拟数语，知我罪我，其听之矣。

这里，脂批指出："不善读者"，只会从闲言趣语中看热闹；"少解读者"，只会读故事；"会读者须另具卓识"，才能体会作者的用意，领会蕴藉于整个作品艺术形象中的真谛。像《红楼梦》这样一部以反映封建大家庭的日常生活为题材，思想性和艺术性高度统一的作品，我们掌握它往往于"没要紧语"中反映出"极要紧语"，于"乱道语"中刻画出"极不乱道语"的语言含蓄有味的艺术特点，对于我们从"不善读者""少解读者"成为一个"会读者"，实在是大有裨益的。

七、言外意，弦外音

《红楼梦》语言的含蓄有味，并不需要人们去牵强附会，索隐抉微。只不过它在某些方面确实是具有言外之意、弦外之音。但这种言外意、弦外音，是蕴藉于其艺术形象之中，而绝不是游离于其艺术形象之外的。

俗话说：言为心声。而言外之意、弦外之音，却是人物心理活动的隐蔽性、曲折性和复杂性的反映。有时候，人们心里这样想，嘴上却偏要那样讲，或者事实明明是这样，却硬要说成是那样。实际上是用假话来把自己的意思隐蔽曲折地表现出来，这并不是有意说假话骗人，而是只有用假语才能表达其真情。这是《红楼梦》语言含蓄有味的又一特色。

当贾宝玉遭到他父亲的毒打后，林黛玉带着"肿的桃儿一般"的眼睛去看望他。宝玉尽管"下半截疼痛难禁，支持不住"，却说："我这个样儿，只装出来哄他们，好在外头布散与老爷听，其实是假的。你不可认真。"实际上宝玉"疼痛难禁"，一点也不假。他说的这个话倒是假的，其目的是为了安慰黛玉，使她不要为他难过。林黛玉是个聪明人，她当然能领会宝玉的这番心意。因此作者写林黛玉"听了宝玉这番话，心中虽有万句言词，只是不能说得，半日，方抽抽噎噎的说道：'你从此可都改了罢。'宝玉听说，便长叹一声道：'你放心，别说这样话。我便为这些人死了，也是情愿的。'"（第三十四回）黛玉说的"你从此可都改了罢"，是黛玉心内"万句言词"中"抽抽噎噎"说出来的一句，它该是包含了多么深广的含意、多么复杂的心理活动啊！能够从字面上理解为黛玉真的是在劝宝玉从此改掉他的叛逆性格吗？显然，她说的不可能是这个意思。从字面上看，她说的确乎是劝宝玉改，实际上在这句话里面却包含了她对封建家长的愤懑、不满，对于宝玉挨打的悲痛、同情，对宝玉能否经得起这场严峻考验的忧虑、担心，这里面的思想感情可复杂啦。然而它的意思是极其明白的，绝不是劝宝玉改变他的叛逆性格，而是以她那愤懑的怒火与深切的担心相交织，悲痛的泪水与热烈的期待相凝聚，激励和盼望宝玉要经受得住这场斗争的严峻考验，可不能改了！宝玉自然是最能体会她的这种曲折复杂的心情和蕴藉含蓄的语言的，因此，他叫黛玉"放心"，"别说这样话"。

电影越剧《红楼梦》，把林黛玉说的"你从此可都改了罢"，改为"你受委屈了"。这一改，不仅把语言的含蓄有味改掉了，把林黛玉对宝玉挨打的复杂痛苦的感情也改掉了，而且还歪曲了贾政与贾宝玉这场矛盾冲突的性质及其所蕴含的重大意义。贾政之所以毒打宝玉，用他自己的话来说，是为了"教训儿子""光宗耀祖"，是为了惩罚"这不肖的孽障"，免得"明日酿到他弑君杀父"的地步，"以绝将来之患"。可见这不是一般的老子打儿子，也不只是因为"他在外流荡优伶，表赠私物；在家荒疏学业，淫辱母婢"等具体问题，更重要的是，它具有封建与反封建两个阶级、两条人生道路、两种前途命运进行生死搏斗的严重性质和伟大意义。因此，这对于贾宝玉来说，不是委屈不委屈的问题，而是他的叛逆性格改不改的问题——贾宝玉的叛逆性格在残暴的封建棍棒下是被锤炼得更坚强呢，还是屈服于封建暴力，从此"改邪归正"呢？林黛玉说的"你从此可都改了罢"，不仅含蓄曲折地表达了她个人的复杂感情，而且准确地反映了这场斗争的性质和意义。贾宝玉对林黛玉这话的言外之意、弦外之音，完全心领神会，他毫不含糊、斩钉截铁地向林黛玉表态："我便为这些人死了，也是情愿的。"他的所谓"这些人"，就是指被迫害致死的母婢金钏儿和唱戏的蒋玉菡一类处于封建社会底层的人。贾宝玉的心，宁死也要跟这些人同呼吸，共命运。由此可见，林黛玉那句话的言外意、弦外音，在贾宝玉的心弦上该是激起了多么震撼人心的共鸣啊！该是得到了一曲多么崇高的响彻着时代最强音的回声啊！他俩又是多么的志同道合而又心心相印啊！

在《红楼梦》中诸如此类要从言外意、弦外音去领略其含意和真谛的语言是很多的。如书中说贾宝玉是"天下无能第一，古今不肖无双"（第三回），字面上是贬，实际上对他的叛逆性格却是褒。凤姐说贾母过于"会调理人"，把鸳鸯"调理的水葱儿似的，怎么怨得人要"！看上去是"派老太太的不是"，实际却是对贾母曲尽了溜须拍马、逢迎讨好之意。第三十回宝钗说怕热，宝玉就拿她比杨贵妃。宝钗冷笑了两声，说："我倒像杨贵妃，只是没一个好哥哥好兄弟可以做得杨国忠的。"这话听起来很平和，实际上却很尖刻、辛辣，绵里藏针，其言外意、弦外音是说：你姐姐贾元春才是贵妃呢，你要把我比作杨贵妃，倒不如把你这个贵妃兄弟比作杨国忠，可惜你还没有杨国忠那样的能耐呢。从《红梦楼》这类具有言外意、弦外音的语言含蓄的特色来说，庚辰、己卯、戚本第十二回有句脂批在某种意义上倒是说对了："观者记之，不要看这书正面，方是会看。"

八、"该藏的要藏，该露的要露"

《红楼梦》语言的含蓄有味，并非一味地藏而不露，而是如薛宝钗谈画大观园时所说的那样："该藏的要藏，该露的要露。"（第四十二回）藏则蕴藉含蓄，露则直率明显，藏露结合，相互依存，相得益彰。

当林黛玉对贾宝玉生气而不理睬他，独自以葬花来排遣内心痛苦时，被贾宝玉看到了，这时作者便写贾宝玉情愫袒露地向林黛玉直叙衷肠——

　　当初姑娘来了，那不是我陪着顽笑。凭我心爱的，姑娘要，就拿去；我爱吃的，听见姑娘也爱吃，连忙干干净净收着等姑娘吃。一桌子吃饭，一床上睡觉。丫头们想不到的，我怕姑娘生气，我替丫头们想到了。我心里想着：姊妹们从小儿长大，亲也罢，热也罢，和气到了儿，才见得比人好。如今谁承望姑娘人大心大，不把我放在眼睛里，倒把外四路的什么宝姐姐凤姐姐的放在心坎儿上，倒我三日不理四日不见的。我又没个亲兄弟亲姊妹——虽然有两个，你难道不知道是和我隔母的！我也和你似的独出，只怕同我的心一样。谁知我是白操了这个心，弄的有冤无处诉。说着，不觉滴下眼泪来。（第二十八回）

如果说，这段插写是和盘托出、一览无余的"露"的话，那么，紧接着写林黛玉的反映，则属于"藏"了：

> 林黛玉耳内听了这话，眼内见了这形景，心内不觉灰了大半，也不觉滴下泪来，低头不语。

描写林黛玉这段含蓄不尽的"藏"，显然是以前面描写贾宝玉的"露"为前提的。林黛玉的"也不觉滴下泪来，低头不语"，不禁使人觉得她内心的痛苦更甚于贾宝玉，同时对于贾宝玉那话语和形象的无比激动人心，也是个有力的反衬。林黛玉的"低头不语"，既是她内心痛苦得说不出话来，也是由于贾宝玉的话确实说到了她的心坎里，使她激动得说不出话来。这"低头不语"，该是多么含蓄有味地表现了林黛玉那痛苦与惭恨、伤心与怜爱、沉思与期待等错综复杂的感情啊！同时，它使贾宝玉那段本来很显露的话语，也变得耐人寻味起来。如同本来清晰可见的郁郁葱葱的丛林，上空突然升腾起朦胧的雾霭，仿佛更增添了一层引人探胜寻幽的奇妙幻景似的。

"该藏的要藏，该露的要露"，不仅要使藏与露彼此依存，相互辉映，而且通过利用此藏彼露，亦藏亦露，增加了情节的曲折性、生动性和语言的含蓄性、趣味性。如作者写尤三姐说："我如今改过守分，只要我拣一个素日可心如意的人方跟他去。若凭你们拣择，虽是富比石崇，才过子建，貌比潘安的，我心里进不去，也白过了一世。"（第六十五回）这里明白显露地说明了尤三姐找对象的条件，一不是富，二不是才，三不是貌，唯一的条件只要是她"素日可心如意的人"。那么，究竟她"素日可心如意的人"是谁呢？她却藏而不说。贾琏问她，她说："姐姐知道，不用我说。"可是事实上她姐姐却"一时也想不起来"，贾琏便料定是宝玉。"二姐与尤老听了，亦以为然。尤三姐便啐了一口，道：'我们有姊妹十个，也嫁你兄弟十个不成！难道除了你家，天下就没了好男子了不成！'众人听了都诧异。除去他还有那一个？尤三姐笑道：'别只在眼前想。姐姐只在五年前想就是了。'"正说着，忽然老爷派人来叫贾琏，便把这事暂时搁起。直到下一回，"尤二姐命掩了门早睡，盘问他妹子一夜"（第六十六回），尤三姐才吐露出她心爱的对象原来是五年前在老娘家里做生日看到的扮小生的串客柳湘莲。

尤三姐心许柳湘莲，若一问便说，不仅率直无味，而且势必把尤三姐的性格简单化了。今只含蓄地说"在五年前想"，便又截住，留待下回尤二姐盘问一夜。这正如眼看前方峭壁陡立，飞瀑空悬，无限风光刚刚映入眼帘，忽被白云遮断。不仅使文势曲折纡徐，引人入胜，而且把人物的感情刻画得更加真实、细腻、亲切、动人，使人兴味倍增。

在《红楼梦》以前，我国长篇小说的情节结构，总是摆脱不了史传文学那种传记体的痕迹，往往以一个人物或一个故事为中心，写完一个，再写另一个。《金瓶梅》虽有所突破，但直到吴敬梓的《儒林外史》，还是"虽云长篇，颇同短制"[①]。《红楼梦》便完全打破了这种传统的格局，它不是以一人一事为轴心，而是像蜘蛛网那样纵横交错，像生活本身那样错综复杂。它虽然没有像《三国演义》《水浒传》《西游记》那样曲折紧张的故事性，然而由于曹雪芹根据人物性格发展的内在逻辑，善于运用该藏则藏、该露则露的艺术手法，以语言的含蓄性来增加情节的曲折性，这不仅使它同样收到了故事引人入胜的效果，而且使人物性格刻画得更加细致入微、真实感人。

----

① 鲁迅：《中国小说史略》，《鲁迅全集》第 8 卷，人民文学出版社 1957 年版，第 182 页。

九、暗合针对，誓不写开门见山文字

《红楼梦》语言的含蓄有味，绝非靠语句的晦涩艰深，而是如脂批所指出的"誓不写开门见山文字"，通过前后语言的"暗合针对"，给人造成促使你不能不再三回味、不能不以自己的想象去丰富和补充艺术形象的独特情境。

有一次，贾母房里的丫头来喊宝玉、黛玉去吃饭，林黛玉先去了，宝玉没有去，他要跟他母亲吃斋。这时——

> 宝钗因笑道："你正经去罢。吃不吃，陪着林姑娘走一趟，他心里打紧的不自在呢。"宝玉道："理他呢，过一会子就好了。"……说着，便来至贾母这边，只见都已吃完饭了。……宝玉进来，笑道："哦，这是作什么呢？才吃了饭，这么空着头，一会子又头疼了。"黛玉并不理，只管裁他的。有一个丫头说道："那块绸子角儿还不好，再熨他一熨。"黛玉便把剪子一撂，说道："理他呢，过一会子就好了。"宝玉听了，只是纳闷。只见宝钗、探春等也来了，和贾母说了一回话。宝钗也进来，问："林妹妹作什么呢？"见林黛玉裁剪，因笑道："妹妹越发能干了，连裁剪都会了。"黛玉笑道："这也不过是撒谎哄人罢了。"宝钗笑道："我告诉你个笑话儿，才刚为那个药我说了个不知道，宝兄弟心里不受用了。"林黛玉道："理他呢，过一会子就好了。"宝玉向宝钗道："老太太要抹骨牌，正没人呢，你抹骨牌去罢。"（第二十八回）

"理他呢，过一会子就好了。"这话重复了三遍，人们不能不再三咀嚼：这究竟是什么意思呢？

第一遍，是贾宝玉对宝钗说的。那是为了应付宝钗，掩饰他自己对林黛玉"心里打紧的不自在"的记挂。因此，他一吃完饭就赶紧到贾母这边来安慰林黛玉，却不料他对宝钗说的这句话早已被林黛玉听到了。林黛玉怎么会听到呢？这说明她虽然先走出了门，却并没有就走，而是有心在门外等候宝玉一起走，直等到宝玉对宝钗说了这句不理她的话，她才生气地走了。对于这种由于林黛玉微妙而又特殊的心理状态所表现出来的极为动人的形象，作者没有直接地明写，而是后来从林黛玉口中也用这句话来讽刺宝玉，人们才恍然大悟，使林黛玉那痴心等候宝玉的情景，在读者的想象中显得更加余韵无穷。如果由作者直接明写黛玉曾经如何在门外等候宝玉同行，那就什么味道也没有了。

　　第二遍，是林黛玉对帮她裁剪的小丫头说的，实际上是有意说给宝玉听的，是用宝玉的话来"暗合针对"，使"宝玉听了，只是纳闷"。他纳闷什么呢？一是他在王夫人那儿背着黛玉对宝钗说的话，林黛玉怎么知道；二是对于林黛玉的暗合针对，借端相讥，他不知如何对付才好。在这纳闷之中，不仅宝玉思绪万千，读者亦浮想联翩。人们不禁为黛玉的善于旁敲侧击，而感到她的性格真像眼睛里容不得一粒沙子那样，容不得任何人说一句有损于她的自尊心的话，她像保护眼珠那样，竭尽全力维护着她那做人的尊严。贾宝玉虽然跟林黛玉有着共同的叛逆思想，却没有林黛玉这样细致的心眼，因此他为自己没有办法来迎合林黛玉那种纤细微妙的复杂感情而感到纳闷，那完全是在情理之中的。作者用"理他呢，过一会子就好了"这样一句重复的对话，该是反映了多么耐人咀嚼的内容啊。

　　第三遍，表面是黛玉说宝玉的，实际上却是用于讥刺宝钗的。刚才为那个药，宝玉撒谎哄人，因此，黛玉又借宝钗赞扬她"能干"的由头，讽刺宝玉、宝钗"这也不过是撒谎哄人罢了"。宝钗在宝玉面前说过黛玉"心里打紧的不自在"，可是她在黛玉面前却又说："宝兄弟心里不受用了。"她如此两面讨好，岂不是"撒谎哄人"吗？黛玉一眼就看穿了，她不理这一套，依然说：

"理他呢，过一会子就好了。"这话虽然表面上也是说宝玉的，实际上却是林黛玉用于讥刺宝钗的，其意思是说：我跟宝玉生气，宝兄弟心里受用不受用，又跟你宝钗有什么相干？宝玉也听出黛玉此时这话有讥刺宝钗的意味，因此他连忙转移目标，接过话头，支使宝钗跟贾母抹骨牌去了。

从字面上看，同样的语句重复了三遍。但是由于它每一遍的对象和意味不同，因此，它每重复一遍，都能使读者对人物的性格和微妙复杂的心理获得新的认识，使人感到不是重复厌倦，而是新奇别致；不是晦涩艰深，而是含蓄隽永；不是矫揉造作，而是巧夺天工。在《红楼梦》中，类似这种"暗合针对"，"誓不作开门见山文字"的，汩汩滔滔。它仿佛狂澜怒涛，回旋作势，欲擒故纵，欲显故隐，给人以郢匠运斤、天造地设、百面贯通、其味无穷的深刻感受。

十、"言有尽而意无穷"——结束语

总而言之，如同宋代词人姜夔所说："语贵含蓄。东坡云：'言有尽而意无穷者，天下之至言也。'"[①]《红楼梦》的语言艺术可以说是这种"天下之至言"。它可贵在哪里呢？

它贵在更加真实深刻、准确鲜明、生动有趣地反映了艺术形象的丰富性和复杂性。其语言的含蓄有味，不是作家的故弄玄虚，而是客观现实的艺术反映，是作家对客观现实洞察得细腻入微，对人物形象的典型意义开掘得博大精深，对人物性格描写得刻骨铭心的结果。

它贵在能通过读者的阅读、欣赏，启发并充分调动读者的想象力和思考

---

① 姜夔：《白石道人诗说》，见郭绍虞主编的《中国历代文论选》中册，中华书局1962年版，第148页。

力，把读者吸引到参加作品所展示的广阔、优美境界的艺术创造中去，借助读者的巨大艺术创造能力，来使作品所描绘的艺术形象和典型意义得到更大的开掘、丰富和发展。列宁在他的《哲学笔记·费尔巴哈〈宗教本质讲演录〉一书摘要》中，摘引了费尔巴哈的一段话："顺便说说，俏皮的写作手法还在于：它预计到读者也有智慧，它不把一切都说出来，而让读者自己去说出这样一些关系、条件和界限，——只有在这些关系、条件和界限都具备时说出来的那句话，才是真实的和有意义的。"列宁在这段话的旁边作了批语："肯切！"① 哲学论文的写作，尚且要"预计到读者也有智慧"，"不把一切都说出来"，何况文艺作品的创作，那就更是"语忌直，意忌浅，脉忌露，味忌短"② 了。聪明的作家是绝不会把读者当傻瓜的，在他创作的时候，必须于字里行间把如何诱发读者的想象力和思考力考虑进去，而绝不能堵塞读者想象的通道和回味的余地。《红楼梦》语言之所以能够含蓄有味，这跟曹雪芹有意要使它如"念在嘴里倒像有几千斤重的一个橄榄"那样，经过读者自己的咀嚼和思考，才能"解"得"其中味"，恐怕是不无关系的吧。

归根结底，它贵在符合文学语言反映现实的特点和规律。文艺要求以它的形象性和愉悦性，来达到反映现实的真实性。正如恩格斯所说的："作者的观点愈隐蔽，对于艺术作品就愈好些。"③ "我认为倾向应当是不要特别地说出，而要让它自己从场面和情节中流露出来。"④ 《红楼梦》语言的含蓄有味，跟文艺创作的这种特性是相一致的。

今天，我们虽然也出了不少好作品，但是也确实有一些作品叫人读了乏

---

① 《列宁全集》第38卷，人民出版社1959年版，第77页。
② 严羽：《沧浪诗话》，见《中国美学资料选编》下册，中华书局1981年版，第80页。
③ 恩格斯：《给马尔加丽塔·哈克纳斯的信》，《马克思恩格斯论艺术》第1卷，人民文学出版社1960年版，第10页。
④ 恩格斯：《给明娜·考茨基的信》，《马克思恩格斯论艺术》第1卷，人民文学出版社1960年版，第6页。

味。早在 1959 年，老舍就说过："写东西一定要求精练、含蓄。俗语说：'宁吃鲜桃一口，不吃烂桃一筐。'这话是很值得深思的。不要使人家读了作品以后，有'吃腻了'的感觉，要给人留出回味的余地。……我们现在有不少作品不太含蓄，直来直去，什么都说尽了，没有余味可嚼。"①这确实是我们文艺创作中一个值得注意的问题。语言的含蓄有味，当然并不是文艺作品的全部特征，更不是文艺创作的唯一要求。《红楼梦》语言的含蓄有味，自然还有它那个时代的和阶级的局限性。如作者对他所描写的某些人物，由于免不了有阶级的偏爱，而用含蓄来掩饰其揭露、鞭挞的不彻底；由于文字狱的胁迫，作家往往不得不用隐晦的曲笔。不仅这些局限，我们不必学，即使他那在艺术描写上含蓄有味的成功的经验，也是适应于他那个生活、题材、人物和主题需要的反映，我们也绝不能简单地模仿或照搬。但是，借鉴其中于我们有用的如何使语言含蓄有味的艺术经验和语言技巧，对于我们严格遵循艺术创作的特点和规律，提高社会主义文艺的艺术质量，不再出或少出一些"没有余味可嚼"的作品，却是十分必要和有益的。人们是多么殷切地期望着能读到像《红楼梦》那样含蓄有味——"念在嘴里倒像有几千斤重的一个橄榄"那样质朴无华而又经得起反复咀嚼的当代伟大作品啊！

---

① 老舍：《人物、语言及其它》，《解放军文艺》1959 年第 6 期。

惜墨如金

——谈《红楼梦》语言艺术的简洁美

一、简洁，是曹雪芹"不寻常"的追求

简洁，是曹雪芹所竭力追求的语言艺术境界之一。

你听，他在《红楼梦》中，通过小说人物的口说道："他用'春秋'的法子，将市俗的粗话，撮其要，删其繁，再加润色比方出来，一句是一句。"（第四十二回）

他反对人们"必定把一句话拉长了，作两三截儿，咬文嚼字，拿着腔儿，哼哼唧唧的"，而主张"说话虽不多，听那口声就简断"（第二十七回）。

你看，他不仅是这么说的，而且也是这么做的。为使《红楼梦》的语言简洁精美，他该是付出了多少心血——

> 曹雪芹于悼红轩中披阅十载，增删五次……（第一回）
>
> 字字看来皆是血，十年辛苦不寻常。（甲戌本第一回）

须知，这十载的披阅、增删，曹雪芹不但得不到任何的报酬，而且连人生的温饱都得不到起码的保障。他过的是"茅椽篷牖，瓦灶绳床"（第一回），"举家食粥酒常赊"[①]的贫苦生活。然而这就像凛冽的风雪严寒，它足以使世界

---

① 敦诚：《鹪鹩庵杂记·赠曹雪芹》。见一粟编的《古典文学研究资料汇编·红楼梦卷》第1册，中华书局1963年版，第1页。

上的万物凋零，却无损于苍松的青翠挺拔一样，生活的折磨，不是消蚀，而是更加砥砺着他把《红楼梦》的写作作为他为之献身的伟大事业。生活的折磨还在其次，更加可憎可悲的是"无材补天，幻形入世"，"历尽离合悲欢，炎凉世态"（第一回），这不知给他带来了多少"辛酸泪"啊！然而泪水可以给他在精神上带来巨大的创伤，却不能阻挠他一遍又一遍地把《红楼梦》修改得更加简洁精美。

皇天不负苦心人。一部《红楼梦》尽管耗尽了曹雪芹毕生的心血，留下的还只是一部未完成稿，然而经过他长期反复的锤炼，毕竟达到了他所期望的"以悦人之耳目"（第一回）的巨大艺术效果。

这一切，当然不能完全归功于他的语言的简洁，但是，这毕竟是他所刻苦创造的语言艺术成就之一。

二、"一字不可增减"

简洁，是《红楼梦》语言艺术的一个重要特色。

《红楼梦》中那简洁俊美的语言，就像晶莹的珍珠一般，它珠圆玉润，却没有刻意雕琢的痕迹；就像皎洁的月亮，它如明镜高悬，却又扑朔迷离而毫无浅露之弊；就像灿烂的群星那样，它文彩斐然，光华万丈，却又质朴自然而不是辞藻堆砌；就像垂泻的瀑布，它简洁流畅，却又有不可穷尽的魅力。

因此，《红楼梦》第一个热心的读者和批评家脂砚斋，他是那样热烈地赞扬曹雪芹"惜墨如金"[①]，夸奖他的《红楼梦》语言"简捷之至"[②]，"简净之

---

① 甲戌本第七回脂批。
② 庚辰本第十二回脂批。

至"①，"无闲文闲字"②，"一字不可更改，一字不可增减，入情入神之至"③。

历来的评论家，对此也是那样的赞赏备至。他们说：

> 一部《石头记》，计百二十回，洒洒洋洋，可谓繁矣，而实无一句闲文。④
>
> 至《红楼梦》，笔力心思，一时无两。人谓其繁处不可及，不知其简处尤不可及。⑤

俞平伯先生对《红楼梦》的各种版本，作过字斟句酌的校勘。他不仅肯定《红楼梦》的语言"流畅圆美而又简洁"⑥，并且明察善辨、感慨系之地说："从前有好文章一字不能增减之说，我不大相信，认为过甚其词，说说罢了的。近校《石头记》，常常发见增减了一字即成笑话，方知古人之言非欺我者。"⑦

那么，在《红楼梦》中，曹雪芹又是怎样使他的语言艺术达到简洁精美的呢？这正是我们要探讨的核心问题之所在。

三、"一字不可更改"

"一字不可更改"⑧——遣词造句，有着独一无二的准确性，这是《红楼

---

① 庚辰本第十六回脂批。
② 庚辰本第二十七回脂批。
③ 庚辰本第十七、十八回脂批。
④ 妙复轩评《石头记》卷首。
⑤ 谢鸿申：《东池草堂尺牍》卷四，见一粟编的《古典文学研究资料汇编·红楼梦卷》第2册，中华书局1963年版，第385页。
⑥ 俞平伯：《红楼梦八十回校本·序言》，人民文学出版社1963年版。
⑦ 俞平伯：《读〈红楼梦〉随笔》，见《红楼梦研究参考资料选辑》第2辑，人民文学出版社1973年版，第84页。
⑧ 庚辰本第十七、十八回脂批。

梦》的语言所以简洁精美的艺术经验之一。

"一字不可更改"，在《红楼梦》中首先表现为它能极为准确、精练而深刻地表达出人物性格的精神气质。

如宝玉与黛玉初次相会，宝玉因见黛玉没有玉，便"登时发作起痴狂病来，摘下那玉，就狠命摔去"（庚辰本第三回）。可是程乙本却把宝玉发作的"痴狂病"改成"狂病"。这一字之差，就把宝玉的典型性格完全歪曲了。原作"痴狂病"，那正是贾宝玉"行为偏僻性乖张，那管世人诽谤"（第三回）的叛逆性格的一种独特表现方式。"痴"，恰恰是贾宝玉的病根。它既含有对封建统治的强烈愤懑和抗争，又表现了对自由、平等的新思想的执着的向往和追求。在这里，"痴"的含意不是痴呆、疯癫，而是对自己的信念在感情上如醉如痴，专注得入迷。一经程乙本改为"狂病"，那就变成真正病态的疯狂，或属思想上的狂妄，这岂不是对贾宝玉叛逆性格的莫大歪曲吗？

"一字不可更改"，还表现为它能极准确、精练而生动地刻画出人物形象的神情。

如刘姥姥到荣国府这一回，"来到荣府大门石狮子前，只见簇簇的轿马，便不敢过去，且掸了掸衣服，又教了板儿几句话"（第六回），这时，对刘姥姥神态的刻画，各本互异：

> 然后侦到角门前。（甲戌本）
>
> 然后走到角门前。（庚辰本）
>
> 然后蹭到角门前。（戚本）
>
> 然后溜到角门前。（程乙本）
>
> 然后蹲到角门前。（坊刻本）

"侦"（cèng），本京语，它极准确地刻画了刘姥姥既不敢向前走而又不得不向前走的那种战战兢兢的神态，因此甲戌本在这个"侦"字旁的脂批写道："'侦'字有神理。"它使读者对刘姥姥的凄凉心理和悲苦处境，不能不引起由衷的同情；对富贵人家那种令人望而生畏的赫赫权势，则使人由得不感慨万千。因此，这里文字虽简洁，而意义却十分丰满，可谓精美至极。庚辰本作"走"字，那就显得平淡无味，使刘姥姥那时所特有的走的神态丧失殆尽，它也就根本不可能在读者的心灵里引起任何的反响。戚本作"蹭"字，读音虽同"侦"，词义却走样了。因为"蹭"字是行动缓慢的意思，常与"蹭蹬"连用，形容失势难进的样子，这跟刘姥姥当时满怀希望而又胆战心惊的心境是不相称的。至于程乙本改作"溜"字，坊刻本改作"蹲"字，那就更是歪曲了刘姥姥的形象，简直把她写得有点像贼头贼脑的小偷一样了。

"一字不可更改"，还表现在它极其准确地切合人物特定的身份，给人以无穷的回味。

> 宝玉挨打后，薛宝钗去看他。临走时，她嘱咐袭人——
>
> 你只劝他好生静养，别胡思乱想的就好了。不必惊动老太太、太太众人，倘或吹到老爷耳朵里，虽然彼时不怎么样，将来对景终是要吃亏的。（庚辰本第三十四回）

这里，宝钗指的究竟是什么事情"不必惊动老太太、太太众人"呢？她没有明说，但从劝他"别胡思乱想"，就已经意在言中了。宝钗其人其时不好明说，也不必明说，读者一听就不能不回味她的言外之意，就必然领略出薛宝钗既关怀宝玉的身体健康，又对他的叛逆思想绝不留情，不用作者啰唆，读者对她那种关怀里面藏奸险，柔情之中寓狠毒的典型性格，顷刻就会留下活生生的印象。而程乙本却在"别胡思乱想的就好了"后面，加入"要想什么吃的顽的，悄悄的往我那里去取了"十八个字，这不仅徒费笔墨，而且把宝钗的性格形象破坏了。宝钗作为一个寄宿在贾府而又未嫁人的封建闺女，她怎么可以公然说出由她来供给宝玉吃的玩的呢？说这种话显然不符合她的身份嘛，何况如果仅仅是吃的玩的，"惊动老太太、太太众人"，那又怕什么呢？那"吹到老爷耳朵里"又怎么会"终是要吃亏"呢？难道贾政反对的不是贾宝玉的叛逆思想，而只是不让他吃和玩吗？如此妄改，不仅失去了原作的精练、含蓄、准确、传神，而且简直违情悖理之至。

上述种种事实说明，"欲求文字简洁，须找到最合适的字和词"[①]。使"他所用的字充满了精神，每一个字有如一颗火星，一个正在燃烧的原子，闪出不能磨消的思想来"[②]。《红楼梦》语言的简洁美，是建立在作家对人物形象有极为准确的把握的基础之上的；其准确的程度，要求达到一字不可更。这里面该是需要作家对语言的锤炼付出多么艰巨的劳动啊！正如苏联诗人马雅可夫斯基的诗所说的——

写诗——

就像炼镭

炼一公分镭，

就得劳动一年

只为了一个字眼，

要耗费　千百吨

字汇的矿物。[③]

① 老舍：《答友书——谈简练》，见《人民文学》1959 年 11 月号。

② 雪莱：《诗辩》。转引自刘彪：《试论雪莱〈诗辩〉的美学思想》，《南京大学学报》1980 年第 1 期，第 103 页。

③ 转引自奥泽罗夫：《苏联文学中的典型性问题》，见《译文》1953 年 10 月号，第 176 页。

"词汇越简练，它就越准确。"①《红楼梦》语言用词独一无二的准确，说明它也正是从"千百吨字汇的矿物"中千锤百炼出来的。

这不仅是曹雪芹创造《红楼梦》的语言艺术的经验，同时它也是符合文学创作规律、全世界许多大作家的共同感受。列夫·托尔斯泰在同作家季欣科谈话时就说："在艺术作品里，只有在这样的情况下，即既不能加一个字，也不能减一个字，还不能因改一个字而使作品遭到损害的情况下，思想才算表达出来了。这就是作家应努力以求的方法。"②

高尔基还指出：文学家应"从日常丰富的口语中，严格地挑选最准确、最恰当和最有意义的字眼"。"我们今天的文学家没有理解这种挑选的必要性，这样就大大地降低了他们的作品的质量。"③

因此，别小看一字之差，它真是差之毫厘，谬以千里。如何遣词造句，绝非雕虫小技，它足以"大大地降低""作品的质量"呢，人们岂能等闲视之！

四、"不写之写"

"不写之写"④——用词如布棋，必须互为呼应；"一支笔作千百支用"⑤，这是《红楼梦》的语言所以简洁精美的又一重要的艺术经验。

"不写之写"，其手法之一，是由此及彼，一击两鸣。

如第七回周瑞家的拉着香菱的手说："倒好个模样儿，竟有些像咱们东府里蓉大奶奶的品格儿。"用"蓉大奶奶"——贾蓉之妻秦可卿，来比喻香菱，

---

① 高尔基：《论散文》，见高尔基《论文学》续集，人民文学出版社 1979 年版，第 404 页。
② 见《俄罗斯古典作家论》下卷，人民文学出版社 1958 年版，第 1129 页。
③ 高尔基：《和青年作家谈话》，见《论写作》，人民文学出版社 1955 年版，第 5 页。
④ 在甲戌本第三回、第十三回，庚辰本第二十二回、第三十九回、第四十五回、第六十六回，都出现过"不写之写"的脂砚斋批语。
⑤ 甲戌本第七回脂批。

这就在刻画香菱貌美非凡的同时，又简洁精美到几乎不着一字地就活现了秦可卿的形象，并且还预示着秦可卿的命运将像香菱一样悲惨。正如甲戌本于此处的脂批所指出的："一击两鸣法，二人之美，并可知矣。"

第六十六回鲍二家的说兴儿："你倒不像跟二爷的人，这些混话倒像是宝玉那边的了。"写贾琏的小厮兴儿，却同时刻画出宝玉的小厮茗烟，并且由此又渲染了宝玉一向说"混话"，同时也听任奴仆说"混活"的叛逆性格。正如庚辰本于此处的脂批所指出的："好极之文，将茗烟等已全写出，可谓一击两鸣法，不写之写也。"

由此及彼，一击两鸣，就像在深山峡谷之中一声呼唤，能激起四周的群山皆荡漾着回音一样，它不只是简单的共鸣，更重要的是如横空出世，既拔地耸天，而又奔腾飞跃，能引起人们丰富的想象和优美的遐思。如同《周总理啊，你在哪里》那首著名的诗篇那样，想象奇特而又鞭辟入里。它是利用客观事物之间必然相互呼应的某种联系，掌握人们易于对比、衬托、联想的心理，启发和调动读者的想象力，从而把语言艺术发挥到了极为简洁精美的境界。

"不写之写"，其手法之二，是写此注彼，意在言外，极"手挥五弦，目送飞鸿"，神思飘举之妙。

如林黛玉，本是贾母当作心肝儿肉一样疼爱的嫡亲外孙女儿，可是曹雪芹不写为她做生日，却写贾母特意要给薛宝钗做生日，难怪连一向机灵的凤姐都不得不为此作难了："如今他这生日，大又不是，小又不是。"怎么办？她敏锐地感觉到："老太太说要替他作生日。想来若果然替他作，自然比往年与林妹妹的不同了。""贾母自见宝钗来了，喜他稳重和平"，不但要替宝钗做生日，而且还别出心裁地"自己蠲资二十两，唤了凤姐来，交与他置酒戏"（第二十二回）。这里作者没有片言只语写到贾母对林黛玉的看法，然而读者从她对宝钗的态度——"喜他稳重和平"，就可同时看出她对林黛玉锋芒毕露的叛逆性格极为不满；从她"自己蠲资二十两"，就更强烈地刻画出贾母那喜气盈腮的高兴劲儿，叫读者不能不由此而感慨万千：血缘亲，竟是如此的不及阶级亲。林黛玉的思想性格只是稍稍有一点离开了封建主义的轨道，她的外祖母对她竟然如此冷若冰霜；而薛宝钗由于恪守封建主义的规范，尽管她跟贾母没有直接的血缘亲属关系，却能博得这个封建主子远远超过对自己嫡亲外孙女儿的喜爱。这里，作者把封建社会人与人之间的关系刻画得该是多么真实、自然而又深刻啊！然而作者却一点也没有多费笔墨，这一切都是通过"不写之写"，以极为简洁精美的语言，写此注彼，意在言外，从而收到了使读者不得不浮想联翩、增姿添韵、森罗万象的巨大艺术效果。

"不写之写"，其手法之三，是牵三挂四，作"恒河沙数之笔"[①]。

在《红楼梦》中，小至周瑞家的送宫花，刘姥姥进荣国府，大到贾宝玉挨打，抄检大观园，故事情节似乎都不足为奇，然而通过它所刻画出来的人物性格，却是那样的千姿百态，纷纭复杂。如通过周瑞家的奉命给各位姑娘送宫花，作者就如走马灯运转自如地接连写出了薛宝钗的"古怪"，香菱的可怜，探春、迎春的高雅，惜春的诙谐，王夫人的喜施舍，智能儿的机灵，李纨的孤寂，凤姐的威严，平儿的揽事，宝玉的多情，黛玉的多心，周瑞家的仗势，如此等等，就像一个长得望不到尽头的人物画廊一样，那么众多的人物，在曹雪芹的腕底下都是那样的贴切自然而又颖异不凡，惊采绝艳而又真实可信，令人大有赞赏不绝之感。这正如甲戌本第七回脂批所说的："小说中一笔作两三笔者有之，一事启两事者有之，未有如此恒河沙数之笔也。"

且让我们举贾府一次元宵猜灯谜晚会为例，看作者通过这么一件家常琐事，以寥寥数笔，刻画了多少鲜明的人物性格——

　　　　大家说笑取乐。往常间只有宝玉长谈阔论，今日贾政在这里，

---

　　① 甲戌本第七回脂批。"恒河沙数"，佛经中语，形容数量多到无法计算。

便惟有唯唯而已。余者湘云虽系闺阁弱女，却素喜谈论，今日贾政在席，也自拑口禁言。黛玉本性懒与人共，原不肯多话。宝钗原不妄言轻动，便此时亦是坦然自若。故此一席虽是家常取乐，反见拘束不乐。贾母亦知因贾政一人在此所致之故，酒过三巡，便撵贾政去歇息。（庚辰本第二十二回）

这里，作者几乎都只用四个字，就把各个人物的性格刻画得神情活现，跃然纸上，使读者仿佛睁眼可见，伸手可触。如他不用"唯唯诺诺"的现成成语，而别出心裁地用"唯唯而已"四字，写出宝玉在专制暴虐的父亲面前，既被拘谨得噤若寒蝉，又非俯首帖耳地驯服听命；既胆小如鼠，又桀骜不驯的复杂性格。史湘云本是口若悬河、爽朗豪放的人物，她虽有满腹话语要说，可是这时候因受环境所迫，却有话不能说，也只好正襟危坐，一声不吭。这里作者用"拑口禁言"四字，把史湘云的性格、神情，该是刻画得多么准确、生动啊！林黛玉面对贾政这样的人物，她根本不愿说什么，因此作者用"不肯多话"四字，便洞若观火似的活现了她那一向孤高傲世的性格。至于薛宝钗的"坦然自若"，则恰到好处地表现了她胸有城府，满脑袋的封建意识，使她深知在这种尴尬的场合是不宜说话的。这四个人物身处同样的场合，又都是同样的缄口不语，可是作者却分别用四字一句，极为简洁地写出了由于不同的人物性格而造成的不会说、不能说、不愿说、不宜说等幽隐之别，显得字字珠玑，句句生辉，平淡不掩深邃，朴素不失精美。更为别致的是，作者没有一个字直接描写贾政的凶恶形骸，而这四个人物却像四面镜子一样，洞彻肺腑、勾魂摄魄地映出了贾政君临一切的专制，憎恶与共的暴虐；他完全是一具灭绝所有人性、扼杀一切生机的封建幽灵，不论是多么欢乐的场面，只要他一游荡到哪里，哪里的欢声笑语就猝然消失，空气就被窒息得像要爆炸一样。贾政这样一位被封建统治阶级奉为正人君子的形象，原来就是这样残暴腐朽，麻木僵化，丧失了他继续存在的一切合理性。这种牵三挂四，"一支笔作千百支用"的"不写之写"，比之我国传统的话本小说"花开两朵，各表一枝"，面面俱到的铺叙实写，不仅语言简洁精美，而且使人物形象的塑造，灿若群星，望之弥高，味之无极。

总之，如同甲戌本第八回有条脂批所说的："《石头记》立誓一笔不写一家文字。"所谓"不写之写"，就是用最简洁的笔墨，描绘出最众多、最动人而又最深刻的人物形象。曹雪芹手中的一管笔，就像交响乐队指挥手中的那根指挥棒一样，众多的人物性格就像不同的乐器，在他指挥的简洁得不能再简洁的七个音符下，却发出了复杂得不能再复杂的不同的和声和共鸣，组成了一首首首格调迥异而皆清晰俊美的旋律，使一个个艺术形象在读者的心灵里仿佛如诗情画意一般冉冉升起，令人流连忘返，激动不已。

五、"就简生繁"

"就简生繁"[①]——语言虽然简洁精练，朴实无华，而镂绘意境则必须万象纷呈，繁花似锦。因此，这种简洁，绝不是简单，而是大匠运斤，就简生繁，得之艰辛，出之舒徐。这是《红楼梦》语言所以简洁精美的又一重要的艺术经验。

如第十三回写秦可卿的丧事，那给读者的印象是多么繁华热闹，真不失为烈火喷油、鲜花着锦之盛的场面。可是，作者却公然声称："不消繁记。"（第十三回）他在这上面所花的笔墨，也确实是简洁之至——

> 只这四十九日，宁国府街上一条白漫漫人来人往，花簇簇官去官来。（第十三回）

---

① 庚辰本第十三回脂批。

这里以一句"白漫漫人来人往"，就写出了穿孝服的亲属并家下人丁之盛，以一句"花簇簇官去官来"，就画出了豪华贵府宾客盈门来往祭吊之繁。这两句话，语言是再简洁不过了，而它所描绘的吊丧的场面却有声有色，有形有影，有威有势，给人以繁华之极的印象。正如庚辰本在这两句话旁边的脂批所说的，这是"就简生繁"。

他写给秦可卿送葬，也简洁之至——

　　一时只见宁府大殡浩浩荡荡压地银山一般从北而至。（第十四回）

类似这种"就简生繁"的语言，在《红楼梦》中比比皆是。不妨再摘录几句：

　　只预备接驾一次，把银子都花的淌海水似的。（第十六回）

　　有几百株杏花，如喷火蒸霞一般。（第十七回）

　　（黛玉）声咽气堵，又汪汪的滚下泪来。（第十八回）

　　各色落花锦重重的落了一地。（第二十七回）

这些语言共同的特点，都是文字简洁至极，而所描绘出的意境却纷繁之至；它看似泼墨如云，浓妆艳抹，实则惜墨如金，精美绝伦。

用"压地银山一般"来形容宁府送殡队伍的"浩浩荡荡"，这就不仅写出了宁府送殡的人数之众多、规模之浩大、孝服之雪白，而且反映了这个贵族之家必然没落的腐朽征兆，为一个孙媳妇送殡，竟然如此铺张其事，穷奢极侈，其声势之显赫、耗费之惊人，如"压地银山一般"，谁能不为之啧啧称叹？！

"把银子都花的淌海水似的。"这一句话，把迎接皇帝的驾到形容得多么有气派！可是，这气派是由海水般的银子造成的，这又多么令人触目惊心，发人深思猛省啊！一次接驾，竟然耗费如此之巨，可见封建统治阶级已经奢侈腐朽到了何等骇人听闻的程度！

要写出"几百株杏花"的争妍斗艳，若是个平庸的作家，那不知要耗费多少笔墨。然而在曹雪芹的笔下，只用了"如喷火蒸霞一般"这么简短的一句。可是，它语句虽短，而所表达的形象却极为纷繁。它既包括几百株杏花荟萃，在阳光照射下所形成的那种喧腾的气势、浓艳的色彩、闪烁的光焰，又反映了人们面对这种光怪陆离、变幻多姿的斑驳景色所产生的极为欢快愉悦的心情感受。这真是一言便能牢笼百态，使读者由不得不赞赏不绝。

"声咽气堵，又汪汪的滚下泪来。"这几乎是每个字每个词都形象地刻画了人物的一种神态。插进一个"又"字，就把林黛玉那一贯多愁善感、气恼哀伤的性格反映出来了。落泪而用"汪汪的"加以形容，使林黛玉那创巨痛深，仿佛情流言外，令人不禁魂悸魄动，为之洒下一掬同情之泪。

"锦重重的落了一地。"这不仅给人以地上的花瓣密密层层、色彩缤纷、芳香扑鼻的形象实感，而且仿佛把人们带入了一个百花凋零、寂静无声、人迹罕至、百感交集的凄凉境界。正如书中宝玉当场所感叹的："这是他心里生了气，也不收拾这花儿来了。待我送了去，明儿再问着他。"（第二十七回）这仿佛长江后浪推前浪一样，妙手天成，不着一丝痕迹地又推动了故事情节的发展和人物性格的深化。庚辰本于此处有条脂批说得好："不因见落花，宝玉如何突至埋香冢；不至埋香冢，如何写葬花吟。《石头记》无闲文闲字正此。"

上述种种，可见"就简生繁"，真是妙用无穷！

六、"将繁改简"

"将繁改简。"[①]"不在字里行间，全从无字处，运鬼斧神工之笔，摄魄追魂。"[②]这是《红楼梦》语言所以简洁精美的又一重要的艺术经验。

如贾宝玉与林黛玉的爱情，已经达到呼吸相关、生死与共，完全难舍难分的地步，可是作者却没有写他们如何整天在一起卿卿我我，如胶似漆，而是只让他们各人说了一句话：

> "你放心。"宝玉说。
>
> "我有什么不放心的。"黛玉答。（第三十二回）

在他们各自这一句话里，该是隐寓着多少绵延不绝的忧愁烦恼，包含着曾经历尽多少荆棘丛生的爱情纠葛，熔铸着多少难以言状的血泪感情！这里既有他们互相勉励、互相鼓舞，誓死为反抗封建婚姻而斗争的顽强决心，也有他们既慑于封建家长的权威，自身又不能完全摆脱封建意识的桎梏，而对未来的爱情婚姻幸福充满忧愁伤感之情；它所包括的含意，简直胜似天上的星星一样繁复。可是作者却能将繁改简，把千言万语说不尽的柔声细语，往往用一二句肺腑之言，就能把它说得动人心弦，给人以领略不尽的言外之意和美妙无穷的弦外之音。

这虽然简洁，总还算是有字之处。至于那第五十七回"慧紫鹃情辞试忙玉"，只因紫鹃同宝玉说了一句"林妹妹回苏州家去"的玩话，就引起宝玉发作起痴狂病来。那一场轩然大波，正如戚本脂批所指出的，它把贾宝玉与林

---

① 庚辰本第二十七回脂批。
② 戚本第五十七回回末总批。

黛玉呼吸与共的爱情关系，"全从无字处"，写得"摄魄追魂"，以致连脂砚斋这位批书人都不禁"哭一回叹一回"。

"将繁改简"，如果光从字句上来删改，那是非常有限的，还必须在情节结构上巧于安排，精心点染，做到寄实于虚，寓繁于简。如庚辰本第十六回有条脂批所说的："细思大观园一事，若从如何奉旨起造，又如何分派众人，从头细细直写，将来几千样细事，如何能顺笔一气写清，又将落于死板拮据之乡；故只用琏、凤夫妻二人一问一答，上用赵妪讨情作引，下用蓉、蔷来说事作收，余者随笔顺笔略一点染，则耀然洞彻矣。此是避难法。"清道光年间，护花主人王希廉在第十六回回末总评中也说："盖造省亲园，规模宏大，一切安插摆布，写来甚不费力。若窘才俗笔，非两三回不能尽。"

"将繁改简"，并不排斥必要的铺陈、渲染和重复。如有次贾宝玉突然来到袭人家里。正当花自芳母子百般殷勤，忙碌招待的时候，作者写——

> 袭人笑道："你们不用白忙，我自然知道。果子也不用摆，也不敢乱给东西吃。"一面说，一面将自己的坐褥拿了，铺在一个炕上，宝玉坐了；用自己的脚炉垫了脚；向荷包内取出两个梅花香饼儿来，又将自己的手炉掀开焚上，仍盖好，放与宝玉怀内；然后将自己的茶杯斟了茶，送与宝玉。（第十九回）

这里作者叠用四个"自己"，把宝玉与袭人特殊的主仆关系，宝玉那公子哥儿娇生惯养的习性，袭人那知彼甚于知己的体贴入微、谨慎周到、无微不至的侍候，以及素日身居侯府绮罗锦绣之中的宝玉，其安富尊荣的情态，忠心耿耿的袭人，那心中眼中只有一个宝玉的亲密浃洽的憨性，都一股脑儿和盘托出了。并且还由此暗透出此回中袭人与母兄为赎身而发生的口角，毋烦词费，即可涣然冰释。因此作者写"他二个又是那般景况，他母子二个心下更明白了，越发石头落了地，而且是意外之想，彼此放心，再无赎念了"。可见这里叠用四个"自己"，看似极尽铺陈、渲染之能事，实则一点也不给人以重复、累赘的感觉，而是因简生繁，繁亦洁净；将繁改简，简更传神。

在《红楼梦》的叙述语言中，有相当数量的"诗化"语句。例如，写贾政领着一帮人游大观园——

只见佳木笼葱，奇花闪灼，一带清流，从花木深处曲折泻于石隙之下。再进数步，渐向北边，平坦宽豁。两边飞楼插空，雕甍绣槛，皆隐于山坳树杪之间。俯而视之，则清溪泻雪，石磴穿云，白石为栏，环抱池沿，石桥三港，兽面衔吐。桥上有亭……（庚辰本第十七、十八回）

只见许多异草：或有牵藤的，或有引蔓的，或垂山巅，或穿石隙，甚至重檐绕柱，萦砌盘阶，或如翠带飘飘，或如金蝇盘屈，或实若丹砂，或花如金桂，味芬气馥，非花香之可比。（庚辰本第十七、十八回）

这些语言都既反复铺陈，又简洁精美，它多角度、多层次地摹写各种客观景象不同的位置、形态、姿式、色彩、气味、音响，摹写得既千姿百态，淋漓尽致，又简洁到几乎一字一层意思，一句一种景象。作者用"泻""插""隐""穿""衔""垂""盘""飘飘""盘屈"等动词，既化静为动，使他笔下的各种景象栩栩如生，又把人们对这些客观景象阐幽发微、怡然自得的愉悦心情，寄寓于其中，给读者以情深语秀的强烈感受。庚辰本第十七、十八回的脂批还指出："连用几'或'字，从昌黎《南山》诗中学得。"司马相如的《子虚》《上林》等大赋，韩昌黎的《南山》诗，对《红楼梦》的上述语言描写是有明显的影响的，然而曹雪芹的语言却既无汉赋繁衍累赘令人生厌的反复描摹，又没有韩诗奇崛险怪使人难以卒读的呆板晦涩。曹雪芹在铺陈时，不仅奔放流畅，穷形极态，造成一种纷繁错杂的景象，磅礴开阔的气势，而且由于他用词变化精巧，句式长短交错，中间又时而变换句式，能给人以一种轻徐舒缓、神酣意足的美感。它仿佛一条疑是银河落九天的瀑布，中间分成几个段落，每个段落又别具一格。其中所用的词语，多属浓缩精练的诗句。一句之中又往往有动有静，有声有色，有形有影，有情有景，用最短的语言，能最大限度地反映出纷繁的生活景象。它是用一般的口语无法替换的，或是用口语须说很多话方可尽意的。因此这种诗化语句别具"将繁改简"的特点：于反映的生活、概括的景象上说，是无比纷繁的；于语言形式上说，却是极其简洁的。如此将繁改简的语句，有诗化的雅致，却没有传统古诗的典奥。它跟通俗的口语错杂交糅在一起，恰如"大弦嘈嘈如急雨，小弦切切如私语，嘈嘈切切错杂弹，大珠小珠落玉盘"，给人以纷纭杂沓、文约事丰、美不胜收的艺术享受。

七、真，是简洁美的基础和灵魂

曹雪芹为什么能够使他的《红楼梦》语言达到如此简洁精美的境界呢？

这不只是个语言艺术技巧问题，而是跟他有丰富的生活体验和精辟的思想认识息息相关的。真，这是《红楼梦》语言富有简洁美的基础和灵魂。曹雪芹说过，他在《红楼梦》中所写的人物，是他"半世亲睹亲闻"（第一回）的。深知曹雪芹写作甘苦的脂砚斋也说："若非亲历其境者，如何莫（摹）写得如此。"[①] 正因为他对生活的体验很深刻，他的思想也就很精辟，因而他的语言才能做到很简洁。中外许多作家都有这个共同的经验。如我国著名作家老舍

---

① 庚辰本第七十六回脂批。

说；"思想不精辟，无从写出简洁有力的文字。"①苏联著名作家斐定也说："废话多的地方，语言无力的地方，那么也就是思想腐朽的地方。""混乱的思想，即使用简单明确的语言也叙述不明白。当写文章的人的内容枯竭了，于是冗长的现象也就发生了。"②只有在真实、深切的生活体验的基础上，才能谈得上有真知灼见，有真情实感，才能对语言进行准确的选择、精巧的加工。正如有的作家所说的："要想写得紧凑，就必须对你所写的事物知道得极为充分、确凿，可以毫不费力就把最精彩和最重要的东西挑选出来，而不使你的作品杂乱臃肿。要知道得详尽，才能写得简练。"③

我们不但应该肯定生活、思想对于语言的重要作用，还必须看到语言对于思想和生活也有反作用。"因为思想也就存在语汇、字句、篇章、声调里。""只注重思想而忽略训练，所获得的思想必是浮光掠影。"④在这方面，曹雪芹的看法是比较全面的，他一方面明确提出"第一立意要紧"（第四十八回），另一方面也强调必须"词藻警人"，"文理细密"（第二十三回），方能写出"真情真景"（第二十三回）。

生活、思想，并不能代替语言艺术的创造，还必须充分认识语言精练、简洁的极端重要性，进行呕心沥血的创造性的劳动。"世界上最好的著作差不多也就是文字清浅简练的著作。"⑤"简练是才能的姊妹。"⑥"艺术的语言，就是精练的语言。"⑦"写作的技巧"，就是"删掉写得不好的地方的技巧"⑧。列夫·托

---

① 老舍：《答友书——谈简练》，《人民文学》1959 年 11 月号。

② 斐定：《作家的技巧》，《论写作》，人民文学出版社 1955 年版，第 195 页。

③ 巴乌斯托夫斯基：《散文的诗意》，见《论写作》，人民文学出版社 1955 年版，第 71 页。

④ 朱自清：《〈文心〉序》，见《朱自清全集》第 1 卷，江苏教育出版社 1988 年版，第 284 页。

⑤ 老舍：《我怎样学习语言》，《解放军文艺》1951 年第 3 期。

⑥ 契诃夫：《论文学》，人民文学出版社 1958 年版，第 6 页。

⑦ 焦菊隐遗作：《谈闭幕和台词的动作性》，《人民戏剧》1979 年第 2 期，第 45 页。

⑧ 契诃夫：《论文学》，人民文学出版社 1958 年版，第 409 页。

尔斯泰主张"要把同一篇东西改十遍、二十遍"①。他的《安娜·卡列尼娜》写了五年，其中个别章节有十二种稿本；《复活》的创作延续了十年，其中开头的部分有二十种稿本。②他说："天才的十分之一是灵感，十分之九是血汗。"③曹雪芹以"字字看来皆是血"的心曲，经过"披阅十载，增删五次"，留给我们的还只是一部未定稿的《红楼梦》。像列夫·托尔斯泰、曹雪芹这样伟大的天才作家，为了自己作品语言的简洁精美，尚且如此呕心沥血，那些等而下之的作家又岂能掉以轻心！

八、简洁，是我们民族的优良传统

《红楼梦》语言的简洁精美，反映了我国文学艺术的民族传统和民族风格，是我们民族文化、民族语言的光荣和骄傲。

我国的诗歌、旧戏、年画、传统绘画，以及散文、小说，都是以崇尚简洁著称的。

> 为人性僻耽佳句，语不惊人死不休！④
>
> 吟安一个字，捻断数茎须。⑤
>
> 二句三年得，一吟双泪流。⑥
>
> ……

---

① 《托尔斯泰论文学》，苏联国家出版社 1955 年版，第 13 页。

② 据《俄国文学史》下卷，作家出版社 1962 年版，第 1048 页。

③ 转引自：《世界文学》1963 年，第 5 期，第 51 页。

④ 杜甫：《江上值水如海势聊短述》，见《全唐诗》第 226 卷，中华书局 1960 年版，第 2443 页。

⑤ 卢延逊：《苦吟》，《全唐诗》第 715 卷，中华书局 1960 年版，第 8212 页。

⑥ 贾岛：《题诗后》，《全唐诗》第 574 卷，中华书局 1960 年版，第 6692 页。

唐诗中的这些诗句，是我国古代诗人竭力追求语言简洁精美的生动写照。

鲁迅的作品被称为我们民族之魂，他在介绍他写小说的经验时说："我力避行文的唠叨，只要觉得够将意思传给别人了，就宁可什么陪衬拖带也没有。中国旧戏上，没有背景，新年卖给孩子看的花纸上，只有主要的几个人（但现在的花纸却多有背景了），我深信对于我的目的，这方法是适宜的，所以我不去描写风月，对话也决不说到一大篇。"① "正如传神的写意画。并不细画须眉，并不写上名字，不过寥寥几笔，而神情毕肖，只要见过被画的人，一看就知道这是谁。"②

不仅"写意落笔简净"③，而且我国整个传统的绘画艺术，一向都认为"作画用墨最难"，要求"惜墨如金"④。"笔不用烦，要取烦中之简；墨须用淡，要取淡中之浓。"⑤

简洁，以我们民族的传统观点来看，这不仅是艺术技巧的要求，而且也是美的结晶和重要标准之一。唐代的史学批评家刘知几就说过："夫国史之美者，以叙事为工；而叙事之工者，以简要为主。简之时义大矣哉！""然则文约而事丰，此述作之尤美者也。"⑥ 我国的小说正是在这种史传文学的基础上发展起来的。从我国的古典小说到现代文学的旗手鲁迅，都始终保持了语言简洁精美的鲜明特色和民族风格。

---

① 鲁迅：《南腔北调集·我怎么做起小说来》，《鲁迅全集》第4卷，人民文学出版社1957年版，第393页。

② 鲁迅：《且介亭杂文二集·五论"文人相轻"——明术》，《鲁迅全集》第6卷，人民文学出版社1958年版，第304页，。

③ 清·王昱：《东庄论画》，见《画论丛刊》下册，第261页。

④ 见《溪山卧游录》卷二，《画论丛刊》上册，第409页。

⑤ 清·王原祁：《麓台题画稿》，《画论丛刊》上册，第224页。

⑥ 刘知几：《史通·叙事》，见郭绍虞主编的《中国历代文论选》上册，中华书局1962年版，第364页。

曹雪芹既是个伟大的小说家，又是个天才的诗人和画家。他对我国文学艺术有着极为全面而深厚的修养。《红楼梦》的简洁精美，正是曹雪芹继承和发扬我国文学艺术的民族传统和民族风格的一个突出的表现。

九、发扬简洁美，有其现实意义

《红楼梦》语言的简洁美，为我们的文学创作提供了十分丰富的经验。这对于提高我们当代文学的艺术质量，是尤为宝贵的。鲁迅主张"宁可将可作小说的材料缩成 Sketch，决不将 Sketch 材料拉成小说"[①]。早在 1933 年，鲁迅给一个作家的信中就指出，他的作品"有一个缺点，是有时伤于冗长"[②]。现在不仅是冗长，而且可以说，臃肿、累赘、拖沓，已经成为当代不少小说的通病。它不知浪费了多少人宝贵的光阴，不，应该说，它不知糟蹋了多少人有限的生命！为此，我们难道还不应该认真吸取《红楼梦》语言简洁精美的艺术经验，来"为肃清文学中的文字垃圾而进行无情的斗争"[③]吗？

我们要字字珠玑，不要"文字垃圾"！

---

① 鲁迅：《二心集·答北斗杂志社问》。其中 Sketch，意即"速写"。见《鲁迅全集》第 4 卷，人民文学出版社 1957 年版，第 289 页。

② 《鲁迅书信集·致张天翼》，人民文学出版社 1976 年版。

③ 高尔基：《致绥拉菲摩维支的一封公开信》，高尔基《论文学》续集，人民文学出版社 1979 年版，第 488 页。

行文似绘

——谈《红楼梦》语言艺术的绘画美

小说是时间艺术，绘画是空间艺术，它们虽然有着各自不同的艺术特点和表现手段，但在反映生活的真实、塑造典型的艺术形象、创造感人的意境等方面，有其共同性。因此，它们之间可以互相吸收于自己有利的因素，以丰富各自的表现性能。

曹雪芹不仅是个伟大的小说家，而且也是个诗人和画家。[1]吸取绘画艺术的长处，运用于他的《红楼梦》的语言艺术，使《红楼梦》的语言具有绘画美，在这方面，曹雪芹是非常自觉的，所取得的成就是十分突出的。在《红楼梦》中，曹雪芹就通过薛宝钗的口，说他所描写的大观园"象画儿一般"（第四十二回）。刘姥姥更是赞赏大观园"竟比那画儿还强十倍"（第四十回）。贾宝玉要求大观园的布置，要像"天然图画"（第十七回）一样。对书中黛玉、宝钗、宝琴、邢岫烟等几个女孩子在一起的场景描绘，他称赞是"好一幅'冬闺集艳图'"（第五十二回）。作者还通过众人的口，称赞贾宝玉写的词是"画出来的"（第七十八回）。对于薛宝琴抱着一瓶红梅，站在山坡上的雪景描绘，作者通过众人之口，齐声赞美："就像老太太屋里挂的仇十洲画的艳雪

---

[1]　曹雪芹的朋友敦敏、张宜泉等非常推重他在诗、画方面的成就。如敦敏的《题芹圃画石》诗："醉余奋扫如椽笔，写出胸中魂磈时。"《赠芹圃》诗："寻诗人去留僧舍，卖画钱来付酒家。"（均见《懋斋诗钞》抄本）张宜泉的《题芹溪居士》诗："门外山川供绘画，堂前花鸟入吟讴。"《伤芹溪居士》诗前小序称："其人素性放达，好饮，又善诗画，年未五旬而卒。"（均见《春柳堂诗稿》刊本）

图。"（第五十回）这些都可以看作曹雪芹非常自觉地把绘画艺术运用于他的《红楼梦》语言艺术的有力佐证。

曹雪芹不仅在主观上有这个自觉性，而且在客观上创造了具有绘画美的语言艺术境界。熟悉曹雪芹创作甘苦的脂砚斋，就一再指出他"行文如绘"[①]，"全用画家笔意写法"[②]，"纯用画家烘染法"[③]，"总是画境"[④]，"比比如画"[⑤]，"活画"[⑥]，"真真画出"[⑦]，钦佩作者是"何等画工"[⑧]！说："余所藏仇十洲《幽窗听莺暗春图》，其心思笔墨已是无双，今见此阿凤一传，则觉画工太板。"[⑨]当代散文作家徐迟也说："《红楼梦》里，往往十几、二三十个字，就高度概括地绘出一幅精美绝伦的图画。我们在书中，随手翻阅，几乎到处都是。"[⑩]

问题是曹雪芹在《红楼梦》中是怎样使他的语言艺术创造出绘画美的呢？真正的艺术理论研究，绝不能仅仅停留在感叹它是"何等画工"，赞赏它为"一幅精美绝伦的图画"上，而必须探索出曹雪芹是如何把绘画艺术创造性地运用于他的《红楼梦》语言艺术之中的。

一、应物象形，形象生动

绘画，必须通过可视的形象反映客观事物。具有高度的造型能力，能够

---

① 戚本第三十二回回末总批。
② 庚辰本第二十五回脂砚斋批语。
③ 庚辰本第二十一回脂砚斋批语。
④ 庚辰本第二十六回脂砚斋批语。
⑤ 戚本第二回回末总批。
⑥ 庚辰本第七十六回脂砚斋批语。
⑦ 庚辰本第二十六回脂砚斋批语。
⑧ 戚本第四十一回回末总批。
⑨ 甲戌本第七回脂砚斋眉批。
⑩ 徐迟：《红楼梦艺术论》，上海文艺出版社 1980 年版，第 120 页。

"应物象形"①，这是绘画艺术的特长。曹雪芹吸收绘画艺术的这个长处，就大大加强了他的《红楼梦》语言的形象性和生动性。我们读着《红楼梦》，就仿佛置身于锦绣丛中，看到苍翠欲滴的绿叶之间，晶莹的露珠正在滚动、闪光，披着茸毛的蓓蕾正在轻轻地颤动、绽放，刹那间一朵朵薄绢般的花瓣都纷纷舒展开来了，有的俊俏，有的浓艳，有的清丽，有的妩媚，有的端庄，有的妖冶，各各以其缤纷的色彩和迷人的姿态，仿佛在丽日和风中浅笑絮语，令人赏心悦目，心旷神怡，刻肌入骨，美不胜收。它虽然是一部小说，但是我们在展读的时候，却好像竟把我们带到百花争艳、蝶舞蜂喧的画境，走进那比画儿还强十倍，令人无比陶醉、无限神往的芬芳扑鼻的氤氲之中了。

有比较才有鉴别。我们把保持或接近曹雪芹原作面貌的脂本系统的《红楼梦》，跟经过程伟元、高鹗修改过的《红楼梦》相比较，就可更加清楚地看出，懂不懂得把"应物象形"的绘画艺术运用于语言艺术，就像人和类人猿之间的差距那样，是大有文野之分和高低之别的。

如当元春"加封贤德妃"的消息传到贾府后，庚辰本是这么写的——

贾母等听了，方心神安定，不免又都洋洋喜气盈腮。（第十六回）

程高本改为——

贾母等听了，方安心，一时皆喜见于面。

"心神安定"，非常形象地反衬了贾母等原来一听到皇宫派人来就诚惶诚恐的神情，使人不能不强烈地感受到，那个时代宫廷内部斗争的激烈，大有

---

① 谢赫：《古画品录》，见《中国美学史资料选编》上册，中华书局1980年版，第190页。

朝不保夕之势，而贾府全家的忧愁与欢乐，则全系于贾元妃的得宠与否；"洋洋喜气盈腮"，这几个字简直把贾母等人的欣喜之情和得意之态写活了。经程高本改成"安心""喜见于面"，那就平铺直叙，神情俱失，索然寡味了。"安心""喜见于面"究竟是个什么样子呢？恐怕谁也说不上来。它既不像"心神安定"那样造成耐人寻味的艺术魅力，又不及"洋洋喜气盈腮"那样形象生动，给人以鲜明强烈的感受。

在宝钗说了整治大观园的一套兴利除弊的措施以后，庚辰本这么写——

众人听了，都欢声鼎沸。（第五十六回）

程高本改作——

众人都欢喜。

"欢声鼎沸"四个字，使人仿佛如闻其声，如见其形，它生动强烈地反映了贾府众人对宝钗这一套兴利除弊的措施，该是寄予了多么大的期望啊！而期望越大，最后的失败给人所造成的失望和痛苦，则势必越加剧烈。程高本代之以"欢喜"二字，则既不闻其声，又不见其形；究竟怎么个"欢喜"法，又"欢喜"到什么程度？那只有天知道！读者既无形象的感受，自然也就不能进一步地领会其本身所蕴藉的深长意味了。

贾雨村走马上任，就碰到一个门子，只是感到其人面善，而一时却想不起来他是谁。庚辰本这么写——

那门子笑道："老爷真是贵人多忘事，把出身之地竟忘了。不记当年葫芦庙里之事？"雨村听了如雷震一惊，方想起往事。（第四回）

原来这门子本是葫芦庙内的一个小沙弥，当初贾雨村曾经穷困潦倒住在葫芦庙中，如今这个小小的门子竟然揭了贾雨村的老底，这对那个仪表堂堂、神气十足的新官大老爷贾雨村来说，自然感到"如雷震一惊"。然而他在震惊之余，却装得若无其事，说什么"贫贱之交不可忘，你我故人也"。而在内心里却"恐怕他对人说出当日贫贱时事来"，阴毒地盘算着"寻了他一个不是，远远的充发了才罢"。由此可见，这"如雷震一惊"不仅形象生动地刻画了贾雨村那感到突然震惊的剧烈程度，而且活现了他那脆弱、惶恐、忌恨的神态，预示着那小门子的心直口快，必然要惹祸上身，遭到贾雨村的陷害灭口。这"如雷震一惊"的形象描绘，该是多么引人注目、发人深省啊！

可是，程高本却把这"如雷震一惊"改为"大惊"，不仅使这个"惊"字摒弃了具体可感的形象，而且使贾雨村这个人物虚伪和阴险的性格也猝然消失。这"大惊"两个字，显得是如此的平淡，它只能使读者一读而过，根本不可能引起如雷贯耳般的震动，其在刻画贾雨村这个官僚市侩形象方面所包含的极为深广的典型意义，自然也就不会引起读者的瞩目和深思了。

给秦可卿发丧，是作者以奢侈靡费显示贾府有"赫赫扬扬"之威，"鲜花着锦之盛"的重要情节。在送丧的路上，庚辰本写道——

> 不一时，只见从那边两骑马压地飞来，离凤姐车不远，一齐蹿下来，扶车回说："这里有下处，奶奶请歇歇更衣。"（第十五回）

程高本改为——

> 不一时，只见那边两骑马直奔凤姐车来，下马扶车回道："这里有下处，奶奶请歇歇更衣。"

本来庚辰本以马的"压地飞来",使语言显得有气有声有形有影,体现了绘画艺术充分利用空间造型的特点。表面上看,这是在写"马",实际上却是以马的势焰如此飞扬跋扈,使人深深感受到贾府这个富贵之家的不可一世。那骑马人的"一齐蹿下来",更是形影、神态、声威俱现。所有这些,便组成了一幅声势显赫、神情活现的画面,给读者以身临其境,闻声见形,呼之欲出,由不得不百感交集的艺术效果。

可是程高本却把这些绘画造型的语言全部删掉了。把"压地飞来"改成"直奔凤姐车来",把"一齐蹿下来"改成"下马",这就使它犹如经过一阵狂风暴雨,把一棵花团锦簇的樱桃树摧残得叶凋花谢,剩下的只是生机顿失的光枝秃干,令人兴味索然,完全失去了艺术语言神姿仙态之妙,情意隽永之效。

曹雪芹把绘画艺术的"应物象形"运用到《红楼梦》的语言艺术中来,不仅在于其处处尽量使语言形象化,从形、影、声、态、神、色等空间使语言造型给人以生动的形象感,而且力求使这种造型要切合小说所描写的典型环境中的典型性格。

黛玉与贾母初次见面,谈起她母亲如何得病,如何请医服药,如何病故发丧。这时,庚辰本写道——

> 　不免贾母又伤感起来,因说:"我这些儿女,所疼者独有你母,今日一旦先舍我去了,连面也不能一见,今见了你,我怎不伤心!"说着,搂了黛玉在怀,又呜咽起来。(第三回)

程高本改为——

> 　不免贾母又伤感起来,因说:"我这些女儿,所疼者独有你母,

今日一旦先我而逝，不得见一面，教我怎不伤心！"说着，携了黛玉的手又哭起来。

　　这两段文字，就语言的形象化来说，是没有多大差别的；然而从小说的典型环境中的典型性格来看，却大为抵牾了。

　　前者贾母说她的女儿"先舍我去了"，这里不仅有逝世时间先后的意思，更重要的是一个"舍"字体现了浓烈的母女之情，别说作为当事人的贾母不能不感到伤心，即使旁观者听了也不能不心颤情动，女儿撇下了自己的母亲而先逝，做母亲的又怎么能不伤心难过呢？面对此情此景，即使铁石心肠，谁又能无动于衷呢？这是完全符合典型环境中的典型性格的扣人心弦的语言。

　　可是程高本却把它改为"先我而逝"，去掉了饱含着血泪感情的一个"舍"字，变成单纯表示时间先后的客观叙述。这就使典型环境中的典型性格大为走样了，如同一曲痛人心脾的哀乐变成了一首舒徐平静的轻音乐，基调突变，叫人感到瞠目结舌，莫名惊诧。

　　贾母"说着，搂了黛玉在怀，又呜咽起来"。这叫人不仅如闻其呜咽之声，如见其悲痛欲绝的形状，而且使读者深深地感受到她对黛玉这个嫡亲外孙女儿，该是寄予了多么炽热的疼爱之情！而这种疼爱，并不是出于她对黛玉的思想性格有什么了解和偏爱，却完全是出于借黛玉之身来使她对"先舍我而去"的女儿的伤感之心得到慰藉。作者就是这样深入骨髓地刻画了这个封建大家庭的老祖宗的典型性格，她既是那样的温情脉脉，又是个十足的利己主义者，一切以满足个人的私欲和填补自己感情的需要为依归。

　　程高本把"说着，搂了黛玉在怀，又呜咽起来"改为"说着，携了黛玉的手又哭起来"。"搂了黛玉在怀"和"携了黛玉的手"，看起来都同样是形象化的语言，然而典型环境中的典型性格却大不一样了。前者把贾母刻画得对先逝的女儿是多么伤心之至，而对刚来到自己身边的外孙女儿又是如此疼爱之极，其脉脉温情伴随着"呜咽"之声，叫人看了听了岂能不心弦立应？后者改成"携了黛玉的手"，那就使贾母不仅感情变得淡漠了，而且掩盖了她那既感伤女儿又疼爱黛玉，既温情脉脉又十足利己的典型性格的复杂性，留给人们的成了个完全显示不出性格化的、没有什么思想深度的、平淡无味的形象。至于把"呜咽"改成"哭"，不仅使语言失去了拟声的形象感，而且一个"哭"字也有失人物情理的分寸感，人们都有这样的切身体验，真正的伤心之极，并不表现为一般的"哭"，而往往是"呜咽"之声，才令人更悲痛绞心。

这里得说句公道话，程高本绝不是一无是处，少数地方确有比脂本略胜一筹的。我们不必抱什么偏见，应该给予实事求是的分析。如第十五回写"王凤姐弄权铁槛寺"，老尼求凤姐帮助解决张金哥的婚事，庚辰本写道——

> 老尼道："……若是肯行，张家连倾家孝顺也都情愿。"凤姐听了，笑道："这事倒不大，只是太太再不管这样的事。"老尼道："太太不管，奶奶可以主张了。"凤姐听说，笑道："我也不等银子使，也不做这样的事。"净虚听了，打去妄想，半晌，叹道："虽如此说，张家已知我来求府里。如今不管这事，张家不知道没工夫管这事，不希罕他的谢礼，倒像府里连这点子手段也没有的一般。"凤姐听了这话，便发了兴头，说道："你是素日知道我的，从来不信什么是阴司地狱报应的。凭是什么事，我说要行就行。你叫他拿三千银子来，我就替他出这口气。"

这里老尼说的"张家连倾家孝顺也都情愿"，不仅表现了张家不惜一切的紧迫之情，而且以"倾家孝顺"投其所好，说明这个老尼完全摸透了凤姐贪婪的性格。凤姐发兴头本该在听了"愿倾家孝顺"句，可是她既肯定"这事倒不大"，却又先推托"是太太再不管这样的事"，又表示"我也不等银子使”，这时老奸巨猾的老尼，竟然会听不出凤姐的言外之意、话外之音，摸不透凤姐的心理，而就此"打去妄想"吗？她既已"打去妄想"，为什么紧接着又用激将法的语言，来激起凤姐"便发了兴头"呢？显然这"打去妄想"四个字纯属悖谬，它既不符合净虚老奸巨猾的性格特征，又跟上下文的情理相左。

可是现存的各种脂本都是这样写的，程乙本也是如此，唯独程甲本却把这个"打去妄想"改为"攒眉凝神"。这四个字改得恰到好处。它使这个善于察言观色、揆情度理的老尼形象神情活现。她一听凤姐借口推托，经过"攒眉凝神"地思考，就洞悉凤姐不是不肯帮忙，而是"既要当婊子，又要立牌坊"。因此，她接着又以"不希罕他的谢礼"，替凤姐撇清，再将没有手段一激，使凤姐既不能不发兴头，而又要显得发兴头并不是为了谢礼。经过老尼这一"攒眉凝神"，她把凤姐那微妙复杂的心理捉摸得该是多么玲珑剔透啊！它不仅把老尼的形象表现得显豁刿切，而且把凤姐的复杂性格刻画得入骨三分。

不仅要使其语言形象化，更重要的还要使这种形象化的语言切合于它所刻画的典型环境中的典型性格，这大概就是曹雪芹活用绘画艺术的既要"象形"，又要"应物"吧。"象形"，使人物形象生动化，跃然纸上，怡人耳目，感人心脾；"应物"，则使人物形象性格化，并升华到典型的高度，犹如悬泉陡落，瀑布高挂，造成"飞流直下三千尺，疑是银河落九天"的情境，使人不得不被吸引着探寻它那无穷的底蕴。

二、经营位置，着力浮雕

绘画，"要看纸的地步远近，该多该少，分主分宾，该添的要添，该减的要减，该藏的要藏，该露的要露"。曹雪芹在《红楼梦》第四十二回，通过薛宝钗的口所说的这种远近、多少、主宾、添减、藏露，在绘画理论上，叫作"经营位置"。唐代张彦远在《历代名画记》中，把"经营位置"看作"画之总要"，它对画卷的成败起着举足轻重的作用。当代画家吴作人也说："一个画面上形象的出现，首先应当考虑经营位置，在画面上形成什么样的运动，怎样起承转合。这个结构问题是中国民族艺术的优秀传统，诗、书、画都如此。"①

绘画的"经营位置"，指的是整个作品的章法、构图、布局问题。《红楼梦》语言的绘画美，一个很重要的方面，就是把这种绘画结构的特色融化在它的语言结构之中，呈现出"状难写之景如在目前"的浮雕美。

我国小说是从说话的话本发展而来的。民间说话艺人常说："一张口难说两家话"，"花开两朵，各表一枝"。这反映了语言艺术很难摆脱时间的局限，同时发生的几件事情，只能一件一件地说：它不像绘画作为空间艺术，可以在一个画面上同时表现几件事。由于吸取了绘画"经营位置"的艺术经验，《红楼梦》的语言结构便在一定程度上突破了时间艺术的限制，而给人以浮雕般的空间立体感。

且看凤姐协理宁国府，她要责罚一个因睡迷而迟到的用人，在庚辰本上是这样写的——

> 凤姐便说道："明儿他也睡迷了，后儿我也睡迷了，将来都没了人了。本来要饶你，只是我头一次宽了，下次人就难管，不如现开发的好。"登时放下脸来，喝命："带出去，打二十板子！"一面又掷下宁国府对牌："出去说与来升，革他一月钱米。"众人听说，又见凤姐眉立，知是恼了，不敢怠慢，拖人的出去拖人，执牌传谕的忙去传谕。那人身不由己，已拖出去挨了二十大板，还要进来叩谢。凤姐道："明日再有误的打四十，后日的六十，要挨打的只管误。"说着，

---

① 吴作人：《客有问——谈师造化、夺天工》，载《美术研究》1980年第2期，第53页。

吩咐："散了罢。"窗外众人听说，方各自执事去了。（第十四回）

这段描写，很富有绘画作为空间艺术的结构特点。它先写窗内凤姐批驳用人说的因"睡迷了，来迟了一步，求奶奶饶过这次"，给人以凤姐似乎很讲道理的印象，但接着便"登时放下脸来"，一面喝命打二十板子，一面命令传谕"革他一月钱米"。这两条处罚措施同时实行，又加上一个是喝命杖责，一个是掷下对牌罚款，这就写得有声有色，使凤姐的威严势焰咄咄逼人。接着下面又写窗外"拖人的出去拖人，执牌传谕的忙去传谕"，也是两件事分头同时进行。完成之后，又听凤姐的一顿教训，窗内凤姐吩咐解散，窗外的众人才敢"各自执事去了"。这一切，始终是窗里窗外两幅画面交相辉映，不仅显得凤姐心狠手辣，非常富有杀伐决断，不容下人有丝毫的懈怠，而且把这种阶级压迫剥削揭示得深入骨髓，催人泪下。

可是，这一段文字经过程乙本删改之后，便完全改变了这种绘画的语言结构——

凤姐便说道："明儿他也来迟了，后儿我也来迟了，将来都没有人了。本来要饶你，只是我头一次宽了，下次就难管别人了，不如开发了好。"登时放下脸来，叫："带出去打他二十板子！"众人见凤姐动怒，不敢怠慢，拉出去照数打了，进来回复；凤姐又掷下宁府对牌："说与来升革他一个月的钱粮。"吩咐："散了罢。"众人方各自办事去了。

对比庚辰本和程乙本这两段同样内容的语言结构，我们可以看出，一个是善于运用绘画的"经营位置"，使语言艺术具有空间的浮雕美；一个则对这种绘画结构毫不理解，横加删改，几乎成了一篇平铺直叙的流水账。

程乙本这段文字跟庚辰本原文相比，有哪些不同呢？

　　第一，它把形象化的描绘，改为抽象化的叙述。如把凤姐气恼的形象，由如浮雕般绘形传神的"眉立"，改成抽象的"动怒"。从"眉立"二字，读者脑海里立刻就会活现出凤姐那气恼得泼妇般杀气腾腾的形象；而看了"动怒"二字，人们却无法想象凤姐究竟气恼到什么程度。她的"动怒"究竟又是个什么样子，与众又有何不同。因此，它远不及曹雪芹着力浮雕的"眉立"二字富有表现力，更不及"眉立"二字形象如画地凸现了凤姐性格的"这一个"。

　　第二，它把同时并列的语言空间结构，改成按先后次序叙述的时间结构。如喝命打二十板子，与掷下对牌扣发钱米，凤姐一口气同时下达的这两条处罚的措施，其逞凶肆虐的猖獗，大有气冲霄汉之威，怒震山岳之势。程乙本把它改为打了二十板子之后，凤姐再掷下对牌，这就大大冲淡了凤姐那暴戾恣睢的凶恶势焰，不足以充分显示出凤姐那心狠手辣的性格本质。如同使霁风朗月下性格鲜明的凤姐形象，突然坠入黑沉沉的五里雾中，完全湮没了这个人物形象所特有的迷人的光彩。

　　第三，它把多层次的绘画语言结构，删削成单一的平面结构。庚辰本这段话，写凤姐要处罚迟到者是一层，借此揭露阶级压迫的惨重又是一层。可是程乙本却把"拖人的出去拖人，执牌传谕的忙去传谕。那人身不由己，已拖出去挨了二十大板，还要进来叩谢。凤姐道：'明日再有误的打四十，后日的六十，要挨打的只管误。'"全删了。这段话本来是比前面更深一层，它说明凤姐处罚的绝不只是某一个用人，更重要的，这是为了"杀一儆百"，其矛头所向是整个被压迫的奴隶阶级。这跟凤姐一开头所说的"头一次宽了，下次人就难管"，是前呼后应的。这最后深入一层的描写，尤其是挨打受罚之后，"还要进来叩谢"，这一句点睛之笔，它犹如在读者的感情之弦上叩响了不绝如缕的余音，使怒火仿佛像岩浆一样地在字句下面奔突了，爆发了。——挨打受罚之后还要叩谢，这是一个多么丧尽天理、令人愤恨欲绝的鬼蜮世界啊！这说明，不只是凤姐个人心狠手辣，更重要的是，她所代表的阶级压迫本身就是这么无情和残忍。而经程乙本这一删削，恰如釜底抽薪，使火一样被燃烧的激情，突然无端地被扑灭了。

曹雪芹的《红楼梦》善于以"经营位置"，创造语言的浮雕美，还表现在它不是孤立地静止地刻画人物形象，而总是把人物放在摇曳腾挪、妖媚鲜亮的背景上加以描写。如黛玉葬花，宝钗扑蝶，湘云醉眠芍药裀，龄官划蔷，晴雯补裘，这些都是多么富有浮雕特色的画境啊。

我们且以湘云醉眠芍药裀为例，那是第六十二回写王夫人不在家，一帮姑娘、丫鬟借着给宝玉过生日的机会，"恣意痛饮，失了体统"的情景——

正说着，只见一个小丫头笑嘻嘻的走来说："姑娘们快瞧云姑娘去，吃醉了图凉快，在山子后头一块青板石凳上睡着了。"众人听说，都笑道："快别吵嚷。"说着，都走来看时，果见湘云卧于山石僻处一个石凳子上，业经香梦沉酣。四面芍药花飞了一身，满头脸衣襟上皆是红香散乱。手中的扇子在地下，也半被落花埋了。一群蜂蝶，闹穰穰的围着他。又用鲛帕包了一包芍药花瓣枕着。众人看了又是爱，又是笑，忙上来推唤挽扶。湘云口内犹作睡语说酒令，唧唧嘟嘟说道："泉香而酒冽，玉盌盛来琥珀光，直饮到梅梢月上，醉扶归，却为宜亲会友。"（据俞平伯校本第六十二回）

醉酒，通常总是丑态百出的，然而曹雪芹却把它写成了"醉眠芍药美人图"①。这当然不只是由于芍药花丛和蜂飞蝶舞的景色美，更重要的是由于这种

---

① 西园主人：《红楼梦本事诗》中对史湘云的赞语，见一粟编的《古典文学研究资料汇编·红楼梦卷》，中华书局1963年版，第518页。

景色美把史湘云不顾封建体统追求自由豪放的性格美，如浮雕一般地凸显出来了。因此，它不是"美景图"，而是"美人图"。但是，如果曹雪芹不采取画家"经营位置"的艺术手法，不把史湘云的醉态放在芍药花丛、蜂飞蝶舞的美景之中来浮雕，那么，史湘云醉酒也必然是丑态图，又怎么能成为古今许多诗人、画家赞颂不绝的"美人图"呢？应该说，这是曹雪芹进步思想的表现，也是他把绘画的"经营位置"运用于他的《红楼梦》语言艺术的结果。

《红楼梦》语言的绘画美，并不限于某些局部的段落或章节，而是全书基本上都是由一幅幅画面连贯而成。在总体结构上，它如同巨幅画卷似的，能给人以"彼此相生而相应，浓淡相间而相成，拆开则逐物有致，合拢则通体联络"[①]的浮雕感。

就《红楼梦》的人物塑造来说，其基本的手法之一，就是通过由相似而又不同的语言和行动组成的画面的对比，来使各自富有个性特征的人物性格得到鲜明突出的表现。如黛玉与宝钗，晴雯与袭人，她们的一言一行、一举一动，几乎都是在对比之中才获得各自的艺术生命的。

对于这种通过画面的对比，来突出不同的人物性格，在《红楼梦》第二十七回，王瀣对"宝钗扑蝶"一段有条批语，说得相当有见地——

> 上回钗入怡红院，黛玉先看水禽；此回宝入潇湘馆，宝钗又看彩蝶。文极精细，似两扇文字，前后相映。前是沁芳桥，此是滴翠亭。前是晴雯、碧痕拌嘴；此是小红、坠儿私语。前是晴雯明怒宝钗，此是小红暗怨黛玉。以晴影黛，以红影钗也。前是黛玉之幽泣，怕羞了宝玉不便；此是宝钗之暗箭，却祸了黛玉无形。细细读至下文自知，不能备举也。

---

① 沈宗骞：《芥舟学画编》卷一"布置"。

这种"似两扇文字，前后相映"的语言艺术结构，不正是吸取了画家善于"经营位置"的艺术经验吗？它通过相似而又不相同的画面前后对比映照，增加了人物形象的立体感；在对比映照之中，犹如把不同性格的人物形象浮雕般地矗立在读者的面前了。它不但使人物形象更生动，性格特征更鲜明，而且给人以此呼彼应、相映生辉、妙趣横生、其味无穷的艺术感受。

三、随类赋彩，异彩纷呈

绘画，离不开色彩。"随类赋彩"[①]，是绘画艺术不可或缺的一条原则；淡妆浓抹总相宜，这是绘画艺术所以令人赏心悦目、心旷神怡的一个重要原因。

文学是以语言为材料的，而文学要反映五彩缤纷的社会生活，塑造丰富多彩的人物性格，却不能不借助于绘画艺术的"随类赋彩"。注重语言的色彩，这正是《红楼梦》语言具有绘画美的一个重要特色。

文学语言的色彩，是人物情感的流露，性格特征的写照。贾宝玉具有爱慕、同情、赞美、向往女孩子的性格特征，因此作者便以红色来渲染、烘托他的这个性格特征。如作者写他在袭人家里看到一个穿红衣服的女孩子，便爱慕不已。庚辰本脂批指出："补出宝玉素喜红色。"（第十九回）连贾宝玉住的地方，也叫作"怡红院"。院内种的海棠花也"叫作'女儿棠'"，"以此花之色红晕若施脂，轻弱似扶病，大近乎闺阁风度，所以以女儿命名"（第十七回）。甚至连贾宝玉的卧室，刘姥姥也误当作是"小姐的绣房"（第四十一回）。

描写贾宝玉的语言色彩，不仅符合他的女性美的基本性格特征，而且随着他的思想、感情和性格的发展，也是"随类赋彩"的。

当贾宝玉读着《西厢记》，情窦初开的时候，作者便写他"走到沁芳闸

---

① 谢赫：《古画品录》，见《中国美学史资料选编》上册，中华书局1980年版，第190页。

桥边桃花底下一块石上坐着。展开《会真记》，从头细玩。正看到'落红成阵'，只见一阵风过，把树上桃花吹下一大半来，落的满身满书满地皆是"（第二十三回）。这"落红成阵"的景色，不正是鲜明有力地赋予宝玉青春觉醒的性格特征和热烈向往自由爱情的心境以十分谐美的色彩吗？

当宝玉遭到贾政的毒打，卧床养伤的时候，作者同样也借助于色彩的描写，来突出他宁死不屈的叛逆性格。如写他在病床上要莺儿给他打用于汗巾子上的络子，有这么一段对话——

> 莺儿道："汗巾子是什么颜色的？"
> 宝玉道："大红的。"
> 莺儿道："大红的须是黑络子才好看，或是石青的才压的住颜色。"
> 宝玉道："松花色配什么？"
> 莺儿道："松花配桃红。"
> 宝玉笑道："这才娇艳。再要雅淡之中带些娇艳。"（第三十五回）

下面莺儿又问要打什么花样的，宝玉说要"攒心梅花"。这"松花配桃红"色的"娇艳"的"攒心梅花"，难道不正是宝玉那迎霜傲雪如腊梅般顽强的性格写照吗？

当晴雯等富有反抗性格的丫鬟，一个个地遭到封建主子的残酷镇压以后，作者写贾宝玉便把晴雯比作海棠花。他说："不但草木，凡天下之物皆是有情有理的。也和人一样，得了知己，便极有灵验的。若用大题目比，就有孔子庙前之桧、坟前之蓍，诸葛祠前之柏，岳武穆坟前之松，这都是堂堂正大随人之正气，千古不磨之物；世乱则萎，世治则荣，几千百年了，枯而复生者几次。这岂不是兆应！小题目比，就有杨太真沉香亭之木芍药、端正楼之相思树，王昭君冢上之草，岂不也有灵验！——所以这海棠亦应其人欲亡，故先就死了半边。"（第七十七回）这里作者并不是在宣扬封建迷信，接着他就明确指出，这是篇使人感到"又可笑又可叹"的"痴话"。实际上他强调的是"凡天下之物皆是有情有理的"，以桧、荠、柏、松、木芍药、相思树、青草、海棠等令人感到生机盎然的形象色彩，来把"身为下贱"的丫鬟晴雯，渲染、衬托成为"心比天高"，堪与最杰出的历史人物比美的崇高形象。这如同诗歌中的赋比兴和绘画中的"随类赋彩"，与其把它说成是作者迷信思想的反映，不如把它看成是一种艺术手法的运用。它不仅大大提高和突出了晴雯的形象，而且也鲜明强烈地表现了贾宝玉思想性格的发展；他已不是一般地把海棠花比作女儿棠加以赞美、爱慕，而是把它作为晴雯的化身，与最杰出的历史人物相提并论，表现了他对丫鬟晴雯的反抗性格极其崇敬和向往的民主思想。

说起林黛玉的叛逆性格，人们总不能不把她和"有千百竿翠竹掩映"，"竿竿青欲滴，个个绿生凉"的潇湘馆的环境色彩紧密地联系在一起。因为正是这种清凉幽静的色彩，恰到好处地衬托了林黛玉那孤高傲世的叛逆性格。正如林黛玉自己所说的："我心里想着潇湘馆好，我爱那几竿竹子隐着一道曲栏，比别的更觉幽静。"（第二十三回）其实不只是环境的幽静，竹子那常年青翠欲滴的颜色是对林黛玉充满青春活力的礼赞，竹子的刚直气节是对林黛玉高尚节操的辉映，湘妃竹的故事传说是对林黛玉追求爱情婚姻幸福而不可得，常自流泪不止的悲惨命运的昭示。可以说，潇湘馆千百竿翠竹的一切特色，处处都是林黛玉性格的延伸和映照。

人们常说：触景生情。而一切"景"，首先是以它的色彩进入人们的视觉的，景的形态本身往往首先表现为色彩。因此，色彩常常成为触发人的感情的最敏感的媒介。当林黛玉唯一的知己贾宝玉遭到贾政的毒打，她去探望宝玉的伤势后，回到潇湘馆，"一进院门，只见满地下竹影参差，苔痕浓淡，不觉又想起《西厢记》中所云'幽僻处可有人行，点苍苔白露冷冷'二句来。因暗暗的叹道：'双文，双文，诚为命薄人矣。然你虽命薄，尚有孀母弱弟。今日林黛玉之命薄，一并连媚母弱弟俱无。古人云："佳人命薄"；然我又非佳人，何命薄胜于双文哉！'"（第三十五回）这里"竹影参差，苔痕浓淡"的景色，既是对林黛玉孤独凄凉身世的映照，同时又进一步激发了她对悲惨命运的愤懑不平的情绪；它不仅推动了故事情节和人物性格的发展，而且创造了一种充溢着诗情的优美画境。如果我们把"竹影参差，苔痕浓淡"这八个字去掉，那么，这段文字的诗情画意也就完全被破坏了，语言的绘画美也就杳然泯灭了。

在《红楼梦》中，不仅对于贾宝玉、林黛玉等主要人物，即使对于一些次要人物，作者也是很注意色彩描绘的。如戚本第六十六回回末总批所指出的——

尤三姐失身时，浓妆艳抹，凌辱群凶；择夫后念佛吃斋，敬奉老母，能辨宝玉，能识湘莲，活是红拂、文君一流人物。

《红楼梦》作为文学语言的色彩描写，自然不能局限于直接描写赤橙黄绿青蓝紫的颜色。跟绘画的"随类赋彩"相比，《红楼梦》语言的色彩描写，有它自己的独特创造。它一般不直接用赤橙黄绿青蓝紫的颜色，而通过形象化的语言，却能画出更加鲜明强烈的色彩，造成极为状貌传神的艺术效果。

如曹雪芹用"清溪泻雪"（第十七回），既画出了水的清澈雪白的色彩，又写出了它那溪流急泻的动态，给人以雪白透明、晶莹可爱、生机勃勃的美感。

他描写几百株杏花的色彩，是"如喷火蒸霞一般"（第十七回）。这不仅画出了"几百株杏花"的色彩鲜艳浓烈，而且使它显得气贯长虹，光芒炫目，既妩媚秀丽，又蔚然壮观。它犹如绘画般的浓墨重彩，确有震撼人心、令人陶醉的艺术魅力。

他写海棠花的色彩，是"丝垂翠缕，葩吐丹砂"（第十七回）。不见青、赤二字，却给人以青翠、鲜红的色彩感。尤其是一个"垂"字、一个"吐"字，更给那青翠和丹砂般的色彩增添了活力，仿佛把人们引入了那海棠花竞相争艳、生机盎然的画境。

他写那莽莽雪景，说："自己却如装在玻璃盒内一般。"（第四十九回）不仅画出了雪的洁白的颜色，而且还令人感觉到它那透明的亮光和铺天盖地的气势，好像让我们自己也置身于雪景之中了，真不愧是一幅精美的"艳雪图"。

这些总算还是直接或间接地写到色彩的，跟绘画的"随类赋彩"更为不同的是，《红楼梦》作为文学语言的色彩，更多的却不是写颜色本身，而是体现在对人物形象塑造上，善于运用深浅浓淡等各种不同的语言笔调。正如戚本第十九回开头的总批所指出的——

　　彩笔辉光若转环，心情魔态几千般。

　　写成浓淡兼深浅，活现痴人恋恋间。

这里所说的"彩笔"就不是指严格意义上的颜料色彩，而是借用绘画上的"随类赋彩"，赞扬曹雪芹善于运用不同的语言色彩，来刻画丰富多彩的人物性格。

就拿第十九回来说，作者描写贾宝玉的语言是多么异彩纷呈、摇曳多姿啊！

如他写宝玉"因想这里素日有个小书房内曾挂着一轴美人，极画的得神。今日这般热闹，想那美人自然是寂寞的，须得我去望慰他一回"。这是在多情之中显得有点疯傻的语言，带有神奇的色彩。

当宝玉发现茗烟与一个丫头在那小书房内偷干警幻所训之事，那丫头吓呆了，他叫那丫头快跑，又赶出去叫道："别怕，我是不告诉人的。"又责怪茗烟"连他的岁数也不问问，别的自然越发不知了。可见他白认得你了"。这是在多情之中显得非常怜惜的语言，带有妩媚的色彩。

对于袭人的变尽法子规劝，他不得不满口应允："你说，那几件？我都依你。好姐姐，好亲姐姐，别说两三件，就是两三百件我也依。"这是在多情之中显得既幼稚又痛苦的语言，带有质朴的色彩。

对于黛玉则无微不至地关怀、体贴，"宝玉只怕他睡出病来"，挖空心思要替他解闷儿，便哄她道："嗳哟，你们扬州衙门里有一件大故事，你可知道？……"这是在多情之中显得灼热的语言，带有娇艳的色彩。

这些不同的语言色彩，统一在贾宝玉一人身上，既跟他多情的基本色调非常谐和，又生动如画地充分写出了他这种多情性格表现的丰富多彩，给人以一种"彩笔辉光若转环"的美感。

《红楼梦》以前的我国小说则不然，人物语言所表现出来的色彩往往是比较单调的。张飞、李逵语言的质朴粗豪，孙悟空、猪八戒语言的神幻滑稽，西门庆、潘金莲语言的恣肆泼辣，其语言的格调和色彩几乎看不出有什么显著的变化。只有《红楼梦》，它恰如有的同志所说的："一部《红楼梦》相当于一所汉语文学语言的博物院，汉文文体的档案馆。"[①]精英荟萃，应有尽有。

这种为多方面展示人物性格而使语言千变万化的色彩美，自然绝非靠作家的"彩笔"一挥而就，而是必须对社会生活有精细入微的洞察，掌握人物性格"心情魔态几千般"的丰富表现；同时，又对汉语言的丰富多彩，具有囊括无遗、挥洒自如的能力。曹雪芹的《红楼梦》不仅汲取了绘画艺术的经验，更充分发挥了文学语言的特长，使他所创造的人物形象具有比任何绘画更为丰富多样的色彩美。其异彩纷呈，精美绝伦，仿佛把我们引进了一座巧夺天工的琼林瑶圃，令人由不得不称奇叫绝，赞叹不已。

---

① 李思敬：《读译有感》，《光明日报》1980 年 10 月 22 日。

四、皴染烘托，映照生辉

绘画，必须讲究技巧、画法。而这些技巧、画法，是可以大大丰富语言艺术的表现手法的。《红楼梦》语言的绘画美，在很多地方正是由于曹雪芹不仅运用了绘画艺术的理论原则，而且直接吸取了绘画艺术的具体技法。仅据脂批所指出的，就有：

> 千皴万染。（甲戌本第一回）
>
> 这正是作者用画家烟云模糊处。（甲戌本第一回）
>
> 此画家之云罩峰尖法。（甲戌本第四回）
>
> 用画家三五聚散法。（甲戌本第七回）
>
> 略用淡三色烘染行云流水之法。（甲戌本第八回）
>
> 纯用画家烘染法。（庚辰本第二十一回）
>
> 全用画家笔意写法。（庚辰本第二十五回）

在这些画法中，我认为曹雪芹的《红楼梦》运用得最为普遍而成功的，主要有两种，这就是自唐代王维以来在绘画艺术上所惯用的两种基本技法[①]：

（一）皴染法。它本是我国画家用于表现山石、峰峦和树身表皮的各种脉络纹理的一种技法。古人对它评价很高。元代董其昌的《画旨》说："盖大家神品，必须皴法有奇。"王翚在笪重光的《画筌》评语中说："画中惟皴法最难。"恽正叔在《南田画跋》中甚至把它神秘化，说："皴染相兼，用意入微，不可说，不可学。"因为要表现出山石、峰峦、树皮的脉络纹理，说它"用意入

---

① 董其昌的《画旨》指出："右丞（王维）以前作者，无所不工，独山水神情传写，犹隔一尘。自右丞始用皴法，用渲染法。若王右军一变钟体，凤翥鸾翔，似奇反正。"

261

微",那是对的,至于说它"不可说,不可学",那却未必。说穿了,它就是通过线条的反复皴染,表现出山石、峰峦、树木的神态美。曹雪芹把它运用到《红楼梦》中来,则是通过语言的反复皴染,从某些主要特征上突出人物的性格美。如作者曾多次写到贾宝玉好用"化灰、化烟"来发誓。他曾对袭人说:

> 等我有一日化成了飞灰,——飞灰还不好,灰还有形有迹,还有知识;等我化成一股轻烟,风一吹便散了的时候,你们也管不得我,我也顾不得你们了。那时凭我去,我也凭你们爱那里去就去了。
>
> (第十九回)

庚辰本脂批说,这是"不成话之至奇至妙之话"。其"奇"、其"妙",就在于它看似虚无主义思想的流露,实则表现了对于个性自由的追求和神往。它把人物深沉的内心痛苦、细微的感情波澜,以及复杂的思想性格,都惟妙惟肖地表现出来了。它不仅倾吐了贾宝玉对于袭人等所有女孩子的真挚浓烈的感情,对于那个封建末世感到憎恶的厌世情绪,而且它形象地揭示了贾宝玉思想性格中理想和现实的尖锐矛盾及其必然的悲剧结局。

对于贾宝玉的这种思想性格,曹雪芹采用类似画家的反复皴染法,以"化灰、化烟"的语句,反复皴染过多次。

有一次,贾宝玉对史湘云说:

> 我倒是为你,反为出不是来了。我要有外心,立刻化成灰,叫万人践踏。(第二十二回)

这是贾宝玉既要钟爱林黛玉,又要回护史湘云,想从中调和,不料并未调和成功,反落了两处的贬谤。同样是发誓化灰,而所表现出来的却不是简单重

262

复，而是进一步说明了他的泛爱思想在现实生活中必然碰壁和破产。

后来贾宝玉又对袭人说：

> 我就死了，再能够你们哭我的眼泪流成大河，把我的尸首漂起
> 来，送到那鸦雀不到的幽僻之处，随风化了，自此再不托生为人就是
> 我死的得时了。（第三十六回）

万有文库版《石头记》对宝玉这段话的眉批称："此等议论愈出愈奇，可
谓真正情种矣。却与第十九回所云化成轻烟被风吹散等语意同。"其实相同的
只是"化灰""化烟"的语句，不同的却是把他对水一般纯洁的女孩子挚爱的
感情表现得更深厚了，对泥一样污浊的以男子为中心的封建末世，则厌恶到了
"自此再不托生为人"的决绝的地步。

当宝玉看到龄官划蔷，知道她是那样执着地热恋着贾蔷时，他又对袭人说：

> 昨夜说你们的眼泪单葬我，这就错了。我竟不能全得了。从此
> 后，只是各人各得眼泪罢了。（第三十六回）

这表明，他在社会现实的教育下，泛爱思想得到了纠正。

紫鹃以林妹妹要回苏州家去来试探宝玉，急得宝玉对紫鹃发狠道：

> 我只愿这会子立刻我死了，把心迸出来，你们瞧见了，然后连皮
> 带骨一概都化成一股灰——灰还有形迹，不如再化一股烟——烟还可凝
> 聚，人还看的见，须得一阵大乱风吹的四面八方都登时散了，这才好。

又说：

活着，咱们一处活着；不活着，咱们一处化灰化烟。（第五十七回）

这时虽然同样还是说了"化灰""化烟"的话，但所表现出来的思想感情，却是要跟林黛玉同生共死，永不分离。为了忠于自己的爱情理想，他有这么一种如痴似狂、不惜献身的精神，这在那个封建时代，确实是非常难能可贵的。

从以上我们可以看出，宝玉虽然一再发誓要"化灰化烟"，但它所表现出来的思想感情，却不是重复雷同，而是同中见异，同则表现为绘画的反复皴染，给人以回环美的深刻感受，它符合人们对于艺术的欣赏须在反复之中才能逐步留下深刻印象的认识规律；异则在对比之中更加充分地显示出宝玉思想性格的发展变化，给人以脉络纹理清晰的鲜明印象，它既反映了绘画艺术的线条美，也符合人们对于艺术欣赏有个在比较之中才能反复加深美感的认识规律。因此，尽管他一再重复化灰化烟的词语，读者得到的却是语言艺术的美感享受，而丝毫没有重复、累赘、厌恶之感。其他如一再写到贾宝玉的玉、薛宝钗的冷香丸、林黛玉的好哭鼻子等等，富有个性化的细节和语言，作者也都采取反复皴染的绘画手法，给读者留下了仿佛如影随形，无法摆脱的印象。

（二）烘托法。它本是画家用水墨或淡彩在物象的外廓渲染衬托，使其艺术形象鲜明突出的一种艺术手法。宋代山水画家郭熙在《林泉高致》一书中说："山欲高，尽出之则不高；烟霞锁其腰则高矣。水欲远，尽出之则不远；掩映断其脉则远矣。"清代画家笪重光在《画筌》中说："山本静，水流则动；石本顽，有树则灵。"我国民间俗语也常说："烘云托月。""红花还得绿叶扶。"这些都说明，烘托法乃是符合艺术规律的。

曹雪芹则把绘画的烘托法吸收到他的《红楼梦》语言艺术中来了。不过他并不是简单地照搬绘画的渲染烘托，而是以创造各种次要的人物来烘托主要的人物，既使主要人物成为历史性的艺术典型，又使次要人物在起烘托作用的同时，也具有各自的个性特征和艺术生命，共同组成一个所谓"红楼梦社会"。

以袭人、晴雯、紫鹃为例，她们无疑都是性格鲜明的成功的艺术形象，然而她们在《红楼梦》中除了有自身的典型意义以外，还有着对贾宝玉、林黛玉等主要典型形象的烘托作用。

贾宝玉的叛逆性格，在许多方面就是由袭人渲染衬托出来的。读者对贾宝玉把热衷于走封建科举道路的人骂为"禄蠹"，都留下了深刻的印象。可是有谁亲耳听贾宝玉这么说过没有？我们只听到袭人当面规劝过宝玉："你真喜读书也罢，假喜也罢，只是在老爷跟前，或在别人跟前，你别只管批驳诮谤，只作出个喜读书的样子来，也教老爷少生些气，在人前也好说嘴。他心里想着，我家代代读书，只从有了你，不承望你不喜读书，已经他心里便又气又愧；而且背前背后，乱说那些混话，读书上进的人，你就起了名字，叫作'禄蠹'，又说只除'明明德'外无书，都是前人自己不能解圣人之书，另出己意混编纂出来的。这些话，怎么怨得老爷不气，不时时打你！叫别人怎么想你！"（第十九回）这段话，既画出了袭人处处为主子着想的那种殚精竭虑而又很幼稚浅薄的奴婢形象，又渲染和烘托了宝玉那对封建人生道路深恶痛绝的叛逆性格。宝玉背前背后说读书上进的人为"禄蠹"的话，如果不是由袭人渲染出来，而是由宝玉亲口向读者来说，那么，说一遍，给人印象不深；多说几遍，则难免累赘。通过袭人来渲染衬托，则既简洁生动，又给人留下了宝玉在背前背后乱说那些"混话"的深刻印象。

到了"慧紫鹃情辞试忙玉"的时候，宝黛爱情已经达到完全成熟的阶段。宝玉作为一个有着叛逆思想的男性，他可以因为紫鹃说了林妹妹要回苏州去的玩话，而大发了一通痴狂病，借以既表现他对林黛玉的爱情已达到呼吸相关、生死不渝的地步，又在客观上起着向封建家长示威的作用：如果剥夺我对林妹妹的爱情，那就等于要我的命！可是，林黛玉作为一个既有叛逆思想而又未能摆脱封建思想束缚的姑娘，她却不可能像贾宝玉那样酣畅淋漓地把自己的心病表现出来，而只能借助于她的丫鬟紫鹃来从旁衬托渲染。

因原文过长，不便逐录。请看一看第五十七回，那紫鹃在夜深人静后睡在床上悄向黛玉说的那一段肺腑之言吧。它不仅画出了一个"一片真心为姑娘"、知心而又贴心的婢女形象，更重要的，正如万有文库版《石头记》的眉批所指出的"鹃儿口中之言，无一字不是姑娘意中所欲言而不得言之言"。清道光年间的王希廉于这一回的回末总评中也指出："紫鹃自言自语，恰是黛玉心事，不便自己说，故借紫鹃代说。如画正午牡丹，无从落笔，借猫眼一线画出。"

须知，这种"借猫眼一线画出"的烘托法，不仅解决了直接写黛玉"无从落笔"的难处，而且可以说它比直接作黛玉的心理刻画，使人更感到黛玉这个形象如孤鸿悲鸣，令人肠断。你看，紫鹃的话，明明字字句句都说到了黛玉的心坎里，可是她嘴上却不得不骂紫鹃"嚼什么蛆"，说她"疯了"，甚至扬言"我明儿必回老太太，退回你去"。这是多么耐人寻味而又富有机趣啊！一方面封建家长绝不会成全她和宝玉这一对叛逆者的爱情婚姻，另一方面封建的思想意识却又是这般顽固地桎梏和折磨着她的心。在那样一个黑暗的时代，妇女要争取解放，该是多么艰难啊！由此可见，通过紫鹃这一衬托、渲染，使林黛玉的形象该是多么生动感人而又具有多么深广的典型意义啊！

如果让次要人物跟主要人物"平分秋色"，甚至喧宾夺主，那当然不行，但是，如果离开了这几个次要人物，贾宝玉和林黛玉等主要的典型形象，也势必如"山欲高，尽出之则不高"一样，难以成功。好在作者曹雪芹非常善于活用绘画艺术的烘托法，能够使他的人物各得其所地交互辉映在巨幅历史画卷的艺术结构之中，通过一些次要人物语言的渲染烘托，既使主要人物的典型形象别出机杼，光彩熠熠；在次要人物和主要人物之间，又给人以一种画中有画、双璧生辉、宾主映照、相映成趣的艺术美感。

五、以形传神，形神逼肖

绘画，最根本的要求，如清代沈宗骞的《芥舟学画编》所说，是要"形神逼肖"。"画法门类至多，而传神写照，由来最古。"我国古代在艺术理论上第一个提出"以形传神"的，是东晋著名画家顾恺之。相传他画人尝数年不点睛，人问其故，他说："四体妍媸，本无关于妙处，传神写照，正在阿堵之中。"[①]他有两个基本观点，对后来的影响很深。一是"以形传神"。通过形来写神，以"形"为基础，以"神"为表现的重点；一是妙在阿堵。传神必须抓住足以能表达人的心灵的"这个"，而不必在"四体妍媸"等枝节上多费笔墨。

曹雪芹把我国绘画艺术的传统手法——传神写照，运用到他的《红楼梦》语言艺术之中，是十分自觉的、成功的。曹雪芹自己在《红楼梦》中，就通过贾宝玉的口称赞过一幅美人画"极画的得神"（第十九回），还以"用字用句皆入神化了"（第七十八回），来评论过贾宝玉写的词。在脂砚斋批语中，也一再赞扬它"神理极妙"[②]，"神情宛肖"[③]，"传神之笔"[④]，"妙神妙理"[⑤]，"神理如画"[⑥]，"有神理，真真画出"[⑦]，"叙来恰肖其人……叙来更得其神"[⑧]。

可惜脂砚斋的这些评语，尚停留在一般化的感叹上。究竟他的语言艺术"神理极妙"妙在哪里？又是怎样做到"神理如画"的？他既缺乏具体的艺术分析，更没有作出理论上的说明。这个任务，只有落到我们当代红学研究者的肩上了。

---

① 顾恺之:《历代名画记》卷五，见《中国美学史资料选编》上册，中华书局1980年版，第175页。

② 甲戌本第五回脂砚斋批语。

③ 甲戌本第六回脂砚斋批语。

④ 甲戌本第六回脂砚斋批语。

⑤ 甲戌本第八回脂砚斋批语。

⑥ 庚辰本第二十四回脂砚斋批语。

⑦ 庚辰本第二十六回脂砚斋批语。

⑧ 戚本第七十六回回末总批。

"形具而神生"，这是早在春秋时代荀况的《天论》就已经提出来的唯物主义观点。"以形传神"，实际上是这个唯物主义观点在艺术理论上的应用和发挥。尽管也有人片面强调"神似"而忽视"形似"的（如苏东坡就说："论画以形似，见与儿童邻。"[①]），但是作为我国绘画艺术的主流，还是一直强调"传神者必以形"[②]。"神无可绘，真境逼而神境生。"[③]

　　通过真实的形象化的描绘来传神，这是《红楼梦》语言令人感到"神理极妙""神理如画"的一个重要原因。以形传神，则神情活现；以神传神，则空洞无物。如秦钟跟智能私通，被宝玉撞见，作者在庚辰本中写他俩——

　　　　正在得趣，只见一人进来，将他二人按住，也不则声。二人不知是谁，唬的不敢动一动。只听那人嗤的一声撑不住笑了，二人听声，方知是宝玉。（第十五回）

程乙本将这段文字改为——

　　　　这里刚才入港，说时迟，那时快，猛然间一个人从身后冒冒失失的按住，也不出声，二人唬的魂飞魄散。只听嗤的一笑，这才知是宝玉（第十五回）。

　　所谓"说时迟，那时快""唬的魂飞魄散"，这些都是旧小说中的陈词滥调。它虽然直接写神，却使人无法体会"魂飞魄散"究竟是个什么样子。原作"唬的不敢动一动"，既形象具体，又生动地画出了被吓的神情。程乙本

　　① 《苏东坡集》卷16，见《中国美学史资料选编》下册，中华书局1981年版，第36页。
　　② 唐志契：《绘事微言》，见《画论丛刊》，人民美术出版社1960年版。
　　③ 笪重光：《画筌》，见《画论丛刊》，人民美术出版社1960年版。

删去"撑不住""二人听声",也把神情如画的情景湮没在平淡无味的叙述之中了。由这同一情景的两段不同文字的对比,我们可以看出写"形"对于传"神"的重要。

以形传神,对于人物的动作、口吻、神态等必须描写得准确。稍有走样、扭曲、变形,就有损于人物形象的生动传神。如脂本第二十一回有这么一段——

> 次日早起,凤姐往上屋去后,平儿收拾贾琏在外的衣服铺盖,不承望枕套中抖出一绺青丝来。平儿会意,忙掖在袖内,便走至这边房内来,拿出头发来向贾琏笑道:"这是什么?"贾琏一见了,忙抢上来要夺。平儿便跑,被贾琏一把揪住,按在炕上,掰手要夺,口内笑道:"小蹄子,你不趁早拿出来,我把你膀子撅折了。"平儿笑道:"你就是没良心的。我好意瞒着他来问你,你倒赌狠。你只赌狠,等他回来我告诉他,看你怎么。"贾琏听说,忙陪笑央求道:"好人,赏我罢。我再不赌狠了。"(据俞平伯八十回校本)

这一段对贾琏与平儿一连串动作的描写,以"抢"字引出"跑"字,以"跑"字引出"揪"字,以"揪"字引出"按"字,以"按"字引出"夺"字,写得花团锦簇,情景活现。但是程乙本把"忙掖在袖内"的"掖"字改为"藏"字,怎么个"藏"法呢?显然这个"藏"字不及"掖"字具体、准确、传神。把"忙抢上来要夺"改为"连忙上来要抢",怎么个"连忙上来"法呢?它不及"忙抢上来"显得形神活现。把"掰手要夺"改作"从手中来夺",去掉一个"掰"字,那夺的神态也就不见了。接着写贾琏"口内笑道……"三句,本来是用贾琏自己的语言,画出了这个纨绔子弟的下流腔调、神情,使人闻其声即如见其人,而程乙本却把它全删了。这不仅使平儿下面说的话变成无的放矢,失去了其表现平儿机灵性格的艺术效果,而且连贾琏的突然改变成"央求"的语气，也不足以充分显示出其虚弱、轻薄的丑态。可见同样的事情，作家对人物性格的认识、把握到什么程度，对语言艺术的感觉和运用的能力如何，以形传神的艺术水平和效果就大不一样。

宋代陈郁在《藏一话腴·论写心》中说："盖写其形，必传其神；传其神，必写其心。"如果像荀况那样，仅仅强调"形具而神生"，那还是属于机械唯物论。形和神，是辩证的关系，它如同形式和内容一样，虽然是不可分割的，但是这里面有个以什么样的"形"才能达到最佳"传神"效果的问题。写其形，着眼于传其神；传其神，着力于写其心，我觉得这就是曹雪芹汲取绘画艺术的经验，使他的《红楼梦》语言艺术达到以形传神、形神逼肖的最基本的原因。

文学家、艺术家，应该同时也是心理学家。曹雪芹的人物形象塑造着力于写其心，跟外国小说擅长于直接作人物的心理剖析不同，他汲取我们民族绘画艺术以形传神的丰富经验，总是把人物的心理、神情，形象地体现在他的行动和语言之中，使他的语言"有无限神情滋味"①。经得起人们的"细读细嚼"②。

人物的心理活动，总是要以一定的形式表现出来的。但这种表现不一定是直接的、浅露的，而往往是曲折的、隐蔽的。《红楼梦》的语言艺术往往能把人物的内心活动和他们的神情表现，恰到好处地描写出来，给人以惟妙惟肖、情浓意深的艺术美感。如庚辰本第六回中的一段——

> 那刘姥姥先听见告艰难，只当是没有，心里便突突的；后来听见给他二十两，喜的又浑身发痒起来，说道："嗳，我也是知道艰难的。但俗话说的：'瘦死的骆驼比马大'，凭他怎样，你老拔根寒毛比我们的腰还粗呢！"

---

① 庚辰本第五十七回脂砚斋批语。
② 庚辰本第五十七回脂砚斋批语。

程乙本把"只当是没有，心里便突突的"，改成"只当没想头了"，删去了"心里便突突的"一句。而正是这一句，以急剧的"突突"心跳之声，令人揪心地刻画了刘姥姥那求人周济的艰难处境和紧张神情，难怪脂砚斋不禁在甲戌本的这一句旁批曰："可怜可叹！"当刘姥姥听见给她二十两后，原作写她"喜的又浑身发痒起来"，这既表达了刘姥姥那欣喜欲狂的心理，又把她的外在表现刻画得非常自然得体，显得底蕴浑厚，发人深省。因此脂砚斋又不禁在甲戌本的这一句旁批曰："可怜可叹！"可是程乙本却把这一句改为"喜的眉开眼笑"，把刘姥姥的心情写得非常浅薄外露，不但丝毫不能引起令人"可怜可叹"的艺术效果，而且使她后面接着发的一番感慨，更失去了深沉的含义。不仅如此，程乙本还删去了刘姥姥一开口说的那个"嗳"字，又在"瘦死的骆驼比马大"后面无端地加上个"呢"字，这就更使刘姥姥那在自我感叹中略带恭维的语气，变成了刘姥姥似有自作聪明而又对主人进行戏谑的意思。试想，如果刘姥姥真的以"眉开眼笑"的姿态，嬉皮笑脸地把贾府比作"瘦死的骆驼"，那样她能不引起凤姐的极大反感吗？刘姥姥又怎么会粗鄙浅薄到如此不识相的地步呢？

可见，以形传神，不仅是个语言艺术技巧的问题，更重要的还要对社会生活和人物性格有深切的体验、准确的把握，能一语通透灵魂，每一句话既要形象生动，更要切合人物的性格，充溢着深邃的思想和浓烈的感情，才能造成动人心魄的艺术魅力，给人以墨落毫收而神传言外的美感享受。

六、伟大作家，共同"秘诀"

综上所述，《红楼梦》语言艺术的辉煌成就，跟曹雪芹作为一个精通绘画艺术的画家，多方面慎择精研地吸取了我国绘画艺术的丰富经验，是分不开的。它是我们民族艺术的结晶。

值得注意的是，不仅是一个曹雪芹，在古今中外的文学艺术史上，有不少杰出的诗人、作家，如中国的王维、苏轼、徐渭、鲁迅、郭沫若，法国的狄德罗、巴尔扎克、福楼拜、莫泊桑，德国的莱辛，俄国的托尔斯泰、高尔基，等等，他们或者本身也是画家，或者对绘画艺术作过深入的研究。

世界文艺发展的历史证明，语言艺术和绘画艺术并不是"隔行如隔山"，而是可以互相贯通的。因为它们共同的特点是都要运用形象思维，都要塑造感人的艺术形象。所以契诃夫称赞"高尔基是一个真正有才能的人，他有真正的画笔和颜料"[①]。巴尔扎克说："文学采用的也是绘画的方法。[②]"鲁迅说："小说也如绘画一样，有模特儿……"[③]郭沫若说："小说注重在描写，我感觉着它和绘画的性质相近。"[④]

历史上不少作家之所以有杰出的成就，跟他们十分重视吸取绘画等多方面的艺术经验，是分不开的。莫泊桑曾向福楼拜请教写作的"秘诀"，福楼拜便说："请你给我描绘一下这个坐在商店门口的人，包括他的姿态，他整个的身体外貌；要用画家那样的手腕传达他全部的精神本质，使我不至于把他和别的人混同起来。"据说，"要用画家那样的手腕"，这就是福楼拜和莫泊桑成为举世闻名的伟大小说家的"秘诀"[⑤]。福楼拜对《战争与和平》的评价，就是高度赞扬它的作者托尔斯泰是个"多么了不起的写生画家，多么了不起的心理学家"[⑥]！

---

① 契诃夫：《论文学·致阿维洛娃》，人民文学出版社1958年版。

② 巴尔扎克：《古物陈列室》，《钢巴拉》初版序言，《古典文艺理论译丛》第10册，人民文学出版社1965年版。

③ 见《鲁迅书信集·致徐懋庸》。

④ 郭沫若：《怎样运用文学的语言》，《沫若文集》第13卷，第25页。

⑤ 见《文汇报》1981年2月20日第3版《秘诀》。

⑥ 福楼拜：《致屠格涅夫》，《俄国文学史》下册，人民文学出版社1962年版，第1128页。

由此可见，曹雪芹的《红楼梦》语言艺术的绘画美，并不是个偶然的、孤立的现象，而是从一个侧面反映了伟大作家在艺术上取得成功的"秘诀"和语言艺术创作的客观规律。认真研究和汲取《红楼梦》在这方面的艺术经验，对于我们认识和掌握语言艺术的创作规律，促进作家多方面地加强艺术修养，提高我们社会主义文艺的艺术质量，是很有意义的。

诗情画意

——谈《红楼梦》语言艺术的境界美

曹雪芹是以小说家著名的，可是他的朋友却很称赞他工诗善画。敦敏的《懋斋诗钞·题芹圃画石》，说他"醉余奋扫如椽笔，写出胸中魁礧时"。张宜泉的《春柳堂诗稿·题芹溪居士》，说他"门外山川供绘画，堂前花鸟入吟讴"。曹雪芹凭借诗画方面的才能，使他能够在《红楼梦》中创造了一种富有诗情画意的语言艺术境界。其浓烈的诗情、深邃的画意，给人以眷眷无穷的艺术魅力；如饮醇酒，令人不期而然已陶醉于其中。

曹雪芹是怎样使《红楼梦》的语言艺术具有诗情画意的境界的呢？下面我们就试图对这个问题作一探讨。

一、化无情为有情，赋予正面人物形象以诗人的气质

化无情为有情，赋予正面人物形象以诗人的气质，这是《红楼梦》的语言具有诗情画意的艺术手法之一。

贾宝玉这个形象的重要特点，是对一切美好的事物都充满着痴情。正如甲戌本第八回脂砚斋有条眉批所指出的："按警幻情讲，宝玉系情不情。凡世间之无知无识，彼俱有一痴情去体贴。"把世间无知无识的美好事物，用痴情去体贴为有知有识、有情有义的事物，这是贾宝玉的性格特点之一，也是《红楼梦》的语言具有诗情画意的美感，引人入胜的重要原因所在。请看《红楼梦》

第五十八回下面这段描写——

（贾宝玉）从沁芳桥一带堤上走来。只见柳垂金线，桃吐丹霞。山石之后，一株大杏树花已全落，叶稠阴翠，上面已结了豆子大小的许多小杏。宝玉因想道："病了几天，竟把杏花辜负了。不觉已到'绿叶成阴子满枝'了。"因此，仰望杏子不舍。又想起邢岫烟已择了夫婿一事。虽说是男女大事，不可不行，但未免又少了一个好女儿。不过两年，便也要"绿叶成阴子满枝"了。再过几日，这杏树子落枝空；再几年，岫烟未免乌发如银，红颜似槁了。因此不免伤心，只管对杏流泪叹息。正悲叹时，忽有一个雀儿飞来，落于枝上乱啼。宝玉又发了呆性，心下想道："这雀儿必定是杏花正开时他曾来过，今见无花空有子叶，故也乱啼。这声韵必是啼哭之声。可恨公冶长不在眼前，不能问他。但不知明年再发时，这个雀儿可还记得飞到这里来，与杏花一会了？"

杏花、雀儿，本来都是不懂人情的，可是在曹雪芹的笔下，在贾宝玉的心目中，却都变成有知有识、有情有义的了。这是一种诗人的多情。它显然是受了唐代著名诗人杜牧的一首题为《叹花》诗的启迪——

自恨寻芳到已迟，往年曾见未开时。

如今风摆花狼藉，绿叶成阴子满枝。①

然而，作者不是简单地搬用前人的诗句，而是把诗人的多情创造性地化

---

① 见《全唐诗》卷524，中华书局1960年版，第5499页。

为人物的典型性格。贾宝玉之所以对花落鸟啼如此伤感，他不同于封建文人通常的伤春悲秋，而是由于在这前一回，"慧紫鹃情辞试忙玉"，他为他与林妹妹的爱情婚姻不得实现而闹了一场病，他那如花似锦的美好理想，遭到了社会丑恶现实的无情摧残，他借此倾吐了郁结于胸中的满腔愤懑之情。正如庚辰本脂砚斋对这段描写的批语所指出的："近之淫书满纸伤春，究竟不知伤春原委。看他并不提伤春字样，却艳恨秾愁，香流满纸矣。"重要的不是"伤春"字样，而是"艳恨秾愁"。这种诗情画意，正是贾宝玉独特性格的生动表现。

当宝玉走在沁芳桥一带堤上，"只见柳垂金线，桃吐丹霞"。这景色是多么美好的画境啊，它是那样的生机勃勃，春意盎然！然而更令人神往的，却是它寄托着宝玉对美好理想的热烈憧憬和执着追求。好景不长，理想难成。那山石之后的一株大杏树花已全落，叶稠阴翠，结满豆大的许多小杏子了。他不禁触景生情，伤感自己"病了几天，竟把杏花辜负了"。他由景及人，想起邢岫烟一出嫁，"未免又少了一个好女儿"。在封建社会，女儿一嫁了汉子，就必然要沾染上许多污浊习气。因此，宝玉不禁"流泪叹息"。客观现实的发展是那样的冷酷无情，不以他的叛逆性格为转移，他感到多么的愤懑、惋惜、悲痛和孤独啊！但是他并不悲观失望，更不消极颓废。他从"一个雀儿飞来，落于枝上乱啼"，仿佛找到了一个同情者，认为那个雀儿也跟他一样，对于美好生活无限地热爱和多情，"今见无花空有子叶，故也乱啼"，并且这声韵也跟他一样，"必是啼哭之声"。公冶长是春秋时代齐国人，传说他懂得禽语。宝玉虽不懂得禽语，但他自以为懂得禽鸟的感情，他盼望那雀儿待明年花开时再飞来与这杏花一会，他又沉浸在对美好生活的无限向往和追求之中了。作者在前面第三十五回曾经介绍过贾宝玉的性格特征："时常没人在跟前，就自哭自笑的；看见燕子，就和燕子说话；河里看见了鱼，就和鱼说话；见了星星月亮，不是长吁短叹，就是咕咕哝哝的。"这段在杏树下多愁善感的描写，把宝玉那糅合着女性的缠绵与执着、诗人的敏感与多情、贵族叛逆者的痛苦与孤独的性格，刻画得更加细腻曲折，婉转感人。

更为感人的是，作者不是孤立地对贾宝玉作杏树下心理活动的描写，而是要用杏树下宝玉这个贵族叛逆者的多情，来庇护"杏子阴假凤泣虚凰"的多情者——唱戏的藕官。它将宝玉的叛逆性格升华到了与广大被压迫者互相呼应、声息相通的高度。那"将雀儿惊起"，使宝玉也"吃一大惊"的、"从山石那边发出"的"一股火光"，原来是藕官在偷偷地烧纸钱，祭死了的药官。因为"他自己是小生，药官是小旦，常做夫妻；虽说是假的，每日演那曲文排场，皆是真正温存体贴之事；故此二人就疯了，虽不做戏，寻常饮食起坐两个人竟是你恩我爱。药官一死，他哭的死去活来，至今不忘，所以每节烧纸"。在封建社会，像藕官这样处于最底层的被压迫者，他们连对自己的同伴表达悼念之情的自由都没有。一场大祸正凶狠、猛烈地向藕官袭来。宝玉听见那边有人喊道："藕官，你要死！怎么弄些纸钱进来烧？我回奶奶们去，仔细你的肉！"一会儿就"忽见一婆子恶狠狠走来拉藕官，口内说道：'我已经回了奶奶们了，奶奶气的了不得。'"眼看着藕官即将被这场大祸席卷而去，宝玉则毫不犹豫地挺身而出，先说"原是林妹妹叫他来烧那烂字纸的"，被那婆子识穿后，宝玉又说是他自己叫藕官烧的，硬是把藕官庇护了下来。

宝玉为什么对藕官有这种"护庇之情"呢？作者把宝玉在杏树下为花落鸟啼而感伤，跟藕官在杏子阴下烧纸，"假凤泣虚凰"，表达他对死去的伙伴的哀思联系在一起，这不仅是在写藕官，更重要的是写宝玉的思想感情的必然发展和性格特征的必然表现。它说明宝玉的缠绵多情，并不是一般公子哥儿的那种无病呻吟，而是有其崇高的思想境界和叛逆的政治倾向的。他说："我昨夜作了一个梦，梦见杏花神和我要一挂白钱"，这不仅是宝玉用来诓骗那婆子的遁辞，而且也说明他前面为杏花全落所发的感叹，是有深广的政治内容的。这里面寄寓着他对美好事物受到封建势力摧残的深刻同情。因此他把藕官烧纸钱"必有私自的情理"，看作自己"梦见杏花神和我要一挂白钱"一样，他的心就是这样和被压迫者的心息息相通。他的少爷身份，原应使藕官"正添了畏惧"的，可是他的"反替掩饰"的行动却使藕官"心内转忧成喜"。他把藕官烧纸钱和他自己及林妹妹的命运联系在一起。作者并且把这件事情安排在宝玉去看望林黛玉的途中。这都说明宝玉所追求的不仅是个人的爱情自由，更重要的是一种理想的人的生活。当宝玉从芳官那儿弄清楚藕官是为药官烧纸后，他说："这是友谊，也应当的。"宝玉还要芳官嘱咐藕官："以后断不可烧纸钱——这纸钱原是后人的异端，不是孔子遗训。以后逢时按节，只备一个炉，到日随便焚香，一心诚虔，就可感格了。愚人原不知，无论神佛死人，必要分出等例，各式各例的。殊不知只以'诚心'二字为主。即值仓皇流离之日，虽连香亦无，随便有土有草，只以洁净，便可为祭。"

同样是这段文字，程高本却删改得不成样子——

以后断不可烧纸钱。——以后逢时按节，只备一个炉，到日随便焚香，一心诚虔，就可感格了。

不难看出，在程高本的删改者看来，删除的部分是大逆不道的，不能容许的；而在贾宝玉看来，这些是合乎天理人情的，并以此跟藕官等被压迫者互相鼓励，互相支持。宝玉竭力反对"后人的异端"，"愚人"的无知，热烈追求那种不"分出等例"、各自"只以'诚心'为主"的人与人之间的"友谊"关系，这难道不正是与窒息个性发展的封建等级制度相对立的百花争艳的理想生活吗？作者把贾宝玉的叛逆性格和人生理想，置于诗情画意之中，该是表现得多么生色动人啊！

黛玉葬花，是《红楼梦》全书最精彩的一段文字。作者同样也是采用化无情为有情的艺术手法，赋予林黛玉性格以"质本洁来还洁去"的无比优美崇高的诗人气质。

葬花，这既不是曹雪芹的发明，也不是林黛玉的创造，而是前人久已有之。据唐六如的《六如居士外集》卷二记载：

　　　　唐子畏居桃花庵。轩前庭半亩，多种牡丹花，开时邀文征仲、祝枝山赋诗浮白其下，弥朝浃夕，有时大叫痛哭。
　　　　至花落，遣小伻一一细拾，盛以锦囊，葬于药栏东畔，作落花诗送之。

　　唐六如以锦囊盛花，林黛玉便用纱囊、绢袋；唐六如葬花于药栏东畔，林黛玉则设花冢于犄角上，他俩岂不很相像吗？

　　清初著名词人纳兰性德，在他的一首题为《金缕曲·亡妇忌日有感》的词中，也写到葬花——

　　　　此恨何时已，滴空阶寒更雨歇，葬花天气。三载悠悠魂梦杳，是梦久应醒矣。料也觉人间无味，不及夜台尘土隔，冷清清一片埋愁池。钗钿约，定抛弃。
　　　　重泉若有双鱼寄，好知他年来，苦乐与谁相倚。我自终宵成转侧，忍听湘弦重理。待给个他生知己，还怕两人俱薄命，再缘悭剩月零风里。清泪尽，纸灰起。①

　　纳兰性德把"此恨何时已"，说成是"葬花天气"，林黛玉则为抱恨而葬花；纳兰性德追求"知己"，林黛玉则欣逢"知己"；纳兰性德害怕"薄命"，林黛玉则深感自己"薄命"。他俩在感情上岂不是丝缕相联吗？

---

　　①　见《纳兰词》卷4。

毫无疑问，如果把黛玉葬花说成是唐六如、纳兰性德等真人真事的摹写，那当然是无稽之谈。然而作者受到这些诗人、词人的影响，把这种诗情画意创造性地熔铸到自己的小说语言描写和形象塑造之中，这难道不是无法抹杀的客观事实吗？

好在《红楼梦》的诗情画意，并不是脱离小说体裁的特点，简单地把诗画翻译成散文，变成诗画的文字说明，结果是既失去了诗情，也失去了画意。《红楼梦》的诗情是那样醇厚，画意是那样柔美，就在于它总是与这部小说的主题、人物和情节有机地联系着，是整个小说人物形象最优美、生动、感人的表现。

你看，那"林黛玉来了，肩上担着花锄，上挂着纱囊，手内拿着花帚"。这是一个多么动人的形象啊！可是，更为动人的却是她那由葬花所表现出的纯洁、高尚的思想性格。贾宝玉已经算是多情的了，他看到花瓣落得满身满书满地皆是，"恐怕脚步践踏了"，便特地把花瓣撂在那水里。然而林黛玉却认为"撂在水里不好。你看这里的水干净，只一流出去，有人家的地方脏的臭的混倒，仍旧把花糟蹋了。那畸角上我有一个花冢。如今把他扫了，装在这绢袋里，拿土埋上，日久不过随土化了，岂不干净"（第二十三回）。正如脂砚斋在庚辰本第二十三回对这一段的批语所说的："写黛玉又胜宝玉十倍痴情。""此图欲画之心久矣，誓不遇仙笔不写，恐袭（亵）我颦卿故也。"

这还只是虚写黛玉葬花，至于后面第二十七回实写黛玉一面葬花，一面吟诵葬花词，那就更加凄楚动人了。如同庚辰本第二十七回脂砚斋眉批所说的："余读《葬花吟》凡三阅，其凄楚感慨，令人身世两忘，举笔再四，不能加批。"甲戌本第二十七回的脂砚斋批语也说："开生面，立新场，是书多多矣，惟此回更生更新，非颦儿断无是佳吟，非石兄断无是情聆。难为了作者了，故留数字以慰之。"

曹雪芹对黛玉葬花的描写之所以特别感人肺腑，难能可贵，就在于作者以花拟人，以人喻花，化无情为有情，赋予花以鲜明的林黛玉性格和丰富的社会内容。我们把唐六如的葬花诗和林黛玉的葬花词作一对比，就看得更清楚了。

唐六如的葬花诗《一年歌》——

一年三百六十日，春夏秋冬各九十。

冬寒夏热最难当，寒则如刀热如炙。

春三秋九号温和，天气温和风雨多。

一年细算良辰少，况又难逢美景何！①

林黛玉的葬花词中写道——

一年三百六十日，风刀霜剑严相逼。

明媚鲜妍能几时，一朝飘泊难寻觅……

愿奴胁下生双翼，随花飞到天尽头。

天尽头，何处有香丘?

未若锦囊收艳骨，一杯净土掩风流。

质本洁来还洁去，强于污淖陷渠沟。

两相比较，我们一方面可以看出它们之间有着脱胎、继承的关系，另一方面也不难发现两者之间有着质的区别。唐六如是从"一年三百六十日，春夏秋冬各九十"的季节变化来写花的遭遇的，而林黛玉说的"一年三百六十日，风刀霜剑严相逼"，则显然不仅是写花的遭遇，更重要的是写她对所处的险恶的社会环境的愤怒控诉。从唐六如的葬花诗中，我们除了感到诗人无可奈何的伤春情绪以外，看不到更多的社会内容，而林黛玉的葬花词则形象生动、凄楚感人地表

① 见《六如居士外集》卷1。

现了林黛玉这个美女的身世、遭遇和思想、性格。它既倾吐了林黛玉对黑暗现实的愤懑不满，又寄托了她对美好理想的热烈追求，更反映了她坚决不向封建势力屈服，誓死不愿同流合污的崇高品格。这跟唐六如的伤春和以葬花为封建文人的风流逸事，跟纳兰性德的以"葬花天气"而空喊"此恨何时已"，感叹"人间无味"，在人物形象的思想境界和感情素质上，显然是大相径庭的。

难能可贵的是，曹雪芹使他的诗情画意，完全达到了性格化的要求。花，向来是纯洁、美好、理想的象征。人们把少年儿童比作"祖国的花朵"，就是对他们寄托着无限的赞美和期望。作者用花来比拟林黛玉的性格，不仅是对一种美好理想的寄托，更重要的是用花的美好来反衬那个社会现实的丑恶，用葬花来控诉那个黑暗的社会对她那美好理想的无情摧残。以花自喻，在林黛玉的葬花词中并不是一般的比兴，而是她的个性特征的生动写照。有一次贾环用一盏油汪汪的蜡烛烫伤了宝玉的脸，使他左边脸上满满地敷了一脸的药。林黛玉去看望他，"宝玉见他来了，忙把脸遮着，摇手叫他出去，不肯叫他看。——知道他的癖性喜洁，见不得这些东西"（第二十五回）。正是这种喜洁的癖性，为她葬花的语言和行动，提供了性格的根据。黛玉葬花，当然不只是由于她"癖性喜洁"的缘故，更是她一生辛酸的身世、坎坷的遭遇、满腔的悲愤，在艺术上个性化的反映。她是个从小就失去了母亲的孩子，虽然在外祖母家生活上同小姐一样待遇，但毕竟是寄人篱下，何况她的思想性格又是跟那个污浊的社会现实不相容的。在封建社会，讲究"父母之命，媒妁之言"。她的婚姻大事，需要由父母来做主。她无父无母，又靠谁呢？有一次薛姨妈和宝钗、黛玉一起谈到她俩的婚事时，宝钗在她母亲面前撒娇，黛玉便流泪叹道："他偏在这里这样，分明是气我没娘的人，故意来刺我的眼。"宝钗说："妈，瞧他轻狂，倒说我撒娇儿。"薛姨妈说："也怨不得他伤心，可怜没父母的，到底没个亲人。"（第五十七回）黛玉经常暗自流泪，其主要原因之一，也就是因为她一方面追求自由爱情，另一方面又不得不把自己的婚事寄托在封建家长给她拿主意上。她父母既不在，那就只有靠外祖母了。因此紫鹃说："替你愁了这几年了，无父母，无兄弟，谁是知疼着热的人。趁早儿老太太还明白硬朗的时节，作定了大事要紧。"（第五十七回）可是贾母这位老太太虽然疼爱自己的外孙女，对她的叛逆思想却是一点也不留情的。她明明知道宝玉与黛玉为了他们的婚事而发痴闹病，却不愿意成全他们。她说："孩子们从小儿在一处儿玩，好些是有的。如今大了懂的人事，就该要分别些才是做女孩儿的本分，我才心里疼他。若是他心里有别的想头，成了什么人了呢！我可是白疼了他了！"她不但不肯成全他们，甚至见死不救，连病都不愿替她治。她说："咱们这种人家，别的事自然没有的，这心病也是断断有不得的。林丫头若不是这个病呢，我凭着花多少钱都使得；若是这个病，不但治不好，我也没心肠了。"（第九十七回）两种思想的斗争竟然达到了如此六亲不认、毫不留情的地步！这些虽然是后来的事情，但是林黛玉对于自己的处境和前途命运早已看得很清楚，她绝不愿意屈服，她宁愿"质本洁来还洁去，强于污淖陷渠沟"。可见她的"癖性喜洁"是富有极为深广的社会内容的；她的葬花词，既反映了她独特的个性，又具有深广的社会典型意义。曹雪芹在诗情画意之中充分发挥了小说语言创造人物形象的功能，这是唐六如、纳兰性德等任何诗人、词人的诗词所无法比拟的。

化无情为有情，赋予人物形象以诗人的气质，并不一定都采取拟人化的手法，更不必非从前人诗词上来吸取诗情不可，但是必须具有诗人丰富的情感、美好的想象和动人的意境。夏金桂从世俗之见出发，讥笑香菱说："菱角花谁闻见香来着？若说菱角香了，正经那些香花放在那里去？可是不通之极！"香菱回答她说："不独菱角花，就连荷叶、莲蓬都是有一股清香的。但他那原不是花香可比。若静日静夜，或清早半夜，细领略了去，那一股香比是花儿都好闻呢。就连菱角、鸡头、苇叶、芦根，得了风露，那一股清香就令人心神爽快的。"（第八十回）万有文库版《石头记》上清代姚燮的眉批说，这"的确是诗人的口吻"。的确，香菱这番话虽没有华丽的诗句，然而却有朴素的诗情；虽没有浓墨重彩的画面，然而却有发人深省的画意。作者从菱角、荷叶、鸡头、芦根等极其平凡、卑贱的植物身上，却发现了生机盎然、清香蕴育、令人神往的诗情画境，使他那字字句句是那样的切合香菱的身份和性格，又是那样自然地使香菱这个卑贱者的形象得到了富有诗意的升华和美化。

香菱一生的命运是十分悲惨的。她从小被拐卖当了妾，连自己父母的姓名都不知道。薛蟠的暴虐恣肆、荒淫无耻，夏金桂的嫉妒骄悍、阴险毒辣，使香菱受尽了肉体的摧残和精神的折磨。更可悲的是，她只知道受尽痛苦和欺凌，却根本不懂得什么叫反抗和斗争。但是，当曹雪芹把苦吟诗人的气质赋予香菱时，当香菱说出"不独菱花，就连荷叶、莲蓬都是有一股清香"时，读者仿佛都会感受到她不仅是个苦命人和卑贱者的形象，而且在她的性格中活跃着一种内在的积极因素，闪烁着一种诗意的光彩，表现出苦命人对于美好理想的热烈憧憬和卑贱者所特有的"一股清香"。正是这种美好的理想和清香的品质，鼓舞着、支撑着她在地狱般的生活中挣扎。尽管她的那颗心已经被折磨得有点麻木了，然而只要她有这种美好的理想和清香的品质，埋藏在她心中为新生活而斗争的火种，一旦条件成熟，反抗的火焰必然会腾空而起。正是这一点，使曹雪芹笔下的卑贱者的形象，跟《金瓶梅》中那些趋炎附势、麻木不仁、俯仰主子的鼻息讨生活、令人可悲又可厌的小人物形象，迥然不同；曹雪芹总是善于发掘出卑贱者性格中内在的诗情，而让这些卑贱者的形象发出崇高的光辉，给人以希望、激励和鼓舞的力量。

由此可见，所谓化无情为有情，赋予正面人物形象以诗人的气质，这反映了作家的思想境界和对人物性格本质特征的把握能力；它既不是生活原样的摹写，又不是作家主观激情的抒发，而是从小说的典型形象本身的性格出发，经过作家的呕心沥血，写出人物自身发自肺腑的声音。正是这种作家的血泪之情和人物的肺腑之言，才使《红楼梦》中的正面人物形象具有那样诗情画意般的美的魅力。

二、化静为动，创造出优美的画面和生动的人物形象

化静为动，从正面、侧面多方渲染、烘托，创造出一幅幅优美的画面和生动的人物形象，这是《红楼梦》的语言具有诗情画意的又一艺术手法。

文艺作品要以情感人，还必须以形动人。怎样才能使艺术形象生动可观，给读者造成富有诗情画意、深切动人的美感呢？对此，古今中外的艺术家都殚精竭虑，作了毕生的探索。契诃夫在1886年写给他的大哥亚·巴·契诃夫的信上说："应当抓住琐碎的细节，把它们组织起来，让人看完以后，一闭上眼睛，就可以看出那个画面。比方说，要是你这样写：在磨坊的堤坝上有一个破瓶子的碎片闪闪发光，像明亮的星星一样，一只狗或一只狼的影子像球似的滚过去，等等。那你就写出了月夜。"① 月夜，本来是静悄悄的。可是经过作者的化静为动，写出玻璃碎片的闪闪发光，以及狗或狼的影子滚动，从旁渲染烘托，这就把月光下的夜景写得生动如画了。契诃夫在他的作品中，一字不差地将这段描写重复过两回：一次是在短篇小说《狼》里，一次是在剧本《海鸥》里。由此可见他对于自己这个艺术创造的喜爱之情和得意之态。

这绝不是契诃夫个人的偏爱，而是反映了化静为动，创造生动如画的形象，乃是艺术创作的客观规律的要求。我国古典诗词中有不少脍炙人口的佳句，也反映了艺术创作的这个特色。如王国维在《人间词话》中说——

"红杏枝头春意闹。"着一"闹"字，而境界全出。"云破月来花
弄影。"着一"弄"字，而境界全出矣。

---

① 契诃夫：《论文学》，人民文学出版社1958年版，第6页。

他之所以如此热烈赞赏"闹"字、"弄"字在这两句中的偌大作用，就因为：仅以红杏这个静景来描写早春，还不足以表达出"春意"；而红杏在枝头一"闹"，化静为动，则把春暖花开的盎然"春意"，更加生机勃勃地刻画出来了。写暮春月下花影，着一"弄"字，就把月夜的静景写活了，不仅衬托出月光如银、夜风轻吹，而且渲染了花的神态，给人以情深意酣、摇曳腾挪、自然奇警的感觉。

曹雪芹"工诗善画"的艺术修养，使得他能够把我国诗画的这种传统艺术手法，非常娴熟而又巧妙地运用于他的小说《红楼梦》之中，创造了一幅幅情意绵绵而又婀娜多姿的生动画面。

请看，在贾府日趋衰败的时候，作者把贾母等人中秋赏月的景象，写得多么幽深淡远、凄楚颓唐——

只听桂花阴里，呜呜咽咽，袅袅悠悠，又发出一缕笛音来，果真比先越发凄凉，大家都寂然而坐。夜静月明，且笛声悲怨，贾母年老带酒之人，听此声音，不免有触于心，禁不住堕下泪来。众人彼此都不禁凄凉寂寞之意，半日，方知贾母伤感，才忙转身陪笑，发语解释。又命暖酒，且住了笛。（第七十六回）

这里，有桂花阴里的美景衬托，有声情激越的笛音渲染，有夜静月明的正面描写，有"禁不住堕下泪来"悲泣伤感的人物形象，更其巧妙的是作者通过写众人"半日，方知贾母伤感，才忙转身陪笑"，化静为动，以动显静，活画出在月夜的悠扬笛声之中，大家如痴如呆，连贾母这个尊长在上都浑然不觉的情景，这个画面该是多么情味隽永、令人陶醉啊！它使读者不仅看到了贾府衰落的惨淡景象，而且仿佛被作者带入了悲凉浓烈的艺术氛围之中，跟作者一起亲身呼吸到了那沁人心脾的悲凉之雾。

可是程甲本把脂批本曹雪芹这一段十分动人的描写却删改成——

只听桂花阴里，发出一缕笛音来，果然比先越发凄凉，大家都寂然而坐。夜静月明，贾母不禁伤心。众人忙陪笑发语解释，又命换酒止笛。

这里，原著对笛音的"呜呜咽咽"之声和"袅袅悠悠"之状绘声绘色的渲染不见了，"且笛声悲怨，贾母年老带酒之人，听此声音，不免有触于心"的正面描写也不见了，贾母"禁不住堕下泪来"的形象描绘，被"贾母不禁伤心"的空洞叙述代替了，"众人彼此都不禁凄凉寂寞之意"，原著以"转身"二字化静为动的传神之笔，刻画出众人"半日，方知贾母伤感"，那如痴如呆的情景也统统不见了，剩下的只是贾母伤心，"众人忙陪笑"的矫揉作态。两相对比，人们不难清楚地看出，曹雪芹原著诗情画意般的绘形传神，跟程甲本篡改者不顾艺术创作规律的舞墨涂鸦，岂不确有仙凡之别吗？

前人总结画山水的诀窍是："高山烟锁其腰，长岭云翳其脚。远水萦纡而来还，用云烟以断其流。"①这种画论之所以可贵，我以为在于它反映了艺术创作的辩证规律；山水画，顾名思义，虽然是以画山水为主，然而画山水，却不能不借助于云烟来烘托山高水远。

小说要完成塑造人物形象的中心任务，同样也不能缺少对人物周围的社会环境和自然环境的刻画。《红楼梦》的语言艺术所以具有诗情画意的特色，便往往是通过周围环境对人物的衬托、渲染而表现出来的。如作者写贾宝玉对做粗活的小丫鬟红玉非常关怀、同情，有一次他看见好几个丫鬟在那里扫地，发现其中独没有红玉。这时——

① 李成：《山水诀》，见《画论丛刊》上册。

宝玉便趿了鞋，晃出了房门，只装着看花儿，这里瞧瞧，那里望望。一抬头，只见西南角上游廊底下栏杆上似有一个人倚在那里。却恨面前有一株海棠花遮着，看不真切。只得又转了一步，仔细一看，可不是昨儿那个丫头在那里出神。待要迎上去，又不好去的。

（庚辰本第二十五回）

这里作者用"却恨面前有一株海棠花遮着，看不真切"，从旁烘托、渲染，在海棠花前加一"恨"字，便更加突出了贾宝玉对丫鬟真挚、浓烈而又深切的关怀之情，而海棠花本身又把这幅画面点缀得更加瑰丽多姿，创造了"隔花人远天涯近"，分外情深意邈的艺术境界。

程乙本把这段话改成——

宝玉便趿拉着鞋，走出房门，只装做看花，东瞧西望。一抬头，只见西南角上游廊下栏杆旁有一个人倚在那里，却为一株海棠花所遮，看不真切。近前一步仔细看时，正是昨儿那个丫头，在那里出神。此时宝玉要迎上去，又不好意思。

凡加着重点者，均为程乙本改动之处。我们把它跟前面引的庚辰本原文作一对比，就可以更加清楚地看出，文学语言的诗情画意，不仅需要衬托、渲染，更重要的还在于这种衬托、渲染，必须准确地刻画出人物的形象、神态、思想感情和性格特质。否则，不但不能收到诗情画意的艺术效果，反而会画蛇添足，弄巧成拙，给人以大杀风景之感。你看：

庚辰本写宝玉"晃出了房门"，这一"晃"字，把宝玉那潇洒自如的形象、从容不迫的神态，刻画得多么准确、自然；程乙本把这一"晃"字改为

"走"字，那就显得语言一般化，形象不突出，神态平淡无味了。

庚辰本写宝玉"装着看花"的样儿是"这里瞧瞧，那里望望"，显得俨然成竹在胸，非常沉着机警；一经程乙本改为"东瞧西望"，那就如同做贼心虚、贼头贼脑的小偷一般，不堪入目。

庚辰本写宝玉因为"只见西南角上游廊下栏杆上似有一个人倚在那里""看不真切"，所以才"却恨面前有一株海棠花遮着"；而程乙本把其中的"似"字删掉，变成完全肯定无疑、明白无误的情景，这与后面接着又说"看不真切"变成自相矛盾了，至于把"恨"字改成"为"字，那就更是完全破坏了"隔花人远天涯近"的意境，使写海棠花遮着变成了多余的累赘。程乙本把"只得又转了一步"，改为"近前一步"，也完全破坏了画面的规定情景，既然有海棠花遮着，又怎么好"近前一步"呢？难道是一步把海棠花践踏在脚底下吗？真是乱弹琴！唯有"只得又转了一步"，换个角度，才好避开海棠花，看个真切。

庚辰本写宝玉最后"待要迎上去，又不好去的"，既表现了他对小丫鬟的关切心情，又说明贵族公子与小丫鬟之间的阶级界限使他不能不有所顾忌，语言显得非常耐人寻味；程乙本改成"此时宝玉要迎上去，又不好意思"，不仅语意太浅露，而且把宝玉的心理写得庸俗卑下，叫人不禁怀疑其是否怀有什么私情蜜意，居心不良，否则又为什么"不好意思"呢？

因此，程乙本这种衬托、描写，不但完全破坏了原著富有诗情画意的艺术境界，而且令人不能不感到，这简直是个恶作剧，是对宝玉形象的无端糟蹋。

小说语言的衬托、渲染，可以比诗的语言更加具体、生动，可以比画的形象更加引人入胜、发人深省。因此，运用得好，便能收到比诗画更加富有诗情画意的艺术效果。如贾母看中了宝琴，想给宝玉提亲，作者便以雪景和红梅来衬托、渲染宝琴的俏丽可爱——

（贾母）一看四面粉装银砌，忽见宝琴披着凫靥裘，站在山坡上遥等，身后一个丫鬟，抱着一瓶红梅。……贾母喜的忙笑道："你们瞧这山坡上配上他的这个人品又是这件衣裳，后头又是这梅花，像个什么？"众人都笑道："就像老太太屋里挂的仇十洲画的《艳雪图》。"贾母摇头笑道："那画的那里有这件衣裳？人也不能这样好！"（第五十回）

这虽然是写贾母对宝琴的人品和衣着的极力赞美，然而它岂不也说明了曹雪芹着意要使自己的语言艺术来跟明代著名画家仇十洲画的《艳雪图》争胜比美吗？脂砚斋可以进一步为曹雪芹做证。在甲戌本第七回有条脂批便说："余所藏仇十洲《幽窗听莺暗春图》，其心思笔墨已无双，今见此阿凤一传，则觉画工太板。"曹雪芹不愧为语言艺术大师，他用语言艺术所创造的诗情画意的优美境界，连杰出的画幅都不能不显得相形见绌了。

三、化无声为有声，化无形为有形，使人物形象形神逼肖

化无声为有声，化无形为有形，吸取诗和画的艺术特长，调动人的听觉、视觉等各个感官的功能，使小说人物形象被刻画得形神逼肖，这是《红楼梦》语言富有诗情画意的又一艺术手法。

各门艺术都有各自的特长，然而也都有各自的弱点。如诗歌，是以声韵诉诸人的听觉取胜；绘画，则以形象取悦于人的视觉见长。早在公元前五百多年，希腊抒情诗人西蒙奈底斯就说过："诗是有声画，犹如画是无声诗。"[1]这

---

[1] 转引自伍蠡甫：《试论画中有诗》，见上海《文艺论丛》第9辑。

就是从听觉说的。我国宋代画家张舜民认为："诗是无形画，画是有形诗。"[①]这便是从视觉说的。诗和画尽管各有特长，然而它们之间却是可以沟通的。宋代著名的文学家、诗人和画家苏轼就称赞王维的诗是"诗中有画"，称赞王维的画是"画中有诗"。[②]他在题为《东坡题跋·书鄢陵王主簿所画折枝》的诗中还说："诗画本一体，天工与清新。"用现代的话来说就是：塑造巧夺天工的艺术形象，使艺术在创新上能与自然比美而又胜过自然；他认为，这就是诗和画的共同本质。其实，不只是诗和画，其他各门文学艺术也都是以形象性为其共同特性的。

自从唐代著名诗人和画家王维沟通了诗和画的特长以来，清代王原祁在《麓台题画稿》中说："右丞诗中有画，画中有诗，唐宋以来悉宗之。"这里的"右丞"即王维，因为他担任过右丞的官职。当代著名画家齐白石画的《蛙声十里出山泉》，便是采用化无声为有声，化无形为有形，使诗和画、听觉和视觉互相沟通的艺术手法，从而创造了特别富有诗情画意、别出机杼的艺术杰作——它使欣赏者从可视的形象里，同时又仿佛"听见了"那不可能直接出现在画面上的蛙声。

曹雪芹在他的小说《红楼梦》中，则不仅沟通诗和画的艺术特点，而且把它们创造性地运用于塑造他的小说人物形象。

小说是以文学语言进行生动的叙述和细腻的描写见长的，它以塑造人物形象为其中心任务。我国在《红楼梦》以前的长篇小说，如《三国演义》《水浒传》《西游记》等，虽然其中"有诗为证"的字样也屡见不鲜，但这些小说中的诗词，并不像《红楼梦》中的诗词那样切合人物的性格：故事情节的叙述和人物形象的描写，更不像《红楼梦》那样富有诗情画意的艺术特色。只有

---

① 张舜民：《画墁集》卷1。
② 见《东坡题跋·书摩诘〈蓝田烟雨图〉》。

曹雪芹，才自觉地把诗画的艺术特长，广泛运用于小说的人物形象塑造，使他的《红楼梦》既熔铸诗画，又臻于独创。我们之所以感到《红楼梦》的语言特别美，善于吸取诗画的艺术特长，当是个重要的原因。

在《红楼梦》中，曹雪芹吸取"诗中有画""画中有诗"的长处，通过沟通视觉和听觉的关系，把人物形象刻画得非常妩媚鲜亮、婉转多情。如贾宝玉有一次到潇湘馆去，作者写道——

　　宝玉信步走入，只见湘帘垂地，悄无人声。走至窗前，觉得一缕幽香，从碧纱窗中暗暗透出。宝玉便将脸贴在纱窗上，往里看时，耳内忽听得细细的长叹了一声道："每日家情思睡昏昏。"宝玉听了，不觉心内痒将起来。再看时，只见黛玉在床上伸懒腰。宝玉在窗外笑道："为什么'每日家情思睡昏昏'？"一面说，一面掀帘子进来了。
（第二十六回）

这里，"湘帘垂地"是写视觉，"悄无人声"是写听觉；视听结合，把一片寂静的沉沉院落刻画得如耳闻目睹，亲历其境。于香用"暗暗"二字，化无形为有形；于声用"细细"二字，化无声为有声，以动写静，显得格外秀气恬静。在这层见叠出的静景之中，作者又从听觉引向视觉，引出林黛玉独自"每日家情思睡昏昏"的感叹声和在床上伸懒腰的神态。从这些看似轻描淡写的语言文字中，却使贾宝玉与林黛玉这两个人物形象浓墨重彩地跃然纸上，使宝玉不觉心痒难耐，欣然而入。这静中思动，情流言外，令人该是多么心驰神往啊！

曹雪芹在《红楼梦》中，不仅像"诗中有画""画中有诗"那样，沟通了视觉和听觉的关系，而且他还充分发挥小说作为语言艺术的特长，调动视觉、听觉、味觉、嗅觉、知觉等各个方面的因素，来使人物形象被刻画得情浓意足，形神毕肖，感人肺腑。如戚本第五回写秦可卿领宝玉到她房里午睡——

> 刚至房门，便有一股细细的甜香袭人，宝玉便觉眼饧骨软，连说："好香！"

香味，本来是无形的，是属于人的视觉所无法看见的，然而经作者用"一股细细的"形态加以描绘，就使其化无形为有形，变得很形象化了；同时，香本身是属于嗅觉的范围，可是作者却用"甜"这个味觉来表现；香气，本是通过人的嗅觉来感知的，可是作者却用"袭人"这个触觉来表现；说香气把宝玉袭得"眼饧骨软"，这又落到知觉上了；最后宝玉"连说：'好香！'"则又使读者从听觉上进一步领略到那绣房的景况不凡，令人陶醉。作者就是这样通过调动人的视觉、嗅觉、味觉、触觉、知觉、听觉等各个感官的功能，来使他的语言艺术能够写出"刻骨吸髓之情景"[①]，给人以身临其境、血脉贯通、勾魂摄魄的深切感受。

我国诗歌创作一向注重炼字。唐代诗僧齐己作的《早梅》诗，有"前村深雪里，昨夜数枝开"的诗句，郑谷改"数枝"为"一枝"，齐己便拜他为"一字师"。这个故事成为历代相传的佳话。在《红楼梦》中，薛宝钗替贾宝玉的诗改了一个字，贾宝玉便对薛宝钗说："真可谓'一字师'了。从此后我只叫你师傅，再不叫姐姐了。"（第十八回）庚辰本第十四回有条脂砚斋批语也说："诗中知有炼字一法，不期于《石头记》中多得其妙。"曹雪芹所以能"多得其妙"，就在于他不是照搬诗歌创作中的炼字，而是与我国绘画艺术讲究形神兼备、以形传神的传统艺术手法相结合，跟小说艺术要求创造典型环境中的典型性格相适应，使炼字为准确、生动、传神地刻画小说人物

---

① 戚本《石头记》第五回脂砚斋对这一段的批语。

形象服务。对于《红楼梦》中这方面成功的例子，我们可以如数家珍，说个没完。

如作者写贾宝玉和林黛玉正在谈话，"一句没说完，只听喊道：'好了！'宝林二人不防，都吓了一跳，回头看时，只见凤姐儿跳了进来，笑道：'老太太在那里抱怨天，抱怨地，只叫我来瞧瞧你们好了没有。我说不用瞧，过不了三天，他们自己就好了。老太太骂我，说我懒。我来了，果然应了我的话……'"（第三十回）这里，作者仅用一个"喊"的声音和一个"跳"的动作，就把凤姐那料事如神的得意之情、机灵欢快的戏谑之态、女中凤凰骄悍恣肆的性格都写活了。程高本将这个"喊"字改为"嚷"字，将这个"跳"字改为"跑"字，就显得很平淡无味了。因为这一改，就失去了凤姐所特有的那种精明、乖巧、爽朗、泼辣、粗豪、性急、欢快的个性特征。两相比较，可见曹雪芹用字入情入神之至。

曹雪芹在《红楼梦》中的炼字，总是紧紧扣住了小说艺术的特点，通过作者的叙述和人物对话，使人物形象精妙传神，令人过目难忘。如写宝玉见湘云已梳完了头，便走过来笑道："好妹妹，替我梳上头罢。"湘云道："这可不能了。"宝玉笑道："好妹妹，你先时怎么替我梳了呢？"湘云道："如今我忘了，怎么梳呢！"（第二十一回）这里作者不用明说史湘云如何拿架子，如何娇憨作态，但从她所说的"忘了"二字，就把她那娇情憨态刻画得清如泉涌、憨态可掬了。

王善保家的向王夫人汇报晴雯说："一句话不投机，他就立起两个骚眼睛来骂人。"（第七十四回）这横眉竖立的眼睛，既刻画了晴雯骂人时的那种愤绝怒极的神态，表现了她那眼睛里容不得沙子——嫉恶如仇的反抗性格，又特意加上一个"骚"字，反映了说话人对晴雯故意丑化和忌恨的心情。

《红楼梦》中的炼字就是这样，它像聚光镜中的焦点一样，汇集了人物细微的心灵颤动、深沉的感情波澜和既复杂而又鲜明的性格特征，具有一语而通透灵魂、一字而胜人千百的精湛，叫人非常耐看耐嚼。

"艺术不仅是形象的语言，艺术也是感情的语言。"[①]"情动于中而形于言"[②]，这是我国从最早的诗集——《诗经》以来一贯的传统。《红楼梦》继承和发展了这个传统。它不是以抽象的说教，而总是以生动的形象和浓烈的感情来扣人心弦。情意绵绵，特别富有感情色彩，这是《红楼梦》的语言所以富有诗情画意的一个重要原因。

有一个雨天的晚上，宝玉去看望病中的黛玉——

> 只见宝玉头上戴着大箬笠，身上披着蓑衣。黛玉不觉笑了："那里来的渔翁！"宝玉忙问："今儿好些？吃了药没有？今儿一日吃了多少饭？"一面说，一面摘笠脱蓑，忙一手举起灯来，一手遮住灯光，向黛玉脸上照了一照，觑着眼细瞧了一瞧，笑道："今儿气色好了些。"黛玉看脱了蓑衣，里面只穿着半旧红绫短袄，系着绿汗巾子，膝上露出油绿绸撒花裤子，底下是掐金满绣的棉纱袜子，靸着蝴蝶落花鞋。黛玉问道："上头怕雨，底下这鞋袜子是不怕雨的？也倒干净。"宝玉笑道："我这一套是全的。有一双棠木屐子，才穿了来，脱在廊檐上了。"（第四十五回）

作者没有说黛玉见到宝玉来看她，她怎么高兴，但是通过作者化无形为有形，从黛玉的笑容和把宝玉比作"渔翁"的戏谑中，我们却形象地感觉到了她那欢快的情绪。宝玉没有搭理黛玉的戏谑，却连忙关切地问了三个问题；妙在黛玉也没有回答他的问题，却由宝玉举灯细瞧。作者不是用人物对话来作介

---

① 卢那察尔斯基：《契诃夫文集序》，见《论文学》，人民文学出版社 1978 年版，第 246 页。

② 《毛诗序》，《十三经注疏·毛诗正义》卷 1。

绍，而是通过人物的眼睛来观察，那就不仅形象地回答了问题，而且贯注了观察者的关怀、体贴之情。这里人物的语言完全是与人物的形象结合在一起的，是为了进一步说明人物的形象，突出人物的思想感情，不用作者另外再说三道四，读者从人物的形象和人物的语言本身，就能强烈地感受到这一对情人是多么的柔情蜜意，互相关怀备至！

且慢，事情并没有到此结束。作者对这一段人物形象和人物语言的描绘，还有更深的用意。接着作者写黛玉看那蓑衣斗笠不是寻常市集卖的，十分细致轻巧。宝玉说；"你喜欢这个，我也弄一套来送你。"黛玉笑道："我不要他。戴上那个，成了画儿上画的和戏上扮的渔婆儿了。"这"渔婆儿"跟她刚才说宝玉像"渔翁"恰好相对，刚说出了口，黛玉便想起说话未忖度，"羞的满面飞红，便伏在桌上嗽个不住"。渔翁、渔婆，这本是无意中的戏谑之言，连宝玉都未留心，而黛玉却自己觉察了，以"伏在桌上嗽个不住"，来掩饰她情急和害羞的心理。她越故意掩饰，越是暴露出她内心的秘密：心心念念想跟宝玉配对儿，可那却像"画儿上画的和戏上扮的"，可望而不可即，这是多么令人无限神往而又无比痛苦啊！作者的这段描写，也像"画儿上画的"那样，完全靠人物形象本身说明问题，同时又像"戏上扮的"那样，富有生动的戏剧性。

接着作者写宝玉看那桌上放着黛玉刚才写的《秋窗风雨夕》诗稿，不禁叫好。黛玉"忙起来夺在手内，向灯上烧了"。因为那诗稿正是抒发她内心的希望、痛苦和哀怨的："不知风雨几时休，已教泪洒窗纱湿。"宝玉笑道："我已背熟了，烧也无碍。"黛玉道："我也好了许多，多谢你一天来几次瞧我，下雨还来。这会子夜深了，我也要歇着，你且请回去，明儿再来。"程乙本把黛玉这番话删改成："我要歇了，你请去罢，明日再来。"这一删改，黛玉的话不仅冰冷无情，而且简直在下逐客令了。这样无情无义的话，在此时此地何能出自黛玉之口！不错，黛玉在与宝玉怄气拌嘴时，也是说过似乎无情无义的话，如她说什么"可许你从此不理我呢""死活凭我去罢了"（第二十回）。

但那是正面文章反面做，作者正是从黛玉说的无情无义的话中，反映了她情意甜蜜的强烈感情。这里黛玉与宝玉正处在情意绵绵的时候，又怎么会说出这种无情无义的话呢？脂批本黛玉的原话写得非常恰到好处："我也好了许多"，正是回答宝玉一进门时连提的三个问题；"多谢你一天来几次瞧我，下雨还来"，这句话有很多潜台词，它不仅表现了黛玉对宝玉无限感激的情意，而且说明了宝玉一天几次来看望黛玉，作者所写的不过这一次，至于其他的一天几次、十天几十次看望的情景，那就给读者留下了想象的余地；"这会子夜深了"，说明不仅我也要歇着，你也该歇着了，在这种情况下，黛玉请他回去，不仅没有一点下逐客令的意思，而且体现了她对宝玉满怀着一片感激、关怀、体贴的深情厚意。人的感情本来是看不见、摸不着的，可是经过曹雪芹这样化无形为有形、化无声为有声地具体描写，就使人物的浓烈感情仿佛都变成有形有声，看得见，听得着，摸得到了。

可是曹雪芹尽管擅长于形象的感情的语言，却是以反映敏锐的时代气息、深刻的社会内容和精辟的先进思想为基础的。在宝黛相亲相爱的关系之中，体现了一种民主、平等的新思想。宝玉看看时间，时间确实不早了。于是他们又互相说了两句表示关怀的话，准备分别了。作者还是紧紧抓住下雨、身披蓑衣、脚穿木屐子做文章——

黛玉笑道："……你听，雨越发紧了，快去罢。可有人跟着没有？"有两个婆子答应："有人外面拿着伞，点着灯笼呢。"黛玉笑道："这个天点灯笼？"宝玉道："不相干，是明瓦的，不怕雨。"黛玉听说，回手向书架上把个玻璃绣球灯拿了下来，命点上一支小蜡来，递与宝玉道："这个又比那个亮，正是雨里点的。"宝玉道："我也有这么一个，怕他们失脚，滑倒了打破了，所以没点来。"黛玉道："跌了灯值钱？跌了人值钱？你又穿不惯木屐子。那灯笼命他们前头照着；

这个又轻巧又亮，原是雨里自己拿着的，你自己手里拿着这个，岂不好？明儿再送来。就失了手，也有限的。怎么忽然又变出这'剖腹藏珠'的脾气来！"宝玉听说，连忙接了过来。（第四十五回）

尽管宝玉说，他的灯笼"是明瓦的，不怕雨"，黛玉还是不放心，又特地拿了个玻璃绣球灯，点上蜡烛给他。宝玉难道没有这个灯吗？当然不会没有。原来他是怕失脚滑倒打破了，所以没点来。作者就是这样滴水不漏，合情合理地引出黛玉的一番话："跌了灯值钱？跌了人值钱？"黛玉的这番话，不仅体现了她对宝玉无微不至的关怀、亲爱厚密的情意，更重要的是，它表现了黛玉以人为本，重人甚于重物的初步民主主义思想。黛玉所给予宝玉的，不仅是生活上、物质上的关怀、帮助，更重要的是对他的叛逆性格的支持和思想上的启发。正如后来宝玉所惊呼的："你们这些人原来重玉不重人哪！"（第一百十七回）可见重人还是重物，这是当时民主思想与封建专制思想、叛逆者与封建卫道者斗争的一个重要方面；而宝玉要求重人甚于重物的民主思想，显然是跟他受到黛玉的启迪和帮助分不开的。把如此闪烁着时代光芒的崇高思想，把那么隐蔽、复杂的人物内心感情，刻画得如此情真意切，超凡入圣，饶有天趣，这恐怕是任何诗词绘画也难以比美的吧。

总之，《红楼梦》的语言既具有诗情画意的特色，又充分发挥了小说艺术对于典型环境中的典型人物便于展开深入具体描写的特长，它不是诗画，却胜似诗画。

四、值得借鉴的宝贵经验

为什么曹雪芹的《红楼梦》的语言艺术能够达到诗情画意的境界呢？我认为，这里有三点尤其值得我们借鉴。

第一，曹雪芹所描写的是作者"历尽离合悲欢炎凉世态的一段故事"，是作者"半世亲睹亲闻"的"儿女之真情"（第一回）。因此，作者对他所描写的社会生活和人物形象，具有深切的体会和强烈的激情。用作者自己的话来说，他写的是"字字看来皆是血"（第一回），"一字一咽，一句一啼"（第七十八回）。字里行间都充溢着作家的血泪感情。在脂砚斋的批语中，这类批语也很多——

能解者方有辛酸之泪，哭成此书。（甲戌本第一回）

一句一滴泪，一句一滴血之文。（甲戌本第二回、第七十八回）

一字化一泪，一泪化一血珠。（甲戌本第七回）

每阅此本，掩卷者十有八九不忍下阅。看完，想作者此时泪下如豆矣。（甲戌本第二十六回）

与余三十年前目睹身亲之人，现形于纸上，使言《石头记》之为书，情之至极，言之至恰，然非领略过乃情，迷陷过乃情，即观此茫然嚼蜡，亦不知其神妙也。（庚辰本第十七、十八回）

真是人人俱尽，个个活跳，吾不知作者胸中埋伏多少裙钗。（庚辰本第二十一回）

字字实境，字字奇情，令我把玩不释。（戚本第七十八回）

法国杰出的现实主义艺术家奥古斯特·罗丹说："艺术家所见到的自然，不同于普通人眼中的自然，因为艺术家的感受，能在事物外表之下体会内在真实。"他又说：艺术家"通过他的与心相应的眼睛深深理解自然的内部"[1]。深切的生活体会，浓烈的血泪感情，独特的艺术家的眼力，这正是曹雪芹的语言

---

① 罗丹：《罗丹艺术论》，人民美术出版社 1978 年版，第 19 页。

艺术所以能够富有诗情画意的创作基础。我们拿保留或接近曹雪芹原著的脂批本和程伟元、高鹗修订本相比，就可更加感到作为艺术家的曹雪芹的伟大；程高本的修改，在极大多数的情况下（也有个别改得好的），总是如同游离于主旋律之外的音符，只能发出令人刺耳的不协调的音响。

第二，曹雪芹的《红楼梦》的语言艺术所以能够创造出诗情画意的境界，这跟曹雪芹本人具有工诗善画等多方面的艺术才能，是有直接关系的。清代的诸联在他的《红楼评梦》一书中说，《红楼梦》"作者无所不知，上自诗词文赋，琴理画趣，下至医卜星相，弹棋唱曲，叶戏陆博诸杂技，言来悉中肯綮。想八斗之才，又被曹家独得 [①]"。各行各业都需要钻研自己的业务技术，唯独强调作家的艺术技巧和才能，却要受到责难，这真是咄咄怪事！一个作家，不具有多方面的艺术才能和广博的知识，不能吸收各门艺术的长处，不善于融会贯通地进行艺术的再创造，那怎么可能像曹雪芹的《红楼梦》那样取得诗情画意般的卓越的艺术成就呢？近代自然科学的发展，提出了各门学科需要贯通的要求；近代小说、戏剧、电影艺术的发展，同样也带有综合性艺术的特点。文学、诗歌、绘画、音乐、舞蹈等等，各门艺术之间既有其各自的特长，也有其可以互相配合、互相影响、互相吸收的共同性。它们之间既不能互相代替，也不应彼此隔绝。我们必须像曹雪芹那样，努力学习和掌握运用各门艺术的本领，以古今中外各家之长，来丰富、发展自己的艺术创造。

第三，曹雪芹的《红楼梦》所创造的诗情画意的语言艺术境界，绝不同于那些才子佳人小说。曹雪芹曾批评它们"不过作者要写出自己的那两首情诗艳赋来"（第一回），便假拟出一段故事，以肉麻当有趣，来卖弄作者的所谓诗才；它也绝不同于那些依样画葫芦的画家，只能做形象的模拟或概念的图解；曹雪芹既不是把诗词翻译成无韵的散文，也不是简单地把画面搬入小说之

---

① 一粟编：《古典文学研究资料汇编·红楼梦卷》，中华书局 1963 年版，第 117 页。

中，而是紧紧地把握住小说塑造人物形象的特点，充分发挥语言艺术的特长，这样，才使他的《红楼梦》的语言既有浓郁的诗情，又有深邃的画意，成为一部具有醇美的艺术境界、无穷的艺术魅力的不朽小说。它使我们百读不厌，每读一遍都会有新的发现，仿佛有一种正义的、美好的旋律，在我们的心灵里回旋激荡，激起我们深深的共鸣。

青出于蓝，蝉蜕于秽

——《红楼梦》的语言艺术对《金瓶梅》的继承和发展

我们读了《金瓶梅》，再读《红楼梦》，必然感到两者的语言艺术既血脉相连，又别具一格。《红楼梦》的语言艺术继承和发扬了《金瓶梅》的优点，避免和克服了它的缺点，把我国古典小说的语言艺术推进到了一个相当完美的境界。用清人诸联的话来说，它"非特青出于蓝，直是蝉蜕于秽"[①]。那么，《红楼梦》的语言艺术对《金瓶梅》究竟有哪些继承和发展呢?

一、细密而不琐碎

艺术不是以抽象的道理说服人，而是要以具体生动的形象感染人。因此，小说的语言既要求作形象的描绘，也就必然要力求细密。

从粗略发展到细密，这是《金瓶梅》对我国古典小说语言艺术的一大贡献。如《水浒传》作者写西门庆初次见到潘金莲——

> 回过脸来看时，是个生的妖娆的妇人，先自酥了半边，那怒气
> 直钻过爪洼国去了，变作笑吟吟的脸儿。（第二十四回）

[①]　诸联:《红楼评梦》，见《古典文学研究资料汇编·红楼梦卷》，中华书局 1963 年版，第 117 页。

至于潘金莲的形象究竟生得如何"妖娆"，读者从这段描写中无法得到具体、深切的感受，因而对西门庆为什么一见到她就"先自酥了半边"，也就感到有点丈二和尚摸不着头脑。《金瓶梅》在"妖娆的妇人"这句话后面，便加了一段对潘金莲形象的细致描绘：

> 但见他黑鬒鬒赛鸦翎的鬓儿，翠弯弯的新月的眉儿，清冷冷杏子眼儿，香喷喷樱桃口儿，直隆隆琼瑶鼻儿，粉浓浓红艳腮儿，娇滴滴银盆脸儿，轻袅袅花朵身儿，玉纤纤葱枝手儿，一捻捻杨柳腰儿，软浓浓白面脐肚儿，窄多多尖𧿤脚儿，肉奶奶胸儿，白生生腿儿。……观不尽这妇人容貌，且看他怎么打扮。但见：……（第二回）①

这段对潘金莲的"容貌"和"打扮"的描写，共有三百余字，使潘金莲的生性妖娆、淫荡和西门庆的看得细致、入迷，都给读者留下了过目难忘的印象。

然而《金瓶梅》这种细密的描写，毕竟又过于琐碎了，使人不免感到有点繁冗啰唆。这并不是由于它写得过于细密，而在于它只一味地绘形，未能把绘形与传神结合起来。

《红楼梦》的语言以"传神文笔足千秋"②著称，它善于使绘形与传神相结合，这就使它的语言描写既具体细密，又简洁明快，给读者以引人入胜的美感和勾魂摄魄的魅力。如它对贾宝玉初次见到林黛玉的描写：

> 细看形容，与众各别：两弯似蹙非蹙罥烟眉，一双似喜非喜含

---

① 《水浒传》第四十四回对潘巧云有类似的描写，但远没有《金瓶梅》写得这般细致。
② 这是清代永忠《因墨香得观红楼梦小说吊雪芹三绝句》中的诗句。见《古典文学研究资料汇编·红楼梦卷》，中华书局 1963 年版，第 10 页。

情目。态生两靥之愁,娇袭一身之病。泪光点点,娇喘微微。闲静时如姣花照水,行动处似弱柳扶风。心较比干多一窍,病如西子胜三分。宝玉看罢,因笑道:"这个妹妹我曾见过的。"(第三回)

这里《红楼梦》作者不是像《金瓶梅》那样,对潘金莲的鬓、眉、眼、口、鼻、腮、脸、身、手、腰、肚、脚、胸、腿等各个部位,皆作面面俱到的描写,而是只对足以反映林黛玉的神情气质的眉目和瘦弱多病、身材苗条的外形特征作了描绘。其特点,不是为绘形而作细密的描写,而是以绘形服从于传神;即从绘形来说,也不是完全用具体写实的笔法,作静态的描写,如"翠弯弯的新月的眉儿,清冷冷杏子眼儿"之类,而是用传神的文笔,作动态的刻画,如"两弯似蹙非蹙罥烟眉,一双似喜非喜含情目",使读者不是一览无余,而是经久耐看,令人反复咀嚼回味,深切地感受到黛玉对宝玉既在外貌上有着一股巨大的吸引力,更在心灵间有着一种强烈的神情感应。

绘形服从于传神,不仅对于"形"的描绘,要根据传神的需要加以剪裁和精练,而且为了"神似",可以不顾"形伪"。如《金瓶梅》中写"来旺醉谤":

休教我撞见,我教你这不值钱的淫妇,白刀子进去,红刀子出来!(第三十八回)

《红楼梦》写焦大醉骂:

不和我说别的还可;若再说别的,咱们红刀子进去,白刀子出来!(第七回)①

---

① 此据己卯本、庚辰本《脂砚斋重评石头记》。也有的版本作"白刀子进去,红刀子出来"的。

前者以"白刀子进去，红刀子出来"，表示来旺要动刀子杀人，这语言是完全合乎逻辑的，可是它名为"醉谤"，而在来旺的话语本身却一点也看不出他的醉态。后者"红""白"二字来了个前后颠倒，这在形式逻辑上是不通的，然而正如甲戌本脂批所指出的："是醉人口中文法。"作者正是利用这种"形伪"，非常真切、细密而又惟妙惟肖地描画出了醉人的神情、口吻。

《红楼梦》语言之所以细密而又不琐碎，不仅在于它能使绘形服从于传神，而且力求在遣词造句上前后呼应，形成和谐的、有机的整体美，避免了《金瓶梅》语言的重复累赘。如《金瓶梅》作者写来旺醉谤之后，接着又写来兴把来旺的醉谤告诉潘金莲，引起潘金莲对来旺的不满，然后由潘金莲再去挑唆西门庆迫害来旺，这基本上还是写了一个人物再写另一个人物的单线的、平面的写法，难免在语义和词句上造成不必要的重复，使读者感到单调、臃肿、厌烦。《红楼梦》作者采用的是辐射的、立体的写法。如他写焦大醉骂，当面骂的是贾蓉一个人，而实际骂的却是贾府的老爷、少爷、奶奶、媳妇等一大帮人，同时听到的也有凤姐、宝玉和众小厮等许多人，因此作者不用由贾蓉把焦大的醉骂一个一个地重复告诉别人。由此却可以径直地刻画出一系列的人物形象。焦大的骂音刚落，作者便写：

凤姐在车上说与贾蓉道："以后还不早打发了这个没王法的东西！留在这里岂不是祸害？倘或亲友知道了，岂不笑话咱们这样的人家，连个王法规矩都没有。"贾蓉答应："是。"

众小厮见他太撒野了，只得上来几个，揪翻捆倒，拖往马圈里去。……用土和马粪满满的填了他一嘴。

宝玉在车上见这般醉闹，倒也有趣，因问凤姐道："姐姐，你听他说'爬灰的爬灰'，什么是'爬灰'？"凤姐听了，连忙立眉嗔目断喝道："少胡说！那是醉汉嘴里乱吣，你是什么样的人，不说没听

见，还倒细问！等我回去回了太太，仔细捶你不捶你！"唬的宝玉忙

央告道："好姐姐，我再不敢了。"（第七回）

这里不仅无一字重复，而且把凤姐的威严、贾蓉的惶惊、宝玉的天真、众小厮的惊慌失措，都牵三挂四地一齐活现出来了。

当日焦大为帮助主子建功立业，"从死人堆里把太爷背了出来，得了命；……两日没得水，得了半碗水给主子喝，他自己喝马溺"。他对主子的功劳情分是如此之大，而今醉骂了几句，却被主子斥责为"这个没王法的东西"。当初他为主子"喝马溺"，如今他被"填马粪"，这种勾连环互，前后映照，彼此呼应，鲜明对比，不仅使人感到语言细密，美如画卷，而且相映生辉，显得更加意境深邃，发人深省。诚如近代精通中外文学的林纾所说："《红楼梦》用笔缜密，著色繁丽，制局精严，观止矣！[①]

二、通俗而不粗鄙

《金瓶梅》的语言，基本上用的是"市井之常谈，闺房之碎语"[②]。充分的口语化、通俗化，这是《金瓶梅》语言艺术的一大特色。然而，它缺少去粗取精、舍鄙求美的艺术提炼，使通俗和粗鄙相混杂，显得雅洁和文采不足。在《金瓶梅》中充斥着许多淫秽的描写，我们姑且不论，即从骂人的脏话来看，也是连篇累牍，俯拾即是。如怪狗才、怪小淫妇儿、贼忺奴、贼歪刺骨、贼奴才淫妇、贼秃儿鬼、老猪狗、老杀才、老娼根、老咬虫、小畜生、屁鸟人、囚根子、忘八羔子等等，这些粗鄙的脏话，叫人读了像吃了一只苍蝇似的感到恶

① 林纾：《孝女耐儿传序》，见《古典文学研究资料汇编·红楼梦卷》，中华书局1963年版，第64页。

② 欣欣子：《金瓶梅词话序》，见《金瓶梅词话》卷首，人民文学出版社1985年版。

心，浑身起鸡皮疙瘩，大大玷污了语言艺术所应给人的美感。

问题不仅在于《金瓶梅》中粗鄙的脏话太多，而且这些脏话对于刻画人物性格往往毫无助益。如《金瓶梅》第七回所写的"杨姑娘气骂张四舅"：

> 姑娘道："张四，你这老花根，老奴才，老粉嘴！你怎骗口张舌的，好淡扯！到明日死了时，不使了绳子扛子！"
>
> 张四道："你这嚼舌头老淫妇！挣将钱来焦尾靶！怪不的恁无儿无女！"
>
> 姑娘急了，骂道："张四贼，老苍根，老猪狗！我无儿无女，强似你家妈妈子，穿寺院，养和尚，合道士！你还在睡里梦里！"

由此，我们除了看到两人对骂得很气愤，对骂的语言很脏很臭之外，既看不到对骂双方的性格有何区别，又实在很难从中获得什么思想的教益和美感的享受。

我们并不是绝对排斥在文学作品中可以使用极少量的粗话、脏话，而是要用在为表现人物性格非常必要的情况下，要不妨碍甚至有助于表现文学语言的思想意蕴和美的品格。如《红楼梦》作者写鸳鸯骂嫂，当鸳鸯嫂子来劝说鸳鸯答应嫁给贾赦为妾，一见面就兴冲冲地说"有好话儿"，"是天大的喜事"，作者写道：

> 鸳鸯听说，立起身来，照他嫂子脸上下死劲啐了一口，指着他骂道："你快夹着屁嘴离了这里，好多着呢！什么'好话'！宋徽宗的鹰，赵子昂的马，都是好画儿。什么'喜事'！状元痘儿灌的浆儿又满是喜事。怪道成日家美慕人家女儿作了小老婆，一家子都仗着他横行霸道的，一家子都成了小老婆了！看的眼热了，也把我送在火坑里

去。我若得脸呢，你们在外头横行霸道，自己就封自己是舅爷了。我若不得脸败了时，你们把忘八脖子一缩，生死由我。"（第四十六回）

这段"鸳鸯骂嫂"，虽然也用了粗野的詈词，但这种詈词表现了鸳鸯的嫉恶如仇、怒不可遏。她利用"好画"与"好话"的谐音，以宋徽宗画的鹰、赵子昂画的马，中看不中用，来揭穿她嫂子的所谓"好话"，纯属骗人，表现了鸳鸯的语言诙谐、性格伶俐。在封建世俗之见看来是"喜事"，而在鸳鸯则一眼看穿是"把我送在火坑里去"，表现了鸳鸯的人格高尚，不同凡俗。她以"我若得脸呢，你们……我若不得脸，败了时，你们……"，表现了鸳鸯的明察秋毫，睥睨世俗，尖锐地揭穿了她嫂子的卑劣用心，痛斥了她嫂子的丑恶形骸，叫人看了拍手称快。

因此，尽管《红楼梦》中也运用了粗野的詈词，但从语言艺术的整体上来看，它却不同于《金瓶梅》的语言通俗未脱粗野，不是给我们以粗鄙、庸俗、下流的厌恶感，而是以它所刻画的人物性格的泼辣恣肆和高贵优雅，给读者以正义压倒邪恶，令人无比喜悦亢奋的崇高感。"鸳鸯骂嫂"便是《红楼梦》的语言艺术足以"趋俚入雅，化腐为新"①的范例之一。它看似平常实奇崛，成如容易却艰辛。关键不在于能否用粗野的詈词，而在于是否"善写性骨"②。

同样粗鄙的语言，怎样运用，是否善于写出人物的"性骨"，给人的艺术感受就大不一样。如《金瓶梅》中的李瓶儿为保佑儿子而施舍了一笔钱印佛经，作者写潘金莲说："恁有钱的姐姐，不撰他些儿，是傻子！只相牛身上拔根毛了。"（第五十八回）这里用"牛身上拔根毛"，除了说明李瓶儿钱多不在乎，我们实在看不出还有什么别的意义。《红楼梦》中刘姥姥初次到贾

---

① 海圃主人：《续红楼梦楔子》，见《古典文学研究资料汇编·红楼梦卷》，中华书局 1963 年版，第 49 页。
② 梦觉主人：《红楼梦序》，见《古典文学研究资料汇编·红楼梦卷》，中华书局 1963 年版，第 29 页。

府，凤姐一边叫艰难，一边还是给了她二十两银子。作者写刘姥姥说道："嗳，我也是知道艰难的。但俗语说的：'瘦死的骆驼比马大'，凭他怎样，你老拔根寒毛比我们的腰还粗呢！""周瑞家的见他说的粗鄙，只管使眼色止他。凤姐看见，笑而不睬，只命平儿把昨儿那包银子拿来，再拿一吊钱来，都送到刘姥姥的眼前。"（第六回）这里作者不直说"牛身上拔根毛"，而说"你老拔根寒毛比我们的腰还粗呢"，既有把人比作牛的粗鄙，又有对你老的寒毛比我们的腰还粗的恭维；既迎合了凤姐爱奉承的心理，又表现了刘姥姥能说会道、善于逢迎的性格。因此，尽管"周瑞家的见他说的粗鄙"，但它不但没有引起凤姐的气恼，相反却把凤姐说得笑了，读者读到这里也必然会扑哧一笑，不是笑刘姥姥的语言粗鄙，而是为她那既质朴本色又诙谐有趣的高度性格化的语言，有一种忍俊不禁的欣喜之情，从心头油然而生。

粗鄙的语言本来是丑的。如果刘姥姥也像潘金莲那样，原样不动地把"只相牛身上拔根毛"这句粗鄙的俗话，用来说明凤姐钱多不在乎，那就必然会惹凤姐生气，更不可能在读者中产生美感。然而经过《红楼梦》作者的改造和加工，用来为表现刘姥姥的"性骨"服务，却可以使它化丑为美，成为极其新鲜有趣、生动感人的语言艺术。

《红楼梦》的语言不仅既通俗又不粗鄙，而且由于经过伟大作家的艺术加工，往往皆显得典雅别致，文采斐然，比《金瓶梅》的一味求俗，别有一番馥郁情致。如《金瓶梅》中对李瓶儿死后棺木的描写："此板七尺多长，四寸厚，二尺五宽"，"解开喷鼻香的，里外俱有花色"（第六十四回）。这里通俗有余，文采则全然谈不上。在《红楼梦》中对秦可卿的棺木也作了类似的描写，然而由于经过曹雪芹的妙笔生花，使一般的口语叙述变成了璀璨夺目的艺术语言："大家看时，只见帮底皆厚八寸，纹若槟榔，味若檀麝，以手扣之，叮当如金玉。大家都奇异称赞。"（第十三回）这里不仅"帮底""叮当"等纯属口语词汇，而且短短的几句话，就把棺木的形状、色彩、味道和声音全写出来了，不只语言清雅工丽，饶有韵致，更重要的，它还能调动人的视觉、味觉、感觉和听觉等各个感官，使读者对这个奇异的棺木留下了耐人寻味的印象。

《红楼梦》的语言艺术既有《金瓶梅》语言的通俗性，又摒弃了《金瓶梅》语言中粗鄙的成分。它不是为通俗而通俗，也不是刻意追求典雅，而是一切皆以充分发挥语言艺术的最强美感和最大魅力为指归。

三、质朴而不单调

张竹坡在《金瓶梅》"读法"第六十四条中说："读《金瓶梅》，当看其白描处。子弟能看其白描处，必能自做出异样省力巧妙文字来也。"所谓"白描"，用鲁迅的话来说，即"有真意，去粉饰，少做作，勿卖弄而已[①]"。利用日常口语，不加粉饰和做作地加以白描，其语言风格如同日常生活一样质朴无华，这是《金瓶梅》在语言艺术上的一大创造和特色。《红楼梦》完全继承了《金瓶梅》以白描求语言质朴的长处，同时又把这种白描跟表现深刻的社会内容和人物复杂的内心世界结合起来，使质朴的语言形式呈现出丰富多彩的色调和广袤深邃的意蕴，给人毫无单调之感。如同样都是对人物外形"一只脚趷着门槛儿"的白描，《金瓶梅》和《红楼梦》所创造的语言艺术境界和艺术效果，就迥然有别。

在《金瓶梅》中是这样描写的：

> 潘金莲用手扶着庭柱儿，一只脚趷着门槛儿，口里磕着瓜子儿。只见孙雪娥听见李瓶儿前边养孩子，后边慌慌张张一步一跌走来观看，不防黑影里被台基险些不曾绊了一交。金莲看见，教玉楼："你

---

① 鲁迅：《作文秘诀》，见《鲁迅全集》第9卷，人民文学出版社1957年版，第474页。

看，献勤的小妇奴才！你慢慢走，慌怎的？抢命哩！黑影子绊倒了，磕了牙也是钱。姐姐，卖萝卜的拉盐担子，攘咸嘈心。养下孩子来，明日赏你这小妇一个纱帽戴。"（第三十回）

这里作者不加任何形容，不用一点夸饰，只写潘金莲"一只脚踮着门槛儿，口里磕着瓜子儿"就把她那悠闲自得的身影和冷眼旁观的神态，一齐活现在我们面前了。她的悠闲自得又同孙雪娥的慌慌张张，形成了强烈的对比和生动的映照，这就自然要引起潘金莲发一通议论，把孙雪娥咒骂和嘲笑一顿。不用作者另加任何描绘和说明，仅从潘金莲的身姿和语言，读者就自然强烈地感受到潘金莲对李瓶儿生孩子怀有满腔的妒忌心理。这就是白描手法所创造的非常简洁、质朴而又形象生动的语言艺术境界，叫人看了不能不为之叹服。然而在叹服之余，却又感到从中所得到的不免太少了一些。因为它除了使我们看到潘金莲的妒忌心理和刻毒语言之外，就再也没有多少更丰富的意蕴值得我们仔细咀嚼和品味的了，这就使我们惊服它的质朴而又不免感到它有点单调的缺陷。

《红楼梦》在这方面既发扬了《金瓶梅》的长处，又避免了它的不足。如当凤姐在王夫人查问姨娘们的丫头月例钱之后，转身出来，作者写道：

凤姐把袖子挽了几挽，踮着那角门的门槛子，笑道："这里过门风倒凉快，吹一吹再走。"又告诉众人道："你们说我回了这半日的话，太太把二百年头里的事都想起来问我，难道我不说罢。"又冷笑道："我从今后倒要干几样剋毒事了。抱怨给太太听，我也不怕。糊涂油蒙了心，烂了舌头，不得好死的下作东西，别作娘的春梦！明日一裹脑子扣的日子还有呢。如今裁了丫头的钱，就抱怨了咱们。也不想一想是奴几，也配使两三个丫头！"一面骂，一面方走了。（第三十六回）

这里，"凤姐把袖子挽了几挽，趷着那角门的门槛子"，不仅白描出她那肆意傲慢、情韵可掬的风姿，而且使人由此可以想象出她那气恼烦躁的心理，却又不好当着王夫人的面发作，如今转身出来，借着角门的过门风，不只是要让身体凉快凉快，更重要的是要让憋了一肚子的闷气松快松快。因此，她的语言形式是质朴无华的，而语言内涵却不是单一的，而是多义的。接着她"告诉众人道……"对众人的话语是温和的，因为这事跟众人没有关系，她不但无须得罪众人，还要博得众人对她的同情，而在温和的话语之中，却夹杂着对"太太把二百年头里的事都想起来问我"的强烈不满。因此，这种语言所反映的色调不是单调的，而是多色调的。接着作者不写众人的态度，也不由作者直接出面说明太太为什么要把二百年头里的事都想起来问凤姐，而径直通过凤姐自己的语言来白描，写她"又冷笑道……"，从她这段冷笑着说的话中，我们不但知道了太太把二百年头里的事都想起来问的原由，而且进一步知道她气恼的不是太太，而是"抱怨给太太听"的姨娘们，她公然宣布"要干几样剋毒事了"，咒骂人家是"糊涂油蒙了心，烂了舌头，不得好死的下作东西"，讥讽人家是"作娘的春梦"，"也不想一想是奴几，也配使两三个丫头"！毋烦辞费，不需藻饰，仅从凤姐的话语本身，就足以使凤姐那暴戾恣睢的性格活现出来了。

更为难能可贵的，它所描绘出来的凤姐性格，不是一面的，而是多面的，不是如《金瓶梅》那样，只表现出潘金莲妒忌和狠毒这一二种性格特色，而是同时刻画出凤姐那纷繁复杂的心理和多姿多彩的性格色调：她气恼而又沉着，泼辣而又持重，狠毒而又狡狯；对王夫人明明既抱怨又惧怕，而口头上却说"我也不怕"；对姨娘们则又是咒骂，又是怨恨，又是讥讽，又是嘲笑。这一切不仅充分地活现了凤姐性格的复杂性，而且同时还反映出那封建大家庭内部，看似尊卑上下，等级森严，而实则勾心斗角，矛盾重重。这种语言艺术，既多侧面、多角度、多色调地塑造出了丰富复杂的人物性格，又具有多义的、广阔的、深邃的思想意蕴，因而它质朴又不单调，令人经久耐看、耐嚼，越看越觉得文约事丰，言外有意，越嚼越感到旨深寄远，余味曲包。

人们往往责怪中国的古典小说缺乏复杂的心理描写，其实，中国古典小说不是没有复杂的心理描写，只是有自己的民族特色。它无须由作家直接出面，对人物作长篇大论的心理解剖，而擅长于通过对人物自身的语言和行动的白描，就能把人物的心理活现出来。如果说前引《金瓶梅》中那段对潘金莲妒忌心理的白描还显得单一的话，那么《红楼梦》的白描则足以使人物心理活动的复杂微妙之处一齐跃然纸上。如《红楼梦》中写贾宝玉有一次要看薛宝钗手上戴的红麝串子，看到她"雪白一段酥臂"及漂亮的容貌，便感到她——

> 比林黛玉另具一种妖媚风流，不觉就呆了，宝钗褪了串子来递与他也忘了接。宝钗见他怔了，自己倒不好意思的，丢下串子，回身才要走，只见林黛玉蹬着门槛子，嘴里咬着手帕子笑呢。宝钗道："你又禁不得风吹，怎么又站在那风口里？"林黛玉笑道："何曾不是在屋里的。只因听见天上一声叫唤，出来瞧了瞧，原来是个呆雁。"薛宝钗道："呆雁在那里呢？我也瞧一瞧。"林黛玉道："我才出来，他就'忒儿'一声飞了。"口里说着，将手里帕子一甩，向宝玉脸上甩来。宝玉不防，正打在眼上，"嗳哟"了一声。（第二十八回）

这里，作者通过对"宝钗褪了串子来递与他也忘了接"这个细节的白描，不仅生动地刻画出了宝玉为宝钗的妖媚风流"不觉就呆了"的内心神情和外在形象，而且由此又引出了宝钗的"不好意思"。偏偏他俩的形象和内心秘密又被林黛玉看到了，作者不直接写林黛玉的心里如何妒忌，而是仅从薛宝钗眼中"只见林黛玉蹬着门槛子，嘴里咬着手帕子笑呢"。"蹬着门槛子"，是写她借蹬着门槛增加身体的高度，既急切地要看个明白，又不出门槛，免得使贾、薛二人受到惊动。笑而又"嘴里咬着手帕子"，显然是要强忍住不让笑出声音来。宝钗对黛玉说，"你又禁不得风吹"，看似对黛玉的关心，实则转移话题，借此来摆脱被宝玉看得发呆而不好意思的窘境，既打断黛玉的视线，又掩饰自己心里的羞怯。不料黛玉却又把话题接上，说她原是出来看呆雁的，宝钗还以为真的有什么呆雁，根本未想到黛玉说的"呆雁"就是暗指刚才在宝钗面前发呆的宝玉。不但宝钗未想到，就是读者也很难一眼看透。直到黛玉"将手里的帕子一甩，向宝玉脸上甩来"，读者才恍然大悟。然而林黛玉却依然掩饰说："因为宝姐姐要看呆雁，我比给他看，不想失了手。"这里，通过林黛玉对宝钗既诬骗又煞有介事，既戏弄又无可訾议，不只隐蔽、曲折、生动、有趣地反映了林黛玉的妒忌心理，同时还极为强烈而又委婉地表现了她对宝玉在嘲讽中夹着针砭、在戏谑中含着奚落的微妙感情。这种心理描写若隐似显，文笔透骨，其艺术境界摇曳含情，淡秀生姿，绝不比作家直接出面对人物作静止的心理解剖有丝毫逊色。

《红楼梦》的语言艺术之所以质朴而又无单调之弊，根本的奥秘就在于：它既继承了《金瓶梅》的白描手法，又更真实地写出了人物性格的复杂性和人物思想感情的丰富性。它如同生活中真实的人物形象活现纸上，既质朴自然，又异彩闪烁，令人赞赏不绝。

四、生动而不肤浅

最生动活泼、丰富多彩、富有表现力的语言，是活在人民群众的口语之中。"语言是文学的第一要素，而当代生动活泼、刚健清新的口语，又是这个要素的最基本的成分（平时口头不说的若干书面语只是次要的成分）。因此，口语掌握得好，问题就解决一大半了。"① 这不只是某个作家个人的看法，也是古今中外许多作家的经验之谈。

《金瓶梅》的语言所以那样生动活泼，给我们耳目一新之感，重要的原因就在于它大量地吸取了当时活在群众中的口语。但是，群众的口语还需要经过作家独具匠心地加工和独辟蹊径地运用，才能造就最精美的语言艺术。大量吸取和运用群众的日常口语，这是《金瓶梅》语言艺术的一大特色，也是它在中国小说发展史上的一大贡献。然而它在口语的生动性之中却未免有肤浅之弊。《红楼梦》的语言艺术既继承了《金瓶梅》大量运用日常口语的生动性，又使之内涵丰富，包孕深远，做到了形式生动与内容深邃的完美统一。

运用形象化的比喻，是群众口语具有生动性的一个重要特点，如《金瓶梅》中潘金莲听到孙雪娥说她"比养汉老婆还浪"后，作者写道：

> 这潘金莲一直归到前边，卸了浓妆，洗了脂粉，乌云散乱，花容不整，哭得两眼如桃，躺在床上。（第十一回）

这里"两眼如桃"的比喻，虽然具有形象化、生动化的优点，然而我们从这种形象生动的比喻中，却难以获得更多的思想教益和艺术感染，因而总感到它虽生动而未免肤浅。

在《红楼梦》中也运用了"两眼如桃"的比喻，那是在贾宝玉被贾政打伤以后——

> 宝玉半梦半醒，都不在意。忽又觉有人推他，恍恍惚惚听得有人悲戚之声。宝玉从梦中惊醒，睁眼一看，不是别人，却是林黛玉。

---

① 秦牧：《语林采英》，复旦大学出版社 2004 年版，第 26 页。

宝玉犹恐是梦，忙又将身子欠起来，向脸上细细一认，只见两个眼睛肿的桃儿一般，满面泪光，不是黛玉，却是那个？……一句话未了，只见院外人说："二奶奶来了。"林黛玉便知是凤姐来了，连忙立起身说道："我从后院子去罢，回来再来。"宝玉一把拉住道："这可奇了，好好的怎么怕起他来。"林黛玉急的跺脚，悄悄的说道："你瞧瞧我的眼睛，又该他取笑开心呢。"宝玉听说赶忙的放手。（第三十四回）

这里把"两眼如桃"写成"两个眼睛肿的桃儿一般"，语意更加明确，完全符合口语化的要求，更重要的，它不是只满足于比喻本身的形象性和生动性，而是使它进一步性格化，灌注着浓烈的人物感情的血液。"不是黛玉，却是那个？"唯有黛玉才会把贾宝玉的痛苦看成尤甚于自己的痛苦，才会为宝玉的挨打而把眼睛哭成那个样子。她既要伤心痛哭，又怕被人看见取笑。尽管那个封建的社会环境，不允许她在脸上为情人留下伤心痛哭的痕迹，然而她却无法控制住自己的感情。她那"肿的桃儿一般"的"两个眼睛"，该是代表了她对贾宝玉多么真挚、深厚的爱，又代表了她对毒打贾宝玉的封建势力多么强烈而深刻的恨呵！它所表现出来的林黛玉感情之浓烈和高贵，它所包孕的思想内涵的深邃和丰富，它所塑造的林黛玉形象的生色和动人，都无不力透纸背，妙趣横生，令人看了情不自禁地要为之激起巨大的感情波澜。

《金瓶梅》中对群众口语的运用之所以使我们感到生动而又失之肤浅，这主要是由于作家对社会生活和人物性格的把握还停留在比较表面的现象上，没有深透到人物性格和灵魂的深处。如对于"乌眼鸡"这个形象化的比喻，在《金瓶梅》中曾三次被引用：

（孙雪娥对吴月娘说潘金莲）"娘，你不知淫妇，说起来比养汉老

婆还浪……弄的汉子乌眼鸡一般，见了俺们便不待见。"（第十一回）

（潘金莲对孟玉楼说）"俺每是没时运的，行动就相乌眼鸡一般。贼不逢好死的变心的强盗，通把心狐迷住了，更变的如今相他哩。"（第三十五回）

（潘金莲对西门庆说）"落后李瓶儿生了孩子，见我如同乌眼鸡一般。"（第七十二回）

上述三次用"乌眼鸡"作比喻，除了生动地说明对人的态度像乌眼鸡一样凶恶以外，就再得不到什么启人心扉或感人肺腑的东西了。

在《红楼梦》中，也两次引用"乌眼鸡"作比喻，艺术效果却悬若天壤：

（凤姐看到宝玉和黛玉怄气后又和好，便高兴地说）"也没见你们两个人有些什么可拌的，三日好了，两日恼了，越大越成了孩子了！有这会子拉着手哭的，昨儿为什么又成了乌眼鸡呢！"（第三十回）

（尤氏谈到"怎么撺起亲戚来了"）探春冷笑道："……咱们倒是一家子亲骨肉呢，一个个不像乌眼鸡，恨不得你吃了我，我吃了你！"（第七十五回）

这里除了同样以乌眼鸡好斗，比喻人吵架，凶相毕露之外，前者我们可以从"乌眼鸡"的比喻中，领略到凤姐那伶牙俐齿、诙谐有趣的性格风采，后者更深邃隽永地揭示了封建大家庭内部矛盾的极端普遍性和尖锐性，普遍到"一个个"人皆如此，尖锐到"恨不得你吃了我，我吃了你"，誓不相容的地步。这不仅深刻地活画出了封建统治阶级处于腐朽没落时期的历史特点，而且极其生动地活现了探春那目光敏锐、见微知著、一语中的的性格特点。它不是孤立地运用比喻，仅仅使语言形象化、生动化便罢了，而是通过比喻，使人物独到的思想见解和夺目的性格光彩如奇峰突起，令人不能不刮目相看。人们读了《红楼梦》的上述描写，绝不会像读《金瓶梅》那样，在感到它的比喻生动之余又认为它的内涵有肤浅之憾，而必然为它的富有情趣、蕴含哲理，而感到情浓意深，如一字千钧、一言九鼎，使读者不能不为之震惊，思绪萦怀，激动不已。

俗语，是群众智慧的结晶、口语的精粹。然而在《金瓶梅》中，它往往也只能被用来为它的人物语言生色，而不能进一步为它的人物形象增辉。如对于"自古千里长棚，没个不散的筵席"这句俗语，在《金瓶梅》中共有三处皆是这样用的：

（西门庆死后，李虔婆派李桂卿、桂姐来悄悄对李娇儿说）"俺妈说，人已是死了，你我院中人，守不的这样贞节！自古千里长棚，没个不散的筵席。教你手里有东西，悄悄教李铭稍了家去防后。"（第八十回）

（西门庆死后，王婆奉命来把潘金莲领出去卖了，她说）"金莲，你休呆里撒奸，两头白面，说长并道短，我手里使不的你巧语花言，帮闲钻懒！自古没个不散的筵席，出头橼儿先朽烂……"（第八十六回）

（潘金莲被吴月娘撵出门时，孟玉楼对潘说）"六姐，奴与你离多会少了，你看个好人家，往前进了罢。自古道：千里长棚，也没个不散的筵席。"（第八十六回）

这三处，皆是用来劝人认识到离散是必然的，不必要有什么留恋。此时西门庆已死，树倒猢狲散，这本来是"秃子头上的苍蝇——明摆着的"，毫无深意可言。

在《红楼梦》中，也两次用到这个俗语：

（佳蕙为晴雯、绮霞等都算上等丫鬟而不服气）红玉道："也不犯着气他们。俗语说的好，'千里搭长棚，没有个不散的筵席'，谁守谁一辈子呢！不过三年五载，各人干各人的去了。那时谁还管谁呢？"这两句话不觉感动了佳蕙的心肠，由不得眼也红了，又不好意思好端端的哭，只得勉强笑道："你这话说的却是。昨儿宝玉还说，明儿怎么样收拾房子，怎么样做衣裳，倒像有几百年的熬煎。"（第二十六回）

（司棋与潘又安幽会，被鸳鸯撞见，司棋吓出病来，鸳鸯向她发誓不说出去，司棋对鸳鸯说：）"你若果然不告诉一个人，你就是我的亲娘一样。从此后我活一日是你给我一日，我的病好之后，把你立个长生牌位，我天天焚香礼拜，保佑你一生福寿双全。我若死了时，变驴变狗报答你。再俗语说，'千里搭长棚，没有不散的筵席。'再过三二年，咱们都是要离这里的。俗语又说，'浮萍尚有相逢日，人岂全无见面时。'倘或日后咱们遇见了，那时我又怎么报你的德行。"一面说，一面哭，这一席话反把鸳鸯说的心酸，也哭起来了。（第七十二回）

跟《金瓶梅》相比，两者都是用这个俗语劝人，不同的是：《金瓶梅》用在西门庆已死——"筵席"已散的既成事实之后，用这句俗语除增强说理的形象性以外，味同嚼蜡；《红楼梦》皆用在贾府盛筵未散之前，这句俗语表现出人物非凡的眼力和浓烈的感情，如字挟风雷，对人们有振聋发聩的惊醒作用。如红玉用这个俗语，表明她这个比下三等奴才还卑贱的小丫鬟却有着超人的见识，她预见到贾府"不过三年五载"就要众叛亲离，完全衰落下去，而不像贾宝玉使佳蕙感到在贾府"倒象有几百年的熬煎"。因此这句俗语就有了极大的思想和艺术力量，它使红玉的形象闪烁出璀璨的光彩，使佳蕙的胸臆顿开，被感动得"由不得眼也红了"。而佳蕙之所以如此激动，又不能不使读者凝神沉思，为她渴望早日摆脱在贾府受"熬煎"的痛苦生活，而溅出同情的泪花。司棋用这个俗语，不仅表明她也看到了贾府必然即将彻底衰落的命运，而且她已深谋远虑到将来离开贾府之后，如何报答鸳鸯对她的德行，其对鸳鸯的感恩戴德之情，如喷泉升起了高高的水柱，势不可遏，以致使鸳鸯当场就被感动得"也哭起来了"。盛筵必散，鸳鸯与司棋尽管都还不是自觉的革命者，但被压迫的阶级地位却使她们都不愿为表面上还似盛筵一样轰轰烈烈的封建统治势力效忠尽力，而以同是被压迫的阶级姊妹之情，来保护司棋与潘又安的自由爱情免受封建势力的摧残，"盛筵"有散之日，而司棋与鸳鸯的阶级姊妹之情却绵绵无尽之时。此情此景，就像在沉闷中拨响了我们心中的琴弦，在暗夜中发出了耀眼的火光，以至于使我们这些两百多年后的读者，读了也情不自禁地要细细吟味，为之神采飞扬，欣喜雀跃。

群众的俗语，难免也有属于宣扬宿命论等封建糟粕的。如《金瓶梅》作者在李瓶儿死后写道："可惜一个美色佳人，都化作一场春梦。正是：阎王教你三更死，怎敢留人到五更。"（第六十二回）同样是这句俗语，《红楼梦》作者却能化腐朽为神奇。他写秦钟临死前记挂着许多事，"因此百般求告鬼判。无奈这些鬼判都不肯徇私，反叱咤秦钟道：'亏你还是读过书的人，岂不知俗语说的：阎王叫你三更死，谁敢留人到五更。我们阴间上下都是铁面无私的，不比你们阳间瞻情顾意，有许多的关碍处'"（第十六回）。正如庚辰本脂批所指出的，这是"作者故意借世俗愚谈愚论设譬，喝醒天下迷人，翻成千古未见之奇文奇笔"。

这一系列的事实都说明，如何以精严代替琐碎，典雅代替粗鄙，丰富代替单调，深邃代替肤浅，《红楼梦》的语言艺术为我们提供了有益的启示：（1）小说语言必须紧密地为塑造人物形象服务，使之灌注人物的思想感情，只有以形传神，以情感人，才能以言动听。（2）作家对于语言材料的运用，须以审美的标准加以精选和加工，不仅要使"亵嫚之词，淘汰至尽"①，而且对粗俗的语汇，也要用得使人有美感。（3）对于各种语言材料，包括对群众口语、俗语的运用，要使这些语言材料创造出最优美的语言艺术，关键都取决于作家的思想水平和艺术才能，只有作家"胸中自有炉锤"，才能使之"一经运用，罔不入妙"②。《红楼梦》的语言艺术比《金瓶梅》之所以青胜于蓝，我看其根本奥秘，盖在于此。

《红楼梦》的语言艺术当然也不是完美无瑕的。但是如果仅抓住它的某些小疵，说它"尚未能脱尽一切旧套"，而把《金瓶梅》抬到《红楼梦》之上，说《金瓶梅》才是"中国小说发展的极峰"③，仅从我们上述对两者语言艺术的对比之中，便足可证明，这种论断是经不起实际检验的，是站不住脚的。

《红楼梦》的语言艺术，实在是整个中国古典文学语言的结晶和荟萃。上述所论它对《金瓶梅》的继承和发展，只不过是其中的一个侧面罢了。

---

① 诸联：《红楼评梦》，见《古典文学研究资料汇编·红楼梦卷》，中华书局 1963 年版，第117 页。

② 诸联说，《红楼梦》"所引俗语，一经运用，罔不入妙，胸中自有炉锤"。见《古典文学研究资料汇编·红楼梦卷》，中华书局 1963 年版，第 118 页。

③ 郑振铎：《插图本中国文学史》第 3 册，人民文学出版社 1959 年版。

后 记

高尔基说：

> 文学的第一个要素是语言。[①]
>
> 文学的根本材料，是语言文字——给一切印象、感情、思想等以形态的语言文字。文学是借语言文字来作雕塑描写的艺术。[②]
>
> 我所理解的"美"，是各种材料——也就是声调、色彩和语言的一种结合体，它赋予艺人的创作——制造品——以一种能影响感情和理智的形式。[③]

《红楼梦》是一部以语言艺术取得卓越成就的文学作品。拙作企图从语言艺术的这个特点出发，对《红楼梦》的艺术成就、特色和创作经验，作一些粗浅的探讨，以为有志于从事文学创作的人提供借鉴，为广大读者增强对于语言艺术的欣赏能力，提高文学修养，竭尽一份绵薄的力量。

探讨《红楼梦》的语言艺术，有助于我们提高社会主义文艺的质量，创造无愧于我们伟大时代的文学艺术高峰。《红楼梦》是我国古典小说艺术的典

[①] 高尔基：《和青年作家谈话》，见《论写作》，人民文学出版社 1955 年版，第 3 页。
[②] 高尔基：《论散文》，《高尔基文学论集》，人民文学出版社 1958 年版，第 310 页。
[③] 高尔基：《论社会主义现实主义》，见《文学理论基础》参考资料，上海文艺出版社 1985 年版，第 196 页。

范，是中华民族文化遗产的精华，是我国几千年古老文化艺术传统的结晶，是矗立于世界文学之林的伟大的艺术宝库。充分发掘和吸取它所蕴藏的极为宝贵而丰富的艺术经验，这对于我们创造社会主义文学艺术的新高峰，是个十分重要而又极为有利的条件。

新中国成立以后，我国对于《红楼梦》的研究虽然一向比较重视，也取得了显著的成绩，但是真正对它从语言艺术的特点的角度来研究，而不只是从政治学、社会学、历史学、考据学、索隐学的角度来研究，真正从中探讨和总结它的语言艺术创作经验，而不只是寻找其中的政治、思想、历史资料或微言大义的，这还是比较少的，是红学研究中亟待我们努力克服的一个薄弱环节。

其实，内容和形式，思想和艺术，本来是辩证地统一在一起的。忽视对艺术形式的研究，不努力提高艺术修养，而孤立地、片面地追求内容，其结果必然适得其反。正如加里宁所指出的："有些人认为：只要有内容，而形式是没有什么意义的。这是胡说、废话！凡是想对社会起影响的人，……都应当努力去掌握形式。而要掌握形式，就应该懂得语言。"① 我国文艺批评家冯雪峰也说过："丰富的内容必须有丰富的语言来表达，深刻的思想必须有深刻的语言来描写，生动的形象必须有生动的语言来塑造；否则，内容的丰富性、思想的深刻性、形象的生动性，等等，就都不能实现。"② 因此，加强对语言艺术形式的研究，提高对语言艺术的修养，这不单纯是个艺术技巧的问题，它对于整个作品的思想和艺术质量的好坏，都是至关重要的，用冯雪峰的话来说："文学作品的语言的好坏，关系着作品的生命。"③

探讨《红楼梦》的语言艺术，还可以帮助我们使民族语言丰富化、生动

① 加里宁：《在第六次全俄工农通讯员会议上的讲演摘录》，见《布尔什维克报刊文集》，第337、338页。

② 冯雪峰：《关于创作和批评》，1953年7月作，发表于《新文学论丛》1980年第2辑。

③ 冯雪峰：《关于创作和批评》，1953年7月作，发表于《新文学论丛》1980年第2辑。

化、优美化，创造出"新鲜活泼的、为中国老百姓所喜闻乐见的中国作风和中国气派"①的文学作品。"艺术的基本原理有其共同性，但表现形式要多样化，要有民族形式和民族风格。"②而"我们所要解决的民族形式问题，根本上就是语言问题"③。我们当然要学习和吸取外国的经验，但是正如茅盾所指出的："鲁迅的作品即使是形式上和外国小说接近的，也依然有它自己的民族形式。这就是他的文学语言，也就是这个民族形式构成了鲁迅的个人风格。"④民族形式和文学语言是在长期的历史发展中形成的。《红楼梦》是我国古代民族语言艺术的伟大杰作，是我们中华民族的骄傲，我们要创造富有民族特色的社会主义新文学，有《红楼梦》这么好的一个宝藏，为什么不加以充分地发掘和利用呢？

探讨《红楼梦》的语言艺术，对于我们学习和提高写作技巧，更有着直接的帮助。革命家兼诗人陈毅说："什么是技巧呢？最主要的是语言，是很正确地很熟练地掌握本民族的语言。我们有几千年的文化传统，我们的语言是精练的、丰富的、美丽的语言。掌握技巧的第一条，就是要正确地熟练地掌握祖国的语言，而且语言要有时代感，要让一个时代的人讲他那个时代的话。"⑤作家孙犁以自己的切身体会说："从事写作的人，应当像追求真理一样去追求语言……要熟悉你的语言，像熟悉你的军队，一旦用兵，你就知道谁可以担任什么角色，连战连捷。"⑥我们有许多同志常为写不好文章而苦恼，为什么不从《红楼梦》的语言艺术中来学习一点写作的技巧呢？

---

① 毛泽东：《反对党八股》，见《毛泽东选集》第3卷，人民出版社1953年版，第866页。
② 毛泽东：《同音乐工作者的谈话》，见《毛泽东著作选读》下册，人民出版社1986年版，第745页。
③ 冯雪峰：《关于创作和批评》，1953年7月作，发表于《新文学论丛》1980年第2辑。
④ 《茅盾评论文集》上册，人民文学出版社1978年版，第291、292页。
⑤ 《陈毅同志谈文艺创作和批评》，见《文艺报》1979年第1期。
⑥ 孙犁：《文艺学习》，作家出版社1964年版，第51、52页。

探讨《红楼梦》的语言艺术，也有助于我们每一个普通的读者提高艺术欣赏水平，攀登人类精神文明的高峰。我们中华民族，无论在物质文明或精神文明方面，都曾经走在世界各民族的前列，为人类作出过辉煌的历史贡献，只是近几百年来远远落后了。现在，我们伟大的党正领导着全国人民向攀登世界物质文明和精神文明的高峰胜利进军，灿烂的古代文化，正是我们在这个伟大进军中的有利条件之一。精神文明，不只限于"五讲""四美"的道德修养，它还包括科学文化水平、文学艺术修养等各个方面的问题。马克思说得好："如果你愿意欣赏艺术，你就必须是一个有艺术修养的人。"[①]"对于非音乐的耳朵，最美的音乐也没有意义。"[②]"艺术对象创造出懂得艺术和能够欣赏美的大众。"[③]我们要使中华民族以具有高度精神文明的伟大民族立于世界民族之林，充分利用灿烂的古代文化艺术对象，来为我们"创造出懂得艺术和能够欣赏美的大众"服务，这应该说是我们建设高度的精神文明所不可缺少的重要一环。

《红楼梦》研究的道路是宽广的，研究的方法和角度也完全可以多种多样。这是党的"百花齐放，百家争鸣"的方针所容许和鼓励的。我非常尊重有的红学前辈和专家从政治学、历史学、社会学、考据学的角度，对《红楼梦》研究所作的宝贵贡献。但是，《红楼梦》毕竟是一部伟大的文学作品，它并不是政治历史著作。政治学、历史学、社会学、考据学等等，固然都是红学所必须借助的外力，但是，绝不能用它们来代替红学。红学，顾名思义，应该是以研究《红楼梦》的思想和艺术为主要对象的科学，应该从文学是语言艺术这个特点出发。我觉得，这是《红楼梦》研究能不能在马列主义、毛泽东

---

① ② 马克思：《1844 年经济学哲学手稿》，见《马克思恩格斯论艺术》第 1 卷，人民文学出版社 1960 年版，第 204 页。

③ 马克思：《〈政治经济学批判〉导言》，见《马克思恩格斯全集》第 12 卷，人民出版社 1962 年版，第 742 页。

思想指导下，坚持古为今用，为社会主义服务，为人民大众服务的一个关键问题。拙作试图在这方面作出新的探索，希望与红学界及广大《红楼梦》爱好者为把红学研究向前推进一步而共同努力。

本书所结集的十六篇关于《红楼梦》的语言艺术的文章，除前三篇分别发表于 1963 年、1974 年之外，其余都是近两年来我在为给学生讲"红楼梦研究"专题课作准备之余而写的，曾先后在《红楼梦学刊》《红楼梦研究集刊》等刊物上发表过，这次又在文字上作了适当的修改。由于笔者才疏学浅，谬误之处一定不少，恳请专家和读者不吝指正。

本书所引《红楼梦》原文，除注明出处者外，皆引自庚辰本《脂砚斋重评石头记》，个别文字有校改的，则参照其他脂评本及俞平伯的《红楼梦八十回校本》。

1981 年 12 月 20 日，于合肥安徽大学（漓江出版社 1982 年 10 月出版，1992 年 8 月重印。台北木铎出版社 1983 年翻印，台北贯雅文化事业有限公司 1989 年 10 月出版，1992 年 5 月重印。广西人民出版社 2007 年 7 月出修订版。台北里仁书局出版未寄样书，故年月不明。）

下篇　红楼梦的艺术创新

引 言①

《红楼梦》一问世，就受到读者的热烈欢迎。正式出版前，即以手抄本流传了二三十年，"好事者每传抄一部，置庙市中，昂其值得数十金，可谓不胫而走者矣"②。连有学识的文人也惊诧其"神乎技矣！吾未之见也……一声也而两歌，一手也而二牍，此万万所不能有之事，不可得之奇，而竟得之《石头记》一书，嘻，异矣"③！经程伟元、高鹗于1791年整理出版后，更是"一时风行，几于家置一集"④。孙桐生《妙复轩石头记叙》盛赞"其描绘人情，雕刻物态，真能抉肺腑而肖化工，以为文章之奇，莫奇于此矣，而未知其所以奇也"⑤。他们所说的"奇"，既非指故事情节的惊险离奇，亦非指人物形象高大无比的传奇，而是出于艺术创新高超得令人惊奇。不少著名学者和文学家也纷纷把它定位为中国古代小说的最高峰，赞美"《红楼梦》乃开天辟地，从古到今第一部好小说，当与日月争光，万古不磨者"⑥。"苟知美术之大有造于人生，而《红楼梦》自足为我国美术上之惟一大著述。"⑦"《红楼梦》的价值"，

---

① 2001年，周中明为黑龙江教育出版社出版《红楼梦的艺术创新》一书而作。
② 程伟元：《红楼梦序》，见本卷首。
③ 戚蓼生：《石头记序》，见有正书局石印本卷首。
④ 逍遥子：《后红楼梦序》，见《古典文学研究资料汇编·红楼梦卷》，中华书局1963年版，第42页。
⑤ 见《古典文学研究资料汇编·红楼梦卷》，中华书局1963年版，第39页。
⑥ 黄遵宪：《与日本友人笔谈遗稿》。
⑦ 王国维：《红楼梦评论》，见《静庵文集》光绪三十一年印本。

"在中国底小说中实在是不可多得的"①。不仅"摆脱旧套，与在先之人情小说甚不同"②，而且"自从十八世纪末的《红楼梦》以后，实在也没有产生什么较伟大的作品"③。毛泽东对《红楼梦》更是情有独钟，他竟把"文学上有部《红楼梦》"列为我们中华民族罕有值得骄傲的一个突出例证④，号召人们对《红楼梦》"至少要读五遍以上"⑤，使"红学"真是红极了。

《红楼梦》为什么能世世代代令人入迷到如此地步？它在小说创作上又究竟为我们提供了哪些可贵的成功经验，值得我们今天予以借鉴、继承和发扬呢？这是一个多么值得人们深入思考、仔细研究并作出科学阐释的重大课题啊！拙著《红楼梦的艺术创新》，就是尝试对这一重大课题所作的答卷。

笔者认为，恰如鲁迅所指出的："自有《红楼梦》出来以后，传统的思想和写法都打破了。"⑥这就是说，全面的艺术创新，是《红楼梦》最为杰出的历史性的巨大贡献，是它之所以达到至美迷人境界的主要经验，是曹雪芹独领风骚、独占鳌头的成功之路。

曹雪芹厌恶俗套，勇辟蹊径。他在《红楼梦》第一回即宣称，他不写"大贤大忠理朝廷治风俗"的"理治之书"，厌恶"历来野史，皆蹈一辙"，反对"历来野史，或讪谤君相，或贬人妻女，奸淫凶恶，不可胜数"，反对"风月笔墨，其淫秽污臭，荼毒笔墨，坏人子弟，又不可胜数"，反对"佳

———————————

① 鲁迅：《中国小说的历史的变迁》，见《鲁迅全集》第8卷，人民文学出版社1957年版，第350页。

② 鲁迅：《中国小说史略》，见《鲁迅全集》第8卷，人民文学出版社1957年版，第195页。

③ 鲁迅：《且介亭杂文·〈草鞋脚〉（英译中国短篇小说集）小引》，见《鲁迅全集》第6卷，人民文学出版社1958年版，第16页。

④ 毛泽东在《论十大关系》中说："我国过去是殖民地、半殖民地，不是帝国主义，历来受人欺负。工业不发达，科学技术水平低，除了地大物博，人口众多，历史悠久，以及在文学上有部《红楼梦》等等以外，很多地方不如人家，骄傲不起来。"见《毛泽东选集》第5卷，第287页。

⑤ 转引自宋培宪：《毛泽东对〈红楼梦〉的解读与评析》，见《红楼梦学刊》2000年第4辑，第68、69页。

⑥ 鲁迅：《中国小说的历史的变迁》，见《鲁迅全集》第8卷，人民文学出版社1957年版，第350页。

人才子等书，则又千部共出一套，且其中终不能不涉于淫滥，以致满纸潘安、子建、西子、文君"。总之，他矢志"真打破历史小说窠臼"①，而要写出"强似前代书中所有之人"，"令世人换新眼目"，足以"悦世人之目，破人愁闷"，"实非别书之可比"②的全面创新之作。可见《红楼梦》之成为至美迷人的杰作，绝不是偶然的，而是以曹雪芹具有极其自觉的强烈的创新意识作前提，勇敢的彻底的创新精神作支撑，"离合悲欢，兴衰际遇"，"半世亲睹亲闻"的生活体验作创新的坚实基础，使其"令世人换新眼目"的创新抱负得以实现的必然结果。

马克思说："动物只是按照它所属的物种的尺度和需要来造成东西，可是人善于依照任何物种的尺度来生产，并且到处善于对对象使用适当的尺度，因此，人也是按照美的规律来造成东西的。"③可见，自觉按照美的规律来创造，最富有创新精神，这是人类区别于其他动物的主要特点，也是每个民族兴旺发达的重要标志，更是直接从事美的创造的文学艺术之本质特征。比曹雪芹稍前的文学家李渔即说过："人惟求旧，物惟求新；新也者，天下事物之美称也。而文章一道，较之他物，尤加倍焉。"④曹雪芹是我国古代最富有创新精神的文学家，《红楼梦》是我国古代小说中最为成功、最为全面的艺术创新典范之作，这也许是人们所不难达成共识的。需要进一步探讨的是：曹雪芹及其《红楼梦》的艺术创新究竟有哪些具体的表现？其成功的经验又何在？这正是拙著所要着重回答的问题。

为此，拙著共分六编：

第一编，艺术境界，至美迷人。这是对《红楼梦》作总体鸟瞰。主要阐

---

① 见《脂砚斋甲戌抄阅再评石头记》，上海古籍出版社 1985 年影印本，第 8 页。
② 以上四句皆引自曹雪芹《红楼梦》第一回。
③ 马克思：《1844 年经济学哲学手稿》，见《马克思恩格斯论艺术》第 1 卷，第 226 页。
④ 李渔：《闲情偶寄》卷 1。

述《红楼梦》之所以成为我国古代小说至美的峰巅，其根本经验，就在于从立意、取材到人物描写、艺术结构等全方位的艺术创新；它完全不同于一般的小说，而是堪称为一部最优美动人的史诗，"最广泛的、包罗万象的一类诗"①。尤其是在典型形象的塑造上，他从实际生活出发，创造出了既是具有性格复杂性的日常生活中极其真实的普通人，又是富有民族精神，充分诗化、美化，独具时代特色的新人，令人如痴如醉地赞赏入迷。可见《红楼梦》的艺术创新，绝不再是脱离现实生活地追求故事和人物的传奇性，而是竭力追求贴近日常的现实生活，以现实生活为创新的源泉，用鲁迅的话来说，它是"正因写实，转成新鲜"②。

第二编，人物描写，曲尽其情。这不是作那种侧重于思想政治方面鉴定式的人物论，而是从贾宝玉、薛宝钗、凤姐、林黛玉的形象塑造的角度，剖析其各自的特色和创作经验。指出其所写的人物，虽然"都是真的人物"③，但它绝不等于真人真事的实录，而是运用真和假、美和丑、亲和疏、正面与反面、顽石与宝玉、疯傻与异端、嘴甜与心苦等多方面对立统一的艺术辩证法，从多角度、多层面使人物性格得到丰富多彩、生动活泼的展现。更重要的，《红楼梦》的艺术创新，不但人物描写的技巧灵活、高超，而且在其字里行间皆充溢着"作者所体验过的感情"，并使读者"也体验到这种感情"，"为这些感情所感染"④。它仿佛不是墨写的，而是血泪凝成的。其感人肺腑，动人心魄，

① 见《别林斯基论文学》，新文艺出版社 1958 年版，第 201 页。

② 鲁迅：《中国小说史略》第 24 篇，见《鲁迅全集》第 8 卷，人民文学出版社 1957 年版，第 196 页。

③ 鲁迅：《中国小说的历史的变迁》，见《鲁迅全集》第 8 卷，人民文学出版社 1957 年版，第 350 页。

④ 列夫·托尔斯泰说："作者所体验过的感情感染了观众或听众，这就是艺术。""艺术是这样的一项人类的活动：一个人用某种外在的标志有意识地把自己体验过的感情传达给别人，而别人为这些感情所感染，也体验到这种感情。"见其所著《艺术论》（丰陈宝译），人民文学出版社 1958 年版，第 47、48 页。

连鲁迅那样的硬汉子，也不禁声称："《红楼梦》里面的人物，像贾宝玉林黛玉这些人物，都使我有异样的同情。"[①] 至于一般读者，则更是"莫不为宝、黛二人咨嗟，甚而至于饮泣"[②]。

第三编，故事建构，底蕴深厚。主要探讨《红楼梦》为什么又名《石头记》，剖析其所以那样突出地写"石头"，不只因为它有着顽石与宝玉、真与假、自然与人工、有情与无情、贫贱与富贵、重人与重物、真实与荒唐等哲理意蕴，而且它还有使小说艺术与真实生活拉开距离，在时间与空间上把有限的人生延伸到整个人间社会和自然界，扩大小说所描写的社会历史容量和人物的典型意义，充分启发和调动读者的想象力等艺术作用。至于后四十回对宝黛爱情故事的不同描写，更鲜明地衬托出续作者与曹雪芹之间所存在的浅薄与深邃的巨大差距。可见曹雪芹的艺术创新，绝不仅限于要写出他个人的"自叙传"，更重要的是以"满纸荒唐言"，寄寓那个社会的一切已完全丧失其继续存在的合理性。其底蕴之深厚，犹如浩瀚的海洋，令人只有兴叹之感而全无穷尽之力。

第四编，艺术手法，新奇别致。着重探讨了对称手法和象征手法的巧妙运作，在《红楼梦》人物描写上所起的巨大审美作用，对作品的思想内涵所起的丰富和开掘的意义。可见曹雪芹所追求的"新奇别致"，绝不仅在艺术技巧、方法上出奇制胜，更重要的是完全着眼于为强化人物形象和深化作品的思想意蕴服务，使其既别具一格，又耐人寻味。

第五编，打破传统，不容曲解。在正面阐述《红楼梦》打破传统的思想和写法的主要表现和历史经验之后，又具体阐述了《红楼梦》的语言艺术对

---

① 鲁迅：《集外集·文艺与政治的歧途》，见《鲁迅全集》第 7 卷，人民文学出版社 1973 年版，第 103 页。

② 花月痴人：《红楼幻梦自序》，见《古典文学研究资料汇编·红楼梦卷》，中华书局 1963 年版，第 54 页。

《金瓶梅》的继承与发展。然后对《红楼梦学刊》上发表的《试论》和《再论〈红楼梦〉对"传统写法"的打破》[1]的文章提出了商榷意见，说明《红楼梦》的"打破传统"，并非完全抛弃传统，而是对我国优秀传统的继承与发展；我们中华民族的优秀传统，从来就是在不断地破旧立新中获得丰富和发展的。鲁迅也说过："新的艺术，没有一种是无根无蒂，突然发生的，总承受着先前的遗产。"[2]那种把中国古代小说的"传统写法"简单化，把《红楼梦》的"打破传统"绝对化，宣称"红楼梦写法就是无褒贬写法"，结果只能是对《红楼梦》或恣意拔高和溢美，或荒谬贬低和曲解。

第六编，伟大作家，独具慧眼。从《红楼梦》的程本与脂本的比较之中，从同时代的桐城派古文家刘大櫆、姚鼐与曹雪芹的比较之中，从曹雪芹对自然美的执着追求之中，皆可见曹雪芹确实如鹤立鸡群，是比他同时代许多人都要远远高明得多的伟大作家。拙著的主旨既在于论《红楼梦》的艺术创新，为何又论到作家、作品的思想呢？笔者认为，《红楼梦》的艺术创新，绝不仅限于艺术形式和技巧，那样势必陷于玩弄技巧的形式主义或唯美主义，而根本不可能创造出《红楼梦》这样伟大的作品；法国的巴尔扎克说得好："艺术是思想的结晶。"[3]只有最好地体现作家、作品和人物形象的新鲜独特、深邃强烈的思想感情，才是《红楼梦》艺术创新的灵魂和精华所在。拙著全书的侧重点，显然还在于论《红楼梦》的艺术创新，那种以思想代替艺术，或把艺术与思想混为一谈，皆是笔者所不取的。

上述六个方面，大致可表达我对《红楼梦》艺术创新的具体表现和新鲜经验的阐释。其中所包含的十七篇论题，虽作了详尽阐述，但因陆续写于近

---

① 分别见于《红楼梦学刊》1984年第3辑，1987年第3辑。

② 鲁迅：《致魏猛克信》，见《鲁迅论文学与艺术》下册，人民文学出版社1980年版，第662页。

③ 巴尔扎克：《论艺术家》，见《古典文艺理论译丛》第十册，人民文学出版社1965年版，第100页。

二十年间，大多数以单篇论文分别在《古典文学论丛》《文学评论》《红楼梦研究集刊》《红楼梦学刊》《北方论丛》等刊物发表过，这次仅作了个别字句的订正。所以在各篇的具体阐述中，则不免有交叉和重复的缺憾，尚祈读者见谅。

"红学"的存在，是以《红楼梦》的存在为前提的。因此，我认为《红楼梦》文本本身的研究，无疑地应该成为"红学"研究的重心。尽管有关《红楼梦》作者、版本、时代背景、创作素材等的考证，以及有关《红楼梦》的一切研究，我都十分敬重，但是我个人研究《红楼梦》的侧重点始终在其艺术成就和艺术特色。因为我深信："缺乏艺术性的艺术品，无论政治上怎样进步，也是没有力量的。"[①]而"艺术的民族保守性比较强一些，甚至可以保持几千年的古代的艺术，后人还是喜欢它"[②]。《红楼梦》是我们中华民族永远光彩夺目的文化瑰宝，是我国古今所有小说中最为畅销不衰的书，至今还没有一本小说可以赶上它。我们今天处在空前伟大的时代，为什么却没有创作出一部足以跟《红楼梦》相媲美的伟大作品呢？"无产阶级文化并不是从天上掉下来的，也不是那些自命为无产阶级文化专家的人杜撰出来的……无产阶级文化应当是人类在资本主义社会、地主社会和官僚社会压迫下创造出来的全部知识合乎规律的发展。"[③]既然如此，我们何不认真地深入研究和切实地借鉴、吸取《红楼梦》创作的成功经验呢？"古为今用""学以致用"的方针，也理应落实到"红学"研究之中。所以，为《红楼梦》的广大读者提高阅读和鉴赏水平服务，为当今的文学创作借鉴《红楼梦》创作的艺术经验服务，为全民族提高文化素质和语文写作能力服务，就成为我从事《红楼梦》研究的出发

---

① 毛泽东：《在延安文艺座谈会上的讲话》，见《毛泽东选集》第3卷，人民出版社1966年版，第826页。

② 毛泽东：《同音乐工作者的谈话》，见《人民日报》1979年9月9日。

③ 列宁：《青年团底任务》，《列宁选集》第4卷，人民出版社1972年版，第348页。

点、着眼点和归宿点。1982年，我在广西漓江出版社出版的《红楼梦的语言艺术》，先后在该社印过三次，发行达二万余册。1983年起，又在台湾木铎、贯雅、里仁三家出版社印过四次，美国哈佛大学著名汉学家韩南教授还把它列为博士研究生必读参考书。这本《红楼梦的艺术创新》，是我在研究《红楼梦》的语言艺术的基础上，对《红楼梦》的创作经验比较全面而系统的研究专著；但愿它能为我实现预想的三个"服务"，尽到绵薄之力，对我们加深对中华文化及其人文精神、民族传统、民族性格、民族心理、民族形式、民族风格的认知，有所助益。

哈尔滨是1980年首届全国红学研讨会和中国红楼梦学会的诞生地，1986年国际红楼梦学术研讨会及1995年海峡两岸红学研讨会，皆在哈尔滨召开。这三次红学盛会，我都是直接参与者。因此，哈尔滨与我的红学研究可谓结下了不解之缘。这次拙著《红楼梦的艺术创新》，荣获冯其庸先生题写书名，李希凡先生赐序，并在冯其庸、李希凡、吴新雷、张锦池先生的热情推荐下，在程俊仁先生的鼎力支持下，得以在哈尔滨黑龙江教育出版社出版，使我倍感兴奋。在此，谨向冯、李、吴、张、程诸位先生致以衷心的感谢，并祈广大读者和专家对拙著中的谬误给予批评、指教。

2001年11月2日于合肥安徽大学中文系

2002年1月20日修订

第一章

艺术境界　至美迷人

"《红楼梦》乃开天辟地，从古到今第一部好小说，当与日月争光，万古不磨者。"

　　　　　——黄遵宪:《与日本友人笔谈遗稿》

全面创新把《红楼梦》推上了
我国古代小说至美的峰巅

        人世间的东西会逝去和被遗忘——只有在广阔的天空中的那颗星知道这一点。至美的东西会照着后世；等后世一代一代地过去了以后，素琪仍然还会充满着生命。①

上面是安徒生童话中的一段话。我们用它来说明《红楼梦》，岂不是也很合适吗?《红楼梦》为什么不会"逝去和被遗忘"，而在"后世一代一代地过去了以后"，"仍然还会充满着生命"呢? 我觉得就在于它把中国古典小说发展到了"至美的"境界，在中国文学史上作出了历史性的辉煌贡献。

一、立意，"打破历来小说窠臼"

艺术是思想的结晶。光辉的思想，是古今中外任何一部不朽的杰作的灵魂。《红楼梦》的艺术生命力，也首先表现在它非凡的立意上。它不是以我国古典文学中传统的"廊庙文学""山林文学"的思想，而是以初步的民主主义思想对封建社会作了哀彻痛极的批判，宣判了中国封建社会必然走向灭亡的历史命运。

---

① 见《安徒生童话集》第12分册，第32页。

鲁迅曾经说过：

中国文学从我看起来，可以分为两大类：（1）廊庙文学，这就是已经走进主人家中，非帮主人的忙，就得帮主人的闲；与这相对的是（2）山林文学。唐诗即有此二种。如果用现代话讲起来，是"在朝"和"下野"。后面这一种虽然暂时无忙可帮，无闲可帮，但身在山林，而"心存魏阙"。如果既不能帮忙，又不能帮闲，那么，心里就甚是悲哀了。[①]

在这段话后面，鲁迅还说："不帮忙也不帮闲的文学真也太不多。"[②]曹雪芹的《红楼梦》，就是属于这"真也太不多"的作品之中的佼佼者。正如鲁迅所指出的："自有《红楼梦》出来以后，传统的思想和写法都打破了。"[③]"悲凉之雾，遍被华林，然呼吸而领会之者，独宝玉而已。"[④]同样的，我们也可以说，在中国文学史上，唯独曹雪芹最先敏锐地"呼吸而领会"到那个封建社会"兴衰际遇"的悲凉之雾，为封建统治的"运终数尽，不可挽回"地走向衰亡，唱出了一曲悲痛欲绝的挽歌。如甲戌本第一回脂批所指出的："开卷一篇立意真打破历来小说窠臼。"它不仅与传统的"廊庙文学"大相径庭，而且与历来的"山林文学"也迥然有别。

在甲戌本第二回有条脂批直接谈到它与廊庙文学的区别——

可笑近时小说中，无故极力称扬浪子淫女，临收结时，还必致

---

① 鲁迅：《帮忙文学与帮闲文学》，《鲁迅全集》第7卷，人民文学出版社1973年版，第783页。

② 鲁迅：《帮忙文学与帮闲文学》，《鲁迅全集》第7卷，人民文学出版社1973年版，第784页。

③ 鲁迅：《中国小说的历史的变迁》，《鲁迅全集》第8卷，人民文学出版社1957年版，第350页。

④ 鲁迅：《中国小说史略》，《鲁迅全集》第8卷，人民文学出版社1957年版，第193页。

感动朝廷，使君父同入其情欲之界。明遂其意，何无人心之至。不知
彼作者有何好处，有何谢报到朝廷廊庙之上，直将半生淫朽秽渎睿
聪，又苦拉君父作一干证护身符，强媒硬保，得遂其淫欲哉。

在甲戌本第四回"雨村便徇情枉法，胡乱判断了此案"处，又有条脂
批——

　　实注一笔，更好。不过是如此等事，又何用细写。可谓此书不
敢干涉廊庙者，即此等处也。莫谓写之不到，盖作者立意写闺阁尚
不暇，何能又及此等哉。

所谓"廊庙文学""山林文学"，其要害就在于它们仍然为封建主义的思
想体系所囿，或直接为封建朝廷效劳，或把希望寄托在封建朝廷身上。《红楼
梦》并不是如上述脂批所说"不敢干涉廊庙者"，而是它既继承了《三国演
义》《水浒传》等我国古典文学的政治批判精神，又突破了它们的封建主义思
想体系，既继承了《西厢记》《牡丹亭》等要求爱情自由、婚姻自主的反封建
精神，又丝毫不抱"感动朝廷""奉旨完婚"的希望。

《三国演义》所揭露的是封建军阀的分裂、割据和暴虐统治，歌颂的是以
刘备、诸葛亮为代表的仁君贤相。在当时，这自然是有一定的进步意义的。然
而，我们今天要对文学遗产作出批判的总结，却不能不指出《三国演义》的
思想体系仍然是封建主义的。它反对封建军阀的分裂、割据，从根本上来说，
不过是为了维护封建正统的忠君观念和君主专制的统治；它反对封建军阀的暴
虐统治，不过是以封建主义的王道来反对封建主义的霸道。实际上正如鲁迅所
说的："中国的王道，看去虽然好像是和霸道对立的东西，其实却是兄弟，这

之前和之后，一定要有霸道跑来的。"①

《水浒传》比《三国演义》前进了一步。它歌颂的是受压迫者（其中有一些是在封建统治阶级内部受排挤受迫害的人）组织起来，从事以暴力"反抗政府"②，威武雄壮地推动历史前进的伟大斗争。然而，"一切划时代的体系的真正的内容都是由于产生这些体系的那个时期的需要而形成起来的"③。《水浒传》也并没有摆脱那个时代"山林文学"的思想体系，正如《水浒后传》作者陈忱所说："梁山泊内一百八人，虽在绿林，都是心怀忠义。"④李卓吾说宋江更是"身居水浒之中，心在朝廷之上"⑤。《水浒传》所反对的主要是奸臣赃官，至于对封建最高统治者，还是充满愚忠思想的。作者不仅写宋江衷心认定"今皇上至圣至明"，"宁可朝廷负我，我忠心不负朝廷"，而且把阮氏兄弟这样渔民出身的革命性很强的人物，颂扬为与赃官污吏拼命厮杀，目的却是"忠心报答赵官家"。水浒这支农民起义军与其说是葬送于宋江的接受招安路线，不如说是被封建主义的忠君思想所扼杀的。《水浒传》的这个严重缺陷，正是《水浒传》的作者"身在山林，而心存魏阙"的突出表现。

《三国演义》《水浒传》这些文学史上的伟大杰作，封建主义的思想体系尚且如一条黑线似的贯穿其中，至于等而下之的许多讲史、侠义小说，其受封建正统思想的支配，那就更为突出而严重了。有的侠义小说从"不背于忠义"⑥，甚至堕落到赤裸裸地"帮助政府"⑦。由此可见，廊庙文学与山林文学虽然有一定的区别，然而就其封建主义的思想体系来说，二者却是并行不悖的，

---

① 鲁迅：《且介亭杂文·关于中国的两三件事》。
② 鲁迅：《中国小说的历史的变迁》，《鲁迅全集》第 8 卷，人民文学出版社 1957 年版，第 352 页。
③ 马克思、恩格斯：《德意志意识形态》，《马克思恩格斯全集》第 3 卷，第 544 页。
④ 陈忱：《水浒后传》第一回。
⑤ 李贽：《忠义水浒传序》，《焚书》第 3 卷，108 页。
⑥ 鲁迅：《中国小说史略》，《鲁迅全集》第 8 卷，人民文学出版社 1957 年版，第 227 页。
⑦ 鲁迅：《中国小说的历史的变迁》，《鲁迅全集》第 8 卷，人民文学出版社 1957 年版，第 352 页。

它们之间并没有不可逾越的鸿沟。

《红楼梦》的历史贡献，首先就在于它既不是对封建统治阶级帮忙，也不是为封建统治阶级帮闲，而是适应那个"市井俗人喜看理治之书者甚少，爱看适趣闲文者特多"（第一回）的历史潮流，冲破封建理治的藩篱，以充分的现实主义，创作了"令世人换新眼目"（第一回）的封建末世社会生活画卷。它虽然没有也不可提出彻底推翻整个封建社会制度的要求，然而它毕竟不再以封建主义的思想体系为武器，来揭露和批判封建社会某些严重的弊病，不再寄希望于封建统治阶级内部的圣贤豪杰，而是对那腐朽黑暗的封建统治表现出非常绝望的情绪，对新的初步民主主义的思想则充满热烈的憧憬。

不是以封建主义思想体系来批判封建社会中的某些弊端（如奸臣当道，贪官污吏横行，封建家长包办婚烟，等等），而是以初步民主主义的思想来跟封建主义作势不两立的斗争，并且对封建主义的统治表示了深深的绝望，这是《红楼梦》区别于文学史上传统的"廊庙文学""山林文学"和才子佳人作品的根本之点，也是它对封建社会的批判所以特别深刻的根本原因。如《水浒传》写的本是农民阶级和地主阶级对抗性矛盾，可是作者由于受封建主义思想体系的牢笼，却硬要把它纳入封建主义内部"忠"与"奸"的矛盾，以接受招安来使矛盾得到融合。《红楼梦》写的本是封建贵族大家庭内部的矛盾，可是作者却从封建卫道者与叛逆者、封建主义与民主主义矛盾斗争的高度，深刻地揭示了这种矛盾的不可调和性。施耐庵笔下的水浒英雄们与封建朝廷刀兵厮杀的矛盾可以调和，而曹雪芹笔下的贾政与贾宝玉的父子矛盾却势不两立。贾宝玉并没有拿起武器造反，他只不过具有初步民主主义思想，坚持对封建人生道路的叛逆性格，竟然使贾政等封建卫道者感到那么可怕，认为有"明日酿到他弑君杀父"的危险，以致发狠心"不如趁今日一发勒死了，以绝将来之患"。（第三十三回）

贾政为什么对贾宝玉的叛逆性格这么害怕呢？这是由封建主义和民主主

义不可调和的矛盾性质所决定的。贾政之所以那样下死劲地毒打宝玉，表面上的理由是说他"在外流荡优伶，表赠私物；在家荒疏学业，淫辱母婢"（第三十三回）。实际上这不过是个借口。对于封建统治阶级来说，打死人尚且如同儿戏，"流荡优伶""淫辱母婢"又算得了什么？根本问题在于贾宝玉跟优伶、奴婢等下层人物的关系所表现出来的初步民主主义思想，是与封建主义思想体系完全对立的。尽管它尚处于萌芽的状态，还很幼稚，很不成熟，然而其作为新生力量的发展前途是不可限的，任其发展下去，必然要构成对封建统治阶级存亡的莫大威胁，以民主主义的社会关系来代替封建主义的社会关系。因此，贾政必然把它视为洪水猛兽，必欲扼杀于摇篮之中而后快。

《红楼梦》不仅把贾宝玉塑造成为一个具有初步民主主义思想的新人形象，而且在对晴雯、鸳鸯等奴婢形象的塑造上，也闪耀着民主主义思想的光辉。晴雯"身为下贱"的奴婢，作者却把她写成"心比天高"（第五回）的人物。贾赦要取鸳鸯做小老婆，按照邢夫人的世俗之见，这是"进门就开了脸，就封你姨娘，又体面，又尊贵"（第四十六回）的事情。贾赦还扬言，若是她不肯，"凭她嫁到谁家，也难出我的手心"（第四十六回）。可是不管如何软硬兼施，作者写鸳鸯却根本不买账，她斩钉截铁地说："我是横了心的。当着众人在这里，我这一辈子，别说是宝玉，便是宝金、宝银、宝天王、宝皇帝，横竖不嫁人就完了。就是老太太逼着我，我一刀子抹死了，也不能从命。"（第四十六回）表面上看，这不过是鸳鸯发誓绝不嫁人罢了；而从思想倾向上说，却反映了奴婢们对于封建权贵的蔑视。作者所热烈歌颂的，正是这种以维护自己的人格尊严和个性自由的新思想为主旋律的充满希望、勇气和青春活力的动人形象。

所有这一切，都说明曹雪芹的《红楼梦》从思想体系到人物形象，都已超出了我国古代文学史上传统的廊庙文学和山林文学的范围。尽管它仍然糅杂着不少封建主义的污垢，但就其总的倾向来说，却不能不承认它带有初步民主主义思想的新的素质；它对封建社会的批判，无论就其广度和深度来说，在我国古代文学史上都是无与伦比的。这不仅是由于曹雪芹个人的杰出天才，重要的还是在于曹雪芹所生活的时代为他提供了这样的条件——"在旧社会内部已经形成了新社会的因素，旧思想的解体与旧生活条件的解体是同时进行的。"[①] 曹雪芹在中国文学史上的这个贡献，正是他那个封建末世的历史时代的必然产物。

二、取材，来自作家"半世亲睹亲闻"

毛泽东同志说："过去的文艺作品不是源而是流。"只有社会生活，才"是一切文学艺术的取之不尽、用之不竭的惟一源泉"[②]。直接取材于日常的现实生活，曹雪芹在这方面表现了一个艺术家大胆创新的可贵的勇气和卓越的艺术才能。他毅然摈弃那些"皆蹈一辙"，"共出一套"，"悉皆自相矛盾大不近情理之说"（第一回），而直接写"我半世亲睹亲闻的"（第一回）人物，以现实的社会生活作为自己进行艺术创造的唯一源泉。正如鲁迅所说的，《红楼梦》"盖叙述皆存本真，闻见悉所亲历，正因写实，转成新鲜"[③]。

研究一下中国文学史，我们就会深深地感到，突破题材的因袭性，直接从日常现实生活中汲取创作的源泉，《红楼梦》在这方面的贡献是十分难能可贵的。

众所周知，《三国演义》《水浒传》《西游记》等著名的长篇小说，都是直接取材于话本、戏曲等民间创作的。宋朝"说话"的"讲史"类中有"说三分"的专门科目和专门艺术。[④] 元杂剧中的三国戏有四五十种之多。[⑤] 元朝新

---

① 马克思、恩格斯：《共产党宣言》，《马克思恩格斯全集》第 4 卷，第 488 页。
② 毛泽东：《在延安文艺座谈会上的讲话》，《毛泽东选集》横排合订本，第 817 页。
③ 鲁迅：《中国小说史略》，《鲁迅全集》第 8 卷，人民文学出版社 1957 年版，第 196 页。
④ 见孟元老《东京梦华录》卷 5。
⑤ 据钟嗣成的《录鬼簿》等书著录。

安虞氏刊印的《全相三国志平话》，全书约八万多字，从内容到结构，都已具《三国演义》的雏形。宋末元初的话本《大宋宣和遗事》，描写的梁山英雄已有三十六人。元代的水浒戏，梁山英雄即发展至一百零八人，从人物到对梁山泊根据地的描写，跟《水浒传》已十分接近。《西游记》，也有宋元间的《大唐三藏取经诗话》等民间创作为先声。由于它们都经过民间几百年的不断加工、锤炼，熔铸了广大人民的生活经验、爱憎感情和理想愿望，因此，李逵、武松、鲁智深、阮氏三雄等下层人物，能被讴歌成为叱咤风云的英雄；诸葛亮的智慧，张飞的勇猛，孙悟空跟神魔鬼怪作斗争的精神，这些都为中国小说开创了英雄主义和理想主义的光辉传统。从根本上说，它们仍然是以人民生活为创作源泉的，几百年的民间创作的锤炼就是它们取得巨大的思想和艺术成就的坚实基础。然而在它们之后，却出现了一股因袭、模仿的潮流。正如可观道人序冯梦龙的《新列国志》所说："自罗贯中氏《三国志》一书，以国史演为通俗演义，汪泽百余回，为世所尚。嗣是效颦日众，因而有《夏书》、《商书》、《列国》、《两汉》、《唐书》、《残唐》、《南北宋》诸刻，其浩瀚几与正史分签并架，然悉出诸村学究杜撰。"[1]至于对《水浒传》《西游记》等名著的因袭、模仿之作，同样也足称汗牛充栋。实践证明，这些"效颦"之作，由于源泉的涸竭，当它们尚处于襁褓之中，艺术生命就枯萎了。

《金瓶梅》是我国文学史上第一部取材于现实社会和日常家庭生活的长篇小说。"作者之于世情，盖诚极洞达，凡所形容，或条畅，或曲折，或刻露而尽相，或幽伏而含讥，或一时并写两面，使之相形，变幻之情，随在显见，同时说部，无以上之。"[2]它为我国长篇小说的创作开辟了一条新路。不过它仍然"全书假《水浒传》之西门庆为线索"[3]，并非完全由作家个人独创。更为严重

①　黄霖等选注：《中国历代小说论著选》（上），江西人民出版社1982年版，第239页。
②　鲁迅：《中国小说史略》，《鲁迅全集》第8卷，人民文学出版社1957年版，第146页。
③　鲁迅：《中国小说史略》，《鲁迅全集》第8卷，人民文学出版社1957年版，第145页。

的缺陷是，作家对现实生活缺乏正确的爱憎，取材精芜杂沓，使全书充斥着庸俗、色情、污浊、低级的描绘，在某些方面堕入了自然主义的泥坑。可是无论其成功的经验或失败的教训，对于曹雪芹创作《红楼梦》都提供了有益的借鉴作用。正如庚辰本第十三回有一条脂批所说的，曹雪芹"深得《金瓶》壶奥"。他以自己独创性的发展，使他的《红楼梦》远远超过了《金瓶梅》。鲁迅在《中国小说史略》中，把《金瓶梅》与《红楼梦》都列为"人情小说"，同时他却指出：《红楼梦》"全书所写，虽不外悲喜之情，聚散之迹，而人物事故，则摆脱旧套，与在先之人情小说甚不同"①。

仅从取材方面来看，曹雪芹的《红楼梦》与在它以前的包括"人情小说"在内的其他小说有哪些不同呢？

首先，它完全没有一点因袭、模仿的痕迹，既不是借助于任何历史故事，也不是吸取任何民间创作基础，而是直接取材于现实的社会生活，纯粹属于作家个人的艺术创造。这里特别值得注意的是，曹雪芹强调他写的是他"半世亲睹亲闻"的人物，是他自己"历尽离合悲欢炎凉世态的一段故事"，是"字字看来皆是血""一把辛酸泪"（第一回），充满作家个人的血泪感情的。这是曹雪芹的《红楼梦》所以能写得特别真切、细腻、生动、感人的基本原因。其中有不少细节，正如庚辰本第十七、十八回脂批所指出的："非经历过，如何写得出。""《石头记》得力擅长，全是此等地方。"把《红楼梦》说成完全是曹雪芹的"自叙传"，固然是不恰当的，然而写他自己亲身经历的、最熟悉的、饱含着血泪感情的生活，这确实是《红楼梦》跟它以前的小说大不相同之处，也是它取得成功的基础。在这方面，它既以对于日常生活细线条的描绘，有别于《三国演义》《水浒传》等对军事、政治斗争的粗线条的勾画；以对人物性格充溢着血泪感情的描写，迥异于《三国演义》《水浒传》等以对于

①　鲁迅：《中国小说史略》，《鲁迅全集》第 8 卷，人民文学出版社 1957 年版，第 195 页。

紧张曲折的故事情节的叙述；同时，它又与《金瓶梅》等人情小说对日常生活带有客观主义、自然主义的描写"甚不同"。

第二，曹雪芹的《红楼梦》对于现实生活的描绘，经过了严格的艺术提炼。它不是兼收并蓄，良莠混杂，精芜莫辨，而是经过了一番去粗取精、去伪存真、由此及彼、由表及里的加工改造。因此，它跟《金瓶梅》对色情污浊糜烂生活的客观主义的描绘恰同泾渭；它写了日常现实生活中的"家务事""儿女情"，可是它却能汰尽浊臭、庸俗的杂质，而充分显示出蕴藏在生活中那无比高尚、纯洁、优美的诗意；它对社会的丑恶现象同样作了淋漓尽致的揭露，可是它却不是停留在对这些丑恶现象的津津乐道上，而是由此深刻地揭示了那个时代"离合悲欢、兴衰际遇"的历史规律。

第三，曹雪芹的《红楼梦》既借鉴了《金瓶梅》以日常的现实生活为艺术创造的丰富的素材，同时又吸取了《三国演义》《水浒传》《西游记》等在民间创作基础上所形成的英雄主义和理想主义的精神。在《金瓶梅》中，看不到一线光明，找不出多少健康的和积极向上的思想，给人以漆黑一团、沉闷窒息的感觉。不仅像西门庆这样的恶棍横行霸道，无恶不作，腐朽糜烂透顶，而且全书把大量下层出身的"小人物"，也都写成奴才或帮凶，一个个都是趋炎附势，愚昧无知，俯首帖耳，全仰老爷太太们的鼻息过日子，毫无独立的人格。《红楼梦》则不同，它不仅把贾宝玉、林黛玉这两位带有民主主义理想的新人形象作为全书的主人公，而且把晴雯、紫鹃、司棋、鸳鸯、尤三姐等一系列的卑贱者，都写得有才情，有理想，有品德。她们不再是替主子为非作歹的帮凶，不再是任主子宰割的羔羊，也不再是供主子发泄兽欲的工具，而是成了在那个黑暗王国中给人以光明、希望和鼓舞的力量。

在《三国演义》《水浒传》《西游记》中，我们是看不到关于爱情和家庭生活的细致描绘的。《金瓶梅》虽然为人们展开了日常家庭生活的生动图画，然而它却过分地沉醉于糜烂的性生活的渲染，成为色情文学的滥觞，为才子佳人小说开了先河。如《续金瓶梅》《隔帘花影》等"诲淫"小说和《玉娇梨》《好逑传》《平山冷燕》等才子佳人小说，都不同程度地受到《金瓶梅》的消极因素的影响。正如《续金瓶梅》第四十三回里所说："一部《金瓶梅》说了个色字，一部《续金瓶梅》说了个空字，从色还空，即空是色，乃自果报，转入佛法。"鲁迅批评这些继《金瓶梅》之后的"末流"作品，或"则著意所写，专在性交，又越常情，如有狂疾"[①]；或"求偶必经考试，成婚待于诏旨"[②]，流为"以文雅风流缀其间，功名遇合为之主"[③]的公式。尽管曹雪芹的《红楼梦》也在一定程度上受到了这种色空观念的消极影响，然而其总的倾向却是跟这种把文学引向堕落的逆流作斗争的。因此，曹雪芹在《红楼梦》开卷第一回就首先严厉批判了"更有一种风月笔墨，其淫秽污臭，荼毒笔墨，坏人子弟，又不可胜数；至若佳人才子等书，则又千部共出一套，且其中终不能不涉于淫滥，以致满纸潘安、子建、西子、文君，不过作者要写出自己的那两首情诗艳赋来，故假拟出男女二人名姓，又必旁出一小人其间拨乱，亦如剧中之小丑然。且鬟婢开口，即者也之乎，非文即理"。

曹雪芹的《红楼梦》既坚决排除这股把文学引向堕落的浊流，又坚持从日常的家庭生活和爱情描写之中，表现了高尚的人生理想和优美的生活情操。在这方面，他的《红楼梦》不仅与《金瓶梅》所滥觞的"淫污秽臭"和"才子佳人"作品根本背违，而且对《西厢记》《牡丹亭》所着力表现的情与理相对立的现实主义和浪漫主义的精神，作了全面的重大的发展，使这种爱情描写不是从抽象的人性出发，描写对"情"的追求，也不是局限于描写情与理的对立，它已升华为以追求自由、平等、个性解放的初步民主主义的社会人生理想，来全面地深刻地揭露批判封建专制主义这个总的社会政治主题。造成贾宝

---

① 鲁迅：《中国小说史略》，《鲁迅全集》第8卷，人民文学出版社1957年版，第149页。
② 鲁迅：《中国小说史略》，《鲁迅全集》第8卷，人民文学出版社1957年版，第157页。
③ 鲁迅：《中国小说史略》，《鲁迅全集》第8卷，人民文学出版社1957年版，第153页。

玉与林黛玉、薛宝钗爱情婚姻悲剧的根源，不只是封建的婚姻制度这个局部性的问题，更重要的，这是民主主义与封建主义两种思想、两条人生道路、两种社会力量之间进行生死搏斗的结果。

高尔基曾经说过："在伟大的艺术家们的身上，现实主义和浪漫主义时常好像是结合在一起的。"①曹雪芹正是这样。《红楼梦》这部小说以现实主义为基本特色，同时又吸取了浪漫主义的精神。它以日常的现实生活为创作的唯一源泉，写的人物和生活都显得无比的真实，同时它又闪烁着理想的火花。它既有《三国演义》《水浒传》《西游记》所奠定的英雄主义和理想主义的精神，又不像它们那样充满夸张和神奇的色彩，而大大增强了人物形象的现实性。它既吸取了《金瓶梅》那样对日常现实生活的镂刻生动如画的艺术底蕴，又淘汰了羼杂于日常生活之中的污秽浊臭，而充分地描绘出了平凡生活之中的诗情画意。它既继承了《西厢记》《牡丹亭》对"情"的刻意追求，而又把它们由一般的爱情主题上升到了社会政治主题的高度。总之，曹雪芹实在不愧为批判地继承文学遗产的大师，他不是因袭、模仿，而是"恰如吃用牛羊，弃去蹄毛，留其精粹，以滋养及发达新的生体"②。正是这样，曹雪芹的《红楼梦》把我国文学史上现实主义和浪漫主义相结合的优良传统推上了一个光彩夺目的新高峰。

三、人物描写，"强似前代所有书中之人"

我国"小说起源于神话"，"从神话演进，故事渐近于人性，出现了大抵是'半神'，如说古来建大功的英雄，其才能在凡人以上，由于天授的就

---

① 高尔基：《我怎样学习写作》。

② 鲁迅：《且介亭杂文集·论"旧形式的采用"》，《鲁迅全集》第 6 卷，人民文学出版社 1958 年版，第 19 页。

是"①。这种把小说人物写成"半神"——"其才能在凡人以上"的英雄，后来成为《三国演义》《水浒传》《西游记》《杨家将》《封神演义》《说岳全传》及《说唐全传》等长篇小说塑造人物的一个最显著的共同特色。你看，张飞一人横矛立马，大喝三声，声如巨雷，就足以使曹操的将领夏侯杰"惊得肝胆俱裂，倒撞于马下"，曹操的军士"一时弃枪落盔者，不计其数"，连曹操本人也吓得"冠簪尽落，披发逃奔"，被张辽、许褚赶上扯住辔环，犹惊恐得"仓皇失措"。②诸如此类的描写，不是带有超出凡人的神奇性吗？它虽然充分发挥了艺术夸张的威力，足以突出人物形象的英雄主义和理想主义的精神，有其不可忽视的积极意义，但也确有使小说人物"半神"化、简单化等缺陷，给人以不够真实之感。

曹雪芹的《红楼梦》在人物描写上既继承了我国小说这种传统的英雄主义和理想主义的精神，同时又突破了它在人物描写上的神奇性，而使这种英雄主义和理想主义精神建立在深厚的现实基础上，转变为"如实描写"异常丰富而复杂的"真的人物"，使人物形象更加充分地具备典型环境中的典型性格。曹雪芹自谦"虽不敢说强似前代所有书中之人"（第一回），而事实上确是达到了"强似前代所有书中之人"的预期效果。这是《红楼梦》在人物描写上对我国古典小说艺术传统的重大发展。

为什么说《红楼梦》的人物描写"强似前代所有书中之人"呢？

一是它充分写出了人物性格形成的现实性。人物性格是"天授的"，还是在现实社会的客观环境中形成的，这不仅影响到人物形象的真实性，而且关系到整个作品的现实主义是否充分的问题。《三国演义》塑造了诸葛亮、刘备、关羽、张飞、曹操等众多的典型形象，其艺术成就是空前的，然而它却没

---

① 鲁迅：《中国小说的历史的变迁》，《鲁迅全集》第 8 卷，人民文学出版社 1957 年版，第 314、315 页。

② 见《三国演义》第四十二回。

有充分地写出人物性格形成的现实性。如诸葛亮隐居隆中，运筹帷幄，料事如神，甚至能够呼风唤雨，他是哪儿来的这么无穷的智慧呢？由于作者没有充分地写出诸葛亮这种足智多谋的性格形成的客观现实基础，因而就必然给人以"状诸葛之多智而近妖"[①]的感觉，使这个光辉的艺术形象大大削弱了其真实、感人的力量。曹操的奸险性格，更被作者直接描绘成是天生的。《三国演义》开卷第一回，就描写了曹操从小如何欺诈过他的叔父。作者处处强调曹操的奸诈，然而他给人的印象"倒好像是豪爽多智"[②]。抹杀人物性格形成的客观现实性，就势必有损于人物形象的真实性，甚至产生适得其反的艺术效果。

《水浒传》在这方面就比《三国演义》前进了一步。它所描写的人物性格，一般都具有其社会的阶级特征。林冲的逆来顺受，鲁智深的"路见不平，拔刀相助"，杨志的委曲求全，一心要"博个封妻荫子"，都是跟他们分别属于"禁军教头"、"赤条条一身来去无牵挂"的光棍、"三代将门之后"的阶级出身相契合的。其他一些梁山英雄的性格，与他们的出身、经历和遭遇也基本上是一致的。然而就《水浒传》的整个环境描写来说，却与水浒英雄的性格存在着某些不可调和的矛盾。如它一方面写出那是个官逼民反、逼上梁山的社会环境，另一方面却又肯定皇帝的"至圣至明"；既然皇帝是"至圣至明"的，那他为什么又让奸臣当道呢？它一方面赞扬梁山泊"八方共域，异姓一家"的理想，另一方面却又搞什么效忠于封建制度的忠义堂；既然要对封建统治阶级讲忠义，那又怎么能实现"八方共域，异姓一家"的民主理想呢？它一方面肯定梁山泊的造反，另一方面却又把方腊起义写成"十恶不赦"；既然方腊起义是"十恶不赦"，那么又该置同属起义的水浒英雄于何地呢？作者企图用"忠""义"二字把这一切矛盾统一起来，实际上只不过是自欺欺人罢了。

---

① ② 　鲁迅：《中国小说的历史的变迁》，《鲁迅全集》第 8 卷，人民文学出版社 1957 年版，第 437 页。

《红楼梦》对于主要人物性格形成的现实性，则作了非常合理、细腻、精湛、翔实的描绘。它不只像《水浒传》那样从人物个人的出身、经历和遭遇的不同来说明人物的性格，而且通过"冷子兴演说荣国府"，"刘姥姥进大观园"，以及贾府一系列的兴衰际遇，相当充分地写出了人物性格形成的典型环境，使典型性格与典型环境能够得到有机的统一。如贾宝玉的典型性格，他既受到他周围的被压迫的奴婢和尚未受到旧社会恶习污染的女孩子们如水一般纯洁的感染，又受到当时社会黑暗腐朽，作为封建统治势力中的男人如污泥一样浊臭不堪的反面教育，从这两方面建立起了他的爱憎感情，养成了他坚决要走愤世嫉俗的叛逆道路的性格，可是公子哥儿的阶级地位和家庭环境，又不能不使他也沾染上一些恶习。再加上贾政的教子无方，贾母的溺爱放纵，《西厢记》等进步文学的影响，以及贾府内不断发生的一系列的小悲剧，等等，许多方面的原因，都使人感到贾宝玉这个典型性格的出现绝不是偶然的，而是有其客观的必然性的。

　　林黛玉的叛逆性格形成的现实性，在封建统治阶级衰朽这个根本点上与贾宝玉性格形成的原因是有其共同性的，然而具体原因却又不同。不仅由于父母双亡，寄人篱下，使她需要"步步留心，时时在意，不肯轻易多说一句话，多行一步路，生恐被人耻笑了去"（第三回），而且由于她身为孤女，孤高自许，使她便更深切地时刻感受到封建礼教所加于她这个女子所特有的精神痛苦，使她"无事闷坐，不是愁眉，便是长叹，且好端端的不知为了什么，常常的便自泪道不干的"（第二十七回）。林黛玉这种特别的性格，完全是那个社会环境造成的。正如鲁迅说的："北极的遏斯吉摩人和非洲腹地的黑人，我以为是不会懂得'林黛玉型'的；健全而合理的好社会中人，也将不能懂得。"[①]

　　① 鲁迅：《花边文学·看书琐记》，《鲁迅全集》第5卷，人民文学出版社1957年版，第430页。

只有把林黛玉放到《红楼梦》所描写的那个典型环境之中，我们才能真正懂得林黛玉那种特有的典型性格。

由于《红楼梦》作者写出了人物性格形成的极其复杂的种种主客观原因，这就不仅大大增强了人物形象的社会真实性和艺术感染力，而且把人物性格和整个作品的典型意义也开掘得更为深广了。

二是它充分写出了人物性格的发展性。人物性格不仅在其形成的时候有其客观的必然性，而且它必然是随着社会实践的发展而发展的，绝不会是一成不变的。正如马克思、恩格斯所说的："人们的观念、观点、概念，简短些说，人们的意识，是随着人们的生活条件，人们的社会关系和人们的社会存在的改变而改变的，——这一点难道需要有什么特别的深奥思想才能了解吗？"① 可是在《三国演义》中，我们却很难看到人物性格有什么发展。刘备在任何情况下好像总是"仁慈爱民"，"吾可宁死不为不仁不义之事"。而曹操则总是"所到之处，杀戮人民"，"宁教我负天下人，休教天下人负我。"尽管作者的艺术描写是出类拔萃的，然而由于作者的唯心史观，他没有充分写出人物性格在社会实践中的发展、变化，却不能不认为是美中不足。

《水浒传》在这方面比《三国演义》前进了一步。它写林冲、杨志、宋江等人参加革命，都经过了一个长期的性格发展过程，特别是写林冲性格，由忍气吞声发展为奋起反抗，写得最出色动人。通过写这些人物性格的发展过程，不仅使人物形象本身显得非常真切感人，而且进一步深刻地揭示出封建统治者鱼肉人民到了多么荒唐与丑恶、多么残暴与令人不能忍受的程度，使作品的典型意义得到更为深邃的开拓。但是《水浒传》对人物性格的发展过程，在上梁山之前写得比较具体生动，而当他们一旦上了梁山之后，其性格的发展基本上也就停滞了。《水浒传》的下半部所以显得很蹩脚，不仅由于其写的接受招

① 马克思、恩格斯：《共产党宣言》，《马克思恩格斯全集》第 4 卷，第 488 页。

安的思想性很糟糕，而且由于它没有继续写出人物性格的发展过程，在艺术上也是很苍白无力的。

《红楼梦》则不仅写出了主要人物性格的发展，而且把这种性格的发展细针密缕地贯穿于人物形象的始终。拿贾宝玉来说，他从小认为："凡山川日月之精秀只钟于女儿，须眉男子不过是些渣滓浊沫而已。"（第二十回）他几乎对所有的少女都多情，而根本不懂得对少女也要从思想和政治态度上区别对待。经过一段实践的教育，他就看到："好好的一个清净洁白的女儿，也学的沽名钓誉，入了国贼禄鬼之流。"（第三十六回），他不仅不再见了姐姐就忘了妹妹，从思想政治上把宝钗与黛玉作了区分，而且也改变了他对袭人与晴雯的亲疏关系。后来他又进一步认识到："女孩儿未出嫁，是颗无价之宝珠；出了嫁不知怎么就变出许多不好的毛病来，虽是颗珠子，却没有光彩宝色，是颗死珠子；再老了，更变的不是珠子，竟是鱼眼睛了。分明一个人，怎么变出三样来？"（第五十九回）当他看到入画、司棋等人一个个被撵出贾府，他更是愤恨欲绝地说："奇怪，奇怪！怎么这些人只一嫁了汉子，染了男子的气味，就这样混帐起来！比男子更可杀了！"（第七十七回）当他最钟爱的丫鬟晴雯被迫害致死，当他惟一的"知己"林黛玉也"魂归离恨天"之后，他不仅感到怅惘、悲愤，而且最后终于对这个封建大家庭完全绝望了，出家"却尘缘"（第一百十九回）去了。贾宝玉的形象就是这样，其思想性格始终随着客观环境的发展，处于不断的发展之中。通过描写典型性格在典型环境中成长、发展的历史，作者不仅使贾宝玉这个人物性格成为我国文学史上崭新的伟大典型，而且他通过描写贾宝玉性格的成长、发展，为人们展现了一幅整个封建贵族大家庭"离合悲欢，兴衰际遇"的历史画卷。

三是它充分写出了人物性格的复杂性。作为"一切社会关系的总和"[①]的

---

① 马克思：《关于费尔巴哈的提纲》，《马克思恩格斯全集》第3卷，第5页。

真实的人，他们的思想性格受到社会各方面的影响，必然就是很复杂的。一切事物都是矛盾的统一，人物的性格也是如此。纯粹"高、大、全"式的人，在社会生活中是不存在的。文学要描写人，要反映真实的社会生活，应该帮助人们充分认识生活中人的复杂性，而绝不应该把人物性格简单化。

《三国演义》在人物性格的描写上，无疑地取得了巨大的成功，然而它在反映人物性格的真实性和复杂性上，却是有不足之处的，其突出的表现就是"写好的人，简直一点坏处都没有；而写不好的人，又是一点好处都没有。其实这在事实上是不对的，因为一个人不能事事全好，也不能事事全坏。譬如曹操他在政治上也有他的好处；而刘备、关羽等，也不能说毫无可议，但是作者并不管它，只是任主观方面写去，往往成为出乎情理之外的人"①。小孩子看戏，看到人物一出场，往往总是问：这是好人还是坏人？把人物简单地分成好和坏两类，反映了人类童年时代思想方法的单纯、幼稚和绝对化；而在文学作品中，把人物性格写成好人全好，坏人全坏，应该说这也是文学史上艺术反映复杂的现实生活的能力尚处于不完全成熟阶段的一种稚气的表现。

《红楼梦》则克服了人物描写上这种简单化的弱点。曹雪芹是怎样写出"真的人物"的性格复杂性呢？具体的艺术手法，不胜备述；举其要，如作者所说："不过只取其事体情理罢了。"（第一回）庚辰本第四十三回有一条脂批说——

> 尤氏亦可谓有才矣。论有德比阿凤高十倍，惜乎不能谏夫治家，所谓人各有当也。此方是至理至情。最恨近之野史中恶则无往不恶，美则无一不美，何不近情理之如是耶！

---

① 鲁迅：《中国小说的历史的变迁》，《鲁迅全集》第8卷，人民文学出版社1957年版，第437页。

不是简单化地"恶则无往不恶，美则无一不美"，而是从生活的真实出发，"取其事体情理"，"至理至情"地写出"人各有当"。因此，诚如鲁迅所指出的，它"和从前的小说叙好人完全是好，坏人完全是坏的，大不相同。所以其中所叙的人物，都是真的人物"①。

拿薛宝钗来说，她是个封建淑女，可是作者并不是把她写得一点不露少女纯真的感情。当贾宝玉被贾政打伤后，她去探望宝玉时，便点头叹道："早听人一句话，也不至有今日。别说老太太、太太心疼，就是我们看着，心里也疼。"刚说了半句，又忙咽住，自悔说的话急了，不觉的就红了脸，低下头来（第三十四回）。薛宝钗与贾宝玉既有"金玉之论"，她对贾宝玉也确有爱悦之情，可是当薛蟠对宝钗说："我早知道你的心了。从先妈和我说，你这金，要拣有玉的才可正配。你留了心，见宝玉有那劳什骨子，你自然如今行动护着他。"这话竟"把宝钗气怔了"，"满心委屈气忿"，"到房里整哭了一夜"（第三十四回）。这难道是薛宝钗故意假装委屈伤心吗？显然不是。薛宝钗作为一个封建淑女，她的思想感情和性格本来就是这么复杂：既爱宝玉，而又不能公开表露出来；既信奉"金玉之论"，却又不可主动争取；即使真有此心此事，却也不能公开戳穿，即使是自己的亲兄弟把它说穿了也不行——那似乎是对自己人格的莫大侮辱。作者通过刻画人物性格的这种复杂性，把人物性格的本质揭示得很深，使我们精细入微地看到了人物内心深处的尖锐矛盾，看到了薛宝钗这样的封建卫道者，并不是由于她个人的本性天生邪恶，而是由于她站在封建阶级和封建主义思想一边，"事体情理"就非如此不可。

《红楼梦》里每个人物的性格是非常矛盾复杂的，然而每个人物的典型特征又不是模糊的，更不是矛盾的、分裂的，而是以其鲜明独特的个性作为统一性

---

① 鲁迅：《中国小说的历史的变迁》，《鲁迅全集》第8卷，人民文学出版社1957年版，第350页。

的。如果光有复杂性，而缺乏统一性，那也不可能创造出真正成功的艺术典型。

《金瓶梅》对潘金莲的性格刻画远远超过了《水浒传》的描写。她是一个以极端个人主义和享乐主义思想支配一切，而又是在那个社会受愚弄、受侮辱、受损害的极为复杂而又个性鲜明的成功的妇女典型。然而在《金瓶梅》中更多的人物形象，作者往往只注意到人物性格的矛盾复杂性，而没有充分地写出人物性格的矛盾统一性。如李瓶儿对待花子虚和蒋竹山是凶悍狠毒的，但在做了西门庆的第六妾之后，却变得善良和懦弱起来，而作者又没有写出她这种性格矛盾变化的轨迹，只能使人感到她前后判若两人。庞春梅在西门庆家里和潘金莲是狼狈为奸的，她刁钻精灵，媚上骄下，奴性十足，然而在被卖给守备周秀为第三妾、又生子金哥被扶正为夫人之后，她在气质上竟俨然如同封建贵族妇女一样，使人感到她变得非常突然，不合情理。就拿主要人物西门庆来说，作者也是把他的罪恶活动写得又像揭露，又像回护，有时甚至把他写成是个仗义疏财的人。这些都说明，《金瓶梅》尽管在描写人物性格的复杂性上，比它以前的小说有很大的发展，然而由于它的作者缺乏鲜明强烈的爱憎，对于人物性格的本质缺乏正确的认识和深入把握的能力，终究使它没有能够充分地写出许多人物性格各自完整统一的个性。

曹雪芹的《红楼梦》则不仅刻画出人物性格尖锐复杂的矛盾，而且能抓住其矛盾的主要方面，突出人物性格各自独特的个性特征。如贾宝玉和林黛玉性格的主要矛盾方面都是反封建的叛逆精神，而他们的个性特征却截然不同。贾宝玉是"似傻如狂"，"行为偏僻性乖张，那管世人诽谤！"（第三回）他敢于藐视传统的世俗之见，"极恶读书，最喜在内帏厮混"（第三回），对所有的女孩子和一切美好的东西都非常多情。林黛玉却不是"似傻如狂"，而是表现得非常清醒和深沉，"常常的便自泪道不干的"（第二十回），用"说出一句话来比刀子还尖"，来对付那"一年三百六十日，风刀霜剑严相逼"（第二十七回）的险恶环境，捍卫自身做人的尊严，执着地追求她那"质本洁来还洁去"（第二十七回）的人生理想。在她身上突出地表现了一个追求青春觉醒的少女的多愁善感和有着丰富崇高感情的诗人的气质。

在《红楼梦》里，人物性格的个性特征是鲜明的，然而它又不是像《三国演义》《水浒传》那样用忠、奸、仁、智、勇等抽象的概念所能概括得了的，它不是采用使人物性格类型化的艺术手法，而是按照实际生活的本来面貌，从人物性格的复杂性中来突出人物鲜明独特的个性的。它既吸取了《水浒传》紧紧扣住人物不同的阶级地位和出身经历来刻画人物性格特征的经验，又突破了它那把典型形象神奇化、类型化的局限；既采纳了《金瓶梅》把人物性格刻画得非常细腻、复杂的长处，又克服了它那把人物性格写得前后矛盾，作者缺乏鲜明爱憎观念的严重缺陷。曹雪芹就是这样，善于对我国小说人物描写的丰富经验扬长弃短，进行了活脱可喜的新创造。

四、艺术结构，犹如"天然图画"

我国小说是在文人写作的史传文学和民间艺人创造的说话话本的基础上发展起来的。史传文学如《史记》《汉书》《三国志》等，是以人物传记的形式出现的，每篇传记主要写一个人，即使旁及他人，也是为了适应写传记主人公的需要。民间艺人说话的话本，因为受口头说话的限制，"一张口难说两家话"，因而也只能"花开两朵，各表一枝"，每篇着重说一个故事，表现一个人物。在这个基础上发展起来的我国长篇小说的艺术结构，往往都带有传记连环体的特点。如《水浒传》是由一个个人物的传记像链条一样勾连环套组织起来的。因此，"从全书看来，《水浒》的结构不是有机的结构。我们可以把若干主要人物的故事分别编为各自独立的短篇或中篇而无割裂之感"①。尽管

---

① 茅盾：《谈〈水浒〉的人物和结构》，《鼓吹集》，作家出版社1959年版，第23页。

这种勾连环套的人物传记体的结构,有其百川汇海、逼上梁山的内在的统一性,但是这种每个人物单线发展的传记体,对于表现人物性格与周围人物更为复杂的关系,对于反映整个故事情节错综复杂的有机联系,毕竟是有一定局限性的。《三国演义》的结构形式虽然是以历史事实为线索,然而其第二十回至二十八回写关羽、张飞,第三十五回至三十八回写刘备、诸葛亮,仍未完全摆脱传记连环的格局。《西游记》除了全书写孙悟空的性格发展史,其所历八十一难,实际上也是传记连环体的架式。《金瓶梅》对这种传记连环体的艺术结构有很大的突破,然而它又不免有过于琐屑、臃肿、繁复的缺陷。与《红楼梦》同时期创作的吴敬梓的《儒林外史》,采用的依然是这种以一个个人物传记短篇连环的结构,因此鲁迅说它"虽云长篇,颇同短制"[①]。在我国文学史上,只有曹雪芹的《红楼梦》,才既完全突破了传记连环体的限制,又成功地创造出长篇小说那种波澜壮阔、自然和谐、完整统一的艺术结构。它恰如贾宝玉在谈到大观园的建筑结构时所说的:"有自然之理,得自然之气,虽种竹引泉,亦不伤于穿凿",犹如"天然图画"(第十七回)一般。

传记体对于突出主要人物的性格来说,自有它不可忽视的长处。《红楼梦》在突破它那以一个人物单线发展,对丰富复杂的广阔的社会生活难以得到充分的反映的局限的同时,也注意吸取了传记体的长处。它不仅全书以贾宝玉为中心,在某种意义上可以说它也就是贾宝玉叛逆性格的成长、发展史,而且有许多章节它也是侧重于描写某一个人物某一方面的性格特征的。如对于王熙凤,第十二回"毒设相思局"写她的奸狠,第十三回"协理宁国府"写她的才能,第十五回"弄权铁槛寺"写她的贪财,不是也可以看作就是王熙凤的传记吗?然而它毕竟突破了传记连环体的限制。正如脂砚斋在甲戌本第七回有段眉批所说的:

---

① 鲁迅:《中国小说史略》,《鲁迅全集》第8卷,人民文学出版社1957年版,第182页。

余问送花一回，薛姨妈云，宝丫头不喜这些花儿粉儿的，则谓是宝钗正传；又生阿凤、惜春一段，则又知是阿凤正传；今又到颦儿一段，却又将阿颦之天性从骨中一写，方知亦系颦儿正传。小说中一笔作两三笔者有之，一事启两事者有之，未有如此恒河沙数之笔也。

《红楼梦》不是以一人一事单线发展，而是异彩纷呈，珠联璧合，使许多人物和故事天衣无缝地穿插其间。社会生活比汪洋大海还要广阔，人与人之间的关系比千丝万缕还要繁复。长篇小说本身就是为了反映这种广阔、复杂的社会生活的需要应运而生的。那种以一人一事短篇连环的长篇结构，显然是属于长篇小说体裁尚处于不成熟阶段的一种表现。就《红楼梦》的主要线索来说，贾宝玉与林黛玉、薛宝钗的爱情婚姻故事，固然居于全书结构的突出地位，然而封建统治阶级荒淫腐朽、自杀自灭的内部矛盾，封建统治阶级与被压迫奴婢之间的矛盾，贾宝玉对封建人生道路的叛逆和对被压迫者的同情，这些都是贯串全书的重要线索，它跟爱情婚姻故事既有密切的联系，又存在着明显的区别。作者把这些众多的线索有机地结合在一起，既重点突出，主次分明，又促使各种人物错综交叉，齐头并进。如浩瀚的长江，波涛起伏，每个大波里面又包含着无数的小波，汹涌澎湃；众多的人物，既如波光粼粼，各极其妙，又共同向着一个目标，围绕一个主流，奔腾前进，共同地汇成了封建社会"兴衰际遇"的历史长河。它不仅在艺术上没有短篇连环的人工穿凿痕迹，更重要的是，它使长篇小说充分起到了展现丰富多彩的生活画卷和反映纷繁复杂的重大社会主题的特殊作用。

《红楼梦》在艺术结构上还继承和发扬我国史传文学"不虚美，不隐恶"[1]

---

① 班固：《汉书》卷62，《司马迁传·赞》。

的现实主义精神，突破了瞒和骗的"大团圆"俗套。传记体是由史传文学的体裁特点决定的，长篇小说的内容浩如烟海，自然不能为传记体所囿，但是我国史传文学的现实主义精神，却可以成为任何艺术结构的普遍原则。对于这种现实主义精神，清代章学诚在《文史通义》中作了恰当的概括。

> 盖事不能无得失是非，一有得失是非，则出入予夺，相奋摩矣。奋摩不已，而气积焉。事不能无盛衰消息，一有盛衰消息，则往复凭吊，生流连矣。流连不已，而情深焉。凡文不足以动人，所以动人者，气也。凡文不足以入人，所以入人者，情也。气积而文昌，情深而文挚，气昌而情挚，天下之至文也。[①]

以"事不能无得失是非""事不能无盛衰消息"，作为"天下之至文"的重要契机，曹雪芹是深得个中三昧的。他所说的他的《红楼梦》"至若离合悲欢，兴衰际遇，则又追踪蹑迹，不敢稍加穿凿，徒为供人之目而反失其真传者"（第一回），不正是跟我国史传文学这种现实主义精神一脉相承的吗？

但是在我国文学史上却存在着一种与现实主义精神相背离的大团圆的俗套。有许多作品明明是个悲剧的情节，作者却偏要给它来个喜剧的结局。如《牡丹亭》的"还魂"，《长生殿》的"重圆"。人们常说《水浒传》是悲剧结构，可是正如鲁迅所指出的："宋江服毒成神"，"这也就是事实上缺陷者，小说使他团圆的老例"[②]。有些作品本来描写了跟封建势力不可调和的冲突，可是由于落入了大团圆的俗套，不仅使这些作品原有的反封建的主题受到了严重损害，而且通过喜剧结局，势必把读者引向歧途。如《喻世明言》中的《金

---

① 章学诚：《文史通义》内篇五《史德》。
② 鲁迅：《中国小说的历史的变迁》，《鲁迅全集》第 8 卷，人民文学出版社 1957 年版，第 377 页。

玉奴棒打薄情郎 》，抱幻想于依靠封建官府；《警世通言》中的《玉堂春落难逢夫 》，寄希望于中举作官；《宋小官团圆破毡笠 》，妄想获得意外的发财致富。这种喜剧结局，表面上使读者痛快一时，实际上却只能起到瞒和骗的作用。至于那些才子佳人小说作家，则更是蓄意用瞒和骗来自欺欺人。这类作品的结局，不外乎是"才子及第，奉旨成婚。'父母之命，媒妁之言 '，经这大帽子来一压，便成了半个铜钱也不值，问题也一点没有了。假使有之，也只有才子能否中状元，而决不在婚姻制度的良否"①。这些都正如鲁迅所指出的："中国的文人，对于人生，——至少是对于社会现象，向来就多没有正视的勇气。""万事闭眼睛，聊以自欺，而且欺人，那方法是：瞒和骗。"②

面对我国历史长期形成的这种封建传统思想和封建习惯势力，曹雪芹继承和发扬我国史传文学的现实主义精神，敢于"取下假面，真诚地，深入地，大胆地看取人生并且写出他的血和肉来"③，使他的《红楼梦》成为"与一切喜剧相反，彻头彻尾之悲剧"④。

鲁迅说："悲剧将人生的有价值的东西毁灭给人看。"⑤《红楼梦》的悲剧结构所以特别震撼人心，不只是由于宝黛爱情婚烟问题本身，更重要的是在于由贾宝玉、林黛玉所代表的初步民主主义的社会人生理想，遭到了封建统治阶级的无情毁灭——这是整个封建制度、整个封建统治阶级已处于腐朽衰败的末世所必然造成的社会人生悲剧。如果《红楼梦》依然沿袭单线发展、人工穿凿的传记连环结构，那就不可能如此适应反映这么复杂的社会人生悲剧的需要，也不会收到使《红楼梦》成为无愧于整个封建社会的百科全书和历史画卷的巨大艺术效果。

---

① 鲁迅：《坟·论睁了眼看》，《鲁迅全集》第 1 卷，人民文学出版社 1956 年版，第 329 页。
② 鲁迅：《坟·论睁了眼看》，《鲁迅全集》第 1 卷，人民文学出版社 1956 年版，第 328 页。
③ 鲁迅：《坟·论睁了眼看》，《鲁迅全集》第 1 卷，人民文学出版社 1956 年版，第 332 页。
④ 王国维：《红楼梦评论》，见《静庵文集》。
⑤ 鲁迅：《坟·再论雷峰塔的倒掉》。

总之，曹雪芹的《红楼梦》对于我国古典文学，特别是对于长篇小说艺术的发展，作出了历史性的辉煌贡献。为了通过历史的比较来说明问题，我们不得不列举其他一些作品的弱点和不足之处，这绝无意于轻视或否定它们的成就。它们的成就本身开辟了道路，给后来的发展创造了条件。它们的缺点，一方面反映出这种艺术形式在一定历史时期难免有某些不成熟性，同时也是给后来的作家提出了要加以发展的独创性的任务。《红楼梦》的伟大贡献，一方面是由于它对我国丰富的文学遗产创造性地批判继承的结果，另一方面也是它那个历史时代的产物。

　　不论《红楼梦》多么伟大，它总免不了带有旧时代的胎记。我们探讨《红楼梦》的艺术创造，绝不是要对它顶礼膜拜，而是要借鉴和吸取它的宝贵经验，彻底打破一切不适合于我们今天的时代、不利于文艺发展的陈规旧习，创造无愧于我们新时代的伟大艺术珍品。这是历史所赋予我们的光荣使命。

典型形象塑造上的创新是《红楼梦》
令人入迷的根本原因

"艺术家的使命就是创造伟大的典型。"①曹雪芹的《红楼梦》之人物形象为什么那样令人入迷、惹人喜爱、流传不朽呢？其根本原因就在于它成功地塑造了一系列崭新的典型形象；曹雪芹在人物形象塑造上有着划时代的新贡献。探讨和借鉴他的宝贵艺术经验，对于我们提高社会主义文学的思想和艺术质量，当是不无裨益的。

一、从实际生活出发，创造具有时代特色的新人

不是从旧的传统观念出发，而是从实际生活出发，突破传统观念的束缚，创造出了具有时代特色的新思想的新人物，这是《红楼梦》的人物形象所以迷人的一大特色，是曹雪芹在典型塑造上的一大贡献。

在《三国演义》中，封建正统思想便是作家塑造典型形象的灵魂。正如毛宗岗所说："读《三国志》者，当知有正统闰运僭国之别。正统者何？蜀汉是也。僭国者何？吴魏是也。闰运者何？晋是也……盖以蜀为帝室之胄，在所当予。魏为篡国之贼，在所当夺。是以前则书刘备起兵徐州讨曹操，后则书汉

---

① 达文：《巴尔扎克〈十九世纪风俗研究〉序言》，《古典文艺理论译丛》第3册，第168页。

丞相诸葛亮出师伐魏，而大义昭然揭于千古矣。"①因此作者便把刘备、诸葛亮写成是仁君贤相的典型，把曹操写成是奸雄的典型。其正面的理想则是要颂扬仁君贤相的清明政治，反对奸雄的暴虐无道。尽管这在一定程度上也符合当时人民的理想和愿望，但从思想体系上、从本质上看，它毕竟仍然属于封建主义的范畴。

《水浒传》作者塑造的是反抗官府的造反英雄典型。"杀人须见血，救人须救彻。""不怕天，不怕地，不怕官司；论秤分金银，异样穿绸锦；成瓮吃酒，大块吃肉。""八方共域，异姓一家。""不分贵贱"，"无问亲疏"，"识性同居"，"随才器使"。水浒英雄的这种理想境界，是对封建传统思想的一个重大突破。然而这主要是义军的集体形象；就每个水浒英雄形象来看，作者则又赋予他们以浓重的忠孝节义等封建道德观念。如宋江就被称为"孝义黑三郎"。渔民出身的阮小五一面要把"酷吏赃官都杀尽"，一面却说是"忠心报答赵官家"。明代杰出的进步思想家李贽则干脆把《水浒传》书名改为《忠义水浒传》，说："水浒之众，皆大力大贤有忠有义之人可也。"②李贽的这个观点确实反映了《水浒传》作者塑造典型形象的出发点，所谓"忠义者，事君处友之善物也。不忠不义，其人虽生已朽，而其言虽美弗传。此一百八人者，忠义之聚于山林者也；此百二十回者，忠义之见于笔墨者也"③。水浒英雄之所以只反贪官，不反皇帝，最后走上招安投降的道路，正是建立在这种以忠义为核心的封建主义思想基础之上的。

《西游记》中的孙悟空提出了"皇帝轮流做，明年到我家"的战斗口号，这对封建正统思想是个突破。但是他的理想仍旧是要做皇帝；大闹天宫遭到

---

① 清·毛宗岗：《读三国志法》，见商务印书馆出版的《三国志演义》卷首。
② 明·李贽：《忠义水浒传叙》，见黄霖、韩同文选注的《中国历代小说论著选》上册，第142页。
③ 明·袁无涯：《忠义水浒全书发凡》，见朱一玄、刘毓忱编的《水浒传资料汇编》，第148页。

五百年的残酷镇压之后，他甚至连"皇帝轮流做"的理想也放弃了，转而只跟愚弄昏君的妖魔鬼怪作斗争。反对君昏臣奸，这在当时虽然也有一定的进步意义，但其思想实质终究未能跳出封建主义的牢笼。

《金瓶梅》通过西门庆、潘金莲等典型形象的塑造，作家所要表现的正面理想，"无非明人伦，戒淫奔，分淑慝，化善恶，知盛衰消长之机，取报应轮回之事"①。如此塑造典型的出发点，显然仍未摆脱封建传统思想的桎梏。

《儒林外史》除了在杜少卿、沈琼枝身上对封建礼教思想有所突破以外，作家的正面理想是要恢复古代的"礼乐兵农"。那些醉心于举业的无耻文人之所以遭到他的辛辣讽刺，正是因为他们"把那文行出处都看得轻了"。所谓"文行出处"，还不就是要恪守儒家那一套德行操守吗？

只有曹雪芹的《红楼梦》，才使他的典型形象比较全面地突破了封建主义的樊篱。正如作者自己说的，他所写的"无大贤大忠理朝廷治风俗的善政"，而纯属"新奇别致"，"令世人换新眼目"的"适趣闲文"。因此，他所创造的人物，作者自谦为"虽不敢说强似前代书中所有之人"，实际上恰恰反映了作者是以创造"强似前代书中所有之人"为抱负的。他果真也实现了这个伟大的抱负。这才使他通过一系列人物形象的塑造，"不限于只是反对和暴露了某些个别的封建制度，而是巨大到几乎批判了整个封建社会的上层建筑和整个封建统治阶级"②。如《红楼梦》的主人公贾宝玉说："除《四书》外，杜撰的太多，偏只是我杜撰不成？"他甚至"祸延古人，除《四书》外，竟将别的书焚了"。把除《四书》以外的封建经典都统统否定了。他又说："除'明明德'外无书，都是前人自己不能解圣人之书，便出己意混编纂出来的。"这又把除《大学》以外，包括《四书》中的《中庸》《论语》《孟子》，也给否定了。

---

① 明·欣欣子:《金瓶梅词话序》。
② 何其芳:《论〈红楼梦〉》。

正由于作者对贾宝玉、林黛玉等典型形象的塑造，打破了封建传统观念，因此在脂砚斋看来——

> 听其圆圆不解之言，察其幽微感触之心，审其疾妄委婉之意，皆今古未见之人，亦是未见之文字：说不得贤，说不得愚，说不得不肖，说不得善，说不得恶，说不得正大光明，说不得混帐恶赖，说不得聪明才俊。说不得庸俗平（缺一字），说不得好色好淫，说不得情痴情种，恰恰只有一颦儿可对。令他人徒加评论，总未摸着他二人是何等脱胎，何等骨肉。[①]

作者通过冷子兴的口，也明确指出《红楼梦》的主要人物皆不属于"大仁"或"大恶"，而是"正邪两赋而来一路之人"，"上则不能成仁人君子，下亦不能为大凶大恶，置之于万万人中，其聪俊灵秀之气则在万万人之上，其乖僻邪谬不近人情之态又在万万人之下"。

这些都显然说明，贾宝玉、林黛玉等典型形象，都绝不是从贤、愚、善、恶等封建传统观念出发创造出来的，他们的言行和性格是这些封建传统的道德观念所"说不得"的，是"今古未见"的新人。

在《红楼梦》以前的我国古典小说则不同，他们所创造的典型形象，差不多都打上了从封建传统的道德观念出发的印记，他们都可用封建道德观念中或褒或贬的一个字来概括其主要的性格特征。如刘备的"仁"，诸葛亮的"贤"，曹操的"奸"，宋江的"忠"，李逵的"义"，西门庆的"淫"，潘金莲的"泼"，匡超人的"孝"，虞育德的"儒"，等等，唯有曹雪芹创造的典型形象，不但不能用这种封建主义思想体系来概括，而且他跟这种封建

---

① 见《脂砚斋重评石头记》（庚辰本）第十九回批语。

主义的思想体系恰恰是相对立的。如贾宝玉的性格特征，曹雪芹在《红楼梦》第三十九回的回目中称为"情哥哥"，脂评称他为"情不情"，即对一切无情之物皆有情；称林黛玉为"情情"，即对一切有情者皆有情。一个"情"字确实可以概括这一对叛逆者的主要性格特征。

以"情"来作为典型形象的主要性格特征，这并不是曹雪芹的首创。汤显祖在他的《牡丹亭》《题词》中就写道："天下女子有情，宁有如杜丽娘者乎！梦其人即病，病即弥连，至手画形容，传于世而后死。死三年矣，复能溟蒙中求得其所梦者而生。如丽娘者，乃可谓之有情人耳。"杜丽娘便是我国文学史上"有情人"的典型。不过杜丽娘的有情只是限于男女爱情，至于杜丽娘的政治理想，则是"盼今朝得傍你蟾宫客，你和俺倍精神金阶对策"。"六宫宣有你朝拜，五花诰封你非分外。论四德，似你那三从结愿谐，二指大泥金报喜，打一轮皂盖飞来"。[①]她所信奉的仍旧是三从四德、夫贵妻荣等封建主义的道德观和人生观。

曹雪芹塑造贾宝玉、林黛玉等典型形象，绝不是从"情"的抽象观念出发的。他所写的宝黛的"情"是建立在对整个封建人生道路叛逆的基础之上的。柳梦梅、杜丽娘所热烈追求的科举功名、夫贵妻荣，恰恰是贾宝玉、林黛玉所深恶痛绝的。他们的"情"不是局限于男女自由爱情，而是表现为广泛的人之常情——人与人之间的个性自由、平等、同情被压迫者，对封建统治者的违理悖情、倒行逆施，无情地进行揭露和抨击。因此，这种"情"明显地具有与封建主义思想体系相对立的新的民主主义的思想性质——尽管这种民主主义的思想还处于不成熟的、朦胧的萌芽状态，但以这种"情"为主要性格特征的贾宝玉、林黛玉形象，在我国文学史上毕竟具有新的、划时代的、独特的典型意义。

有人说，《桃花扇》中李香君对侯方域的爱情，也是建立在政治基础上

---

① 见《牡丹亭》第三十九出。

的。恩格斯早就说过："结婚是一种政治的行为。"①任何爱情婚姻总是不可能完全脱离政治的。爱情的可贵不仅要看它是不是以政治为基础，更重要的还要看它是以什么样的政治为基础。李香君"守贞待字，碎首淋漓不肯辱于权奸"②。这在当时固然有一定的进步意义，但其根本的思想性质，则仍属于"赞圣道而辅王化"③；作者塑造典型的基本路子仍不外乎是从封建传统观念出发，"公忠者雕以正貌，奸邪者刻以丑形"④。

只有曹雪芹的《红楼梦》，才完全突破了我国小说、戏曲塑造典型的传统路子。贾宝玉与林黛玉爱情的可贵，不仅在于他是建立在政治基础之上的，更重要的它是从当时资本主义已经萌芽的实际生活出发的，是以反封建的政治理想和人生道路为基础的。作者能打破传统的思想和写法，赋予贾宝玉、林黛玉形象以新的民主主义的时代精神，这是他创造的典型形象能够"强似前代书中所有之人"的一个根本原因。

曹雪芹在《红楼梦》第二十一回回目中有"贤袭人"的说法。从表面上看，像煞作者是要把袭人塑造成封建主义的"贤"的典型。实际上书中只有王夫人最赞赏袭人，认为"若说沉重知大礼，莫若袭人第一"。宝玉则是以讽刺的口吻对袭人说："你是头一个出了名的至善至贤的人。他两个（指麝月、秋纹——引者注）又是你陶冶教育的，焉得有什么该罚之处？"晴雯则公开奚落袭人是封建主子的哈巴狗。袭人的实际表现，一点也够不上"贤"，因此俞平伯说作者"写袭人表面上虽是褒，骨子里净是贬，真正的褒其少"⑤。程高本编者也许感到袭人与"贤"的雅号名实太不相副，便改题为"俊袭人"。陈其泰则说："以袭人为贤，欺人太甚。"他改"贤袭人"为"刁袭人"⑥。这些都

---

① 恩格斯：《家庭、私有制和国家的起源》，《马克思恩格斯选集》第 4 卷，第 74 页。

②③ 孔尚任：《桃花扇小识》，见《桃花扇》卷首。

④ 见《梦粱录》。《都城纪胜·瓦舍众伎》作"公忠者雕以正貌，奸邪者与之丑貌"。

⑤ 俞平伯：《红楼梦中关于"十二钗"的描写》，《文学评论》1963 年第 4 期。

⑥ 见刘操南辑《桐花凤阁评〈红楼梦〉辑录》。

说明，作者通过对她明褒实贬，揭露了封建主义"贤"的虚伪、刁猾和丧失人性。

由此可见，《红楼梦》作者曹雪芹不只是对贾宝玉、林黛玉等正面典型，即使像对待袭人等其他各种典型形象的塑造，也同样能够突破传统的观念，从现实生活出发，或直接闪耀或间接折射出民主主义的思想光辉，使各种典型形象皆具有时代的新鲜感和震撼人心的力度感。这是曹雪芹思想解放的结果，是现实主义的胜利。

二、打破性格特征的单一性，写出人物性格的复杂性

从描写单一的性格特征，发展为多方面、多角度、多层次地描写人物的复杂性格，这是《红楼梦》的人物形象所以迷人的又一特色，是曹雪芹在典型形象塑造上的又一重大贡献。

普希金曾经指出："莎士比亚创造的人物，不像莫里哀的那样，是某一种热情或某一种恶行的典型；而是活生生的、具有多种热情、多种恶行的人物；环境在观众面前把他们多方面的多种多样的性格发展了。莫里哀的悭吝人只是悭吝而已；莎士比亚的夏洛克却是悭吝、机灵、复仇心重、热爱子女，而且锐敏多智。"[1]

在《红楼梦》以前，我国小说、戏曲中的人物性格，也与莫里哀的悭吝人相似，具有单一化的特点。曹雪芹创造的人物，则与莎士比亚创造的人物一样，具有性格的多样性和复杂性。

人物性格特征的单一化，有利于人物形象的鲜明、突出，但也容易流于单调和雷同。如《三国演义》中张飞的性格特征是"莽"，《水浒传》中的李

---

[1] 《普希金论莎士比亚》，见《文艺理论译丛》1958年第3册，第102页。

逵、《说岳全传》中的牛皋之性格特征也是"莽"。他们的典型意义尽管有所不同，但他们那莽撞的性格特征却是一脉相承的。《三国演义》中的诸葛亮是智慧的化身，《水浒传》中的吴用也号称"智多星"，他们的性格特征显然也是大同小异。《金瓶梅》的人物性格描写虽然表现了较大的独创性，但是其主要人物西门庆和潘金莲的性格，也是从《水浒传》中的西门庆和潘金莲性格脱胎而来的。

曹雪芹的《红楼梦》由于对典型形象展开了自由与宽广的多方面的性格描写，做到了如黑格尔所说的，每个人"本身就是一个世界"①。这就使它的典型形象具有精彩绝艳的独创性、千姿百态的丰富性和曲尽人情的复杂性，获得了勾魂摄魄的艺术生命。它跟它以前的作品中的人物形象相比，丝毫也不给我们以单调、雷同或似曾相识的感觉。

以林黛玉和崔莺莺、杜丽娘相比，崔莺莺和杜丽娘只受着一种压迫，这就是封建礼教的压迫；只有一种情欲，这就是对自由爱情的热烈追求；只有一种思想性格，那就是青春正在觉醒的封建贵族小姐的性格。可是林黛玉的形象却比崔莺莺、杜丽娘要丰富、复杂得多了。林黛玉不仅受着封建礼教的压迫，而且在她的身上集中了许多不幸。诸如父母早逝；寄人篱下；身患重病；因为不愿去讨得周围人的欢心而陷于孤独；她热烈地追求自由爱情，多次的暗中试探，可是当她得到了贾宝玉这个"知己"之后，她又悲伤无父母为她主张，而且病已渐成，毫无希望；她异常痛苦地感到封建主义对于她这个正在觉醒的少女心灵的桎梏而又不能更大胆地打碎它。因此，林黛玉不只是一个有着叛逆倾向的贵族小姐的典型，而且"是一个中国封建社会的不幸的女子的典型"②。林黛玉所追求的不只是男女爱情，更重要的是个性的自由、平等和尊严，用林

---

① 黑格尔：《美学》第 1 卷，1979 年版，第 303 页。

② 何其芳：《论〈红楼梦〉》。

黛玉自己的话来说："我为的是我的心！"她"癖性喜洁"，反对的不只是封建婚姻制度，更重要的，她厌恶那整个的污浊社会，向往着一种新的美好的社会人生。尽管这种新的美好的社会人生究竟是个什么样子，她并不知道，也不可能知道，她只是朦胧地憧憬着，热烈地向往着，不惜生命地追求着，"愿奴胁下生双翼，随花飞到天尽头"。林黛玉的性格也绝不像崔莺莺、杜丽娘那样单纯。她不但对爱情无比地执着和痴心，而且心直口快，"说出一句话来，比刀子还尖"。她既孤高自许，爱刻薄人，又十分温柔多情，醇朴憨厚。薛宝钗只是对她表示了一点关心，她马上就消除了对她的成见，诚恳地当面向她倾吐衷肠："你素日待人，固然是极好的，然而我最是个多心的人，只当你心里藏奸。从前日你说看杂书不好，又说我那些好话，竟大感激你。往日竟是我错了，实在误到如今。"她还是个绝顶聪明、博学多才的女诗人。然而她的最主要的性格特征，却是对人生理想的执着追求，是那个丧尽人性，"一年三百六十日，风刀霜剑严相逼"的黑暗社会所强加在她感情上的极端辛酸和悲苦。尽管悲苦和不幸已经快要压倒了她，但她不像崔莺莺、杜丽娘那样，只要实现自主婚姻，即可与封建家长达成妥协。爱情自由只是她人生理想的一部分，即使是最重要的一部分，她也绝不能为了苟且求得爱情的满足，而放弃她那反封建的人生理想。她宁为玉碎，不为瓦全，不惜献出了自己如鲜花一般美好的青春和生命。她虽然悲惨地离开了人间，但她所表现出来的那种桀骜不驯的气概和执着追求理想的精神，却像豪迈、嘹亮的进行曲一样，在千千万万读者的心中回荡着，不断地生发出一种激励和奋进的力量。

主要人物是如此，次要人物如《西厢记》中的崔母和《红楼梦》中的贾母，虽然都是老夫人的形象，都是封建礼教的维护者，都是反对和破坏自由爱情的罪魁，但是她们的性格特征却同样存在着单一性和多样性的巨大差别。

崔母从"寺警"到"赖婚"，直到"拷红"以后被迫承认崔、张爱情关系贯穿她全部言行的性格特征就是顽固的封建门阀观念。她的性格单一化到这种程度，仿佛她在作品中的存在，只不过是为了充当封建礼教的化身和相国门第家风的维护者罢了。

贾母的性格特征则比崔母要丰富得多。她不仅是个封建礼教制度的维护者，更重要的，她是个绚烂多姿的活生生的人物形象。她首先是个慈祥的老祖母。对于贾宝玉、林黛玉，她百般溺爱，看作自己的"命根子""心肝儿肉"。她对宝玉的溺爱，竟使她不顾"男女七岁不同席"的古训，让他和黛玉"日则同行同坐，夜则同息同止"。她对黛玉这个外孙女的"万般怜爱，寝食起居一如宝玉，迎春、探春、惜春三个亲孙女倒且靠后"。贾政"教训儿子，也为的是光宗耀祖"，可是她却生怕爱孙受了委屈，对宝玉百般庇护，竭力阻止贾政对儿子的管束。人们说贾母在客观上为宝玉叛逆性格的成长提供了条件，充当了贾宝玉的保护伞，这是一点也不言过其实的。

她不只是个慈祥的老祖母，更重要的，她是贾府这个封建大家庭唯我独尊的老祖宗。贾府上上下下的人，都要围绕着她转，都要对她百般奉承，讨她的欢心。凤姐跟她打牌，要故意输给她，让她高兴。宝钗点戏，要点贾母向日喜欢的，使贾母更加欢悦。

她在贾府虽然处于唯我独尊的地位，但在小辈们面前却并不总是板着面孔，而爱跟小辈们说说笑笑，寻个开心。她曾戏称凤姐叫"凤辣子"，凤姐在她面前也总要说些半是奉承半是打趣的笑话，她并不认为这样不分老少地互相取笑有失体统，而是说："家常没人，娘儿们原该这样。"

她是封建阶级处于腐朽没落时期的享乐主义者。打牌，开宴会，猜谜语，讲故事，逛花园，吃喝玩乐，几乎就是她的全部生活内容。她不仅整天沉缅于享乐，而且挖空心思要吃得奢侈靡费，玩得新奇别致。如她吃一顿茄子要用十几只鸡作配料，要"把天下所有的菜蔬用水牌写了，天天转着吃"。听戏要叫家里的戏班子"铺排在藕香榭的水亭子上，借着水音更好听"。中秋赏月，又说"如此好月，不能不闻笛"。一般的吹笛还不行，要叫"吹笛的远远吹来"，"须得拣那曲谱越慢的吹来越好"。

她甚至纵容小辈荒淫无耻，腐化堕落。胡子花白、儿孙成群的贾赦要娶小老婆，贾母说："我这里有钱，叫他只管一万八千的买去。"贾琏与鲍二家的私通，被凤姐发现，闹到贾母那儿，贾母却笑着对凤姐说："什么要紧的事！小孩子们年轻，馋嘴猫儿似的，那里保得住不这么着。从小儿世人都打这么过的。"

她纵容淫乱，唯独对于青年男女的自由爱情却深恶痛绝。认为那是把"父母也忘了，书礼也忘了，鬼不成鬼，贼不成贼"的丑事。续书还写她说："咱们这种人家，别的自然没有，这心病也是断断有不得的。林丫头若不是这个病呢，我凭着花多少钱都使得。若是这个病，不但治不好，我也没心肠了。"在封建礼教与心爱的外孙女之间，她毫不犹豫地选择了封建礼教，而宁愿置心爱的外孙女的生命于不顾。

跟崔母相比，贾母该是一个多么活生生的，具有多种情欲、多方面性格特征的人物啊！这种对人物性格的描写由单一性发展为多样性，不仅大大增强了人物形象的真实性、生动性和丰富性，而且仿佛画卷含英气，笔下有雷声，使人物形象的典型性和深刻性，具有令人振聋发聩、惊心动魄的强大威力。它使人们从贾母这一典型形象就不能不想到她所代表的那垂死的整个封建统治阶级该是多么腐朽，多么虚伪，多么荒谬，多么不可救药！

也许有人会说，崔莺莺、杜丽娘和崔母性格的单一性，那是由于戏曲作品的体裁跟长篇小说的容量大，不可能相提并论。我认为，问题不在于作品体裁容量的大小，而在于作家的典型观有高下之分。如果说《红楼梦》中的林黛玉、贾母，比《西厢记》中的崔莺莺、崔母，比《牡丹亭》中的杜丽娘，花了较多笔墨的话，那么，《红楼梦》中的焦大，作者花的笔墨总共不过七八百字，可是曹雪芹照样写出了焦大这个人物性格的多样性和复杂性。他既是贾府最忠实的奴才，又是恨不得要对贾府不争气的后代子孙动刀子的闯将。他既对贾府祖上创业的艰难居功自傲，又对贾府子孙的腐化堕落恣意训斥；既对老主子的另眼看待自炫自豪，又对新主子的忘恩负义怒向刀丛；既对自己往昔的豪奴势派深感荣耀，又对今日老仆的辛酸处境备觉悲愤。当年他不惜舍生忘死弄得半碗水给主子喝，如今却动辄被捆倒，拖往马圈里去，用土和马粪满满地填了他一嘴。在凤姐眼中，连焦大这样对于贾府祖上有过救命之恩的忠实奴才，如今竟也成了个"没王法的东西"，被认为"留在这里，岂不是祸害"。焦大，这该是一个有着多么丰富复杂的思想感情、多么深广的历史内容的典型形象啊！

由此可见，《红楼梦》的人物塑造，不是着眼于人物的某一方面的性格特征，而是仿佛如一架多棱镜，可以使读者从不同的角度，看出人物性格的各个侧面，并由一个人物进而反映出一个历史时代，从中可以发现时代风云的急剧变化，领略许多发人深省的人生哲理，深沉地激起巨大的感情波澜。因此，这里问题不在于作品体裁容量的大小，也不在于作家所花笔墨的多少，而在于作家的典型观是绝对化的、片面的，还是辩证的、全面的。他要塑造什么样的典型——是单一性的典型，即使笔墨再多也只能具有单一性的特点；是多样化的典型，即使寥寥几笔也照样能把它勾画得丰姿绰约，使人物形象具有多方面、多角度、多层次的立体真实感。

绝对化的、片面的典型观，必然使人物形象成为单一性的。如《三国演义》写诸葛亮"是古今来贤相中第一奇人"，关羽"是古今来名将中第一奇人"，曹操"是古今来奸雄中第一奇人"，被称为"三绝"①。而《红楼梦》的作者却刻意要打破这种绝对化、片面化的典型观，如脂批所指出的，他反对"恶则无往不恶，美则无一不美"②的典型塑造。他写贾雨村，不是"凡写奸人则鼠耳鹰腮等语"，而是把他写得十分端庄："生得腰宽背厚，面阔口方，更兼剑眉星眼，直鼻方腮。"他写美女史湘云，则特意写出她"偏是咬舌子爱说

---

① 　清·毛宗岗：《读三国志法》，见商务印书馆出版的《三国志演义》卷首。
② 　见《脂砚斋重评石头记》（庚辰本）第四十三回批语。

话，连个'二'哥哥也叫不出来，只是'爱'哥哥'爱'哥哥的"。正如脂批所指出的：

> 可笑近之野史中，满纸羞花闭月，莺啼燕语，殊不知真正美人方有一陋处。如太真之肥，飞燕之瘦，西子之病，若施于别个不美矣。今以咬舌二字加之湘云，是何大法手眼，敢用此二字哉！不独不见其陋，且更觉轻俏娇媚，俨然一娇憨湘云立于纸上，掩卷合目思之，其"爱""厄"娇音如入耳内，然后将满纸莺啼燕语之字样，填粪窖可也。[①]

"真正美人方有一陋处。"曹雪芹写了美人的陋处，"不独不见其陋，且更觉轻俏娇媚"，使人物形象显得更加生动活泼，妩媚多姿。这是辩证的典型观对绝对化、片面化的典型观的胜利，是曹雪芹的《红楼梦》在人物形象塑造上的卓越贡献。

三、既是写日常生活中的普通人，又在他们身上体现了民族精神

既通过日常的现实生活，创造出与千千万万读者声息相通的普通人物，同时在这些普通的人物形象身上，又体现了我们民族传统的理想主义和英雄主义的精神，这是《红楼梦》的人物形象所以迷人的又一特色，是曹雪芹在典型形象塑造上的又一重大贡献。

以《三国演义》《水浒传》和《西游记》为代表的我国古典小说，惯于塑造高大的、非凡的英雄传奇式的人物形象。如诸葛亮、张飞、关羽、李逵、武

---

① 见《脂砚斋重评石头记》（庚辰本）第二十回批语。

松、鲁智深、孙悟空等等英雄人物，他们的智谋和本领都是一般的普通人所望尘莫及的；他们是由作家通过曲折紧张、惊天动地的故事情节，把现实中的人物大大提高，带有很大理想成分的典型形象。这种非凡的英雄人物，理想的典型形象，反映了我们民族广博精深的伟大智慧和骁勇不屈的斗争精神，因此他们在我国广大人民中能够世代相传，家喻户晓，有口皆碑。他们在人民群众中普及程度之广，流传之久，影响之深远，在世界文学史上也是极为罕见的。这是我国小说在民间口头说话基础上所创造的极为宝贵的民族传统，是值得我们加以珍惜的。

但是，再好的民族传统，也总是有它的局限性的，必须随着社会生活的发展而不断地加以革新。非凡的英雄人物有鼓舞人心的作用，但他们毕竟与普通人存在着相当大的距离，使读者产生可望而不可及的感觉，这就不能不使人物形象的真实性和艺术感染力受到一定程度的影响。同时，依靠曲折紧张、惊天动地的故事情节来塑造人物形象，这个路子毕竟也太狭窄了。艺术创造既不能离开生活的真实，又要从生活的真实出发，作家哪有那么多曲折紧张、惊天动地的故事情节可编呢？又哪有那么多高大、非凡的英雄形象可塑造呢？

《金瓶梅》便突破了这种局限。它不再通过曲折紧张、惊天动地的故事情节，来塑造高大、非凡的英雄人物，而是着力于通过日常的家庭生活，塑造出西门庆、潘金莲、李瓶儿、应伯爵、花子虚等普通的小人物。日常的家庭生活，普通的小人物，是层出不穷、千变万化、丰富多彩的，它给作家的艺术创造开辟了无限广阔的天地，真是天空任鸟飞，海阔凭鱼跃。

但是，《金瓶梅》的作者毕竟缺乏高尚的生活理想和纯洁的艺术眼光，他所塑造的人物实在太污浊和卑下了，叫人只能感到恶心，可憎或可怜。虽然这对当时那个黑暗社会有一定的揭露、批判和认识作用，却不能给人以更大的鼓舞和美感的享受。因此，他通过日常生活塑造普通小人物的典型形象，这一方面使现实主义向前发展了，另一方面却又把以《三国演义》《水浒传》《西游

377

记》为代表的我们民族的那种理想主义和英雄主义的传统也抛弃了。

曹雪芹的《红楼梦》则既继承了我国小说在民间说话基础上发展起来的理想主义和英雄主义的传统，又直接吸取了《金瓶梅》所发展了的通过日常生活塑造普通人形象的现实主义精神和方法。它所塑造的贾宝玉、林黛玉、晴雯、司祺、鸳鸯等正面人物形象，对于社会、对于人生，都有自己独立的见解。如贾宝玉说的："你爱这样，我爱那样，各自性情不同。"他尊重各人的个性自由，不利用自己贵族公子的特权而强加于人。尽管在他小时候偶尔也要过公子哥儿的脾气，用脚踢过奴婢，但作者是把它作为必须改正的劣习来描写的。贾宝玉是个贵族公子，自然就免不了要沾染上种种贵族公子的恶劣习气。作者爱而知其恶，绝不因为他是作者笔下的正面主人公，就对他身上的种种劣迹也加以回护。不过作者着重刻画的是贾宝玉对封建阶级的叛逆精神，写他对科举取仕的封建人生道路深恶痛绝，对奴婢们的悲惨遭遇痛心疾首，对自由爱情竭力追求，对民主、平等的生活理想热烈憧憬。他既是个深深植根于当时现实生活的普通人，同时在他身上又闪耀着理想主义和英雄主义的光辉。你看，他被贾政毒打得几乎丧命，而他却毫无一点屈服和悔改的表示。相反，他站在被压迫者一边，背叛压迫者的决心却更加坚定了。用他自己的话来说："我便为这些人死了，也是情愿的。"他如此执着、顽强，"死不改悔"，这难道不正是理想主义和英雄主义精神的一种表现吗？

在《红楼梦》中，不仅贾宝玉这样叛逆的公子，而且连受压迫的奴婢，也有自己的人生理想和英勇不屈的性格。如"晴雯那蹄子是块爆炭"，她不信"谁又比谁高贵些"。"二爷近来气大的很，行动就给脸子瞧"，她也敢于公然顶撞。对于奴颜媚骨的袭人，她更敢于骂她是"西洋花点子哈巴儿"。司祺的表弟潘又安与她私通情书，被凤姐抄家抄到了，"大家都吓一跳"，她的外婆王善保家的"只恨没地缝儿钻进去"，气得"自己回手打自己的脸，骂道：'老不死的娼妇，怎么造下孽了！说嘴打嘴，现世现报在人眼里'"。可是作者写司棋本人却反而"并无畏惧惭愧之意"。她这与众截然不同的态度，把她那可贵的刚烈性格，刻画得真犹如鹤立鸡群，令人由不得刮目相看，肃然起敬。鸳鸯被老爷贾赦看中，要娶她做妾。这在当时的封建世俗之见看来，是"又体面，又尊贵"的"喜事"。可是作者写鸳鸯却认为这是"把我送在火坑里去"，她斩钉截铁地表示："我一刀子抹死了，也不能从命！"《红楼梦》中的这些奴婢跟《金瓶梅》中所描写的那些任人蹂躏、听人宰割、甘心堕落的妇女形象迥然有别，她们的人生理想和思想品格极为高尚，尽管她们的阶级地位极其卑下。用曹雪芹的话来说，她们是"心比天高，身为下贱"。作者赋予这些"身为下贱"的奴婢以不畏强暴的骨气和光彩照人的品格，这难道不正是我们伟大民族的理想主义和英雄主义精神的一种表现吗？

既不是借助于曲折紧张、惊天动地的故事情节，塑造具有超人的智谋或非凡的本领的英雄人物，也不是一味地写日常生活中的那些污浊、卑下的小人物，而是既着力于对日常现实生活中的普通人的真实写照，又赋予他们为一般的普通人所缺乏的足以代表我们中华民族的筋骨和脊梁的精神气质，也就是说，《红楼梦》既继承了《三国演义》《水浒传》《西游记》塑造典型形象的理想主义和英雄主义的民族传统，又吸取了《金瓶梅》对日常生活精雕细刻的现实主义精神和方法，而舍弃了它们各自的短处和不足，把我国古典小说的人物塑造推进到了一个既高度民族化，又深刻现实主义化的崭新阶段。

四、吸取诗词、绘画等艺术经验，赋予人物形象以诗情画意般的美感

不是就事论事地从琐细的日常生活中描写人物，而是全面地吸取了我国诗、词、绘画等艺术经验，对日常生活作了深入的发掘和精心的剪裁，从而赋予典型形象以诗情画意般的美感，这是《红楼梦》的人物形象所以迷人的又一特色，是曹雪芹在典型形象塑造上的又一重大贡献。

我国是个诗歌、绘画传统非常丰富而悠久的国家。我国小说又是直接从民间说唱文学的基础上发展起来的。说唱文学本身就是韵文与散文相间，有说有唱的。如《西游记》据以加工的话本之一，就称为《大唐三藏取经诗话》。由文人独立创作的《金瓶梅》，早期的版本之一便称为《金瓶梅词话》。可惜这些《诗话》《词话》中的诗和词，往往只是作为情节的过渡或为调剂气氛服务的，与所塑造的人物性格大都没有直接的关系。如《大唐三藏取经诗话》中《入优钵罗国处第十四》，写行者对优钵罗国作了一番介绍，然后写"行者再吟诗曰：'优钵罗天瑞气全，谁知此景近西天。殷勤到此求经教，竺国分明只在前。'"这除了作情节的过渡，它对猴行者本身的形象塑造可谓毫无助益。至于《金瓶梅词话》中所用的词曲，则大部分都不是作者的创作，而是对明代流行的散曲作品的迻录，这自然也就跟典型形象的塑造难于协调了。

在《红楼梦》以前的我国古典小说中，也有利用诗词为塑造典型形象服务的。如《水浒传》第三十九回"浔阳楼宋江吟反诗"，写"宋江乘着酒兴，先作了一首《西江月》词"。"写罢觉得意犹未尽，又再写了四句诗"。声称："他年若得报冤仇，血染浔阳江口。""他时若遂凌云志，敢笑黄巢不丈夫！"这里作者运用诗词的形式抒发了宋江郁积在胸中的愤懑、抗争和抱负，比采用散文的形式能够更强烈地给读者留下深长的韵味和难忘的印象。可惜一经反复咀嚼，便觉得跟宋江的性格有点不大对味儿。宋江尽管牢骚满腹，有一定的反抗性，但他何曾有过黄巢那样推翻封建统治的"凌云志"呢？他哪有"敢笑黄巢不丈夫"的资格呵！

曹雪芹的《红楼梦》不仅继承了我国古典小说惯于韵散相间，发展了把典型形象的塑造与创造富有诗情画意的优美意境结合起来的民族传统，而且进一步以诗词作为刻画人物性格的重要手段之一，使典型形象在某种意义上成为相当诗化了的人物，给人以不可抗拒的艺术感染力和悠婉动人的美感享受。譬如林黛玉那埋香冢、泣残红的情节和她那以花喻己、以己拟花的《葬花辞》：

"尔今死去侬收葬，未卜侬身何日丧。侬今葬花人笑痴，他年葬侬知是谁。试看春残花渐落，便是红颜老死时。一朝春尽红颜老，花落人亡两不知。"情景交融，使林黛玉的形象被花团锦簇映照得更美好，使林黛玉的命运被落花衬托得更凄惨，叫人读了不得不对林黛玉的形象给予最热烈的赞美和最深切的同情。

人物形象是要以情感人的，而诗词便是抒发感情最强烈的音符。曹雪芹不仅善于用诗词来刻画人物的性格，而且总是把人物形象放在画境中来描写，使之更加富有艺术的魅力。如当林黛玉在病中深感自己寄人篱下命运多舛的凄惨时，作者便把她放在"那天渐渐的黄昏，且阴的沉黑，兼着那雨滴竹梢，更觉凄凉"的画境中，来描写"黛玉不觉心有所感，亦不禁发于章句，遂成'代别离'一首，拟'春江花月夜'之格，乃名其词曰'秋窗风雨夕'。其词曰：'秋花惨淡秋草黄，耿耿秋灯秋夜长。已觉秋窗秋不尽，那堪风雨助凄凉……'"这里作者以秋灯秋夜、秋风秋雨的凄凉景色，创造了一个画中有诗、诗有中有画的意境。这般优美而又凄凉的意境，便极其深沉、浓烈地渲染了林黛玉那多愁善感的性格特征，使人看了不能不为之鼻酸泪涌，无法抑制住自己感情的激荡。

曹雪芹非常善于把优美的画意和浓郁的诗情都贯注于整个的典型环境和典型性格之中，使环境描写和人物形象刻画都做到了充分的抒情化。如在《凹晶馆联诗悲寂寞》一章中，作者写林黛玉和史湘云"二人遂在两个湘妃竹墩上坐下。只见天上一轮皓月，池中一轮水月，上下争辉，如置身于晶宫鲛室之内。微风一过，粼粼然池面皱碧铺纹，真令人神清气净"。这是一个多么充满诗情的画境啊！作者不是让他笔下的人物仅仅陶醉在这种美好的画境之中，而是进一步写出了人物凄惨的性格。接着便是史湘云为此而跟林黛玉发出的深长的慨叹："就如咱们两个虽父母不在，然却也忝在富贵之乡，只你我竟有许多不遂心的事。"湘云说完这话之后，唯恐黛玉伤感，忙道："休说这些闲话，咱们且联诗。"联诗本是要消愁解闷的，可是由湘云的"寒塘渡鹤影"，却引出了黛玉的"冷月葬花魂"。作者创造出一个如此既凄清又美好、既悲凉又迷人的意境，不仅把林黛玉那不幸的命运和高洁的性格描绘得包孕深远，诗情激越，而且仿佛把读者也带入了那种寒塘渡鹤影、冷月葬花魂的诗情画意之中，使你由不得不对林黛玉的悲惨遭遇和凄怆身世激起满腔的同情，对那个摧毁美好花魂的罪恶的历史时代和恶劣的社会环境发出强烈的抗议。这就是《红楼梦》作者借助于诗情画意来塑造典型环境中的典型形象所产生的无与伦比的强大艺术魔力。

《红楼梦》的作者曹雪芹不仅是个伟大的小说家，也是个杰出的诗人和画家。种种迹象证明，他是有意识地把诗画引入《红楼梦》所描写的艺术境界的。如第五十八回，写宝玉病后去看黛玉，"从沁芳桥一带堤上走来。只见柳垂金线，桃吐丹霞，山石之后，一株大杏树，花已全落，叶稠阴翠，上面已结了豆子大小的许多小杏。宝玉因想道：'能病了几天，竟把杏花辜负了！不觉到'绿叶成阴子满枝'了！因此仰望杏子不舍。又想起邢岫烟已择了夫婿一事；虽说男女大事，不可不行，但未免又少了一个好女儿，不过二年，便也要'绿叶成阴子满枝'了"。这一段触景生情的心理描写，显然是融化苏轼的词："花褪残红青杏小"，杜牧的诗："狂风吹尽深红色，绿叶成阴子满枝"，使贾宝玉那"情不情"即对一切无情的事物皆充满着怜爱之情的典型形象，得到了浓墨重彩、生动如画的描绘。

第二十五回写贾宝玉因记挂着丫环红玉有什么心事，一早起来便去找她。"只见西南角上游廊底下栏杆上似有一个人倚在那里。却恨面前有一株海棠花遮着，看不真切。"脂批指出：

余所谓此书之妙皆从诗词句中泛出者，皆系此等笔墨也。试问观者，此非"隔花人远天涯近"乎？[①]

原来这里是把朱淑真《生查子》词："人远天涯近"和《西厢记》唱词："系春心情短柳丝长，隔花阴人远天涯近"，化入贾宝玉对丫环红玉的炽热关切之情，使贾宝玉的形象在海棠花的诗情画境映衬之下，备觉可亲可爱。

第五十二回写到黛玉、宝钗、邢岫烟等"四人围坐在熏笼上叙家常，紫鹃倒坐在暖阁里临窗作针黹"。这时作者写宝玉走进来笑道："好一幅'冬闺集艳图'，可惜我迟来一步。"如此简短一句，不仅把人引入优美的画境之中，而且把贾宝玉那向往女孩儿的浓烈之情刻画得溢于言表。第五十回写雪景："一看四面粉装银砌，忽见宝琴披着凫靥裘，站在山坡上遥等，身后一个丫环，抱着一瓶红梅。""贾母喜的忙笑道：'你们瞧这山坡上，配上他的这个人品，又是这件衣裳，后头又是这梅花，像什么？'众人都笑道：'就像老太太屋里挂的仇十洲画的艳雪图。'贾母摇摇头笑道：'那画的那里有这件衣裳，人也不能这样好。'"这一切显然都说明，作者是有意用他那如椽之笔，饱蘸着诗情画意，描绘出不是诗画却胜似诗画的意境，使读者也跟贾母一样深感连名画家仇十洲的画"也不能这样好"。

曹雪芹的《红楼梦》赋予典型形象以诗情画意的艺术美感，不只是表现在直接融化一些诗画的意境上，更重要的是在整个艺术构思、故事情节、典型环境和典型形象的描写上，如太虚幻境、神瑛侍者、绛珠仙子、黛玉葬花、宝钗扑蝶、湘云醉眠、晴雯补裘、紫鹃试玉、香菱学诗、"竿竿翠竹青欲滴"的潇湘馆、"女儿棠"、"丝垂翠缕、葩吐丹砂"的怡红院，如此等等，这些情节和景物所构成的艺术形象，都无不贯注了作者那浓郁的诗情和妩媚的画意，从而使《红楼梦》的典型形象显得分外景秀情深，引人入迷，各具神韵，令

① 见《脂砚斋重评石头记》（庚辰本）第二十五回批语。

人陶醉。它把中国小说、戏曲、诗词、绘画等各门艺术熔于一炉，把我国古典小说的民族传统和民族特色发展到了一个完全成熟的崭新境界。

以上我们对《红楼梦》的人物形象之所以迷人、曹雪芹在典型形象塑造上所作的新贡献的探讨，不仅有助于进一步认识《红楼梦》在中国文学史上的卓越地位，更重要的，对于当代文学的典型形象的塑造，也提供了有益的启示和借鉴。例如，塑造典型形象的出发点是什么？是从旧的传统观念出发，还是从新的现实生活出发？今天为曹雪芹所反对的那种写"大贤大忠"等封建的传统观念虽然早已被打破了，但是抽象的人性、人道主义等资产阶级的传统观念，却依然顽固地在支配着某些作家的典型形象塑造，这难道不恰恰是一种重蹈历史覆辙的"返祖"现象吗？文学的民族传统和民族特色绝不是凝固不变、僵化刻板的，而是随着时代的发展必然要求不断地创新。把致力于创新和发扬民族传统对立起来，并不符合文学发展的历史经验。曹雪芹的《红楼梦》之可贵，正在于它把一切传统的思想和写法都打破了。但是它这种"打破"，是植根于自己时代的社会生活和自己民族的艺术传统之中，向生活和艺术的海洋深处进发，既从时代最先进的思潮中吸取诗情，又致力于融化和吸取自己的民族传统和民族特色的结果。为了创造无愧于我们伟大时代、无愧于我们伟大民族的不朽杰作，曹雪芹的《红楼梦》所提供的丰富艺术经验，显然是非常值得我们借鉴的。文艺的民族独创性是文学艺术成熟的一个重要标志。如同别林斯基所指出的："越是天才的诗人，他的作品越普遍，而越是普遍的作品，就越是民族性的、独创的。"[①]像曹雪芹的《红楼梦》那样，既充分地发扬了自己的民族传统和民族特色，又打破了一切传统的思想和写法，这难道不正是以我们民族独创的伟大贡献跻身于世界文学杰作之林的一条成功的道路吗？

---

① 见《别林斯基论文学》，第77页。

第二章

人物描写　曲尽其情

"我就喜欢曹雪芹笔下的人物，活灵活现的，可爱极了！"

——毛泽东（转引自宋培宪：《毛泽东对〈红楼梦〉的解读与评析》，见《红楼梦学刊》2000年第4辑）

贾宝玉的形象塑造是怎样以假求真的

一、贾宝玉形象为什么公然标明"贾者，假也"

真实，是艺术的生命。这是众所周知，毫无疑问的。问题是艺术要求"真"，是否意味着艺术创作就排斥"假"呢？我认为，曹雪芹对于贾宝玉形象的塑造，为我们提供了以假求真、假与真对立统一的新鲜经验。

我国小说是直接从史传文学发展而来的。讲求"真"，是我们一贯的传统。以胡适为代表的新红学家，在"搜求那些可以考定《红楼梦》的著者、时代、版本等等的材料"，揭露索隐派以"许多不相干的零碎史事"，"做了许多《红楼梦》的附会"①等方面，确实作出了可贵的贡献。但是，胡适由此所得出的结论："《红楼梦》这部书是曹雪芹的自叙传"，贾宝玉"即是曹雪芹自己的化身"②，这跟索隐派把贾宝玉附会成清世祖，或康熙帝的太子胤礽，或纳兰性德，尽管所用的具体材料不同，但认定《红楼梦》是写真人真事这个出发点却是共同的，可见讲求"真"，这个传统观念之根深蒂固。

我认为，曹雪芹之所以伟大，贾宝玉等形象塑造之所以成功，恰恰在于曹雪芹能够打破这个传统的观念。他不只是一味地追求"真"，他懂得假与真对立统一的辩证法，艺术创作可以而且必须以假求真。在《红楼梦》开卷第

---

① 胡适：《红楼梦考证》（改定稿）。见《中国章回小说考证》上海书店影印本，第175、206页。
② 胡适：《红楼梦考证》（改定稿）。见《中国章回小说考证》上海书店影印本，第220页。

一回，他就声明他写的不是历史，不是真人真事，而是"编述""敷演"的故事，是"将真事隐去"，"用假语村言"（第一回）。他把他的作品主人公叫作贾宝玉，就是要公然标明：贾者，假也。如在甄士隐出场时，甲戌本脂评所指出的："真假之意，宝玉亦借此音。"梦觉主人在《〈红楼梦〉序》中也说："今夫《红楼梦》之书，立意以贾氏为主，甄姓为宾明矣，真少而假多也。"曹雪芹不标榜他的作品主人公的"真"，而刻意渲染他的"假"，这该是需要多么非凡的胆识，又该是多么发人深省啊！

难道曹雪芹是忽视人物塑造的真实性吗？当然不是。他不但不忽视，而且在他的《红楼梦》中首先就批判了那些"悉皆自相矛盾大不近情理之说"，公开宣布他的创作是"追踪蹑迹，不敢稍加穿凿，徒为供人之目而反失其真传者"（第一回）。可以毫不夸张地说，贾宝玉是我国文学史上空前地达到了最大真实的典型形象。

既是竭力追求"真传"，为什么又公然标榜他的假呢？难道作者是故弄玄虚、掩人耳目吗？不，曹雪芹不是个卖弄诡异怪诞的小丑，而是个毕生为《红楼梦》的创作呕尽心血的伟大作家。以假求真，我认为这反映了曹雪芹的典型观，是曹雪芹以贾宝玉形象塑造的卓越实践，为典型化理论和典型人物塑造所作出的宝贵贡献。

二、"宝玉"是假，"顽石"是真

《红楼梦》作者首先写出贾宝玉作为封建统治阶级的"宝玉"是假，而本属"无材补天"的"顽石"则是真。以"宝玉"是假，"顽石"是真，在封建与反封建两条人生道路的尖锐斗争中，使贾宝玉形象具有时代的典型性，这是贾宝玉形象塑造的一个重要特色。

在贾宝玉未正式出场之前，作者就介绍他本是女娲炼石补天之时，在三万六千五百零一块顽石之中，单单剩下的一块无材补天的顽石。后经僧道大展幻术，将这顽石变成一块鲜明莹洁的美玉，投胎到荣国府成为贾宝玉，才被封建阶级视为挽救颓运、传宗接代、光宗耀祖、如宝似玉的"命根子"。

这个序幕显然有着深刻的寓意，对于整个贾宝玉形象的塑造起了烘云托月的作用。它把贾宝玉的出生和他所面临的整个时代联系在一起，说明封建社会已处于末世，封建统治的"天"已在崩溃，亟待修补。在这样一个没落的时代，出现贾宝玉这样一个叛逆性的小说人物绝不是偶然的，而是反映了历史的必然。它把贾宝玉的叛逆性格和他所出身的封建贵族阶级的腐朽堕落联系起来，封建贵族阶级的子孙已经一代不如一代，而被他们视为"命根子"的又是个假宝玉、真顽石，说明封建统治后继乏人，无材补天，已陷入"运终数尽"（第五回），无法挽救的困境。它把贾宝玉的叛逆性格，提到"无材可去补苍天"的政治高度，脂砚斋又对这句话旁批曰："书之本旨"①，可见作者有意要把贾宝玉塑造成不只是个爱情婚姻问题上的叛逆者，更重要的，他危及整个封建统治的"苍天"，这就难怪后来贾政在毒打贾宝玉的时候说："明日酿到他弑君杀父"，"不如趁今日一发勒死了，以绝将来之患"（第三十三回）。

可笑的是，封建统治阶级尽管已经预感到有"明日酿到他弑君杀父"的潜在危险，但是他们仍要作顽强的垂死挣扎，以假为真，硬要把贾宝玉这个对封建的人生道路誓死叛逆的"顽石"，强行当作他们救命的"宝玉"。

封建神权和封建政权、族权、夫权一样，是全部封建统治思想和宗法制度的四大支柱之一。封建统治阶级，不但需要利用封建迷信，制造种种假象，来欺骗和奴役被压迫者，而且需要利用封建迷信来欺骗和安慰他们自己。在封建统治处于没落时期，他们危机四伏，精神颓废，更需要借此求得幻想的寄托、精神的解脱。如贾敬便"一味好道，只爱烧丹炼汞，馀者一概不在心上"（第

---

① 见甲戌本第一回。

二回）。甲戌本脂评指出，这"亦是大族末世常有之事。叹叹"！"这钟鸣鼎食之家，翰墨诗书之族，如今的儿孙，竟一代不如一代了。"（第二回）怎么办？只有把希望寄托在出世不久的贾宝玉身上。据说，他"一落胎胞，嘴里便衔下一块五彩晶莹的玉来，上面还有许多字迹，就取名叫作宝玉"。这块"五彩晶莹的玉"，原是一个和尚"念咒书符，大展幻术，将一块大石头登时变成"的，玉上的字迹，也是那和尚镌上的，为的是"使人一见便知是奇物"，"然后携你到那昌明隆盛之邦，诗礼簪缨之族，花柳繁华地，温柔富贵乡去安身乐业"（第一回）。因此贾母对他"爱如珍宝"，当作"是命根一样"（第二回）。显然，这是封建统治阶级为力挽颓势，祈求神灵保佑"安身乐业"而蓄意制造出来的一个假象。

作者正是利用这个假象——封建统治阶级制造并寄予莫大期望的这块假"宝玉"，来烘托出贾宝玉实为真"顽石"的叛逆性格。因此，当贾宝玉一出场，他的第一个震撼人心的行动，就是"登时发作起痴狂病来，摘下那玉，就狠命摔去"，骂道："什么罕物！连人之高低不择，还说通灵不通灵呢！我也不要这劳什子了！""吓得地下众人一拥争去拾玉。贾母急的搂了宝玉道：'孽障！你生气，要打骂人容易，何苦摔那命根子！'"（第三回）甲戌本对贾母这句话的脂批称："如闻其声，恨极语却是疼极语。""一字一千斤重。"可见贾宝玉那摔玉的行动和语言，对于贾母这个封建老祖宗的打击多么沉痛！贾母认为是"命根子"，贾宝玉却斥之为"劳什子"！作者用如此针锋相对的人物语言，立刻就活现了两个尖锐对立的人物性格。不只是一般地反映人物性格的大相径庭，而且深刻地揭示出新兴的、进步的、民主思想与腐朽的、反动的、封建思想之激烈搏斗。贾宝玉之所以狠命摔玉，是因为那玉"连人之高低不择"，"家里姊姊妹妹都没有，单我有，我说没趣。如今来了这么一个神仙似的妹妹也没有，可知这不是个好东西"。他要求我有，人家也有；单我有，就"没趣"，就"不是个好东西"。这不是一种很幼稚的、朴素的，然而却是很可宝贵的民主、平等思想的萌芽吗？贾母则与此相反，她是那样的专制成癖，暴虐成性，说什么"你生气，要打骂人容易"。打骂人，竟然成了他们出气的手段！可是贾母她们的"容易"，就是意味着被压迫者的人权丧尽，封建主子无须任何理由，随时都可对被压迫者任意加以迫害和摧残，把巨大的痛苦和无穷的灾难强加在无辜人民的头上。贾宝玉重人不重玉，贾母则重玉不重人。这两个有着重大时代内涵和历史意义的鲜明对立的典型性格，一经作者这般刻画，显得一个是何等虎虎有生气，光彩逼人；一个则又是多么惶惑莫名，面目可憎！

封建统治阶级为了挽救他们没落的命运，维护自己的统治，他们总是要极其荒唐地制造种种自欺欺人的假象，要尽一切阴谋诡计的。他们借助和尚"大展幻术"，在给贾宝玉的脖子戴上一块通灵宝玉的同时，又通过一个"癞头和尚"，给出身于"四大家族"之一的薛宝钗的颈项上套上一副金锁，并且使那金锁上錾的"不离不弃，芳龄永继"八个字，又与通灵宝玉上镌的"莫失莫忘，仙寿恒昌"八个字恰成一对。据说，薛宝钗是从来不喜欢戴什么首饰的，唯独这副金锁例外。有一次薛蟠和宝钗吵嘴，薛蟠吵不过薛宝钗，便使出了揭老底的绝招，说："好妹妹，你不用和我闹，我早知道你的心了。从先妈和我说，你这金，要拣有玉的才可正配。你留了心，见宝玉有那劳什骨子，你自然如今行动护着他。"（第三十四回）这就透露了"从先妈和我说"的金锁的秘密，证明封建家长乃是蓄意制造"金玉良缘"的神话，如恩格斯所指出的："借新的联姻来扩大自己的势力"[1]，挽救封建阶级没落的命运。《红楼梦》作者为此特借后人写了一首嘲诗：

> 女娲炼石已荒唐，又向荒唐演大荒。
>
> 失去幽灵真境界，幻来亲就臭皮囊。

---

① 恩格斯：《家庭、私有制和国家的起源》。

好知运败金无彩，堪叹时乖玉不光。

白骨如山忘姓氏，无非公子与红妆。（第八回）

　　这首诗为我们揭开了笼罩在贾宝玉形象塑造上的一层迷人的纱幕。它直截了当地告诉我们，女娲炼石补天的故事已经够荒唐的了，又向荒唐的人间敷演出这一更加荒唐的金玉良缘，以致使顽石失去了原居于青埂峰下那美好的境界，幻化成为封建阶级的"臭皮囊"。由于封建统治已面临"运败""时乖"的末世，没落的封建腐朽力量同代表民主思想萌芽的新生力量之间的殊死搏斗，必然落得个"金无彩""玉不光"的悲剧结局。这样的悲剧，绝不是独一无二的，而是成千上万。"白骨如山"，这是对封建阶级蓄意制造的"假"终究不能战胜天然的"真"的生动写照，也是对"运败""时乖"的封建末世的血泪控诉。

　　情节是"某种性格、典型成长和构成的历史"[1]。作者利用封建统治阶级制造的"金玉良缘"这个荒唐的假象，揭穿其给宝、黛、钗整个一代贵族男女造成巨大精神痛苦乃至人生悲剧的真象，从而使贾宝玉那顽石般的叛逆性格得到了突出的表现和发展。贾宝玉是个不甘于受封建思想的束缚、热烈向往自由爱情的人，他一再向林黛玉发誓："除了别人说什么金什么玉，我心里要有这个想法，天诛地灭，万世不得人身。"（第二十八回）可是林黛玉心中总是消除不了这个疑团。有一次宝黛又为这事怄气，宝玉"便赌气向颈上抓下通灵玉来，咬牙狠命地往地下一摔，道：'什么劳什骨子，我砸了你完事。'偏生那玉坚硬非常，摔了一下，竟文风没动。宝玉见没摔碎，便回身找东西来砸"（第二十九回）。贾宝玉由第一次与林黛玉见面时摔玉，到这一次当着黛玉的面砸玉，由怀疑"这不是个好东西"，到决心"我砸了你完事"，作者

---

　　① 高尔基：《文学论文选・和青年作家谈话》。

通过对这块"宝玉"前后如此不同的行动和语言的映照，把贾宝玉性格的发展表现得非常情真意切，饶有天趣。这种发展，是由于封建压迫的推动。贾宝玉深受"金玉姻缘"邪说之害，"心中更比往日烦恼加了百倍"（第二十九回）。从实际的生活和斗争中，使贾宝玉进一步认清了"金玉姻缘"之说的虚假、荒谬和邪恶。它确实如梦魇一样，给贾宝玉以浸透血泪的精神折磨，以致他竟当着薛宝钗的面，"在梦中喊骂，说：'和尚道士的话如何信得！什么是金玉姻缘，我偏说是木石姻缘'"（第三十六回）！这不仅把贾宝玉被缠扰不休、忧愤郁结的内心痛苦表现得情感炽烈，令人瞠目，而且把贾宝玉那不信假、不服邪、矢志叛逆、如顽石一般的性格刻画得毫光四射，神酣意足。

以后又发展到丢玉。封建势力把贾宝玉折磨得病了，续书写凤姐施展掉包计，让薛宝钗假冒林黛玉，骗取贾宝玉成婚。续作者说贾宝玉至此"方信金石姻缘有定"（第九十八回），这显然是违背曹雪芹的原意，也不符合贾宝玉始终跟"假"作斗争的顽石般的叛逆性格的。他既已"信金石姻缘有定"，后来为什么又丢开薛宝钗出家去了呢？这不自相矛盾吗？

在贾府抄家势败之后，那癞头和尚又把通灵宝玉送还，要求一万两赏银。贾宝玉要把玉还他，王夫人、薛宝钗等宁肯让宝玉跟那和尚走，也不愿还玉。贾宝玉说："你们这些人原来重玉不重人哪！你们既放我，我便跟着他走了，看你们就守着那块玉怎么样！"（第一百十七回）贾宝玉果真出家走了，林黛玉被逼死了，薛宝钗守了活寡；宝黛钗的思想倾向尽管有别，但他们遭到悲剧结局则同。这不只是一般的爱情、婚姻悲剧，同时也是那贵族男女青年一代的人生悲剧，那整个封建没落时代的社会悲剧。

曹雪芹及续作者通过写贾宝玉由摔玉、砸玉到丢玉、还玉，鲜明地贯穿了一条线，这就是"宝玉"是假，"顽石"是真。"宝玉"是假，其假则反映了封建统治阶级重玉不重人，死抱住他们心造的幻影、自欺欺人的假象——"宝玉"，作为他们挽救本阶级没落的命根子；"顽石"是真，其真则说明贾宝玉绝不做封建统治阶级的宝玉，执意要做跟封建统治思想相对抗的"顽石"，因此，他强烈地要求尊重人的权利、人的个性、人的自由、人的平等、人的理想、人的意志、人的感情。作者如此以假求真，则更加璀璨夺目地反衬出贾宝玉以人为本的民主主义思想的清新可喜，顽石般不屈不挠的叛逆性格的真挚可贵，封建统治阶级制造种种假象的荒唐可笑，以金玉良缘造成宝黛钗整个一代贵族男女青年人生悲剧的暴虐可憎，使贾宝玉与封建家长的激烈冲突，实质上反映了新生与腐朽、进步与反动、封建与反封建两种社会力量的尖锐对立，使贾宝玉形象的塑造，不是如普通的镜子那样直截了当地如实反映，而是如凸透镜那样，反射出阳光内的彩色缤纷，把贾宝玉那细微的心灵颤动、深沉的感情波澜和顽强搏斗的顽石精神，都悱恻动人地跃然纸上，同时又如聚光镜中的焦点那样，在他身上集中了那么醒人耳目的时代特征，反射出那么启人心扉的新思想的闪光。

三、正面是假，反面是真

《红楼梦》原题《风月宝鉴》。作者在第十二回曾经写有个道人送给贾瑞一面"风月宝鉴"的镜子，嘱咐他："千万不可照正面。"贾瑞在病床上拿起镜子向反面一照，只见一个骷髅立在里面。又将正面一照，只见美人凤姐站在里面招手叫他。贾瑞迷恋于对凤姐的淫欲，结果一命呜呼。他的祖父贾代儒要架火烧那镜子，此时"只听镜内哭道：'谁叫你们瞧正面了！你们自己以假为真，何苦来烧我'"。在"千万不可照正面"这句话旁边，脂批曰："观者记之，不要看这书正面，方是会看。"正面是假，反面是真，从正反两面以假求真，这也正是曹雪芹塑造贾宝玉形象的一个重要特色。

"女儿是水作的骨肉，男从是泥作的骨肉。我见了女儿，我便清爽；见了男子，便觉浊臭逼人。"（第二回）未见其人，先闻其言。作者在第二回贾宝玉还未出场的时候，就首先通过冷子兴介绍了贾宝玉这两句名言。据此，当时冷子兴、贾政断定他："将来色鬼无疑了。"今天有的研究者认为这是贾宝玉主张女尊男卑，跟男尊女卑同样不可取。我认为，这些看法都是只看到了正面，而没有看到反面。须知，贾宝玉说这话的时候，不过是个七八岁的孩子。他既不会懂得好色，更不可能具有男女平等的科学思想。所谓"水作""泥作"，那不过是个比喻，目的在于说明他那强烈的爱憎感情：前者使他感到"清爽"，后者则使他"便觉浊臭逼人"。这段话实质上是对男尊女卑的封建传统思想的大胆挑战和猛烈抨击，同时也是对贾宝玉全部生活和思想性格的一个预示。

正如作者后来所介绍的："因他自幼姊妹丛中长大，亲姊妹有元春、探春，叔伯的有迎春、惜春，亲戚中又有史湘云、林黛玉、薛宝钗等诸人，他便料定原来天生人为万物之灵，凡山川日月之精秀，只钟于女儿，须眉男子不过是渣滓浊沫而已。因有这个呆念在心，把一切男子都看成混沌浊物，可有可无。"（第二十回）事实上贾府中的"须眉男子"，也确实都是些"渣滓浊沫"。如贾赦"儿子、孙子一大群"，还要"左一个小老婆，右一个小老婆放在屋里"，"放着身子不保养，官儿也不好生作去，成日家和小老婆喝酒"（第四十六回）；贾琏则像"馋嘴猫儿似的"，不仅与鲍二家的私通，害她上吊自杀，而且不顾热孝在身，停妻私娶尤二姐；唯有贾政摆出一副"假正经"的道学面孔，但其人庸碌无能，活像一具封建政治僵尸。处于封建统治中心的这些男子，都是这般"混沌浊物"，贾宝玉感到他们"浊臭逼人"，这岂不是很合理而又很自然的吗？

什么"水作的骨肉""泥作的骨肉"，什么"凡山川日月之精秀，只钟于女儿"，这些话从正面看，确实显得有点荒谬、奇特、怪僻。但我们正是从这种荒谬、奇特、怪僻之中，受到了贾宝玉那强烈爱憎感情的感染和震动，从而进一步看到了它的反面。原来是极其污浊的封建统治把他压弯曲了，使他只能用他那弯曲、怪僻的语言，来表达他对丑恶现实的满腔憎恨和对女孩子们纯洁无瑕的赞美和向往；历史的和阶级的局限，又使他不可能对这种不合理的社会现象作出科学的解释。因此，只有用他那弯曲、怪僻的语言，才能尽情地表达出他的心曲，才能使他那字字句句仿佛都化成了一串串爱和憎的音符，拨动着人们的心弦。

法国伟大作家雨果说，作家应有从"正反两个方面去观察一切事物的那种至高无上的才能"①。曹雪芹正是从正反两个方面看问题，从假与真的对立统一来塑造人物，才使贾宝玉的形象显得无比丰富和复杂，使人们对他总不能一眼看透，必须正反对照，由表入里，由此及彼，联贯起来深入思索，才能有所领悟；若只看正面，则难免堕入五里雾中，真假莫辨，甚至以假当真。如作者曾经写到贾宝玉说："除《四书》外，杜撰的太多。"（第三回）又说贾宝玉"除《四书》外，竟将别的书焚了"（第三十六回）。有的同志就据此断定，贾宝玉对《四书》是采取肯定态度的。其实，这就是只看正面，未看反面。如果贾宝玉真的是肯定《四书》的，那么作者为什么又写王夫人说他"极恶读书"（第三回）呢？脂评为什么又说贾宝玉"是极恶每日诗云子曰的读书"②呢？那时的科举考八股文，就是以《四书》为唯一的经典。因此贾政要跟宝玉上学的小厮李贵转告学里太爷："就说我说的，什么《诗经》、古文一概不用虚应故事，只是先把《四书》一气讲明背熟是最要紧的。"（第九回）可是贾宝玉对"读书上进的人"，"就起个名字，叫作'禄蠹'"（第十九回）；对于"时文八股"，则"平素深恶此道"，斥之为那"不过作后人饵名钓禄之阶"（第七十三回）。这不是他对《四书》的实际否定吗？在另一处，作者写他"又说只除'明明德'外无书，都是前人自己不能解圣人之书，另出己意混编纂出来的"（第十九回）。"明明德"是《四书》之一《大学》里的一句话。这里

---

① 雨果：《莎士比亚的天才》，见《古典文艺理论译丛》第3册。
② 见甲戌本第三回。

他把同属《四书》的《中庸》《论语》《孟子》又公然否定了，只有《大学》除外。那么，他对《大学》是否真的肯定呢？也不见得。你看，他有一次坐在沁芳闸桥边一块石头上津津有味地阅读《会真记》，不期被林黛玉遇见了，问他看的什么书，他慌的藏之不迭，便说道："不过是《中庸》《大学》。"林黛玉不信，说："你又在我跟前弄鬼。趁早儿给我瞧，好多着呢。"宝玉道："好妹妹，若论你，我是不怕的。你看了，好歹别告诉别人去。真真这是好文章。你要看了，连饭也不想吃呢。"（第二十三回）这说明，他肯定《大学》《中庸》等《四书》，只不过是在人"跟前弄鬼"，而实际上他早已认定《会真记》这类文学作品，才"真真是好文章"。《会真记》成了他的《大学》《中庸》，而真正的《大学》《中庸》则早已被他弃如敝屣。这个事实岂不说明贾宝玉在对《四书》表面尊崇的背后，隐藏着真正的鄙弃吗？

如此说来，难道贾宝玉说的"除《四书》外"是假话吗？如果仅仅这样看，未免把这个人物又简单化了。作者是从正反两个方面，以假与真对立统一的手法来塑造他的，我们也必须作如是观，才能对他得出正确的认识。须知，那个时代是尊儒崇道占统治地位，不只是思想上的统治，更盛行"文字狱"的暴力统治。朱熹注的《四书》是钦定的教科书，亵渎圣贤，罪莫大焉。处于这样一个典型环境，一方面曹雪芹不能不让他的主人公贾宝玉的"批驳诮谤"绕过《四书》；另一方面，贾宝玉的思想水平也未必达到了自觉公开地否定《四书》的程度，他主要的只是从实际感受中对封建的思想文化十分厌恶。因此，只有通过表面尊崇的背后隐藏着真正的鄙弃，如此正反两面兼备、假中求真的手法，才能使贾宝玉形象的塑造达到如此依境造形、因形传神、形神互映、纤毫毕真的情味。

四、疯傻是假，异端是真

王夫人向林黛玉介绍贾宝玉是个"疯疯傻傻"的人物（第三回）。在作品中我们也多次看到众人议论贾宝玉："可是又疯了，别和他说话才好。若和他说话，不是呆话，就是疯话。"（第七十一回）作者借用后人《西江月》词，说贾宝玉"无故寻愁觅恨，有时似傻如狂"，"行为偏僻性乖张，那管世人诽谤"（第三回）。贾宝玉这个人真的疯傻吗？从这"诽谤"二字及曹雪芹对贾宝玉的整个形象塑造证明，贾宝玉疯傻是假，异端是真。由于他的异端思想和言行为封建统治者所不容许，为封建世俗之见所不理解，因此他必然遭到"百口嘲谤，万目睚眦"（第五回），被称之为"疯傻"。作者不是直接地、正面地颂扬贾宝玉的异端思想和言行，而是"徇世俗之论以立言，所谓假语也"[①]。贬是假，褒是真，寓褒于贬，如此以假求真的手法，这是作者对贾宝玉形象塑造的又一重要特色。

由于封建统治阶级本身的腐朽堕落，因此贾宝玉对他们感到十分厌恶，不愿再跟他们走封建的人生道路——"留意于孔孟之间，委身于经济之道。"（第五回）薛宝钗等见机劝导，贾宝玉便痛加驳斥，说："'好好的一个清净洁白的女儿，也学的沽名钓誉，入了国贼禄鬼之流。这总是前人无故生事，立言竖辞，原为导后世的须眉浊物。不想我生不幸，亦且琼闺绣阁中亦染此风，真真有负天地钟灵毓秀之德。'因此祸延古人，除《四书》外，竟将别的书焚了。众人见他如此疯颠，也都不向他说这些正经话了。"（第三十六回）作者在这里说得很明白，他是把贾宝玉这个叛逆者的"疯颠"，作为与封建卫道者的"正经话"相对立的意义上来使用的。这里所谓"疯颠"，实际上就是指他痛斥"国贼禄鬼之流"，焚毁封建经书等离经叛道的异端言行。

对被压迫者一片痴情地关怀、爱护，这也是贾宝玉异端思想的一个重要表现，是他的叛逆性格的一个非常可爱之处。可是在那个等级森严，不把被压迫者当人看待的封建社会，世俗之见却认为这是"千真万真的有些呆气"。如在

---

① 陈其泰批语。见《桐花凤阁评〈红楼梦〉辑录》，第42页。

宝玉被贾政毒打后，卧床养伤，玉钏儿奉命给他送莲羹汤，他自己被汤烫着反而问玉钏儿烫着了没有的故事；看龄官画蔷，他自己被雨淋湿而不觉，却催促龄官避雨的故事，都使我们就像看到了贾宝玉那关心他人甚过关心自己的美好心灵搏动的波纹，仿佛有一种甜蜜美妙的东西也像那清澈的波纹一样在我们心里荡漾着、扩散着，滋润着我们的心田。按理，作者写到这里，应对贾宝玉的痴情美德大大颂扬一番，然而曹雪芹对他不但无一句褒语，相反却写通判傅试家的两个婆子把他贬为："千真万真的有些呆气。大雨淋的水鸡似的，他反告诉别人：'下雨了，快避雨去罢。'你说可笑不可笑！"（第三十五回）

这真是说热反冷逾坚冰，说冷反热到沸腾。如此冰炭不投，它使我们在感情激动之余，不能不陷入深沉的思考：贾宝玉的这些异端思想和言行，明明是他关怀人、体贴人、爱护人，以人为本的民主思想的正气，为什么在那个社会反而被人讥笑为"呆气"呢？封建传统思想所形成的世俗之见是如此根深蒂固，违理悖情，它使我们不能不义愤填膺，扼腕长叹，痛斥这是一个多么是非颠倒、公理丧尽、可悲可憎的黑暗时代啊！作者把贾宝玉放在这样一个封建压迫再加世俗之见的重重包围之中，让他不但得不到同情，得不到理解，得不到支持，得不到赞扬，反而蒙受委屈，遭到贬谤，被人讥笑，受尽精神折磨，而他终究要在叛逆的道路上坚持走下去。这就使他的叛逆性格显得更加超凡出众，异彩闪烁，令人感到更加难能可贵。如果这里作者对贾宝玉形象的塑造，不是采用呆气是假、异端是真、寓褒于贬的手法，而是直接、正面、一味地歌颂贾宝玉的异端言行，那就使贾宝玉离开了他所处的典型社会环境，不仅不能使其收到如此真挚、深沉、强烈的艺术效果，而且也不可能获得如此别出机杼、弦外有音、韵外有味、发人深省的典型意义。

五、对黛玉疏是假，亲是真；对宝钗亲是假，疏是真

　　贾宝玉和林黛玉、薛宝钗之间的爱情婚姻关系，无疑地是贾宝玉形象塑造的一个重要方面。对贾宝玉与林黛玉的关系，作者不是把他们径直写成你恩我爱，卿卿我我，亲密无间，而是着力写他们之间经常猜疑、误会、吵嘴、怄气，矛盾重重，痛苦不堪。从表面上看，他们之间显得很疏远，然而实际上作者正是采用疏远是假、亲密是真的手法，才把宝黛之间的爱情刻画成人世间最真挚、最高尚、最亲密的爱情。对贾宝玉与薛宝钗的关系，作者也不是直接地把他们写成唇枪舌剑，冰炭不投，而是写他们常来常往，欢声笑语。从表面上看，他们之间不可谓不亲密，然而实际上作者采用的却是亲密是假、疏远是真的手法，把宝玉与宝钗的婚姻写成完全是封建家长一手导演的人世间最卑鄙、最无情、最残忍的婚姻悲剧。在黛玉、宝钗这两个人物之间，作者写贾宝玉对林黛玉的态度疏是假，亲是真，而对薛宝钗的态度则亲是假，疏是真；对两者的态度虽迥然有别，但作者采取以假求真的艺术手法，来为刻画贾宝玉的叛逆性格服务，则情畅意美，难分轩轾。

　　贾宝玉亲黛而疏钗的态度，在他的思想上始终是很明确的。对此作者曾毫不含糊地作了明确的交代。他写道，有一次贾宝玉悄悄地对林黛玉说：“你这么个明白人，难道连‘亲不间疏，先不僭后’也不知道？我虽糊涂，却明白这两句话。头一件，咱们是姑舅姊妹，宝姊姊是两姨姊妹，论亲戚他比你疏；第二件，你先来，咱们两个一桌吃，一床睡，长的这么大了，他是才来的，岂有个为他疏你的。”可是林黛玉却啐道：“我难道为叫你疏他，我成了个什么人了呢！我为的是我的心。”（第二十回）这就需要把宝玉亲黛疏钗的关系，写成不是“假拟出男女二人名姓，又必旁出一小人其间拨乱”，而是完全出于“儿女之真情”（第一回）。

　　但是，由于封建家长制造的金玉姻缘的邪说，构成了对宝黛爱情的严重威

胁，宝黛本人又不能完全挣脱封建思想的羁绊，因此他们之间的爱情必然充满无穷的猜疑和口角、试探和误会、矛盾和痛苦。作者只有以疏中见亲、以假求真的手法，才能把他们的爱情表现得极为曲折复杂，撼人心灵。如宝玉和黛玉一起在沁芳闸读完《会真记》后，宝玉问："妹妹，你说好不好？"林黛玉笑道："果然有趣。"这时宝玉便忘情地笑着说："我就是个'多愁多病身'，你就是那'倾国倾城貌'。"不料林黛玉当场生气地指宝玉道："你这该死的胡说！好好的把这些淫词艳曲弄了来，还学了这些混话来欺负我。我告诉舅舅、舅母去。""说到'欺负'两个字上，早又把眼圈儿红了，转身就走。宝玉着了忙，向前拦道：'好妹妹，千万饶我这一遭。原是我说错了。'"事实上这是宝玉真情的流露和露骨的试探，黛玉何尝听不出来，可是由于受封建思想的桎梏，她却不能不表现得那样气愤，以致吓得宝玉又是申辩又是发誓地说："若有心欺负你，明儿我掉在池子里，教个癞头鼋吞了去，变个大忘八，等你明儿做了一品夫人，病老归西的时候，我往你坟上替你驮一辈子的碑去。"他"说的林黛玉嗤的一声笑了，揉着眼睛，一面笑道：'一般也吓的这个调儿，还只管胡说。呸！原来苗儿不秀，是个银样镴枪头'"。"宝玉听了，笑道：'你这个呢！我也告诉去。'林黛玉笑道：'你说你会过目成诵，难道我就不能一目十行么。'"（第二十三回）这里黛玉的生气，要"告诉舅舅舅母去"，责怪宝玉"欺负"她，显然是她与宝玉"疏"的表现，其根源则是由于封建思想在作怪。可是正是这个"疏"，才突出了宝玉黛玉的"亲"，"亲"到过于祖露和忘情，以致触犯了黛玉作为封建贵族小姐的自尊心，引起她的生气；可是这种生气却又衬托了黛玉接着冲破封建思想的牢笼，同样也用《会真记》中的话来打趣宝玉的一片真情之可贵。如果作者不是采用这种疏中见亲的写法，而是径直写林黛玉当即跟贾宝玉一唱一和，那就不仅不符合他们所处的典型环境中的典型性格，而且势必要把原作这段曲折有致、情韵醇厚、引人溯本穷源、如怨如慕、如泣如诉的艺术情味，化为穷形尽相、一览无余、轻佻浅薄、肉麻无聊的市俗调情。

　　曹雪芹运用疏是假、亲是真、以假求真的手法，来描写宝黛之间的关系是很自觉的。作者曾明确交代，他们"都是求近之心，反弄成疏远之意"。"因你既将真心真意瞒了起来，只用假意，我也将真心真意瞒了起来，只用假意；如此两假相逢，终有一真。其间琐琐碎碎，难保不有口角之争。"（第二十九回）宝玉的烦恼生，是因黛玉口中有金玉之说，而黛玉的忧疑起，又总因封建家长制造的"金玉良缘"。"所谓亲极反疏，非此一疏，终不能互证此心也。"①疏和亲，相反相成；假和真，对立统一。疏和假，则揭示了封建思想和"金玉良缘"是造成宝黛精神痛苦的罪魁祸根；亲和真，则不仅把人物形象刻画得深入骨髓，洞彻肺腑，给人以曲尽其情、锥心泣血之感，而且衬托出宝玉对黛玉的亲，是建立在共同反对走封建的人生道路的政治思想基础上的，只因"独有林黛玉自幼不曾劝他去立身扬名等话，所以深敬黛玉"（第三十六回）。这就使贾宝玉的形象，从爱情上的反封建上升到在整个人生道路上的反封建，具有划时代的历史性的典型意义。

　　跟宝玉与黛玉的关系相反，宝玉与宝钗的关系则亲是假、疏是真，作者通过以假求真的手法，说明人生道路上的对立在他们的关系之中所起的决定性作用，从而更加突出了贾宝玉不只是在某些个别问题上，更重要的是在整个人生道路问题上反封建的性格特色。

　　本来薛宝钗作为一个女孩子，贾宝玉对她同样是抱着亲近之感的。他听说宝钗在家养病，为避免"遇见别事缠绕，再或可巧遇见他父亲，更为不妥，宁可绕远路"（第八回）去看望她。其亲热稠密之情，溢于言表。他作诗，宝钗帮他改了一个字，他当即尊称宝钗为"一字师"，说："从此后我只叫你师父，再不叫姐姐了。"（第十七、十八回）当宝钗伸出手腕褪红麝串子时，"宝

————————

　　① 见《桐花凤阁评〈红楼梦〉辑录》，第120页。

玉在傍看着雪白一段酥臂，不觉动了羡慕之心"（第二十八回）。不少同志据此断定贾宝玉早期对爱情不专一。我看这是由于不了解作者写他们假亲而真疏，以假求真的艺术手法所致。实际上书中写得很清楚，当贾宝玉羡慕宝钗那雪白的膀子时，作者写他当即"暗暗想道：'这个膀子要长在林妹妹身上，或者还得摸一摸，偏生长在他身上。'正是自恨没福得摸"（第二十八回）。对于林黛玉说他"但只是见了姐姐，就把妹妹忘了"。宝玉也当场指出："那是你多心，我再不的。"（第二十八回）我看作者的目的不是要说明宝玉的爱情不专一，而是以他对宝钗的"亲"，来反衬他对宝钗的"疏"，来突出说明宝钗虽具有才能、学问、美貌、金玉之说等一切优越的条件，却终究不能赢得宝玉爱黛玉那颗从不说"混帐话"的金子般闪光的心。这正是宝黛爱情最为纯洁崇高、幽深秀美、撩人心绪、益人神智、令人肃然起敬之处。

当宝玉被贾政毒打致伤后，宝钗手里托着一丸药最早来看望他，并"点头叹道：'早听人一句话，也不至今日。别说老太太、太太心疼，就是我们看着，心里也疼。'刚说了半句又忙咽住，自悔说的急速了，不觉红了脸，低下头来。宝玉听得这话如此亲切稠密，大有深意；忽见他又咽住不往下说，红了脸，低下头，只管弄衣带，那一种娇羞怯怯非可形容得出者，不觉心中大畅，将疼痛早丢在九霄云外"（第三十四回）。这时候宝玉对黛玉的爱情已经发展到赠帕定情的前夕，根本不存在对宝钗还有什么爱慕之心。可是作者仍把宝玉与宝钗之间的感情写得"亲切稠密"，这说明宝玉对宝钗个人并无恶感，问题在于她受了封建思想的毒害，一再要宝玉听封建阶级的话，即所谓"早听人一句话，也不至今日"。而宝玉的态度是誓死走自己的反封建的人生道路，"我便为这些人死了，也是情愿的"（第三十四回）。这就决定了宝玉与宝钗的关系只能是假亲而真疏。当宝钗劝他走仕途经济道路时，"他也不管人脸上过的去过不去，就咳了一声，拿起脚来走了。这里宝姑娘的话也没说完，见他走了，登时羞得脸通红，说又不是，不说又不是"（第三十二回）。他不仅当场使宝姑娘下不了台，而且就因为她爱说这些"混帐话"而"同他生分了"。这说明宝玉与宝钗的疏远，不是由于个人之间的矛盾，而是因为两条人生道路的对立。如果按照封建观点来看，不论是门第、贤惠，还是相貌、才干，宝玉与宝钗的结婚，都确属美满的金玉良缘。然而贾宝玉恰恰对这种封建的金玉良缘恨之入骨，直到结婚之后还要弃妻出家。

由此可见，作者写宝玉与宝钗的"亲"是假，以此来突出宝玉以坚持走叛逆的人生道路高于一切的性格才是真。作者通过如此以假求真的手法来描写宝玉与宝钗的关系，就使贾宝玉的形象塑造闪烁着新的时代、新的人生理想之光；尽管这种理想之光还是相当朦胧的、渺茫的，但它毕竟突破了爱情婚姻问题的范围，而使贾宝玉形象具有代表未来的、人生理想的、崭新的典型意义。

与宝玉和、钗黛的亲疏关系相对应，宝玉与丫环袭人的关系，也是先亲而后疏，亲是假，疏是真；与晴雯的关系则先疏而后亲，疏是假，亲是真。宝玉与袭人很小就发生了两性关系，这种"亲"难道也是"假"吗？作者写宝玉"遂强袭人同领警幻所训云雨之事。袭人素知贾母已将自己与了宝玉的，今便如此，亦不为越礼"（第六回）。这一个"强"字，一个"不为越礼"，说明这种两性关系是建立在主奴阶级关系的基础之上，难道这还不是假亲而真疏吗？不错，袭人服侍宝玉十分尽心尽责，宝玉也确曾为袭人的殷勤与柔媚所迷惑，甚至连在梦中都要叫袭人（第五十一回）。可是作者写他们的"亲"是假，写宝玉不听袭人的柔情规劝，以此来突出他走叛逆道路的坚定性才是真。

晴雯由于心直口快，宝玉起初对她的率直和锐利感到厌恶，说："满屋里就是只是他磨牙。"（第二十回）甚至要回太太把晴雯撵出去（第三十一回）。尽管宝玉与晴雯的关系疏远到如此地步，但是晴雯并未放弃她对宝玉公子少爷脾气的斗争，她敢于当面批评宝玉："二爷近来气大的很，行动就给脸子瞧。前儿连袭人都打了，今儿又来寻我们的不是。"（第三十一回）对于宝玉的叛逆行为，晴雯则全力支持。有一次小鹊来报信，明儿老爷要问宝玉读的书。

"宝玉听了这话，便如孙大圣听见了紧箍儿咒一般，登时四肢五内，一齐皆不自在起来。想来想去，别无他策，且理熟了书，预备明儿盘考。""晴雯因见宝玉读书苦恼，劳费一夜神思，明日也未必妥当，心下正要替宝玉想出一个主意来脱此难"，忽闻有人喊："不好了，一个人从墙上跳下来了。"晴雯便生计向宝玉道："趁这个机会，快装病，只说吓着了"，这个主意"正中宝玉心怀"。

由于在叛逆的人生道路上，袭人和宝钗同为宝玉的反对派，晴雯和黛玉则同为宝玉的知音，因此在宝玉挨贾政毒打，更坚定了走叛逆的道路之后，作者写他"因心下记挂着黛玉，满心里要打发人去，只是怕袭人，便设一法，先使袭人往宝钗那里去借书"。"袭人去了，宝玉便命晴雯来"，替他送两条半新不旧的手帕子给黛玉（第三十四回）。后来他在睡梦中也不再叫袭人，而改叫晴雯了（第七十七回）。最后晴雯被迫害致死，他更是"洒泪泣血，一字一咽，一句一啼"，写下了哀彻痛极的《芙蓉女儿诔》（第七十八回）。

作者通过描写贾宝玉对袭人、晴雯态度的转变，对袭人是由亲到疏，写亲是假，由此突出宝玉因叛逆思想与奴才性格的矛盾而跟她疏才是真；对晴雯则由疏到亲，写疏是假，由此突出宝玉因叛逆性格相投而跟她亲才是真。这不仅鲜明地表现了贾宝玉叛逆性格的发展与成熟，而且也开掘了贾宝玉形象的典型意义，使贾宝玉的斗争显得不是孤立的、偶然的，而是代表了反抗封建的一种社会力量，反映了历史的必然。因此，他得到了晴雯等被压迫者的热烈支持，地位比下三等奴才还要低的唱戏的藕官，甚至说："他是自己一流的人物。"（第五十八回）他自己也宣称："我便为这些人（指唱戏的蒋玉菡、奴婢金钏儿等被压迫者——引者按）死了，也是情愿的。"（第三十四回）这一切都说明作者对贾宝玉形象的塑造，远远不只是着眼于爱情婚姻问题，而主要是代表了一种反封建的人生道路，或者说"事实上代表了一定的阶级和倾向"[①]。

---

① 恩格斯：《给斐·拉萨尔的信》。

六、以假求真的真谛何在

以上我们从几个方面说明了以假求真的艺术手法在贾宝玉形象塑造中所起的杰出作用。作者对贾宝玉形象塑造，当然不可能只用这一种手法，在我们以上的论述中就涉及烘云托月、互相对比、前后映照、此呼彼应、反复皴染等多种艺术手法，但我认为贯穿其中最重要的是以假求真。

以假求真，这是曹雪芹对现实主义典型化原则的重大发展。从来的现实主义理论都只强调写真实，以假为病，这当然是正确的、必要的。但仅仅如此，则未免绝对化，缺乏辩证法。曹雪芹对贾宝玉形象塑造的经验证明，假与真是可以统一的，以假为病，也不能绝对化。俗话说："蚌病成珠。"那晶莹透明、光彩烁人的珍珠，尚且是由蚌病而成的呢。如果说真实是艺术的灵魂，那么利用假象来虚构、独创、理想化、典型化等等，也同样是艺术不可缺少的养料、血液和空气。正像德国伟大作家歌德所说的："每一种艺术的最高任务即在于通过幻觉产生更高真实的假象。"[1]英国现实主义小说的奠基人菲尔丁引用被他称为"头等的天才"蒲伯的话说："一切诗歌的艺术，其上乘是能使真假掺杂，目的在于既能令人相信，又能令人惊奇。"[2]因此我认为采用以假求真的艺术手法，不但跟现实主义的原则毫不抵触，而且它表现了曹雪芹对艺术创作的客观规律有着独到的、深刻的、辩证的理解，是曹雪芹对贾宝玉形象塑造和典型化理论的卓越贡献。

以假求真，这个"假"，绝非人为地弄虚作假，撒谎骗人，而是指体现本质的假象。如列宁所说："假象的东西是本质的一个规定，本质的一个方面，

---

① 歌德：《诗与真》，见《西方文论选》上册，第 446 页。

② 菲尔丁：《汤姆·琼斯》卷 8 第 1 章，第 216 页。

本质的一个环节。""非本质的东西，假象的东西，表面的东西常常消失，不象'本质'那样'扎实'，那样'稳固'。例如河水的流动就是泡沫在上面，深流在下面。然而就连泡沫也是本质的表现。"①因此这种"假"是建立在作家对社会生活的复杂性和多样性，对人物性格的生动性和多面性，有深切的了解和独特的把握的基础上的，是作家"所见者真，所知者深"②的反映。这种"假"本身，实质上是"真"的表现形式，是假而不失其情，不失其理，不失其性；这种"真"，则是性格的真、情理的真、典型的真、本质的真，而非真人真事的实录。以假求真，唯其假，才更其真；唯其真从假出，才更加生动活泼，曲尽其情，出奇制胜，使真而不失其板，不失其浅，不失其露。它本身既深透着生活的辩证法，又充满艺术的辩证法。我们对"假"和"真"的概念也必须作如是观，而绝不能作形而上学的和简单化的曲解。

---

① 列宁：《黑格尔〈逻辑学〉一书摘要》，《列宁全集》第38卷，第137、134页。

② 王国维：《人间词话》。

薛宝钗的形象塑造是怎样化丑为美的

一、争议的症结何在

清代有个把《红楼梦》节译成蒙文，并写了许多批语的哈斯宝。他说《红楼梦》"全书那许多人写起来都容易，惟独宝钗写起来最难。因而读此书，看那许多人的故事都容易，惟独看宝钗的故事最难"①。他说对那许多人写和看"都容易"，则未必，而对宝钗的写和看则"最难"，却属事实。

可以说，在《红楼梦》中没有第二个人物形象如薛宝钗这样引起"几挥老拳"②的激烈争议的。迄今红学界对薛宝钗的评价，仍是最为尖锐对立的。赞誉者称她"真是十全十美的佳人"，"封建社会完美无缺的少女的典型"③，"是中国封建道德、文化的最高结晶，是中国封建社会培养、树立起来的最好标本"④。贬斥者则认为："虚伪残忍，世故圆滑，贪名慕势，心机深细，'阳为道学，阴为富贵'，善于阿谀奉承，一心想往上爬，这就是封建礼教的忠实信徒薛宝钗的真正嘴脸。"⑤

问题在于，对薛宝钗形象的写和看为什么"最难"呢？引起争议的症结何在呢？

---

① 哈斯宝：《〈新译红楼梦〉回批》，内蒙古人民出版社 1979 年版，第 129 页。
② 邹弢：《三借庐笔谈》卷 11 记述："许伯谦茂才（绍源）论《红楼梦》尊薛而抑林……己卯春，余与伯谦论此书，一言不合，遂相龃龉，几挥老拳，而毓仙排解之。于是两人誓不共谈《红楼》。"
③ 聂绀弩：《略谈〈红楼梦〉的几个人物》，载《红楼梦研究集刊》第 1 辑。
④ 吴戈：《评薛宝钗》，载《江淮论坛》1980 年第 4 期。
⑤ 雪松：《试谈薛宝钗的思想性格》，载《文科教学》1980 年第 3 期。

哈斯宝的答案是："大体上，写那许多人都用直笔，好的真好，坏的真坏。只有宝钗，不是那样写的，乍看全好，再看就好坏参半，又再看好处不及坏处多，反复看去，全是坏，压根儿没有什么好。一再反复，看出她全坏，一无好处，这不容易。但我又说，看出全好的宝钗全坏还算容易，把全坏的宝钗写得全好便最难。"①

我不同意视宝钗为"全坏"，也不赞成说她"全好"。我引哈斯宝的这段话，主要是赞赏他接触到了曹雪芹对薛宝钗形象塑造的一个根本特点：把宝钗的坏写成好，即化丑为美。在《红楼梦》以前的我国古典小说中，所有的反面形象全是丑的，如董卓、高俅、蔡京、童贯、西门庆、潘金莲等，在他们身上简直毫无一点"美"可言；曹操即使有雄才大略，也只能被描写成是"奸雄"。这是一种写"好人全好，坏人全坏"的传统写法。曹雪芹的《红楼梦》打破了这种传统的写法。它既不是把宝钗写成"全坏"，也不是把她写成"全好"，而是把她写成亦好亦坏，既丑又美。作者是采用化美为丑、化丑为美的办法，着力写出她生来就具有天然美，只是在许多方面被那恶浊的社会环境污染成世俗丑；这种世俗丑并未能湮灭她的容貌、学识、才能等方面所具有的动人的美，而且最后其人又被整个社会环境的"丑"所毁灭。这就使她成为"本身就是一个世界"那样丰富、复杂，"是一个完满有生气的人，而不是某种孤立的性格特征的寓言式的抽象品"②。曹雪芹不是从贫乏的如奸臣、坏人之类的"性格特征的寓言式的抽象品"出发，而是"把一种本身发展完满的内心世界的丰富多彩性显现于丰富多彩的表现"③。丑中有美，美中有丑，甚至化美为丑，化丑为美。因而也就使那些持"全坏""全好"的传统观念写人看人者，对薛宝钗形象难以作出公正的评价了。

---

① 哈斯宝：《〈新译红楼梦〉回批》，内蒙古人民出版社 1979 年版，第 129 页。
② 黑格尔：《美学》第 1 卷，商务印书馆 1996 年版，第 303 页。
③ 黑格尔：《美学》第 1 卷，商务印书馆 1996 年版，第 304 页。

因此，我认为人们对薛宝钗形象的看法发生争议的症结，就在于受了写"好人全好，坏人全坏"的传统思想和写法的影响，而没有充分看到曹雪芹对薛宝钗的形象塑造化丑为美的独特性；在思想方法上，则是由于被简单化、绝对化的单向思维和平面思维所禁锢，而没有从多向思维和立体思维的广阔空间，多角度、多层次、全面、如实地反映丰富复杂的薛宝钗形象世界。

二、薛宝钗的思想本质是丑的

薛宝钗的政治态度是鲜明地站在封建统治者一边的，其思想体系基本上是封建主义的。

她竭力劝导贾宝玉走仕途经济的封建道路，被贾宝玉斥之为说"混帐话"，指责她"入了国贼禄鬼之流"，宣布从此跟她"生分了"（第三十二回）。

她劝林黛玉不要看《西厢记》等歌颂自由爱情的进步文学作品，认为看了这些"杂书"，"移了性情，就不可救了"（第四十二回）。她一有机会就宣扬"女子无才便是德"，"只该做些针黹纺织的事才是"（第三十七、四十二、六十四回）。

她在压迫者与被压迫者的生死斗争中，是鲜明地站在压迫者一边，对被压迫者是冷酷无情的。丫鬟金钏儿被王夫人逼得投井死了，连王夫人本人都不得不承认"是我的罪过"（第三十二回），满脑瓜奴才思想的袭人，也为金钏儿的死"不觉流下泪来"（第三十二回）。宝玉更是恨不得"就便为这些人死了，也是情愿的"（第三十四回）。在贾府众人为凤姐做生日的喜庆时刻，贾宝玉却偷偷地到水仙庵的井边祭祀金钏儿去了。而唯独薛宝钗对金钏儿不仅毫无一点同情之心，而且颠倒黑白，公然赞扬逼死金钏的王夫人"是慈善人"，诬蔑受害者"并不是赌气投井。多半她下去住着，或是在井跟前憨顽，失了脚掉下去的。她在上头拘束惯了，这一出去，自然要到各处去顽顽逛逛，岂有这样大气的理！纵然有这样大气，也不过是糊涂人，也不为可惜"（第三十二回）。她为主子出谋献策："不过多赏她几两银子发送她，也就尽主仆之情了。"（第三十二回）王夫人果真赏金钏儿之母五十两银子，便买得金钏儿的娘叩头致谢，使王夫人由逼人投井的凶手，一变而成为"慈善的主子"。

她竭力要使被压迫者做主子的忠实奴才。对于被晴雯斥为"哈巴狗儿"的奴才袭人，她赞赏备至，认为她"倒有些识见"，"其言语志量深可敬爱"（第二十一回）。平儿无故被凤姐打了，气得很，贾宝玉特地把她接到怡红院来，百般安慰，甚至认为"此人薄命，比黛玉犹甚"，而"不觉洒然泪下"（第四十四回）。可是宝钗的态度却完全站在凤姐一边，劝平儿说："他可不拿你出气，难道倒拿别人出气不成？别人又笑话他吃醉了。你只管这会子委屈，素日你的好处，岂不都是假的了？"（第四十四回）按照她这种逻辑，主子拿奴才出气是理所当然的，做奴才的只有给主子以好处的义务，绝无表示委屈气忿的权利。

她实际上是薛家的内当家。"自父亲死后，见哥哥不能依贴母怀，他便不以书字为事，只留心针黹家计等事，好为母亲分忧解劳。"（第四回）薛蟠挨了柳湘莲的打，薛姨妈听从宝钗的意见，没有去寻拿柳湘莲，显出了薛家的宽宏大量，顾全交谊，为以后柳湘莲救薛蟠的命埋下了伏笔。柳湘莲因尤三姐自刎而出家后，薛蟠含泪四处寻找，薛姨妈也"心甚叹息"，唯独"宝钗听了，并不在意"，说"这也是他们前生命定"，要"妈妈也不必为他们伤感了"，还是准备酬谢跟薛蟠去江南贩货来回辛苦几个月的伙计们才是。薛蟠也认为"倒是妹妹想的周到"，为柳湘莲的事"白张罗了一会子，倒把正经事都误了"（第六十七回）。所谓"正经事"，就是通过酬谢伙计们，使他们以后好为薛家这个皇商继续"辛辛苦苦的"效劳。

她还受王夫人之托，跟探春、李纨一起协助料理家务，处心积虑地使正在衰落中的贾家"不失大体统"。她有维护封建统治的一套权术，懂得"使之以权，动之以利"，奖诚并用，恩威兼施；以"小惠全大体"的手段，要看园子的老妈妈们尽责尽力，"大家齐心，顾些体统"，不再喝酒赌钱，以免"酒醉赌博生出事来"。结果，"里外下人都暗中抱怨"，说："刚刚倒了一个'巡海夜叉'（按：指凤姐），又添了三个'镇山太岁'，越发连夜里偷吃酒顽的工夫都没了"（第五十五、五十六回）。"镇山太岁"跟"巡海夜叉"，都同样是担任守卫和巡逻职责的凶神恶鬼，这种角色实在是够丑恶的了。

一系列的事实说明，薛宝钗在政治上是个竭力维护和挽救封建腐朽统治的"补天派"的典型，在思想上是个封建主义的信徒。她所走的道路是封建主义的人生道路。在那个封建没落的时代，她站到了代表封建腐朽的思想和势力一边，不仅是丑恶的，而且是注定行不通的。

薛宝钗的性格特征，是竭力抹杀个人的情欲，处处顺从、适应，甚至迎合封建统治者和世俗的需要。

封建统治者需要她当个封建淑女，她就力求使自己的一言一行符合封建淑女的规范。她的内心对于贾宝玉确有爱慕之情，然而由于自由爱情是违反封建礼教的，因此她只能把自己内心的爱情激流冰封在心底。她还劝导周围的姐妹如史湘云、林黛玉等，也要这样做，不厌其烦地对她们进行封建主义的说教。这一切难道不叫人感到实在可厌吗？

贾母为宝钗做生日，"因问宝钗爱听何戏，爱吃何物"，宝钗为了讨得"贾母更加欢悦"，"总依贾母往日素喜者说了出来"（第二十二回）。这种不惜扼杀自己个性来讨好家长的拍马屁行径，岂不叫人感到很丑吗？

元妃派太监送灯谜来叫众小姐猜，"宝钗等听了，近前一看，是一首七言绝句，并无甚新奇，口中少不得称赞，只说难猜，故意寻思，其实一见就猜着了"（第二十二回）。为了达到讨好元妃的目的，竟采取这种心口不一的虚伪态度，岂不叫人感到面目可憎吗？

宝钗扑蝶，偷听到了池中滴翠亭里红儿和坠儿的私情话，她便"少不得要使个'金蝉脱壳'的法子",胡编出追赶颦儿的谎言,使红儿误以为"林姑娘蹲在这里,一定听了话去了"(第二十七回)!不论宝钗的动机是出于避嫌还是为了嫁祸,仅从她把小红的正当恋爱看作"奸淫狗盗",为了防止丫头"人急造反,狗急跳墙",竟使出"金蝉脱壳"的花招,事实上造成了嫁祸于人的恶果,她的这种封建思想和损人利己的做法,岂不令人感到可鄙吗?

"好风凭借力,送我上青云"(第七十回宝钗作的诗)。薛宝钗的思想作风之所以那么令人感到可厌可恶可憎可鄙,根本的原因就在于她的这种人生理想。她对封建腐朽社会,不是采取厌恶、叛逆的态度,而是幻想依靠和借助于封建统治势力,青云直上,最好是争取当上皇妃,求其次起码也得当个封建的贵夫人。为了达到向上爬和维护封建腐朽统治的目的,她可谓费尽心机,耍尽了种种看似巧妙实则很丑恶的表演。

薛宝钗的处世哲学,是圆滑的利己主义。

"罕言寡语,人谓藏愚;安分随时,自云守拙。"(第八回)这是作者对薛宝钗为人的评介。她明明有见识、有本领,为什么不愿意大大方方地显露出来,而给人造成"藏愚"的错觉呢?她处处对那个社会竭力维护,巧于周旋,为什么却偏要以"自云守拙"来自欺欺人呢?这就难怪人们把她看成虚伪和圆滑了。

"拿定了主意,不干己事不张口,一问摇头三不知。"(第五十五回)这是凤姐对薛宝钗的评价。说明薛宝钗在贾府内部错综复杂的矛盾之中,能够采取明哲保身的态度,以博得贾府上上下下对她的好感。

"千真万真,从我们家四个女孩儿算起,全不如宝丫头。""老太太时常背地里和我说宝丫头好,这倒不是假话。"(第三十五回)这是贾母、王夫人对薛宝钗的评价,也是她严守封建的妇德,善于揣摩和迎合贾母的喜爱,所必然得到的报偿。作者特意把贾母对宝钗的这段赞词,安排在紧接着薛宝钗当众吹捧贾母之后,她说:"我来这么几年,留神看起来,凤丫头凭他怎么巧,再巧不过老太太去。"（第三十五回）以如此露骨地当面吹捧贾母，来博得贾母对她的好感和赞扬，这种人实在太卑鄙、世故了。

"怨不得别人都说那宝丫头好，会做人，很大方，如今看起来果然不错。"（第六十七回）这是在薛宝钗将薛蟠从家乡带来的土仪分送给各人之后，赵姨娘对她的赞誉。赵姨娘在贾府虽然没有什么权势和地位，但她有一张嘴，可以造舆论，可以帮助宝钗进一步得到封建家长的赏识和器重。不信，你看赵姨娘果真拿着薛宝钗送的东西向王夫人讨好去了："这是宝姑娘才刚给环哥儿的，难为宝姑娘这么年轻的人，想的这么周到，真是大户人家的姑娘，又展样，又大方，怎么叫人不敬服呢。怪不得老太太和太太成日家都夸她疼她。我也不敢自专就收起来，特拿来给太太瞧瞧，太太也喜欢喜欢。"（第六十七回）她以如此"会做人"，而得到了赵姨娘等众人的称赞，说穿了，岂不就是以施展吃小亏占大便宜的市侩哲学来收买人心吗？

"要瞻前顾后。又要自己便宜，又要不得罪了人。"（第三十七回）这是薛宝钗亲口教给史湘云的做人诀窍。其核心是损人利己主义。所谓"瞻前顾后"，"不得罪了人"，都是为了要达到"自己便宜"的目的。诬蔑受害者金钏儿，讨好罪恶的王夫人，"金蝉脱壳"，嫁祸于无辜的林黛玉，这一切皆是她"要自己便宜"的惊人杰作，是她"会做人"的真实写照。

如此说来，我是赞成哈斯宝的观点，把薛宝钗看成是"全坏"的人物了？否！这只是作者从不同的角度对薛宝钗形象塑造的一个层次，尽管这是个核心的层次，但毕竟还有其他的层次，有待我们作进一步的分析。

三、薛宝钗的艺术形象是美的

尽管如上所述，薛宝钗的思想本质——她的政治态度、思想性格、处世哲学——是丑的，但是，曹雪芹的《红楼梦》与"最可笑世之小说中，凡写奸人则鼠耳鹰腮等语"①迥然不同，他把薛宝钗的形象写得美极了！

"品格端方，容貌丰美，人多谓黛玉所不及。"（第五回）这便是作者对薛宝钗形象的描绘。

"头上挽着漆黑油光的鬏儿，蜜合色棉袄，玫瑰紫二色金银鼠比肩褂，葱黄绫棉裙，一色半新不旧，看去不觉奢华。唇不点而红，眉不画而翠，脸若银盆，眼如水杏。"（第八回）这是贾宝玉眼中的薛宝钗的形象。甲戌本于此处的脂批指出，它与作者对黛玉的描写是"各极其妙，各不相犯，使其人难其左右于毫末"。

薛宝钗的这个形象在贾宝玉看来美不美呢？当时作者没有明确地写，后来特地又借贾宝玉要看薛宝钗手腕上笼的红麝串子，写道："宝钗生的肌肤丰泽，容易褪不下来。宝玉在旁看着雪白一段酥臂，不觉动了羡慕之心，暗暗想道：这个膀子要长在林妹妹身上，或许还得摸一摸，偏生长在她身上。正是恨没福得摸。忽然想起'金玉'一事来，再看看宝钗形象，只见脸若银盆，眼似水杏，唇不点而红，眉不画而翠，比林妹妹另具一种妩媚风流，不觉就呆了，宝钗褪了串子来递与他也忘了接。"（第二十八回）贾宝玉为薛宝钗的美已经被吸引到了发呆入迷的程度。

薛宝钗不仅外形是美的，而且她的思想性格也自有优美动人之处。"比我又会念，又会作，又会写，又会说笑，又怕你生气拉了你去。"（第二十回）这虽然是林黛玉对贾宝玉说的气话，却真实地反映了她生怕自己比不过薛宝钗的心理。

薛宝钗对人是善于关心、体贴的。她从史湘云的精神和话语之间，就看出她在家中的劳累，对她关怀备至，以致史湘云说："我天天在家里想着，这些姐姐们没一个比宝姐姐好的。可惜我们不是一个娘养的。我但凡有这么个亲姐

---

① 甲戌本《脂砚斋重评石头记》第一回眉批。

姐，就是没有父母，也是没妨碍的。""说着，眼圈儿就红了。"（第三十二回）薛宝钗之所以能赢得史湘云对她如此真挚深厚的感情，我们看不出其间有什么丑恶性的手段和目的，而是感到善于关心人、体贴人毕竟是薛宝钗身上的一种美德，包括她劝贾宝玉不要喝酒，关怀林黛玉的病情，给她送燕窝滋补身体，我认为也未尝不是这种美德的反映。有人把薛宝钗对周围人的关心，说成都是为争当宝二奶奶拉选票，我看这就未免深文周纳了。

薛宝钗有渊博的学识和出众的才能。

论学问，她懂得许多典故，连贾宝玉都佩服地称她："真可谓'一字师'了。"（第十七、十八回）

论诗，她主张："诗题也不要过于新巧了。你看古人诗中，那里有那些刁钻古怪的题目和那极险的韵了，若题过于新巧，韵过于险，再不得有好诗，终是小家气。诗固然怕说熟话，更不可过于求生，只要头一件立意清新，自然措词就不俗了。"（第三十七回）她的这番诗论，符合内容决定形式的原则，既要创新，又不要过于新巧，这显然是颇有见地的。她不仅懂得诗歌理论，而且还是大观园中数一数二的女诗人，只有林黛玉的诗有时可以跟她的诗媲美。

她还深谙画论，说："如今画这园子，非离了肚子里头有些丘壑的才能成画。这园子却是像画儿一般，山石树木，楼阁房屋，远近疏密，也不多，也不少，恰恰的是这样。你就照样儿往纸上一画，是必不能讨好的。这要看纸的地步远近，该多该少，分主分宾，该添的要添，该减的要减，该藏的要藏，该露的要露。"（第四十二回）她还有绘画的实践经验，能够开列包括四五十个项目的绘画所需工具、材料清单。林黛玉看到她开的清单中有"生姜二两，酱半斤"，就打趣她再要铁锅一只、锅铲一个，好炒颜色吃。宝钗笑道："你那里知道。那粗色碟子保不住上火烤，不拿姜汁子和酱预先抹到底子上烤过了，一经了火是要炸的。"（第四十二回）姚燮的批语指出："观宝钗一番议论，直是一个老画师，门外汉断不能道其只字。非若稍讲烘染皴擦法，便以顾陆荆关自诩者。"①

论戏曲，她对宝玉道："你白听了这几年的戏，那里知道这出戏（按：指《鲁智深醉闹五台山》）的好处，排场又好，词藻更妙。"并指出那"是一套北《点绛唇》，铿锵顿挫，韵律不用说是好的了；只那词藻中有一支《寄生草》，填的极妙，你何曾知道"。"宝玉见说的这般好，便凑近来央告，'好姐姐，念与我听听'。"宝钗当场便念出了这支曲词的全文，使"宝玉听了，喜的拍膝画圈，称赞不已，又赞宝钗无书不知"（第二十二回）。庚辰本脂批说："是极。宝钗可谓博学矣。"

论宗教，宝钗也能讲得头头是道。贾宝玉因遇到现实矛盾无法解决，又受了那曲词中"赤条条来去无牵挂"的影响，便写下偈语，表示参禅解悟。薛宝钗和林黛玉一起去帮助他。宝钗便把当时南宗之祖惠能的偈语如何比上座神秀的偈语高明，因而才得到了五祖弘忍的衣钵真传的故事说给宝玉听，使宝玉"自己想了一想：'原来他们比我的知觉在先，尚未解悟，我如今何必自寻苦恼。'想毕，便笑道：'谁又参禅，不过一时顽话便罢了'"（第二十二回）。庚辰本脂批："总写宝卿博学宏览，胜诸才人。颦儿却聪慧灵智，非学力所致，皆绝世绝伦之人也。宝玉宁不愧杀。"作者显然是有意把女子的才学写得高出于所有的男子，薛宝钗便是女子中的佼佼者。

至于理家的才能，薛宝钗也绝不在凤姐、探春之下。她那套"小惠全大体"的理论和措施，使家人都欢声鼎沸，说："姑娘说得很是。从此姑娘奶奶只管放心，姑娘奶奶这样疼顾我们，我们再要不体上情，天地也不容了。"（第五十六回）对此姚燮批道："治家如是，治国如是，治天下亦如是，宝姑娘竟是一个大经济大学问的人。""宝姑娘真善于措词。一片晓喻之言，忽而赞叹之，忽而诱掖之，忽而激励之，忽而警戒之，词令之美，无以复加。""是年宝

---

① 本文凡引姚燮、王希廉批语，皆见万有文库版《石头记》。

姑娘只十六岁，便有如此议论、见识，真女孩中不可多得之才。”

薛宝钗的容貌、个性、品格、学识、才能等，既然都如此超群出众，异彩独炫，又怎么不令人啧啧称叹，乃至由衷的赞美呢？清代著名的《红楼梦》评点家王希廉，在他把宝钗说成是“奸人”的同时，“或问：‘子之处宝钗也将如何？’”他的回答却是“妻之”。如果薛宝钗的形象没有在他的内心引起最强烈的美感，他怎么会在指斥她是“奸人”的同时却又要娶她为妻呢？这绝不只是由于王希廉和薛宝钗的封建正统思想臭味相投，连当代著名的红学家王昆仑也说：“直到今天，不少中国人还有‘娶妻当如薛宝钗’之想。诚然的，宝钗是美貌，是端庄，是和平，是多才，是一般男子最感到‘受用’的贤妻。”①这并不是某个红学家个人的偏见，而是反映了广大读者的审美心理。像哈斯宝那样把薛宝钗说成“全坏”的人物，是不符合作品的实际的，在广大读者中也是通不过的。因为尽管她的核心层次——政治思想是丑的，然而政治思想毕竟只是薛宝钗身上的一个层次，尽管这是核心的层次。但她终究还有容貌、品格、学识、才能等多方面的外表层次是美的。只看到她的丑，而看不到或者看到了却不承认她的美，那不是实事求是的态度，而只能是属于主观片面性。

既然薛宝钗的思想本质是丑的，又把薛宝钗的艺术形象写成是美的，两者岂不矛盾吗？这就需要我们进一步弄清楚薛宝钗形象独特的个体层次了。

四、曹雪芹不把薛宝钗写成“其间拨乱”的“小丑”

人们之所以把薛宝钗看成“全坏”，在很大程度上是由于受了后四十回续书的影响。如哈斯宝在看了《红楼梦》第九十七回“林黛玉焚稿断痴情，薛宝钗出阁成大礼”后，批道：“‘相鼠有皮，人而无仪。人而无仪，不死何

① 王昆仑：《红楼梦人物论》，三联书店1983年版，第191页。

417

为！'……宝钗真是连老鼠也不如。何等无耻，何等无耻！我见这等人，真想唾他一脸！"①还有的同志把薛宝钗的一言一行看成都是为了争取"宝二奶奶"的宝座，其实这恰恰是与曹雪芹的创作意图相左的。在《红楼梦》开卷第一回，作者就明确提出，他反对"故假拟出男女二人名姓，又必旁出一小人其间拨乱，亦如剧中之小丑然"。如果薛宝钗的一举一动都果真是为了争取当宝二奶奶，那么，她跟在宝黛"其间拨乱"的"小人""小丑"还有什么区别呢？薛宝钗岂不也成了贾母所痛斥的"只一见了一个清俊的男人，不管是亲是友，便想起终身大事来，父母也忘了，书礼也忘了，鬼不成鬼，贼不成贼"（第五十四回）的一流人物？贾母又怎么能娶这种人做孙媳妇呢？曹雪芹是绝对鄙弃这种"悉皆自相矛盾，大不近情理"的写法的。

作者如要把薛宝钗写成是在宝黛之间拨乱的"小丑"，那么，他就势必要把她写成林黛玉的情敌。可是，曹雪芹笔下的薛宝钗不但不是林黛玉的情敌，反而在爱情上对她有意避让。如有一天贾宝玉在薛姨妈处喝酒，黛玉借雪雁来给她送手炉的机会，含沙射影地奚落宝钗、宝玉说："难为他费心，那里就冷死了我！""也亏你倒听他的话。我平日和你说的，全当耳旁风；怎么他说了你就依，比圣旨还快些！"（第八回）对此，作者不写宝钗作针锋相对的还击，而是写"宝钗素知黛玉是如此惯了的，也不去睬他"。有一次薛宝钗到潇湘馆去，"忽然抬头见宝玉进去了，宝钗便站住低头想了想：宝玉和林黛玉是从小儿一处长大，他兄妹间多有不避嫌疑之处，嘲笑喜怒无常；况且林黛玉素习猜忌，好弄小性儿的。此刻自己跟了进去，一则宝玉不便，二则黛玉嫌疑。罢了，倒是回来的妙。想毕抽身回来"（第二十七回）。这是写宝钗的内心活动，绝非故作谦让、有涵养，做给人家看的。还有一次在谈到史湘云有一件金麒麟时，"探春笑道：'宝姐姐有心，不管什么他都记得。'林黛玉冷笑

---

① 哈斯宝：《〈新译红楼梦〉回批》，内蒙古人民出版社 1979 年版，第 109 页。

道：'他在别的上还有限，惟有这些人带的东西上越发留心'，宝钗听说，便回头装没听见"（第二十九回）。作者之所这样写，显然是为了写宝钗有意避开她与黛玉的爱情冲突，而突出钗黛两人不同的思想性格之间的鲜明对照，黛玉口齿伶俐，尖酸刻薄；宝钗装愚守拙，涵养浑厚。

当然，宝钗对黛玉也不是只有忍让，而是有时也给予唇枪舌剑的攻击。但是，只要我们细加分析，就不难发现作者写宝钗对黛玉的攻击，其性质跟黛玉对宝钗的妒忌大相径庭；宝钗的目的不是担心宝玉与黛玉相爱，而是看不惯他们那种卿卿我我地自由相爱的思想性格，出于她本人维护封建礼教的性格而必然地对他们纵情越礼的行为痛下针砭。如宝玉、凤姐二人因被马道婆魔法中了邪，众人等在外间听消息，"闻得吃了米汤，省了人事，别人未开口，林黛玉就念了一声'阿弥陀佛'。薛宝钗便回头看了他半日，嗤的一声笑"。惜春问她笑什么，她说："我笑如来佛比人还忙：又要讲经说法，又要普渡众生；这如今宝玉、凤姐病了，又烧香还愿，赐福消灾；今才好些，又管林姑娘的姻缘了，你说忙的可笑不可笑。"林黛玉之所以"可笑"，被宝钗说得"不觉红了脸"（第二十五回），就是因为她刚才太露骨地表达了对宝玉的私情，一听说宝玉"省了人事"，未等别人开口，她先就念了一声阿弥陀佛。

薛宝钗对宝玉、黛玉攻击得最厉害的一次，是在宝玉对黛玉赔不是，像"黄鹰抓住了鹞子的脚，两个都扣了环"的时候，宝玉把宝钗比作杨贵妃，这更加刺痛了薛宝钗的心，因为她入京本来是想"聘选妃嫔"，"充为才人赞善之职"的，现在却毫无着落，因此，这使宝钗"不由的大怒"，对宝玉反唇相讥："我倒像杨妃，只是没一个好哥哥好兄弟可以作得杨国忠的！""林黛玉听见宝玉奚落宝钗，心中着实得意。"当宝玉告诉宝钗，李逵骂宋江，后来又赔不是的戏叫《李逵负荆》，宝钗便乘机讽刺宝黛："你们通今博古，才知道'负荆请罪'，我不知道什么是'负荆请罪'！""一句话还没有说完，宝玉、黛玉二人心里有病，听了这话早把脸羞红了。"（第三十回）这里宝钗对宝玉、黛玉的讽刺，显然是针对他们违背封建礼教的"心病"，而绝非她自己也要违反封建礼教，公然来跟黛玉争夺宝二奶奶的宝座。

我们这样说，并不排斥薛宝钗内心对贾宝玉也有爱悦之情。男女性爱，本是人之天性。不仅林黛玉、薛宝钗，还有史湘云、妙玉、袭人、晴雯，也都表达过对贾宝玉的私情。有私情不一定就要在宝黛爱情中充当"其间拨乱"的"小丑"，这是属于不同性质的两个问题。例如，宝钗有金锁，封建的金玉姻缘邪说，本是薛宝钗大可利用来跟林黛玉争夺贾宝玉的优越条件，可是作者却偏偏写："薛宝钗因往日母亲对王夫人等曾提过'金锁是个和尚给的，等日后有玉的方可结为婚姻'等语，所以总远着宝玉。昨儿见元春所赐的东西，独他与宝玉一样，心里越发没意思起来。幸亏宝玉被一个林黛玉缠绵住了，心心念念只记挂着林黛玉，并不理论这事。"（第二十八回）如果薛宝钗果真一举一动要跟林黛玉争夺贾宝玉，那么，为什么又写她"总远着宝玉"，而不是寻机亲近宝玉呢？她看见"元春所赐的东西，独他与宝玉一样"，有暗示促成他俩婚姻之意，她为什么不心中暗喜，相反却"心里越发没意思起来"呢？"宝玉被一个林黛玉缠绵住了"，她为什么没有对林黛玉产生忌恨心理，相反却为此而感到这是"幸亏"难得的呢？作者之所以这样写，正是为了表明薛宝钗绝不是那种"鬼不成鬼，贼不成贼"的人物，她的"总以贞静为主"的性格，决定了她不可能做有意要跟林黛玉争夺贾宝玉的"小人"。

曹雪芹确实是写了薛宝钗与林黛玉的矛盾，对此我们毫不否认。我们强调指出的只是这种矛盾主要不是表现为她俩在爱情上的争夺，而是反映了她俩在思想性格上的对立。如前人所谓"宝钗善柔；黛玉善刚。宝钗用屈；黛玉用直。宝钗徇情；黛玉任性。宝钗做面子；黛玉绝尘埃。宝钗收人心；黛玉信天命，不知其他"[①]。作者正是在这两种思想性格的尖锐对立和鲜明对照之中，来

---

① 涂瀛：《红楼梦问答》，见《古典文学研究资料·红楼梦卷》，第143页。

使得薛宝钗与林黛玉的性格皆得到了更加生动而又深刻表现的。

为了进一步表明薛宝钗不是宝黛爱情"其间拨乱"的"小人"，而是坚持封建妇德的正人君子，作者还特地写了薛宝钗对林黛玉能以德报怨，不但不忌恨她的多心猜疑和冷言冷语，而且还主动地对她在思想上真诚帮助，在生活上热情关怀。有一次行酒令时，黛玉无意中流露出了几句《西厢记》的曲词，给宝钗听出来了，这时宝钗并没有当众揭穿，给黛玉难堪，而是在事后私下跟她作推心置腹的谈话，劝导她："你我只该做些针黹纺织的事才是，偏又认得了字，既认得了字，不过拣那正经的看也罢了，最怕见了些杂书，移了性情，就不可救了。""一席话，说得黛玉垂头吃茶，心下暗伏，只有答应'是'的一字。"（第四十二回）作者在回目上标明这是"蘅芜君兰言解疑癖"。所谓"兰言"，不只是一般的知心话，而且是指心心相印的"同心之言"，如《易·系辞上》所称："二人同心，其利断金；同心之言，其臭（嗅）如兰。"护花主人王希廉也认为，这次"宝钗规劝黛玉，是极爱黛玉，所论亦极正大光明"。尤其值得重视的是庚辰本于此回开始的总批中指出：

　　钗玉名虽二个，人却一身，此幻笔也。今书至三十八回时已过三分之一有余，故写是回，使二人合而为一。请看黛玉逝后，宝钗之文字，便知余言不谬矣。

这里脂批竟然认为作者要使宝钗、黛玉"二人合而为一"，实在是耐人寻味的。我看这不会是指钗黛二人在思想上的"合二为一"，而很可能是指她们在对宝玉的爱情婚姻问题上已消除了芥蒂，所以批语指出："请看黛玉逝后，宝钗之文字。"

好在曹雪芹在前八十回已经为我们写出钗黛二人由猜疑多忌转为友爱至亲的文字。请看第四十五回，宝钗去探望黛玉，对她的病情极为体贴、关怀，使黛玉深为感动地说：

> 你素日待人，固然是极好的，然我最是个多心的人，只当你心
> 里藏奸。从前日你说看杂书不好，又劝我那些好话，竟大感激你。往
> 日竟是我错了，实在误到如今。细细算来，我母亲去世的早，又无姐
> 妹兄弟，我长了今年十五岁，竟没一个人像你前日的话教导我。怨不
> 得云丫头说你好，我往日见他赞你，我还不受用，昨儿我亲自经过，
> 才知道了。比如若是你说了那个，我再不轻放过你的；你竟不介意，
> 反劝我那些话，可知我竟自误了。

接着她又把自己心里的烦难——寄人篱下，不便要求吃燕窝粥——说给
宝钗听。宝钗说："你放心，我在这里一日，我与你消遣一日，你有什么委屈
烦难，只管告诉我，我能解的，自然替你解一日。"并主动把自己家里的燕窝
送给黛玉，使黛玉感激地说："东西虽小，难得你多情如此。"作者在回目中
把这称作是"金兰契互剖金兰语"，以其坚如金、其香如兰，来形容她们已
是契合无间的至爱亲朋。因此，连贾宝玉都感到惊奇，问黛玉："是几时孟光
接了梁鸿案？"认为"他俩个素日不是这样的好，今看来竟更比他人好十倍"
（第四十九回）。姚燮眉批指出："即四十五回宝钗望黛玉病一席之话，两人已
成知己也。"

不久，林黛玉还主动提出愿认薛姨妈为母亲（第五十七回），并随着宝
钗叫薛姨妈为妈妈，改叫宝钗为姐姐（第五十八回）。钗黛二人的感情也确实
达到了情同亲姐妹的地步，有一次宝钗竟把自己喝了一口的半杯剩茶，递在黛
玉手内，一贯爱洁成癖的黛玉不但毫不嫌弃，而且还笑着说："这半盅尽够了，
难为你想的到。""说毕，饮干，将杯放下。"（第六十二回）薛蟠从家乡带回
一些土仪，宝钗分送给各人，作者还特地写明："只有黛玉与别人不同，比诸

人加厚一倍。"（第六十七回）

这一切难道只是为了表现宝钗的阴险奸诈，对黛玉进行感情拉拢和物质收买吗？如她果真有意要跟林黛玉争夺宝二奶奶的宝座，何不给林黛玉制造难堪，对她进行精神折磨，促使多病的林妹妹早死，而却相反地给她以精神安慰和物质帮助呢？如果薛宝钗只是一心想当宝二奶奶，那么像她这样"品格端方，容貌丰美"，出身于皇商大家的闺女，又何愁找不到一个跟宝二奶奶相当的婆家和比贾宝玉更理想的丈夫呢？须知，曹雪芹所要写的贾宝玉与薛宝钗的金玉姻缘，是封建统治阶级为挽救自己腐朽没落的历史产物，而绝不是薛宝钗个人与林黛玉争夺的结果；作者绝不是要把薛宝钗写成一个不顾封建礼教，为自己争当宝二奶奶而不惜置他人于死地的"小人"。曹雪芹明确地告诉我们，他笔下的薛宝钗是"山中高士晶莹雪"，她是力求遵循封建礼教的要求，把自己雕塑成如雪一般晶莹洁白，如"山中高士"一样令人景仰，把人性所固有的炽热感情冰封在雪底，埋葬在山中，从而成为一个竭力扼杀个人情欲、信奉封建礼教的楷模。

曹雪芹不是把薛宝钗描写成一个"小人"，而是把她塑造成一个"高士"的形象，这不仅在艺术上打破了历来的窠臼，而且使薛宝钗形象的典型意义和整个作品的主题思想得到了极为深广的开掘。它说明：（一）薛宝钗与林黛玉的关系，不是恶草与香花之间毫不相容的关系，而是为世俗所公认的艳冠群芳的牡丹与出污泥而不染的芙蓉花相互媲美的关系。[①]黛宝掣的酒签上面画着一枝芙蓉，题着"风露清愁"四字，"众人笑说：'这个好极。除了他，别人不配作芙蓉'"。牡丹花尽管艳冠群芳，金玉姻缘尽管高贵无比，然而只因为薛宝钗爱说"混帐话"，贾宝玉就要坚决跟她"生分"；林妹妹因为从来不说"混

---

① 在第六十三回，宝钗掣的酒签上画着一枝牡丹，题着"艳冠群芳"四字。"众人看了，都笑说：'巧的很，你也原配牡丹花。'"

帐话"，所以贾宝玉就深深地敬爱她。如果在恶草与香花之间，贾宝玉选择香花，那是不足为奇的，而在牡丹与芙蓉之间选择芙蓉，那就显得极其不同凡俗，更加充分地衬托出贾宝玉的叛逆精神和宝黛爱情的可贵。（二）薛宝钗与林黛玉、贾宝玉的矛盾，不只是爱情上的矛盾——这个矛盾在薛宝钗是可以用封建礼教加以克制和忍让的，而她与宝黛之间存在的封建与民主两种思想的矛盾，却是不可调和的。描写他们之间个人爱情矛盾的缓和及消失，正是为了更加有力地说明他们所代表的两种思想、两条人生道路这个社会主要矛盾的尖锐和突出，说明《红楼梦》这部作品通过爱情婚姻题材，所要表达的主题思想绝不只是爱情自由、婚姻自主问题，更重要的是对两种思想、两条人生道路的抉择。（三）封建思想的统治是真正的恶魔。薛宝钗不仅用封建思想来规劝贾宝玉、林黛玉，而且要用封建思想来冰封住自己的情欲。林黛玉能够在爱情上高度警惕和时刻防范薛宝钗对贾宝玉的觊觎，却对于她所代表的传统的封建礼教思想缺乏反抗的思想武器，而只能"心下暗伏"。这种旧思想的沉重压力和新思想的软弱无力，正是造成宝黛爱情悲剧的重要内因和无法超脱的历史局限。（四）薛宝钗既然不是破坏宝黛爱情的"小丑"，那么，造成宝黛爱情悲剧的罪责就不在薛宝钗身上，读者就理所当然地把憎恨的感情从薛宝钗个人转移到整个封建礼教思想及其代表者封建统治阶级身上，从而也就能触及到了这个悲剧的社会历史本质。

五、薛宝钗也是个悲剧性的人物

曹雪芹为什么把思想本质丑恶的薛宝钗写成很美的艺术形象呢？为什么不把薛宝钗写成"小人""小丑"，而把她写成令人景仰的"高士"呢？这些都是发人深省的问题。它反映了曹雪芹对薛宝钗这个典型人物的独特的新发现——不仅她的性格特征和典型意义是独特的，而且曹雪芹对薛宝钗这个形象的创作思想和艺术处理也是独特的；他为我们提供了新鲜的经验。要正确认识薛宝钗这个典型形象，我们就必须从个体层次到整体层次进一步把握住曹雪芹对这个典型形象塑造的独创性。

首先看曹雪芹独特的创作思想。他在开卷第一回便宣称："今风尘碌碌，一事无成，忽念及当日所有之女子，一一细考较去，觉其行止见识，皆出于我之上。何我堂堂须眉，诚不若彼裙钗哉？实愧则有余，悔又无益之大无可如何之日也！"这就是说，在那个封建没落社会，以男子为中心的封建统治阶级已经腐朽了，提倡"男尊女卑"的封建社会，事实上已变成了女子的"行止见识"皆高出于"堂堂须眉"的男子之上；薛宝钗的"行止见识"自然也在这个高出于男子的"所有女子"之列。这种把女子的"行止见识"写得皆要高出于男子的创作思想，不仅是跟男尊女卑的封建传统观念相反对的，而且突出地反映了以男子为中心的封建统治阶级已经腐朽没落的时代特征。

既然女子的行止见识皆高出于男子，那么这些女子在那个社会有没有出路呢？曹雪芹的回答是"千红一窟（哭）""万艳同杯（悲）"（第五回）。他要把那个封建没落社会所有行止见识很高的女子，都写成"薄命司"中的悲剧人物；艳冠群芳的薛宝钗，自然也不例外。

尽管薛宝钗和林黛玉的思想倾向在本质上是对立的，然而在曹雪芹看来，她们在那个封建没落社会的悲剧命运却是共同的。因此，他要写的是一部"怀金悼玉的红楼梦"；对于林黛玉和薛宝钗这两位女主角的描写是"玉带林中挂，金钗雪里埋"，其意义何在呢？甲戌本脂批点明"寓意深远，皆生非其地之意"。

在第八回里，宝钗要宝玉身上带的那块玉来赏鉴时，作者在一首诗中写道："好知运败金无彩，堪叹时乖玉不光。"甲戌本脂批："伏下文，又夹入宝钗，不是虚图对的工。"

可见作者是着意要把薛宝钗写成"金钗雪里埋""运败金无彩"的悲剧性人物；她的悲剧是"生非其地"、生非其时的客观环境所造成的社会历史悲剧。

再看曹雪芹独特的艺术处理。鲁迅说："悲剧将人生的有价值的东西毁灭给人看。"[①]既然薛宝钗的思想本质是丑的，那么她的人生还有什么有价值的东西遭到毁灭，成为值得人们同情的悲剧人物呢？曹雪芹的艺术处理是：

第一，写出薛宝钗的自然天性是美的。她不同于以男子为中心的封建统治者那样浊臭逼人，也不同于贾宝玉所愤恨的已经变成"鱼眼睛"的妇女那样可憎可恶。她毕竟还是个少女，跟其他少女一样，她也曾经是像"水作的骨肉"那样清爽、纯洁。她那"唇不点而红、眉不画而翠"的姿容，甲戌本脂批指出，如"太白所谓'清水出芙蓉'"。这就是说，她跟以芙蓉花为象征的林黛玉同样具有一种天然美。作者写薛宝钗的个性特征也是喜爱冰雪般素洁的自然美，她母亲说她"从来不爱这些花儿粉儿的"（第七回）。用她"自写身份"[②]的诗来说："胭脂洗出秋阶影，冰雪招来露砌魂。淡极始知花更艳……"（第三十七回）可是她这种对自然美的热烈追求，在那个社会的遭遇却是浑身沾满了浊气，这难道不使我们感到深为惋惜和同情吗？作者对人的天性自然美的描绘和赞颂，对那个社会摧残人生自然美的揭露和控诉，这本身就带有人本主义民主思想萌芽的时代特色。在那个令人窒息的黑暗的时代，给读者透露出一丝极为清新的新的时代气息。

第二，曹雪芹着意写出，薛宝钗的思想本质之所以变成丑的，是由于封建统治阶级压迫和毒害的结果。用她自己的话来说："我也是个淘气的。从小七八岁上也够个人缠的。我们家人口多，姐妹弟兄都在一处，都怕看正经书。弟兄们也有爱诗的，也有爱词的，诸如这些'西厢'、'琵琶'以及'元人百种'，无所不有。他们是偷背着我们看，我们却也偷背着他们看。后来大人知道了，打的打，骂的骂，烧的烧，才丢开了。"（第四十二回）可见薛宝钗

---

① 鲁迅：《坟·再论雷峰塔的倒掉》。
② 庚辰本第三十六回对宝钗写的《咏白海棠》诗，脂批称："宝钗诗全是自写身份。"

小时候也曾像林黛玉一样喜欢过《西厢记》等进步文学作品，如果不是封建家长的管束，听任她的天性自由发展，她也会像林黛玉那样"见了些杂书，移了性情"，成为封建社会的一个叛逆者。

薛宝钗之所以跟林黛玉不同，不仅是由于她受到封建家长的严格管教，而且还因为她生长在封建统治处于衰朽的末世。这时候，一方面反映封建正统思想的所谓"正经书"，失去了吸引人的力量，使得他们的子孙后代皆"怕看"；另一方面，反映某些叛逆思想的进步文学作品便乘虚而入，成为青年一代偷着看、争着看的热门读物，这就迫使封建统治阶级不得不进一步加强他们的思想统治，不只要把他们中的男子，同时也要把他们中的闺女，都竭力要雕塑成封建统治的卫道士，这就造成了薛宝钗这样的典型人物。用贾宝玉的话来说："好好的一个清净洁白的女儿，也学的钓名沽誉，入了国贼禄鬼之流。这总是前人无故生事，立言竖辞，原为导后世须眉浊物。不想我生不幸，亦且琼闺绣阁中亦染此风，真真有负天地钟灵毓秀之德！"（第三十六回）作者通过贾宝玉的这段话向读者表明，就薛宝钗的天性来说，她本来也是"好好的一个清净洁白的女儿"，她之由"清净洁白女儿"转变为"国贼禄鬼"的过程，也就是她那美的天然本性被封建思想毁灭的过程；她之所以"也学的钓名沽誉，入了国贼禄鬼之流"，是那个封建腐朽没落时代，为加强封建思想统治，使"琼闺绣阁中亦染此风"的结果。它具有封建腐朽没落时代的鲜明特色，是典型环境中的典型性格。

因此，我们说不仅薛宝钗与贾宝玉的婚姻结局是悲剧性的，薛宝钗思想性格的形成也是悲剧性的。

第三，曹雪芹绝不是要把薛宝钗塑造成"封建社会完整无缺的少女的典型"，"中国封建社会培养、树立起来的最好标本"，而是赋予她以封建腐朽没落时代的鲜明特色，把她写成也有对时代的清醒认识，对情欲的热烈追求，对未来生活的美好憧憬，对悲剧命运的强烈预感。因此，薛宝钗的思想性格绝不是封建社会任何一个时代都能够产生的，她只能是封建没落时代的产儿；在她身上，具有封建没落时代一个活生生的典型人物的全部真实性和生动性、丰富性和复杂性。

例如，她看到了她那个时代"男人们读书明理，辅国治民，这便好了。只是如今并不听见有这样的人，读了书倒更坏了。这是书误了他，可惜他也把书糟踏了，所以竟不如耕种买卖，倒没有什么大害处"（第四十二回）。封建统治阶级腐朽没落的社会现实——"并不听见有""读书明理，辅国治民""这样的人"，使她对封建正统思想的统治已经丧失了信心，从而得出了"读了书倒更坏了"的结论。她推崇的是"耕种买卖"，皇商家庭惯于做买卖的生意经，已经给薛宝钗的思想性格打上了烙印。

她虽然竭力使自己的思想用封建理学的冰雪冷酷地封闭起来，但是作者还是写出她的本性一再冲破严冰而泛出热烈地追求爱情的浪花。如她去探望被贾政打伤的贾宝玉时，情不自禁地"点头叹道"，"别说老太太、太太心疼，就是我们看着，心里也有……刚说半句，又忙咽住，自悔说的话急了，不觉就红了脸，低下头来。宝玉听得这话如此亲切稠密，大有深意，忽见她又咽住不往下说，红了脸，低下头只管弄衣带，那一种娇羞怯怯，非可形容得出者，不觉心中大畅，将疼痛早丢在九霄云外"（第三十四回）。她见到"一双玉色蝴蝶"，（按：请注意"玉色"二字）在"迎风翩跹"，便"蹑手蹑脚的"去追赶，"意欲扑了来玩耍"（第二十七回）。在贾宝玉午睡的时候，她竟公然闯进去坐在他床边上，代替袭人给他绣鸳鸯兜肚，赶虫子。薛宝钗对贾宝玉的私情，如此抑制不住地喷薄而出，这难道是"封建社会完美无缺的少女的典型"所能容许的吗？庚辰本第二十回的脂批也指出："宝钗、袭人等行为，并非一味蠢拙古板，以女夫子自居。当绣幕灯前，绿窗月下，亦颇有或调或妒，轻俏艳丽等说。"对于宝钗扑蝶，庚辰本脂批道："可是一味知书识理女夫子行止？写宝钗无不相宜。"

428

她的那个"小惠全大体"的施政纲领,以"兴利节用为纲"(第五十六回),更说不上"是中国封建社会培养、树立起来的最好标本",而是明显地带有改良、补天的特色。

　　她按照封建家长的旨意,企求金玉姻缘。可是她也深深知道,由于封建统治阶级的腐朽没落,这个金玉姻缘对于她来说绝不会是幸福的,而必然是悲剧性的,令人痛苦不堪的。因此,当薛蟠说:"你这金要拣有玉的才可正配,你留了心,见宝玉有那劳什子,你自然如今行动护着他。""话未说了,把个宝钗气怔了","满心委屈气忿","到房里整哭了一夜"(第三十四回)。续作者也写薛姨妈告诉宝钗应承了这桩婚事后,"宝钗始则低头不语,后来便自垂泪"(第九十七回)。如果薛宝钗的内心确实认为这是她梦寐以求的美满婚姻,她会感到如此伤心吗?她的内心是如此极端地矛盾和痛苦,这难道不正是薛宝钗对自己的悲剧命运有强烈预感的反映吗?

　　如果说贾宝玉、林黛玉是叛逆者的悲剧,那么薛宝钗便是顺从者的悲剧。在某种意义上,可以说后者是更深刻地反映那个时代的社会的、历史的悲剧。因为是时代雕塑了她,又是时代毁灭了她;她以扼杀自己情欲的"冷",适应那个时代的需要,可是那个时代却更加冷酷地使她的美貌、才华、爱情、婚姻和其他一切幸福皆归于毁灭。

　　作者如此把薛宝钗塑造成一个悲剧性的人物,便大大地开拓了薛宝钗形象的丰富意蕴及其社会典型意义。它使我们看到,如果要说"全坏"的话,不是薛宝钗个人"全坏",而是既雕塑了薛宝钗却又毁灭了薛宝钗的那个时代,那个社会实在是"全坏"了。至于薛宝钗个人,倒是个值得同情的受害者。她绝不简单地是个"全好"或"全坏"的人物,她的好和坏都是她那个腐朽没落的时代造成的。我们通过曹雪芹塑造的薛宝钗这个典型人物,可以看出那整个腐朽没落的封建时代已经丧失了它继续存在的全部合理性。正如马克思说的,"当 ancien regime(按:法文,旧的革命前封建的制度)作为现存的世界制度同刚刚产生的世界进行斗争的时候，这个 ancien regime 所犯的就不是个人的谬误，而是世界历史的谬误。因而它的灭亡就是悲剧性的"[①]。

曹雪芹把薛宝钗的个体形象放在了她所处的社会和时代的整体之中，这就是曹雪芹所要我们认识的薛宝钗这个形象的整体层次。

六、曹雪芹究竟是怎样使薛宝钗形象化丑为美的

以上我们阐述了薛宝钗形象塑造上的核心、外表、个体、整体等四个层次，大体上可以说，核心层次表明了薛宝钗形象的社会性，外表层次标志着薛宝钗形象的丰富性，个体层次体现了薛宝钗形象独特的典型性，整体层次则反映了薛宝钗的典型性格与典型环境的统一性。宛如宇宙中的光线，有赤橙黄绿青蓝紫，既清晰可辨，又相互依存，任何顾此失彼，都必难以全面、正确地认识薛宝钗这个典型形象。

困难还不仅在于要分辨和认清薛宝钗形象塑造的不同层次，更重要的是要把握这些不同层次的描写，都贯穿了曹雪芹化丑为美的创作原则。那么，曹雪芹究竟是怎样使薛宝钗形象塑造化丑为美的呢？

（一）曹雪芹在描绘薛宝钗的封建思想和丑行的同时，深入揭示了产生与形成这种思想与丑行的社会环境，写出了她的思想性格形成的社会历史原因和由美变丑的过程，这就使读者由对薛宝钗个人的恼怒和厌恶，转变为对雕塑薛宝钗性格的封建腐朽社会的愤慨和憎恨。

（二）曹雪芹将美貌、才智、学识、涵养和会做人等令人羡慕、向往、崇敬的强大力量，赋予薛宝钗的形象之中，使薛宝钗这个严重沾染了封建思想

---

① 马克思：《〈黑格尔法哲学批判〉导言》，见《马克思恩格斯论艺术》第 1 卷，1960 年版，第76 页。

的丑恶性格，不是成为人们嘲笑和憎恨的丑角，而是成为令人敬重和景仰的对象。如她提醒贾宝玉将诗中的"绿玉"改为"绿蜡"，用以讨好元妃，这种思想是丑恶的，然而由此表现出了她的机敏多智和学识渊博，却又是令人崇敬的，这就难怪连宝玉都因此要拜她为"一字师"了。她劝宝玉走仕途经济的封建道路，这种思想是丑恶的，然而她不顾宝玉给她下不了台，过后还是照旧一样，博得了袭人的热烈称赞："真真的宝姑娘叫人敬重。"（第三十二回）这就使读者强烈地感受到，尽管她的封建思想是丑恶的，但她这个人却不愧为"女中豪杰"。如清代的西园主人写道："尝读陈寿《三国》，见人材林立而众材皆为所包者，诸葛君是也；奸雄并峙，而群奸皆为所用者，曹孟德是也。若宝钗者，实于《红楼》部中，合孔明、孟德而一人者矣。"①

（三）曹雪芹笔下的薛宝钗，虽然有虚伪、奸险等丑恶的一面，但是作者对她身上这种丑恶的一面不是蓄意美化或客观描写，而是寄寓了深刻的揭露和强烈的谴责，这就使艺术与现实拉开了一段距离，使进入艺术领域的薛宝钗的奸险，就像铁笼里的老虎，不但对人无害，相反却可以唤起人们的美感。如同在平地上我们宁可碰见一只猫，不愿碰见一只老虎；但是在铁栅后面，我们却比爱看见一只猫更爱看见一只老虎。艺术便是这样一道铁栅；它消除了恐怖，而保存了情趣。有了这种保障，它使我们可以既无危险又无痛苦地饱览奇景：仿佛使我们已经忘记了虎的吃人本性，而尽情地欣赏和赞美虎的雄姿所展示的令人崇敬的力与勇。因为老虎既与人类中的力士、勇者在力与勇上有某些相似之处，便可以象征性地显示出人类的本质力量，符合人类对力与勇的理想。同样，薛宝钗那精湛的心机、非凡的才智、渊博的学识、迷人的风采，对于读者也起到了"任是无情也动人"的美感作用。曹雪芹是很懂得艺术欣赏者的这种审美心理的。

---

① 见《古典文学研究资料·红楼梦卷》，第201页。

（四）曹雪芹通过对薛宝钗丑恶言行的描绘，显示了封建社会的虚伪和险恶、腐朽和没落，从封建统治思想的内里发掘和丰富了《红楼梦》这部封建社会必然没落的史诗。如果没有薛宝钗，《红楼梦》不仅要大为逊色，而且必然会丧失史诗的特质和魅力。丑恶既然如此构成了史诗的必要因素，也就产生了令人感到温馨盈盈、韵味无穷的诗意。

丑可以转化为美，这是曹雪芹在典型形象塑造上的一个具有历史意义的伟大创造，是对传统的美学思想的尖锐挑战，至今仍光彩逼人，富有深刻的认识价值和崭新的美学意义。它不是孤立地、单一地、平面地，而是从多角度、多方面、多层次真实地、立体地、发展地写出了典型人物的全部丰富性和复杂性。这不仅在《红楼梦》以前的中国小说中没有先例，而且在《红楼梦》以前的外国小说中也是极其罕见的。是曹雪芹的这个史无前例的独创，率先发现和丰富了艺术创作的客观规律，而只有符合规律性的东西，才是最有生命力的，普遍适用的。

在理论上，比曹雪芹晚十几年的英国18世纪启蒙主义美学家博克，在他的《论崇高与美两种观念的根源》中，才首次把"丑"作为审美范畴。"博克见出丑与崇高之间有某种一致性，丑本身不一定就崇高，但是如丑和引起强烈恐怖的那些性质结合在一起，也会显得崇高。"[1]

在创作上，比曹雪芹晚半个多世纪的法国批判现实主义小说家司汤达创造的于连，稍后的梅里美创造的卡门，巴尔扎克创造的伏脱冷、葛朗台等，皆是化丑为美的光辉灿烂的艺术形象。他们不是径直把"丑"和"恶"简单化、绝对化地描写为"丑"和"恶"，而是把"丑"和"恶"作为审美对象，进行化丑为美的艺术创造。如巴尔扎克称赞伏脱冷是"一首恶魔的诗"，说"把他画下来倒是挺美的呢"。法国著名雕塑家罗丹也认为："在自然中一般人

---

① 朱光潜：《西方美学史》上卷，人民文学出版社1964年版，第229—230页。

所谓'丑'，在艺术中能变成非常的美。"①

　　化丑为美的典型形象塑造，这是巴尔扎克等西方批判现实主义小说家把小说艺术推上新阶段的重要标志和重大成果之一。只是他们出现的时间都要晚于曹雪芹，因而他们化丑为美的艺术创造，尽管由于众所周知的历史原因，比曹雪芹的名气和影响要大，在文学史上却只能算是步曹雪芹的后尘。

---

① 见《罗丹艺术论》，人民美术出版社 1978 年版，第 23 页。

凤姐的形象塑造为什么这样生动活泼

　　凤姐，是《红楼梦》中写得最为生动活泼的一个人物。正如何其芳所说："她在哪里出现，哪里的空气就活跃起来，就常常有了热闹和欢笑。""书中所写的她的语言是最有个性和特点的。她在各种场合说的话都表现出她聪明，有心眼，又很有口才，都是说得那样得体，有时说得很甜，有时说得很泼辣，有时又很诙谐。不用说出她的名字，只要把她的那些话念出来，我们就知道准是她。"① 这里打算从创作的角度，探讨曹雪芹是怎样把凤姐的形象塑造得这样生动活泼的。

一、以假作真，乖滑伶俐

　　每个人物都有自己独特的个性特征。惯于弄虚作假，这就是凤姐的个性特征之一。她不仅对一般人假话连篇，即使对她的丈夫贾琏，也诓骗、戏弄。如贾琏从扬州料理林如海的丧事归来，曹雪芹写道：

　　（凤姐见）房内无外人，便笑道："国舅老爷大喜！国舅老爷一路风尘辛苦！小的听见昨日的头起报马来报，说今日大驾归府，略预备了一杯水酒掸尘，不知赐光谬领否？"贾琏笑道："岂敢，岂敢。

---

　　① 何其芳：《论〈红楼梦〉》。见《文学研究集刊》第5辑，第75页。

多承，多承。"一面平儿与众丫鬟参拜毕，献茶。贾琏遂问别后家中诸事，又谢凤姐的操持劳碌。凤姐道："我那里照管得这些事！见识又浅，口角又笨，心肠又直率，人家给个棒槌，我就认作针。脸又软，搁不住人给两句好话，心里就慈悲了。况且又没经历过大事，胆子又小，太太略有些不自在，就吓的我连觉也睡不着了。我苦辞了几回，太太又不容辞，倒反说我图受用，不肯习学了。殊不知我是捏着一把汗儿呢。一句也不敢多说，一步也不敢多走。你是知道的，咱们家所有的这些管家奶奶们，那一位是好缠的。错一点儿，他们就笑话打趣；偏一点儿，他们就指桑说槐的抱怨。坐山观虎斗，借剑杀人，引风吹火，站干岸儿，推倒油瓶不扶，都是全挂子的武艺。况且我年轻，头等不压众，怨不得不放我在眼里。更可笑，那府里忽然蓉儿媳妇死了，珍大哥又再三再四的在太太跟前跪着讨情，只要请我帮他几日。我是再四推辞，断不依，只得从命。依旧被我闹了个马仰人翻，更不成个体统，至今珍大哥哥还抱怨后悔呢。你这一来了，明儿你见了他，好歹描补描补，就说我年纪小，原没见过世面，谁叫大爷错委他的。"（第十六回）

因为贾琏归来之前，刚得到元春被选为贵妃的喜讯，所以这里凤姐一开口，便连喊两声"国舅老爷"，其欣喜之情，溢于言表；得意之态，活现纸上。这对于表现凤姐乖滑伶俐的性格来说，无疑地是极为真实的；然而，就其所反映的这种相敬如宾的琏凤夫妻关系来说，却完全是虚假的。尽管曹雪芹一字未说凤姐的话如何作假，但细心的读者却可以一眼看穿这是凤姐以假作真的一次精彩表演。不信，请看事实：

凤姐说："我那里照管得这些事！见识又浅，口角又笨，心肠又直率，人家给个棒槌，我就认作针。"而事实上"这位凤姑娘年纪虽小，行事却比是人都大呢。如今出挑的美人一样的模样儿，少说些有一万个心眼子。再要赌口齿，十个会说话的男人也说他不过"（第六回）。

凤姐说她"脸又软，搁不住人给两句好话，心里就慈悲了"。而事实上正如宁国府中都总管来升所说的，她"是个有名的烈货，脸酸心硬，一时恼了，不认人的"（第十四回）。

凤姐说她"又没经历过大事，胆子又小……我苦辞了几回，太太又不容辞"。而事实上却是"那凤姐素日最喜揽事办，好卖弄才干"（第十三回）。

凤姐说她平时"一句也不敢多说，一步也不敢多走"。而事实上她却"凭是什么事，我说要行就行"（第十五回）。

秦可卿死后，贾珍请凤姐协理宁国府。凤姐在贾琏面前说："我是再四推辞，太太断不依，只得从命。"而事实上是凤姐"因未办过婚丧大事，恐人还不服，巴不得遇见这事。今见贾珍如此一来，他心中早已欢喜"（第十三回）。

凤姐说她协理宁国府是"依旧被我闹了个马仰人翻，更不成个体统"。而事实上是她把宁国府的事情"筹画得十分的整肃。于是合族上下无不称叹者"（第十四回）。

事实既然如此，而凤姐在自己的丈夫面前，为什么却又这般假话连篇呢？甲戌本脂批指出：

　　阿凤之弄琏兄如弄小儿，可畏之至。

姚燮于此处的眉批指出：

　　今视夫如傀儡，以一派狡诈之词提弄之，其居心固何如耶？若施之于他人，亦不必论矣。以为借自谦，以形自伐，犹恕论也。作者详写之，正所以深恶而痛斥之。

说得天花乱坠，都是不由衷之言，先生其谁欺乎！

这些批语，无疑地是有见地的。问题恰如姚燮所说的："此等词令，不知雪翁如何体会出来？"

我认为，这是由于曹雪芹对生活的体察特别深刻。他能透过假象把握住人物的本质真实，使凤姐具有活生生的封建末世的典型环境中的典型性格特征：凤姐虽然是贾府这个封建贵族之家的当家少奶奶，可是她早已把传统的封建妇德抛到九霄云外；她对丈夫"相敬如宾"是假，而"弄璋兄如弄小儿"才是真。

她的那一套"见识又浅，口角又笨，心肠又直率"之类的鬼话，对照她的实际，是彻头彻尾的假，假得引人捧腹笑煞，而对于表现凤姐乖滑伶俐的性格，却是形神活现的真，真得令人拍案叫绝。这里曹雪芹是以其惺惺作态的假象，表现其恣意耍弄乖巧、油滑、机敏、狡诈的伎俩；以其口头上的自怨自艾，表现其骨子里的自鸣得意。通过假与真、言语与行动、表象与本质的辩证统一，把凤姐的形象刻画得令人备感其真实、生动。

以假作真，绝不是曹雪芹任意强加在凤姐身上的一种表现手法，而是由凤姐既很贪婪又惯于耍弄权术来掩盖自己的性格本质所决定的。她之"弄璋兄如弄小儿"，是为了她既可逞能抓权，又不致使贾琏对她猜疑、忌妒。

以假作真，正像庚辰本第二十四回脂批所说的，"的是阿凤行事心机笔意"。曹雪芹既不是赤裸裸地表现凤姐的本质，也不是停留在对人物的外表假象进行刻画，而是能以假和真的辩证统一，活现出人物的"心机"。这是凤姐所以被写得"乖滑伶俐""活跳纸上"的奥秘之一。

二、嘴甜心苦，乱世奸雄

庚辰本第十四回脂批早就指出，凤姐"与雨村是一对乱世之奸雄"。

可是，凤姐的奸雄性格却不是以凶神恶煞、青面獠牙的形态赤裸裸地表现出来的，而是以嘴甜心苦、"笑言藏利刃"的独特方式引人入迷。用兴儿的话来说，她是"嘴甜心苦，两面三刀；上头一脸笑，脚下使绊子；明是一盆火，暗是一把刀：都占全了"（第六十五回）。因此，她具有极为丰富复杂而又生动活泼的特点。

"王熙凤毒设想思局"，便是她嘴甜心苦的生动写照。请看——

> 凤姐笑道："像你这样的人，能有几个呢。十个里也挑不出一个来。"贾瑞听了，喜的抓耳挠腮，又道："嫂子天天也闷的很！"凤姐道："正是呢，只盼个人来说话，解解闷儿。"
>
> 贾瑞笑道："我倒天天闲着，天天过来替嫂子解解闲闷，可好不好？"凤姐笑道："你哄我呢。你那里肯往我这里来。"
>
> 贾瑞道："我在嫂子跟前若有一点谎话，天打雷劈。只因素日闻得人说嫂子是个利害人，在你跟前一点也错不得，所以吓住了。我如今见嫂子最是个有说有笑，极疼人的。我怎么不来，死了我也愿意！"凤姐笑道："果然你是个明白人，比贾蓉两个强远了。我看他那样清秀，只当他们心里明白，谁知竟是两个糊涂虫，一点不知人心。"贾瑞听了这话，越发撞在心坎儿上，由不得……（第十二回）

凤姐的语言是这样甜蜜、迷人，可是她的内心呢，却又是那样狡黠、狠毒。她的这段对话处处都体现了她那嘴甜心苦的特征，语语双关，含蓄不尽。

她表面上极力在赞扬贾瑞，而在她的内心里却认为他是"十个里也挑不出一个来"的"那里有这样禽兽的人呢"。

她表面上是挑逗贾瑞的淫心，而在她的内心却是以"叫他不得好死"，来玩弄贾瑞于她的股掌之中，以贾瑞的身家性命来供她"解解闷儿"。

她明明自己哄骗贾瑞，情知贾瑞是"癞蛤蟆想天鹅肉吃"，可是却欲擒故纵，反挑逗贾瑞说："你哄我呢。你那里肯往我这里来。"

她嘴上赞扬贾瑞，骂跟她相好的贾蓉、贾蔷，而在内心却认定贾瑞表示"死了我也愿意"，这才是真正的糊涂虫呢。

曹雪芹在这一回中写"风月宝鉴"时说："千万不可照正面，只照他的背面。"同样，他写凤姐那嘴甜心苦的语言，也是要我们不可看其正面，只可看其背面。看了她那句句甜言蜜语的背面，我们就"只见一个骷髅立在里面"，从而也就能认清凤姐这个典型性格吃人的本质。曹雪芹不是直截了当地只写一面，而是曲尽其妙地写出正面与背面的对立、嘴甜与心苦的反衬，相反相成，风韵万千。作为典型性格的本质，她是那样的穷凶极恶，而作为艺术形象，她却又是那样的生动妩媚，真叫人既恨杀，又爱杀。

凤姐的甜言蜜语，足以使你由不得不心悦诚服地中她的奸计。仔细读来，既可以给我们以莫大的艺术享受，又能大大增强我们透过表象认清本质的能力。请看第六十八回凤姐将"苦尤娘赚入大观园"时说的那一段话，该是多么用心良苦！因原文太长，不便照引。但稍加分析，我们就可看出她一口气说了有十六层意思：

先以"这都是你我的痴心"，将尤二姐抬高一层，既把贾琏跟尤二姐的同居排除在"眠花宿柳"之外，又表白自己的好心，以使尤二姐对她由疏变亲，乃至不分你我。

再说贾琏娶尤二姐作二房，是"正经大事"，"也是人家大礼"，使尤二姐听了感到称心如意，心甜意洽。

再说贾琏跟尤二姐"果然生个一男半女，连我后来都有靠"，使尤二姐仿佛由她的仇人变成恩人了。

再将自己并不妒忌，"有冤没处诉"，表白一番，以博得尤二姐对她的同情。

再说二爷不出门，不敢造次相见，以显示她处心积虑地为丈夫、为二姐着想的一片真心，进一步博得尤二姐对她的信任。

再说"你我姐妹同居同处"，彼此可以"谏劝二爷"，以"这才是大礼"，叫尤二姐由不得不动心。

再说"要是妹妹在外头""我心里怎么过的去"，以进一步表白自己的真心诚意。

再以不但你我的名声，"二爷的名声更是要紧的"，说明无论为你为我为二爷，在外面都断断不可住，使尤二姐唯有听从凤姐摆布这一条路可走，别无出路。

再说小人之言，不足为据。兴儿在尤二姐面前散布的对凤姐的非议，仿佛都早已在凤姐的意料之中，她能言之凿凿地打消尤二姐的疑虑。

再说"我若真有不容人的地方儿"，众人"怎么容的我到今儿"，以客观的逻辑推理，使尤二姐确信外人对凤姐的传言皆不足信。

再说"我若不好，我如何还肯来见妹妹"，以尤二姐亲身经历的这个所谓"事实"，证明自己说的话完全可信。

再拿平儿作旁证，证明自己不但毫无妒忌之心，而且连天地神佛都"不忍我叫这些小人们糟蹋"，使尤二姐对她更加不容置疑。

再说妹妹进去，一切"你我总是一样儿"，使尤二姐不能不钦佩凤姐的宽宏大量，不能不感戴凤姐的贤惠善良。

再把"妹妹这样伶透人"赞扬一番，进一步拉拢尤二姐做她的"膀臂"，使尤二姐不得不感到凤姐的盛情难却。

再说妹妹进去，亦可证明"我并不是那种吃醋调歪的人"，"所以妹妹正是我的大恩人呢"。使尤二姐感到凤姐不仅毫无醋意，而且对她简直是感恩戴德了。

再说"要是妹妹不和我去"，我不仅情愿搬来同住，而且愿意"伏侍妹妹梳头洗脸"，只求妹妹"留我个站脚的地方儿"。说着，她竟"呜呜咽咽哭将起来"。这叫尤二姐怎能不为之感动得"也不免滴下泪来"呢。

凤姐就是以上述句句甜言、层层蜜语，既埋怨贾琏不谅解她，又掩饰自己的凶名；既自谦，又自白；既自悔，又申辩；既劝说，又恳求；既晓之以理，又动之以情，叫人不得不感到她可亲可信，可敬可爱，可疼可怜，而她的要害死尤二姐的苦心毒计，却包藏在这层层甜言蜜语之中。曹雪芹由此刻画出凤姐这个贵族少妇的奸雄性格确实不同凡响，震撼人心！

　　尤其令人震惊的是，尤二姐直到被迫害致死，仍未认识到凤姐吃人的本质。因为凤姐的吃人本质，始终都是以甜言蜜语包裹着的。她将尤二姐赚入大观园后，便将尤二姐的丫头"一概退出"，另派她的心腹丫头"送他使唤"，一面博得"贤惠"的美名，一面指使丫头折磨尤二姐，而"那凤姐却是和容悦色，满嘴里'好妹妹'不离口。又说：'倘有下人不到之处，你降不住他们，只管告诉我'"。凤姐借剑杀人，调唆秋桐、买通胡太医来害死尤二姐，可是凤姐本人却在"天地前烧香礼拜，通陈祷告"，说："我或有病，只求尤氏妹子身体大愈，再得怀胎，生一男子，我愿吃长斋念佛。"直至尤二姐死后，她还假意哭："狠心的妹妹，你怎么丢下我去了！辜负了我的心。"（第六十九回）曹雪芹正是这样再三再四地用凤姐的"嘴甜"来反衬她的"心苦"，令人更加怵目惊心，恨之入骨。

　　嘴甜，总是惹人喜爱的；而心苦，则由于得到嘴甜的掩饰而倍增其狠毒。因此，嘴甜与心苦的辩证统一，这就使凤姐的性格既具有鲜明的生动性，又比历史上一切"奸雄""奸妇"的典型形象都更高一着。

三、寓谐于庄，凑趣讨欢

　　如果凤姐尽是以假作真、嘴甜心苦，尽管她的虚假作态和甜言蜜语亦令人爱杀，但她那种表里不一，终究未免令人感到太可恶了。好在曹雪芹绝不使她的性格单调化，而是赋予她极为绚丽缤纷的多彩多姿。曹雪芹并没有故意让她充当插科打诨的小丑，而是进一步活现了她那善于凑趣讨欢的典型性格。

请看，贾府合家举行盛宴，给贾敬祝寿，而贾敬由于一心修道炼丹，竟不肯亲自出席。贾母因"略觉身子倦些"，也不愿出席。秦可卿有"大症候"，更不能出席。这接二连三的事情，犹如重重乌云压顶，使盛筵祝寿的喜庆乐趣，顷刻被令人扫兴、窒息的空气所代替。为了打破这沉闷的局面，席间邢夫人、王夫人道："我们来，原为给大老爷拜寿；这不竟是我们来过生日了么！"凤姐接着说道："大老爷原是好静养的，已经修炼成了，也算得是神仙了。太太们这么一说，这就叫作心到神知了。""一句话说得满屋里的人都笑起来了。"（第十一回）

凤姐说的不仅很诙谐、有趣，而且很庄重、得体，寓诙谐的内容于庄重的形式之中。她说大老爷已修炼成仙，当然是一种诙谐的恭维，但有趣的是她说得那样一本正经，既迎合了好修道炼丹的贾敬的心意，又符合祝寿的主旨；明明是她自己巧嘴利舌，而她偏偏又归功于"太太们这么一说，这就叫作心到神知了"。无论是对于被祝寿的人或参加祝寿的人，她都说到他们的心坎儿上去了。这里凤姐的语言寓谐于庄，庄重而不呆板，诙谐又不油滑，既符合凤姐巧嘴利舌、凑趣讨欢的性格，又能达到"说得满屋里的人都笑起来了"的效果。

诙谐有趣本身不是目的，它是为塑造典型人物的性格服务的。凤姐作为主持家政的年轻的孙媳妇，她必须施展她的全部聪明才智，讨得贾母、王夫人等有权势的长辈们的欢心，特别是处处要迎合贾母这个老祖宗喜热闹、爱享乐的需要。这既是凤姐的个性特点，也是凤姐所处的典型环境决定她必须如此。

当贾母谈到她小的时候，因为失脚掉下水，把鬓角上碰破成指头顶大一块窝儿，这时曹雪芹写道：

　　凤姐不等人说，先笑道："那时要活不得，如今这么大福可叫谁享呢！可知老祖宗从小儿的福寿就不小，神差鬼使，碰出那个窝儿来，好盛福寿的。寿星老儿头上原是一个窝儿，因为万福万寿盛满了，所以倒凸高出些来了。"未及说完，贾母与众人都笑软了。贾母笑道："这猴儿惯的了不得了，只管拿我取笑起来。恨的我撕你那油嘴。"凤姐笑道："回来吃螃蟹，恐积了冷在心里，讨老祖宗笑一笑，开开心。一高兴，多吃两个就无妨了。"贾母笑道："明儿叫你日夜跟着我，我倒常笑笑，觉的开心。不许回家去。"（第三十八回）

凤姐恭维"老祖宗从小儿的福寿就不小"，这当然能迎合贾母的心意。但她拿贾母鬓角上残破的窝儿来打趣，这就未免有点油滑，有拿老祖宗"取笑"的嫌疑。单纯的诙谐，往往难以避免这种弊病。可是一经凤姐说明她是为了"讨老祖宗笑一笑"，好多吃两个螃蟹，这样寓谐于庄，既使"取笑"的嫌疑为善良的动机所取代，又使凤姐的性格猝然显得出人意料之外的乖巧，不仅使老祖宗听了加倍欢喜，读者也不能不为凤姐的巧言善辩而拍手称快。

凤姐语言的寓谐于庄，不仅活现了她那乖巧、凑趣、讨欢的性格，而且能够调节整个作品的气氛，使之既能给人以奇峰突起、妙趣横生的莫大愉悦，又具有张弛相间、紧松适度的和谐的节奏。如当贾赦要讨贾母的贴身丫鬟鸳鸯为妾，"贾母听了，气的浑身乱颤，口内只说：'我通共剩了这么一个可靠的人，他们还要来算计'"。这时恰好王夫人在旁，贾母便责怪王夫人暗地里盘算她，吓得王夫人"不敢还一言"。幸好探春出面，向贾母解释这件事与王夫人不相干，贾母的怒气才稍稍平息。但贾母又埋怨宝玉没有提醒她，又责怪"凤丫头也不提我"。在这种贾母迁怒于众的紧张气氛之中，曹雪芹笔锋一转，写——

凤姐笑道："我倒不派老太太的不是，老太太倒寻上我了。"贾母听了与众人都笑道："这也奇了，倒要听听这不是。"凤姐道："谁叫老太太会调理人，调理的水葱儿似的，怎么怨得人要！我幸亏是孙媳妇，若是孙子，我早要了，还等到这会子呢。"

贾母笑道："这倒是我的不是了！"凤姐笑道："自然是老太太的不是了。"（第四十六回）

这里形式上是凤姐庄重地派老太太的不是，而实际内容却是诙谐地极力赞扬贾母"会调理人"，把鸳鸯"调理的水葱儿似的"。经她如此寓谐于庄地纵横捭阖，不仅使贾母的怒气打消了，而且使整个作品的气氛为之一变，使读者既立刻得到了轻松欢快的谐趣，又对贾母的爱奉承和凤姐的善逢迎留下了极为深刻的印象。

寓谐于庄，不仅使凤姐的诙谐避免了油滑、浅薄、违礼、失体的偏颇，而且使它通过庄重的形式别具深长的意味。如她说贾敬"已经修炼成了，也算得是神仙了"，在凤姐，自然是对贾敬的恭维，在作者的言外之意，未尝不含有对贾敬妄想成仙的揶揄；说贾母鬓角上的窝儿能盛福寿，这在凤姐自然是为了讨得贾母的欢心，在作者则未尝没有暴露贾母对多福多寿的贪婪；说贾母把鸳鸯"调理的水葱儿似的"，这在凤姐自然是对贾母的颂扬，在作者来说，却未尝不是谴责封建贵族阶级的混账逻辑：见到水葱儿似的美女，就必欲加以霸占、糟蹋！

四、声态并作，麻利泼辣

曹雪芹善于抓住凤姐麻利泼辣的性格特点，主要不是作客观的叙述或静止的刻画，而是把她那富有个性特征的语言和动作结合在一起，声态并作地加以描绘，使凤姐跃然纸上，读者仿佛闻声见人。这是作者对凤姐的形象塑造所以特别生动活泼的又一奥秘。

"只听后院中有人笑声，说：'我来迟了，不曾迎接远客。'"凤姐一出场之所以立刻把读者吸引住了，这跟作者未写其人先绘其声，是分不开的。从凤姐这一句伴随着笑声的话语之中，人们仿佛就立刻见到有一个热情、机灵、麻利、泼辣的人物形象迎面而来。接着写会见黛玉，"这熙凤携着黛玉的手，上下细细的打谅了一回，便仍送至贾母身边坐下，因笑道：'天下真有这样标致的人物，我今儿才算见了。况且这通身的气派，竟不像老祖宗的外孙女儿，竟是个嫡亲的孙女。怨不得老祖宗天天口头心头，一时不忘。只可怜我这妹妹这样命苦，怎么姑妈偏就去世了。'说着，便用帕拭泪"。经贾母一劝说，她又"忙转悲为喜道：'正是呢，我一见了妹妹，一心都在她身上了，又是喜欢，又是伤心，竟忘记了老祖宗，该打该打'"（第三回）。

你看，她又是"携着黛玉的手"，又是"上下细细的打谅"，又是"仍送至贾母身边坐下"，这动作是多么麻利，神情是多么机灵，态度又是多么亲热！从"笑道"到"用帕拭泪"，再到"忙转悲为喜"，这一刹那间，她的表情变化竟如此神速。更妙在她表面上是称赞黛玉为"天下真有这样标致的人物"，而实际上却是为她接着称赞贾母作铺垫："况且这通身的气派，竟不像老祖宗的外孙女儿，竟是个嫡亲的孙女。怨不得老祖宗天天口头心头，一时不忘。"她赞美黛玉，其目的，不显然是为了更加有力地颂扬贾母吗？她嘴上说："我一见了妹妹""竟忘记了老祖宗"，而实际上她却字字句句是说给老祖宗听，一举一动皆做给老祖宗看的。由此，一个麻利泼辣的凤姐性格和惯于察言观色、能说会道的凤姐形象，便仿佛在字里行间活跳出来了。

妙在这种声态并作，并不是人物语言和行动的简单地交替描述，而是从人物性格出发、以形传神的声与态的辩证统一。从行动上说，凤姐是"来迟了"，但从她人未到而声先闻所显示出的满腔热情来看，来迟了，这绝不表示她对黛玉的冷淡和怠慢，而恰恰为了突出她那与众不同的身份和心机。她口口声声赞扬黛玉，而字字句句却是为了投合贾母之意。

曹雪芹用声态并作来刻画凤姐的形象，还往往能使读者从闻其声中又仿佛可见其态，从见其态中又仿佛可闻其声。如宝黛二人怄气之后已经在那里和好，作者此时写：

只听喊道："好了！"宝黛两个不防，都吓了一跳，回头看时，只见凤姐儿跳了进来，笑道："老太太在那里抱怨天，抱怨地，只叫我来瞧瞧你们好了没有。我说不用瞧，过不了三天，他们就好了。老太太骂我，说我懒。我来了，果然应了我的话。也没见你们两个人有什么可拌的，三日好了，两日恼了，越大越成了孩子了。有这会子拉着手哭的，昨儿为什么又成了乌眼鸡呢！还不跟我走到老太太跟前，叫老人家也放些心。"说着拉了林黛玉就走。林黛玉回头叫丫头们，一个也没有。凤姐道："又叫他们作什么，有我服侍你呢。"

一面说，一面拉了就走。宝玉在后面跟着。出了园门，到了贾母跟前。凤姐笑道："我说他们不用人费心，自己就会好的。老祖宗不信，一定叫我去说合。我及至到那里要说合，谁知两人倒在一处对赔不是了，对笑对诉，倒像黄鹰抓住了鹞子的脚，两个都扣了环了。那里还要人去说合。"说的满屋里都笑起来。（第三十回）

我们从凤姐一句"好了"的喊声中，岂不仿佛可以看到她那兴高采烈的神态吗？再从她那"果然应了我的话"的话音中，可以更加清晰地想见她那得意之态。我们从她"跳了进来"的剧烈动态之中，岂不如同听到了她那伴随着喊声而"跳了进来"的声音吗？程甲本把这个"跳"字改成"跑"字，那就不能达到见态闻声的效果了。从凤姐的动态之中，我们就仿佛如闻其欣喜、欢快之声；从凤姐的话音之中，我们又仿佛如见其得意、揶揄之态。这真如姚燮于此处的眉批所指出的："活写出一个凤姐来。"其"活"，我看就在于作者把她写成声态并作，声中有态，态中有声，使读者能同时如耳闻其声，目睹其态。

妙在曹雪芹写凤姐的声态并作，既瑰丽多姿，又始终紧紧抠住了凤姐的性格特征。如当凤姐在应付了王夫人向她查问赵姨娘和贾环的月例"可都按数给他们"之后，作者写道：

　　　　凤姐把袖子挽了几挽，趿着那角门的门槛子，笑道："这里过门风，倒凉快，吹一吹再走。"又告诉众人道："你们说我回了这半日的话，太太把二百年的事都想起来问我，难道我不说罢。"又冷笑道："我从今以后倒要干几样刻毒事了。抱怨给太太听，我也不怕。糊涂油蒙了心，烂了舌头，不得好死的下作东西，别作娘的春梦！明儿一裹脑子扣的日子还有呢。如今裁了丫头的钱，就抱怨了。咱们也不想一想是奴几，也配使两三个丫头！"一面骂，一面方走了。（第三十六回）

　　"趿"字准确地表现了凤姐那泼妇骂街的轻浮神态。
　　凤姐比一般的泼妇还要精明、麻利得多。她欲骂而先笑，说要让过门风"吹一吹再走"，又告诉众人道："太太把二百年的事都想起来问我。"话语之间，便很自然地流露了她的内心既扬扬自得而又郁闷着愤愤不平，大有不吐不快的架式。
　　接着她便以"冷笑"公然宣称："我从今以后倒要干几样刻毒事了。"她不仅做事刻毒，骂人也刁钻，什么"糊涂油蒙了心，烂了舌头，不得好死的下作东西"，连用三个排比定语，像连珠炮一样，猛扑过来，使对方简直毫无招架的余地，只有使他顷刻化为灰烬，方能解恨。其凶恶狠毒，真叫人惊心骇目，不寒而栗！
　　"咱们也不想一想是奴儿，也配使两三个丫头。"这句话虽然没有直接点赵姨娘的名，但明眼人一听就知道她骂的是赵姨娘。从她那骂的口气和"一面骂，一面方走了"的神态之中，我们仿佛就像身临其境，耳闻目睹了她那极其麻利泼辣的性格。

五、面面俱到，市俗无赖

从多方面、多角度写出凤姐性格面面俱到的生动性和市俗无赖的典型性，这也许是曹雪芹刻画凤姐形象特别成功的一个最重要的奥秘。

马克思说："人是环境教育的产物"，而"环境正是由人来改变的"[①]。由此可见，典型性格是由典型环境所决定的，同时它反过来又可以改变典型环境。曹雪芹不可能懂得这个马克思主义的道理，但他对社会生活和人物性格的深刻认识，却使他从典型性格与典型环境的辩证关系上，把凤姐这个人物形象塑造得极为成功。

凤，本是我国古代传说中的瑞鸟。熙凤，即熙代盛世的瑞鸟，是吉祥的象征。然而，曹雪芹却指出："凡鸟偏从末世来。"（第五回）瑞凤变成了凡鸟，熙代盛世变成了衰朽末世。何况据图所示，一只平凡的雌凤，又是栖依在这末世的冰山之上。"若皎日既出，君辈得无失所恃乎？"[②]

"忽喇喇如大厦倾，昏惨惨似灯将尽。"凤姐既是处于这样一个封建社会面临崩溃的末世，却又不竭力维护封建道统，而是横行霸道，维护封建制度是其虚，从内里蛀空，破坏封建道统是其实。凤姐就是这样一个典型环境中的典型人物。

封建社会本来是以男子为中心的，封建道统要求女子"未嫁从父，既嫁从

---

① 马克思：《关于费尔巴哈的提纲》。
② 《资治通鉴·唐玄宗天宝十一》载："或劝陕郡进士张彖诣杨国忠，曰：'见之富贵立可图。'彖曰：'君辈倚杨右相若泰山，吾以为冰山耳。若皎日既出，君辈得无失所恃乎？'"

夫，夫死从子"①。可是由于封建统治阶级的腐朽堕落，使贾府中的男子皆"一代不如一代"，以致操持家政的大权，不能不交给凤姐这样精明能干的女人。不仅荣国府离不开她，连宁国府也要靠她，正如贾珍所说的，"除了大妹妹（指凤姐）再无人了"（第十三回）。

但是，曹雪芹深入地写出了凤姐富有时代特色的性格本质——实际上她不过是个末世凡鸟、市俗无赖罢了。

她出身于皇商家庭，"凡有的外国人来，都是我们家养活。粤、闽、滇、浙所有的洋船货物都是我们家的"（第十六回）。外国资本主义对于她不可能没有一点影响。

她一出场，作者就通过贾母的口介绍："他是我们这里有名的一个泼皮破落户儿。"（第三回）所谓"泼皮破落户儿"，即市井无赖。那个被杨志卖刀时杀掉的牛二，在《水浒传》中就被称为"破落户泼皮"。

凤姐这个贵族大家庭中的当家少奶奶，她的所作所为，理应处处从维护封建礼教出发。可是作为她性格的主要特点，却不是恪守封建礼教，而是打上了市井无赖的烙印。她一出场，给黛玉的印象就是"这样放诞无礼"。"协理宁国府"，一方面是集中描写她的治家才能；另一方面，突出的却是写她爱揽事抓权，讨好逞能，她的治家法宝，就是充分发挥钱和权的威力。如她对宁国府的用人说："事完了，你们家大爷自然赏你们。"有个用人因迟到，不仅挨了打，而且还被凤姐采取"革他一月银米"的经济处罚，并威吓说："明日再有误的打四十，后日的六十，要挨打的只管误。"（第十四回）天下还有"要挨打的"人吗？连她这种说话的口吻，也带有市井无赖的腔调。

贾瑞想勾引凤姐，凤姐"毒设相思局"，让贾蓉、贾蔷出面，逼迫贾瑞给他俩各写五十两银子的借据（第十一回）。可见凤姐比贾瑞多一种攫取银子

① 见《仪礼·丧服》。

的毒辣手段，显得更加卑鄙无耻。

"弄权铁槛寺"，凤姐虽然不是有意要害死一对未婚的青年夫妇，但说明她为了得三千两银子，连"阴司地狱报应"（第十五回）都可以置之度外。

金钱，就是凤姐的全部人生价值。连贾琏偷借贾母的金银器去典当，要凤姐跟贾母的丫鬟鸳鸯说一声，凤姐就要贾琏给她一二百两银子作报酬。夫妻之间尚且如此唯利是图，连贾琏都感到吃惊（第七十二回）。

贾琏娶尤二姐作二房，凤姐把尤二姐接进大观园，博得"贤良"的名声，而实际上却是要"借剑杀人"，把尤二姐置于死地。她是那样的胆大妄为，无法无天，公然宣称"便告我们家谋反也没事的"（第六十八回）。同时她又是那样的利欲薰心，不择手段地攫取钱财。她唆使尤二姐的前夫张华打官司，花了三百两银子，随即从尤氏、贾蓉那儿诈取五百两银子，不仅"好补上"，且又从中赚了二百两。尤二姐被逼死后，凤姐连丧葬费都不肯出，"恨的贾琏没话可说，只得开了尤氏箱柜去拿自己的梯己。及开了箱柜，一滴无存"（第六十九回）。不言而喻，那些梯己也早被凤姐掠夺光了。

至于凤姐克扣丫鬟和家人的"月例"，私放高利贷，仅在前八十回中的第十一、十六、三十九、七十二回，曹雪芹就六次写到（其中第三十九、七十二回各有二次）。

可见凤姐的所作所为，她那种不择手段、唯利是图的市俗无赖的行径，与封建正统的要求是背道而驰的，是导致贾府衰败的重要内因之一。

如果把贾府的衰败完全归罪于凤姐个人，那就未免简单化了。好在曹雪芹在写出凤姐的种种罪孽的同时，又着重地写出了凤姐所处的封建没落阶级地位，使她即使"机关算尽"，也无法挽救封建贵族阶级和她自己的没落命运，因此她本人也是属于薄命司中的悲剧人物。这是不以个人的意志为转移，而由客观上封建阶级既奢侈腐朽，经济上又入不敷出的社会阶级地位所决定的。以凤姐虐杀贾瑞、张金哥未婚夫妇、尤二姐等人的刻毒，证明她本人就是个吃人的老虎。可是曹雪芹不是只写这一方面，而是又从另一方面写出凤姐本人"也是骑上老虎了"。骑虎难下，这叫人该是多么担惊受怕，惶惶不可终日啊。作为吃人的老虎，暴露出其无比狠毒；作为骑虎难下，又显示其极端虚弱。狠毒与虚弱的对立统一，这就使凤姐的形象既非常丰富复杂，又十分生动活泼。

凤姐是精明的，如果曹雪芹只写凤姐精明的一面，而不写她失误的一面，她的性格表现也就不可能那么栩栩如生了。好在曹雪芹懂得生活的辩证法。有一次平儿替贾琏整理被褥，发现与贾琏通奸的多姑娘儿遗留在床上的一绺头发。正当贾琏要从平儿手里抢这绺头发时，凤姐的声音进来了。且看曹雪芹的精彩描写：

凤姐见了贾琏，忽然想起来，便问平儿："拿出去的东西都收进来了么？"

平儿道："收进来了。"凤姐道："可少什么没有？"平儿道："我也怕丢下一两件，细细的查了查，也不少。"

凤姐道："不少就好，只是别多出来罢？"

平儿笑道："不丢万幸，谁还添出来呢。"凤姐冷笑道："这半个月难保干净，或者有相厚的丢失下的东西。——戒指、汗巾、香袋儿，再至于头发、指甲，都是东西。"一席话说的贾琏脸都黄了，在凤姐身背后，只望着平儿杀鸡抹脖使眼色儿。

平儿只装着看不见，因笑道："怎么我的心就和奶奶的心一样。我就怕有这些个，留神搜了搜，竟一点破绽也没有。奶奶不信时，那些东西我还没收呢，奶奶亲自翻寻一遍去。"

凤姐笑道："傻丫头！他便有这些东西，那里就叫咱们翻着了。"说着，寻了样子又上去了。（第二十一回）

这里先写凤姐细细查问，表现出她很精明，对贾琏的不轨行为似早在预料之中。然而她却没有料到平儿对她的查问会应付自如，竟帮着贾琏扯谎骗她，更没有料着"他便有这些东西，那里就叫咱们翻着了"。她反说平儿是"傻丫头"，可是正如庚辰本此处脂批所指出的："可叹可笑，不知谁傻！"不过凤姐的这种"傻"，跟一般人的"傻"毕竟不同。她的傻是出于过分自信，属于"聪明反被聪明误"。因此，她这种"傻"不仅跟她一贯精明的性格不相矛盾，而且使凤姐的形象令读者拍案叫绝。

凤姐公开宣称，她"从来不信什么是阴司地狱报应的"（第十五回）。但这只是表明她可以任意胡作非为，干什么坏事都无所顾忌，并不证明她就是个不信鬼神的无神论者。只要为她所需，她对鬼神也是要加以利用的。如只因贾蓉帮助贾琏私娶尤二姐作二房，她便对贾蓉破口大骂："天雷劈脑子，五鬼分尸的没良心的种子！不知天有多高，地有多厚，成日家调三窝四，干出这些没脸面，没王法，败家破业的营生。你死了的娘阴灵也不容你，祖宗也不容你！"（第六十八回）她不仅拿"阴司地狱报应"当作武器，来对贾蓉进行恶毒的诅咒，而且她自己对鬼神也是信仰的。她的女儿大姐出天花，她便"打扫房屋供奉痘疹娘娘"，并要贾琏"搬出外书房来斋戒"（第二十一回）。

凤姐既宣称"不信什么是阴司地狱报应的"，又几次三番地敬神信鬼，这不是自相矛盾吗？好在曹雪芹不是把她写成自相矛盾、心口不一的两面派，而是从她那内在的性格上揭示了她所说的"凭是什么事，我说要行就行"（第十五回）的唯我主义的本性。信与不信鬼神，皆取决于对"我"是否有利。不信，则表现她狠毒得可以横行无忌；信，则暴露其虚弱得如同惊弓之鸟。

不只表现在对鬼神的态度上，而且在她对待贾母，对待贾琏，对待贾瑞，对待尤二姐，对待一切人和事，都表现了凤姐不择手段的唯我主义——不顾封建礼教，甚至不顾一切做人的德行，统统都以自我为中心。这就是凤姐这个市俗无赖性格的基本特征。

作为贾府的当家少奶奶，凤姐对奴婢们的压迫剥削是极其凶狠残暴的。她动不动"便扬手一掌打在脸上"，打得"登时小丫头子两腮紫胀起来"，又"说着，回手向头上拔下一根簪子来，向那丫头嘴上乱戳"，还扬言"要烧了红烙铁来烙嘴"，要"把嘴撕烂了他的"，"立刻拿刀子来割你的肉"（第四十四回）。她的信条是"朝廷家原有罣误的，倒也不算委屈了他"。"依我的主意，把太太屋里的丫头都拿来，虽不便擅加拷打，只叫他们垫着磁瓦子跪在太阳地下，茶饭也别给吃。一日不说跪一日，便是铁打的，一日也管招了。"（第六十一回）连作为凤姐"一把总钥匙"（第三十九回）的平儿，有时也不免遭到凤姐的无故毒打，"打的平儿有冤无处诉，只气的干哭"（第四十四回）。

然而，这只是凤姐性格的一个方面，尽管是其主要的方面，但曹雪芹并没有忽视写出其性格与此相反的另一方面。如袭人母亲病重，他哥哥花自芳"来求恩典，接袭人家去走走"。王夫人表示同意，并要凤姐"酌量去办理"。凤姐便吩咐周瑞家的："再将跟出门的媳妇传一个。你两个人再带两个小丫头子跟了袭人去，外头派四个有年纪跟车的。要一辆大车，你们带着坐；要一辆小车，给丫头们坐。"又要周瑞家的告诉袭人："说我的话，叫他穿几件颜色好衣裳，大大的包一包袱衣裳拿着，包袱也要好好的，手炉也要拿好的。临走时叫他先来我瞧瞧。"后来瞧见她的"褂子太素了些，如今穿着也冷"，凤姐便将自己的一件大毛褂子给袭人穿。她不仅对袭人特别优待，对其他人也是要"把众人打扮体统了，宁可我得个好名儿也罢了"，免得"人先笑话我，当家倒把人弄出个花子来了"。不仅凤姐自己这么说，连众人也"都叹道：'谁似奶奶这样圣明，在上体贴太太，在下又疼顾下人'"（第五十一回）。

对待下人既虐待，又"疼顾"，这不矛盾吗？它是矛盾的，然而在凤姐这个市俗无赖的典型性格身上却又是统一的。她虐待下人，是为了维护她的封建统治权威。她"疼顾下人"，则是为了沽名钓誉，收买利用，她自己可以"得个好名儿"。一切从她个人及其所代表的封建统治利益出发，这就是她对下人采取虐待与疼顾的两手政策的实质。写其虐待下人，以暴露其凶残的罪恶本质；写其疼顾下人，以显示其"胭脂虎"[①]狡黠的伪善伎俩。

总之，作者不是只写其一面，而是面面俱倒，从多方面、多角度兼写其两个方面的矛盾统一。这就使凤姐这个典型形象，具有无比的丰富性和生动性。

曹雪芹为什么能把凤姐的形象塑造得这样丰富多彩、生动活泼呢？综上所述，以假作真，嘴甜心苦，寓谐于庄，声态并作，面面俱到，等等，一言以蔽之，这都是辩证法在人物描写上的光辉运用。

值得注意的是，曹雪芹的艺术描写有生活中的凤姐作模特儿。当然，《红楼梦》中的凤姐形象，绝不可能完全是生活中的凤姐原型的复制，但有真实的生活为源泉，应该说，这为凤姐形象塑造得那么生动活泼，提供了艺术创作的坚实基础。因此，我们在借鉴曹雪芹塑造凤姐形象的辩证的艺术手法时，不能不首先学习他以现实生活为源泉的现实主义精神，学习他所体现的超凡出众的审美思维和中华民族的审美智慧。

---

① 蔡家琬：《红楼梦说梦》："王熙凤，胭脂虎也。"

林黛玉之死为什么那样激动人心

据统计，世界上平均每分钟有九十九人死亡。[①]对于这些死者，除了他们的至亲好友哀痛为之唏嘘恸哭之外，局外人往往是无动于衷的。只有给人类社会带来巨大积极影响的极少数伟人的逝世，才会在亿万人民的心中激起深深的悲痛。然而在悲痛一阵之后，也就为永久的怀念所代替了。说来有点奇怪，林黛玉这个二百多年前的小说人物，她跟我们既非至亲好友，更谈不上是给人类社会带来巨大影响的伟人，然而作家笔下的黛玉之死，却世世代代地震撼着亿万读者的心灵，使人每读到《红楼梦》中黛玉之死的篇章，几乎都无法控制感情的回旋，泪水的横流。仿佛不只是林黛玉生命的火焰熄灭了，在我们的心头猛然卷起了一阵要冲刷那整个污浊世界的暴风骤雨。如此强大的艺术魔力，这当中究竟有什么奥秘呢？

据红学家们考证，《红楼梦》中的黛玉之死，不尽符合伟大作家曹雪芹原来的艺术构思，还出于续作者的独特创造。大致说来，曹雪芹是把黛玉之死安排在宝玉与宝钗成婚之前，而续作者却把黛玉之死写在宝玉和宝钗结婚的同时。这两种安排，究竟孰长孰短，因为曹雪芹这一部分的原稿遗失，我们无法作出具体的比较和恰当的判断，而续书对黛玉之死的描写，已经经过亿万读者的检验，证明它是《红楼梦》中最激动人心的篇章之一。我认为，红学家对

---

① 据苏联《今日亚非》第 3 期刊载的《一九八二年世界人口情况》，见《文摘报》1983 年 7 月 1 日第 91 期。

曹雪芹关于黛玉之死的佚稿加以考证，这是完全必要、十分有益的。我也完全相信，曹雪芹关于黛玉之死的原稿，也许会比现在我们看到的续书更加精彩卓绝。但是，这一部分原稿我们既已无法看到，我们对续书的评价绝不能简单地以是否符合曹雪芹原来的构思为标准，而应考察它的思想和艺术成就及其在群众中的客观效果。况且续书对黛玉之死的描写，就其悲剧结局这个最根本之点来说，它跟曹雪芹的原意实为异曲同工。它既然已经在事实上取得了激动人心的艺术效果，那么，我们又有什么理由跟广大读者唱反调，对它加以诋毁和抹杀呢？老实说，对于它的客观存在和巨大影响，谁要抹杀也抹杀不了。我们需要的是从这个客观事实出发，尊重实践的检验，仔细研究一下：它为什么能够取得激动亿万读者心灵的效果？这个问题不仅很值得红学家们深思，更值得每个被黛玉之死激动不已的读者再作深长的回味，以便从中得到更多的思想教益和艺术享受，有志于创作者，也很有必要从中借鉴和吸取其宝贵的艺术经验。

那么，《红楼梦》续作者写的黛玉之死，究竟为什么能够取得世世代代激动亿万读者心灵的艺术效果呢？

一、深入肺腑，传神写照

黛玉之死所以那样激动人心，我认为，首先在于续作者对黛玉形象的塑造，能够深入肺腑，传神写照，具有形象的生动性。

黛玉之死的导火线，是因为她偶然地从傻大姐那儿听说，封建家长已决定迎娶宝钗，给宝玉冲喜。作者写她初听到这个消息，"如同一个疾雷，心头乱跳"。傻大姐并未觉察到事态的严重，还只顾絮絮叨叨地说下去。"那黛玉此时心里竟是油儿酱儿糖儿醋儿倒在一处的一般，甜苦酸咸，竟说不上什么味儿来了。"当一个人突然遭到意外的打击，心里感到极其难过，都会有这种说不上是个什么滋味的感觉。续作者用"油儿酱儿糖儿醋儿倒在一处的一般"，不仅使黛玉极其难受的心理形象化了，而且也足以使每个读者能够感同身受，激起对黛玉的一腔同情。

好在续作者并不满足于如此形象化的心理描写，而是从这种遭受意外打击，极其难受的心理出发，继续刻画和渲染她那几乎无法支撑的行动："那身子竟有千百斤重的，两只脚却像踩着棉花一般，早已软了，只得一步一步慢慢的走将来。走了半天，还没到沁芳桥畔，原来脚下软了，走的慢，且又迷迷痴痴，信着脚从那边绕过来，更添了两箭地的路。这时刚到沁芳桥畔，却又不知不觉的顺着堤往回里走起来。紫鹃取了绢子来，却不见黛玉。正在那里看时，只见黛玉颜色雪白，身子恍恍荡荡，眼睛也直直的，在那里东转西转。"爱情，仿佛就是林黛玉生活中的太阳，给她那忧郁、凄苦的内心带来了光和热。可是傻大姐传递的这个确凿无疑的信息，却如同晴天霹雳，不只是乌云蔽日，昏天黑地，而且简直是天崩地解，使她那心中的太阳在一霎那间便永远地被毁灭了，使她那浑身的光和热全熄灭了，这怎么能使她不"迷迷痴痴""恍恍荡荡"，如六神无主，"东转西转"呢？！读到这些生动形象的描写，在我们读者的心目中，仿佛也看到了林黛玉那"迷迷痴痴"的神情，"恍恍荡荡"的身影，"东转西转"地在寻找着她那已经失去的爱情的终点。

她模模糊糊地忽然听到紫鹃在问她："是要往哪里去？"于是她随口应道："我问问宝玉去！"对了，她应该弄清楚，封建家长给宝玉娶宝钗的决定，是不是由于宝玉背叛了对她的爱情？她来到了宝玉的住地，"这时不似先前那样软了，也不用紫鹃打帘子，自己掀起帘子进来"了。见到宝玉后，她先是"瞅着宝玉笑"，接着便问："宝玉，你为什么病了？""宝玉笑道：'我为林姑娘病了。'"爱情的火焰还在燃烧，原来宝玉根本没有变心，他的心仍然是属于林黛玉的。这简短的一问一答，使两颗被爱情折磨得异常痛苦的心，又再一次地撞击出希望的火花，给他们带来了光和热。因此，当黛玉"笑着回身出来"的时候，她"不用丫头们搀扶，自己却走得比往常飞快"。先前"脚下软了"，是黛玉遭受意外打击后极端痛苦的反映；现在她两脚"走得比往常飞快"了，这自然是她得知宝玉并未变心时十分高兴的表现。前后如此鲜明的映照，使人不能不对黛玉的心情洞若观火，不能不对黛玉的命运忧心如焚。

然而，《红楼梦》续作者对黛玉形象的刻画并没有停留在这个表象上。他进而深入黛玉形象的肺腑，写黛玉刚回到潇湘馆门口，就"身子往前一栽，哇的一声，一口血直吐出来"。这真是一波未平，一波又起，波涛滚滚的急流险滩刚刚渡过，一道流水却又跌入了万丈深崖，使读者的感情不能不跟着激荡、回旋、奔腾、呼啸起来。因为当黛玉得知，宝玉实未变心，这虽然可以给她一点快慰，然而傻大姐所传达的信息毕竟是千真万确的，这说明宝玉尽管有权把他的心献给黛玉，他却无权决定他和黛玉的婚姻。爱情和婚姻，已经成了一对无法调和的矛盾。自由爱情的火焰，既然已经被封建包办的婚姻所扑灭，那么，在那个黑暗世界，这个具有叛逆倾向的封建贵族少女，她又能到哪儿去寻找生活的光和热呢？社会现实使她绝望了，她只能"惟求速死，以完此债"。

艺术的魔力在于形象。它绝不是用几句叙述性的介绍或干巴巴的说教所能奏效的。只有形神兼备的艺术描写，才是导致形象生动感人的灵魂。续作者笔下的黛玉之死，所以感人至深，首先就在于它呈现在我们面前的，是这么一个深入肺腑、感情浓烈、血肉丰满、形神活现的艺术形象。她好像使我们如临其境，如见其人，如感其情，使我们对她的了解仿佛胜似我们非常熟悉的至亲好友。因此，她遭受意外打击的痛苦，才仿佛如同我们自己遭受意外打击的痛苦一样，强烈地震撼着我们的心灵。

二、前后呼应，激发想象

黛玉之死所以那样激动人心，我认为，还在于续作者对黛玉形象的塑造，能够前后呼应，激发读者丰富的想象，具有性格的整体性。

黛玉从傻大姐那儿得到意外的信息,续作者特意把它安排在那"畸角儿葬桃花的去处"。这就使读者不能不触景生情,很自然地联想到当年黛玉葬花时的情景:"尔今死去侬收葬,未卜侬身何日丧?侬今葬花人笑痴,他年葬侬知是谁?试看春残花渐落,便是红颜老死时;一朝春尽红颜老,花落人亡两不知!"如今这个令人柔肠寸断、悲痛欲绝的时刻,终于不可抗拒地降临了。在这"风刀霜剑严相逼"的危难时刻,那黛玉之死,岂不犹如正在喷发着馨香的红艳艳的鲜花,突然遭到生活风暴的袭击,飘零在尘土之中吗?此情此景,前呼后应,真不禁催人泪下,惋惜万分,悲泣不已!

在林黛玉迷迷痴痴地去找贾宝玉,要跟贾宝玉作最后一次会面,把事情问个明白,续作者写她"象踩着棉花一般",恰恰又是身不由己地东转西转在"沁芳桥畔"。这使读者不能不联想到,当年宝黛又恰恰是同在沁芳桥畔,共读《西厢记》,于落红成阵之际,他俩第一次互相倾吐爱情,一个喜笑颜开地说:"我就是个'多愁多病身',你就是那'倾国倾城貌'。"另一个在"微腮带怒,薄面含嗔"之余,又亲昵地说:"呸,原来是苗而不秀,是个银样镴枪头。"封建家长的压迫,封建意识的束缚,该是给宝黛爱情带来了多么巨大的精神痛苦啊!续作者使我们看到,黛玉之死,正是这种漫长的爱情痛苦在那个历史时代的必然发展和归宿。它犹如一泓溪水,越是源远流长,越具有不可阻挡的势头。由黛玉之死,追溯到宝黛最初在沁芳桥畔的调情,这就如沁芳桥畔平静的溪水,突然跌入深渊,必然奔腾直泻,更增加了动人心弦的力量。

黛玉之死最激动人心的场面,是续作者写她气绝之前"焚稿断痴情"。她"狠命的撑着坐起来",要雪雁拿来她的诗稿,又要紫鹃从箱子里拿来当年宝玉挨打之后派晴雯送给她的绢帕,当时她曾在那绢帕上题诗三首。她先是"挣扎着伸出那只手来狠命的撕那绢子,却是只有打颤的分儿,那里撕得动"。无奈,又叫紫鹃"笼上火盆"。她把诗绢往火上一撂,立刻就烧着了。接着又把诗稿也撂在火上烧了。紫鹃、雪雁连忙伸手抢救,"从火里抓起来撂在地下乱踩，却已烧得所余无几了"。读者每读到这里，必定很自然地联想到往昔黛玉题帕作诗的情景。那诗帕，是宝黛爱情充满斑斑泪痕的见证；那诗帕，更是黛玉灵魂的写照："无赖诗魔昏晓侵，绕篱欹石自沉音。毫端运秀临霜写，口角噙香对月吟。满纸自怜题素怨，片言谁解诉秋心？一从陶令平章后，千古高风说到今。"她对爱情，曾经有过那么痛苦的追求；她对生活，曾经有过那么热烈的依恋。可是，现在铁的事实告诉她：在那个社会，妇女不可能得到爱情的幸福，而只能把爱情与死亡连结在一起。她一生的性格决定了她与其向封建势力屈服，不如"质本洁来还洁去"，留下"千古高风说到今"。她的焚旧稿，断痴情，正是象征着黛玉之死就是诗的毁灭，表现出她对封建礼教和浊世的愤极恨绝。她要以她那生命的最后一息，来向毁灭她的诗情、吞噬她的生命的黑暗社会发出决绝的抗议，如果不是时代和阶级的局限，她甚至恨不得要把那整个旧世界也一起投入熊熊的烈火，化为灰烬。

续作者这样写黛玉之死，充分呼应、借助和发挥了曹雪芹在《红楼梦》前八十回以极其高超的艺术所塑造的黛玉性格的完整性。因此，黛玉之死所以那样激动人心，在很大程度上要归功于《红楼梦》前八十回所奠定的基础，当然也要归功于续作者善于前呼后应，巧妙地显示了黛玉性格的完整性。否则，"一件个别的事故，无论它多么含有悲剧性，还不能构成悲剧"[1]。

当林黛玉最后告别这个世界时，她拼着全身仅有的一点气力，"直声叫道：'宝玉，宝玉，你好！'说到'好'字，便浑身冷汗，不作声了"。有的红学家认为，她这最后的一声呼喊，表明她是怀着对宝玉的怨恨而死去的，并以此指责续作者"最终否定了黛玉是宝玉的真正的知己"[2]。破坏了续书与前八十回黛玉性格的完整性。我认为，这种指责未必符合续书的原意。续书在林黛玉生

---

① 席勒：《论悲剧艺术》，见《古典文艺理论译丛》第 6 册。
② 蔡义江：《红楼梦诗词曲赋评注》，北京出版社 1979 年版，第 359 页。

前从未写贾宝玉负心，对此，林黛玉也很清楚，前面我们已经介绍，她在获悉傻大姐泄露的消息之后，跟贾宝玉作最后一次会面，贾宝玉明明告诉她："我为林姑娘病了。"黛玉对于宝玉的这个表白是确信无疑的。后来续作者还写到宝玉对凤姐说："我有一个心，前儿已交给林妹妹了。他要过来，横竖给我带来，还放在我肚子里头。"这再清楚不过地说明，林黛玉就是贾宝玉的心，就是贾宝玉的命根子，世界上难道还有比这更真挚、更强烈的爱情吗？深知宝玉是"为林妹妹病了"的黛玉，她怎么可能临死前却怀恨宝玉呢？尽管封建家长决定宝玉与宝钗成婚，但她不会不懂得这是完全违背宝玉的感情和意志的；对于爱林姑娘而病了的宝玉来说，这绝不可能意味着他的幸福，而只能是给他带来莫大的痛苦。因此，我认为黛玉临终前呼喊："宝玉，宝玉，你好！"与其说这是表现了她对宝玉的怨恨的话，不如说是倾诉了她对宝玉最后的心曲和祝愿。为了使宝玉不再为林姑娘而病了，为了宝玉的幸福，她宁愿含恨而逝。她的"恨"，绝不是恨宝玉，而是恨破坏宝黛爱情婚姻的封建势力，恨那个"红消香断有谁怜"的污浊社会。

三、大故迭起，出奇制胜

黛玉之死所以那样激动人心，我认为，还在于续作者对故事情节的安排，能够大故迭起，出奇制胜，具有奇中见真的艺术真实性。

有的红学家对续书写"掉包计"大为恼火，说这"是一个很庸俗、很浅薄的、毫无思想内涵可言的'移花接木''僵桃代李'的儿戏办法"[①]。

问题在于，既然这是"儿戏办法"，为什么它还能够打动人心呢？须知，儿戏只能出现在滑稽剧中，跟悲剧是绝缘的。真实，是艺术的生命。采用儿戏

---

① 周汝昌：《红楼梦新证》，人民文学出版社 1976 年修订本，第 905 页。

的办法来酿成悲剧，那只能使读者嗤之以鼻，而根本不可能打动人心。如果我们从续书描写黛玉之死在读者中所收到的悲剧效果来考虑，我们对上述红学家的意见，就实在难以苟同。

如果说掉包计"很庸俗、很浅薄"的话，那么，这种庸俗和浅薄恰恰是腐朽没落的封建统治阶级本质的一种反映。以庸俗、浅薄乃至荒唐的形式，来反映庄重、严肃、深刻的本质，所谓"满纸荒唐言，一把辛酸泪"，"甚荒唐，到头来都是为他人作嫁衣裳"，"女娲炼石已荒唐，又向荒唐演大荒"，"说到辛酸处，荒唐愈可悲"，这正是曹雪芹描写和揭露封建阶级腐朽没落本质所惯用的手法。所谓"金玉良缘"，它本身就是封建家长制造出来的，既很庸俗、浅薄，又很荒唐、愚昧的用以自欺欺人的神话。在贾府日趋衰落，后继无人，贾宝玉又为林妹妹病得发痴发呆的情况下，为了既给贾宝玉冲喜，借薛宝钗的"金锁压压邪气"来挽救这个封建大家庭的没落，又不至于酿成"一害三个人"，"竟是催命"的惨剧，由凤姐想出掉包计——名义上说是娶林黛玉，实际上是娶薛宝钗。这种掉包计，在现实生活中并不是完全不可能发生的。表面上看，它很荒唐，或者说很庸俗、很浅薄，但实际上它恰恰反映了封建家长的"病急乱投医"。为了挽救本阶级的没落，他们不管多么荒唐的丑事、多么卑鄙的阴谋诡计，都是能够干得出来的。黛玉之死，就是出自这班既庸俗、浅薄、荒唐、可笑、愚昧、无知，又凶狠、毒辣、阴险、暴虐、卑鄙、无耻，必然彻底腐朽没落的封建统治阶级之手。因此，续作者采用掉包计这个情节，不是使人感到"毫无思想内涵可言"，而是使读者更加强烈地感受到封建家长的丑恶面目之可鄙可憎，更加深切地同情黛玉之死实在可悲可怜。

掉包计这个情节，不仅深刻地揭露了封建统治阶级荒唐、丑恶的本质，而且使这场悲剧奇中见真，如临惊涛骇浪，波涛汹涌，更加富有吸引力，收到了出奇制胜、动人心魄的艺术效果。试想，如果没有"瞒消息凤姐设奇谋"，那么又怎么可能有"泄机关颦儿迷本性"那样精彩卓绝的文字呢？如果没有掉包计,林黛玉又怎么能够彻底看清封建家长卑鄙、丑恶的本质,而含笑怀恨"焚稿断痴情"呢?如果没有掉包计,"薛宝钗出闺成大礼"又何以能够显得这既不是她的胜利,也不是她的幸福,而是涂上了一层浓重的悲剧色彩呢?以致连薛姨妈都"只虑着宝钗委屈",要"大家还要从长计较计较才好"。薛姨妈把这事告诉宝钗,"宝钗始则低头不语,后来便自垂泪"。新婚之夜,贾宝玉发现上当受骗,以致当着薛宝钗的面,吵闹着"口口声声只要找林妹妹去",薛宝钗也"心里懊悔","只怨母亲办得糊涂"。这说明,不仅"林黛玉焚稿断痴情"是个爱情悲剧,"薛宝钗出闺成大礼"也必然是个婚姻悲剧;一个掉包计联结着两个悲剧,彼此激射,前后映照,更增加了这个悲剧动人心魄的力量。它使人清楚地看到,黛玉之死,绝不同于曹雪芹所反对的那种"必旁出一小人其间拨乱"所致;黛玉和宝钗虽然思想性格相悖,人生道路不同,但悲剧命运则一样,这就更加发人深省,使人不能不触及到那个社会的本质。

掉包计在"金玉良缘"与"木石前盟"的斗争中有其一定的必然性。它看似荒唐,实质上却愈是荒唐令人愈感到黛玉生在那个时代的可悲;愈是荒唐,令人愈是感到封建家长的愚昧可笑。续作者似乎深深洞悉个中的奥秘,因此,他写傻大姐泄密以后,林黛玉一反常态,没有哭过一次,而总是笑。见到宝玉,她"只管对着脸傻笑"起来;贾母来到床前看她,她"微微一笑,把眼又闭上了";紫鹃以宝玉的身子"这样大病,怎么做得亲呢"劝导她不要相信这"意外之事",她也只是"微笑一笑,也不答言,又咳嗽数声,吐出好些血来"。她以笑来结束了她那好哭的一生。笑,意味着她对知心人的感激和安慰;笑,意味着她突然洞察了封建家长的本性而产生的轻蔑与憎恨;笑,意味着她仿佛看透了一切,对现实忽然有了清醒的认识;笑,不仅反映她失去理想的痛苦,更象征她在失望之后和被毁灭之前,无所畏惧地坦然和自豪。用她临终前的话来说:"我的身子是干净的。"她没有辜负自己"质本洁来还洁去"的人生信条。一生爱哭鼻子的林黛玉,在她临死之前,续作者不写她的哭,而一再写她的笑，这跟他写"掉包计"一样令人感到"奇"，然而正是这种"奇"，才更发人深思，催人猛醒，使人奇中见真，愈见其不哭而笑，愈感到触目惊心，惨不忍睹，痛不欲生。这大概就是文贵出奇制胜——奇中见真，才能引人入胜、激荡人心的缘故吧。

四、逐渐推进，层层加深

黛玉之死，所以那样激动人心，我认为，还在于续作者在艺术描写上不是一气呵成，一览无余，而是逐渐推进，层层加深，具有把读者痛苦的感情逐渐推向高潮的持续性。

正如德国杰出的悲剧作家席勒所说的："艺术家选定一个事物，作为达到他悲剧目的的工具，他首先把这个事物发出的所有个别的光线都十分节省地收集起来，这些光线在他的手里就变成点燃众人心灵的闪电。一个新手就会把惊心动魄的雷电，一撒手，全部朝人们心里扔去，结果毫无收获，而艺术家则不断放出小型的霹雳，一步一步向目的走去，正好这样完全穿透别人的灵魂，只有逐渐推进，层层加深，才能感动别人的灵魂。"①

《红楼梦》续作者对黛玉之死的描写，正是采用了席勒所说的艺术家的手腕。他不是把黛玉之死这个令人惊心动魄的雷电，"一撒手，全部朝人们心里扔去"，而是把它穿插在第九十六、九十七、九十八三回之中，"不断放出小型的霹雳，一步一步向目的走去"，"逐渐推进，层层加深"，最后达到"点燃众人心灵"，"完全穿透别人的灵魂"，越来越强烈地"感动别人的灵魂"的目的。

续作者写黛玉之死，究竟是怎样采取"逐渐推进，层层加深"的手法的呢？

---

① 席勒：《论悲剧艺术》，见《古典文艺理论译丛》第6册。

第一层，以黛玉的脚软与脚飞快相对比。黛玉听到傻大姐泄露的消息后，如雷霆轰顶，石破天惊，突然变得迷迷痴痴，"两只脚却像踩着棉花一般，早已软了"。可是当她一走到宝玉的门口，她的脚就"不似先前那样软了"，听到宝玉说："我为林姑娘病了。"返回时，她"却走得比往常飞快"。以黛玉自己两脚的前后对比，说明她迷迷痴痴的病根在于与宝玉的婚事。可是封建家长已经决定给宝玉娶宝钗，她终于要失去宝玉，宝玉也因此要陷入痛苦的深渊。因此，她刚回到潇湘馆门口，便"一口血直吐出来""几乎晕倒"，急得紫鹃、雪雁都守着黛玉哭了，而黛玉却"笑道：'我那里就能够死呢。'这一句话没完，又喘成一处"。使读者感到，这时候黛玉表面上虽脚步"飞快"，强颜露笑，而内心却倍加痛苦，病势急剧沉重，从而不能不激起读者对她的命运的关心和同情。

第二层，以贾母等人的狠毒与黛玉的善良作对比。一手促成黛玉之死的贾母、王夫人、凤姐来探望病中的黛玉，"见黛玉颜色如雪，并无一点血色，神气昏沉，气息微细。半日又咳嗽了一阵，丫头递了痰盒，吐出都是痰中带血的。大家都慌了"。这时黛玉"微微睁眼""喘吁吁的"，对贾母说道："老太太，你白疼了我了！"此时贾母不是感到伤心难过，而是心安理得地认为："孩子们从小儿在一处顽，好些是有的。如今大了懂的人事，就该要分别些，才是做女孩儿的本分，我才心里疼他。若是他心里有别的想头，成了什么人了呢！我可是白疼了他了。"这岂不是说，黛玉要死也是死得活该！原来贾母的"疼"，是以维护本阶级的利益——封建礼教为原则的。谁要是违背这个原则，即使是她最心爱的外孙女儿，她也不惜下狠心置之于死地而不顾。至于黛玉，她明知是贾母等人一手策划的包办婚姻葬送了她，而她却说："你白疼了我了！"其怨恨之情却又渗透了善良之心，通过这么一句悲愤而又像自谴自责的话语表达出来，使读者读到这里，真不禁要唏嘘饮泣！

第三层，以贾母等人对钗黛的不同态度作对比。贾母当面对黛玉说："好孩子，你养着罢，不怕的。"背后却又说："咱们这种人家，别的事自然没有的，这心病也是断断有不得的。林丫头若不是这个病呢，我凭着花多少钱都使得。若是这个病，不但治不好，我也没心肠了。"凤姐也说："林妹妹的事老太太倒不必张心……倒是姑妈那边的事要紧……不如索性请姑妈晚上过来，咱们一夜都说结了，就好办了。"贾母、王夫人也都道："你说的是。"封建家长对林黛玉不但见死不救，而且以加速给宝玉娶宝钗，来促成黛玉速死。这真是火上加油，落井下石，使读者的心情由悲而愤，愈愤愈悲。

第四层，以宝玉与黛玉的病情作对比。宝玉与宝钗的婚事已定，宝玉却被蒙在鼓里，以为真的给他娶的是林妹妹。他"心里大乐，精神便觉得好些"。而林黛玉已知实情，因此她的"病日重一日"。尽管紫鹃等在旁苦劝："姑娘别听瞎话，自己安心保重才好。"但是黛玉深知这纯属安慰之词，只是微微笑了一笑，便又"咳嗽数声，吐出好些血来"，使紫鹃等"惟有守着流泪"。宝玉的"大乐"与黛玉的大吐血，悲喜激射，使人不得不心潮起伏，悲愤交集。

第五层，以贾母等人对待黛玉前后态度的变化作对比，同时又以紫鹃的有情衬托贾母的无情。续作者写道："黛玉向来病着，自贾母起，直到姊妹们的下人，常来问候。今见贾府中上下人等都不过来，连一个问的人都没有，睁开眼，只有紫鹃一人。"紫鹃把黛玉的病情，"天天三四趟去告诉贾母，"而"贾母这几日的心都在宝钗宝玉身上"。黛玉"自料万无生理，因扎挣着向紫鹃说道：'妹妹，你是我最知心的。虽是老太太派你服侍我这几年，我拿你就当作我的亲妹妹。'说到这里，气又接不上来。紫鹃听了，一阵心酸，早哭得说不出话来"。想当初，林黛玉刚进荣国府时，贾母曾经把她当作"心肝儿肉"，"竟是个嫡亲的孙女"一样，而且"贾母万般怜爱，寝食起居，一如宝玉，迎春、探春、惜春三个亲孙女倒且靠后"。如今由于黛玉的思想性格不合封建阶级的要求，贾母竟变得这么冷酷无情了，只有紫鹃成了她唯一的亲人。在如此鲜明、强烈的对比之下，谁能不感慨万千，为危在旦夕、孤苦零丁的黛玉而洒下同情之泪呢?

第六层,以黛玉带病"狠命的撑着"撕诗帕,焚诗稿,与当初满怀激情地题诗帕、写诗稿作映衬,以唤起读者对林黛玉整个美好形象的深情回忆,使林黛玉的悲剧充满诗情,象征着诗的毁灭,标志着美被葬送,使人无限痛惜,无比悲伤,无限神往。

第七层,以紫鹃、李纨的深情厚谊与林之孝家的奉主子之命冷酷无情作对比。应紫鹃之请,李纨来到黛玉病榻前,"少尽姊妹之情"。她见紫鹃只管哭,便对紫鹃说道:"傻丫头,这是什么时候,且只顾哭你的!林姑娘的衣衾还不拿出来给他换上,还等多早晚呢。难道他个女孩儿家,你还叫他赤身露体精着来光着去吗?"这话说得该是多么催人鼻酸泪流啊!与此相对照,这时恰恰林之孝家的奉命来叫紫鹃去跟宝钗陪嫁,以掩护宝钗冒充林妹妹,蒙蔽贾宝玉,遭到紫鹃的断然拒绝:"林奶奶,你先请罢。等着人死了,我们自然是出去的,那里用这么……况且我们这里守着病人,身上也不洁净。林姑娘还有气儿呢,不时的叫我。"在这两种态度的对比之下,封建主子显得多么狠毒、冷酷,而病危的黛玉又是令人感到多么凄凉、悲惨!

第八层,以"当时黛玉气绝,正是宝玉娶宝钗的这个时辰"相衬托。一方面是"只听得远远一阵音乐之声",宝钗坐着花轿,十二对宫灯开路,吹吹打打地嫁到贾府。宝玉发现给他娶的不是林妹妹,而是宝姐姐,以致气得病情"日重一日,甚至汤水不进",一再说:"你们听见林妹妹哭得怎么样了?""我瞧瞧他去。"另一方面是黛玉"直声叫道:'宝玉,宝玉,你好!'说到'好'字,便浑身冷汗",顿时气绝。紫鹃、李纨、探春等"想他素日的可疼,今日更加可怜","一时大家痛哭了一阵"。在如此喜庆的音乐之声中伴随着悲伤的痛哭之声,这叫读者又怎么能不为之心碎肠断而伤心恸哭不已呢!

经过这一系列"逐渐推进,层层加深",人非铁石,岂能无动于衷?人的感情，只有经过一个酝酿和积蓄的过程，才能如山洪一般汹涌澎湃地爆发出来。"逐渐推进，层层加深"的过程，正是这种酝酿和积蓄感情的过程。

总之，黛玉之死，不愧为卓越的悲剧艺术。上述形象的生动性，前呼后应的性格的整体性，奇中见真的艺术真实性，层层推进的痛苦的持续性，归根结底，是反映了新生与腐朽、美好与丑恶两种思想、两种力量的尖锐冲突，在那个历史时代，具有不可避免的悲剧性，我认为这就是《红楼梦》续作者写黛玉之死的悲剧艺术创新和卓越之处。

第三章

故事建构　底蕴深厚

"满纸荒唐言，一把辛酸泪！都云作者痴，谁解其中味？"

——曹雪芹:《红楼梦》第一回

《红楼梦》中写"石头"的
哲理意蕴和艺术功能

《红楼梦》为什么要以《石头记》为"本名"？甲戌本《凡例》说："是自譬石头所记之事也。"索隐派红学家蔡元培说："书中序事托为石头所记，故名《石头记》，其实因金陵亦曰石头城而名之。"（《石头记索隐》）笔者认为，这些仅指出了其外表现象；更为重要的是，作品的主人公贾宝玉就是"顽石幻相"，脂批一再称他为"石兄"，他所钟爱的女主人公林黛玉，即因"西方有石名黛"而得名，所谓"宝玉""黛玉"的"玉"，也就是"石之美者"（《说文》）之意，何况木石前盟与金玉姻缘的矛盾，还是贯串全书故事情节的一条主线。这一切都不能不引人作更加深入的思考：作者为什么要这样突出地写"石头"？写"石头"对《红楼梦》的思想和艺术究竟起到了哪些作用？由此我们对《红楼梦》又可获得一些什么新的认识？

一、作者为什么要突出地写"石头"

第一，它是植根于中华民族源远流长的文化土壤之中。我国自古以来就有崇拜石头的文化传统，石头不但可以补苍天，堙洪水，而且还具有母体的生殖功能。《淮南子·修务训》即称："禹生于石。"《汉书·武帝纪》颜师古注引《淮南子》，又称禹的儿子启也生于石：

禹治洪水，通轩辕山，化为熊，谓涂山氏曰："欲饷，闻鼓声乃来。"禹跳石误中鼓，涂山氏往见，禹方作熊。惭而去，至嵩高山下，化为石，方生启。禹曰："归我子！"石破北方而生启。

对此，清代马骕《绎史》卷11引《遁甲开山图》有更为详尽的记载：

古有大禹，女娲十九代孙，寿三百六十岁，入九嶷山飞去。后三千六百岁，尧理天下，洪水既甚，人民垫溺。大禹念之，乃化生于石纽山泉，女狄暮汲水，得石子如珠，爱而吞之，有娠，十四月生子，及长，能知泉源，代父鲧理水，尧知其功，如古大禹知水源，乃赐号禹。

这里说大禹的后代禹乃女狄吞石子怀孕而生，跟贾宝玉衔玉而生，说大禹是"女娲十九代孙，寿三百六十岁，入九嶷山飞去，后三千六百岁"又生禹，跟贾宝玉是女娲炼石补天所遗弃的一块顽石为三万六千五百零一块，这其间不仿佛有着某种相似相承的联系吗？无论是女娲的补天石或由石而生的禹，都一直被我们民族视为人类苦难的拯救者、幸福生活的创业者、美好未来的开拓者。贾宝玉这个艺术形象，当然跟补天石和由石而生的禹不可相提并论，但是作者有意赋予这个艺术形象以民族文化的基因，则是可以肯定无疑的。

第二，在传统文化的熏陶下，我们民族还形成了一种喜爱以石头为象征的民族性格和民族精神。如我国伟大的思想家庄子宣称："吾在天地之间，犹小石、小木之在大山也。"（《庄子·秋水》）我国宋代著名画家米芾也以癖性好石著称。《宋史》卷444本传，说他知无为军，入州廨，见立石甚奇，即命袍笏拜之，呼为"石兄"。《宋·高僧传》卷9《唐南岳石头山希迁禅师》称，唐高僧希迁，师事六祖慧能高弟行思。天宝初，居衡山南寺，寺东有石，其状如台，乃结庵其上，时号"石头和尚"。石头成了他们表现自身桀骜不驯、刚强不屈的思想品格的化身。这跟作者以"顽石幻相"来突出贾宝玉的叛逆性格，岂不是一脉相承的吗？

石头还意味着情深意坚。如《文选》晋代潘安仁《金谷集作诗》："投分寄石友，白首同所归。"唐代杜牧《樊川集》卷2《奉和门下相公送西川相公兼领相印镇全蜀》诗："同心真石友，写恨蒍河梁。"我国民间不少地方都有"望夫石"的传说，那"望夫石"便是夫妇情谊的结晶。宝黛爱情的坚贞不渝，不也如"同心真石友"一般吗？

石头既能补天救世，当然更可消灾镇邪。我国民间旧时人家正门，正对桥梁、巷口，常立一小石碑，上刻"石敢当"三字，以为可禁压不祥。颜师古对《急就篇》"石敢当"注称："敢当，所向无敌也。"贾宝玉、林黛玉的叛逆性格，虽不能说"所向无敌"，但是其勇于压邪的精神却是封建势力所不可战胜的。

石头还有镜子的功能，可以帮助国人治病。如《述异记》卷下称："日林国有神药数千种。其西南有石镜，方数百里，光明朗彻，可鉴五藏六府，亦名仙人镜。国中人若有疾，辄照其形，遂知病起何藏府，即采神药饵之，无不愈。其国人寿三千岁，亦有长生者。"《石头记》之所以又称《风月宝鉴》，显然也有给国人"可鉴五藏六府"，知病治病之意。

上述事实说明，我国以石头为象征的民族性格和民族精神，其内涵是颇为丰富的，对《红楼梦》创作的影响也是显而易见的。

第三，更为重要的是，"石头"还突出地体现了作者所处的那个"天崩地解"时代的新思潮和曹雪芹的文化个性。早在明末清初，黄宗羲已经对代表封建制度之"天"的君主专制，进行了尖锐的批判，揭露他们"敲剥天下之骨髓，离散天下之子女，以奉我一人之淫乐"，"为天下之大害者，君而已矣"。指出古今之君已经发生重大变化："古者天下之人爱戴其君，比之如父，拟之如天，诚不为过也。今也天下之人，怨恶其君，视之如寇仇，名之为独夫。固其所也。"(《明夷待访录·原君》)正因为今天的君主，已经成为"为天下之大害"，成为"寇仇""独夫"，为"天下之人"所共"怨恶"，所以他们所代表的"天"已经无法可"补"。这一点已成为当时不少有识之士的共识。如跟曹雪芹处于同时代的刘大櫆（1698 — 1779），在他的《题罗生画石扇面为张矴山》中写道："昔日女娲炼石补青天"，如今那补天石却只能被"吹汝堕入尘埃间"。[1]在他的《重九后五日同人谶集分韵得佳字》中，更明确地指出：

　　……青天破碎不可补，谁能炼石烦女娲。噫吁嘻！丈夫不得嘘气贯赤日，文华纵好无根荄。群生万物一无济，漫自矜饰云吾侪。良夜风流偶翕聚，明晨日出当分乖。骈肉易生时易迈，泪痕霡湿难磨揩。

　　这跟曹雪芹以"一把辛酸泪"，写"无材补天，幻形人世"的顽石，岂不是互为呼应的吗？须知，曹雪芹的所谓"无材补天"，并不是指石头自身不具备补天之材，它本身跟为补天而炼成的"高经十二丈、方经二十四丈顽石三万六千五百零一块"毫无二致，只因"娲皇氏只用了三万六千五百块"，将它"弃在此山青埂峰下""未用"，才使它"遂自怨自叹，日夜悲号惭愧"，可见责任不在顽石自身，而在娲皇氏对它的弃而不用。这不就是说，是娲皇所代表的"天"本身"破碎不可补"吗？

　　敦敏兄弟的诗证明，爱石、画石，酒酣以石击节作歌，这恰恰是曹雪芹的文化特质和个性特色。敦敏的《懋斋诗钞》中有一首《题芹圃画石》的诗：

----

　　[1]　见《刘大櫆集》，上海古籍出版社 1990 年版，第 372 页，本书的《从刘大櫆、姚鼐看曹雪芹的创作思想》引有此诗的全文，可参阅。

傲骨如君世已奇，嶙峋更见此支离。

醉余奋扫如椽笔，写出胸中磈儡时。

这就是说，在中国传统文化的哺育下，黑暗残酷的社会现实，不但没有压倒他，相反却造就了他那一副如顽石般的傲骨。他用石头的嶙峋支离，来表现他那为人的刚直不阿、锋芒毕露；用如椽的大笔，通过画出石头的高低不平，来发泄其对现实不满的种种不平之气。把他的这种画石，用来说明他写的《石头记》，岂不也很恰当吗？

他在《石头记》第一回还写道：石头"不得已，便口吐人言"。清代陈其泰批曰："石竟能言，可发一笑。石言本《左氏》。"①查《左传》昭公八年，记载所谓"石言"，乃指统治者"作事不时，怨讟言动于民，则有非言之物而言"的意思。后人用"石能言"典，都是为了对世事表示揭露和愤慨。如李商隐的《明神》诗："莫为无人欺一物，他时须虑石能言。"白居易《青石》诗："青石出自蓝田山，兼车运载来长安。工人琢磨欲何用，石不能言我代言。"赵翼《闻心余京邸病风却寄》诗："木有文章原是病，石能言语果为灾。"由此亦可见，曹雪芹由爱石、画石而写石头"口吐人言"，绝非偶然，是有其文化背景，并反映了他的创作心态的。

以上说明，曹雪芹的《红楼梦》突出地写石头是有其历史必然性的。它与中华民族历史文化、时代思潮、作家个性爱好的关系，就像母子关系一样亲密无间，只有把它放在整个社会历史文化的大系统之中，才有助于我们认清问题的真相。但是，《红楼梦》对历史文化又毕竟不只是因袭和继承，更重要的是创新和

---

① 见陈其泰评、刘操南辑：《桐花凤阁评〈红楼梦〉辑录》，天津人民出版社 1981 年版，第 43 页。

发展。因此，我们有必要进一步探讨它如何通过对石头的描写，使其故事建构寓有广泛深刻的哲理，从而使我们民族文化获得了崭新的创造和重大的发展。

二、通过写"石头"所揭示的哲理意蕴

顽石与宝玉

据书中所写，贾宝玉既是本来同样可用而终于未用作"补天"的"高经十二丈、方经二十四丈顽石"中的一块，又是"自经锻炼之后，灵性已通"的宝玉。作为顽石，本属"补天"之材，只因被娲皇弃置未用，才落得"无材不堪入选"的可悲下场；所谓"宝玉"，不过是"顽石幻相"罢了。何谓"顽"？辞书上注称：钝也（《玉篇》），愚也（《广韵》），痴也（《韵会》）。作品也写贾宝玉"自恨粗蠢"，自称"蠢物"，写茫茫大士嘲笑他："若说你性灵，却又如此质蠢"，还引用后人以《西江月》二词说他"无故寻愁觅恨，有时似傻如狂"。"潦倒不通世务，愚顽怕读文章"，"天下无能第一，古今不肖无双"，"可怜辜负好韶光，于国于家无望"。在第三十三回"不肖种种大承笞挞"中，他的父亲贾政认为，听任其性格发展下去，有"明日酿到他弑君杀父"的危险，因此他要下狠心"不如趁今日一发勒死了，以绝将来之患"。这即表明，贾宝玉那顽石般的思想性格，跟封建统治阶级是处于对抗性矛盾的地位，尽管这种对抗还是潜在的，有待于"将来"的发展，但是矛盾的不可调和性，已经确凿无疑。你看即使贾宝玉已经被打得"由臀至胫，或青或紫，或整或破，竟无一点好处"，"底下穿着一条绿纱小衣皆是血渍"，他也依然昂首挺立，毫无认错或悔过的表示，真有点宁死不屈、"死不改悔"的精神，表现了新生力量不可战胜的顽强生命力。可见他这种顽石般的性格，只不过在封建世俗之见看来，是傻，是蠢，是痴，是所谓"假宝玉，真顽石也"；而从中国社会历史发展的观点来看，这一切又恰恰正是他坚

持不走封建阶级为他安排的读书中举、仕途经济的人生道路，不做封建统治阶级的孝子贤孙，不向封建势力低头认错，不跟封建世俗同流合污，顽强不屈地坚持自己的人生理想，宁为"顽石"不作"宝玉"的叛逆性格的生动写照。或者说，他对于封建阶级来说，是真"顽石"，而封建家长如贾母却又把他当作如宝似玉的"命根子"；对于林黛玉等进步倾向的人来说，他的可爱又确实"是美玉无瑕"。顽石与宝玉就是这样错综复杂地交织在贾宝玉的思想性格之中，他引人思索，他耐人咀嚼，他发人深省：究竟该做"顽石"还是该当"宝玉"？做谁的"顽石"？谁的"宝玉"？贾宝玉的选择，不只是他个人的选择，也是历史的必然抉择。

真与假

作者在《红楼梦》中塑造了贾宝玉与甄宝玉两个人物形象，这"贾""甄"二字，显然是"假""真"二字的谐音，有其哲理意蕴。那甄宝玉与贾宝玉，原来不仅名字一样，长的"模样是一样"，"淘气也一样"，"天天逃学"，"顽劣憨痴，种种异常"，极喜跟女孩儿在一起，把"女儿这两个字"视为"极尊贵、极清静的"，要那些"浊口臭舌，万不可唐突了这两个字"。只是后来经过一场大病，甄宝玉"竟改了脾气了，好着时候的顽意儿一概都不要了，惟有念书为事。就有什么人来引诱他，他也全不动心。如今渐渐地能够帮着老爷料理些家务了"。以致贾宝玉视甄宝玉为"禄蠹"，说："只可惜他也生了这一个相貌。我想来，有了他，我竟要连我这个相貌都不要了。"

续作者为什么要把甄、贾两个宝玉塑造成思想性格如此冰炭不投呢？清代陈其泰于第九十三回回末的批语对此作了很好的说明："好好一块真宝玉，一为世情所移，便成了俗物。而世之好俗物者，无不以此为真宝玉，反以不雕不凿，全其天真者为无用之物，而讪笑之，唾骂之，且瓦砾视之，则以为贾宝玉云耳。作者憨焉。故特设此两人，以见世之所谓真者反假，而所谓假者实真也。茫茫宇宙，舍林黛玉其谁识之哉。"

真与假，还表现在对其他一些人物和事情的描写上。如黛玉按照自己的个性好恶，处处讲真话，追求真情，待人以真诚。而得到的却是忌恨、厌恶和中伤；宝钗则按照封建势力和世俗的需要，到处逢迎讨好，使乖弄巧，装愚守拙，假情假意，却博得贾府上下的一片称颂夸赞。贾瑞之所以上了凤姐"毒设相思局"的当，就是因为他以假为真，上了当还不吸取教训，"拿起'风月鉴'来，向反面一照，只见一个骷髅立在里面，唬得贾瑞连忙掩了"。"又将正面一照，只见凤姐站在里面招手叫他。贾瑞心中一喜，荡悠悠的觉得进入了镜子，与凤姐云雨一番"，结果一命呜呼。直气得贾代儒夫妇大骂妖镜，"遂命架火来烧，只听镜内哭道：'谁叫你们瞧正面了！你们自己以假为真，何苦来烧我？'"庚辰本脂批指出："观者记之，不要看这书正面，方是会看。"正面是假，反面是真，而世俗则往往喜假不喜真，爱瞧正面不爱瞧反面。这种真假、正反里面，又该是寄寓着多少发人深省的哲理意蕴呀！

自然与人工

宝黛的"木石前盟"，是由知己之情、生死之交自然形成的，而所谓"金玉姻缘"，即薛宝钗的金锁和由顽石变成的假宝玉，则是和尚按照封建家长的旨意故弄玄虚地人工捏成。对此，作品交代得很清楚。如作者在第二十八回写"薛宝钗因往日母亲对王夫人等曾提过'金锁是个和尚给的，等日后有玉的方可结为婚姻'等语，所以总远着宝玉。昨儿见元春所赐的东西，独他与宝玉一样，心里越发没意思起来"。这里即点明，金玉姻缘实即是薛宝钗母亲和贾府的最高权威元妃的旨意。陈其泰的批语也指出："宝钗有金锁，何以自其来时至今许久，始出现耶？金玉姻缘，明是人力造作矣。黛玉见宝玉问有玉否？即答曰：我没有。何其光明正大也。后文黛玉恶金玉之说，正为金锁来历不正耳。"[①]

———————

① 见陈其泰评、刘操南辑：《桐花凤阁评〈红楼梦〉辑录》，天津人民出版社1981年版，第70页。

所谓"自然"，也就是作者在书中所说的："天之自然而有，非人力之所成也。"它如同自然界一样，意味着具有不容抹杀的客观性、不庸置疑的合理性、不可改变的规律性及不能抗拒的必然性。诚如成之的《小说丛话》所指出的："女娲氏乃开辟以来之代表，曰女娲氏所造石，言人性原于自然，与有生以俱来也。"①陈蜕的《红楼梦石头记泛论》也指出："青埂峰者，情根也。宝玉之玉，粹然无瑕，倚于情根，与有生俱来，人皆有之，人皆失之，转令未失者摔且砸，幸其坚耳，几于毁矣。黛玉有而不自夸，史太君之言（指贾母说，林黛玉的玉因其母死舍不得她，遂将她的玉带去了——引者注）非微旨欤！宝钗金锁，全出人功，虽镌字相符，为世所珍，非人所信。"②可见木石前盟与金玉姻缘的冲突，实质上也是自然与人工的矛盾的反映。

崇尚自然，是反对人工扭曲自然，而并非一概排斥人工。如作者写贾宝玉谈到大观园布局时所说："有自然之理，得自然之气，虽种竹引泉，亦不伤于穿凿。"贾宝玉、林黛玉的性格，尽管带有很大的理想成分，但由于他们竭力追求人的个性的自然发展，就能赢得广大读者的喜爱。而薛宝钗的性格可憎可悲之处，就在于她总是要扼杀自己的个性爱好，使之服从、适应于封建势力的需要。如贾母叫她点菜点戏，她不按自己的爱好来点，而以贾母的爱好来代替自己的爱好。她还帮助封建家长劝说贾宝玉追求功名利禄，成了被宝玉斥之为"讲混帐话"的禄蠹式人物，但她并不是天生如此，而是屈从于封建统治压力的结果。用她自己的话来说，她小时候"也是个淘气的""够个人缠的"，跟姊妹弟兄们一样，"都怕看正经书"，而偷看诸如《西厢》《琵琶》及"元人百种"等具有进步倾向的文学作品，"后来大人知道了，打的打，骂的骂，烧的烧，才丢开了"。她以扼杀自身个性的自然发展为代价，赢得了与贾宝玉的

① 见一粟编：《古典文学研究资料汇编·红楼梦卷》，中华书局 1963 年版，第 603 页。
② 见一粟编：《古典文学研究资料汇编·红楼梦卷》，中华书局 1963 年版，第 280 页。

婚姻，却因为没有赢得贾宝玉的爱情，而年纪轻轻就成了活寡妇，落了个"运败金无彩""金簪雪里埋"的下场。这就不只是她个人的婚姻悲剧，也是她的人生悲剧，更是那整个社会的悲剧、时代的悲剧。作者从自然与人工矛盾的角度，使《红楼梦》的思想内涵和人物的社会典型意义，得到了最大限度的开掘和升华。

有情与无情

胡寿萱《论红楼小启》指出："开卷即以神瑛侍者灌溉仙草，绛珠今生还泪发端，明明示人以趋炎附势者流，不念故侯，尚不如草木之有情，犹思图报也……可以人而不如草乎？故为之歌曰：'绛珠还泪日消魂，草木犹思灌溉恩。愧煞趋炎多热客，秋风冷落故侯门。'"[①] 所谓"不念故侯""冷落故侯门"，这固属借题发挥，但以木石尚且有情，人岂能无情，来突出地强调有情的重要和无情的荒唐，则无疑地是说明了《红楼梦》作者创作意图的一个方面。

情与理的对立，是封建社会面临没落时期的一个显著的时代特征。如汤显祖在《牡丹亭题词》中即指出："情不知所起，一往而深。生者可以死，死可以生。生而不可与死，死而不可复生者，皆非情之至也……第云理之所必无，安知情之所必有邪！"为什么会出现人反而不如草木有情呢？这就是由于封建理学扼杀人的正当情欲的结果。

有情，不惜以自己的整个身心乃至生命，去追求人生正当的情欲。这也是贾宝玉、林黛玉性格的一个重要特征。庚辰本第十九回的批语称："后观《情榜》评曰：'宝玉情不情，黛玉情情。'"所谓"情不情"，据甲戌本第八回眉批，即"凡世间之无知无识，彼俱有一痴情去体贴"。所以他对一花一草皆充满情意，对奴婢也不乏关怀、体贴之情。所谓"情情"，即对有情者皆报之以情。她对贾宝玉那生死不渝的爱情固不用说，即使对她的情敌薛宝钗，一

---

① 见一粟编：《古典文学研究资料汇编·红楼梦卷》，中华书局 1963 年版，第 197 页。

且她对自己表示一点关怀之意，她即以无比真挚深厚的感激之情，对她坦陈："你素日待人，固然是极好的，然我最是个多心的人，只当你心里藏奸……往日竟是我错了，实在误到如今。"不但宝黛二人有情之至，即使连宝钗有时也不免流露有真情。无情的只是封建势力，最突出的如他们制造的金玉姻缘的邪说，给宝黛二人带来了极大的精神痛苦，以致贾宝玉连在睡梦中都喊骂："和尚道士的话如何信得！什么金玉姻缘！我偏说是木石姻缘！"宝黛之间的反复争吵，乃至宝玉拼命砸玉，其根本原因，无不由于是封建家长制造的金玉姻缘邪说在作祟。如同陈其泰在第二十九回回末的批语所指出的："总之因有金玉之说，而黛玉之忧疑起，亦因黛玉心中有金玉之说，而宝玉之烦恼生。"以无情的金玉之说，来折磨和扼杀生死相爱的有情人，在这种有情与无情的尖锐冲突和强烈反衬之中，就不仅使宝黛等人物形象具有更加激动人心的艺术力量，而且还进一步揭示出，统治那整个社会的封建势力，既然如此残酷无情、腐朽荒唐，那还有什么继续存在下去的合理性可言！

富贵与贫贱

大某山民姚燮于《红楼梦》第一回回末评曰："神瑛与绛珠，一草一石，所谓木石缘也。人皆重金玉而贱木石，岂天意亦与为转移耶？"[①]"天意"之说，虽毫不足据，但以"金玉"代表富贵而为人所"重"，以"木石"代表贫贱而为人所"贱"，这倒确实是道出了作品所寄寓的一个重要意蕴。有作者的描写为证：当贾宝玉把元春送给他和宝钗同样的端午节礼，分送给黛玉拣她喜爱的留下时，却遭到了黛玉的拒绝，后来宝玉笑问她："我的东西叫你拣，你怎么不拣？"这时作者写黛玉答道："我没这么大福禁受，比不得宝姑娘，什么金什么玉的，我们不过是草木之人！""宝玉听她提出'金玉'二字来，不觉心动疑猜，便说道：'除了别人说什么金什么玉，我心里要有这个想

---

① 见商务印书馆万有文库版《石头记》。

头，天诛地灭，万世不得人身！'林黛玉听他这话，便知他心里动了疑，忙又笑道：'好没意思，白白的说什么誓？管你什么金什么玉的呢！'"可见在宝黛心里既不信金玉之说，更不信什么"天意"；林黛玉真正的"心病"，是自己出身于破落家庭，父母早逝，过着寄人篱下的生活。所谓"草木之人"，不只如甲戌本脂批所说："自道本是绛珠草也。"在艺术上有前呼后应的作用，更重要的还反映了她的家庭确实已破落到一无所有的贫贱地位。尽管她在贾府依仗外祖母仍然过着小姐生活，但这种破落家庭出身使她不能不时刻小心留神，生怕人家瞧不起她。贾宝玉的阶级地位虽然是公子哥儿，但他尚未当家，用他的话来说，他"一点儿做不得主"。更重要的，是他的思想倾向跟他所依附的封建阶级格格不入，被他们视为"孽根祸胎"，而他对被压迫者则寄于热烈的同情，因而被藕官等下层人民视为跟"自己一流人物"。作者的艺术描写表明：宝黛的叛逆思想及他俩建立在共同思想基础上的自由爱情，是属于贫贱者——"草木之人"的，他们追求的不是物质上的富贵，而是精神上的自由和愉快；至于金玉姻缘，则是属于富贵者的封建婚姻，如同恩格斯所说："婚姻都是由两方面的阶级地位来决定的。"（《家庭、私有制和国家的起源》）这种由阶级地位决定的婚姻，即使如富贵至极的皇妃——贾元春的婚姻，其在精神上也痛苦不堪，等而下之，贾赦与邢夫人、贾政与王夫人、贾琏与凤姐、贾宝玉与薛宝钗的婚姻，也统统都是物质上富有，而在精神上则毫无幸福可言。可见《红楼梦》作者是着意对"世皆重金玉而贱木石"要反其道而行之：重木石而贱金玉，亦即重贫贱而贱富贵。作品所表达的这种思想倾向，显然不只局限于爱情婚姻问题，而且有更为深广的社会政治哲理意蕴。

重物与重人

所谓"金玉姻缘"，实际上是以"金"与"玉"为门当户对的封建婚姻模式，起决定作用的是男女双方家庭的阶级地位，而不是男女自身基于思想和性格、才能和品貌的性爱。也就是说，重物不重人。不只在婚姻问题上如此，漠视人权也可谓是整个封建专制普遍性的特点。以人为本，重人而不是重物，则是民主主义思想的重要表现。

《红楼梦》作者把木石前盟与金玉姻缘的斗争，上升到了重物还是重人——封建专制思想与以人为本的民主思想——两种思想尖锐斗争的高度，使之具有深广的哲理意蕴。如当林黛玉刚进贾府，与贾宝玉初次相会时，便写宝玉因听说黛玉没有玉，就"登时发作起痴狂病来，摘下那玉，就狠命摔去，骂道：'什么罕物，连人之高低不择，还说'通灵'不'通灵'呢！我也不要这劳什子了！吓得众人一拥争去拾玉。贾母急得搂了宝玉道：'孽障！你生气，要打骂人容易，何苦摔那命根子！'宝玉满面泪痕泣道：'家里姐姐妹妹都没有，单我有，我说没趣；如今来了这么一个神仙似的妹妹也没有，可知这不是个好东西。'"这里写贾宝玉与贾母对待"玉"的不同态度：一个斥为令人厌恶的"劳什子"，一个则贵重得视为"命根子"；一个认为"家里姐姐妹妹都没有，单我有"，就"没趣"，一个则认为"你生气，要打骂人容易"，而那块宝玉却摔不得。这就形象地反映重人与重物、民主平等与封建专制两种思想的矛盾冲突。我有，就要家里姐姐妹妹都有，这不是含有民主平等的思想吗？主子生气，就可用打骂人来出气，这不是封建专制思想吗？

重玉还是重人，这是作者贯穿《红楼梦》全书的一条重要思想线索。如第二十九回写宝黛因金玉之说而发生口角后，那黛玉心里想着："你心里自然有我，虽有'金玉相对'之说，你岂是重这邪说不重我的。我便时常提这'金玉'，你只管了然自若无闻的，方见得是待我重，而毫无此心了。如何我只一提'金玉'的事，你就着急，可知你心里时时有'金玉'，见我一提，你又怕我多心，故意着急，安心哄我。"而宝玉内心想的却是："别人不知我的心，还有可恕，难道你就不想我的心里眼里只有你！"可见重人而不重金玉邪说，这是宝黛爱情共同的思想基础之一。

续书第一百一十七回写贾宝玉要把那块玉还给和尚，宝钗、袭人拦住不肯，宝钗夺了玉，就叫放了宝玉，这时宝玉笑道："你们这些人原来重玉不重人哪！你们既放了我，我便跟着他走了，看你们就守着那块玉怎么样。"这显然是继承了前八十回反对重玉不重人的思想，而揭露和嘲笑了封建主义思想的专制性和荒谬性。

荒唐与真实

女娲炼石补天，以及木石前盟与金玉良缘的故事，本来都是荒唐无稽的，所以作者特地写了首诗嘲曰：

> 女娲炼石已荒唐，又向荒唐演大荒。
>
> 失去幽灵真境界，幻来亲就臭皮囊。
>
> 好知运败金无彩，堪叹时乖玉不光。
>
> 白骨如山忘姓氏，无非公子与红妆。

作者不仅直言他所写的故事是"已荒唐"而"又向荒唐"，而且在全书开头的标题诗中，干脆说他写的是"满纸荒唐言"。这就是说不仅书中的神话故事是荒唐无稽的，并且连书中所写的宝黛钗爱情婚姻悲剧，书中主要人物性格"金无彩""玉不光"的悲惨遭遇，乃至"白骨如山""千红一窟（哭）"，"万艳同杯（悲）"的妇女命运等，也统统都是那个"荒唐"的社会造成的。

在《红楼梦》中，作者有大量的正面描写。例如，宝黛爱情分明是真挚、纯洁、美好的，作者的态度也显然是对其热烈赞美和由衷讴歌的。这类正面描写又怎么能算"荒唐言"呢？如果我们不是把这种正面描写从全书中割裂出来，而是把它放在全书的整体架构中来看，宝黛的美好爱情之所以遭到人为的毁灭，竭力按照封建传统观念行事的薛宝钗，之所以也只能落得可悲的下场，作者之所以采取"悲金悼玉"的态度，这一切都足以说明，造成宝黛钗爱情婚姻悲剧的根源，不在于任何个人的罪孽，而在于那整个封建社会实在太荒唐了。可见所谓"满纸荒唐言"，是指《红楼梦》的整体架构，亦即指《红楼梦》所描写的那个社会整体而言的。

这也就是说，构成"荒唐"的，并不是由于个人命定的缘分，而是由于人为的社会。为此，续作者把贾宝玉与薛宝钗的成婚，特地写成是在贾宝玉失玉之时，还写林黛玉心里说道："和尚道士的话真个信不得。果真金玉有缘，宝玉如何能把这玉丢了呢？"而在丢了玉的情况下，贾母却仍然执意要娶薛宝钗为孙媳妇，说："我们两家愿意，孩子们又有金玉的道理，婚是不用合的了……再者姨太太曾说，宝丫头的金锁也有个和尚说过，只等有玉的便是婚姻，焉知宝丫头过来，不因金锁倒招出他那块玉来，也定不得。"贾宝玉明明是为爱林黛玉而得了相思病，封建家长却要通过娶薛宝钗来给宝玉"冲喜"，说"借大妹妹的金锁压压邪气，只怕就好了"。连袭人都预感到，这是"一害三个人"，"只怕不但不能冲喜，竟是催命了"！续书这样写，显然更加突出了封建家长坚持金玉姻缘的荒唐和愚昧、可笑和可悲，跟原作者所要求的"满纸荒唐言"是大体上吻合的，只不过比前八十回显得较为浅露罢了。原作者曹雪芹的高明之处，则在于他把封建社会写得愈是真实，而愈显得封建社会的荒唐和不合情理。这就足以使人们对整个封建社会存在的合理性引发怀疑和思考。

以上说明，《红楼梦》中对"石头"的描写，不是局限于所写的故事题材本身，而是如同聚光镜中的焦点一样，集中了顽石与宝玉、真与假、自然与人工、有情与无情、富贵与贫贱、重物与重人、荒唐与真实等多方面的哲理意蕴，具有永久引人思索、耐人咀嚼、发人深省的巨大张力和丰富内涵。

三、通过写"石头"所体现的艺术功能

首先，它具有使小说艺术与真实生活拉开距离、增加朦胧美的功能。《红

楼梦》当然首先具有生活的真实，如同作者所说，它"追踪蹑迹，不敢稍加穿凿"，但在此基础上，它又通过顽石补天、绛珠草还泪、木石前盟与金玉姻缘等象征手法，使小说艺术又跟真实的生活拉开了距离，这就使读者感到既如日常生活一样真实可信，又如雾里看花，别具有一种朦胧的美感。同时由于明知顽石补天、木石前盟等纯属作者的艺术虚构，是实际生活中所不可能发生的"荒唐言"，从而又由此及彼地反衬出作者所写的一切，尽管是道道地地的现实生活中发生的事情，却仍然具有荒唐性，所谓"满纸荒唐言"也。至于顽石与宝玉孰真孰假，木石前盟与金玉姻缘谁胜谁败，则更增加了令人深思猛省、回味无穷的艺术魅力。若是删去了这些纯属艺术想像的象征性描写，而完全采用严格、纯粹的现实主义艺术手法，那就很难设想会收到现在这般美妙神奇的艺术效果。

其次，它在时间与空间上，把有限延伸到无限，具有给读者留下艺术想象的广阔余地的功能。如在时间上，宝黛不仅是现实生活中的人物，而且一个是女娲补天时遗留下来的一块顽石，一个是西方灵河岸上三生石畔的绛珠仙草；在空间上，作者重点写的是他们今生的现实世界，但同时又扩展到了他们前生的神仙世界和来生的理想世界。它不是宣扬宿命论，而是借用佛家的"三生"说，来揭露、批判和憎恨丑恶的社会现实，赞美和向往回归自然的纯净理想。如写宝玉的"三生"是：顽石——宝玉——顽石。黛玉的"三生"是：绛珠草——黛玉——绛珠草。他俩的结局，不是停留于人间社会的出家和死亡，而是来自大自然，仍旧回归大自然。用续书结尾的话来说，这叫顽石复原，仙草归真。作者把人间社会的一切，都归结为违背自然的"荒唐言"，而把回归自然则当成人类的最佳理想。这就使读者不只是把注意力完全局限于现实生活中的宝黛，而是必然在时间上延伸到女娲补天以来人类遭遇的命运是荒唐还是合理，在空间上扩展到人类的前生和来生，究竟应该向往和追求一个什么样的世界。通过这种诱发读者作充分的想象和深入的思考，就使作家的艺术描写具有更加无穷的魅力和无限的内涵。

最后，它通过写宝玉来自无材补天的顽石和黛玉来自绛珠仙草，还具有从石性与玉性、泥性与水性、草性与仙性等等，多层面地展示和丰富人物性格刻画的功能。如贾宝玉形象，从其反对走仕途经济的道路，追求个性自由和对自由爱情的坚定、执着来看，他具有顽石般刚强不屈的叛逆性格；从他那公子哥儿的地位身份来说，他养尊处优，被贾母等封建家长视为如宝似玉的命根子，又具有娇生惯养、高贵无比的所谓"玉性"；这种"玉性"既有其娇贵、美好的一面，同时又必然使他沾染上了好吃女孩儿嘴上的胭脂，强使袭人跟他偷试云雨之事，踢丫环，摔东西，动辄耍公子哥儿的脾气，具有作为"泥作的骨肉"——臭男人所特有的"泥性"的一面。而林黛玉作为女孩儿则是"水作的骨肉"，有如水一般纯洁美好的"水性"；她"癖性喜洁"，坚持"质本洁来还洁去，强如污淖陷渠沟"的人生道路，有作为绛珠仙草所特有的那种充满灵气、超凡脱俗的"仙性"；同时又有整天多愁善感，爱哭鼻子，像草一样柔弱的"草性"；好在她并非一味地柔弱，而是柔中有刚，"野火烧不尽，春风吹又生"，有着草所特有的韧性；对于自己所选择的人生道路，对于来自封建家长和世俗的种种压力，她是坚定执着、宁折不弯的，具有顽固不化的"石性"；而在宝玉眼中，她是"真香玉"，又有可敬可爱的"玉性"。可见这一切都对宝黛等主要人物的性格起到了多层面地展示和丰富的作用，使他们的典型性格具有无比的复杂性和生动性，典型意义远远超越其自身阶级的属性而具有极大的概括性和广延性。

由于作者在题材内容上把真实与荒唐相结合，在人物活动的时间与空间上把有限与无限相结合，在人物性格的刻画上把石性与玉性、泥性与水性、仙性与草性相结合，这就使《红楼梦》既具有艺术的真实美，又有着想象的独创美；既具有生活的诗意美，又有着耐人寻味的哲理美；既有复杂的人物性格美，又有着自然的人生理想美。它所发挥的艺术功能，就像火一样炽热，像水一样纯净，像彩霞一样绚丽，像太阳一样光辉，像泰山一样崇高，像大海一样深沉，使读者不能不为之动情，不能不为之陶醉，不能不为之深思，不能不为之称奇道妙，乃至不禁拍案叫绝！

四、由此可使我们获得哪些新的认识

首先，它使我们认识到曹雪芹颇具有辩证法的思想。他对于顽石与宝玉、真与假、自然与人工、有情与无情、富贵与贫贱、重物与重人、荒唐与真实等一系列问题，皆有着对立统一的辩证观点。因而他能透过现象揭示其本质，使人们能够清醒地看到，那种喜宝玉而厌顽石，以假当真，人为地扭曲自然，用无情来扼杀有情，爱富贵憎贫贱，重物轻人，视真实为合理而无视其本身的荒唐性，如此种种世俗的谬误，在作者看来统统是历史的颠倒，必须把它们重新颠倒过来，从而达到了作者所预期的足以"令世人换新眼目"的非凡的艺术效应。

其次，它使我们认识到曹雪芹的爱石、画石、酒酣以石击节作歌，绝不是偶然的，而是因为他既受到中华民族优秀传统文化的哺育，具有顽石般刚强不屈的傲骨，又有"石能言"的愤世嫉俗、勇于抗争的精神。他所写的"乱哄哄你方唱罢我登场，反认他乡是故乡。甚荒唐，到头来都是为他人作嫁衣裳"等等，实质上不是虚无主义，而是对"甚荒唐"的不合理的现实社会的彻底否定。对人类真正的故乡——自然本性的积极肯定和向往。

再次，它有助于使我们认清贾宝玉、林黛玉等人物形象的丰富性和复杂性。既要充分肯定他们对于封建的人生道路和封建世俗，具有顽石般的反抗性和叛逆性，又要看到他们身上必然具有的"泥性"和"草性"。作者在他们身上不仅寄托了自己的理想，而且把他们写得极其真实，符合他们所处的环境、地位和身份。作者是多层面地展开人物性格刻画的，我们也必须从多层面来认识《红楼梦》中的人物形象。

最后，它还使我们认识到《红楼梦》的主题思想有三个不可分割的层面：宝、黛、钗的爱情婚姻悲剧，是其表层；揭露所有悲剧之源——整个现实社会"甚荒唐"的社会悲剧，是其深层；而刻画"反认他乡是故乡"，"到头来都是为他人作嫁衣裳"，丧失"自我"，背离人的自然本性的整个人生的悲剧，这才是其核心层。回归自然，恢复"自我"，《红楼梦》作者所追求的这个人生理想，虽然还很朦胧，却代表了人类发展的正确方向。

总之，整个社会和人生、过去和未来，从《红楼梦》的写"石头"，皆可由"一斑"而窥"全豹"。作者所选择的"石头"这个独特的视角和象征物，其所以如此神通广大，就在于它如同一滴水可以映照大千世界、一脔味可知脍炙之美一样，是切合由特殊到普遍的创作规律和由个别到一般的认识规律的；它不愧为作者使其作品故事建构具有无比深厚底蕴的伟大创造。

后四十回对宝黛爱情故事的
不同描写说明了什么

众所周知，《红楼梦》前八十回是曹雪芹原作，后四十回是别人续作的。尽管后四十回写得也是相当成功的，但与前八十回相比，毕竟要逊色得多。其根本的原因，不仅在于续作者没有曹雪芹那样的艺术才能，重要的还在于续作者缺乏曹雪芹那种严格写实的态度。我们拿曹雪芹原著的描写和构思，跟续作的后四十回及据以改编的清嘉庆道光年间韩小窗的子弟书《露泪缘》加以比较分析，就可以更加清楚地看出它们之间的成败得失，总结和吸取其创作经验。

一、制造宝黛爱情悲剧的罪魁是谁

曹雪芹对贾宝玉与林黛玉的爱情描写，其非凡的深刻之处，就在于他写出了这种爱情悲剧结局的历史必然性。因为贾宝玉与林黛玉的爱情，不像《西厢记》中的张君瑞与崔莺莺及《牡丹亭》中的柳梦梅与杜丽娘那样，仅仅在爱情婚姻上争自由，叛逆于封建礼教，封建家长在一定的条件下可以达成妥协，即要求男方在取得科举功名后，才能成婚。贾宝玉与林黛玉的爱情，则是建立在整个人生道路叛逆于封建统治的政治基础之上的，他们不只是赤诚相爱的一对情侣，更重要的还是在政治思想上志同道合的知己。他们要求的不只是爱情婚姻的自由，更重要的是反对科举功名、仕途经济等封建的人生道路。因此，封建统治阶级如果成全他们的爱情，那就势必助长他们在叛逆的道路上愈走愈远，如贾政说的那样，"明日酿到他弑君杀父"（第三十三回）的地步。既然这是个危及到封建统治阶级生死存亡的问题，那自然就绝没有妥协的余地，而只能以悲剧告终。曹雪芹在《红楼梦》前八十回的故事情节和人物性格等各个方面，都已经奠定了这样发展的必然轨迹。这是续作者所不可逆转、无法窜改的。从处于没落时期的封建统治阶级这方面来看，男子已经腐朽昏聩，一代不如一代，只有靠凤姐那样只知贪财抓权、凶狠残暴，而对于封建统治阶级的长治久安完全缺乏深谋远虑的女人来主持家政。后来连凤姐也招架不住，病倒了，只有指望薛宝钗这样既恪守封建妇道又聪明能干的人，才能接替凤姐担任管家的角色。因此，酿成宝黛爱情悲剧，选择薛宝钗作贾宝玉的配偶，这绝不只是封建家长个人意愿的问题，更重要的，它是封建统治阶级处于没落时期进行垂死挣扎的必然要求。

问题在于制造宝黛爱情悲剧的罪魁祸首究竟是谁呢？曹雪芹在前八十回中不可能作明确的交代，他只是作了一些暗示，埋下一些伏线。这就使续作者有机可乘，可以塞进他的私货。但是，事物的发展总是有其客观的规律可循的，正如曹雪芹在他的《红楼梦》开卷第一回所说的，他的创作"不比那些胡牵乱扯忽离忽遇，满纸才人淑女、子建文君红娘小玉等，通共熟套之旧稿"，不是"稍加穿凿，徒为供人之目"，而是"取其事体情理"，"追踪蹑迹"地反映了社会生活的客观规律。

续作者是煞费苦心的，也取得了相当动人的艺术效果。如他把林黛玉之死，与贾宝玉、薛宝钗举行婚礼对照起来描写："当时黛玉气绝，正是宝玉娶宝钗的这个时辰。紫鹃等都大哭起来。李纨、探春想他素日的可疼，今日更加可怜，也便伤心痛哭。因潇湘馆离新房子甚远，所以那边并没听见。一时大家痛哭了一阵，只听得远远一阵音乐之声，侧耳一听却又没有了。探春、李纨走出院外再听时，惟有竹梢风动，月影移墙，好不凄凉冷淡。"（第九十八回）这种别具匠心、悲喜映照的艺术描写——于极悲极哀的痛哭声中，又听得远远一阵嬉笑吉庆的音乐之声，无疑大大地加强了悲剧的气氛，不禁使人心痛欲碎，愁肠寸断，对封建统治阶级的凶狠和伪善、残酷和狡黠，不能不感到义愤填膺，深恶痛绝。

可是当人们在悲痛之馀，冷静下来一想：究竟谁是造成宝黛爱情悲剧的罪魁祸首呢？读者一"追踪蹑迹"，就不难发现续作者的描写并没有跳出前人的"熟套"，把造成宝黛爱情悲剧的罪魁祸首不是归罪于整个封建统治阶级，而是归罪于封建家长——贾母、凤姐等个人。在许多写才子佳人的作品中，甚至在《西厢记》《牡丹亭》等不朽的著作中，作为自由爱情婚姻对立面的，几乎无一例外地都是封建家长。通过封建家长来揭露封建制度的丑恶，这本来也是无可非议的，不过千篇一律地这样写，未免落入"熟套"，而这是曹雪芹所不屑为的。续作者这样描写，与曹雪芹在《红楼梦》前八十回所既定的"事体情理"，是大相径庭的。

曹雪芹的《红楼梦》为我们创造了独特的典型环境中的典型性格，就拿贾母与凤姐的性格来说，在她们身上深深地浸透了封建没落阶级的特质，贾母只求在精神上和物质上的享乐，凤姐只热衷于攫取钱财和权势，至于这个阶级所面临的岌岌可危的前途和厄运，她们则丝毫没有一点政治头脑，既麻木不仁，更无动于衷。因此，贾母为了满足其在精神上享乐的要求，对于她的亲骨肉——孙子贾宝玉和外孙女林黛玉，是无比溺爱的。如果他们要把天上的星星和月亮摘下来的话，贾母即使明知无能为力，也会不惜一切代价来满足他们的欲望的；有时甚至家世的利益，她也可以置之度外。贾政毒打宝玉，正是为了阻止他的叛逆性格的发展，以维护封建家世的利益。而贾母却只顾一味溺爱宝玉，同时维护个人作为老祖宗的尊严，便十分生气地对贾政说："先打死我，再打死他，岂不干净了！"（第三十三回）贾宝玉的叛逆性格得以滋生蔓长，贾母的溺爱不能不认为是为他提供了一个得天独厚的空隙。在贾母眼里，贾宝玉就是她的命根子，贾宝玉的存在就是她感到生活幸福的精神支柱。因此要贾母干出危及宝玉生命的事情，那除非先要了她的老命。

可是，在续作的《红楼梦》第九十六回中，连袭人都认识到："若是如今和他说要娶宝姑娘，竟把林姑娘撂开，除非是他人事不知还可；若稍明白些，只怕不但不能冲喜，竟是催命了。"袭人并且已经把她这种担心通过王夫人转达给了贾母。贾母本人也亲自听了凤姐对贾宝玉的试探，明知他是为爱林妹妹而得病的，正像凤姐所判断的："袭人的话不差。提了林妹妹虽说仍旧说些疯话，却觉得明白些。若真明白了，将来不是林姑娘，打破了这个灯虎儿，那饥荒才难打呢。"（第九十七回）既然她们都知道，娶薛宝钗不但不能达到"冲喜"的目的，反而会给贾宝玉带来"催命"的恶果，贾母竟会干出既断送她的命根子——贾宝玉，又戕害她的外孙女——林黛玉这种蠢事吗？她凭什么要冒这种风险呢？

许多评论文章，常常强调恩格斯说的："结婚是一种政治的行为，是一种借新的联姻来扩大自己势力的机会，起决定作用的是家世的利益，而决不是个人的意愿。在这种条件下，关于婚姻问题的最后决定权怎能属于爱情呢？"[1]这话在原则上无疑是有助于说明宝黛爱情悲剧的社会历史根源的，但是具体对于贾母"这一个"特定的典型性格来说，却未必切合其发展的逻辑。因为贾母是把享乐哲学放在一切之上的，保全贾宝玉，也就是保全她自己的命根子。至于贾宝玉能否做封建阶级的孝子贤孙，她却毫无远虑。我们在《红楼梦》中看到过贾母以封建政治的标准来管教过贾宝玉吗？没有。对于贾宝玉的婚姻，贾母从来也没有考虑这"是一种借新的联姻来扩大自己势力的机会"，相反，她却对张道士说过——

上回有个和尚说了，这孩子命里不该早娶，等再大一点儿再定

---

① 《马克思恩格斯选集》第4卷，第74页。

罢。你可如今也打听着，不管他根基富贵，只要模样儿配的上就好，来告诉我。便是那家子穷，不过给他几两银子罢了。只是模样性格儿难得好的。（第二十九回）

"只要模样儿配得上"，这就是贾母为贾宝玉找对象的唯一的条件，至于"根基富贵"，贾母是根本"不管他"的。

以贾母的私人感情和意向来说，让贾宝玉和林黛玉成婚，并不是完全不可能的，对于这一点，曹雪芹在前八十回中作过许多暗示。如第六十六回，尤三姐向兴儿询问宝玉的情况，兴儿说：

只是他已有了，只未露形，将来准是林姑娘定了的。因林姑娘多病，二则都还小，故尚未及此。再过三二年，老太太便一开言，那是再无不准的了。

在第五十七回，薛姨妈也说——

我想着你宝兄弟，老太太那样疼他，他又生的那样，若要外头说去，断不中意。不如竟把你林妹妹定与他，岂不四角俱全？

在场的——

婆子们因也笑道："姨太太虽是顽话，却倒也不差呢。到闲了时和老太太一商议，姨太太竟做媒，保成这门亲事，是千妥万妥的。"
薛姨妈道："我一出这主意，老太太必喜欢的。"

贾宝玉因听紫鹃说林妹妹要回老家去而急得痴狂病发作，贾母对他说："林家已死绝了，你放心吧！"这固属安慰之词，却反映了贾母对宝玉一味迁就、放纵的态度。

凤姐虽然作恶多端，但她也不能不看贾母的眼色行事。对于贾宝玉这门亲事，她不仅从来没有反对过，并且还亲口对林黛玉说过——

你既吃了我们家的茶，怎么不给我们家作媳妇儿？（第二十五回）

这话虽然是开玩笑的，但也表示了凤姐的意向。甲戌、庚辰本对于凤姐的这段话，还有条脂批也说——

二玉之配偶，在贾府上下诸人，即观者、批者、作者皆为（谓）无疑，故常常有此等点题语。我也要笑。

紫鹃私下也曾对黛玉说过——

我倒是一片真心为姑娘。替你愁了这几年了，无父母，无兄弟，谁是知疼着热的人？趁早儿老太太还明白硬朗的时节，作定了大事要紧。俗语说："老健春寒秋后热。"倘或老太太一时有个好歹，那时虽也完事，只怕耽误了时光，还不得称心如意呢……若娘家有人有势的，还好些；若是姑娘这样的人，有老太太一日还好一日，若没了老太太，也只是凭人去欺负了。（第五十七回）

作者以上述种种事例说明，就贾母的典型性格和她对宝黛的特殊感情来说，她是有可能会迁就、成全宝黛的婚事的；只要她这位老太太还健在，就不会有人敢欺负林黛玉。曹雪芹这样写，并不是要给贾母、凤姐开脱罪责，而是要更深一层地揭示出，宝黛爱情悲剧的造成，不是由于贾母、凤姐个人的暴虐无情，而是有着更为深广的社会的、历史的、时代的、阶级的根源。

可是在续作者的笔下，却把贾母写得对自己的亲外孙女儿那样毫无情义，甚至连听到她快要死了，也不去探望一下。这是多么不符合"事体情理"，不符合贾母这个人物的典型性格啊！

子弟书《露泪缘》的作者大概也是有感于此吧，他继承续作采用悲喜映照的手法，写出"一边拜堂，一边断气；一处热闹，一处悲哀。这壁厢愁云怨雨遮阴界，那壁厢朝云暮雨锁阳台。这壁厢阴房鬼火三更冷，那壁厢洞房佳气一天开"。同时，对上述不合乎事体情理和人物性格之处，作了一定的补救。如补充写了贾母、凤姐等所以采用掉包计的理由——

定下了一条换斗移星计，

趁宝玉病体痴迷正好瞒。

…………

只要一时将他哄过，

扶入罗帐两团圆。

从不见销金帐里变了卦，

鸳鸯枕上又起波澜。

况薛妹姿色不在林妹下，

他两个向来情意也缠绵。

他再要往死里追求这件事，

只说是老爷定下姻亲，谁敢阻拦！

看来只有这条计儿稳，

管包他天孙织女会牛郎。

对于原续作中贾母的一些违情悖理的言行，子弟书《露泪缘》也作了加工和改造。如在续作中，当贾母听到袭人的忠告，明知这"不但不能冲喜，竟是催命"，"那不是一害三个人么"，她竟然说："别的事都好说，林丫头倒没有什么。""若是他心里有别的想头，成了什么人了呢！我可是白疼了他了。""若是这个病，不但治不好，我也没心肠了。"（第九十七回）让贾母说出这些冷酷无情的话，看上去是揭示了贾母的凶恶本质，实际上却把这个人物简单化了，也不符合贾母这个人的典型性格。在《露泪缘》中把这些话都删去了；改成贾母亲自去探望林黛玉的病情——

> 贾母说："儿呀，你好好养着罢，
> 人生谁没有个病和灾。"
> 老人家痛急伤心忍不住，
> 扑簌簌泪滚珍珠落满腮。
> 叫众人好劝歹劝才回房去，
> 吩咐把后事快安排。

在《露泪缘》中，林黛玉担心的是贾政、王夫人"肯不肯"，而对贾母则抱有幻想。紫鹃也对黛玉说："老祖宗何等疼爱你，看你如同掌上珍。若是有一差两错意外的事，却叫他白发高年怎样禁？！"黛玉、紫鹃的这种看法，并不是毫无根据的。在整个前八十回中，曹雪芹基本上没有把贾母作为贾宝玉、林黛玉的对立面来写过，相反，贾母则一直是他们借以抗拒贾政迫害的挡风墙；只有贾政、王夫人才是贾宝玉直接的对立面。续作者把贾政、王夫人撇在一边，硬要把贾母、凤姐推出来作为直接造成宝黛爱情悲剧的罪魁祸首，显然是不符合曹雪芹的原意，不符合故事情节和人物性格发展的逻辑的。

《露泪缘》的这些删改和补充，并没有彻底解决续作中上述违背事体情理和人物性格的问题。要彻底解决这个问题，只有按照曹雪芹在前八十回中所提供的线索和他对宝黛爱情悲剧独特的现实主义构思。

那么，按照曹雪芹原来的艺术构思，直接造成宝黛爱情悲剧的罪魁祸首应该是谁呢？应该是贾元妃和贾政。正如清代嘉庆年间犀脊山樵在《红楼梦补序》中所说的那样——

> 今世所传一百二十回之文，不知谁何伧父续成者也。原书金玉联姻，非出自贾母、王夫人之意，盖奉元妃之命，宝玉无可如何而就之，黛玉因此抑郁而亡，亦未有以钗冒黛之说，不知伧父何故强为此如鬼如蜮之事，此真别有肺肠，令人见之欲呕。[①]

犀脊山樵所说的"原书"，是否果真确凿，我们已很难查考。但他所说的"原书金玉姻缘非出自贾母、王夫人之意，盖奉元妃之命"，这倒是符合曹雪芹在《红楼梦》前八十回所刻画的人物性格和故事情节的伏线的。贾母和凤姐的性格不会下毒手戕害宝黛，已如上述。至于贾元妃嘱意让贾宝玉与薛宝钗成婚，曹雪芹最明确的预示是第二十八回写贾元妃送的端午节礼，唯独送给薛宝钗的礼物跟送给贾宝玉的一样。作者特意写贾宝玉很惊讶地说："这是怎么个原故，怎么林姑娘的倒不同我的一样，倒是宝姐姐的同我一样？别是传错了罢？"袭人确凿无疑地告诉他："昨儿拿出来都一份一份写着签字，怎么就错了！"贾宝玉把自己的礼物拿去叫林黛玉拣，林黛玉即生气地说："我没这么大福禁受。比不得宝姑娘什么金什么玉的，我们不过是草木之人。"这里再明白不过地告诉人们，制造金玉之论，酿成宝黛爱情悲剧的罪魁祸首，恰恰正是贾元妃。

---

① 归锄子：《红楼梦补》，清嘉庆二十四年藤花榭刊本卷首。

贾元妃在宫中怎么会特别嘱意于薛宝钗呢？这有两个可能：一是薛姨妈是王夫人的亲姊妹，王夫人的哥哥王子腾任九省都检点，通过娶薛宝钗可以加强贾史王薛四大家族的联姻；二是根据贾政的心意。贾政从促使贾宝玉改邪归正的政治需要出发，认为只有薛宝钗的思想和才能，才可制止宝玉叛逆性格的发展，又能接替凤姐担当管家的重任。但由他直接提出来，必遭到贾宝玉的强烈反对，贾母势必又要庇护和迁就宝玉。因此，他只有通过贾元妃提出来，才能使之成为权威性的决定。从作者的创作意图来说，由贾元妃和贾政来充当这个罪魁祸首的角色，不仅不落俗套，而且其悲剧的典型意义也显得更为重大得多，它更直接清楚地表明："结婚是一种政治的行为"，"起决定作用的是家世的利益，而决不是个人的意愿"。造成宝黛爱情悲剧的罪责，绝不在于封建家长个人的冷酷无情，而在于整个封建阶级统治利益的需要。

二、爱情悲剧的主人公之一贾宝玉

贾宝玉对林黛玉的爱情是刻骨铭心、生死不渝的。他根本不信封建统治阶级制造的金玉姻缘的邪说，正如第二十八回他对林黛玉说的："除了别人说什么金什么玉，我心里要有这个想头，天诛地灭，万世不得人身。"他甚至在睡梦中都坚定不移、斩钉截铁地宣告："和尚道士的话如何信得！什么是金玉姻缘，我偏说是木石姻缘。"（第三十六回）

可是到了第九十八回，续作者却写贾宝玉"又想黛玉已死，宝钗又是第一等人物，方信金石姻缘有定，自己也解了好些"。贾宝玉竟然把"入了国贼禄鬼之流"的薛宝钗看成是"第一等人物"，竟然由一个发誓不信金石姻缘的人，变成"方信金石姻缘有定"，他的思想性格为什么会有如此一百八十度的大转变呢？这除了说明作者的偏见和违背贾宝玉的性格真实以外，人们无法找到其他合理的解释。

事实上当贾宝玉听说要给他娶林妹妹，他那表现正如《露泪缘》作者所写的："好像蜜里调油，有说有笑一团高兴，进来出去像个活猴。"他"心气清明傻气儿收，疯魔的病症好去了一半，数着日子盼河洲，想我这木石婚姻今已定，再休提金玉联姻赋好逑"。盼到娶亲那一天，当他迫不及待地揭开新娘的盖头，发现新娘原来不是他心爱的林妹妹，而是他最讨厌的爱说"混帐话"的薛宝钗，这如同雷轰电掣一般，给贾宝玉在精神上该是个多么沉重的打击啊！

然而在续作者的笔下，通过写贾母等人"满屋里点起安息香来定住他的神魂，扶他睡下。众人鸦雀无闻，停了半时，宝玉便昏沉睡去"（第九十七回）。这个"安息香"，竟然会有这么大的神通！？面对如此泰山压顶般的打击，贾宝玉"停了片时"，竟然会"昏沉睡去"，原来口口声声"我是为林姑娘病了"的贾宝玉，此时竟然会因为一支"安息香"而昏聩、麻木到这种地步，真是咄咄怪事。

《露泪缘》作者却把这些反现实主义的"安息香"之类的鬼话统统删去了，他写贾宝玉——

登时面上变了颜色，
怨气冲天有万丈高。
果然又犯了疯狂病，
乱语胡言信口儿嘲，
一声声要到潇湘馆，
一心心要将林妹妹瞧。
又说是我病为她她为我，
俺两个性命相连在这遭。
…………
又说我也不久于人世，

一点真魂早已消,

不如把我送到那边去,

同病相怜也好诉心苗,

就是你们照看服侍也容易,

到将来一双枯骨同葬荒郊。

这是我倾心吐胆的真实话,

你们要把我的遗言谨记牢。

当薛宝钗告诉贾宝玉:"林妹妹已经亡故了。"续作者只是写"宝玉听了,不禁放声大哭,倒在床上",做了"一场大梦",醒来"仔细一想,真正无可奈何,不过长叹数声而已"(第九十八回)。试想,晴雯之死,宝玉尚且那样悲痛不已,何况跟他山誓海盟、生死相托的林黛玉死讯传来,他怎么会这般麻木不仁,除了大哭一场之外,只"不过长叹数声而已"呢?这显然跟故事情节发展的必然性、人物性格表现的内在逻辑和原作者曹雪芹的创作意图,都是直接抵牾的。从脂批中透露的消息,可以证明贾宝玉对林黛玉之死不仅是悲痛得锥心泣血,而且应有一篇比祭晴雯的《芙蓉诔》更加哀彻痛极、字挟风雷、声成金石,读之令人泣不成声的祭文。如第七十九回靖本《红楼梦》对《芙蓉诔》的一段脂批说——

观此,知虽诔晴雯,实乃诔黛玉也,试观"证前缘"回,黛玉
逝后诸文,便知。

这说明,批者已看到原书后半部的成稿,并有"证前缘"的回目,把黛玉之死,写得如晴雯之死那样凄楚感人。

庚辰本第七十九回,写迎春出嫁后,宝玉"天天到紫菱洲一带地方,徘徊

瞻顾，见其轩窗寂寞，屏帐倏然，不过有几个该班上夜的老妪……"时，有段脂批——

　　先为对竟（境），悼颦儿作引。

　　可见原作当有贾宝玉"悼颦儿"一段精美绝伦、感人肺腑的文字。

　　可是续作者面对这种人物感情必然沸腾咆哮的艺术场面，却捉襟见肘，无能为力。他才思枯竭，不得不用"安息香"、梦见"阴司"之类见神见鬼的文字，来敷衍搪塞，作"徒为供人之目"。

　　续作者不仅艺术写实的能力异常低下，更重要的是他的世界观也十分陈腐落后。他的目的是要强迫贾宝玉背叛自己的叛逆性格。因此，林黛玉的死，血与火的激烈搏斗，不是使贾宝玉的叛逆性格，宛如遭到猛击的燧石，放射出瑰丽的火花，而是使他"方信金石姻缘有定"，确认"宝钗又是第一等人物"，连他自己那样刻骨铭心、铮铮作响的誓言，都统统背叛了，成了宛如一具虽生犹死的骷髅，散发出令人作呕的腐臭。人们不能不奇怪：贾宝玉为什么会变成这个样子呢？这只能是续作者对贾宝玉这个光彩焕发的典型性格的恣意歪曲。它显然是不符合作者曹雪芹的意图的，连子弟书《露泪缘》也没有采用续书的这种写法，而是把贾宝玉写成始终是个对林黛玉的爱情生死不渝、满腔热血沸腾的叛逆者，他一听到林黛玉死去的噩耗，便立刻奔到她的灵柩前痛哭，并且不是像续书那样，空洞地说他"哭得死去活来""哭得气噎喉干"，而是通过他的哭诉，实际上如脂批所说的那样，写了一篇"悼颦儿"的诔文——

　　　　叫一声妹妹呀，你往何方去？
　　　　哭一声佳人啊，叫我哪里抓？
　　　　想来都是我误你，

把一条小命儿枉糟蹋。

我生平只看上了你人一个，

任凭谁倾国倾城莫浪夸。

细思量岂是人间有此种，

你定是王母宫中萼绿华。

我爱你骨格清奇无俗态，

我喜你性情幽雅厌繁华，

我羡你千伶百俐见识儿快，

我慕你心高志大好把人压，

我许你高节空心同竹韵，

我重你暗香疏影似梅花，

我叹你娇面如花花有愧，

我觉你风神似玉玉无瑕，

我服你八斗才高行七步，

我愧你五车学富手八叉，

我听你绿窗人静棋声响，

我懂你流水高山琴韵佳，

我怜你椿凋萱谢无人靠，

我疼你断梗飘蓬哪是家，

我敬你冰清玉洁抬身份，

我信你雅意深情暗浃洽。

…………

这段情直到地老天荒后，

我的那怨种愁根永不拔！

只哭得月暗星稀沉了气色，

502

云愁雨泣掩了光华，

恰便似倾城一病悲秦女，

抵多少肠断三声过楚峡。

这里贾宝玉既从各个方面满腔热情地赞美了林黛玉的高尚品格，犹如曲径通幽，峰回路转，使人无限神往，又声声泪、字字血地倾诉了他对林黛玉细腻缠绵的感情和生死与共的信念，纵览低回，抚今追昔，余音荡漾，令人既悲痛欲绝，又感奋昂扬。把它作为继祭晴雯之后，又一篇祭黛玉的《芙蓉诔》来读，岂不令人感到砥砺人心、芬芳馥郁吗？

三、爱情悲剧的另一主人公林黛玉

《红楼梦》后四十回续作者不仅歪曲了贾宝玉的性格，而且也糟蹋了林黛玉的形象。曹雪芹在八十回之后的原著，我们今天虽然看不到了，但我们拿《红楼梦》续作跟子弟书《露泪缘》相比，可以看出《露泪缘》比续作写得更加真实动人。

小说的写实，不能停留于故事情节的实录，更重要的是要展开人物的思想、性格、心理和形象的真实描绘，使之具有激动人心的艺术感染力量。主要的不是以故事情节的紧张曲折取胜，而是以人物性格真实生动的描绘吸引人、感染人，这是曹雪芹的《红楼梦》对我国古典小说艺术的重大发展，也是小说反映现实的思想艺术水平提高的一个重要标志。《红楼梦》后四十回的续作则要相形见绌得多。它往往又只停留在故事情节的表面叙述。如当它写林黛玉步入园中，听到傻大姐泄谋之后，续书第九十六回仅作了简单的交代——

一日黛玉早饭后，带着紫鹃到贾母这边来，一则请安，二则也为自己散散闷。

人们看了这几句情节性的叙述，对于林黛玉的思想和性格，绝不可能引起什么感情上的激动或共鸣。而子弟书《露泪缘》则把林黛玉此时为什么要"散散闷"，扩展成为具体的心理描写——

> 林黛玉痴心妄想成连理，
>
> 风闻的话儿不甚明白，
>
> 又不好在人前明打听，
>
> 只落得腹内展转暗揣摩。
>
> 想我与宝玉同居这几载，
>
> 相待的情儿也不薄，
>
> 任凭我冷言冷语全不恼，
>
> 我越挑嗤他越柔和，
>
> 必是前生种下的良缘分，
>
> 这段姻缘定是无挪。
>
> 但不知舅舅、舅母肯不肯，
>
> 老祖宗心下却如何？
>
> 既是疼他的心太盛，
>
> 自然要服着他心儿叫他快活。
>
> 左思右想拿不定，
>
> 万转千回怎捉摸，
>
> 倒不如访寻姐妹闲谈叙，
>
> 还可以解散幽怀驱睡魔。

这里，子弟书作者便继承了曹雪芹原著侧重从人物性格写实的艺术特点。它用浓墨重彩，鲜明、强烈地突出了林黛玉多愁善感的性格特征，把她那旖旎缠绵的感情，写得极为曲折婉转，仿佛有一股无法排遣的苦闷在冉冉升腾。它不仅把林黛玉为什么要“散散闷”的心情具体化了，而且从中我们可以感受到她那内心的憧憬与痛苦、期望与忧虑、幻想与追求，为她听到傻大姐泄谋后的震惊、痛苦与愤懑的感情发展，作了合理的铺垫，从而便大大增强了林黛玉形象的艺术感染力。

续作者并不是完全没有注意到林黛玉的心理和形象的刻画。当林黛玉从傻大姐嘴里听到宝玉将与宝钗成亲的消息后，续书第九十六回便写道——

那黛玉此时心里竟是油儿酱儿糖儿醋儿倒在一处的一般，甜苦酸咸竟说不上什么味儿来了。

如此来描写林黛玉当时那复杂、痛苦的心情，尽管也是写得形象生动、耐人寻味的，然而毕竟缺乏对于人物性格更为具体、真实、深刻的描绘，使读者不免也有“竟说不上什么味儿来”的感觉。

《露泪缘》则避免了这个缺陷。它把林黛玉那痛苦不堪的神情，描绘得纤毫毕露，入骨三分——

林黛玉听一句来怔一句，
霎时间魄散魂飞怔呵呵，
闷沉沉闭口无言咕嘟了嘴，
喘吁吁怒气填胸噎嗓脖，
怔痴痴面上发青改了人色，
扑腾腾心里乱跳乱颤索，

直钩钩两眼无光天地暗，

闹烘烘两耳生风打旋磨，

恶狠狠满腔怨气高千丈，

软胎胎一捻身躯往下矬，

恰便似一声霹雳真魂丧，

就如那乱箭攒心把肉割！

这里不仅把林黛玉内心深处的感情，写得风雷激荡，沸腾火爆，而且形象地描绘了这种霹雳般的感情在她的嘴上、面上、嗓脖、两眼、胸腔、身躯、心灵等各个部位的反映和感觉，使读者仿佛如见其人，情同身受。

同样，续作者对于"林黛玉焚稿断痴情"，也只是侧重叙述了林黛玉焚诗稿的过程，对于她在焚诗稿时那种创巨痛深、错综复杂的思想感情，则未作具体描绘，而《露泪缘》则作了极其沉郁悲愤的感情抒发，令人简直不能不为之魂悸魄动。林黛玉捧着她的诗稿——

勉强挣扎将身坐起，

细细翻开墨迹新，

一篇篇锦心绣口留香气，

一字字怨柳愁花渍泪痕。

这是我一生心血结成字，

对了这墨点乌丝怎不断魂？！

曾记得柳絮填词夸俊逸，

曾记得海棠起社斗清新，

曾记得凹晶馆内题明月，

曾记得栊翠庵中谱素琴，

曾记得怡红院里行新令，

曾记得秋爽斋头论旧文，

曾记得持蟹把酒把重阳赋，

曾记得吊古攀今将五美吟。

到如今奴身不久归黄土，

它也该一例化灰尘。

又叫紫鹃将诗帕取，

见了诗帕如见了当初赠帕人。

想此帕乃是宝玉随身带，

暗与我珍重题诗暗写心，

无穷心事都在二十八个字，

围着字点点斑斑是泪痕。

这如今绫帕依然人心变，

回思旧梦竟似浮云。

命紫鹃火炉之内多添炭，

把诗帕诗篇一总焚。

续书第九十七回仅写："黛玉这才将方才的绢子拿在手中，瞅着那火点点头儿，往上一撂……回手又把那诗稿拿起来，瞧了瞧，又撂下了。紫鹃怕他也要烧，连忙将身倚住黛玉，腾出手来拿时，黛玉又早拾起，撂在火上。"相比而言，《露泪缘》显然更能给人以哀彻痛极、勾魂摄魄的强烈印象。因为《露泪缘》作者比续书较好地继承了曹雪芹写实的艺术特点——不是侧重写事，而是着力写人，写人的内心感情。他把诗稿、诗帕与林黛玉的命运遭遇和思想感情完全糅合在一起了，她焚烧的与其说是诗稿、诗帕，不如说是她那一生满腔的悲愤和怨恨——它仿佛在人们的心头点燃了感情的烈火，恨不得要把造成林黛玉爱情悲剧的祸根种苗一把火统统化为灰烬，充当肥料，滋养自由爱情的鲜花，让它更加争奇斗艳，使春色满园暖人间！

曹雪芹的《红楼梦》与众不同，就在于它不是孤立地写宝黛爱情悲剧，而是把它与宝黛反叛封建人生道路的社会人生悲剧结合在一起了。后四十回续书则没有完全体现出曹雪芹原著的这个重大而崭新的主题思想，而把宝黛爱情悲剧过分地局限于封建家长个人的罪孽。子弟书《露泪缘》则比续书从更加广阔的社会背景上控诉了世俗人心隳败，使这个爱情悲剧的典型意义得到了较为深广的开掘。如在《露泪缘》中，写林黛玉听到傻大姐泄谋后暗自想到："自古红颜多薄命，谁似我伶仃孤苦更堪伤，才离襁褓就遭不幸，椿萱见背弃了高堂，既无兄弟亦无姊妹，只剩下一个孤鬼儿受凄凉。"投靠外祖母家，又"究竟是在人檐下气难扬"。"外祖母亲虽疼我，细微曲折怎得周详。""舅舅、舅母不管事，宾客相待也只平常。凤姐诸事想得到，也只是碍不过脸儿外面见光。大嫂子为人正直无偏向，改不了好好先生道学腔。园中姊妹虽相好，怕的是人多嘴杂惹饥荒。丫头婆子更难打交道，饶是那样的谦和还说是诳。自在自分才免人轻慢，使碎心机才保得安康。终日里随班唱喏胡厮混，还不知落叶归根在那乡。这叫作在人檐下随人便，只落得自己酸甜自己尝。"当紫鹃提到"你原是读书识字人"，黛玉便说："想幼时诸子百家曾读过，诗词歌赋也费尽心，诗与书竟作了闺中伴，笔和墨都成了骨肉亲。又谁知高才不遇怜才客，诗魔反被病魔侵，到不如一字不识的庸庸女，他偏要凤冠霞佩做夫人。"这些问题显然超出了爱情悲剧的范围，而把爱情悲剧和林黛玉所处的整个社会人生悲剧联系起来了。这就在一定程度上使人们不是把眼光局限于封建家长个人的罪责，而是把视野扩大，看到那整个封建没落社会是多么的心术不端，嫉贤妒能，是非颠倒，黑白混淆，腐朽透顶，叫人由不得不对那个社会深恶痛绝，感到"活在世间也无趣味，到不如眼中不见耳无闻"。因此，林黛玉的死，不只是由于对爱情悲剧的抑郁悲愤，更重要的是对于社会人生悲剧的强烈控诉。

曹雪芹把宝黛爱情悲剧升华为社会人生悲剧，关键就在于他写出了宝黛初步民主主义的思想性格和社会人生理想。《露泪缘》中的林黛玉形象跟续书相比，便突出了她对待奴婢的民主平等思想。如续书第九十六回写林黛玉听到傻大姐的哭声，"及至见了这个丫头，却又好笑，因想到这种蠢货有什么情种，自然是那屋里作粗活的丫头受了大女子的气了。细瞧了一瞧，却不认得。那丫头见黛玉来了，便不敢再哭，站起来拭眼泪"。这里林黛玉把"作粗活的丫头"看成是"蠢货"，认为她们根本不配"有什么情种"，那丫头一见到她，"便不敢再哭"。她跟那丫头在思想感情上竟有如此大的距离和不可逾越的阶级隔阂，表明续作者是从封建等级森严的阶级偏见，来描写林黛玉与奴婢之间的关系的。

《露泪缘》作者却不是这样。他写林黛玉"走近跟前仔细看，面庞形容仿佛认得，这不是老太太房中傻大姐，生来心性蠢又拙，为着何事在此悲痛，就里情由叫我猜不明白。忙问道：'丫头，你哭因何事？有什么冤屈对着我说，莫不是主子主人要责罚你？莫不是大丫头把你挫磨？'那丫头傻头傻脑全不理：'受人家的委屈，你怎么晓得？'林黛玉又是可怜又是可笑，说：'快快明言，我替你撕罗'"。《露泪缘》这么一改编，林黛玉一见是作粗活的丫头便认定是"蠢货"的阶级偏见不见了，傻大姐一见了林黛玉"便不敢再哭"的阶级隔阂也消失了，而傻大姐"生来心性蠢又拙"的性格特征，却被刻画得更加生动活泼。林黛玉对他的"傻头傻脑"，不是表示轻蔑、鄙视，而是激起了对于她的受压迫的更加同情，言谈之间充满了热情的关怀和温馨的体贴，表现出林黛玉作为一个叛逆者那种令人钦佩的民主平等的思想和关怀同情被压迫者的善良性格。

林黛玉的这种作为民主主义思想萌芽的新人的性格特征，在对待她的贴身丫鬟紫鹃的态度上，表现得也很突出。在续书第九十七回，虽然也写了林黛玉于病危中对紫鹃说道："妹妹，你是我最知心的。虽是老太太派你服侍我，这几年我拿你就当作我的亲妹妹。"把主奴关系当作亲姊妹的关系，这虽然也可说是民主平等思想的表现，然而也可理解为这是她俩的私人感情特别深厚。因为在这种如同亲姐妹的说法当中，并没有表现出更多的社会内容。《露泪缘》则不同了，它是通过李纨的口说出："我看他俩好像亲姊妹，说什么主仆名分有尊卑。"改编者是有意识地把她俩这种"好像亲姊妹"的关系，作为封建统治阶级的"主仆名分有尊卑"的对立面，来加以描写和表现的。因此，改编者反映的不只是她们之间的私人感情，而是着重揭示出她俩在反封建的叛逆思想上的一致。如改编者写林黛玉对紫鹃说："你我相随这几载，同心合意两无猜。自从我得了冤孽病，时时相守未离开。难为你知轻识重得人意，难为你软语柔情解闷怀，难为你体饥问饱随手儿转，难为你早起迟眠耐着性儿挨，眼皮儿终夜何曾对，眉头儿终朝展不开，万种温存千般体贴，就是那骨肉亲人也赶不上来。"谈到黛玉死后紫鹃的生活，黛玉说："从今后一冲的性儿休要使，心儿要细嘴头儿还要乖。也不知将来派到何房去，只怕别的姑娘你服侍不上来。"由此可见，林黛玉与紫鹃的关系，是以思想性格上的志同道合为基础的。林黛玉不仅离不开紫鹃在生活上对她的服侍，更需要她在精神上"软语柔情解闷怀"；紫鹃由于她那"一冲的性儿"，若离开林黛玉，别的姑娘她也"服侍不上来"。改编者突出了她俩在思想性格上的一致性，并且把她俩这种亲密的关系，作为封建家庭关系的对立面——"就是那骨肉亲人也赶不上来。"这里面不是明显地表现出反封建的初步民主平等思想的熠熠光彩吗？

《露泪缘》较好地继承了曹雪芹原著的精神。它把林黛玉与紫鹃的关系，确实是作为一种新型的社会关系的萌芽来表现的。紫鹃的反抗精神，也比续书要强烈得多。当凤姐为了实现她的"掉包计"打发林之孝家的喊紫鹃去侍候新娘，以蒙骗贾宝玉，这时续书第九十七回只是写："紫鹃道：'林奶奶你先请罢，等着人死了，我们自然是出去的。那里用这么——'说到这里，却又不好说了，因又改说道：'况且我们在这里守着病人，身上也不洁净。林姑娘还有气儿呢，不时的叫我。'"从紫鹃的这些话中，我们看到的是她那种对封建统治者既愤懑不满，而又无可奈何的情绪。对于紫鹃本身的思想性格和她与林黛玉非同寻常的特殊关系，我们却无法由此而看得出来，更不能从中受到它的深刻感染。

《露泪缘》的改编却不同，它写紫鹃回答林之孝家的道："实说罢，今朝断不肯离此地，就把我粉身碎骨也不皱眉。我一辈子不会泼上水，锦上添花从不肯为，别处的繁华富贵由他去，我情愿守这冷香闺。想那边洋洋高兴人人乐，加上这不吉利的人儿也难奉陪。要再相逼拼着一死，正好同姑娘一处归。姑娘呀！你生来的命真真苦，到这时节还把命来追！"这里面不仅表露了紫鹃的满腔愤慨，而且生动地刻画了她"一辈子不会泼上水"的思想性格，表现了她跟林黛玉生死与共的诚笃感情，以及她对封建势力绝不屈服的高尚品质。正如改编者所写的："这紫鹃瞅着黛玉把肝肠断，就是那铁石人闻也心悲。"

在《露泪缘》中，还通过李纨以旁观者的身份，对紫鹃的高贵品格进行了热烈的赞颂："这才是岁寒方知松柏茂，隆冬始显傲霜梅，正气真堪羞粉黛，忠诚真可愧须眉。"这里所说的"羞粉黛""愧须眉"，显然可见改编者是有意用紫鹃与林黛玉的新型的人与人之间的关系，来反衬、揭露和鞭挞封建的人与之间关系的狡诈和残忍、势利和虚伪。这不是比续书更符合曹雪芹的原意而在那黑暗王国中露出了令人瞩目的民主思想的闪光吗？

四、贵在写实

综上所述，子弟书《露泪缘》的改编，跟曹雪芹原著的创作意图是比较接近的。它无论在思想性或艺术性上，都比续书要高出一筹。尽管它并不是完美无疵的，在不少地方仍未跳出续书的框框。

值得注意的是，子弟书《露泪缘》共十三回，其中第十二回的回目叫"证缘"，写贾宝玉在睡梦中到达一个"真如福地"，又看到了"金陵十二钗"的册子，仙姑告诉他，林黛玉在那儿依然"是绛珠仙草化菁英，只因为受了神瑛侍者栽培惠，特下凡尘了这一段情。这如今心愿已完，归了原处，你看她得意欣欣更向荣"。又遇到个和尚告诉宝玉："林黛玉是绛珠仙草临凡世，你本是神瑛侍者下脱生，要把你甘露琼浆深恩报，都到那世上红尘走一程，注定了没有姻缘分，只将那情字填还就复了真形。"贾宝玉表示："谢吾师当头棒喝把迷路指，我情愿抛下家园去修行。"改编者的这些描写，跟曹雪芹在《红楼梦》第一回和第五回所设计的情节伏线是遥相呼应的。靖本第七十九回批语中，提到曹雪芹原作的后半部有"试观证前缘回黛玉逝后诸文"。靖本第六十七回的批语中也说："埂峰时缘了证情。"因原批语文字十分错乱，周汝昌先生把这句话校读为："青埂峰证了前缘。"①《露泪缘》以"证缘"作为回目，看来不会是偶然的巧合，很可能是有所本的吧？至少改编者是看到过这些脂批，对曹雪芹的创作意图作过一番研究的。

鲁迅曾对曹雪芹的《红楼梦》下过这样的评语："盖叙述皆存本真，闻见悉所亲历，正因写实，转成新鲜。"②我认为这话确实是一语中的，言简意赅。写实，这就是曹雪芹的根本经验，是他的《红楼梦》所以能在文学史上作出独创性贡献的关键之所在。无论是《红楼梦》后四十回续书或子弟书《露泪缘》，它们在思想和艺术上的成败得失，归根结底，都说明了这个问题。

写实，这就要求作品的故事情节和艺术描写要符合"事体情理"。曹雪芹是很看重这一点的。他认为他的《红楼梦》所以不像"历来野史皆蹈一辙"，"反倒新奇别致，不过只取其事体情理罢了"（第一回）。"取其事体情理"，不仅要求形象地反映出生活的真实，而且要"追踪蹑迹"，揭示出社会生活和人物性格发展的内在的客观规律，要有情有理，合情合理，情深理正。这样

---

① 周汝昌：《红楼梦新证》（修订版），第 1055 页。
② 鲁迅：《中国小说史略》。

才能做到感人肺腑，发人深省，既给人以艺术美感的无穷魅力，又能提供巨大的认识和教育作用。

写实，这就要严格地从特定人物的典型性格出发。恩格斯要求"每个人都是典型，但同时又是一定的单个人，正如老黑格尔所说的，是一个'这个'，而且应当是如此"[①]。这就是说，每个典型人物的言论和行动，都有他自身的"这个"的规定性，绝不可以"稍加穿凿"。正如鲁迅所说的，他创造的阿Q形象，"只要在头上戴上一顶瓜皮小帽，就失去了阿Q，我记得我给他戴的是毡帽"[②]。对于《红楼梦》后四十回续书，人们之所以感到很不满意，就是因为续作者往往离开了人物典型性格自身的规定性，如贾母在《红楼梦》中是个只知享乐和溺爱贾宝玉，而对于封建统治的长治久安完全缺乏深谋远虑的腐朽庸人，她一贯把贾宝玉、林黛玉当作她的"心肝儿肉"，后来又怎么可能由她直接出面干出不顾贾宝玉、林黛玉死活的事情来呢？贾政在《红楼梦》中是个封建卫道者的典型，他倒是一贯作为贾宝玉的对立面出现的。他要通过娶薛宝钗做媳妇，来约束贾宝玉"改邪归正"，又怕贾母不明事理，一味地溺爱和庇护贾宝玉、林黛玉，而通过贾元妃出面来实现他的旨意，这才既是新奇别致的艺术创造，又完全符合贾母、贾政、贾元妃等各个人物的性格特征。

写实，这就要把人物形象血肉丰满地描绘出来。《红楼梦》后四十回续书的一个显著缺陷，就是续作者忙于故事情节的穿插演绎，补苴罅漏，而缺乏像前八十回那样对于人物形象笔酣墨饱、情浓意深、生动感人、耐人经久咀嚼的艺术描写。因此，不仅像那些贾府"兰桂齐芳"的文字，完全丧失艺术的生命——真实性，即使如写宝黛爱情悲剧这样本来很真实很深刻的艺术场面，在续作者的笔下，由于对人物形象刻画得很粗疏简略，扭曲变形，因而便大大削

---

①　恩格斯：《致敏·考茨基》，《马克思恩格斯书信选集》，第434页。

②　鲁迅：《且介亭杂文·寄〈戏〉周刊编者信》。

弱了它本来应有的艺术感染力。子弟书《露泪缘》在这方面就显得比续书要强得多。如果由曹雪芹来作，那就不知该是多么惊天动地、震撼人心之笔了。

列夫·托尔斯泰说："要区分真正的艺术与虚假的艺术，有一个肯定无疑的标志，即艺术的感染性。"[①]"艺术家的真挚的程度对艺术感染力的大小的影响比什么都大。"[②]"作者所体验过的感情感染了观众或听众，这就是艺术。"[③]笔者认为，同样是写宝黛爱情故事，甚至同样是写成悲剧结局，为什么其所建构的底蕴却大有浅薄和深厚之别，其艺术的感染力又颇具平淡和浓烈之差呢？这主要的正是由于曹雪芹对社会生活有深刻的体验，他是用无比强烈、深厚的血泪感情，来从事他的故事建构和艺术形象的创造的。

贵在写实——生活的真实、性格的真实、感情的真实，看来这正是曹雪芹的《红楼梦》之所以特别富有艺术独创性的一条十分重要的经验。

① 列夫·托尔斯泰：《什么是艺术》，见《西方文论选》下卷，第438页。
② 列夫·托尔斯泰：《什么是艺术》，见《西方文论选》下卷，第440页。
③ 列夫·托尔斯泰：《什么是艺术》，见《西方文论选》下卷，第433页。

第四章

艺术手法　新奇别致

"历来野史，皆蹈一辙，莫如我这不借此套者，反倒新奇别致。"

——曹雪芹：《红楼梦》第一回

《红楼梦》人物描写的对称美

"所有对称的东西，对审美上没有缺陷的人来说，通常都是美丽的和引人入胜的。"[1]这是1981年出版的华岗在狱中写的《美学论要》里的话，我读后颇有同感。《红楼梦》的人物描写为什么那么生动有趣，惹人着迷，其原因固然很多，但它巧妙地运用了对称的手法，符合对称美的原则，我看这是其不可忽视的一条重要的艺术经验，值得我们加以探索。

一、人物语言的对称

人物语言的对称，这在《红楼梦》中是最为醒目的。我每次读到这类对称性的语言，总是情不自禁地要流连忘返，反复咀嚼，深感其相映成趣，意味无穷。

如贾宝玉与秦钟的初次相会，作者写他们"二人一样的胡思乱想"。贾宝玉由"可恨我为什么生在这侯门公府之家"，悟到"可知锦绣纱罗，也不过裹了我这根死木头；美酒羊羔，也不过填了我这粪窟泥沟"。秦钟也是由"可恨我偏生于清寒之家，不能与他耳鬓交接"，悟到"可知'贫窭'二字限人，亦世间之大不快事"。贾宝玉的结论也是"'富贵'二字，不料遭我荼毒了"（第七回）。这里"可恨"对"可恨"，"可知"对"可知"，"富贵"二字对"贫窭"二字，该是对称得多么引人瞩目、发人深思啊！甲戌本于此处的脂批

---

[1] 见华岗:《美学论要》，人民出版社1981年版，第15页。

说："设云秦钟（按：戚本"秦钟"作"情种"）。古诗云：'未嫁先名玉，来时本姓情。'二语便是此书大纲目、大比托、大讽刺处。"显然，作者不是为对称而对称，也不是为写人物性格而写人物性格，他是着力通过对称的语言，更加鲜明、强烈地刻画出富贵与贫窭的矛盾如何扼杀了人性的正常发展，阻碍了人情的正常交往，并且把这种富贵与贫窭的对立说成是"世间之大不快事"的根由。这种具有对称美的语言，就像一双雄健的手，奏出了交织着痛苦与追求的协奏曲，拨动着人们心中的琴弦，使人联想到旧社会富贵遭荼毒、贫窭限人的种种不合理的情景；在那令人痛绝的整个旧世界中，竟然出现了发人深思、引人神往的新人的觉醒，使读者仿佛从黑暗中突然发现了光明和希望，倍感兴奋和欣喜。

就语言形式来说，贾宝玉与秦钟看似对称得一样，而他们的实际思想性格却并不一样。在人物语言的相互对称之中，既突出了他们都是一见倾心的情种，又衬托出他们各自独特的典型性格。贾宝玉的"可恨""可知"，是面对秦钟的人品而自惭形秽，表现出对于他所出身的贵族阶级的叛逆倾向。而秦钟的"可恨""可知"，则既有对贾宝玉"举止不凡"的钟情和喜爱，同时又有对贾宝玉的贵族公子地位所享有的"金冠绣服，骄婢侈童"的羡慕和向往。因此，通过对称所表现出来的他俩的性格是同中见异，同样一见钟情，出发点和思想基础则大异其趣。

贾宝玉与林黛玉的早期相处，充满着无穷无尽的爱情纠葛，吵闹不休，怄气不止，但作者从中表现出来的却不是争吵之后留下累累伤痕，而是更加情浓似蜜，心心相印，志趣相投，难解难分。对于宝黛这种极其曲折复杂的爱情纠葛，作者又是怎样把它描写得栩栩如生而又深刻感人的呢？我觉得，借助于语言上的对称也是一种重要的手法。如第二十九回宝黛争吵之后，作者写道：

> 宝玉心内想的是："别人不知我的心，还有可恕；难道你就不想

我的心里眼里只有你！你不能为我烦恼，反来以这话奚落堵噎我，可见我心里一时一刻白有你，你竟心里没我。"心里这意思，只是口里说不出来。

那林黛玉心里想着："你心里自然有我。虽有金玉相对之说，你岂是重这邪说，不重我的。我便时常提这金玉，你只管了然自若无闻的，方见得待我重而毫无此心了。如何我只一提金玉的事，你就着急，可知你心里时时有金玉，见我一提，你又怕我多心，故意着急，安心哄我。"

这里作者正是通过对称的方式，说明了宝黛"两个人本来是一个心，但都多生了枝叶，反弄成两个心了"（第二十九回）。这种对称，并不是作者的生拉硬凑，而是生活真实的反映。正如庚辰本于此处署名"绮园"的一条批语所指出的："一个心弄成两个心之句，期望之情殷，每有是事。近见《疑雨诗集》中句云：'未形猜妒情犹浅，肯露娇嗔爱始真。'信不诬也。"不过作者不是像一般的世俗之见那样写林黛玉的"猜妒"和"娇嗔"，而是揭露了封建统治阶级制造的"金玉相对"的邪说，才是林黛玉"猜妒"心理的社会阶级根源，才是造成宝黛爱情无休止的纠葛和无穷无尽的痛苦的渊薮。

接着作者仍采用对称的方式写道：

那宝玉心中又想着："我不管怎么样都好，只要你随意，我便立刻因你死了也情愿。你知也罢，不知也罢，只由我的心，方可见你和我近，不和我远。"

那林黛玉心里又想着："你只管你，你好我自好。你何必为我而自失。殊不知你失我自失。可见是你不叫我近你，有意叫我远你了。"（第二十九回）

宝黛的爱情纠葛就是这么微妙复杂，正如姚燮于此处的眉批所指出的："如今你本好，我以为不好；我不失，你以为失；你近我，我以为远，我近你，你以为远。自家尚且如此，叫旁人那里捉得定。"但是，这里作者通过对称的手法，却把这种很复杂的爱情纠葛反映得十分明朗。它说明宝黛二人的疏远之意，原本是出于求近之心；疏远之意越深，说明求近之心则越切。

更为生动好看的是，那宝玉因为黛玉说"好姻缘"三个字，气得拼命地砸玉。黛玉认为"何苦来，你摔砸那哑巴物件。有砸他的，不如来砸我"。因此也气得哭了起来。紫鹃和袭人闻讯赶来相劝，这时作者又用对称的手法写道：

> 袭人见他脸都气黄了，眼眉都变了，从来没气的这样，便拉着他的手，笑道："你同妹妹拌嘴，不犯着砸他。倘或砸坏了，叫他心里脸上怎么过的去！"林黛玉一行哭着，一行听了这话说到自己心坎儿上来，可见宝玉连袭人不如，越发伤心大哭起来。
>
> 紫鹃道："虽然生气，姑娘到底也该保重些。才吃了药好些，这会子因和宝二爷拌嘴，又吐出来。倘或犯了病，宝二爷怎么过的去呢！"宝玉听了这话说到自己心坎儿上来，可见黛玉不如一紫鹃。
>
> （第二十九回）

结果，宝玉见黛玉哭得伤心，"也由不的滴下泪来"，"袭人见他两个哭，由不得守着宝玉也心酸起来"，紫鹃"见三人鸦雀无声，各自哭各自的，也由不的伤心起来"，"四个人都无言对泣"（第二十九回）。看了这都"无言对泣"的情景，谁又能无动于衷呢？难怪清人姚燮于此处批道："吾为宝玉一哭，吾为黛玉一哭，吾为普天下如宝玉、黛玉者一哭。"可见作者的对称描写，是多么深深地激起读者的共鸣！如果这里作者不是用对称的手法，而是只单方面地写人物的心理活动，那就恐怕很难收到如此感人至深的艺术效果了。

由此可见，通过语言的对称，它可以造就一种新的境界，产生一种为艺术所特有的美。用罗马美学家普洛丁的话来说："美与其说在对称本身，还不如说在通过对称而放射出光辉来的某种因素，正是这种美才显得可爱。"①

二、人物性格的对称

人物性格的对称，是《红楼梦》在人物描写上的又一显著特点。

书中重点写了个贾宝玉，与此相对称，又写了个甄宝玉，并且他俩的思想性格十分相似：他们两人都尊重"女儿"，都反对走读书应举、仕途经济的道路，都受父亲的责骂压制，也都有一个溺爱自己的祖母，等等。

甄宝玉的结局，在续书中是写他"改了脾气了"，成为正人君子，"惟有念书为事。就有什么人来引诱他，他也全不动心"。成了跟贾宝玉"冰炭不投"，整日"说些什么'文章经济'，又说什么'为忠为孝'的""禄蠹"式的人物（第九十三回）。这是不符合曹雪芹的原意的。甄士隐作《好了歌》注解说："金满箱，银满箱，展眼乞丐人皆谤。"（第一回）甲戌本于此处的脂评便指出："甄玉、贾玉一干人。"可见曹雪芹原稿上写的甄宝玉、贾宝玉都同样落到了"展眼乞丐人皆谤"的结局，甄宝玉与贾宝玉始终都同样是个"孽根祸胎"，"富贵不知乐业，贫穷难耐凄凉"，因而蒙受"世人诽谤"的人物。

曹雪芹着力写了个贾宝玉，为什么又同时要写一个与贾宝玉从思想性格到外表模样都一样的甄宝玉呢？按照通常的文学创作规则，典型应该是"这一个"，曹雪芹是不是偏偏要写成"这两个"呢？

---

① 见《西方美学家论美和美感》，商务印书馆 1980 年版，第 59 页。

曹雪芹仿佛早已预料到人们会提出这样的问题。他通过史湘云解释说，这样就"有了个对子"，否则"单丝不成丝，独树不成林"。同时这也有生活根据，她举出同名的"列国有个蔺相如，汉朝又有个司马相如"；同貌的如"匡人看见孔子，只当是阳虎"。"众人都为天下之大，世宦之多，同名者也甚多；祖母溺爱孙者亦古今之常情，不是什么罕事。"（第五十六回）因为贾宝玉是个被世俗之人目为"天下无能第一，古今不肖无双"的"似傻如狂"的人物，用我们今天的眼光来看，他是个具有封建叛逆精神，代表要求个性自由、民主、平等的新思想萌芽的崭新的典型。如此崭新的典型，其真实性在当时是很难被人认识的。连深知作者作书之底里的脂砚斋都声称："按此书中写一宝玉之为人，是我辈于书中见而知有此人，实未目曾亲睹者。又写宝玉之发言，每每令人不解，宝玉之生性，件件令人可笑。不独于世上亲见这样的人不曾，即阅今古所有之小说传奇中，亦未见这样的文字。"对于这个在一定程度上被作者理想化了的人物，如何使读者确信其真实性，认定他"贾不假"；同时脂评又指出，"无材补天，幻形入世"的贾宝玉，就是写的"作者一生惭恨"，这又如何使读者不致把他这个艺术创造跟真人真事等同起来，怎么办？作者采用的是在着力塑造贾宝玉形象的同时，又相对称地写了个甄宝玉，并且故意把两人的性情、模样写得一样，既明言他是假的，又提醒读者贾宝玉即甄宝玉，"令人真假难分"①，且确信其"贾不假"。我认为作者之所以写甄宝玉，正是出于上述艺术上和政治上的种种需要，为使读者能领略贾宝玉这个人物形象所具有的社会典型意义，为了对称、衬托贾宝玉"这一个"典型服务的。

　　这并不是我个人的主观臆测，而是有脂评做证的。在《红楼梦》第二回提到金陵甄家时，甲戌本脂评指出："又一个真正之家，特与假家遥对，故写假则知真。"甲戌本第二回的脂评还指出："甄家之宝玉乃上半部不写者，故

---

① 爱新觉罗·裕瑞：《枣窗闲笔》。

此处极力表明，以遥照贾家之宝玉。凡写贾宝玉之文，则正为真宝玉传影。"脂评所说的"遥对""遥照"，"写假则知真"，假为真"传影"，跟我们所说的写甄宝玉是为了与贾宝玉对称，难道不是一致的吗？

如果说用甄贾两个宝玉作对称，来达到更好地塑造贾宝玉"这一个"典型形象的目的，这在《红楼梦》中只是个比较特殊的例子的话，那么，通过对称，使相对称的人物形象互相珠联璧合，映照生辉，这在《红楼梦》中却是更为常见的艺术手法。

如作者在第八回写了"宝玉此时与宝钗就近，只闻一阵阵凉森森甜丝丝的幽香"。在第十九回作者又写宝玉"只闻得一股幽香，却是从黛玉袖中发出，闻之令人醉魂酥骨"。这两段同样都是写宝玉闻香，不同的只是前者闻的是宝钗小恙梨香院吃的冷香丸药香，后者闻的是黛玉身上的"玉生香"。庚辰本上有条畸笏叟的批语指出：

> 玉生香是要与小恙梨香院对看，愈觉生动活泼。且前以黛玉，后以宝钗，特犯不犯，好看煞。

为什么把这两段文字"对看"，就"愈觉生动活泼""好看煞"呢？这里所以要"对看"，实际上就是因为作者的描写本身具有对称的意义；只有在"对看"之中，才能进一步理解人物的典型特征及其神情滋味。

首先，它以"黛玉自然有香，正照宝钗丸药生香"。宝钗吃的冷香丸，据说是一个秃头和尚传的方子。要用白牡丹花蕊、白荷花蕊、白芙蓉花蕊、白梅花蕊各十二钱，雨水这日的雨水、白露这日的露水、霜降这日的霜、小雪这日的雪各十二钱，和了药，再加上十二钱蜂蜜、十二钱白糖，丸成龙眼大的丸子。因此林黛玉冷笑道："难道我也有什么罗汉真人给我些香不成！便是得了奇香，也没有亲哥亲兄弟弄了花儿，朵儿，霜儿，雪儿替我炮制。我有的是那些俗香罢了。"如果孤立地看,薛宝钗的"丸药生香"和林黛玉的"自然有香",好像只不过是写香的来历;对称起来一看,就知是由香写人。只有像薛宝钗那样的贵族小姐,才有条件吃那种冷香丸。像林黛玉那样寄人篱下的没落阶级的小姐,除了有"俗香"以外,是不可能有宝钗那种"奇香"的。林黛玉的话,不仅反映了她在爱情上的妒忌心理,更重要的是它同时揭示了这种妒忌含有深刻的社会阶级根源。作者不需多费一词,仅仅通过对称的描写,就把钗黛这两个典型形象刻画得该是多么耐人细细吟味啊。

其次,它生动地刻画出宝玉对待宝钗、对待黛玉不同的思想感情和态度。对于宝钗身上的香,宝玉感到的是"奇","竟不知是何香气","我竟从来未闻见过这味儿"。而对于黛玉身上的香,宝玉则一闻就"醉魂酥骨"。作者是有意用"奇香"与"俗香"、"冷香"与"暖香"等对称性的词语,鲜明地反映出宝玉与宝钗的格格不入,而与黛玉则气味相投,一拍即合。

最后,它还把宝钗对待宝玉、黛玉对待宝玉的不同态度,作了强烈的烘托。宝钗不仅有心要用金锁来配宝玉,更重要的她还妄想要用她那金锁来把不走封建正道的宝玉锁住。因此她不放过一切机会要规劝宝玉改邪归正,动不动就指责宝玉"又混闹了"。而林黛玉则主动挑逗宝玉"闹",直闹到最后向宝玉求饶,才罢休。使人感到这一对志趣相投的情侣,在打打闹闹之中仿佛把封建礼教的束缚都抛到九霄云外去了。这在宝钗与宝玉之间是绝对不可能发生的情况。

妙在这一切皆不用作者说三道四,完全是通过对称的描写,用脂批的话来说即"特犯不犯"的办法表现出来的。"特犯"则同,它足以引起读者由此及彼的联想,前呼后应地映照,从而产生一种飞腾奇绝、饶有天趣的对称美;"不犯"则异,同中见异,使人物形象更加呈现出各自的特色,变得格外瑰丽多姿,俊俏生动。

围绕着贾宝玉这个主人公,不仅有林黛玉和薛宝钗这两个对称性的人物,晴雯与袭人这两个丫鬟也总是被作为对称人物来描写的。如脂评所指出的:

"晴有林风，袭乃钗副。"当宝玉被贾政打伤后，躺在病床上想念黛玉，作者便写他"满心里要打发人去，只是怕袭人，便设一法，先使袭人往宝钗那里去借书"（第三十四回）。袭人去了，宝玉便叫晴雯来，拿了两条手帕子要她去送给黛玉。作者如此特意将她们作对称的描写，不仅说明袭人与宝钗、晴雯与黛玉在思想性格上的类似，而且反映了宝玉在思想感情上的巨大发展。当初宝玉曾经"素喜袭人柔媚娇俏"，而跟她"同领警幻所训云雨之事"（第六回）。有什么好吃的，也总是要留给袭人吃。而对于晴雯的反抗性格则很不理解，说"满屋里就只是他磨牙"（第二十三回）。甚至有一次还大发少爷脾气，要把晴雯撵出去。作者把宝玉对待袭人和晴雯的态度，写成仿佛如一架天平一样，一头喜爱袭人，另一头必厌恶晴雯；一头厌恶袭人，另一头必喜爱晴雯。如此对称起来加以描写，使宝玉对待袭人和晴雯的态度变化，成为其思想性格发展的一个重要标志；使人物性格的发展，被刻画得格外脉络清晰，闪烁发光。

脂评指出："《石头记》立誓一笔不写一家文字。"具有对称美，正是这种"立誓一笔不写一家文字"的重要体现。正因为对称，它能由此及彼，勾起读者的联想，把读者引入浮想联翩、遐思不绝的佳境；正因为对称，它能前呼后应，诱导读者领略其弦外音、味外味，感到耐看耐嚼，其味无穷；正因为对称，它能彼此烘托，前后映照，使人物形象在烘托之中显得更加生动活泼，跃然纸上，在映照之下变得分外妩媚鲜亮，光彩照人。总之，《红楼梦》作者通过运用对称美的原则，犹如凸透镜产生聚焦效应能够引起阳光的燃烧一样，使他的艺术描写仿佛也由温和的阳光变成了燃烧的火焰——由生活到艺术，发生了质的变化。原来司空见惯、习以为常的生活，平平凡凡、模模糊糊的人物，经过作者这一系列对称的描写，使我们却像重新发现了什么宝贝似的，原来灰暗的，现在变得透明了；原来模糊的，现在变得清晰了；原来平淡无味的，现在却闪出了意想不到的光辉；原来孤立刻板的人物，现在却仿佛一举一动皆交融着沸腾的感情血液，使我们读着读着便由不得不和作品中的人物同呼吸，齐欢笑，共悲戚。

三、人物命运的对称

如果说人物语言、人物性格上的对称，增强了《红楼梦》人物形象的生动性和丰富性的话，那么，人物命运的对称，则扩大和加深了人物形象作为典型环境中的典型性格的必然性和深刻性。

《红楼梦》开卷第一回，我们就看到甄士隐在"偏值近年水旱不收，鼠盗蜂起，无非抢田夺地，民不安生"的社会环境中，穷困潦倒，"只得将田庄都折变了"，因而走投无路，只有出家，"同了疯道人飘飘而去"。看到最后一回，贾宝玉跟了一僧一道出家，也是"飘然登岸而去"。见过后半部原稿的脂砚斋，对甄士隐出家时说的"走罢"二字眉批道："走罢二字真悬崖撒手。"这显然是与贾宝玉最后"悬崖撒手"出家有意作对称的。

尽管续作者对曹雪芹的原意有所违背，但是他在卷末把贾宝玉的出家与卷首甄士隐的出家作首尾对称地描写，这还是符合曹雪芹的艺术构思与《红楼梦》一贯讲究对称的艺术特色的。在卷首甄士隐刚出场时，甲戌本脂评还指出："不出荣国大族，先写乡宦小家，从小至大，是此书章法。"这种所谓"章法"，实际上也含有要使卷首甄士隐这个"乡宦小家"的衰落与卷末"荣国大族"的衰败相对称的意思。它使读者很自然地认识到，贾宝玉的出家并不是个别人的偶然的冲动，而是那个时代包括甄士隐这样的乡宦在内许多被逼到"悬崖"上的人，无路可走的一种共同的悲剧命运。作者如果不作这种首尾对称，我们对贾宝玉出家，就很可能认为这仅仅是由于他个人的那种疯疯傻傻的叛逆性格决定的，是自食其果，而不可能对贾宝玉这种悲剧命运的社会典型意义理解得这么广、这么深。

同样，作者对林黛玉与薛宝钗命运的描写也是如此。按照曹雪芹的艺术构思，先有林黛玉的"泪尽而逝"，然后才是贾宝玉与薛宝钗成婚。续书把林黛玉的死写在贾宝玉与薛宝钗成婚的同时，并且显然是因此而气死，这就使人难免要把林黛玉的死完全归罪于封建家长和薛宝钗了。好在续作者终究没有改变钗黛的悲剧命运。人们恐怕总不会忘记，当薛姨妈把宝钗嫁与宝玉的亲事已定的消息告诉宝钗时，续作者写她"始则低头不语，后来便自垂泪"（第九十七回）。凭薛宝钗的聪慧，她不可能不预感到，对于她来说，"宝二奶奶"并不是个幸福的宝座。按照曹雪芹在第五回的预示，这两个人物的命运是"玉带林中挂，金簪雪里埋"。甲戌本于此处的脂评指出："语意深远，皆非生其地之意。"这里所谓"语意深远"，我看作者正是通过"玉带""金簪""皆非生其地"，"悲金悼玉"的对称手法表现出来的。尽管林黛玉走的是封建叛逆的道路，薛宝钗走的则是封建的道路，但是那个腐朽没落的封建时代决定了它不仅扼杀了叛逆者如花似玉一般美好的青春和生命，而且对于即使如薛宝钗那样恪守封建妇德、温馨贤淑、深得封建主子宠爱的贵族小姐，其青春和幸福也终于不得不被那个封建没落时代和没落阶级所葬送，造成她们悲剧命运的根源，不是在于任何个人，而是在于"皆非生其地"的整个历史时代和社会环境。钗黛悲剧命运的典型意义，难道不恰恰是在"悲金悼玉"的对称之中，达到了足以映照整个封建末世的历史时代那极广极深的境界吗？

通过钗黛不同人生道路而同为悲剧命运的对称描写，使我们可以清楚地看出，她们的爱情婚姻悲剧，实质上是反映了那整个封建没落时代的社会人生悲剧。这种社会人生悲剧，不只是宝、黛、钗等几个人物的厄运难逃，而且作者通过对全书"千红一哭""万艳同悲"的对称描写，使人们不能不惊心骇目，不能不深思猛省：这是那整个社会几乎所有的人都无法避免的人生的悲剧、社会的悲剧、历史的悲剧。人们之所以深深感到，《红楼梦》是我国整个封建社会必然衰亡的判决书，这绝不是偶然的、无缘无故的，而是人们从作者对称地写了各种不同的人物都同为悲剧的命运中所必然得出的结论。

四、对称手法的审美意义

综上所述，《红楼梦》无论在人物语言、人物性格或人物命运的描写上都具有对称美。它之所以使人"多阅一回，便多一种情味"①，感到百读不厌，仿佛那里面真有不可穷尽的美的宝藏似的，善用对称的描写手法，当是个重要的原因。对称的描写，不是简单的量的重复，而是在更广更深意义上的质的发展。通过一系列的对称，使之能起到前呼后应、彼此映照、交互回环的艺术美感作用，造成一种浓郁的韵味和深邃的意境，使人不得不探胜寻幽，领略其中妙不可言的情味。

《红楼梦》人物描写上的对称美，是客观世界的对称美在艺术中的反映，是对我国艺术传统的继承和发展。清代著名诗人袁枚曾经指出："山峙而双峰，水分而交流，禽飞而并翼，星缀而连珠，此岂人为之哉？古圣人以文明道，而不讳修词；骈体者，修词之尤工者也。"②骈体文，便是我国古代刻意运用对称美的一种文体。只不过它滑向了形式主义的泥坑，而终被文学发展的历史所淘汰。但我们绝不能因为反对形式主义，而连对称美的原则也加以摈弃。正如梁启超所说的："骈俪对偶之文，近来颇为青年文学家所排斥，我也表示相当的同意；但以我国文字的构造，结果当然要产生这种文学，而这种文学固有其特殊之美，不可磨灭。"③既避免了形式主义，而又发挥对称所固有的"特殊之美"，这是《红楼梦》在人物描写上运用对称美的卓越成就。

"中国美学的着眼点更多的不是对象、实体，而是功能、关系、韵律。"④

① 清·邹弢：《三借庐笔谈》卷4。
② 清·袁枚：《小仓山房文集》卷11《胡稚威骈体文序》。
③ 梁启超：《饮冰室文集》卷45《诗话》附《苦痛中的小玩意儿》。
④ 李泽厚：《美的历程》，文物出版社出版，第52页。

这是李泽厚对我国"美的历程"的经验总结。《红楼梦》人物描写上的对称美，正是从"功能、关系、韵律"上，使《红楼梦》的人物形象显得特别富有韵味，光彩熠熠而又魅力无穷的一条重要的艺术经验。这是曹雪芹吸取和发展我国传统的美学特点，为丰富和发扬我国的民族艺术传统所作的一项杰出的贡献。其巨大的审美意义和价值，颇为新奇别致，弥足珍贵。

象征的艺术手法在《红楼梦》中
起了什么作用

毫无疑问，《红楼梦》是部伟大的现实主义作品。但是，这并不排斥它也采用了某些象征的艺术方法。茅盾早就说过："《红楼梦》开头几回就把全书的结局和主要人物的归宿，用象征的笔法暗示出来。"① 其实，这种象征的笔法，不只表现在开头几回，也笼罩着全书。

长期以来，在我国学术界和文艺界似乎形成了一个传统的观念——只有现实主义才是伟大而正确的艺术方法，浪漫主义只有加上"积极"的限制词，才有可取之处，至于其他的艺术方法，诸如象征主义、自然主义、现代主义、未来主义等等，统统都是邪门歪道，必须批倒批臭，一概排斥。可是事物的发展并不是以人们的主观观念为转移的，各种非现实主义的艺术方法并不因为我们一概排斥它而丧失其生命力。事实上在像《红楼梦》这样伟大的作品中，尽管现实主义是其主要的艺术方法，但不可否认，它也运用了不少象征的艺术手法。这个事实是很值得我们深思和研究的。

《红楼梦》对象征手法的运用，虽然有其荒诞、神秘、虚幻等消极的一面；但就其主要的方面来看，它跟现实主义并不是完全对立的。不但可以用来为现实主义服务，而且有时它可以起到现实主义艺术方法所起不到的积极作用。

---

① 茅盾：《关于曹雪芹》，《文艺报》1963 年第 12 期。

一、增强了艺术形象的丰富性、生动性和感染力

《红楼梦》对象征手法的运用，增强了艺术形象的丰富性、生动性和感染力。

现实主义的手法重在真实具体的描写，象征的手法则重在形象的意象表现，它具有形象性强，意象浑厚含蓄的特点。如《红楼梦》第五回，在金陵十二钗等主要人物的判词前面，都描绘了一幅画。对于这些画，如果我们从象征的手法加以理解，那就要显得丰富多彩、生动活泼得多；如果不承认其为象征的手法，那就形同哑谜，味如嚼蜡。

在袭人的判词前面，"画着一簇鲜花，一床破席"。中国艺术研究院《红楼梦》研究所新校注本指出："画面寓'花气袭（谐音席）人'四字，隐花袭人姓名。"这是对的；但是仅作这样的理解是不够的。如果说用"席"仅作为袭人的"袭"的谐音；那么，有什么必要偏偏称她是"一床破席"呢？而且这"一床破席"在"一簇鲜花"的衬托之下，显得又是多么下贱、卑鄙和丑陋不堪啊！我看这显然是作者以象征的艺术手法，揭示了袭人性格的外表如一簇鲜花那样俊俏、贤良、柔美，芬芳可爱；而实质则如一床破席那样下贱、卑鄙和丑陋，令人唾弃。它既跟作者对袭人性格的全部现实主义描写相呼应，又以鲜明的对比、生动的形象，使袭人性格的本质给我们留下了强烈的印象。

元春的判词前面，"画着一张弓，弓上挂着香橼"。清代的姚燮指出："'宫'字借影'弓'字，'元'字借影'橼'字。"[①]新校注本沿用这个说法："画面的'一张弓'，谐音'宫闱'的'宫'字；'弓'上悬着一个'香橼（yuán 元）'，谐元春的'元'字。"难道这幅画仅仅是为了影射"宫""元"二字吗？这样的理解也是很不够的。作者为什么要用一张弓来影射"宫闱"

---

① 见万有文库版《石头记》第五回眉批。

的"宫"字呢？香橼是供观赏的果实，它怎么又被挂到"弓"上去了呢？如果我们从象征的艺术手法来考虑，这就不难理解了。"弓"是战斗的武器，香橼是供观赏的玩物，被挂在弓上，成为宫廷内部斗争的牺牲品。这并非毫无根据的主观臆测，有指明元春命运的"虎兔相逢大梦归"判词可以印证。

王熙凤的判词前面画的是："一片冰山，上面有一只雌凤。"这除了看作象征的艺术手法以外，用谐音等其他办法皆解释不通。因此新校注本只好承认："画面的'雌凤'象征王熙凤，'一片冰山'喻王熙凤倚作靠山的财势似冰山难以持久。"据《资治通鉴·唐玄宗天宝十一年》记载：有人劝张象去拜见杨国忠以谋富贵。张说："君辈倚杨右相若泰山，吾以为冰山耳。若皎日既出，君辈得无失所恃乎？"因此王熙凤所倚靠的"冰山"，不仅象征着一般的"财势"，很可能还具体地指贾元春、王子腾等如杨国忠那样在朝廷中有权势的人物，在统治阶级内部的尖锐斗争中处于朝不保夕、岌岌可危的境地。王熙凤以他们作靠山，胡作非为，结果却落到如一只雌凤失偶的孤独险境。"一只雌凤"，栖歇在"一片冰山"之上，这是一幅多么令人可怕的情景啊。作者以这种象征的手法，把王熙凤这个典型环境中的典型性格刻画得该是多么发人深省啊。

《红楼梦》在人物形象塑造上的象征手法，还表现在每个人物作的诗词、灯谜和酒令之中。

人们早就注意到，《红楼梦》"书中诗词，悉有隐意，若谜语然。口说这里，眼看那里。其优劣都是各随本人，按头制帽"①。这里所谓"悉有隐意，若谜语然"，其实就是象征的手法。如第三十七回史湘云的《白海棠和韵》第一首诗中"自是霜娥偏爱冷"一句，庚辰本脂评指出："又不脱自己将来形景。"所谓"将来形景"，是指借用唐代李商隐《霜月》诗中"青女素娥俱耐

---

① 张新之：《红楼梦读法》，见《古典文学研究资料汇编·红楼梦卷》，第156页。

冷，月中霜里斗婵娟"，来象征史湘云后来与丈夫卫若兰婚姻的分离，如同主管霜雪的女神霜娥一样，过着非常凄凉的生活。在第二首诗中"花因喜洁难寻偶""玉烛滴干风里泪""幽情欲向嫦娥诉"等诗句，皆象征着她和她丈夫后来成了牛郎织女那样终身难于相会的"白首双星"。难道史湘云对于自己未来的命运能够未卜先知吗？如果从现实主义的手法来要求，这自然是不可想象的。那么脂评为什么又说它"不脱自己将来形景"呢？这显然只能是属于作者对史湘云"将来形景"所采用的一种象征手法。它既为史湘云性格的发展起到了以藏显露、以虚衬实的作用，又使她的这种性格形象得到了惝恍迷离、富有诗意的渲染。

林黛玉的《葬花吟》，不仅使贾宝玉听了当即"恸倒山坡之上"（第二十八回），而且使每一个读者无不为之激动不已。如脂砚斋便说："余读《葬花吟》凡三阅，其凄楚感慨，令人身世两忘，举笔再四不能加批。先生想身（非）宝玉，何得而下笔，即字字双圈，料难遂颦儿之意。"① 如果没有《葬花吟》，不仅林黛玉的形象不可能那么优美、动人，甚至连整个《红楼梦》都将为之逊色。《葬花吟》在《红楼梦》中的杰出地位和特殊作用，谁也无法否认，这是毋庸赘言的。问题在于《葬花吟》的艺术力量是从哪儿来的？它采用的是现实主义的手法，还是象征的手法？我们不妨作一点对比分析，就更清楚了。

明代著名画家唐寅的《一年歌》写道：

> 一年三百六十日，春夏秋冬各九十。
>
> 冬寒夏热最难当，寒则如刀热如炙。
>
> 春三秋九号温和，天气温和风雨多。

---

① 庚辰本第二十七回眉批。

一年细算良辰少，况又难逢美景何！①

这首诗自然是现实主义的，它的每一句都可以从现实生活中找到根据。而林黛玉的《葬花吟》则说：

一年三百六十日，风刀霜剑严相逼；

明媚鲜妍能几时，一朝飘泊难寻觅。

花开易见落难寻，阶前闷杀葬花人；

独把花锄泪暗洒，洒上空枝见血痕。（第二十七回）

"一年三百六十日"，有春夏秋冬之别，怎么会日日都是"风刀霜剑严相逼"呢？它连起码的生活常识都不符合嘛。现实主义的手法只能写"冬寒夏热最难当，寒则如刀热如炙"，而不可能不顾春夏与秋冬，把"一年三百六十日"，都说成是"风刀霜剑严相逼"。这只能是属于象征的艺术手法。所谓"风刀霜剑"，它已经不是指自然界的风和霜，而是以自然界摧残百花的风和霜，来象征残酷迫害青春少女的封建势力。身受其害、深感痛苦的，不是明媚鲜妍的花朵，而是像花朵一样明媚鲜妍的"葬花人"。因此她才"独把花锄泪暗洒，洒上空枝见血痕"。所谓"明媚鲜妍能几时，一朝飘泊难寻觅"，也是名为写花，实际上却是以此象征着林黛玉的红颜薄命。

曹雪芹的祖父曹寅也写过《题柳村墨杏花》的葬花诗：

勾吴春色自蘸茸，多少清霜点鬓华。

————————

① 唐寅：《六如居士外集》卷1。

省识女郎全匹袖，百年孤冢葬桃花。①

这里虽然也有以花喻人的意思，但整首诗的基本手法是现实主义的。林黛玉的《葬花吟》则不同：

愿奴胁下生双翼，随花飞到天尽头。
天尽头，何处有香丘？
未若锦囊收艳骨，一杯净土掩风流；
质本洁来还洁去，强于污淖陷渠沟。

这里作者不仅以葬花——"锦囊收艳骨"，"净土掩风流"——喻葬花人，而且以"天尽头，何处有香丘"，象征着林黛玉对美好理想的热烈追求，以"质本洁来还洁去，强于污淖陷渠沟"，象征着林黛玉誓死不与那丑恶的社会现实同流合污的高风亮节，为坚持美好的人生理想而不惜献身的崇高品质。

《葬花吟》的艺术力量的源泉，就在于始终是林黛玉形象的象征，林黛玉红颜薄命的写照。正如跟作者同时代的富察·明义的《题红楼梦》绝句中所说的：

伤心一首葬花词，似谶成真自不知。②

"似谶成真自不知"，这难道是现实主义的手法吗？须知，现实主义是跟所谓"谶语"毫不相容的。

---

① 曹寅：《楝亭诗钞》卷4。
② 富察·明义：《绿烟琐窗集》。

如果作者不是用象征的手法来描写，如果我们不是从象征的意义上理解，如果曹雪芹也像他的祖父曹寅那样实写"百年孤冢葬桃花"，那么，林黛玉的《葬花吟》会有那样激动人心的艺术力量吗？林黛玉的形象会有如花似玉这般高洁、优美，充满诗情画意的艺术效果吗？这里作者用象征的艺术手法，真是字挟风雷，声成金石，血透纸背，起到了现实主义的手法所起不到的作用。

猜灯谜，这是符合生活真实的。然而每个人物猜的灯谜，又恰恰象征各个人物的性格。这在现实生活中怎么可能呢？它只能是存在于艺术之中的一种象征手法。如第二十二回元春等人的谜语，都对各自的悲剧性格作了象征性的描绘。如元春的谜语是："一声震得人方恐，回首相看已化灰。——爆竹。"脂评指出，这象征她"奈寿不长，可悲哉"。探春的谜语是："游丝一断浑无力，莫向东风怨别离。——风筝。"以断线的风筝象征她远嫁海隅。脂评也指出："此探春远适之谶也。"惜春的谜语是："莫道此生沉黑海，性中自有大光明。——佛前海灯。"脂评指出："此惜春为尼之谶也，公府千金至缁衣乞食，宁不悲夫。"

这些所谓"谶语"，用现实主义是根本说不通的。如果认为这是作者在散布宿命论，那也与事实不符。作者曾经通过贾宝玉的口，明确宣布反对混供神、乱盖庙。书中贾宝玉、妙玉、惜春等人的出家，都是由于对社会现实的不满，而不是出于对宗教的虔诚信仰。再说这些人物的悲剧结局，作者也不是把它归结为他们个人的命运，而是写出了他们所处的典型环境决定的。因此只能把它看成是一种象征的艺术手法。作者通过砚台（贾政谜语）、爆竹、风筝等形象化的谜语，使这些客观物体都成为能向人们发出信息的"象征的森林"，它"打破了浪漫主义和现实主义者直抒心情、白描景物的老方法"[①]。不是以真实的描写见长，而是以象征的表现取胜。

在为宝玉过生日的宴席上，大家行的酒令，也都是各人性格的象征。如林

---

① 袁可嘉：《外国现代派作品选·前言》。

黛玉抽的花名签酒令"上面画着一枝芙蓉"，这芙蓉岂不是林黛玉那"出污泥而不染""清水出芙蓉，天然去雕饰"的美的象征吗？酒令的内容是："莫怨东风当自嗟。"这是宋代欧阳修《明妃曲·再和王介甫》诗的最后一句，前面一句便是"红颜胜人多薄命"，这不是林黛玉一生命运的象征吗？脂评指出，贾宝玉为晴雯作的《芙蓉女儿诔》，是"虽诔晴雯，而又实诔黛玉也"①。它再次表明"芙蓉"就是林黛玉这个人物形象的象征。

《红楼梦》中的象征手法，不仅大量地表现在诗词、谜语、酒令之中，有时作者也把它直接用于人物形象的描写。如写尤三姐在获悉柳湘莲后悔给她留剑作定婚礼品时，便"左手将剑并鞘送与湘莲，右手回肘，只望项上一横，可怜'揉碎桃花红满地，玉山倾倒再难扶'，芳灵蕙性，渺渺冥冥，不知那边去了"（第六十六回）。这就是一种象征的艺术手法。作者以"揉碎桃花"和"玉山倾倒"这两个极为惊世骇俗、震撼人心的悲壮形象，来象征尤三姐的自刎身亡，它不仅仿佛如晚霞一般使尤三姐的形象顷刻发出了迷人的光彩，而且把作者对尤三姐那刚烈性格的无比赞赏之态和对她的自刎无限惋惜之情，都溢于言表，使读者由不得不跟作者一样，倾倒在悲壮的美的形象面前，沉浸在浓郁的诗的气氛之中。

如果作者不是采用这种象征的艺术手法，而是现实主义地具体实写尤三姐自刎时如何躺在血泊中挣扎、痉挛，如何极其痛苦而愤绝地喘息、咽气，那除了给人造成恐怖、可怜的感官刺激以外，还有什么意味呢？续作者写林黛玉的死就是这么写的。他不厌其烦地具体描写了林黛玉临死前如何"回光返照"，"攥着不肯松手"，"出气大，入气小"，"手已经凉了，连目光也都散了"，"叫人端水来给黛玉擦洗"，"浑身冷汗"，"那汗愈多，那身子便渐渐的冷了。探春、李纨叫人乱着拢头穿衣，只见黛玉两眼一翻，呜呼！"（第九十八回）

---

① 庚辰本第七十九回批语。

如此写实的手法，不可谓不合现实主义的原则，然而它给人的感受却是损害了人物形象的艺术美感，把林黛玉形象的悲剧美糟踏成了令人毛骨悚然的一副可怜相。它显然远不及原作者用象征的手法写尤三姐之死，那么形象丰富，悲壮优美，激动人心。

把曹雪芹写尤三姐之死和续作者写林黛玉之死作一对比，凡是不抱偏见的人，我想都不能不承认，象征主义的艺术手法自有它的长处（当然也有短处），现实主义的写法也自有它的短处（当然也有长处），关键在于艺术形象和艺术效果本身如何，艺术手法的好坏并不是绝对的，那种对象征手法采取绝对排斥的态度，事实证明是为曹雪芹这样的大作家所不取的。

二、增加了艺术构思的奇妙性和艺术的魅力

《红楼梦》对象征手法的运用，增加了艺术构思的奇妙性，富有耐人寻味、其味无穷的艺术魅力。

由于象征的手法主要不是靠真实的描写和胸臆的直抒，而是靠形象的象征和意象的表现；因此，它既具有构思奇妙、形象丰富的长处，有时也难免有神秘莫测、晦涩难懂的缺点。作者在开卷"第一首标题诗"中所说的"满纸荒唐言""谁解其中味"，这里面除了由于那是文字狱猖獗的黑暗时代，作者在政治上有难以直言的苦衷以外，我看还跟作者在艺术上采取了某些象征的手法，使全书具有不是一览无余，而是浑厚含蓄的艺术特点，大有关系。

为什么《红楼梦》中要写个太虚幻境呢？如果从现实主义来要求，那只能列入荒诞的非现实主义的表现。如果从浪漫主义来看，那里面又没有什么理想的寄托，有的只是"千红一窟"（甲戌脂批："隐哭字"），"万艳同杯"（甲戌脂批："隐悲字"）。这样一个"幽微灵秀地，无可奈何天"，跟浪漫主义的理想精神是一点也不协调的。我看只有把它看成象征的艺术手法，才符合曹

雪芹艺术构思的实际。太虚幻境既不是现实主义的真实摹写，也非浪漫主义的理想寄托，而是纯属大观园虚幻的象征。这并不是我的主观武断，而是有事实为证的。

证据之一，在给大观园正殿拟题时，作者写"贾政道：'此书以何文？'众人道：'必是'蓬莱仙境'方妙。'贾政摇头不语。宝玉见了这个所在，心中忽有所动，寻思起来，倒像那里曾见过一般，却一时想不起那年月日的事了"（第十七、十八回）。庚辰本于此处的脂评指出："仍归于葫芦一梦之太虚玄境。"可见"省亲别墅"有人提议题"蓬莱仙境""天仙宝境"，都非泛泛而论，作者有意要通过这种描写把它与贾宝玉曾经梦见过的警幻仙姑的太虚幻境联系起来，使读者能够领悟太虚幻境的象征作用。它预示着贾府以大观园为代表的奢侈糜费之举和以元妃省亲为高潮的鲜花着锦之盛，只不过是幻梦一场，转眼就会破灭的。

证据之二，作者生怕读者不能解得其象征的意味，又特地在贾元春来到大观园正殿时加以点醒，说她见到"琳宫绰约，桂殿巍峨。石牌坊上明显'天仙宝境'四字，贾妃忙命换'省亲别墅'四字"。本来就是"省亲别墅"，作者为什么一再要把它说成是什么仙境，这不是着意在跟警幻仙姑的太虚幻境相映照吗？

证据之三，太虚幻境薄命司中的金陵十二钗正册、副册、又副册上的所有人物，恰恰正是大观园中的主要人物及其性格特点和命运的预兆。它象征着大观园女儿们较为自由自在的生活，只不过是好景不长的理想境界，等待着她们的必然如薄命司的名字那样：痴情结怨、朝啼夜怨、春感秋悲的悲剧命运。

不仅像"太虚幻境"之类虚幻的情节具有象征的意义，即使真实的人物语言，作者有时也采用象征的词语。如贾宝玉说："女儿是水作的骨肉，男人是泥作的骨肉。我见了女儿，我便清爽；见了男子，便觉浊臭逼人。"（第二回）这话如果按现实主义来要求，那确实是荒唐可笑的；如果从象征的艺术手法来看，它以"水"来象征"清爽"，以"泥"来象征"浊臭逼人"，把以男子为中心的封建统治阶级都说成是"浊臭逼人"的"泥作的骨肉"，甚至一直骂到皇帝头上，这不是很耐人寻味、发人深思吗？

北静王水溶为表示对宝玉垂青，特赠送"念珠一串"，"权为贺敬之礼"（第十五回）。这意思就象"秃子头上的苍蝇——一清二楚"。令人困惑不解的是，作者为什么要特地强调这个念珠"系前日圣上亲赐"而又名叫"鹡鸰香念珠"呢？按理，它不过是说明这串念珠球的无比珍贵可爱罢了。可是事实却不然。不久，当我们看到"宝玉又将北静王所赠鹡鸰香串珍重取出来，转赠黛玉。黛玉说：'什么臭男人拿过的！我不要他。'遂掷而不取"（第十六回）。这时我们才恍然大悟：林黛玉说这话，她虽然不晓得这是"圣上亲赐"的念珠，但作者、读者和贾宝玉都是一清二楚的。作者让林黛玉说出这种话来，岂不是意味着把皇帝也包括在像"泥作的骨肉"一样"浊臭逼人"的"臭男人"之列吗？"男人是泥作的骨肉"，这显然把皇帝也包括在内了，其象征意义，该是多么惊世骇俗、发人猛醒啊！

串珠又为什么要以"鹡鸰香"来命名呢？原来"鹡鸰"是"兄弟"的象征。那时，雍正皇帝大肆诛戮和禁锢他的一串兄弟。"所谓'鹡鸰香'，是说康熙诸子、雍正兄弟间的关系处得很'香'，实际上作者却是用反语讥讪他们处得很'臭'；北静王名曰'水溶'，好像他们兄弟水乳交融，实际上他们却是水火不能相容。"① 这种看法，不能说它没有道理。

可是，这些道理又显然只能从象征的手法和象征的意义上，才能对"其中味"作如此的理解。如果从现实主义的艺术方法来看，男人怎么会是"泥作的骨肉"呢？怎么会统统都成了"浊臭逼人"的呢？尊为"圣上"的皇帝老子怎么也成为"臭男人"呢？念珠名曰"鹡鸰香"，为什么意味着皇族表

---

① 林方直：《〈红楼梦〉中"多有微词"》，《红楼梦学刊》1980 年第 4 期。

面上是"脊令在原，兄弟急难"①（意谓兄弟手足间和睦共济，患难相助）。而实际上却是"兄弟阅于墙"②（意谓兄弟间在"萧墙之内"互相格斗厮杀）呢？这些显然都是不怎么符合现实主义对细节真实的要求的，是说不通的。可是正因为它在表现形式上是说不通的，是属于"满纸荒唐言"，所以它才显得非常奇妙，有着一股强大的艺术魅力，令人不能不兴致勃勃地去探胜寻幽，追根究底。它把读者的艺术想象力和创造力全部调动起来了，使读者经过一番探、寻、追、究之后，发现就在这"满纸荒唐言"之中，以象征的手法，隐秘而真实、曲折而强烈地反映了作家辛酸的血泪感情和非凡的政治倾向。它犹如一个曲径通幽的仙境，看似神奇虚幻，实际上却映照出了大千世界中若干真实的光和影，给读者以出其意外的深刻印象。这也许就是象征的艺术手法所产生的一种特有的艺术魅力吧。

《红楼梦》的象征手法有的还表现在故事情节的前后相互呼应之中。我们必须把它联贯起来，从作者为什么要这么写的艺术构思之中，才能真正解得其中味。如贾宝玉和凤姐等在给秦可卿送葬的路上同在一个村庄休息，作者写贾宝玉看到有部纺车，便上来拧转作耍，自为有趣；见到一个村庄丫头会纺线，更使他钦佩不已，直到凤姐打发人来喊他上车走时，他还"恨不得下车跟了他去"，只因"料是众人不依的"，才只好"以目相送"（第十五回）。如果从现实主义的艺术方法来看，这自然是贾宝玉对农村纺织丫头表示钦佩、尊重和向往的进步思想的表现。可是，作者要表现贾宝玉的进步思想，为什么不写别的，却要突出一个会纺织的村庄丫头呢？如果我们探讨一下作者之所以要如此写的艺术构思，就不难发现作者的这种描写已经超出了现实主义的范畴，而使这个情节在《红楼梦》的整个故事情节发展之中负有极为重要的象征意义。

---

① 这是《诗经·小雅·常棣》中的诗句。
② 这是《诗经·小雅·常棣》中的诗句，"鹡鸰"一词的典故即出于此。

《红楼梦》第五回凤姐女儿巧姐的判词："势败休云贵，家亡莫论亲。偶因济刘氏，巧得遇恩人。"在那上面还画着"一座荒村野店，有一美人在那里纺绩"。它说明巧姐在贾府衰败后，被"狠舅奸兄"卖掉，后为刘姥姥所救，成了以纺绩为生的村庄丫头。续作者认为，巧姐的这个下场有悖于"世代勋戚"的封建名教，硬把巧姐的结局改为嫁给一个有良田千顷的大地主家周少爷。与此相反，曹雪芹却认为巧姐成为农村的纺绩女是"留余庆"的表现，是贾府对刘姥姥"济困扶穷""积得阴功"所得的善报。这种说法，涂上了因果报应的色彩，自然是不足为据的。但是，我们联系前面贾宝玉对农村纺绩女的崇敬之情，再对照续作者对巧姐结局的窜改来看，就不能不钦佩曹雪芹这样写，反映了他面对封建统治阶级的腐朽衰落，不得不寄希望于劳动阶级。他把封建贵族家庭出身的人败落为自食其力的劳动者，不是看作有悖于封建名教的可耻的事情，而是看作"留余庆"的大好事。

我们反对从作品的字里行间主观唯心地去找微言大义。但是对于《红楼梦》中运用象征的手法，原本"多有微词"[①]，我们却不能视而不见。如大观园中的女儿们经常结社吟诗，吟白海棠诗，史湘云作的被评为"压倒群芳"（第三十七回）；螃蟹咏，则宝钗之作被誉为"绝唱"；菊花诗，独有林黛玉作的三首，众人"要推潇湘妃子为魁了"（第三十八回）。这究竟是什么缘故？显然，作者的目的不只是要赞颂她们的诗才，更重要的是要让所咏之物去象征咏它的人物。如林黛玉的菊花诗："孤标傲世偕谁隐，一样开花为底迟？"（《问菊》）这岂不是象征她如菊花那样具有不畏霜寒、孤高傲世的特殊品格吗？又如惜春是以对于世事极端冷漠著称的，可是她住的地方为什么却偏偏叫"暖香坞"呢？这岂不是象征着她外冷而内热——对于封建世俗，她是冷漠的；而对于洁身自好的人生理想的追求，她却是极为热烈而执着的呢？

---

① 曹雪芹在《红楼梦》第七十八回，通过贾宝玉的口说："况且古人多有微词，非自我今作俑也。"

诸如此类用象征手法来描写的事例，在《红楼梦》中是不胜枚举的。如果不只是局限于从现实主义或浪漫主义来考量，而能从作者的艺术构思上多问几个为什么；那么，我们就会深深体会到《红楼梦》中所运用的象征手法及其所具有的象征意义，真是丰富、精彩、有趣极了！

三、拓展了艺术境界的广延性和深邃性

不只是从现实主义，同时也从象征的艺术手法考量，可以有助于我们更好地了解《红楼梦》主题思想的广泛性、深刻性及其重大的政治历史意义。

按作者所说，他写的是"无材补天，幻形入世"的一块顽石，"历尽离合悲欢炎凉世态的一段故事"（第一回）。据甲戌本"凡例"称，《红楼梦》"又曰《石头记》，是自譬石头所记之事也"。由此可见，石头便是书中一个非常重要的象征。

它既是一块无材补天的顽石，这岂不象征着它与补天的要求是针锋相对、完全相悖的吗？

顽石幻形入世变成贾宝玉，这岂不象征着宝玉是假、顽石是真，贾宝玉的叛逆性格如顽石一样不受束缚、不能教化、不可征服吗？

在"无材补天、幻形入世"句旁，甲戌本脂评指出："八字便是作者一生惭恨。"从作者的朋友敦敏的《题芹圃画石》诗中，可知曹雪芹"画石"也是要用他那如椽之笔，写出他那顽石般的嶙峋傲骨和愤懑不平的"胸中磈礧"[1]，那么，他写《石头记》又何尝不也是如此呢？

---

① 爱新觉罗·敦敏：《懋斋诗钞》。

顽石的幻相就是贾宝玉的通灵宝玉，它与薛宝钗脖子上的金锁，象征着代表封建富贵的金玉良缘；而通灵宝玉的本质是石头，它与从绛珠仙草下世为人的林黛玉，早已结成了木石前盟。

"金玉良缘"和"木石前盟"的矛盾冲突，不只是反映了封建婚姻和自由恋爱的尖锐对立，同时也是富贵与贫贱卑微势不两立的象征。正如何其芳所说："在当时的世俗的人看来，也就是在封建统治阶级及其拥护者看来，薛宝钗是一个贵公子的理想的伴侣，正好像他们所珍贵的金和玉两相匹配一样。而一个不肖的子弟和一个不幸的弱女子却不过和石头和草一样卑微。卑微，然而互有深厚的牢不可破的爱情，就像在生前已经有了情谊的盟誓。"①需要指出的是，按照作者所写，这种生前已有的情谊和盟誓并不是爱情，而是一为无材补天的离恨石，一为酬报灌溉之德的绛珠草，卑微者的共同命运使他们结下了知遇之恩和患难与共的知己之情。作者给它画上了癞头僧人和跛足道人的神符，载入了警幻的仙册。这并不是作者在宣扬封建迷信，相反的，作者明确点出它是虚幻的，只有艺术上的象征作用罢了；他把僧人写成"癞头"，把道士写成"跛足"，显然象征着迷信宗教者绝不完美。

薛宝钗的一副金锁，实际上是象征着封建势力通过"金玉良缘"要把贾宝玉的叛逆性格锁住。第三十三回贾宝玉遭到贾政的毒打后，躺在床上养伤，想求宝钗的丫鬟莺儿给他打个汗巾子两端的络子，刚打了半截，宝钗来了，说："这有什么趣儿？倒不如打个络子把玉络上呢。"并且提议要用"金线"。作者为什么让薛宝钗提出要用"金线""打个络子""把玉络上"呢？如果从现实主义的写法来理解，那是毫无意义的。实际上这却是一种象征的艺术手法。它象征着薛宝钗念念不忘要用代表封建礼法的"金线"，来束缚住贾宝玉的叛逆性格，把贾宝玉络上金玉姻缘的罗网。可是，单凭一把金锁就能把贾

---

① 何其芳：《论〈红楼梦〉》，《文学研究集刊》第 5 册，第 38 页。

宝玉锁住，单凭几根金线就能把金玉姻缘络上吗？这显然是很荒谬的。但作者恰恰正是通过这种象征手法的荒谬性，启示人们更加深刻地看出了这种封建婚姻的腐朽性和反动性。——与其说贾宝玉是反抗封建婚姻的斗争，不如说他是在挣脱封建枷锁、冲决封建罗网的政治思想斗争。光靠象征手法自然不可能有这么大的神通，好在《红楼梦》的整个现实主义描写，贾宝玉所走的人生道路，都为这种象征手法所具有的深邃的思想意境，提供了坚实的基础和确凿的证明。

贾宝玉和林黛玉的"木石前盟"，说明他们之间的关系不只是出于男女性爱，更重要的象征着他们是一对政治思想上的知己和盟友。作者写宝黛初次会见，宝玉因见黛玉没有通灵玉，便骂这玉"连人之高低不择"而狠命摔玉；黛玉则因此而背后流泪，说："倘或摔坏了那玉，岂不是因我之过。"（第三回）甲戌本于此的脂评指出："所谓宝玉知己，全用体贴工夫。""这是第一次算还，不知下剩还该多少！"指出了黛玉这种"体贴""知己"的心思，痛惜其自毁而引咎自责的落泪，就是"还债"。这种描写，对于宝黛爱情悲剧的实质具有象征的意义。戚序本第三回回末总批，则更明确地点出了这个问题：

> 补不完的是离恨天，所余之石岂非离恨石乎？而绛珠之泪偏不因离恨而落，为惜其石而落。可见惜其石，必惜其人。其人不自惜，而知己能不千方百计为之惜乎！所以绛珠之泪，至死不干，万苦不怨，所谓"求仁而得仁，又何怨"，悲夫！

所谓"离恨"，就是无材补天而被弃置的惭恨、怨恨、愤恨，黛玉为怜惜石头的被摔和宝玉的"不自惜"而落泪，并且"至死不干，万苦不怨"。这难道是为了男女之间的爱情吗？至少在那个时候他们还很年幼，不可能建立爱情关系，作者这样写，显然有着更为重大而深刻的象征意义——突出他们之间是政治思想上的知己和盟友。

我毫不否认宝黛钗的爱情、婚姻悲剧在《红楼梦》中的地位和意义。我只是提醒人们注意作者所运用的顽石、木石前盟、绛珠草还泪等象征手法和象征意义。如果把宝黛钗的爱情、婚姻悲剧看作《红楼梦》这首悲歌的主旋律的话，那么，我们更应该懂得它的基调则是抒发宝黛对整个封建没落社会如嶙峋顽石一般愤懑不平之音，如绛珠还泪一样字字血、声声泪的知己之情。

再说《红楼梦》为什么一开始就写了甄士隐和贾雨村这两个人物呢？如果仅从字面上理解，如同甲戌本脂批所指出的，甄士隐者，"托言将真事隐去也。""雨村者，村言粗语也，言以村粗之言演出一段假话也。"其实，不仅如此，这两个人物对于全书的人物命运和主题思想，也有着明显的象征意义。

在甄士隐刚出场时，甲戌本脂评曾指出："不出荣国大族，先写乡宦小家，从小至大，是此书章法。"这里所以用"从小至大"的"章法"，岂不就是要以甄士隐这个"乡宦小家"的下场来象征"荣国大族"的命运吗？

你看，甄士隐家住在葫芦庙的隔壁，因"葫芦庙中炸供"引起火灾，"于是接二连三，牵五挂四，将一条街烧得如火焰山一般"，甄家也被"烧成一片瓦砾场了"（第一回）。这岂不是对贾、史、王、薛四大家族受"隔壁"连累，"一损皆损"，彼此牵连获罪，遭政治灾祸，"落了片白茫茫大地真干净"的象征吗？

甄士隐遭灾之后，本打算到田庄上去安身，又因"偏值近年水旱不收，鼠盗蜂起，无非抢田夺地，鼠窃狗偷，民不安身"，只得将田庄卖掉，投奔岳丈家，不料又遭冷遇，急忿怨痛，贫病交攻，使他终于从此看破红尘，说声"走罢"，"将道人肩上褡裢抢了过来背着，竟不回家，同了疯道人飘飘而去"。甲戌本眉批指出：

"走罢"二字，真悬崖撒手，若个能行。

这岂不是对贾宝玉最后"悬崖撒手"，跟着一僧一道"飘然登岸而去"的象征吗？

紧接着甄士隐遁隐之后，"俄而大轿抬着一个乌帽猩袍的官府过去"（第一回）。这就是新任知府太爷贾雨村走马上任。如同甲戌本于此处的眉批指出的，这是象征着全书写的统治阶级内部的剧烈分化，"所谓'乱烘烘你方唱罢我登场'是也"。

甄士隐的独生女儿英莲，在元宵节看社火花灯时被人拐卖，成了个"有命无运，累及爹娘"，惨遭不幸的女儿。甲戌本于此处的眉批指出：

> 看他所写开卷第一个女子，便用此二语以订终身，则知托言寓意之旨，谁谓独寄兴于一情字耶！

甄士隐和贾雨村，一个要出世遁入空门，一个要入世钻进官场；一个渐露下世光景，一个接履云霓之上；一个将"烟消火灭""元宵后"，一个是"时逢三五便团圆"；一个在破败之后出走，一个通过大比、联宗，向宦海飞腾。他们从相反的方向走来，又往相反的方向走去，"你方唱罢，我登场"。这不正是整部《红楼梦》所描写的两条人生道路的缩影和象征吗？

甄士隐、贾雨村及英莲，他们固然都有各自的个性特征和典型意义，然而作者把他们安排在全书的开头，从他们在全书的地位和作用来看，我认为这对于揭示全书的主题，刻画全书的人物命运，是具有深刻的象征意义的。

如果我们不只是从现实主义，同时也从象征的艺术手法来考量，我们就不难理解作者的"托言寓意之旨"，确实不是"独寄兴于一情字"，而是从封建末世的社会阶级关系以及人生道路的悲剧命运上，对封建社会的必然没落作了富有政治历史意义的极为广泛而深刻的批判。——我认为这才是《红楼梦》主题思想之所在，

四、几点启示

《红楼梦》是部伟大的现实主义作品，本文一开头就已经声明这是毫无疑问的。笔者的目的不是重复这个众所周知的论断，而是要探讨在《红楼梦》这部伟大的现实主义作品中是否也运用了象征的手法。我们在前面从人物塑造、艺术构思、主题思想所列举的种种事实，我想已经足以对此作出肯定的回答。

现在我们需要进一步探讨，《红楼梦》对于象征手法的运用，究竟可以给我们以一些什么样的启示。

首先，我们应该承认，现实主义和象征主义作为两种不同的创作方法，并不是对立的、相互排斥的、水火不能相容的；它们也有相通的一面，可以取长补短。事实上，不仅是曹雪芹的《红楼梦》，古今中外都有许多杰出的现实主义作家作品成功地运用象征主义艺术手法的事例。如巴尔扎克笔下的幻想的驴皮形象，便是资产阶级社会中人生内在矛盾的一个深刻的象征。在海明威生前所发表的最后一部小说《老人与海》里面，也大量使用了象征手法。他用垒球球星、角力士、非洲狮子甚至大鱼来象征勇敢、刚毅的精神力量。整部小说那露出水面的八分之一，本身就是一个寓言，使那水下的八分之七蕴含着巨大的社会内容和深刻的人生哲理。在雪莱和拜伦那里的普罗米修斯的形象，在雪莱笔下的恶魔的形象，都只有从象征的手法和象征的意义上，才能了解这些形象象征着人对自由的追求所具有深刻的典型意义。高尔基也曾经被人认为是"在陀思妥耶夫斯基之后""表现得最鲜明的俄国象征主义者"[①]。至少他以海燕的形象来作为革命的象征，是众所公认的。

---

① 安宁斯基：《反映集》，彼得堡 1906 年版，第 128 页。转引自彼尔卓夫：《现实主义与二十世纪初俄国文学中的现代主义诸流派》，见《世界文学中的现实主义问题》，第 240 页。

在我国，古典诗歌的创作早在唐代即已提出要有"象外之象，景外之景"①，"韵外之致"，"味外之旨"②。散文方面，"庄子寓真于诞，寓实于玄"③。其中都不乏象征的艺术手法。鲁迅小说《药》的结尾，以革命者夏瑜坟上的花圈象征革命的前景和希望，更是运用象征手法，使作品增加亮色，人人啧啧称赞的精彩笔墨。

事实说明，那种把象征主义的艺术方法看作邪魔外道，采取一概排斥的态度，是背离文艺创作的历史经验的。象征的手法虽然不像现实主义那样直接地反映现实生活，但它也是曲折地反映现实生活的一种艺术手法。它虽然可能有神秘主义、唯美主义的倾向和晦涩难懂等缺点，但它十分重视形象思维，善于运用文学所拥有的虚构、幻想等特有的手段，充分发挥"想象力，这个十分强烈地促进人类发展的伟大天赋"④，力求使艺术形象新颖、奇特、精炼、含蓄、丰富、多采、生动、优美，富有艺术的吸引力和深邃的韵味，这是符合艺术的特性，足以赢得广大读者的欢迎和喜爱的。《红楼梦》之所以具有那么强大而不朽的艺术生命力，运用象征的艺术手法在其中所起的积极作用，也是不应加以低估的。

其次，我们应该看到，《红楼梦》对象征手法的运用根本不同于现代西方的象征主义艺术流派。《红楼梦》的基本特色是现实主义，象征的艺术手法只不过是作为现实主义的必要的补充，并不是它的主要特色。作为象征的艺术手法，它不是着力于对事物形态作逼真的、如实的摹写，而是着意用象征的、非写实的艺术手法，来象征某种艺术形象或暗示某种思想内容。这也是属于艺术创作的一种方法，它虽然同作家唯心主义、神秘主义的世界观有相联系的一

<hr>

① 司空图：《司空表圣文集》卷3《与极浦书》。
② 司空图：《司空表圣文集》卷2《与李生论诗书》。
③ 刘熙载：《艺概·文概》。
④ 马克思：《路易士·亨·摩尔根〈古代社会〉一书摘要》，《马克思恩格斯论艺术》第2卷，第5页。

面，但在文学创作中更有其纯技巧的、独立的一面。它是人类智慧的艺术创造，有人甚至认为象征主义"是任何真正艺术的原则"[①]，"没有象征主义就没有文学，说真的，恐怕连语言也没有"[②]。这种说法并不是毫无道理的。象征手法在文学创作中既可以被用来体现唯物主义的反映论的思想，也可以利用它在作品中塞进唯心主义宿命论的货色，关键在于它被掌握在谁家手中和用来表现什么。

对于现代西方象征主义艺术流派中政治思想十分反动，艺术表现上极为荒诞的作品，我们自然应采取坚决批判和排斥的态度。但是我们绝不能因此而对《红楼梦》等优秀作品中所运用的象征的艺术手法也一概排斥。

最后，从《红楼梦》中运用象征的艺术手法所获得的重大艺术效果，我觉得可以启发我们进一步认识艺术是"用它所专有的方式掌握世界"[③]的，艺术反映现实生活有它自己的特殊方法和特殊规律。采用直接写实的方法，固然有极其广阔的创造余地，而采用象征的、非写实的方法，则更可以使作家和读者充分发挥其无限丰富的想象力和创造力。象征主义之所以成为现代西方文艺中影响最大的派别，渗透到各种文艺体裁，甚至连"后来出现的表现主义、未来主义、达达主义、超现实主义等流派，都能找到象征主义的影子"[④]。这个客观存在，就使我们不能不考虑它究竟有什么内在合理性。我觉得它符合文艺要求形象性的特性，符合读者对文艺需要含蓄有味的要求，符合文艺不只是反映现实，而且要"按照美的规律"[⑤]进行艺术再创造的艺术法则。世界上最美的境界，往往都只存在于人们的艺术创作之中，尽管艺术美归根结底来源于现实

---

① 维亚切斯拉夫·伊凡诺夫：《梨沟与界限》，第160页。转引自《世界文学中的现实主义问题》，第240页。

② 亚瑟·席孟斯语。转引自胡允恒：《象征主义》，见《译林》1980年第1期。

③ 马克思：《〈政治经济批判〉导言》，《马克思恩格斯全集》第12卷，第752页。

④ 沈恒炎：《关于西方现代派文学的评价》，《外国文学研究》1981年第4期。

⑤ 马克思：《1844年经济学哲学手稿》，《马克思恩格斯论艺术》第1卷，第226页。

美，但人们总不满足于现实美，而要追求艺术美。如果人们一旦把艺术作品中的描写加以具体坐实，那就毫无意味了。如《红楼梦》中的大观园，有人考证它写的就是北京恭王府，谁要是到北京恭王府一看，一定会感到大失所望。不只是恭王府，可以说在世界上再也找不到有一座园林可以跟大观园比美的；大观园的美只能存在于人们作为艺术想象的《红楼梦》之中。这种艺术美的创造，不仅直接写实的方法是必要的，象征的非写实的方法有时也自有它的妙用。

经过实事求是地作了上述一番探讨，我觉得任何一种艺术方法只要它为历史证明是有生命力的，它总是有一定的合理性，有其发生、发展的源远流长和历史轨迹可寻的。一个彻底的唯物主义者应该敢于面对客观存在，寻找和阐明客观存在的规律，坚决按照客观规律办事，而绝不应把客观存在打扮成屈从于自己主观意志的婢女。如果人们采取这种唯物主义的态度和方法，那么，我们就只能按照恩格斯所说的"从美学的观点和历史的观点"，对文艺作品"提出非常高的、甚至是最高的要求"[1]，而不应在艺术方法上独尊一家，罢黜百家。因为这是不符合《红楼梦》等伟大作品"按照美的规律"进行艺术创造的历史经验的。认识这一点，不只是对于《红楼梦》研究，甚至对于我们整个文艺创作，都将是思想上的大解放。

---

① 恩格斯:《给斐迪南·拉萨尔的信》,《马克思恩格斯论艺术》第1卷，第42页。

第五章

打破传统　不容曲解

"自有《红楼梦》出来以后，传统的思想和写法
都打破了。"

　　　　　　　　——鲁迅：《中国小说的历史的变迁》

《红楼梦》是怎样打破传统的思想和写法的

　　如同意大利的但丁、英国的莎士比亚、法国的巴尔扎克、俄国的托尔斯泰一样，曹雪芹是我们中国和世界人民的骄傲，他的《红楼梦》把中国古典小说艺术推上了最高峰，成为人类文明史上罕见的光辉灿烂的伟大杰作之一。

　　今天，我们的社会主义新文艺，应该在前人已经创造的艺术高峰之上继续攀登新的高峰，而绝不能凭空创造，或蹲在山脚下犹豫、徘徊。——"应该怎样写？"这是作家们时时刻刻地在思考和探索的问题。鲁迅以他自己丰富的实践经验告诉人们："凡是已有定评的大作家，他的作品，全部就说明着'应该怎样写'。"[①]

　　鲁迅对《红楼梦》的评价很高。他在对中国小说史作了深入的研究之后，说："自有《红楼梦》出来以后，传统的思想和写法都打破了。"[②]我们的社会主义文艺，是人类历史上崭新的文艺，当然更必须打破传统的思想和写法了。为此，探讨一下《红楼梦》是怎样打破传统的思想和写法，从而创造了我国古典小说艺术的最高峰的历史经验，这对于我们更好地解放思想，批判地继承文艺遗产，创造人类历史上辉煌无比的社会主义文艺的新高峰，当是不无裨益的。

---

　　① 鲁迅：《且介亭杂文二集·不应该那么写》，《鲁迅全集》第 6 卷，人民文学出版社 1958 年版，第 246 页。

　　② 鲁迅：《中国小说的历史的变迁》，《鲁迅全集》第 8 卷，人民文学出版社 1957 年版，第 350 页。

一、敢于冲破封建政治对于文艺的禁锢，创作"令世人换新眼目"的伟大作品

敢于冲破反动的封建政治对于文艺的禁锢，创作"令世人换新眼目"[①]的伟大作品，我认为这是《红楼梦》打破传统的思想和写法的一个突出的成就。

毫无疑问，"在现在世界上，一切文化或文学艺术都是属于一定的阶级，属于一定的政治路线的。为艺术的艺术，超阶级的艺术，和政治并行或互相独立的艺术，实际上是不存在的"[②]。

问题在于，文艺究竟是从属于什么样的政治路线？——是革命的、进步的政治路线，还是反动的、错误的政治路线？文艺固然必须为革命的、进步的政治路线服务，然而反动的、错误的政治路线，却必然要打着合法的、正确的旗号，披着鲜艳美丽的外衣，不择手段地诱使甚至强迫文艺为它服务，从而使艺术生命遭到人为的扼杀。历史上那些为反动政治效劳的文艺，何止汗牛充栋，不都被扔进了历史的垃圾堆吗？

何况文艺从属于政治，并不能等同于政治。革命导师早就尖锐地批判过把文艺作为政治传声筒的错误倾向[③]，指出艺术是"用它所专有的方式掌握世界"[④]的。人们必须尊重艺术本身的特点和规律。革命的进步的政治路线，只应该促进革命文艺的发展，而绝不应束缚甚至扼杀革命文艺的生命。

历史的经验告诉我们，反动的、错误的政治路线，对于文艺的危害作用，绝不能低估。鲁迅曾经指出：由于"宋时理学盛极一时，因之把小说也多理学

---

① 曹雪芹：《红楼梦》第一回，以下引《红楼梦》原文不注明出处者，皆根据俞平伯校订的《红楼梦八十回校本》。

② 《毛泽东选集》第3卷，第867页。

③ 在马克思给拉萨尔的信中指出："无论如何你必须更加莎士比亚化，可是现在你的主要缺点我认为是那把个人作为时代精神的单纯号筒的席勒主义。"见《马克思恩格斯论艺术》第1卷，第33页。

④ 马克思：《〈政治经济学批判〉导言》，《马克思恩格斯全集》第12卷，第753页。

化了，以为小说非含有教训，便不足道。但文艺之所以为文艺，并不贵在教训，若把小说变成修身教科书，还说什么文艺"①。

我们姑且别说那些"变成修身教科书"，不成其为文艺的"理学化"的小说，就拿《三国演义》《水浒传》这些伟大作品来看，封建的政治和伦理道德观念，又何尝不严重地玷污着它们那灿烂的艺术光泽呢。它们的思想艺术成就是伟大的，无愧于我国文学史上的卓越丰碑。然而它们毕竟未能冲破反动的封建政治的牢笼，未能打破封建传统思想的束缚，其突出表现是，还处处受着封建的忠义观念的支配。尽管曹操在我国历史上是个非常杰出的政治家、军事家，却因为他对汉献帝不忠，而把他处处描绘为奸臣。关羽因为"义重如山"，竟然可以在两军交锋的战场上，擅自放跑自己的敌人，"华容道义释曹操"，把封建的"义"捧了上天。至于《水浒传》，则干脆题名就叫《忠义水浒传》。不仅因为宋江讲忠义，把一支好端端的农民起义队伍领上了投降、毁灭的道路，即使像阮氏兄弟这样渔民出身的革命性很强的人物，他们与赃官污吏手下的官军拼命厮杀，目的也只是为了把"酷吏赃官都杀尽，忠心报答赵官家"。这些在历史上堪称为伟大的杰作尚且如此，至于等而下之的那些讲史、侠义小说，其受封建正统思想的支配那就更为突出而严重了。稍微仔细研究一下文学史，我们就不难发现，反动的、错误的政治观念的统治，传统思想的支配，实在是阻碍文艺发展、扼杀艺术生命的元凶呵。

曹雪芹的《红楼梦》之所以伟大，首先就在于它打破了封建传统思想的束缚，不受当时处于统治地位的反动的、错误的政治观念的支配，而站到了代表历史发展前进方向的叛逆的反封建的一边。《红楼梦》所着力歌颂的贾宝玉、林黛玉，就是这样的对封建主义的人生道路表示深恶痛绝的新人的形象，尽管他们尚不可能做到"出污泥而不染"。

---

① 鲁迅：《中国小说的历史的变迁》，《鲁迅全集》第 8 卷，人民文学出版社 1957 年版，第 331 页。

在《红楼梦》以前的文学作品，从来没有像《红楼梦》这样全面地突破封建思想的牢笼。《水浒传》在歌颂农民造反有理这一点上，对封建统治思想是个巨大的突破。然而它歌颂造反有理，却是打着忠义和"替天行道"的旗号，只是造贪官污吏的反，对皇帝至多不过作为受奸臣蒙蔽的昏君表示有所谴责，而对于整个封建的社会制度和封建主义的思想体系，则不敢有丝毫的触动和怀疑。

《西厢记》和《牡丹亭》，在反对"父母之命，媒妁之言"的封建婚姻制度方面，是个伟大的突破。然而他们最后实现自主婚姻，却必须以忠诚于封建的人生道路，取得科举功名为条件，即必须把爱情婚姻服从于维护封建统治的根本利益，局限在不触动封建统治，并为封建统治阶级所可能允许的范围之内。

《儒林外史》在反对封建科举制度方面，是个伟大的突破。然而他的否定科举制度，却是因为它使人"把那文行出处都看得轻了"，不符合他心中对封建统治秩序的要求。这种以封建正统思想批判局部的封建制度的弊病，实在不免有点大煞风景。

唯独《红楼梦》则不同，它虽然没有，在当时也不可能提出彻底推翻封建专制制度的要求，然而它确实以它的全部艺术力量，对封建的官僚制度、科举制度、婚姻制度、家庭制度、奴婢制度和封建道德伦理观念等等方面的腐朽、虚伪、残酷、不合理，作了在他那个时代所可能达到的最深刻的批判和无可辩驳的否定。

拿忠君思想来说，这是千百年来阻碍中国社会向前发展的最为严重的精神枷锁。曹雪芹及他所创造的主人公贾宝玉，固然也未完全摆脱封建忠君思想的桎梏，但他毕竟揭露了封建君主专制制度的腐朽、不合理和无可救药。"无材可去补苍天，枉入红尘若许年。"（第一回）不是个人没有才能，而是"才自精明志自高，生于末世运偏消"（第五回）。封建统治已经"忽喇喇似大厦倾，昏惨惨似灯将尽"（第五回），无可挽回地走向衰落了。

你看那皇帝南巡一次，"把银子都花的淌海水似的"（第十六回）。连皇帝的妃子省亲，也要那样大兴土木，特地建造一个"天上人间诸景备"（第十七、十八回）的大观园，奢侈腐朽已达到了令人惊心动魄的程度。在《红楼梦》以前的文学作品中，别说当上皇帝的妃子，即使得到皇帝的封诰，也被认为是无上荣光，赞颂备致。然而在《红楼梦》中，皇妃的生活却被描绘成是令人精神上痛苦不堪的"那不得见人的去处"（第十七、十八回），如贾元妃所哭诉的："田舍之家，虽齑盐布帛，终能聚天伦之乐。今虽富贵已极，骨肉各方，然终无意趣。"（第十七、十八回）这在客观上不是对封建君主专制制度扼杀自由、灭绝人性的控诉吗？

　　贾宝玉的叛逆性格，所以令贾政等封建卫道者感到特别可怕，就是因为有"明日酿到他弑君杀父"（第三十三回）的危险，所以贾政才发狠"不如趁今日一发勒死了，以绝将来之患"（第三十三回）。北静王水溶"是个贤王"，他把皇帝亲赐给他的鹡鸰香念珠一串赠送给宝玉，宝玉又把它转赠给黛玉。按一般的世俗之见，"圣上亲赐"的珍珠，那还了得，谁得了不受宠若惊？！可是曹雪芹却写林黛玉极端鄙弃地说："什么臭男人拿过的，我不要他。"把它摔在地上，"遂掷而不取"（第十六回）。这显然是把皇帝也列入贾宝玉所说的"泥作的骨肉"（第二回），当作跟污泥一样"浊臭逼人"而加以唾弃。封建专制制度，从皇帝到封建家长，都是由这般"泥作的"浊臭不堪的"臭男人"统治着。《红楼梦》所批判的，不是某个皇帝，也不是一般的昏君、暴君，而是以男子为中心的封建专制制度的腐朽、浊臭和不合理。这是《红楼梦》对封建忠君思想的重大突破。

　　伟大的作家必然也是伟大的思想家，他不仅能深刻地揭示出现实生活的本质，而且能够卓越地预示未来，为人们提供推动历史向前发展的强大的思想和精神武器。曹雪芹的《红楼梦》就是这样，当中国历史进入资产阶级民主革命时期，有人便以《红楼梦》揭发了"专制君主之威"①，而把它作为民主革命的鼓舞力量；有人则把曹雪芹和近代的龚定庵并列为"能于旧时学术社会中别树一帜"的两个"大思想家"②。直到今天，我们仍可从《红楼梦》对封建专制制度的批判中吸取力量。在中国，封建主义的传统思想，实在是太根深蒂固了。《红楼梦》能够对这个传统有重大的突破，实在是了不起啊！

再拿对封建官僚制度的批判来说，《红楼梦》以前的作品，一般都是停留在对赃官的揭露和对清官的歌颂上。我国文学史上大量的公案戏、清宫戏，都脱不开这个格局。《水浒传》所描写的"官逼民反"，实际上也只是指一些赃官，对于清官和所谓"好"地主，它也是取歌颂态度的。③对赃官的揭露批判，当然也能帮助人们认识封建统治阶级的反动本质。然而这种揭露批判，毕竟未能触动到封建官僚制度的要害，它是封建统治阶级所能容许的。④

曹雪芹的《红楼梦》在这个问题上的揭露，就突破了反对赃官、歌颂清官的封建传统思想的框框。它通过对"护官符"等的描写，深刻地揭示了封建国家政权的阶级实质，只不过是不法的贵族地主手中可以任意摆布的工具罢了。"如今凡作地方官者，皆有一个私单，上面写的是本省最有权有势、极富极贵大乡绅的名姓，各省皆然。倘若不知，一时触犯了这样的人家，不但官爵不保，只怕连性命还保不成呢！"（第四回）因此，薛蟠打死人，可以逍遥法外，"人命官司，他竟视为儿戏"（第四回）。新上任的知府贾雨村，起初主观上也想查办凶手，报答"起复委用"的"皇上隆恩"，然而当他一听说凶犯薛蟠是属于"护官符"中贾、史、王、薛四大家族之列的，他马上"便徇情

---

① 侠人：《小说丛话》，转引自《古典文学研究资料·红楼梦卷》，第 571 页。

② 《古典文学研究资料·红楼梦卷》，第 574 页。

③ 在《水浒传》中，被否定的地主只有三个：祝朝奉、曾长者、毛太公。而作为"好地主"被肯定的则有史太公、孔太公、穆太公、宋太公、刘太公，加上柴大官人、晁保正等。

④ 元大德七年（公元 1303 年），封建朝廷便查获贪官污吏有一万八千四百七十三人，赃银四万五千八百六十五锭。

枉法，胡乱判断了此案"，并主动写信向贾政和王子腾报功，说"令甥之事已完，不必过虑"（第四回）。

凤姐为了逼死贾琏私娶的尤二姐，她买通尤二组已经解除婚约的未婚夫张华，向有司衙门中去告状。她一会儿命人"托察院，只虚张声势，警吓而已"（第六十八回），一会儿又要察院"只说张华无赖，以穷讹诈，状子也不收，打了一顿赶出来"（第六十九回），一会儿"又透了消息与察院，察院便批：'张华所欠贾宅之银，令其限内按数交足，其所定之亲，仍令其有力时娶回'，（第六十九回）。堂堂的察院，完全成了凤姐手中变戏法的傀儡一样。

人们看了这样的揭露，不只是痛恨贾雨村式的官吏趋炎附势，贪赃枉法，更重要的还看到，这是"各省皆然"，是封建地主阶级专政的反动性和腐朽性的必然表现，仅仅查办几个贾雨村式的赃官，无济于事。贾雨村早就因"有贪酷之弊"（第二回），遭到过革职处分，可是他通过贾政的人事关系，又照样当上了知府。事实说明，只有从根本上推翻封建地主阶级专政，改变封建官僚制度，才能解决问题。——不管作家主观上是否意识到这一点，他对封建官僚制度如此深刻的揭露，就必然使读者得出这样的结论。

再拿对爱情婚姻的描写来说，《红楼梦》虽然是以贾宝玉、林黛玉、薛宝钗的爱情婚姻问题为故事情节的主线，然而，不仅整个作品的主题思想不是局限于歌颂自由爱情，而是对整个的封建社会、封建制度展开了全面的总批判，就拿爱情婚姻问题本身来看，它也大大突破了传统的思想和写法。

在《红楼梦》以前，《西厢记》和《牡丹亭》是两部描写自由爱情影响最大的作品。贾宝玉对林黛玉称赞《西厢记》说："真真这是好文章。你要看了，连饭也不想吃呢。"林黛玉看完以后，果真觉得"词藻警人，馀香满口"（第二十三回）。后来林黛玉听到《牡丹亭》的《惊梦》一折中的唱词，也觉得"十分感慨缠绵"，以致"心动神摇""如醉如痴"（第二十三回），激动得流下泪来。这些说明，曹雪芹是很赞赏这两部名作的，而这两部名作对于促进贾宝玉、林黛玉的青春的觉醒，也确实起了积极的作用。然而曹雪芹即使对于他极为赞赏的作品，也只是汲取它们的精华，在它们创造的艺术高峰的基础上，创造自己的新的高峰。

曹雪芹的《红楼梦》在爱情婚姻描写上的突破，是多方面的：第一，他描写的爱情方式，不是男女一见钟情，而是经过长期接触，互相了解，建立了真正深厚的感情。第二，他描写的选择爱情婚姻对象的标准，不是郎才女貌，而是共同的理想和人生道路。论外表，薛宝钗胜过林黛玉，可是就因为薛宝钗的封建思想严重，喜说"混帐话"，常劝宝玉走仕途经济的道路，宝玉便"同他生分了"（第十二回）。而林黛玉由于从不说这些"混帐话"，所以他就"深敬黛玉"（第三十六回），认黛玉为他的"知己"。这不只是男女之间的异性互相吸引的爱情，更重要的这是一对在反封建的共同斗争中志同道合，互相支持，互相鼓舞的深情厚谊。第三，这种爱情的目的，不只是为了求得个人小家庭的幸福，而是为了实现一种反封建的新的人生理想。因此，这种爱情显得非常纯洁和高尚，它不像张生与崔莺莺、柳梦梅与杜丽娘那样"偷香窃玉"，急于先发生性关系，也不像他们那样造成既成事实，便可取得封建家长的妥协。贾宝玉与林黛玉这种建立在走叛逆的人生道路基础上的爱情，是绝没有妥协的余地的，封建家长明明知道毁灭他们的爱情就是葬送他们的生命，为了维护封建统治的根本利益，他们却不得不孤注一掷。第四，作为这种自由爱情的对立面，既不是薛宝钗，也不是封建家长个人的主观意志，而是封建统治阶级的阶级利益，维护摇摇欲坠的封建贵族大家庭的客观要求，需要借新的联姻来挽救自己的衰亡。因此，这种爱情描写是从属于并服务于全面地、深刻地揭露批判封建统治这个总的主题思想的，它远远超出了封建统治阶级所能容许的范围。

其他在诸如奴婢制度、家庭制度和封建道德伦理等方面的描写，《红楼梦》对传统的思想和写法也都有许多突破，特别是表现在对封建门第等观念的否定上。如写贾宝玉主张"你爱这样,我爱那样",尊重各人"各自性情不同"(第三十一回)。身为贵族公子,他却"甘心为诸丫鬟充役"(第三十六回),甚至说出:"我便为这些人死了,也是情愿的。"(第三十四回)处于连下三等奴才还不如的唱戏的藕官,也把他看成"是自己一流人物"(第五十八回)。兴儿说他"喜欢时,没上没下,大家乱说一阵;不喜欢,各自走了,他也不理人,我们坐着卧着,见了他也不理,他也不责备。因此没人怕他,只管随便,都过的去"(第六十六回)。贾宝玉自己还对秦钟说:"咱们两个人一样的年纪,况又是同窗,以后不必论叔侄,只论弟兄朋友就是了。"(第九回)本来按照封建等级观念,是最严于主仆尊卑长幼之分的。而《红楼梦》却打破了这种严格的封建等级界限,歌颂人与人之间这种比较自由、平等的新型的关系;把晴雯等奴婢的形象,刻画得纯洁、可爱,赞美为"心比天高,身为下贱"(第五回)。

所有这一切,都是民主主义思想的胜利,是曹雪芹用民主主义思想战胜封建主义思想的结果。曹雪芹创作《红楼梦》的实践证明,伟大的作品总是建立在对于社会生活有作家自己独特的深刻认识的基础上,对于传统的思想和写法有巨大的突破,创造出"令世人换新眼目"的伟大主题,为人类社会的历史发展,既提供认识旧社会反动本质的镜子,又提供属于创造未来新社会的新思想的鼓舞力量。

二、敢于如实描写,写出"真的人物"

敢于如实描写,写出"真的人物",这是《红楼梦》打破传统的思想和写法的又一突出成就。

在人物描写方面,《红楼梦》充分地体现了塑造典型环境中的典型性格的原则。如鲁迅所指出的,它"和从前的小说叙好人完全是好,坏人完全是坏的，大不相同，所以其中所叙的人物，都是真的人物"①。

《三国演义》塑造了诸葛亮、刘备、关羽、张飞、曹操等众多的典型形象，其艺术成就是空前的。然而它在人物描写的真实性上却是有缺陷的，"写好的人，简直一点坏处都没有；而写不好的人，又是一点好处都没有。其实这在事实上是不对的，因为一个人不能事事全好，也不能事事全坏。譬如曹操他在政治上也有他的好处；而刘备、关羽等，也不能说毫无可议，但是作者并不管它，只是任主观方面写去，往往成为出乎情理之外的人"②。结果，就势必大大影响作品的客观效果和艺术感染的力量。诸葛亮那样地神机妙算，给人的感觉，似乎他不是"人"，而是"神"，用鲁迅的话来说，是"状诸葛之多智而近妖"③，作者越是把他写得高大完美，他在读者心目中就越是失去了真实感人的力量。作者处处强调曹操的奸诈，然而他给人的印象，"倒好像是豪爽多智"④。真实是艺术的生命。作者有几分违背真实性的原则，所创造的人物形象就必然有几分显得苍白无力。

在《红楼梦》以前，我国小说塑造人物形象，几乎都是以类型化来代替典型化。即把人物性格分成几种类型，某一个人物代表某一类性格特征，然后人物的一言一行、一举一动，便都离不开这一类的性格特征。如曹操就是奸，诸葛亮就是智，刘备就是仁，张飞就是勇，关羽就是义，宋江就是忠，李逵就是莽，鲁智深就是粗。这种突出人物性格某一个特点的艺术手法，有其一定的长处，它比较容易地作到使人物的个性鲜明。然而它也容易把人物性格单纯化，不能充分地反映出人物性格的真实性和复杂性。《三国演义》和《水浒

---

　　① 鲁迅：《中国小说的历史的变迁》，《鲁迅全集》第 8 卷，人民文学出版社 1957 年版，第350 页。

　　② 鲁迅：《中国小说的历史的变迁》，《鲁迅全集》第 8 卷，人民文学出版社 1957 年版，第336 页。

　　③ 鲁迅：《中国小说史略》，《鲁迅全集》第 8 卷，人民文学出版社 1957 年版，第 104 页。

　　④ 鲁迅：《中国小说的历史的变迁》，《鲁迅全集》第 8 卷，人民文学出版社 1957 年版，第336 页。

传》由于经过人民群众长期的艺术锤炼和文人的加工，还算创造了不少有相当典型性的人物形象。而照搬它们这种艺术手法的许多小说，则大都走上了穷途末路，流于公式化、概念化，使人看来看去，不外乎就是忠呀奸呀智呀勇呀几种类型的人物，越看越叫人乏味。

《红楼梦》则摆脱了人物描写上这种性格类型化的俗套，它把人物性格的艺术创造，从人为的神化、类型化，拉回到了写现实生活中的真的人物。现实生活中的人物性格有多么复杂，曹雪芹创造的人物性格也就有多么复杂，他确实写出了"真的人物"。这在我国小说艺术上是个重大的突破，是个革命性的变革。

写"真的人物"，并不就是写真人真事。把《红楼梦》说成是作者的自叙传，那完全是莫大的歪曲。对此，大家早已作过批判。这里我引用脂砚斋的一条批语，觉得很能说明问题——

> 按此书中写一宝玉之为人，是我辈于书中见而知有此人，实未目曾亲睹者。又写宝玉之发言，每每令人不解，宝玉之生性，件件令人可笑。不独于世上亲见这样的人不曾，即阅今古所有之小说传奇中，亦未见这样的文字，于颦儿处为更甚。[1]

这条批语，过去似乎没有引起人们的充分注意。我觉得，这是作为跟曹雪芹有亲属关系的脂砚斋，对"自叙传"说的最直接最有力的驳斥，它说明贾宝玉这个人物，完全是曹雪芹在现实生活的基础上进行独特创造的伟大典型。

写"真的人物"，也不是不要理想，而是要具有高度的典型性。——这就是《红楼梦》在人物描写上的最大特点："真"。其具体表现：

---

[1]　庚辰本《脂砚斋重评石头记》第十九回。

一是写出了人物性格的复杂性。贾宝玉既是个反封建的叛逆者，又是个贵族公子；既具有民主主义思想，又未能完全摆脱封建主义思想的毒害；既坚定不移地要走自己的叛逆道路，又看不到前途出路，不时流露出虚无、悲观的消极情绪。他既"像个避猫鼠"（第二十五回）似的怕他老子，又宁死也不肯听他老子的话。他既对奴婢非常关怀、体贴、同情、尊重和爱悦，又对他们耍过公子哥儿的恶劣脾气。他的爱情既是纯洁、专一、真诚、执着的，又在思想上向往一夫多妻制，幻想有二三个人跟他一道化灰化烟。

不但主要人物的性格显得很真实、复杂，次要人物也是如此。晴雯疾恶如仇，是个非常可爱的奴婢。可是对于地位比她低的小丫鬟坠儿，只因为她偷了个镯子，就对她又打又骂，甚至自作主张要把她撵出贾府。封建的奴婢制度就是这么等级森严，连富有反抗性格的晴雯，对地位比她低的小丫鬟尚且要如此压迫！而晴雯本人的遭遇，更是无缘无故地被从病床上拉下来，由人架着撵出贾府，被迫害致死。作者通过这种对人物性格复杂性的刻画，更深刻地揭示了封建制度的罪恶本质。

马克思说："人的本质并不是单个人所固有的抽象物，实际上他是一切社会关系的总和。"① 那种按忠、奸、智、勇等类型来塑造人物性格，不正是把人的本质当作"单个人所固有的抽象物"吗？作为"一切社会关系的总和"的真实的人，他的思想性格受到社会各方面的影响，必然就是很复杂的。一切事物都是矛盾的统一，人的性格也是如此，纯粹"高、大、全"的人，在实际的社会生活中是不存在的。贾宝玉看到当时社会腐朽黑暗，他既受到作为统治者的男人如污泥一样浊臭不堪的反面教育，又受到他周围的被压迫的奴婢，以及尚未沾染旧社会恶习的女孩子们如水一样纯洁的感染，从这两方面建立起了他的爱憎感情，因此他说："女儿是水作的骨肉，男人是泥作的骨肉。我见了

① 马克思：《关于费尔巴哈的提纲》，《马克思恩格斯全集》第3卷，第5页。

女儿，我便清爽；见了男子，便觉浊臭逼人。"（第二回）他坚决要走反封建的叛逆道路，可是公子哥儿的阶级地位和家庭环境，又不能不使他也染上一些恶习。所有这一切，确实是典型环境中的典型性格，使人感到非常真实可信，亲切自然，合情合理。

二是写出了人物性格的独特性。《红楼梦》里每个人物的性格是复杂的，然而每个人物的性格特点又不是模糊的，而是十分鲜明、独特的。如果光有复杂性，而没有独特性，那么，《红楼梦》里的人物也不可能给我们留下那么真切而又鲜明的印象。曹雪芹刻画人物，不仅要反映出人物性格本身存在着复杂的矛盾，而且能抓住人物性格矛盾的特殊性，来突出人物性格的主要特点。如贾宝玉性格的主要方面是反封建的叛逆精神，他的主要特点是"似傻如狂"，"极恶读书，最喜在内帏厮混"（第三回），"行为偏僻性乖张，那管世人诽谤"（第三回）！敢于藐视传统的世俗之见。他的这种性格特点，既具有高度的典型意义，又是独一无二的，所谓"天下无能第一，古今不肖无双"（第三回），这"第一""无双"，用来说明他性格的独特性，那倒是不错的。

林黛玉性格的主要方面，同样是反封建的叛逆精神。而她表现出来的主要特点，却不是"似傻如狂"，而是"常常的便自泪道不干的"（第二十七回），"说出一句话来，比刀子还尖"，用以对付那"一年三百六十日，风刀霜剑严相逼"的险恶环境，捍卫自己做人的尊严，执着地追求她那"质本洁来还洁去"（第二十七回）的人生理想。

袭人是个深受封建思想的毒害，竭力效忠于主子的奴婢。她曾三番五次地劝宝玉"改邪归正"，用功读书，将来好立身扬名。其思想性格跟薛宝钗有点近似，前人曾说她是薛宝钗的影子。[①]然而作者却又有意把袭人与薛宝钗这两个不同的典型人物，区别得泾渭分明。你看，金钏儿被王夫人逼得投井自杀

---

① 甲戌本第八回批语："袭乃钗副。"王希廉评本《红楼梦问答》："袭人，宝钗之影子也"。

后，"袭人听说，点头赞叹，想素日同气之情，不觉流下泪来"。而薛宝钗听到这个消息，却"忙向王夫人处来道安慰"，胡说什么"据我看来，他并不是赌气投井，多半他下去住着，或是在井跟前憨顽，失了脚掉下去的。他在上头拘束惯了，这一出去，自然要到各处去玩玩逛逛。岂有这样大气的理。纵然有这样大气，也不过是个糊涂人，也不为可惜"（第三十二回）。她跟袭人两种截然不同态度的对比，说明她俩在阶级本质上又是多么独特的典型啊。

《红楼梦》里的人物性格，就是这样各自具有自己的独特性格，而绝不互相混淆或重复。然而它又不是像《三国演义》《水浒传》那样用忠、奸、智、勇等抽象的概念所能概括得了的，它不是采用把人物性格类型化的艺术手法，而是按实际生活的本来面貌，从人物性格的复杂性中体现出人物性格的独特性。

三是写出了人物性格的具体性。在现实生活中，每个人物性格的差别，都是具体入微的，不经过非常深入细致的观察，便不可能认识，更不可能准确地把握。《红楼梦》在这方面的突破，反映了作家对社会生活的认识能力和艺术描写能力的提高。

在《红楼梦》以前的我国小说，对人物性格的刻画，虽然也不乏生动的具体描写，但总的来看是比较粗线条的。《红楼梦》对人物性格的描绘，则非常细腻，几乎一言一行、一举一动，都要表现出各个人物自己独特的性格，使人物形象一个个都像真的活现在读者的眼前。我们不妨把《三国演义》和《红楼梦》各自描写的两个喝酒的场面对比一下。《三国演义》第八回，写王允请吕布喝酒，用歌姬貂蝉作美人计，先将貂蝉许给吕布做妾，然后又嫁给董卓做妾，以此挑动他俩的火并。下面是请吕布喝酒的场面：

> 布大笑畅饮。允叱退左右，只留侍妾数人劝酒。
>
> 酒至半酣，允曰："唤孩儿来！"少顷，二青衣引貂蝉艳妆而

出。布惊问："何人？"允曰："小女貂蝉。允蒙将军错爱，不异至亲，故令其与将军相见。"便命貂蝉与吕布把盏。

貂蝉送酒与布，两下眉来眼去。允佯醉曰："孩儿央及将军痛饮几杯，吾一家全靠着将军哩。"布请貂蝉坐，貂蝉假意欲入。允曰："将军吾之至友，孩儿便坐何妨！"貂蝉便坐于允侧。

吕布目不转睛地看，又饮数杯。允指蝉谓布曰："吾欲将此女送与将军为妾，还肯纳否？"布出席谢曰："若得如此，布当效犬马之报。"允曰："早晚选一良辰，送至府中。"布欣喜无限，频以目视貂蝉，貂蝉亦以秋波送情。

少顷席散。允曰："本欲留将军止宿，恐太师见疑。"布再三拜谢而去。

就这样一席酒，三言两语，王允以貂蝉作美人计，轻而易举地就使吕布上钩了。故事情节的发展，就这么简单、顺利，人物性格就这么单纯、浅薄，直截了当，而且当着女孩儿的面，由老头子亲口将她许给人家做妾，这在实际生活中恐怕是不大合乎情理的。

我们再看看《红楼梦》关于贾宝玉在薛姨妈那儿喝酒的一段描写。宝玉说，酒不必暖了，他爱吃冷的——

薛姨妈忙道："这可使不得。吃了冷酒，写字手打颤儿。"

宝钗笑道："宝兄弟，亏你每日家杂学旁收的，难道就不知酒性最热，若热吃下去，发散的就快；若冷吃不去，便凝结在内，以五脏去暖它，岂不受害？从此还不快不要吃那冷的了！"

宝玉听这话有情理，便放下冷酒，命人暖来方饮。黛玉磕着瓜子儿，只抿着嘴笑。可巧黛玉的小丫鬟雪雁走来与黛玉送小手炉。黛玉因含笑问他："谁叫你送来的？难为他费心。哪里就冷死了我？"

雪雁道："紫鹃姐姐怕姑娘冷，使我送来的。"

黛玉一面接了，抱在怀中笑道："也亏你倒听他的话。我平日和你说的，全当耳旁风。怎么他说了你就依，比圣旨还快些？"

宝玉听这话，知是黛玉借此奚落他，也无回复之词，只嘻嘻的笑两阵罢了。宝钗素知黛玉是如此惯了的，也不去睬他。[1]

这里作者把出场的每个人物写得多么细致入微！各人有各自的语言，各人有各自的心理活动，各人有各自的性情。表面上看，谈的是冷与暖，实际反映的却是薛姨妈的慈祥，宝钗的有"涵养"，宝玉的偏爱与随和，黛玉的忌妒和"尖酸"，众多人物性格争相辉映，两种思想性情激烈交锋，真是波澜迭起，别开生面，扣人心弦，引人入胜。

对众多人物的性格，都能作如此精细入微的刻画，这在《红楼梦》以前的文学作品中，还是不多见的。由粗线条到细线条，这不仅是个艺术手法问题，更重要的是人物性格的真实性问题。这是《红楼梦》在人物描写上的一大突破，也是一大进步。

三、敢于摆脱大团圆的俗套，写出令人惊心动魄的社会悲剧

敢于摆脱大团圆的俗套，从日常生活中写出令人惊心动魄的社会悲剧，这是《红楼梦》打破传统的思想和写法的又一突出成就。

王国维曾经把中国戏曲、小说总是喜欢团圆结局，解释为是由于我们民族的"乐天"精神。他说：

---

[1] 据庚辰本第八回。

吾国人之精神，世间的也，乐天的也。故代表其精神之戏曲小说，无往而不著此乐天之色彩，始于悲者终于欢，始于离者终于合，始于困者终于亨；非是而欲餍阅者之心，难矣！[1]

鲁迅对这个问题的分析，则比王国维要深刻得多。他在谈到《西厢记》等剧本"叙张生和莺莺到后来终于团圆了"的时候，指出：

这因为中国人底心理，是很喜欢团圆的，所以必至于如此，大概人生现实底缺陷，中国人也很知道，但不愿意说出来；因为一说出来，就要发出"怎样补救这缺点"的问题，或者免不了要烦闷，要改良，事情就麻烦了。而中国人不大喜欢麻烦和烦闷，现在倘在小说里叙了人生底缺陷，便要使读者感着不快。所以凡是历史上不团圆的，在小说里往往给他团圆；没有报应的，给他报应，互相骗骗。——这实在是关于国民性底问题。[2]

鲁迅把总喜欢团圆结局看作害怕变革的国民性问题，看作唯心论和反现实主义的表现——"互相骗骗"。言外之意，这正是我国漫长的封建社会，封建统治思想严重地腐蚀和毒害了我国国民的灵魂，人们受传统思想的束缚实在太深了，不仅使文艺创作陷入了"骗"的死胡同，而且这也是我国封建社会长期停滞不前的重要原因之一。

面对这种历史长期形成的传统势力，《红楼梦》的作者就是敢于提出挑

---

① 王国维：《红楼梦评论》，转引自《古典文学研究资料·红楼梦卷》，第253页。
② 鲁迅：《中国小说的历史的变迁》，《鲁迅全集》第8卷，人民文学出版社1957年版，第328页。

战。他把《红楼梦》写成了一个社会大悲剧，不仅写了贾宝玉与林黛玉、薛宝钗的爱情婚姻悲剧，还写了纳妾制度造成的尤二姐、香菱等人的悲剧，淫乱好色造成贾瑞、秦可卿等人的悲剧，奴婢制度造成金钏儿、晴雯等人的悲剧，封建官僚制度造成石呆子、张金哥夫妇等人的悲剧，宗教制度造成妙玉、芳官等人的悲剧，封建伦理道德造成李纨、瑞珠等人的悲剧。在整个封建社会必然没落的大悲剧之中，有这许许多多的小悲剧。正如鲁迅所说的："《红楼梦》中的小悲剧，是社会上常有的事，作者又是比较的敢于实写的，而那结果也并不坏。"[①]

《红楼梦》所写的悲剧，不是命运悲剧、性格悲剧，而是社会悲剧。并且造成这个社会悲剧的根本原因，不是由于一二个赃官或坏人作祟，而是由于整个的封建制度不合理，封建统治阶级腐朽没落的反动本质所决定的。就个人来说，贾政是个"正经"君子。先后管家的凤姐、探春、宝钗，也确实都很有才干。王夫人虽然直接逼死了金钏儿和晴雯，但她也只是为了维护封建统治的利益，并不是由于她个人的本性特别残暴。贾宝玉和林黛玉所反对的，也不只是几个封建家长，他们所反对的是封建主义的人生道路，是封建的专制制度和各种世俗恶习，是封建的婚姻制度。因此，他们与封建家长的矛盾，不可能像《西厢记》里的张生与崔莺莺，《牡丹亭》里的柳梦梅与杜丽娘那样取得妥协。代表民主主义进步思想的新生力量，尚处于萌芽状态，他们既不可能战胜腐朽反动的封建势力，又绝不肯向封建势力屈服、投降；而封建势力本身已经走上腐朽没落，它虽然暂时还处于统治地位，可以滥施淫威，疯狂镇压，却不可能征服叛逆者的心，不可能取得最后的胜利。因此矛盾斗争的结果，只能是或者谁也战胜不了谁，或者同归于尽。这正是"历史的必然要求和这个要求的实际

---

① 鲁迅：《坟·论睁了眼看》，《鲁迅全集》第 1 卷，人民文学出版社 1956 年版，第 330 页。

上不可能实现之间的悲剧性的冲突"①。

《红楼梦》这个悲剧，它所反映的社会问题是如此之广泛，如此之深刻。它绝不仅仅是个爱情婚姻悲剧，也不只是一般的社会悲剧，而是社会政治历史悲剧。它是庄严地宣告我国漫长的封建社会必然衰亡的判决书，是民主主义必将最终战胜腐朽反动的封建主义，一个比之封建制度要合理得多的、比较自由、平等的新社会必将到来的伟大的预言。

恩格斯说："封建的中世纪的终结和现代资本主义纪元的开端，是以一位大人物为标志的。这位人物就是意大利人但丁，他是中世纪的最后一位诗人，同时又是新时代的最初一位诗人。"②在世界的东方，在我们中国，曹雪芹跟西方但丁的历史地位和作用非常相像。可以说，曹雪芹当之无愧地是标志着我国封建社会的终结和近代中国的历史即将开端的但丁式的一位伟大的人物。

在《红楼梦》以前，我国小说戏曲以团圆为传统之根深蒂固，可以看出曹雪芹打破这个传统之不易。再从《红楼梦》问世以后，"续作及翻案者即奋起，各竭智巧，使之团圆"③的逆流便凶猛地反扑过来，我们由此更可以看出曹雪芹写出《红楼梦》这个悲剧之伟大。正如鲁迅所指出的，《红楼梦》打破团圆的传统思想和写法后，"或续或改，非借尸还魂，即冥中另配，必令'生旦当场团圆'，才肯放手者，乃是自欺欺人之瘾太大，所以看了小小骗局，还不甘心，定须闭眼胡说一通而后快。赫克尔（E. Haeckel）说过：人和人之差，有时比类人猿和原人之差还远。我们将《红楼梦》的续作者和原作者一比较，就会承认这话大概是确实的"④。

高鹗续的《红楼梦》后四十回，最大的成功就是保留了贾宝玉与林黛玉、

① 恩格斯：《致斐·拉萨尔》，《马克思恩格斯书信选集》，第119页。
② 恩格斯：《〈共产党宣言〉意大利文版序言》，《共产党宣言》1967年版，第20页。
③ 鲁迅：《中国小说史略》，《鲁迅全集》第8卷，人民文学出版社1957年版，第223页。
④ 鲁迅：《坟·论睁了眼看》，《鲁迅全集》第1卷，人民文学出版社1956年版，第330页。

薛宝钗的爱情婚姻悲剧的结局；最大的缺点，也正是由于他对曹雪芹所写的这个悲剧缺乏正确的认识，因而他总是竭力缩小、改变，甚至蓄意歪曲这个悲剧广泛而深刻的伟大典型意义。例如，在贾府衰败这个重大情节上，高鹗直接违背了曹雪芹要写成"落了片白茫茫大地真干净"（第五回）的社会大悲剧的原意，竭力按照大团圆的俗套，故意使贾府抄家不抄全家，只抄贾赦一房。贾政仍然承袭荣国公世职。最后连贾赦也完全免了罪名，贾珍仍袭宁国公世职，所抄家产全行偿还。"荣宁两府善者修德，恶者悔祸，将来兰桂齐芳，家道复初。"这不是完全在玩弄自欺欺人的骗局吗？

贾宝玉的结局，被高鹗写成不但"高魁贵子"，还加上成了佛，被皇帝赏了一个"文妙真人"的道号，出家前又留下个遗腹子，使封建统治阶级可以传宗接代。这不也是竭力要弄个团圆的结局吗？

探春的结局，按曹雪芹的原意，"游丝一断浑无力"，"也难绾系也难羁"，应是远嫁海隅，一去不归，就像断了线的风筝，随风飘散的柳絮。它反映贾府衰败已到骨肉飘零，分崩离析，连自家的一个才女也无力回护的地步。但在高鹗的笔下，探春远嫁之后，不几年又随夫荣返京华，而且"服饰鲜丽"，"出挑得比先前更好了"。这不是续作者有意为贾府的大团圆锦上添花吗？

巧姐的结局，按曹雪芹的原意，"势败休云贵，家亡莫论亲。偶因济刘氏，巧得遇恩人"。可是高鹗写她被拐给一个藩王时，那藩王一听说是"世代勋戚"之家的人，便"势败"也"云贵"，不买她了。本来她得到刘姥姥的帮助脱险后，应成为乡村中一个自食其力的妇女。这个结局反映了封建末世阶级关系的急剧变化，也表示了曹雪芹寄希望于劳动者的崇高寓意。高鹗却只是一个劲地要不背于"世代勋戚"的封建名教，硬要把巧姐写成嫁给一个有良田千顷的大地主家周少爷，和探春一样，巧姐也重回贾府。这不是续作者硬要为贾府实现团圆的美梦而使尽巧计吗？

诸如此类，都无可辩驳地说明，续作者高鹗存在着浓厚的封建主义思想，他竭力掩盖和调和社会矛盾，为大团圆的传统思想和写法所束缚，以致大大缩小、贬低和歪曲了《红楼梦》悲剧的伟大意义。

由此也可见，能否突破大团圆的俗套，这绝不仅仅是个艺术手法的问题，更重要的，是作家正视社会矛盾，揭露社会矛盾，促进社会矛盾向有利于历史进步的方向转化，还是掩盖矛盾，调和矛盾，阻碍社会进步，为维护反动统治、维护传统的社会恶习效劳的立场、世界观问题。恩格斯说："巴尔扎克这样不得不违反自己的阶级同情和政治偏见，他看到了他心爱的贵族们灭亡的必然性而把他们描写成不配有较好的命运的人，他看到了在当时唯一能找到的未来的真正的人，我认为这些都是现实主义的最伟大胜利之一，是巴尔扎克最重大的特点之一。"[1]我认为，这话对曹雪芹也是完全适用的。

四、值得借鉴的历史经验

曹雪芹的《红楼梦》为什么能够打破传统的思想和写法呢？我认为有三点尤其值得借鉴。

首先，是作家对他那个时代的现实生活和社会矛盾，必须有自己的深刻认识和独到的见解。曹雪芹生活在雍正、乾隆年代，是处于中国封建社会最后一个所谓的"盛世"。从此，中国封建社会就一蹶不振地衰落下去，再也没有转机了。然而作者毕竟还是处在"康乾盛世"之中，却已经透过"盛世"的外表，觉察到了他内里所隐藏着的深刻的矛盾。用《红楼梦》里的话来说，这不过是"烈火烹油，鲜花着锦之盛"——好景不长，"如今外面的架子虽甚未倒，内囊却也尽上来了"。作者不为"外面的架子"所迷惑，能深入"内囊"里去看到这个时代的本质，揭穿封建统治阶级所鼓吹的"康乾盛世"，实际

---

① 恩格斯：《致玛·哈克纳斯》，《马克思恩格斯书信选集》，第 447 页。

上不过是封建"末世"。这就表现了曹雪芹作为一个伟大的文学家、思想家，对于社会生活深刻而独到的观察。

能透过表面现象，揭示社会本质，这是曹雪芹对于社会生活有深刻而独到的认识的一个显著的特点。如对贾宝玉这个人物，王夫人说他是"孽根祸胎""混世魔王""顽劣异常"，"疯疯傻傻"（第三回）；贾政说他"将来酒色之徒耳"（第二回）；作者还介绍了"后人有西江月二词，批宝玉极恰"——

> 无故寻愁觅恨，有时似傻如狂，纵然生得好皮囊，腹内原来草莽。潦倒不通世务，愚顽怕读文章。行为偏僻性乖张，那管世人诽谤。
>
> 富贵不知乐业，贫穷难耐凄凉，可怜辜负好韶光，于国于家无望。天下无能第一，古今不肖无双。寄言纨袴与膏粱，莫效此儿形状。（第三回）

这些显然都是当时的世俗之见。正如作者在书中介绍宝玉时所说的："看其外貌最好，却难知其底细。"（第三回）曹雪芹观察问题的深刻而独到，就在于他能察"其底细"，他能透过当时世俗之见对宝玉的种种诬蔑不实之词，而敏锐地看到他性格中叛逆的反封建的代表民主主义思想萌芽的新人的本质，敏锐地看到他所心爱的封建贵族阶级不配有好的命运。曹雪芹正是有这种透过现象看本质的敏锐眼力，才能够创造出《红楼梦》，创造出贾宝玉这样伟大的典型。

曹雪芹在《红楼梦》中还特意杜撰一个地名叫平安州[①]，写薛蟠等人"谁知前日到了平安州界，遇见一伙强盗，已将东西劫去"，幸得柳湘莲帮助，

---

① 据启功先生的考证，《红楼梦》中平安州地名"根本即假的"。见启功《读〈红楼梦〉札记》，《北京师范大学报》1963年第3期。

才"夺回货物，还救了我们的性命"（第六十六回）。这显然是有意说明，平安州并不平安，谁要是被平安州的美名所迷惑，就随时有被谋财害命的危险。这在书中虽然只是个小小的插曲，却鲜明生动地向我们透露了曹雪芹对当时社会的独到的观察：名曰平安，实际上很不平安；名为"盛世"，实则已处于"末世"；人们绝不能为其"外面的架子"所迷惑，而必须透过现象看本质。曹雪芹如此敏锐而深刻地观察和揭示社会生活，岂不是得力于这种朴素的唯物辩证法吗？我看上述事实，足以说明曹雪芹是具有朴素的唯物辩证法的思想和眼光的。

曹雪芹之所以能对当时社会生活有深刻而独到的认识，跟他自己生活在社会矛盾的旋涡之中的独特经历也是分不开的。鲁迅在《呐喊》自序中，曾以他自己的切身体会说过："有谁从小康人家而坠入困顿的么？我以为在这途路中，大概可以看见世人的真面目。"① 曹雪芹的经历，不仅是"从小康人家而坠入困顿"。他的祖辈父辈，相继担任了六十四年的"江宁织造"的官职。康熙皇帝五次南巡，有四次到南京时都是住在他祖父曹寅（1658—1712）的织造府中。后来雍正皇帝派人抄他们的家，在抄家的单子上，他家有田十九顷（一千九百亩）多，房屋四百八十三间。曹雪芹就是从这样一个极富极贵的大官僚贵族之家，而跌落到"满径蓬蒿老不华，举家食粥酒常赊"的困境，使他"历尽离合悲欢，炎凉世态"。曹雪芹正是从这些尖锐的社会矛盾和痛苦的切身经历中，看清了当时社会的本质和"世人的真面目"。他的《红楼梦》，正是以他那丰富的生活实践作基础的。

还是鲁迅说得好，《红楼梦》，"盖叙述皆存本真，闻见悉所亲历，正因写实，转成新鲜"②。事实说明，以对实际生活有深切体验和独到认识为基础的

---

① 鲁迅：《〈呐喊〉自序》，《鲁迅全集》第1卷，人民文学出版社1956年版，第3页。
② 鲁迅：《中国小说史略》，《鲁迅全集》第8卷，人民文学出版社1957年版，第196页。

"写实"，这是《红楼梦》所以能打破传统的思想和写法，"转成新鲜"的一条重要的经验。

其次，曹雪芹对于文学的历史和现状，敢于批判，勇于创新，具有自己进步的文学主张，这对他的《红楼梦》能打破传统的思想和写法，显然也是起了巨大作用的。

在《红楼梦》开卷第一回，作者就对我国文学的历史和现状，作了批判性的总结，提出了自己与传统的思想和写法针锋相对的主张：

一是反对"皆蹈一辙""共出一套"的公式化，主张"不借此套"的"新奇别致"的艺术创造。

二是反对"奸淫凶恶""淫污秽臭"的自然主义，主张"只取其事体情理"，反映生活本质真实的艺术典型化。

三是反对"假拟""穿凿"，"徒为供人之目"的瞒和骗的文艺，主张写"亲睹亲闻""追踪蹑迹"的"真传"。

曹雪芹的这些文学主张，显然是切中时弊，符合文艺创作自身的特点和规律的。他的《红楼梦》，正是他的这些文学主张的光辉实践。因此鲁迅说他"全书所写，虽不外悲喜之情，聚散之迹，而人物事故，则摆脱旧套，与在先之人情小说甚不同"[①]。

这种"与在先之人情小说甚不同"，当然包括《金瓶梅》在内。《金瓶梅》在揭露封建统治阶级的腐朽糜烂，细针密缕地描写家庭社会生活等方面，为曹雪芹的《红楼梦》开了先河，脂砚斋有条批语，曾说它"深得金瓶壶奥"[②]。然而，曹雪芹对于那些"奸淫凶恶""淫污秽臭"作品的严正批判，无疑地也是包括《金瓶梅》在内的。

---

① 鲁迅：《中国小说史略》，《鲁迅全集》第8卷，人民文学出版社1957年版，第195页。

② 庚辰本第十三回眉批。

"依傍和模仿，决不能产生真艺术。"①曹雪芹深深懂得艺术贵在真实、贵在独创的特性。他不但对于《金瓶梅》这样在思想上和艺术上有严重缺陷的作品，采取批判地继承的态度，而且对于他极为赞赏的《西厢记》《牡丹亭》这样的优秀作品，他也绝不因袭模仿，而是取其精华，弃其糟粕，依据自己的"亲睹亲闻"，从广阔的现实生活中，汲取无穷无尽的艺术创造的源泉。

历史证明，曹雪芹是对的。那些"皆蹈一辙"的野史和"千部共出一套"的才子佳人小说，早已经不起实践的检验而被淘汰了；从实际生活出发写出来的具有高度独创性的《红楼梦》，却成为伟大的不朽的杰作，永远放射出灿烂的光辉。这是敢于打破传统思想和写法的唯物辩证法的胜利，是曹雪芹坚持写实、坚持独创的文艺思想的胜利。

最后，曹雪芹把创作《红楼梦》，当作他毕生为之献身的伟大事业，他的崇高的抱负，忘我的事业心，严肃认真的创作态度，我觉得都是他所以能打破传统的思想和写法的重要条件。

"满纸荒唐言，一把辛酸泪。都云作者痴，谁解其中味？"曹雪芹写《红楼梦》，显然是怀有崇高的抱负的。在政治上，他虽然以"毫不干涉时世""非伤时骂世之旨"来掩人耳目，然而他却又明确地交代，他写的是"无材补天，幻形入世"，"历尽离合悲欢炎凉世态的一段故事"，"有些指奸责佞贬恶诛邪之语"（第一回），他以他那无可辩驳的艺术力量断定，封建制度的黑暗统治，已"运终数尽，不可挽回"（第五回）。因此他把他的政治抱负，完全都寄托在《红楼梦》的创作上。在艺术上，他同样也有崇高的抱负。在《红楼梦》开卷第一回，他就宣称，他要创造出"强似前代所有书中之人"（第一回）的人物形象，他的作品要"令世人换新眼目"，并且"可以消愁破

---

① 鲁迅：《且介亭杂文末编·记苏联版画展览会》，《鲁迅全集》第6卷，人民文学出版社1958年版，第391页。

闷"，"省了些寿命筋力"（第一回）——给人以巨大的艺术美感的享受。

他的这种崇高的抱负，绝不是空洞的宣言，而是以他忘我的事业心和严肃认真的创作态度为基础的。"披阅十载，增删五次"，还只是个未完未定稿。"字字看来皆是血，十年辛苦不寻常。"（第一回）"此回未成而芹逝矣。"[①]他这种为创作一部作品，而不惜把毕生心血熔铸进去的忘我的事业心和艰苦卓绝的献身精神，实在令人钦佩不已。列夫·托尔斯泰写《战争与和平》的时候，对这部"巨大的作品中的所有那些未来的人物的种种遭遇"，他说他都"权衡几百万个可能的结合，以便从它们中间选择出那一百万分之一来，真是难极了"[②]。中外伟大作家的实践都证明，文艺创作是个创造性的劳动，非得有艰苦卓绝的献身精神，才能创造出有独创性的作品。

鲁迅早就语重心长地告诫过人们："没有冲破一切传统思想和手法的闯将，中国是不会有真的新文艺的。"[③]无论是从历史的经验，或从当前文艺界的现状，或从创造和繁荣社会主义新文艺的伟大历史使命来看，打破传统的思想和写法，掀起一个思想和写法（艺术）的彻底的大解放，真正做到如列宁所说的："绝对必须保证有个人创造性和个人爱好的广阔天地，有思想和幻想、形式和内容的广阔天地。"[④]这真是关系到我们社会主义文艺事业成败盛衰的要害问题和绝不可忽视的当务之急啊！

《红楼梦》以其光辉灿烂的艺术实践已经证明，今后的历史必将继续证明，一切陈腐的传统，"由于它只是消极的，所以一定要被摧毁"。胜利一定是属于敢于冲破一切传统思想和写法的闯将。

---

① 庚辰本第二十二回回末总批。
② 转引自阿尔麦·莫德的《托尔斯泰传》第 1 卷，第 9 章。
③ 鲁迅：《坟·论睁了眼看》，《鲁迅全集》第 11 卷，人民文学出版社 1956 年版。
④ 列宁：《党的组织与党的文学》，《列宁全集》第 10 卷，第 26 页。

关于《试论〈红楼梦〉对"传统写法"的打破》的商榷

——致 ××× 同志的一封信

×× 同志：

在 1984 年第三辑《红楼梦学刊》上，读到你的大作《试论〈红楼梦〉对"传统写法"的打破》，十分高兴。你在大作中提出了一些新鲜的见解，使我尤为深感兴趣。不过，为了更符合实事求是的科学精神，我觉得你的一些论断还有进一步斟酌的必要，现特提出来和你讨论、商榷。

一、不应把《红楼梦》打破传统写法简单化

你说："所谓'传统写法'，用鲁迅先生的话来说，就是'叙好人完全是好，坏人完全是坏'的描写人物的方法。《红楼梦》以前的小说，一般都采用这种写法。"

我认为，你这种论断，既不尽符合鲁迅先生的原意，更有悖于中国小说史的实际。

鲁迅先生的原话是这样说的："至于说到《红楼梦》的价值，可是在中国底小说中实在是不可多得的。其要点在敢于如实描写，并无讳饰，和从前的小说叙好人完全是好，坏人完全是坏的，大不相同，所以其中所叙的人物，都是

真的人物。总之自有《红楼梦》出来以后，传统的思想和写法都打破了。"①

　　这里，鲁迅先生的话是说得很有分寸的。所谓"不可多得"，并不是绝无仅有。所谓"其要点"，并不是仅此一点。所谓"总之"，即"总而言之"，显然有许多言外之意"总"括在其中，而未一一道破。鲁迅先生并没有明确说出《红楼梦》究竟打破了哪些传统的思想和写法。至于"叙好人完全是好，坏人完全是坏"，这当然可以看作《红楼梦》打破"传统写法"的一个重要之点，但是如果认为这就是《红楼梦》打破"传统写法"的全部内容，未免把问题简单化了。

　　鲁迅先生指出我国"从前的小说叙好人完全是好，坏人完全是坏"的情况，是确实存在的。不仅在二三流作品中大量存在，即使在有的第一流作品中也难避免。《三国演义》就是个典型的例证。鲁迅先生曾经明确地说过，《三国演义》作者"写好的人，简直一点坏处都没有；而写不好的人，又是一点好处都没有。其实这在事实上是不对的，因为一个人不能事事全好，也不能事事全坏。譬如曹操他在政治上也有他的好处；而刘备、关羽等，也不能说毫无可议，但是作者并不管它，只是任主观方面写去，往往成为出乎情理之外的人"②。

　　但是，我们反对"叙好人完全是好，坏人完全是坏"的"传统写法"，绝不能皂白不辨，把金子混在泥沙中一起抛弃。拿你认为"可以算作'叙好人完全是好'的一个比较有代表性的实例"——"怒鞭督邮"来说，《三国演义》作者把它从刘备的身上移植到张飞的身上，以"不损害人物性格的完整性"，你认为这"是对'叙好人完全是好，坏人完全是坏'的'传统写法'的意义的理论说明"。其实，要求"不损害人物性格的完整性"，是完全正确的；"怒鞭督邮"本身也并不是个坏事。只是"怒鞭"的表现方式有点鲁莽，而这

---

① 《鲁迅全集》第8卷，人民文学出版社1957年版，第350页。
② 鲁迅：《中国小说的历史的变迁》，《鲁迅全集》第8卷，人民文学出版社1957年版，第336页。

种鲁莽的表现是与刘备仁爱的性格相背连的，它与莽张飞的性格恰恰是完全一致的。因此，作者给它来个"刘冠张戴"，是完全正确的，这根本不属于"叙好人完全是好，坏人完全是坏"的问题。难道你不认为刘备和张飞都同属好人，他俩只有性格上的不同，而绝无好人与坏人之别吗？

我认为，"叙好人完全是好，坏人完全是坏"，跟"不损害人物性格的完整性"，这是两个不同的概念。前者是以《三国演义》为代表的"传统写法"，是需要"打破"的；后者则是文艺创作中不拘泥于史实，允许虚构、移植，以使人物形象性格化、典型化所必须遵循的正确原则之一。狄德罗说得好："任何东西假使不是一个整体就不会美。"① 即使《红楼梦》中的人物性格具有多面性的特点，但它这种多面性也绝没有"损害人物性格的完整性"。如袭人，尽管她也抱怨过："我一个人是奴才命罢了，难道连我的亲戚都是奴才命不成？"（第十九回）尽管她对金钏儿的被迫投井自杀，表现了她的阶级同情心，她不像薛宝钗那样睁眼说瞎话，而是于心不忍，"点头赞叹，想素日同气之情，不觉流下泪来"（第三十二回），但是这一切并没有损害她作为哈巴狗的奴才性格的完整性。如果作者把她写成亦好亦坏，一方面写她像晴雯那样具有爆炭般的反抗性格，另一方面又把她写成哈巴狗式的奴才，那就破坏了人物性格的完整性了。因此，我认为遵循了"不损害人物性格的完整性"的原则，这是《三国演义》的优点，而不是缺点，问题只是在于，你把"不损害人物性格的完整性"，与"叙好人完全是好，坏人完全是坏"简单地等同起来了。而《红楼梦》的好处恰恰在于，它既善于汲取，又善于扬弃；它既汲取了"不损害人物性格的完整性"的创作原则，又扬弃了"叙好人完全是好，坏人完全是坏"的"传统写法"。

应该看到，如同任何事物总是不断变化、发展一样，我国小说的"传统写

---

① 狄德罗：《论戏剧艺术》，见《文艺理论译丛》1958年第1册，第184页。

法"也是在不断变化发展的。如《水浒传》《西游记》比《三国演义》就有变化和发展，至于《金瓶梅》《聊斋志异》《儒林外史》，那变化和发展就更大了。你把"在《西游记》里，唐僧'愚昧'，孙悟空'聪敏'，猪八戒'懒馋'，沙僧'懦弱'"，作为"叙好人完全是好，坏人完全是坏"的例证，我看就是极不恰当的。凡是读过《西游记》的人，谁也不会否认唐僧、孙悟空、猪八戒、沙僧全是好人。你所说的"愚昧""聪敏""懒馋""懦弱"，只是看到了他们性格中的一个侧面，绝不是《西游记》所描写的全部。

在《西游记》里，唐僧除了有愚昧、固执、偏听偏信等"坏处"以外，作者还写了他很多的"好处"。如他有一副善良的心肠，尽管他的善心往往被妖魔所利用，但我们总不能否认他的心地是善良的。他把孙悟空从五行山的压迫下救出来，谁能说这不是他的"好处"？他不贪财，不好色；他反对昏君，憎恶奸臣，这一切难道不都是他的"好处"吗？

孙悟空不仅有聪敏、机智、勇敢等"好处"，也有相貌丑陋、好名、轻视劳动、瞧不起妇女等"坏处"。至于他竟敢"犯上作乱"，公然要以武力夺取玉皇大帝的宝座，那就不仅是一般的"坏处"，而且简直是"大逆不道"了，以致使他遭到了五行山下长达五百年的残酷镇压，过着"饥食铁丸，渴饮铜汁"的痛苦生活。只是在他表示"知悔"之后，才使他获得了戴着"紧箍"的有限的"自由"。

猪八戒也绝不只是有"懒馋"的"坏处"，勤劳，淳朴，憨厚，在长途跋涉中，他始终是个干重活、脏活的"长工"；在对敌斗争中，他也多次表现出顽强不屈的斗争精神，这些才是他的性格中主导的方面。要不然，猎八戒这个形象怎么不是令人可憎可恶，而是惹人可喜可爱呢？

沙僧也不只是有"懦弱"的"坏处"，他在取经队伍中是个起着调和与凝聚作用的重要角色。他的性格特点不是"懦弱"，而是"以和为尚"。他的神勇虽然不及二位师兄，但他对取经事业却是坚定不移的。除了"路阻狮驼"

一难中，他听信了八戒要分行李的话之外，在长达十四年，途经一万八千里的艰难跋涉中，他从未动摇过取经的意志，不愧为是个具有龙马精神的苦行僧。唐僧曾经骂过孙悟空凶恶，骂过猪八戒痴呆，唯独从未骂过沙僧什么。悟空曾称赞沙僧是"好人"，而猪八戒则在背后讥笑他"面弱"。

事实证明，《西游记》中的唐僧、孙悟空、猪八戒、沙僧，并不是像你所说的是按照"叙好人完全是好，坏人完全是坏"的"传统写法"来描写的。如果要说人物性格不是"单一性"，而是具有"多面性"的话，那么，唐僧、孙悟空、猪八戒、沙僧的性格，也完全具有多面性的特点。

因此，我认为，所谓"叙好人完全是好，坏人完全是坏"，这只是我国小说"传统写法"的一种，或者说是重要的一种，但绝不是全部；而且即使从这一种"传统写法"来说，也不能把它说成是"《红楼梦》以前的小说，一般都采用这种写法"，不采用这一种"传统写法"，而采用其他"传统写法"的作品，如汗牛充栋，不胜枚举。你一笔抹杀我国小说"传统写法"的多样性和丰富性，如同以独奏曲来代替和抹杀交响乐一样，是不可取的。

二、不应把所谓"红楼梦写法"绝对化

你把不同于"传统写法"的"《红楼梦》写法"，归纳为两点：

第一，在以前的作品中，所谓"环境"，一般都只是人物生活于其中的时代背景和活动于其上的舞台；作家描写它的目的，也只是把它作为展示人物性格和命运的空间和历史形势。而在《红楼梦》里，"环境"的意义除此之外，还是人物的性格和命运之所以如此的具有决定作用的外在力量。

第二，"环境"的反作用，影响甚至决定着《红楼梦》中每个人物的性格和命运。

这两点，实际上就是一点，即典型环境和典型性格的关系问题。典型环

境决定典型性格，而典型性格又反作用于典型环境，这两者是辩证统一的关系。《红楼梦》在这个现实主义文学的根本问题上，比它以前的小说无疑地是有巨大的突破和发展，是我国古代小说中创造典型环境中的典型性格最成功的杰作。你在这方面，对于《红楼梦》的成就给予高度的评价，我认为是对的。但是我不赞成你把这说成是《红楼梦》所独有的"《红楼梦》写法"。因为你这种立论的客观基础——如你所说："在《红楼梦》以前的作品里，一般说来，'环境'都不具有这样双重意义，对人物的性格和命运的形成，不构成反作用。"这种说法只是你的主观臆断，如同把彩虹当成金桥一样，是经不起客观实际的检验的。

且以《水浒传》为例，作者所描写的那种为我国人民世代相传、有口皆碑的"逼上梁山"的典型环境，难道"对人物的性格和命运的形成，不构成反作用"吗？请问：有哪个水浒英雄的性格和命运是天生就有一副反骨，而不是"逼上梁山"的典型环境"逼"他们走上梁山造反道路的呢？

就拿你所提到的林冲来说，他身为八十万禁军教头，家有贤妻，在那个社会里过着比一般人民远为美满幸福的生活，他压根儿也没有想到要造反啊！可是那个社会的最高统治者——皇帝重用奸臣高俅，而高俅的干儿子高衙内却要调戏和霸占他的妻子。"林冲赶到跟前，把那后生肩胛只一扳过来，喝道：'调戏良人妻子，当得何罪？'恰待下拳打时，认的是本管高太尉螟蛉之子高衙内。原来高俅新发迹，不曾有亲儿，无人帮助，因此，过房这阿叔高三郎儿子在房内为子，本是叔伯弟兄，却与他做干儿子。因此，高太尉爱惜他。那厮在东京倚势豪强，专一爱淫垢人家妻女。京师人惧怕他权势，谁敢与他争口，叫他做'花花太岁'。"林冲一看，"认得是本管高衙内，先自手软了"（《水浒传》第七回）。他这种"先自手软了"的懦弱性格，难道不正是他那种"受本管高太尉"管辖的环境决定的吗？

可是，当权的统治者并不因为他"先自手软了"，便善罢甘休，而是进一步要迫害他。以招见他呈送新买的宝刀为名，在政治上陷害他持刀图谋不规。不仅革职充军，而且要置他于死地。他一下子变成一个死囚，处于生命危在旦夕的环境之中，这时作者写林冲的性格便来了一百八十度的大转变，由忍气吞声、软弱可欺的可怜虫，变成了一个豪气冲天、报仇雪恨的英雄。他不再"先自手软了"，而是一举杀死了高衙内派来害他的三个走狗——陆虞侯、富安、陆谦。林冲性格的这种巨大变化和发展，难道不正是典型环境反作用的结果吗？

随后林冲雪夜上梁山。当晁盖等也被迫上梁山入伙时，梁山泊原来的头领王伦嫉贤妒能，无理刁难，拒绝接纳，他便积极主动地配合晁盖，一举火并了王伦，扶持晁盖当了梁山泊的领袖。从此，使梁山义军的队伍得到了蓬蓬勃勃的发展，成为足以威胁封建统治存亡的一个强大的革命根据地。这难道不正是经过变化、发展了的林冲性格反作用于他所处的典型环境吗？

在《水浒传》里，不仅林冲的性格和命运是由环境所决定，同时又反作用于环境的，其他如晁盖、宋江、鲁智深、武松、杨志等许多水浒英雄，也大多如此。"逼上梁山"之所以在我国成为家喻户晓、妇孺皆知的口头禅，正是由于《水浒传》作者非常出色地表现了典型环境对于典型性格具有反作用的巨大威力。

在《红楼梦》以前的我国小说中，不仅现实主义的人物性格和命运，离不开环境的反作用，即使浪漫主义的神话英雄，也不能离开环境的反作用而无限制地自由施展自己的神威。如《西游记》中的孙悟空，他有那么神通广大的本领，为什么不能实现他自己提出的"皇帝轮流做，明年到我家"的正义要求呢？他为什么被迫表示"知悔"了，再不"欺天诳上"了？难道这不是恰恰由于环境对于孙悟空性格反作用的表现吗？因为在那个封建专制社会里，封建统治阶级是根本不可能让他实现"皇帝轮流做"的。如果《西游记》作者让孙悟空不顾客观环境的反作用，而真的实现了"皇帝轮流做"，这岂不是对封建专制制度的美化，在读者中散布对于封建帝制的幻想，欺骗广大的读者吗？

可见，对于任何人物形象来说，环境的反作用都是不可缺少的；缺少了，就必然使人物形象失去真实性，而失去真实性也就必然失去艺术的生命力。因此，写出环境的反作用，这是任何一部具有艺术生命的成功的小说人物所共有的，绝不只是《红楼梦》所独创的"《红楼梦》写法"。

当然，我否认这是《红楼梦》的独创，但绝不否认《红楼梦》在这方面有重大的发展。其重大的发展，主要表现是《红楼梦》对于典型环境的描写，不是着眼于个人，而是着力写出政治、经济、家庭、婚姻等各种封建的社会制度，对于人物性格的反作用。如《三国演义》《水浒传》所写的环境的反作用，则主要表现为昏君奸臣的反作用。君昏臣奸，固然也是封建社会制度的必然产物，但它毕竟过多地强调了昏君奸臣个人的作用。《红楼梦》中的贾雨村，尽管也是奸臣的形象，尽管曹雪芹也不否认他的《红楼梦》"有些指奸责佞贬恶诛邪之语"，但是他的《红楼梦》则更深刻地揭示了封建制度是万恶之源。他写贾雨村之所以"徇情枉法，胡乱判断了"薛蟠打死人命案，乃是因为他不得不按照当时"各省皆然"的"护官符"办事，否则"一时触犯了这样的人家，不但官爵，只怕连性命还保不成呢"（第四回）！这就更直接、更深刻地揭示了贾雨村乃是按照封建贵族地主阶级利益行事的；如果不是贾雨村，而是换另外任何一个官吏，他也必然会像贾雨村一样，除非他不怕丢官，不怕杀身。这就在客观上说明，封建政权实质上就是封建贵族地主阶级的政权，封建官吏不过是这个阶级的忠实奴才和鹰犬罢了。

《红楼梦》不仅从社会制度上更深刻地写出了环境对于人物性格的决定作用，同时它还写出了人物性格对于环境的反作用。在这方面，你只强调环境对于人物性格的反作用，而忽视了人物性格对于环境的反作用，我认为这也是一种片面性。如你认为："拿王熙凤来说，难道不正是那座'冰山'害了她吗？如果没有'冰山'作倚靠，为她壮胆，为她撑腰，那样的坏事，王熙凤敢干吗？退一步说，即使她'本质恶毒'，不干坏事就不快活，而如果没有'冰山'为她提供'有利条件',她能干得那样'成功'吗?因此,问题的关键,是'冰山'的存在。不管王熙凤是活着'哭向金陵'的,还是被冤魂勒死的,总之,从本质上来说,正是那座罪恶的'冰山',使她遭致了悲剧的下场。"曹雪芹自己说,凤姐是"机关算尽太聪明,反算了卿卿性命"(第五回),你却把凤姐的悲剧下场完全归罪于"冰山",而撇开了凤姐个人"机关算尽太聪明"的罪责。你的论断跟曹雪芹的创作意图显然是直接抵触的。

我认为,王熙凤的性格和命运,不仅是由她所依靠的"冰山"决定的,而且,她作为末落时期封建贵族家庭的管家婆的性格,也促成了她所依靠的"冰山"的被融化。如她那样不遵守封建的伦理道德,为了捞得几千两银子,就不惜活活害死几条人命,连帮丈夫说句话,叫鸳鸯从贾母箱子里私借点银器典当一下,也要从中攫取二百两银子的报酬,至于假公济私,克扣用人的月钱,放高利贷,重利盘剥,那就更不择手段了。所以续书写到贾府被抄家后,贾政含泪责问贾琏、凤姐:"那重利盘剥究竟是谁干的?况且非咱们这样人家所为,如今入了官,在银钱是不打紧的,这种声名出去还了得么?"(第一百六回)其实贾琏一点也不知道,全是凤姐一手干的。可以说,凤姐是这个封建大家庭内部的蛀虫,是导致贾府衰败的重要内因之一。因此,"冰山"不仅是凤姐的靠山,"冰水"也不仅是淹死凤姐的罪魁,而且凤姐既是这座"冰山"的支撑架,又是使这座"冰山"被融化的催化剂。这就是说,"《红楼梦》写法"的好处,不仅在于它写出了环境决定人物性格和命运的一面,还在于它写出了人物性格对于环境反作用的一面。曹雪芹写王熙凤是如此,写其他人物也多具有这个特点。

三、不能说只有《红楼梦》的人物形象才有"透明性"

你说,按照"《红楼梦》写法"的"《红楼梦》人物形象的本质特征,应该是它的'透明性'"。并说："所谓'人物形象的透明性'，就是作品中的艺术形象，可以使读者透过它，看到隐藏在它后面的别的东西的特性。"

我看，照你所说的这种"人物形象的透明性"，在《红楼梦》以前的我国小说中也是同样存在着的。因为小说就是以塑造人物形象为中心来反映社会现实的。任何一个成功的人物形象，都必须是"典型环境中的典型性格"，都必须要求具有高度的典型性，具有极为深广的典型意义。这种高度的典型性和深广的典型意义，难道不正是你所说的透过人物形象，使读者"看到隐藏在它后面别的东西的特性"吗？

你举出《水浒传》中的鲁智深为例，说："鲁智深形象所蕴含的思想意义，远不及贾探春等形象深刻。《水浒传》中的鲁智深，主要只是作为高俅的对立面出现的。从这个形象上，读者很难看出当时的社会制度对人物的性格和命运强加的决定性作用。"我认为你这种论断也未免带有片面性，因而是不尽符合作品的实际的。

首先，鲁智深性格的主要特征，并不是像你说的那样，是"智谋深远"，因而可以拿来"与贾探春的'见识不凡'和王熙凤的'聪明能干'作一比较"。实际上鲁智深性格的主要特征，如金圣叹所说，作者"写鲁达为人处，一片热血直喷出来，令人读之深愧虚生世上，不曾为人出力"。用鲁智深自己的话来说，是"杀人须见血，救人须救彻"。他的"鲁莽"也好，"智谋深远"也好，都不过是他这种性格特征的外在表现形式罢了。因此，我认为鲁智深与贾探春等形象是属于根本不同的典型，他们"所蕴含的思想意义"是难以相提并论的。

如果硬要把鲁智深与贾探春作比较，那我也不能同意你的论断："鲁智深形象所蕴含的思想意义，远不及贾探春等形象深刻。"

我们透过鲁智深形象，不也可以看到许多"隐藏在它后面的别的东西"吗？它"所蕴含的思想意义"难道不深广吗？

从中我们看到了金氏父女那样的劳动人民如何挣扎在镇关西等恶霸的惨重剥削、压迫之下，鲁智深路见不平，仗义相助，把金氏父女从火坑中救出来，然后又三拳打死镇关西，为受害者报了仇，雪了恨，为地方上除了一霸，这是个多么大快人心的事啊！

从中我们还看到了那个封建时代，政府不但不能为民除害，相反要保护恶霸镇关西之流，到处张贴告示，追捕为民除害的鲁智深，逼得鲁智深走投无路，只有投靠佛门寺院暂栖身。恶霸横行，穷人生活在水深火热的苦难之中，帮助穷人跟恶霸作斗争的鲁智深遭难，这一切岂不反映了那个社会政治的腐败黑暗吗？

从中我们又看到了鲁智深的反抗性格受不了宗教戒律的桎梏，他被迫终于借醉酒"大闹五台山""火烧瓦罐寺"，把号称"山门之主"的金刚菩萨塑像打得稀烂，把僧堂里的"满堂僧众"闹得"卷堂大散"。长老指责他："这个罪业非小，我这里五台山文殊菩萨道场，千百年清净香火去处，如何容得你这个秽污？"可是长老除了打发他到别处去以外，便无可奈何了，这岂不说明人们完全可以像鲁智深那样对神佛菩萨给予尽情的褒渎和嘲弄，宗教的神圣完全是愚弄人、束缚人的精神枷锁吗？

从中我们又看到以慈善著称的寺院也容不得鲁智深有一席栖身之地。以后，那他就只有再度流浪社会；当他在社会上看到更多的政治腐败黑暗现象，如无辜的林冲遭受高衙内的迫害，他便悉心暗中对林冲加以保护。当林冲在野猪林即将遭到高太尉的走卒举起水火棍加以杀害的一刹那间，"只见松树背后雷鸣也似一声，那条铁禅杖飞将来，把这水火棍一隔，丢去九霄云外，跳出一个胖大和尚来，喝道：'洒家在林子里听你多时！'"在这危急关头，鲁智深救了林冲的命，这并不是偶然的巧遇，而是如鲁智深所说："恐这厮们路上害你，俺特地跟将来。"他这种"救人救彻"的精神，该是反映了我国广大人民多么崇高的品质和多么美好的理想啊！

从中我们还看到鲁智深个人的一系列反抗斗争终究没有出路，他只有上山落草——走集体反抗、武装斗争的道路，他才摆脱了东躲西藏的困境，而在梁山义军攻州夺县的战斗中发挥了英勇杀敌的作用。当鲁智深和梁山义军一起参加攻州夺县的战斗时，你能说鲁智深"只是作为高俅的对立面出现的"，而不是从事"反抗政府"的革命斗争吗？如果真的如你所说，他只是与高俅个人对立，那么，高俅早该像镇关西那样被鲁智深一举消灭了。问题在于高俅不是孤立的个人，而是政府的高官、统治阶级的代表。再说鲁智深也绝不只是要跟高俅个人作对，当宋江提出要争取招安时，鲁智深便道："只今满朝文武，多是奸邪，蒙蔽圣聪，就比俺的直裰染做皂了，洗杀怎得干净？招安不济事！"（《水浒传》第七十一回）可见鲁智深绝不只是跟高俅个人对立，更重要的他是在武装造"满朝文武，多是奸邪"的封建统治阶级的反。你的论断不仅不符合《水浒传》所描写的鲁智深形象的实际，而且直接与鲁迅先生说的："《水浒》中人物在反抗政府"[①]，完全抵牾。

当然，贾探春形象和鲁智深形象的典型本质不同，意义自然也不同；我们正像不能要求贾探春形象具有鲁智深形象所蕴含的思想意义一样，也不能以贾探春形象来要求鲁智深形象。我绝不否认贾探春形象在《红楼梦》中自有她的深刻之处。如在她身上反映了封建的嫡庶观念的严重毒害，反映了她敏锐地看出封建阶级内部"自杀自灭"的严重危机，在她身上也寄托了作者企图通过改革来"补天"的思想及其在实践中的幻灭，反映了"才自精明志自高，生于末世运偏消"，不以任何个人意志为转移的历史规律。

因此，我认为，鲁智深形象和贾探春形象只是各有所蕴含的深刻意义，很难说他们有深浅高下之分。退一步即使如你所说："鲁智深形象所蕴含的思想意义，远不及贾探春等形象深刻"，那也只是意义深浅的问题，也就是说，

---

① 鲁迅：《中国小说的历史的变迁》第2讲。

只是"人物形象的透明性"深浅的问题，而不是有无"透明性"的问题。可见你把"透明性"作为《红楼梦》人物形象描写独有的本质特征，不仅你的论据经不起事实的检验，而且你的论断本身自相矛盾，只能作为反证。

我很赞赏你从社会制度方面来分析《红楼梦》人物形象的透明性。我跟你的分歧，不是在于《红楼梦》的人物形象有无透明性，也不是在于这种透明性有没有反映出社会制度的某些本质的方面，而是在于这种"透明性"是不是"《红楼梦》写法"的独创。我认为这不是"《红楼梦》写法"的独创，而是"《红楼梦》写法"对从前小说的发展。因此，我不同意你用抹杀或贬低《水浒传》等伟大作品在这方面的成就，来说明"唯独《红楼梦》中的人物形象，能给读者以'透明感'"，不能同意你说《水浒传》只能使读者"把仇恨集中在这些坏人身上，而丝毫不会怀疑当时的社会制度"。写当权的统治阶级坏和写社会制度坏，这两者之间固然有区别，但它们在本质上是一致的。我之所以说《红楼梦》人物形象的"透明性"有发展，就在于它把这两者结合得很好，而你却把这两者人为地对立起来了。

恩格斯早就说过："主要人物是一定的阶级和倾向的代表，因而也是他们时代的一定思想的代表，他们的动机不是从琐碎的个人欲望中，而正是从他们所处的历史潮流中得来的。"[①]因此，我不同意你把揭露奸臣和揭露整个统治阶级、揭露社会制度绝对对立起来。反动的社会制度是由反动阶级掌权的人来制订和维护的，既然掌权的人很坏，他所代表的社会制度又怎么能不令人怀疑呢？《水浒传》中所揭露的上至皇帝的昏庸，奸臣当道，下至贪官污吏、地主恶霸横行，引起大规模的武装反抗，"三打祝家庄"，"智取大名府"，"兵打北京城"，这一切难道仅是反对个别坏人的问题吗？

鲁迅先生说"《水浒》中人物在反抗政府"，这是一点也不言过其实的。

---

① 恩格斯：《致斐·拉萨尔》，见《马克思恩格斯全集》第29卷。

既然是在"反抗政府"，难道"政府"还不是社会制度的集中代表吗？

如果《水浒传》果真如你所说只反对个别坏人，而使读者"丝毫不会怀疑当时的社会制度"，那么，历届封建王朝也都是标榜反对奸臣、坏人的，他们为什么不赞赏《水浒传》，而要一再下令加以禁毁呢？

因此，无论从《水浒传》所描写的实际，或从它的社会效果来看，你要抹杀《水浒传》人物形象的"透明性"，都只能在大量的事实面前碰壁。

四、不能否认曹雪芹对《红楼梦》中的人物有褒贬爱憎

曹雪芹为什么会打破"传统写法"呢？你提出了两点原因：

第一，因为曹雪芹打破了"传统思想"。

第二，因为曹雪芹"敢"：敢对封建专制统治展开严重斗争，敢向人民向历史负责。

我认为，你这两点从原则上来说是对的，但是就具体的阐述来看，仍有进一步商榷的必要。如你认为："在《红楼梦》里，找不出""谁是'正面人物'，谁是'反面人物'"，曹雪芹的"主观倾向性"，只是"站在客观的立场上，对社会历史的基本动向，表示出自己的认识和态度"，而"确实找不到""作家对他笔下的人物分别出好坏优劣，表示出鲜明的褒贬爱憎"。你这样把曹雪芹对他笔下人物的态度，和对社会历史基本动向的态度割裂甚至对立起来，我认为也是欠妥的，不符合作品实际的。

什么叫"社会历史的基本动向"？难道它不是由人来代表的吗？如果《红楼梦》不是创造了以贾宝玉、林黛玉为代表的反对走封建的人生道路，追求个性自由、平等的新的人生理想；不是讴歌了以晴雯、鸳鸯、司棋等为代表的富有反抗性格的奴婢形象；不是揭露了以贾母为代表的沉缅于享乐，以贾政为代表的庸俗无能，以贾赦、贾琏、贾蓉为代表的荒淫堕落，以凤姐为代表的争

荣邀宠，抓权攫利，胡作非为，以贾元春为代表的以皇室为靠山靠不住，恣意奢华，加剧统治阶级内部矛盾，引起自杀自灭，以贾探春为代表的头脑比较清醒的改革者也无济于事；不是通过非迫使贾宝玉与薛宝钗成婚不可，反映出封建家世利益需要的封建统治阶级的后继无人，总之，如果曹雪芹不是在《红楼梦》中创造了这一系列具有典型意义的人物形象，那么，他又怎么可能反映出社会历史的基本动向是"专制制度已经进入到'运终数尽，不可挽回'的历史阶段了"呢！

你强调《红楼梦》打破了"叙好人完全是好，坏人完全是坏"的"传统写法"，这是完全正确的。但是正如列宁所指出的："任何真理，如果把它说得'过火'（如老狄慈根所指出的那样），加以夸大，把它运用到实际所能应用的范围以外去，便可以弄到荒谬绝伦的地步，而且在这种情形下，甚至必然会变成荒谬绝伦的东西。"①你从《红楼梦》打破"传统写法"，进而否认在《红楼梦》中能找出谁是"正面人物"，谁是"反面人物"，又进而否认曹雪芹对他笔下的人物有"褒贬爱憎"的倾向，我认为这就仿佛把真理推向了极端，而变成了谬误。我们反对"叙好人完全是好，坏人完全是坏"，目的如鲁迅先生所说，是要写出"真的人物"，而绝不是好坏不分，或把人物写成亦好亦坏，既是正面人物，又是反面人物；这同样也不是"真的人物"。好人的缺点再多，终究是好人，坏人尽管也有某些长处，但在本质上毕竟是坏人。正如鲁迅先生所说的："有缺点的战士终竟是战士，完美的苍蝇也终竟不过是苍蝇。"②我们能说贾宝玉、林黛玉、晴雯、紫鹃、鸳鸯、司棋等不是正面形象吗？能说贾母、贾政、王夫人、凤姐、薛宝钗、袭人等不是反面形象吗？这些反面形象固然不能简单地把他们等同于"坏人"，但他们的思想倾向与贾宝

---

① 列宁：《共产主义运动中的"左派"幼稚病》，见《列宁全集》第 31 卷，第 44 页。
② 鲁迅：《华盖集·战士和苍蝇》。

玉等正面人物处于相反的地位，这难道不是确凿无疑的吗？我们所说的"正面人物""反面人物"，只是就其在作品中的基本倾向而言的，如果把它绝对化、简单化，那自然就不对了。

作家对社会历史的基本动向的态度，是通过他笔下人物的基本态度表现出来的。因此，我认为你不能否认曹雪芹对他笔下的人物有褒贬爱憎的倾向；只不过曹雪芹的褒贬爱憎倾向，不是由作家直接出面赤裸裸地说出来的。如同恩格斯所说："倾向应当从场面和情节中自然而然地流露出来，而不应当特别把它指出来。"① 曹雪芹的《红楼梦》正是这样做的。作家没有把他的倾向特别指出来，这绝不等于没有倾向。曹雪芹为了写出"真的人物"，对他笔下的人物往往不是采取绝对化的只褒不贬或只贬不褒的态度，而是采取名褒实贬、名贬实褒、褒中有贬、贬中有褒等多种笔法，既刻画出人物性格固有的多面性和复杂性，又寄寓着作家鲜明的褒贬爱憎倾向。如对贾宝玉的形象，作者通过贾政、王夫人骂他是"孽根祸胎""不肖的业障"，通过以世俗之见写的《西江月》词，说他"潦倒不通世务，愚顽怕读文章"，"天下无能第一，古今不肖无双"，这些显然都是名贬实褒。贬的是他拒绝接受封建阶级的教导，不走封建正道，褒的是他顽强不屈的叛逆性格和天下古今罕见的新人形象。同时，作者又通过赞扬他喜欢自己"杜撰"；通过他骂薛宝钗劝他读书中举是"说混帐话"，决心跟她"生分"，而把从不说混帐话的林黛玉引为"知己"；通过他与秦钟、蒋玉菡、柳湘莲等下层人物交朋友，"如鱼得水"；通过他庇护唱戏的藕官烧纸，使藕官把他看成"是自己一流的人物"；通过小厮兴儿说他"每日也不习文，也不学武，又怕见人，只爱在丫头群里闹。再者也没刚柔，有时见了我们，喜欢时没上没下，大家乱顽一阵；不喜欢各自走了，他也不理人。我们坐着卧着，见了他也不理，他也不责备。因此没人怕他，只管随便，

① 恩格斯：《致敏·考茨基》，《马克思恩格斯全集》第 36 卷，第 386 页。

都过的去"。这种"没上没下""只管随便",打破主奴等级界限,人与人之间平等、自由的关系,在那个最严主仆等级之分的封建社会,该是多么值得赞颂、多么令人向往啊!尽管作者也写贾宝玉在少年时代跟袭人搞过不正当的两性关系,打骂过丫环,但那不过是贾宝玉叛逆性格成长过程中所必须克服的贵族公子的恶劣习气,随着他叛逆性格的发展,这些恶劣习气都逐渐克服了。因此,它丝毫不影响作者通过上述种种描写,表明他对贾宝玉的基本倾向是由衷地热爱和热烈地颂扬的。

说贾宝玉是《红楼梦》中的"正面人物",说曹雪芹对贾宝玉的基本倾向在实质上是爱的、褒的,我想这不会有多大的分歧。问题是对王熙凤、薛宝钗这样的人物,作者在一定程度上既赞赏她们的某些才干,同情她们的悲剧命运,却又鞭挞她们的封建主义灵魂,否定她们所走的人生道路,是否还能把她们说成是作品中的"反面人物"呢?曹雪芹对她们是否还有爱憎的基本倾向呢?

我认为,《红楼梦》在王熙凤、薛宝钗等形象上,更充分地表现了人物性格的多面性和复杂性。但是,如同任何事物一样,"如果有多数矛盾存在的话,其中必定有一种是主要的、起着领导的、决定的作用,其他则处于次要和服从的地位"①。在王熙凤、薛宝钗性格的多面性和复杂性中,也必然有个主要的矛盾。这个主要的矛盾就是封建统治已经注定没落,而她们却仍然坚持走封建的人生道路,她们的聪明、美丽、能干、会做人,在这个封建统治日趋没落的时代,只能使她们加剧封建统治的没落,最后连她们自己都只能落得个悲惨的下场。因此,作者越是把她们写得聪明、美丽、能干、会做人,越是显得她们按封建主义的一套立身行事的可憎可恶,越是显得她们最终落得悲惨下场的可悲可叹。因此,我认为作者对她们的态度看似矛盾,实则是统一的。

为了避免问题纠缠不清,我觉得不妨把作者对王熙凤、薛宝钗这类人物

---

① 毛泽东:《矛盾论》。

的褒贬爱憎倾向分作两个方面，一方面，作者对她们的处世为人是持否定态度的；另一方面，对她们的聪明、美丽、能干、会做人，在那个时代不可能得到正确的发展，而只能连她们自己都被那个封建没落时代所悲惨地毁灭，则又是抱有一定的同情的。尤其是薛宝钗，她还是未掌权的姑娘，她本身也是封建主义的受害者和牺牲品，作者对她的同情又更多一些。不过从总的来说，前一方面是主要的，因此说她们是"反面人物"未尝不可；后一方面，就"人物形象的透明性"来看，虽然是重要的，但这不是对前一方面的否定，而是对前一方面的丰富、深化和发展，因此我认为这并不妨碍她们基本上仍属"反面形象"，更不妨碍作者对她们的基本倾向是否定的。如曹雪芹通过他的正面主人公贾宝玉斥责宝钗："好好的一个清净洁白女儿，也学的沽名钓誉，入了国贼禄鬼之流。"这般对宝钗既贬又憎的倾向，难道还不是十分鲜明的吗？

你说曹雪芹对于"传统思想"的打破，主要表现为"他把造成社会政治'不善'的根本原因，归结为如贾府那种等级森严的家规所反映出来的封建专制制度；而且，到了《红楼梦》诞生的时代，专制制度已经进入到'运终数尽，不可挽回'的历史阶段了"。我看这只是问题的一个方面，即《红楼梦》是封建专制制度必然灭亡的挽歌，还应看到另一个方面，即《红楼梦》同时还是新的人生理想的颂歌，并且正是对新的人生理想的热烈而执着的追求，才更衬托了封建专制制度的腐朽和必然灭亡。这种新的人生理想，主要体现在贾宝玉、林黛玉等正面人物的性格特征上。从他们追求个性自由、平等等新的人生理想来看，曹雪芹不仅看到了旧制度的腐朽和必然灭亡，更重要的他是用跟封建主义思想相对立的新的民主义义思想来打破"传统思想"的，尽管他这种民主主义思想还是很朦胧的、不成熟的、处于萌芽状态的，甚至还打着许多污浊的封建胎记，但是它跟封建主义思想毕竟有着新的质的区别。我们也只有从民主义与封建主义两种思想、两条生活道路、两种人生理想尖锐对立的高度，才能从根本上认识《红楼梦》对传统思想和写法的打破，才能认清曹雪芹对他笔下各种人物的爱憎倾向。

　　曹雪芹之所以能打破传统思想和写法，你的回答是两个"敢"字。我认为这不光是他个人敢不敢的问题，而主要是时代使然，历史使然。曹雪芹跟任何伟大的作家一样，他是历史的产儿、时代的骄子。他生长在那个封建统治日趋腐朽没落和资本主义经济已经萌芽的历史时代，自己又亲身经历了封建贵族大家庭的衰落，家庭和个人对中国古代文化又有很高的修养，这些根本的历史条件和客观环境，再加上他个人的才能和态度，才使他的《红楼梦》的创作既打破而又创造性地继承和发展民族传统，达到了中国古代小说思想和艺术的最高峰。如果历史再提前几百年，我看不管曹雪芹个人再怎么"敢"，他也不可能创造出如此打破传统思想和写法的《红楼梦》来。只有这样分析问题，我看才是历史唯物主义和辩证唯物主义的科学态度。

　　我这封信主要就你的大作中的问题提出我的意见，与你商榷。与此有关的还有些问题，在我的拙著《红楼梦的语言艺术》及《曹雪芹在典型形象塑造上的新贡献》①文中已有论述，这里不再重复。请你不妨参阅，提出批评、指正。

　　顺祝撰安！

周中明

1985 年 1 月 8 日于合肥

---

　　① 前者于 1982 年 10 月由漓江出版社出版，后者发表于《文学评论》1984 年第 2 期。

关于《再论〈红楼梦〉对"传统写法"的打破》的商榷

——答 ××× 同志

×× 同志：

您好！

我给您的信在 1985 年第 4 辑《红楼梦学刊》发表后，一直盼望着您的复信，盼了近两年，终于看到了您的答复：《再论〈红楼梦〉对"传统写法"的打破》（见《红楼梦学刊》1987 年第 3 辑，以下简称《再论》）。我对您这种抓住一个问题，长时间刻苦钻研、深思熟虑的精神，深为感佩！研究学问，就是需要有这种精神。这是值得我们学习和发扬的。您还以您的行动证明："弟子不必不如师，师不必贤于弟子。"[①] 因此我特别高兴看到您在《再论》中对我的批评、指教，也特别乐意跟您再继续商榷、请教。

我想我们之间的讨论，对于红学研究的深入发展，是有意义的。我们之间的观点分歧，实际上也不是只局限于我们两个人之间的分歧，而是有其代表性的。我的看法，被您说成是必须打破的"传统认识的一种表现"。既然是"传统认识"，我相信也就不只是我一个人的认识。中山大学曾扬华教授在最近祝贺《红楼梦学刊》出版三十期的文章中就指出："正因为在这方面我们的工作做得还太少，常常只根据一些抽象的理论而对《红楼梦》随意加以发挥，

---

① 韩愈：《师说》。

如因强调了《红楼梦》人物性格的丰富性和多侧面性，就认为《红楼梦》里既没有正面形象，也没有反面形象，作者对他笔下的人物既无好坏优劣之别，也无褒贬爱憎之情。持这种观点的同志，还常常以鲁迅先生的一段话为据，鲁迅先生说，《红楼梦》在写作手法上'和从前的小说叙好人完全是好，坏人完全是坏大不相同，所以其中所叙的人物，都是真的人物'。其实鲁迅先生所说的'叙好人完全是好，坏人完全是坏'云云，这话本身就清楚地表明《红楼梦》里是有'好人'和'坏人'之别的，只是和别的作品不同，不是'好人'什么都好，'坏人'什么都坏而已。很难设想，平日经常'白眼向人斜'，在画中也透露出'胸中魂礌'，满身'傲骨'的曹雪芹，怎样在他呕心沥血所写的《红楼梦》里会出现一批'不好不坏'，既非正面人物，也非反面人物的艺术形象呢？曹雪芹应该是一个有鲜明的是非观念和强烈的爱憎感的人，他的作品也完全可以证明这一点，只是要求我们花费一番'细按''熟思'、'细心体贴'的工夫才能品味出来。"① 这种看法，大概也是属于您所说的"传统认识"吧，是跟您在《试论》《再论》中一再申述的《红楼梦》中"无褒贬爱憎""无正面人物与反面人物的对立"的观点相对立的吧？由此可见，你我之间讨论的问题，不只是属于我两个人之争，而是有着一定代表性的根本学术观点的分歧。

现在，我想就您在《再论》中对我提出的批评和责问，作如下的答辩。

一、关于"其要点在敢于如实描写"

我在上次信中说："鲁迅先生的话是说得很有分寸的……所谓'其要点'，并不是仅此一点"，而是指"一个重要之点"。您在《再论》中说：

---

① 见《红楼梦学刊》1986 年第 4 辑。

"这里的'其',显然是指代《红楼梦》打破了'传统写法'的'特殊写法',即'红楼梦写法'。这'红楼梦写法'的'要点在敢于如实描写,并无讳饰'。这里说的'要点',实际只有一点,没有第二点。因此,学生认为,这里的'要点',就是'主要之点'或'根本之点',而不是一般意义上的'重要之点'。"

我认为,我说的"重要之点"和您说的"主要之点"或"根本之点",并无原则区别。有重要,就有非重要;有主要,就有次要;有根本,就有枝节。这就含有"并不是仅此一点"的意思。我跟你的分歧在于:您说"这里说的'要点',实际只有一点,没有第二点",既然如此,那么又何必说"要点",而不说"只有一点"呢?所谓"要点",本身就是重要或主要之点的意思。按照您的说法,"要点"="只有一点",这在逻辑上说得通吗?

不错,鲁迅先生在这里只说了"敢于如实描写,并无讳饰"这一个要点,并没有再说其他还有什么要点或次要之点。但是,我认为"要点"这个词汇本身就限于指重要或主要之点,其不包括非重要或次要之点,是不言而喻的。我以此说明"所谓'其要点',并不是仅此一点",这有什么错误呢?

您把"其要点"的"其"字,说成"显然是指《红楼梦》打破了'传统写法'的'特殊写法',即'红楼梦写法'"。我认为这显然是您把您自己的看法强加在鲁迅先生头上。从语法上看,"其"在这里是以代词作主语的定语,"其要点"即"它的要点,"它的"指什么呢?是代指"《红楼梦》的价值"。因为在这句话前面,鲁迅先生的原文是:"至于说到《红楼梦》的价值,可是在中国底小说中实在是不可多得的。其要点在敢于如实描写……"前一句话的主语是"《红楼梦》的价值",后一句的"其"字作主语的定语,"其要点"无疑地是指《红楼梦》价值的要点。需要讨论的是,您既然承认"红楼梦写法"这个词是您"生造"的,您怎么又把鲁迅先生说的"其要点"的"其"字说成就是指代您所生造的"红楼梦写法"呢?老实说,我对您生造

"红楼梦写法"这个词，也是不以为然的。《红楼梦》打破了传统的写法，这是应该充分肯定的。但是我们看问题总不能简单化、绝对化。打破了传统写法，难道对于传统写法就毫无继承的一面？难道就从天上掉下一个或从曹雪芹头脑里创造了一个跟传统写法截然不同的"红楼梦写法"吗？特意生造这个词，又特别地加以强调，就难免给人这种印象：把"红楼梦写法"与其他小说的写法，完全对立起来或割裂开来了。再说，"红楼梦写法"本身是极为丰富多样的；您所谓的"红楼梦写法"，又把它仅仅局限于"只有一点"，即"如实描写，并无讳饰"。"如实描写"的写法本来也是千变万化的，而您又把它只限于打破"叙好人完全是好，坏人完全是坏"的写法这一点。不是写"全好""全坏"，本来也是多彩多姿的，而您又把它局限在无正反面人物、无褒贬爱憎的写法上，用您的原话说："学生认为，所谓'红楼梦写法'，就是'无褒贬写法'。"这不是把您所谓的"红楼梦写法"，简单化、绝对化到极端了吗？我所以有不同意见者，主要就在于此。不过，我还是十分赞成您强调《红楼梦》写法有其独特性和创造性，并且对它这种独特性和创造性着重地加以研究的。我只是提醒您注意不要走极端，不要使您的研究陷入简单化、绝对化的片面性之中。

您在《再论》中还说："关于'其要点'，鲁迅先生明明只说了一点：老师却说'所谓其要点，并不是仅此一点'。"您责问我："能否明确说出'第二点'、'第三点'呢？"我的回答：能。其实，这也用不着我来回答，您只要把鲁迅先生的《中国小说史略》翻阅一下就清楚了。为了免得您翻检之劳，我把鲁迅先生的原话抄录如下：

全书（指《红楼梦》——引者注）所写，虽不外悲喜之情，聚散之迹，而人物事故，则摆脱旧套，与在先之人情小说甚不同。如开篇所说：

空空道人遂向石头说道："石兄，你这一段故事……据我看来：

第一件，无朝代年纪可考；第二件，并无大贤大忠，理朝廷治风俗的善政。其中只不过几个异样女子——或情，或痴，或小才微善——亦无班姑蔡女之德能。我纵抄去，恐世人不爱看呢。"

石头笑曰："我师何太痴也！若云无朝代可考，今我师竟假借汉唐等年纪添缀，又有何难？但我想历来野史，皆蹈一辙；莫如我不借此套，反到新鲜别致，不过只取其事体情理罢了……历来野史，或讪谤君相，或贬人妻女，奸淫凶恶，不可胜数……至若才子佳人等书，则又千部共出一套，且其中终不能不涉于淫滥，以致满纸'潘安子建'，'西子文君'……且环婢开口，即'者也之乎'，非文即理。故逐一看去，悉皆自相矛盾，大不近情理之说。竟不如我半世亲睹亲闻的这几个女子，虽不敢说强似前代所有书中之人，但事迹原委，亦可以消愁破闷也……至若离合悲欢，兴衰际遇，则又追踪蹑迹，不敢稍加穿凿，徒为哄人之目，而反失其真传者。"[1]

这里鲁迅所说的"人物事故，则摆脱旧套"，显然也是指打破了传统写法。其具体表现，鲁迅又引用《红楼梦》中的原话，指出有两件。"第一件，无朝代年纪可考"。这是指作品所写的题材和故事，系直接取材于当时的现实生活，而打破了它以前的小说"竟假借汉唐等年纪添缀"的"旧套"。《金瓶梅》本来是描写明代中叶以市民生活为主体的作品，可是作者却要以宋徽宗年代作"添缀"。《醒世姻缘传》所写的实际是 17 世纪中叶以后的现实生活，而作者却要以明英宗正统年间至明宪宗成化年间（约 1440 —1485）的历史背景作"添缀"。在《红楼梦》稍前的《儒林外史》所写人物，大都在当时社会上实有其人，"或象形谐声，或瘦词隐语，全书载笔，言皆有物，绝无凿空

---

[1] 鲁迅：《中国小说史略》第 24 篇。

而谈者，若以乾嘉间诸家文集，细绎而参稽之，往往十得八九"①。全书明明写的是清中叶现实生活中的人和事，而作者却偏偏说故事是发生在明代成化末年。直到《红楼梦》才"摆脱旧套"，一开头就写"作者自云：因曾历过一番梦幻之后，故将真事隐去，而借'通灵'之说，撰此《石头记》一书也"。这种在取材和故事写法上打破了传统写法，它显然跟打破"叙好人完全是好，坏人完全是坏"的写法，不属于同一范畴。

在上述所说的"第二件"里面，包括的内容极为丰富，至少可以概括为三点：（1）在主题思想上，它打破了写"大贤大忠，理朝廷治风俗的善政"的传统写法，而"追踪蹑迹"地写"离合悲欢，兴衰际遇"的历史轨迹；（2）在人物形象上，它既不写"或讪谤君相，或贬人妻女，奸淫凶恶"的人物，也不写"千部共出一套"的"才子佳人"，而写作者"半世亲睹亲闻"的"几个异样女子——或情，或痴，或小才微善"；（3）在人物描写的方法上，它打破了开口即"者也之乎"，"非文即理，故逐一看去，悉皆自相矛盾，大不近情理"的写法，而采用写"亲睹亲闻"，"只取其事体情理"，"事迹原委，亦可以消愁破闷"的写法——在我看来，即艺术的真实性和趣味性（或曰生动性）相结合的写法。这三点既不属于打破"叙好人完全是好，坏人完全是坏"的写法的范畴，也非"如实描写，并无讳饰"这一个要点所能完全涵盖。因为在封建社会，"大贤大忠"的人有的是，"或讪谤君相，或淫人妻女，奸淫凶恶"的人，也有的是，才子佳人更有的是，《红楼梦》作者为什么不对他们作"如实描写"呢？这既反映了作者的倾向性，也说明了《红楼梦》打破传统写法其内涵是极为丰富的，不仅反映在写什么上，还表现在怎么写上。您硬要把它狭窄到"只有一点"，这对于我们全面地吸取《红楼梦》极为丰富的创作经验有什么好处呢？

---

① 见金和：《儒林外史跋》。

二、关于"人物性格的完整性"

何谓"人物性格的完整性"？您在《再论》中说："传统写法要求的所谓'人物性格的完整性'，实际上就是'单一性'。这里所说的'单一性'，并不是说一个人物只有一种性格。而是说，作家如果把某个人物作为'好人'来写，就不能让这个人物有坏的性格；如果把某个人物作为'坏人'来写，就不能让这个人物有好的性格。"您所举的唯一例证就是"怒鞭督邮"："《三国演义》中的刘备'好'得绝对了，连一次小小的鲁莽举动，都被作家安排到'猛将'张飞身上去了。这样安排，对于张飞倒无所谓，而刘备形象的性格却变得'完整了'，因而不免失真了。"您以此说明，"叙好人完全是好，坏人完全是坏"与"不损害人物性格的完整性"的"不同"，"只在于前者是写作方法，后者是艺术原则；而且，前面的方法是后面的原则指导下形成的，前后互为表里；它们所产生的艺术效果，都是使人物形象失真。所以，在实质上它们是一致的，二者都是'泥沙'"。

我在给您的前一封信中已经指出："'叙好人完全是好，坏人完全是坏'，跟'不损害人物性格的完整性'，这是两个不同的概念。前者是以《三国演义》为代表的'传统写法'，是需要'打破'的；后者则是文艺创作中不拘泥于史实，允许虚构、移植，以使人物形象性格化、典型化所必须遵循的正确原则之一。""'怒鞭督邮'本身也并不是个坏事。只是'怒鞭'的表现方式有点鲁莽，而这种鲁莽的表现是与刘备仁爱的性格相背迄的，它与莽张飞的性格恰恰是完全一致的。因此，作者给它来个'刘冠张戴'，是完全正确的，这根本不属于'叙好人完全是好，坏人完全是坏'的问题。"

既然您也认为《三国演义》中的刘备和张飞都同样属于"好人"，那么，您为什么认为把"怒鞭督邮"写到张飞头上"对于张飞倒无所谓"，而如果写到刘备头上就有损于刘备性格的"完整"呢?"叙好人完全是好"难道变成了叙张飞这个好人可以不完全是好,而只有叙刘备这个好人才必须"完全是好"吗?您这种说法不自相矛盾吗?合乎逻辑吗?

事实上"怒鞭督邮"本身绝不像您所说的是坏事,它恰恰反映了张飞疾恶如仇的良好品格。毛宗岗对督邮的恶劣表现,曾三次夹批道:"可恶,该打!"张飞对督邮鞭打前,"大喝:'害民贼!认得我么?'"鞭打后,又说:"此等害民贼,不打死等甚!"毛宗岗批曰:"打得畅快!"李贽于此处也盛赞:"快人,快人!世上如何少得如此快人。"当督邮告曰:"玄德公救我性命!"作者便写"玄德终是仁慈的人,急喝张飞住手"。这里作者对"怒鞭督邮"情节的处理,既突出了莽张飞疾恶如仇的形象,又表现出刘备仁慈的性格。这种"刘冠张戴"的结果,变历史真实为艺术真实,是极为成功的艺术创作范例之一,您却把它说成是"失真"的,难道文学创作只是拘泥于历史史实,"刘冠刘戴"才不失真吗?这岂不等于取消文艺创作必须使人物形象性格化、典型化的法则吗?

在这个问题上,我们分歧的焦点是对"人物性格的完整性"这个概念的内涵的认识问题。您把这个概念所包含的艺术原则只局限于跟"叙好人完全是好,坏人完全是坏"的写法,"前后互为表里","在实质上,它们是一致的",二者都是必须抛弃的"泥沙";我则认为,"不损害人物性格的完整性"是"使人物形象性格化、典型化所必须遵循的正确原则之一",它不是应抛弃的"泥沙",而是应宝贵的"金子"。

任何一个概念,都有其科学的或约定俗成的内涵,我们个人无权根据自己的主观臆测来作随心所欲的解释或运用。您究竟有什么根据把"人物性格的完整性"跟"叙好人完全是好,坏人完全是坏",说成"实质上""一致"的呢?我认为,"人物性格的完整性",绝不能像您那样把它等同于"叙好人完全是好,坏人完全是坏"的传统写法;它有其科学的内涵。这个概念所体现的思想，最早是黑格尔提出来的。他说：

> 我们原来的出发点是引起动作的普遍的有实体性的力量。这些
> 力量需要人的个性来达到它们的活动和实现，在人的个性里这些力量
> 显现为感动人的情致。但是这些力量所含的普遍性必须在具体的个人
> 身上融合成为整体和统一体。这种整体就是具有具体的心灵性及其主
> 体性的人，就是人的完整的个性，也就是性格。[①]

这就是说，人物性格本身，"就是人的完整的个性"，就要求完整性。这
种完整性还表现为"性格的特殊性中应该有一个主要的方面作为统治的方
面"[②]。"全好""全坏"，对于一个真的人来说，本身就是片面的、不完整的；
您为什么一定要把它们跟"完整性"混为一谈呢？

继承黑格尔这个思想，并进一步明确地把它作为创作法则之一提出来
的，是别林斯基。他说："典型性是创造底基本法则之一，没有它就没有创
造。""在创作中，还有另一个法则：必须使人物一方面成为一个特殊世界的
人们的代表，同时还是一个完整的、个别的人。"[③]"诗人从所写的人物身上采
取最鲜明最足以显示特征的面貌，把不能渲染人物个性的一切偶然的东西都
一齐抛开。"[④]如果按照您说的"文学作品中，具有所谓'完整性'性格的人物
形象都只能是失真的"，那么，别林斯基把写出"一个完整的、个别的人"，
作为创作法则之一，岂不是提倡写"失真"的人吗？

由此可见追求"人物性格的完整性"，就是要把"渲染人物个性的一切

---

① 黑格尔：《美学》第1卷，第292页。
② 黑格尔：《美学》第1卷，第296页。
③ 见《别林斯基论文学》，新文艺出版社1958年版，第121页。
④ 见《别林斯基全集》第3卷，第463页。

偶然的东西都一齐抛开"，写出"一个完整的、个别的人"。这是属于艺术创作的法则之一。而"叙好人完全是好，坏人完全是坏"，则不仅是个写法问题，更重要的它是属于对人物道德评价的范畴。各个时代和阶级，对于"好人"和"坏人"的道德标准，是相距甚远的。您所举的"怒鞭督邮"的例子，跟叙"好人全好""坏人全坏"，是完全不相干的两码事。如果仍旧让刘备来怒鞭督邮，这丝毫不会使刘备变成坏人，甚至也不会被认为这是好人干了坏事，只不过会使人感到它跟刘备一贯仁慈的性格不够统一，是属于在创作中应该被抛弃的偶然的东西；不抛弃它，则有损于其性格的完整性。而您却认为抛弃了它，反而使刘备形象"不免失真"了。您所谓的"真"，显然只是历史的真实，而非艺术的真实；艺术的真实是必须把"一切偶然的东西一齐抛开"的。不错，鲁迅先生是说过《三国演义》"欲显刘备之长厚而似伪"。但这并非指您所说的"怒鞭督邮"，而是指"刘备掷阿斗"那一类的情节。赵云于战火中冒险救出阿斗，刘备反把阿斗掷之于地，指阿斗而言曰："为汝这孺子，几乎损吾一员大将！"作者的本意要以此说明刘备对部下的长厚仁义，而其客观效果却是如民间谚语所说的："刘备掷阿斗——收买人心。"这才是"欲显刘备之长厚而似伪"——"失真"的典型例证。而"怒鞭督邮"的情节，《三国演义》作者作"刘冠张戴"的艺术处理，恰恰是完全符合艺术真实和人物性格完整性要求的，是历来备受赞扬而无可非议的。曹雪芹在《红楼梦》开卷第一回就宣称他"只取其事体情理"，"将真事隐去"，而"用假语村言"。这显然也是反对写真人真事，而主张根据"事体情理"，作必要的艺术虚构的。

"美只能是完整的统一。"[①]要求"人物性格的完整性"，无疑地是符合这个美学原则的，也是艺术真实高于生活真实的重要表现之一。《三国演义》中刘备、诸葛亮、关羽、张飞等人物形象，尽管作者有叙好人全好、坏人全坏的

---

① 黑格尔：《美学》第1卷，第197页。

缺陷，但由于他们基本上具备人物性格的完整性，作家把历史的真实上升到了艺术真实的高度，因此他们仍不失为是我国小说史上不可多得的成功的典型形象。我们没有必要为高度评价《红楼梦》，而恣意贬低《红楼梦》以外的其他伟大作品。鲁迅批评《三国演义》"欲显刘备之长厚而似伪，状诸葛之多智而近妖"，这里的"似伪""近妖"，我的理解只是说他们在真实性的程度上有明显的欠缺，并非从根本上完全否认他们的真实性。因此，您把"失去真实性也就必然失去艺术的生命力"这个正确的命题，套在刘备、诸葛亮形象上，又把鲁迅说的"近伪"，变成完全断言刘备"这个人物形象是'伪'的"，这不是肆意贬低吗？他们的艺术生命力至今还旺盛得很，君不信，请看看世界上有几部小说如《三国演义》中的人物形象那样在群众中影响那么广大而深远呢？

三、关于"中国小说史的实际"

我认为，中国小说史的实际，如同百花园那样丰富多彩，如同彩霞那样绚丽多姿，如同繁星那样光辉灿烂，也如同什锦绫罗那样万缕千丝，错综复杂，如同汪洋大海那样鱼龙混杂，泥沙俱下。我不同意您把中国小说史的实际看得那样简单、那样绝对，尤其不同意您那样不适当地贬低《三国演义》《水浒传》《西游记》等等一切《红楼梦》以前的伟大作品。您问我："能否具体说说，在中国小说史上，还有哪些作品也具有像《红楼梦》这样的杰出价值？"在我上次给您的信中，我已经说过："《红楼梦》的创作既打破而又创造性地继承和发展民族传统，达到了中国古代小说思想和艺术的最高峰。"这就是说，从总体上来看，我是充分肯定《红楼梦》的思想和艺术价值在我国一切古代小说之上的。但是，堪称"不可多得的"伟大作品，绝不只有《红楼梦》一部，《三国演义》《水浒传》《西游记》《金瓶梅》《聊斋志异》《儒林外史》，都可列入"不可多得的"伟大作品，都足可跟世界上第一流的伟大作品相媲美。在我国"四害"横行的历史时期,形而上学猖獗,就是只把一部《红楼梦》捧杀,而把其他所有优秀作品皆一笔扼杀。这个惨痛的历史教训,我们尚记忆犹新;它的流毒和影响,我们不能不有所警觉。

我当然相信您绝不会赞同"四人帮"扼杀我国小说史上除《红楼梦》以外一切优秀之作的。您在《再论》中,已经宣称您"并没有'抹杀或贬低'《水浒传》等作品的成就"。不过,我们考察问题,不只是要看您的宣言,更重要的是要看实际行动。您对《红楼梦》以前的全部中国小说所得出的实际结论是什么呢?

第一,您说:"所谓'传统写法',用鲁迅先生的话来说,就是'叙好人完全是好,坏人完全是坏'的描写人物的方法。《红楼梦》以前的小说,一般都采用这种方法。"(见《试论》)难道中国小说的传统写法就像您说的这么简单吗?除了叙"好人全好,坏人全坏"一种方法以外,就没有任何其他的方法吗?"就是"这两个字,是您强加给鲁迅的,鲁迅在哪里这样说过呢?您把中国小说史上十分丰富多样的写法,如此简单化地仅仅归结为只有这一种写法,这不是对《红楼梦》以前的其他优秀之作的一笔抹杀和粗暴贬低吗?即使从叙"好人全好、坏人全坏"这一种写法来说,也不是像您所说的"《红楼梦》以前的小说,一般都采用这种写法"。您问我:"能否对中国小说史上没有采用'完全好、完全坏'的传统写法的作品,明确地指出几部来?"这个问题,上次我对您把《水浒传》《西游记》说成是采用"完全好、完全坏"的写法所作的反驳,已经是明确的回答。如果您还嫌不明确的话,我可以告诉您,我认为,除《三国演义》的写法在某种程度上是"完全好、完全坏"的写法以外,《水浒传》《西游记》《金瓶梅》《聊斋志异》《儒林外史》等在中国小说史上最有代表性的伟大作品,都不能把它们简单地划入叙"好人全好、坏人全坏"的作品之列。您说在《水浒传》里,是把"好人与坏人""明显地排列成两列纵队"来描写的。请问:当杨志为梁中书押送生辰纲给蔡京时,您说应把他排列在哪列纵队里？不只是杨志一个人，《水浒传》中有许多英雄人物都是从反动统治阶级内部分化出来的，他们的"坏"和"好"，不只是他们个人的思想品质问题，而是由当时社会的阶级矛盾和统治阶级内部矛盾决定的；仅仅从"好人全好、坏人全坏"的"两列纵队"出发，是绝不可能塑造出那些逼上梁山的水浒英雄形象来的。

《西游记》的主人公孙悟空，是个正面的英雄形象，是个好人。这一点我想您是会同意的。因为在您的大作里也说他"聪敏"。既然如此，那么，《西游记》是不是把他写成"好人全好"呢？《西游记》作者在以极大的热情歌颂他聪敏机智、神通广大、敢于斗争和善于斗争等许多"好处"以外，不但写了他好名、轻视劳动、瞧不起妇女等"坏处"，还写了他出身于妖魔，也吃过人，吃不完还晒干了留着阴天吃，这就不只是一般的"坏处"，简直可算是"罪大恶极"了。这难道也是叙好人完全是好的写法吗？至于对唐僧、猪八戒、沙僧等人的写法，也一概不是"完全好、完全坏"的写法，我上次已经作了具体阐述，这里就不必重复了。

《金瓶梅》的主人公西门庆，是个"坏人"的典型，可是作者却也写了他"仗义疏财，救人急难"等"好处"，还以热烈赞叹的口吻，说这"正是：求人须求大丈夫，济人须济急时无。一切万般皆下品，谁知阴德是良图"。这难道是叙坏人全坏的写法吗？李瓶儿与西门庆通奸，把自己的丈夫花子虚活活气死，也可算是个"坏女人"。可是作者却偏偏写了她性格中许多"好处"，用西门庆的用人玳安的话来说："说起俺这过世的六娘（即李瓶儿——引者注）性格儿，这一家子都不如他，又有谦让，又和气，见了人只是一面儿笑。俺每下人，自来也不曾呵俺每一呵，并没失口骂俺每一句奴才，要的誓也没赌一个。使俺每买东西，只拈块儿。俺每但说：'娘拿等子，你称称，俺每好使。'他便笑道：'拿去罢，称甚么，你不图落，图甚么来？只要替我买值着。'这一家子，都那个不借他银使，只有借出来，没有个还进去的。还也罢，不还也罢。"这难道是"坏人全坏"的写法吗？

《儒林外史》中的周进、范进，您能说出作者究竟是按照"好人全好"，还是按照"坏人全坏"的写法来写的吗？当他们受科举制度的作弄，考到胡子花白还没有考上举人时，在人格上是那样受屈辱，只能被称为"童生""小友"，处处要低人一等；在经济上是那样贫困，连老母亲都难以养活，不得不把一只生蛋的老母鸡卖掉糊口，作者把他们写成是多么值得令人同情的老好人啊！可是就在作者使我们寄予深切同情的同时，却又写出了他们受科举制度的毒害之深。如周进见到贡院里天字号号板，就一头撞得"直僵僵不省人事"，被人救醒过来，又"只管伏着号板哭个不住。一号哭过，又哭到二号、三号，满地打滚，哭了又哭"，"直哭到口里吐出鲜血来"，而当他一听说有商人愿借银子给他"纳监进场"，他便立即"哭的住了"，说："若得如此，便是重生父母，我周进变驴变马，也要报效！"说着，还"爬到地下就磕了几个头"。为了能够通过科举做上官，他又竟然如此卑躬屈膝，寡廉鲜耻，令人感到既可鄙又可笑。当他们中举以后，作者写他们身上"坏"的一面，更是得到了急剧的发展。用作者的话来说："只因这一番，有分教：会试举人，变作秋风之客；多事贡生，长为兴讼之人。"《儒林外史》这种写法，难道是"好人全好、坏人全坏的写法"吗？

不错，鲁迅是说过，《红楼梦》"和以前的小说叙好人完全是好，坏人完全是坏，大不相同"。但是，鲁迅并没有如您所说的："《红楼梦》以前的小说，一般都采用这种写法。"何况我们探讨问题，不应以伟人的语录为准则，而应从实际出发，作实事求是的论证。

第二，您不仅把《红楼梦》以前的中国小说丰富多样的写法，简单化、绝对化地说成只有"叙好人完全是好，坏人完全是坏"这一种写法，而且您又把这一种写法，再进一步简单化、绝对化地说成："无论是'完整'的'好'，还是'完整'的'坏'，这种人实际生活中都是找不到的。因此，文学作品中，具有所谓'完整性'性格的人物形象，都只能是失真的。""从美学的意义上来说……即'美'的东西必须是'真'的。""都只能是失真的",也就"都是不美的","失去了艺术的生命力"的。按照您这些论断,不是《红楼梦》以前的所有作品,都应一笔抹杀,毫无价值可言吗?我认为,即使"叙好人完全是好,坏人完全是坏"的作品,也不能说它们"都只能是失真的"。因为社会上存在好人、坏人之分,这本身就是最大的真实。只不过它不是完全的真实,因为好人也可能有坏的行为,坏人也可能做过好事,何况人不能不受社会环境的制约,坏人可以改造为好人,好人也可以被腐蚀成坏人。所以我们只能说"叙好人全好、坏人全坏",在真实性上是不完全的,却不应说它们"都只能是失真的"。鲁迅先生在指出《三国演义》存在"叙好人全好,坏人全坏"的缺陷时,也只是说它的某个人物形象"似伪""近妖"。所谓"似"或"近",我的理解是指作者把刘备、诸葛亮写得好过了头,绝不是说它完全失去了真实性,更不是像您所说的:"刘备的性格分明已经失去了它本来的整体面目,因而这个人物形象是'伪'的","失真的","不美的","失去艺术的生命力的"。果真如此的话,《三国演义》还能成其为一部伟大的作品吗?包括《三国演义》在内的,《红楼梦》以前的所有伟大的作品,分明世世代代在千千万万读者中有着强大的艺术生命力,您怎么能视而不见,以其"叙好人全好、坏人全坏"来加以一笔抹杀呢?

不错,鲁迅是说过,"《红楼梦》的价值""在中国底小说中实在是不可多得的"。然而,鲁迅也说过,《三国演义》"究竟它有很好的地方……所以人们都喜欢看它;将来也仍旧能保持其相当的价值"。《金瓶梅》为"同时说部,无以上之"。有《儒林外史》,"于是说部中乃始有足称讽刺之书"。他还感叹"留学生漫天塞地以来,这部书(指《儒林外史》——引者注)好像就不永久,也不伟大了。伟大也要有人懂"①。现在也有一种思潮,在强调向外国学习(这是

---

① 鲁迅:《且介亭杂文二集·叶紫作〈丰收〉序》。

必要的）的同时，把我们民族的伟大作品，统统说成"好像不永久，也不伟大了。伟大也要有人懂"。鲁迅的话不是至今还有现实意义，发人深省吗？

第三，在肯定《红楼梦》打破传统的思想和写法，在人物形象塑造上取得伟大成就的同时，您认为："《水浒传》中的鲁智深，主要是作为高俅的对立面出现的。"这不就是说他们只是个人之间的对立吗？当我向您指出，鲁迅先生说过"《水浒》中人物在反抗政府"之后，您承认《水浒传》作者写了"当权的统治阶级坏"。可是，您又认为："写出当权的统治阶级坏，与写出社会制度坏，二者之间存在着写出现象与写出本质之差别。"您得出这样的结论："《红楼梦》以前的中国文学作品，没有着力写出封建的社会制度坏，而只写出了某个人或当权的统治阶级坏。"也就是说，您认为"《红楼梦》以前的中国文学作品"，都只"写出现象"，而未"写出本质"。一部文学作品，果真如您所说只写出现象而未写出本质，那么，它还有什么意义呢？这不是对《红楼梦》以前的所有作品的成就恣意贬低吗？

什么叫"写出现象"？什么叫"写出本质"？我不同意您所说的，"写出当权的统治阶级坏"，就不算写出本质，而只有"写出社会制度坏"，才算"写出本质"。现象和本质是统一的，虽然并不直接相符合，但现象总要从某一特定方面表现事物的本质，而本质则从整体上规定事物的性能和发展方向。人们对事物的认识也好，中国小说史上作家对社会的反映也好，总是"从现象到本质、从不甚深刻的本质到更深刻的本质的深化的无限过程"[①]。现象和本质并不是绝对的、固定不变的。"就本来意义说，辩证法就是研究对象本质的自身矛盾，不但现象是短暂的，运动的，流逝的，只是被假定性的界限所划分的，而且事物的本质也是如此。"[②]从反映某个个别人坏，到反映反动统治阶级的本质

---

① 见《列宁全集》第 38 卷，第 239 页。
② 见《列宁全集》第 38 卷，第 278 页。

坏；从反映统治阶级中某一阶层的人坏（如贪官污吏），到反映整个当权的统治阶级坏；从反映整个反动统治阶级坏，到反映他们所代表的社会制度和思想体系坏；如此等等，我认为都代表了从写出现象到写出本质的各种不同的层次。您把只有"写出社会制度坏"，才算"写出本质"，而把除此以外的作品，包括《水浒传》这样"写出当权的统治阶级坏"的作品，都一概斥之为只"写出现象"。这种说法，既是简单化、绝对化的，更是违背历史唯物主义的。从历史唯物主义出发，我们怎么能要求《红楼梦》以前的所有作品都写出封建制度坏呢？当封建的社会制度还基本上适应生产力的发展，或者封建制度的腐朽还没有得到充分暴露的时代，既然根本尚不具备写出封建制度坏的历史条件，那么，那个时代的作家岂不注定只能"写出现象"，而不能"写出本质"吗？

再说，我们也不能把写出当权的统治阶级坏与写出社会制度坏，完全对立起来，或割裂开来。您说，"政府""决无'代表'社会制度的资格。""如果政府可以作为社会制度的'代表'，那么凡多次甚至是不计其数次更换过政府的国家，它们的社会制度也必然更换过多次甚至不计其数。可是，哪个国家出现过那样的'奇迹'了呢？"这里，您又把政府和政府组成人员简单地等同为一个概念了。虽然在习惯上也有人把更换政府成员说成是更换政府，但这已不是"政府"一词的内涵，而是它的延伸了。根据《辞海》对"政府"一词的定义："即国家行政机关。国家机构的组成部分。各国政府的组织形式和名称有所不同，但都与政权性质相适应，是阶级专政的重要工具之一。"而政权性质就是由社会制度决定的。政府的组成人员，政府的组织形式和名称，都可以"更换过多次甚至不计其数次"，但与政权性质相适应的政府，只有随着政权性质的变更而变更。封建阶级的政权性质，封建主义的社会制度，绝不可能出现一个资产阶级掌权的政府。在阶级社会里，一个阶级如果不首先在政府中处于执政的地位，他就不可能推行他所要推行的社会制度，这个道理难道还用饶舌吗？

您说："一定的社会制度是在一定体系的思想指导下而被制定的治理国家

的典章法规。"我认为您这种说法也是片面的、简单化的。这本是个常识性的问题。社会制度是社会的经济、政治、文化等制度的总称。社会制度的基础是经济制度，即一定的生产关系的总和，其中主要是生产资料所有制形式。社会制度还包括由经济制度所决定，并为它服务的政治、文化等上层建筑中的各种制度。原始公社制度、奴隶制度、封建制度、资本主义制度、共产主义（包括它的低级阶段社会主义）制度，都是人类社会发展的各种不同的社会制度。它们分别体现着不同的社会性质。而您所谓的"治理国家的典章法规"，仅仅是属于社会制度中上层建筑——政治制度的一部分。按照社会制度的科学定义，即使像曹雪芹这样伟大的作家，像《红楼梦》这样伟大的作品，也没有且在那个时代也不可能达到如您所说的："曹雪芹也看清了封建社会的症结在于专制制度走向了历史的反面。封建制在奴隶制的废墟上破土而生；曹雪芹则寄希望于在封建制的废墟上建立起能反映人们民主要求的新型的社会制度。这，便构成了《红楼梦》的思想主题。"您还说，《红楼梦》有"从根本上推翻皇权的思想倾向"。我认为，您的这些论断都是不符合作家作品实际的一种"拔高"。曹雪芹的《红楼梦》在经济上反对封建的土地所有制吗？在政治上，有"从根本上推翻皇权的思想倾向"吗？请拿出证据来！我在《红楼梦》中所看到的事实，只能为您的结论提供反证。如曹雪芹写道："因见众石俱得补天，独自己无才不堪入选，遂自怨自叹，日夜悲号惭愧。"所谓"补天"，显然就是要"补"封建制度之"天"，而绝不是如您所说的那样要"翻天""换天"；"补天"的结果，难道不是为了封建制度的天下能够长治久安，而是为了"从根本上推翻皇权"统治吗？曹雪芹在《红楼梦》中，把起来推翻封建统治的农民造反，说成是"鼠盗蜂起，无非抢田夺地，鼠窃狗偷"，这种用语难道不是站在封建地主阶级立场上，而是支持农民"抢田夺地"，打破封建的土地所有制吗？

您引用书中宁荣二公之灵所说的"奈运终数尽，不可挽回"，来说明《红楼梦》可以使读者看到封建制度必然灭亡。这也是与作品原意不符的。作品写这句话，明明说的是"吾家"（即贾家），并非指整个封建社会。而且这"运终数尽"一语，是反映了作者的历史循环论。这可与作者借秦可卿的"幽灵"对王熙凤的梦中嘱托"否极泰来，荣辱自古周而复始"的说法相印证。至于贾家之所以"无可挽回"地衰落下去，作者也不可能看到是封建制度的问题，而认为"子孙虽多，竟无一个可以继业者"，"擅风情，秉月貌，便是败家的根本"。

您把作者反对"讪谤君相"，说成是因为曹雪芹"看清了封建社会的症结在于专制制度走向了历史的反面"，"既非几个奸佞之徒所造成，亦非几个'大贤大忠'所能挽回"。这也是不符合作者原意的。作者之所以反对"讪谤君相"，我看他一方面是为了在艺术上要打破"历来野史"的俗套，另一方面也跟他受封建君权思想的桎梏有关。在大观园题对额时，作者特地写贾宝玉道："这是第一处行幸之处，必须颂圣方可。"这里作者通过贾宝玉之口，把皇帝说成"圣"的化身。在反对文死谏、武死战时，作者又写贾宝玉说："那朝廷是受命于天，他不圣不仁，那天地断不把这万几重任交与他了。"对为镇压农民起义而丧命的林四娘，作者写贾环题诗赞颂道："谁题忠义墓，千古独风流！"写贾宝玉题诗哀悼道："贼势猖獗不可敌，柳折花残实可伤！"我们当然不应把作品中贾宝玉等人物语言所反映的思想，跟作家曹雪芹的思想完全等同起来，但是作者这是以肯定的语气来写的，则是毫无疑义的。

因此，我认为这一切都可证明，曹雪芹不可能"看清封建社会的症结"在于封建专制制度的问题，也不可能有"从根本上推翻皇权的思想倾向"。我这不是对曹雪芹和他的《红楼梦》的贬低，而是坚持实事求是和历史唯物主义的原则。曹雪芹的时代，中国虽然出现了资本主义的萌芽，但还是封建社会，封建的经济、政治、文化都还占统治地位，代表新的生产关系的资产阶级尚未形成。历史还不具备从根本上推翻皇权和封建社会制度，建立起您所说的"能反映人们民主要求的新型的社会制度"的条件。我们不能不顾历史条件，把我们今人的思想强加于曹雪芹和《红楼梦》。

毫无疑问，我是充分肯定曹雪芹和他的《红楼梦》是有鲜明的反封建的思想倾向的，在客观上是反映了封建社会必然走向衰亡的历史趋势的。但这绝不是由于"曹雪芹也看清了封建社会的症结"，而是因为他"通过对现实关系的真实描写，来打破关于这些关系的流行的传统幻想"，便"不可避免地引起对于现存事物的永世长存的怀疑"。[1]

您一方面把曹雪芹和《红楼梦》的思想，脱离历史条件和作品实际加以"拔高"；另一方面，又以这种"拔高"了的思想，来要求和批评《红楼梦》以前的作品，指责《水浒传》和《西游记》"不要求从根本上否定皇权"。其实，在对待皇权的态度上，《水浒传》《西游记》尚且敢于向皇权提出挑战，把以武力对抗皇权的造反者写成英雄，而《红楼梦》却一再把造反者诬蔑为"盗""贼"。在这一点上，《红楼梦》比《水浒传》《西游记》不是进步了，而恰恰是倒退了。皇权思想是封建社会小农经济和宗法制度的必然产物。在那个没有出现新的生产力和新的生产关系的代表——新兴资产阶级的历史时代，我们怎么能要求文学作品"从根本上否定皇权"呢？比曹雪芹晚近一个世纪的太平天国农民革命领袖洪秀全，尚且不可能"从根本上否定皇权"思想。任何作家作品再伟大，也不可能不受历史的局限。难道否定皇权的思想不是从一定的历史条件下产生，而由天上掉下来的吗？这就如同要强求镜子反映出实际所不存在的客体一样荒谬，如同在航天技术未出现以前，人们想登上月球一样，纯属异想天开！

再说，没有从根本上否定皇权，也不等于就没有触及社会制度问题。《红楼梦》就从家庭、婚姻、法律、道德、人性等多方面揭露了封建制度的不合理。《水浒传》《西游记》也揭露了封建吏治的黑暗，鞭挞了皇帝的昏庸腐朽。《金瓶梅》作者的描写，则使人感到它"太把这个民族性刻画得入骨三分"，

---

① 恩格斯：《致敏·考茨基》。

"像这样的堕落的古老的社会，实在不值得再生存下去了"。[①]《儒林外史》揭示了封建科举制度的腐败和世俗人心的堕落。这些作品虽然总的思想和艺术价值有差别，但它们都在一定程度上反映了封建社会的某些本质问题，则是肯定无疑的。

我和您的分歧在于，我不赞成您拔高《红楼梦》和贬低《红楼梦》以前的伟大作品；我认为曹雪芹和他的《红楼梦》之所以伟大，第一，是由于他对我国古代优秀小说遗产的继承和发展。曹雪芹所贬斥的只是落入俗套的"历来野史""才子佳人"等作品，而对于优秀的小说、戏曲遗产，则不但无一贬词，而且赞颂备致，他还吸取了我国古代诗、词、绘画、文、史、哲等全部文化遗产，正是这种全面的、充分的、批判的继承，才能取得突破性的巨大发展；第二，曹雪芹和他的《红楼梦》，跟任何一个伟大的作家、作品一样，都是特定的历史时代的产物，都只能反映他所处的时代的进步性和局限性。我们对他的评价，不应对作家、作品提出当时时代所不可能达到的要求，不应作出违背历史唯物主义和作家作品实际的拔高或贬低；第三，我们对古代小说的评论，应为今天的广大读者正确理解和欣赏作品服务，为作家继承和发扬我国优秀的文化艺术遗产服务，不能把读者引入歧途，不能数典忘祖，散布民族虚无主义和历史唯心主义。因此，我还是坚持认为，您的论断"既不尽符合鲁迅先生的原意，更有悖于中国小说史的实际"。现在我还要补充一句，您的看法跟《红楼梦》的实际也相距甚远。对此，下面我将作进一步的阐述。

四、关于"所谓'红楼梦写法'，就是'无褒贬写法'"

在我上次给您的信中，曾经指出："你从《红楼梦》打破'传统写法'，

---

① 郑振铎：《谈〈金瓶梅词话〉》。

进而否认在《红楼梦》中能找出谁是'正面人物',谁是'反面人物',又进而否认曹雪芹对他笔下的人物有'褒贬爱憎'的倾向,我认为这就仿佛把真理推向了极端,而变成了谬误。"

您在《再论》中坚持说,您"对《红楼梦》关于人物思想性格的描写持'无褒贬论',这是毫无疑问的"。"正因为作家无褒贬,所以小说中没有'正面人物'与'反面人物'之分。"您再次断言:"所谓'红楼梦写法',就是'无褒贬写法'。"

我们之间在这个问题上存在着尖锐的分歧,是有目共睹的。我认为,这是个很有意义的学术问题,完全可以通过讨论,求得比较正确的认识;即使你我之间一时不能取得一致的看法,也可以各自保留意见,再作进一步的思考和研究。因此,不存在您所说的我这是为您"打破传统的认识",设置了"一个颇能叫人望而却步的障碍。"您责问我:"学术上的极端化在哪里?"学术研究当然是无止境的,但这绝不等于您在学术上发表的意见就不可能有极端化的弊病。这是两个不同范畴的常识问题,无须赘述。再说,这种说法并不是我的发明,而是列宁的教导:即使"这是无可争辩的真理,然而,只要再多走一小步,仿佛是向同方向迈的一小步,真理便会变成错误"①。我想列宁的这个教导,对于我们的学术研究是有指导意义的。如果您一定要说这是"障碍"的话,那么,我认为我们讨论问题的过程,就是个不断克服"障碍",追求真理的过程。您对我的反批评,也证明您在实际上并没有"望而却步"。您这种勇于拼搏的精神,好得很!是我们把讨论继续深入下去所必需的。因此,我也"不免说了上面这样几句题外话。下面言归正题"——

我相信您不会不赞同,我们研究和讨论问题,必须以马列主义为指导。马列主义当然不是教条,但马列主义的基本立场、观点和方法,则是我们时代分

---

① 列宁:《共产主义运动中的"左派"幼稚病》。

析问题最科学的锐利武器。

从马列主义的观点来看，文学是属于意识形态。它既是社会生活的反映，又是经过作家头脑的加工而创作出来的。否认它是社会生活的反映，便是主观唯心论；只承认它是社会生活的反映，抹杀作家在加工、创作中的主体作用，便是机械唯物论。历史唯物论和辩证唯物论者认为，作家在对社会生活进行反映和加工、创作的过程中，不可能采取如您所说的"无褒贬爱憎"的纯客观的态度。正如马克思所指出的，人是"一个有激情的存在物"，"激情，热情，是人强烈追求自己的对象的本质力量"。①人类的文学创作活动，是一种人的本质力量对象化的活动。因此，作家、艺术家在艺术创造活动中，必然要把属于人的本质力量的激情或热情对象化于作品之中，成为艺术形象的血肉，必然或隐或显、或多或少地寄寓着作家的爱憎感情和褒贬倾向。如果作家真的没有爱憎感情和褒贬倾向，那么，他还进行文学创作干什么呢？别林斯基说得好："如果艺术作品只是为了描写生活而描写生活，而缺乏任何根源于时代的主导思想的强大主观动机，如果它不是痛苦的呻吟或欢乐的赞歌，如果它不是提出问题或回答问题的话，那么，它对于我们今天来说，只能是僵死的艺术作品。"②当然，作家的爱憎感情和褒贬倾向，不必在作品中赤裸裸地说出来；文学作品的特点，是要靠艺术形象说话。因此，恩格斯说："我认为倾向应当从场面和情节中自然而然地流露出来，而不应当特别把它指点出来。"③"作者的见解愈隐蔽，对艺术作品来说就愈好。"④现实主义作品的真实性和倾向性是统一的，倾向性要服从于真实性，真实性又要为倾向性服务。曹雪芹的《红楼梦》便确实达到了恩格斯所说的"愈隐蔽""就愈好"的崇高艺术境界。但我

---

① 《马克思恩格斯全集》第42卷，第169页。

② 转引自《俄国革命民主主义者美学中的现实主义问题》，中国社会科学出版社1980年版，第92页。

③ 恩格斯：《致敏·考茨基》。

④ 恩格斯：《致玛·哈克纳斯》。

们绝不能以真实性来否定倾向性，也不应因为他的褒贬倾向隐蔽到使你主观上仿佛觉察不出，就能赞同你否定它在作品中的客观存在。你的"无褒贬论"的要害，就是以人物形象的真实性来否定倾向性，以作家褒贬倾向的隐蔽性，来否定其存在的客观性，以作品的客体性，来否定作家的主体性；这完全是形而上学的论断。我们要从文学作品的特点出发，来看作家作品的爱憎褒贬倾向。如同恩格斯在分析斐·拉萨尔的作品《济金根》时所指出的，文学作品中的"主要人物是一定阶级和倾向的代表，因而也是他们时代的一定思想的代表，他们的动机不是从琐碎的个人欲望中，而正是从他们所处的历史潮流中得来的"[①]。您"对《红楼梦》关于人物思想性格的描写持'无褒贬论'"，"没有'正面人物'与'反面人物'之分"，岂不就是否定《红楼梦》中的"主要人物是一定的阶级和倾向的代表，因而也是他们时代的一定思想的代表"吗？曹雪芹和他所写的《红楼梦》中的人物，难道是生活在真空里面，而不是生活在一定的时代、一定的阶级和倾向之中吗？借用您的话来说，我也"不知这是从哪里找来的新鲜理论"。

我们研究任何问题，当然要从研究对象的实际出发。这也是马列主义的基本原则之一。那么，曹雪芹的《红楼梦》的实际又究竟如何呢？是不是如您所说的，"作家对小说中的具体人物是'褒'还是'贬'，是'爱'还是'憎'，都是谈不上的"呢？

最熟悉曹雪芹，甚至可能直接参与曹雪芹创作《红楼梦》的脂砚斋，最有资格回答这个问题。他的脂评一再极为具体而明确地指出作家的褒贬倾向。如当作者写到秦可卿的出身时，甲戌本第八回眉批和夹批中分别指出：

> 写可儿出身自养生堂，是褒中贬，后死封袭（龙）禁尉，是贬

---

① 恩格斯:《致斐·拉萨尔》。

中褒，灵巧一至于此。

出名秦氏，究竟不知系出何氏，所谓寓褒贬别善恶是也。秉刀斧之笔，具菩萨之心，亦甚难矣。如此写出，可见来历，亦甚苦矣。又知作者是欲天下人共来哭此情字。

当赵姨娘因管教贾环，而遭到凤姐"大口啐他"时，庚辰本第二十回有夹批和眉批分别指出：

反得了理了，所谓贬中褒，想赵姨即不畏阿凤，亦无可回答。

嫡嫡是彼亲生，句句竟成正中贬，赵姨实难答言。至此方知题标用弹字，甚妥协。己卯冬夜。

上述脂评是如此确凿无疑：曹雪芹在《红楼梦》中绝不是如您所说的无褒贬倾向，只不过他不是单纯地褒或单纯地贬，而是往往采用"贬中褒""褒中贬"。我认为，这正是道出了《红楼梦》中褒贬倾向的特点。

我们当然不必把脂评的看法奉为圭臬，更重要的是《红楼梦》的实际描写，跟上述脂评是契合的。我也和您一样，"就以贾宝玉为例来说吧"。您在肯定贾宝玉的一些优点的同时，指出了他身上存在的种种局限性和缺点。我认为这并不能说明作家对贾宝玉无褒贬爱憎，而只能说明作家是把自己的爱憎褒贬服从于人物形象的真实性，是打破了"叙好人完全是好"的传统写法的。那么，作家对贾宝玉的爱憎褒贬倾向又究竟表现在哪里呢？窃以为，大致有以下几个方面：

第一，在《红楼梦》人物人总体设计上，作者把贾宝玉置于全书各种人物的中心地位，作为重点描写和热烈歌颂的主人公之一。如果作家不是出于对贾宝玉所表现的民主思想的热烈的爱，而是如您所说的："作品中没有正面人物形象"，"曹雪芹的社会理想主要寄托在封建专制制度的'洗旧翻新'

上"。那么，他又何必以贾宝玉这样一个毛孩子作为全书的中心人物，而不以贾家最有权势的贾母、贾政、王夫人或王熙凤为中心人物呢？作家如果没有向往和颂扬反封建的民主思想倾向，能够塑造出贾宝玉这样的人物形象来吗？能够谈得上要求"封建专制制度的'洗旧翻新'"吗？

第二，在对贾宝玉人生道路的描写上，作者对他坚持反抗封建的人生道路，采取了热情歌颂和褒扬的态度。如写贾宝玉从小就对男尊女卑的封建传统观念，提出了尖锐的挑战。他说："女儿是水作的骨肉，男人是泥作的骨肉。我见了女儿，我便清爽；见了男子，便觉浊臭逼人。"他这种对"清"和"浊"所表现出来的强烈爱憎，难道不正是寄寓着作者的爱憎感情吗？请与作者自己的言论相印证："作者自云：……忽念及当日所有之女子，一一细考较去，觉其行止见识，皆出于我之上。何我堂堂须眉，诚不若彼裙钗哉？实愧则有余，悔又无益之大无可如何之日也！"作者又说他所写的"半世亲睹亲闻的这几个女子"，要"强似前代书中所有之人"。我们当然不能简单地把贾宝玉与曹雪芹等同起来，但把曹雪芹的这些话和贾宝玉所说的女"清"男"浊"相互印证，可以证明在贾宝玉的爱憎感情之中，是寄寓着作者的褒贬倾向的。读书，考举人、进士，做官，谈讲仕途经济，这是封建统治阶级给贾宝玉安排的人生道路。可是作者却写贾宝玉对这条封建的人生道路，采取了深恶痛绝的态度。凡读书做官的人，他就起个名字叫作"禄蠹"；"又说只除'明明德'外无书，都是前人自己不能解圣人之书，便另出己意，混编纂出来"。史湘云劝他："如今大了，你就不愿读书去考举人进士的，也该常常的会会这些为官做宰的人们，谈谈讲讲些仕途经济的学问，也好将来应酬世务，日后也有个朋友。"宝玉听了，当场就给她下逐客令："姑娘请别的姊妹屋里坐坐，我这里仔细污了你知经济学问的。"薛宝钗也这么劝过他，"他也不管人脸上过的去过不去，他就咳了一声，拿起脚来走了"，使宝姑娘"登时羞的脸通红，说又不是，不说又不是"。他不仅给宝姑娘难堪，弄得她下不了台，而且从此"同他生分了"。"宝钗辈有时见机导劝，反生起气来，只说：'好好的一个清净洁白女儿，也学的钓名沽誉，入了国贼禄鬼之流。这总是前人无故生事，立言竖辞，原为导后世的须眉浊物，不想我生不幸，亦且琼闺绣阁中亦染此风，真真有负天地钟灵毓秀之德！'因此祸延古人，除四书外，竟将别的书焚了。""独有林黛玉，自幼不曾劝他去立身扬名等语，所以深敬黛玉。"他与林黛玉的爱情，正是以这种政治思想上的"知己"为基础的。贾宝玉如此强烈而鲜明的爱憎感情和褒贬倾向，难道跟曹雪芹的爱憎感情和褒贬倾向毫无关系吗？敦诚在诗中写他的挚友曹雪芹："接䍦倒著容君傲，高谈雄辩虱手扪。"（《寄怀曹雪芹霑》）"步兵白眼向人斜。"（《赠曹雪芹》）敦敏在诗中也写他的挚友曹雪芹："傲骨如君世已奇，嶙峋更见此支离。醉余奋扫如椽笔，写出胸中魁磊时。"（《题芹圃画石》）"新愁旧恨知多少，一醉酕醄白眼斜。"（《赠芹圃》）这些诗中所反映的曹雪芹不拘封建礼法的性格和桀傲不驯、以白眼蔑视权贵的爱憎感情，跟曹雪芹笔下的贾宝玉对谈经济学问的人不屑一顾，斥之为"钓名沽誉"的"国贼禄蠹"，其爱憎感情和褒贬倾向难道不是相合拍的吗？他连绘画都要"写出胸中魁磊"，在贾宝玉愤世嫉俗的言行中怎么可能不同样寄寓着他的"胸中魁磊"呢？

您不同意我说曹雪芹对贾宝玉反抗封建的人生道路是采取褒扬的态度，而指责作者所写的贾宝玉"没有从更大的深度和广度上去认识自由和平等的社会意义"，"局限在怨恨中自暴自弃，几乎从来没有把自己的智慧用到可以服务于社会、造福于他人的正当事业上去，成天只在内帏中厮混，在花花世世（界？）里无聊地消磨自己的青春，没有学得任何有用的知识和技能，甚至连起码的谋生手段都不会，以致终于成为'潦倒不通庶务'、'天下无能第一'、'于国于家无望'的'废人'"。我认为您这种指责是脱离当时的历史条件，违背贾宝玉所处的典型环境的许可的。在贾宝玉那个时代，距离资产阶级的形成尚很远很远，整个社会的民主思想尚处于初步萌芽的极其朦胧的历史阶段，怎么可能要求作者超越历史条件，去把贾宝玉写成"从更大的深度和广度上去认识自由和平等的社会意义"呢？贾宝玉所生活的社会、所出身的阶级和他那个家庭，给他安排的唯一出路，只有读书——中举——做官。他既然要叛逆，不愿走这条封建的人生道路，您说他还有什么别的路可走呢？他除了在他生活的那个环境许可的条件下，给一些被压迫的奴婢以精神上的安慰和较为平等的待遇，您说他又怎么能"把自己的智慧用到可以服务于社会，造福于他人的正当事业上去"呢？如果他所处的社会和家庭环境允许他这样做，那个社会和家庭环境岂不就是很美满的了，曹雪芹还要写贾宝玉走叛逆道路干吗呢？他既然不愿走封建阶级给他安排的人生道路，又深恶以男子为中心的封建社会的男人们浊臭逼人，只有女孩子们才使他感到如水一般清爽纯洁，他不"成天只在内帏厮混"，您叫他又干什么呢？难道作者能够写他去参加农民起义或当工人、农民吗？作者所以说他"于国于家无望"，乃因为这个"国"，是"天"已破而又无材可"补"的封建专制之国；这个"家"，是腐朽没落、无可挽回的封建贵族之家。这样的"于国于家无望"的人，正是那个社会具有叛逆思想的新的希望之光所在，而绝不是像您说的是令人厌恶、失望的"废人"。因此，我说作者说他"于国于家无望"，是名贬而实褒，这难道还用怀疑吗？您那种"贾宝玉是废人"说，无异于说曹雪芹跟贾政、王夫人站在同一立场上，是把贾宝玉看成"孽根祸胎""混世魔王"的。这种说法能说得通吗？您还说："从反映作家主观情感的意义上来说，其中的'可怜辜负好时光'，'寄言纨袴与膏粱：莫效此儿形状'，则是点睛之笔。它反映了曹雪芹对贾宝玉在内帏中厮混，'辜负好时光'的痛苦之情，并希望其他人不要走贾宝玉的老路，不要重演贾宝玉的悲剧。"如此说来，曹雪芹是反对贾宝玉"在内帏厮混"，而主张贾宝玉读书中举，登上仕途，为封建统治的"国"和"家"效力的，贾宝玉的悲剧是咎由自取，其他人只要不"走贾宝玉的老路"，就不会"重演贾宝玉的悲剧"，这真是令人吃惊的海外奇谈！它跟您说的"小说中贾宝玉的悲剧是封建专制统治对萌芽时期的民主精神粗暴扼杀而造成的"岂不自相矛盾？一个"在内帏厮混，'辜负好时光'"的"废人"，被封建专制统治扼杀，岂不是活该嘛，有什么悲剧可言呢？既要在贾宝玉身上体现了"萌芽时期的民主精神"，作者却又要人们"莫效此儿形状"，这种"点睛之笔"，其反民主精神的反动性不是暴露无遗？曹雪芹和他的《红楼梦》还有什么价值可言呢？您的论点，就是这么逻辑混乱，不能自圆其说。

第三，在贾宝玉与晴雯等奴婢的关系上所表现出来的民主、平等思想，作者采取了热情歌颂和褒扬的态度。如作者通过贾琏的小厮兴儿议论贾宝玉："再者也没有一点刚性儿。有时遇见了我们，喜欢时没上没下，大家乱顽一阵；不喜欢各自走了。他不理我们，我们坐着卧着，见了他也不理他，他也不责备。因此没人怕他。只管随便，都过得去。"按照最严主奴之分的封建礼法等级制度，能够有这种"没上没下""只管随便"的主奴关系吗？贾宝玉不仅跟奴婢们"没上没下"，而且简直把跟他们在一起玩耍，作为他对郁闷生活的一种精神发泄。如作者在第七十九回写道："这百日内，只不曾拆毁了怡红院，和这些丫头们无法无天，凡世上所无之事都玩耍出来。"他身为公子，甚至"却每日甘心为诸丫头充役"。他为金钏儿和蒋玉菡的事挨了贾政的毒打之后，林黛玉来看他，抽噎着说："你可都改了罢？"他长叹一声道："你放心。别说这样的话，我便为这些人死了，也是情愿的！"他被贾政毒打成那个样子，从无一句讨饶或悔过的表示。他这种"死不改悔"、宁死不屈的"顽石"精神，跟曹雪芹的"顽石"性格和不向封建势力屈服的思想倾向，岂不是声息相通的吗？特别是当具有"爆炭"般反抗性格的奴婢晴雯被迫害致死，他是那样的寄予深切的同情，对参与迫害晴雯的封建势力，他"剖悍妇之心，忿犹未释"！对为反抗封建势力而牺牲的晴雯，他热烈地赞美："其为质则金玉不足喻其贵，其为性则冰雪不足喻其洁，其为神则星日不足喻其精，其为貌则花月不足喻其色。"这跟曹雪芹为晴雯写的判词："心比天高，身为下贱"，岂不是互为呼应，如出一辙吗？曹雪芹说他是以"一把辛酸泪"来写他的《红楼梦》的，又写贾宝玉是"洒泪泣血，一字一咽，一句一啼"来为晴雯写《芙蓉女儿诔》的，这两者的泪水难道不是往同一倾向上流的吗？

第四，在描写贾宝玉对自身的劣根性和弱点的克服上，表现了作者对他"爱而知其恶"和贬中有褒的倾向。

贾宝玉出身于封建贵族家庭，处于公子哥儿的地位，这就必然使他不能不带有本阶级的劣根性，沾染上一些贵族公子的恶劣习气。如跟袭人发生一次不正当的两性关系，有时跟奴婢发少爷脾气，曾经要把晴雯撵出去，等等。作者为什么要写他身上的恶劣习气呢？写了这些恶劣习气是不是就表明作者对贾宝玉其人采取了"贬"的态度，而跟我上面三点论述相矛盾呢？我认为作者之所以这样写，一是为了如实描写，使贾宝玉形象具有高度的真实性，符合典型环境中的典型性格。二是为了真实地写出贾宝玉叛逆性格的成长和发展过程。说明他那贵族公子的恶劣习气，是受封建统治阶级腐朽的思想作风影响和毒害的结果。如他跟袭人发生两性关系，作者写明是"同领警幻所授云雨之情"，是从"箕裘颓堕皆从敬，家事消亡首罪宁"——极端淫乱糜烂的宁国府学来的。当他逐渐认识到袭人的封建奴才性格之后，他就由亲袭（人）疏晴（雯），而转变为亲晴疏袭，这标志着他的叛逆性格的一个重大发展。他所沾染的贵族公子的恶劣习气，都发生在第三十三回以前；当第三十三回他遭到贾政的毒打以后，对封建统治者的面目有了进一步的认识，他对受压迫的女孩子的态度就由亲昵和轻薄，转变为更加尊重和同情了。作者也是以此标志着他的叛逆性格在实际斗争中有了重大进步。正是从这种动态的发展的观点，而非孤立的、静止的观点，我们说曹雪芹对贾宝玉身上的阶级劣根性是"贬"的，而对贾宝玉其人却是"褒"的，是"贬中褒"。因为他的叛逆性格是逐步发展和成熟的，是逐步克服贵族公子的恶劣习气，变得越来越纯洁、可爱。这难道还不是体现了作者对其"贬中褒"的倾向吗？如果您不承认这一点，那么，是不是只有写好人全好才能算体现了作者对人物采取"褒"的态度呢？——这岂不还是没有打破传统的思想和写法吗？

对于曹雪芹所写的贾宝玉身上的一些"坏处"，我们还应作实事求是的分析。我感到您的一些论断，实在太简单、武断了。如您说他"乱搞两性关系，调戏金钏儿，与薛蟠等一起讲下流话，拿'女儿'开心"，"侮慢女奴"，"参加了薛蟠和妓女云儿等演出的'流氓'大合唱"。您得出的结论是："如果说他是个'小流氓'，恐怕他也喊不得'冤枉'。"您这种看法未免无限上纲，这种观点跟封建家长贾政、王夫人一样陈腐，比《红楼梦》中的冷子兴还要落后。连冷子兴都早就指出："大约政老前辈也错以淫魔色鬼看待（贾宝玉）了。"如果贾宝玉果真如你所说"是个'小流氓'"，那么，贾宝玉这个形象还有什么进步意义呢？《红楼梦》还有多少价值呢？封建统治者把它当作"诲淫"的小说加以禁毁，岂不成了完全正确的吗？对于您所举的例证，因我的答辩已经写得太长了，无法一一作具体分析；不如把你我都很尊敬的吴组缃教授对你所谓的"调戏金钏儿"这个例证所作的精辟分析，迻录如下：

现在不妨看一看第三十回中关于金钏儿事件发生的具体描写。我们知道这时贾宝玉为自己婚事、为林黛玉因"金玉"问题和他的吵闹，曾陷入从来没有的苦痛之中。这里跟林黛玉和解了，却受到薛宝钗冷酷尖刻的讽刺，林黛玉又从旁嘲弄他。他走出来，到了母亲的上房，看见母亲在床上午睡，金钏儿为她捶腿，一边打瞌睡；于是他动了金钏儿一下耳环子，掏出一丸"润津丹"放在她口里，并说要向母亲讨她过去。我以为这种场合下贾宝玉的心绪可以这样理解：他刚从林、薛之间苦恼的纠葛里逃避开来，这时看见这个坦率热情的丫鬟在这种苦境，就产生同情和亲近之心。他说要讨她去，因为怡红院是个自由天地，那里没有主奴之界，也不讲封建规矩；她若到他那里，就不会有这种替人捶腿自己打瞌睡的苦差和苦情。因此，可以说贾宝玉这时并无邪念。至于金钏儿这个活泼直率的女子，她本和贾宝玉不拘形迹惯了，向来不知什么忌讳，说话就不免脱口而出。但贾宝玉想不到母亲向来"宽仁慈厚"的人，从来不曾打过丫头们一下子，这回却忽然翻身起来，给金钏儿一个嘴巴，指着骂起"下作的小娼妇儿"来。他料不到这会如此触怒母亲，他第一次看到母亲可怕的面目，切身受到封建主义一次迅雷不及掩耳的打击。在骤然惊震之下，当时他赶快溜开了……

等他知道了这全部的事实（指金钏儿被迫害致死——引者注），他才算亲身受到了一次惨痛的教训：他具体地感到了封建主义的血腥压迫，他清楚地看到了封建主义狞恶面目。金钏儿死后，我们看到贾宝玉抱着怎样一种抱憾终古的苦痛的心；这表现在后来对玉钏儿的态度上（见第三十五回），表现在怎样在家长那么重视，全家上下那么隆重举行的凤姐生日那天，排除万难，不顾一切，逃到北门外水仙庵去"不了情撮土为香"的祭奠的事上（见第四十三回）①。

吴先生认为作者写金钏儿事件，是表现贾宝玉对女奴的"同情和亲近之心"，"并无邪念"，而且由此进一步刻画了贾宝玉叛逆性格的巨大发展。您却认为贾宝玉这是"调戏""侮慢女奴"，"拿'女儿'开心"。这两种看法，究竟哪一种符合作品的实际呢？您这种说法，跟贾政以此指责贾宝玉"淫辱母婢"，岂不是同一副腔调吗？贾宝玉因此而遭到贾政的毒打，岂不也成了咎由自取、罪有应得、完全活该的吗？

我们讨论问题，必须尊重客观事实，从实际出发，持实事求是的态度，因

---

① 吴组缃：《论贾宝玉典型形象》，《北京大学学报》1956年第4期。

为这样才有助于讨论的深入。例如，您说："请问老师：贾宝玉是什么'战士'？"我在哪儿说过贾宝玉是"战士"啦？我引用鲁迅的话是这样说的："我们反对'叙好人完全是好，坏人完全是坏'，目的如鲁迅先生所说，是要写出'真的人物'，而绝不是好坏不分，或把人物写成亦好亦坏，既是正面人物，又是反面人物；这同样也不是'真的人物'。好人的缺点再多，终究是好人，坏人尽管也有某些长处，但在本质上毕竟是坏人。正如鲁迅先生所说的：'有缺点的战士终竟是战士，完美的苍蝇也终究不过是苍蝇。'"显然这里的"战士"和"苍蝇"，只不过是个形象化的比喻，怎么能因为我认为贾宝玉是"正面形象"，你就把贾宝玉跟"战士"画上等号，对我进行责难呢？这不是偷梁换柱，故意诡辩吗？我的观点是很明确的：既反对您把贾宝玉丑化和诬蔑成"小流氓"，也不赞成把贾宝玉形象"拔高"；贾宝玉是个在当时具有某些民主、平等的新思想，有一定进步意义的封建叛逆者的形象，从总体上来看，他是作者所褒扬的正面人物，尽管作者对他身上的阶级劣根性也作了如实的剖析。

我们的主要分歧在于：《红楼梦》有无爱憎褒贬倾向。您认为曹雪芹无爱憎褒贬倾向，"所谓'红楼梦写法'，就是'无褒贬写法'"。我认为曹雪芹有强烈的爱憎感情，《红楼梦》有鲜明的褒贬倾向；只不过它不是由作家作赤裸裸的表白，而是隐蔽在人物的思想性格之中；不是径直地褒或贬，而是往往采用"贬中褒""褒中贬"的手法。如果说有什么"红楼梦写法"的话，我认为这才是《红楼梦》写法的主要特色。我们应抓住这个主要分歧之点展开讨论，才能有所裨益。

您的信末尾问我："是否也认为《红楼梦》打破了传统写法？如果老师也认为《红楼梦》打破了传统写法，那么在老师看来，其'打破'的表现究竟何在呢？"这个问题，我早已作过回答。上次我的信上已提请您翻一下拙著《红楼梦的语言艺术》，我还有一篇专论《〈红楼梦〉是怎样打破传统的思想

和写法的 》，曾在 1980 年 9 月出版的《红楼梦研究集刊 》第 4 辑发表过。我们无论研究什么专题，是应该首先把人家已经发表的成果看一看的。

我的答辩未必正确。欢迎您再提出批评、指教。顺致敬礼！

周中明

1988 年 2 月 8 日于合肥安徽大学

第六章

伟大作家　独具慧眼

"伟大也要有人懂。"

——鲁迅：《且介亭杂文二集·叶紫作〈丰收〉序》

《红楼梦》程本与脂本的大体比较

对程本与脂本《红楼梦》的评价，有一种很奇特的现象：虽然毁誉对立，但两者立论的基础却是一致的，即都认定程本与脂本有着本质的区别。诋毁者指责高鹗"施展出最为阴险毒辣的一着：抽梁换柱，暗地腾挪，使之整个存形变质"①。赞誉者则认为"程甲本、程乙本都与脂本截然不同"，属"两种《红楼梦》"，高鹗有"使《红楼梦》面貌一新的巨大功绩"，要"把曹雪芹的不虞之誉""改归高鹗名下"。②因此，我们判断这两种意见正确与否，关键只要看他们立论的基础——程本与脂本相比，是否"存形变质"或"截然不同"。笔者不抱任何成见，把这两种本子对比的结果，发现他们立论的基础本身即属虚幻，程本与脂本不是对立的关系，没有本质的区别，而是互有长短，脂本尤长于程本，在文化层次和品位上略胜一筹。不信，请看事实。

一、程本长于脂本处

程伟元、高鹗在程乙本《红楼梦》卷首的《引言》中说："是书前八十回，藏书家抄录传阅几三十年矣"，"今复聚集各原本详加校阅"，"广集核勘，准情酌理，补遗订讹。其间或有增损数字处，意在便于披阅，非敢争胜前人也"。

---

① 周汝昌：《红楼梦新证》，人民文学出版社 1985 年增订本，第 1136 页。
② 张国光：《古典文学论争集》，武汉出版社 1987 年版，第 393、398、402 页。

"书中后四十回系就历年所得，集腋成裘，更无他本可考。"把程本与脂本对勘的结果，可确信程、高的这些话是合乎事实的。脂本属程本所依据的"各原本"范畴，程本有"聚集各原本详加校阅"、修补和刊行之功，两者的作用皆不容抹杀或歪曲。感情用事地痛骂或瞎捧，皆非科学的态度，是严肃的学者所不取的。俞平伯当年作程本与戚本的比较，就得出了两本"互有短长"①的结论。笔者比较的结果，发现程本前八十回在艺术上至少有四点长于脂本处②：

（一）人物形象的描写，进一步合理和强化。如宝玉和他姐姐元春之间的年龄差距，脂本第二回写的宝玉是生在元春出生的"次年"，而在第十八回元春省亲时，又写"宝玉未入学之先，三四岁时，已得贾妃手引口传，教授了几本书、数千字在腹内了；其名分虽系姐弟，其情状有如母子"。这怎么可能仅相差一岁呢？未免太不合理了。因此程乙本便将第二回中写的"次年"改为"隔了十几年"，使之与第十八回所写由前后矛盾变成正相照应。③

第七十四回"惑奸谗抄检大观园"，在写了晴雯怒气冲冲地将箱中"所有之物尽都倒出，王善保家的也觉没趣"之后，脂本皆未写王善保家的与晴雯有进一步的交锋，而程本则增写了——

　　（王善保家的）便紫胀了脸，说道："姑娘，你别生气。我们并

　　非私自就来的，原是奉太太的命来搜察；你们叫翻呢，我们就翻一

---

①　俞平伯：《红楼梦研究》，人民文学出版社 1988 年版，第 54 页。

②　本文所说的"程本"，包括程甲本和程乙本，两本若有不同处，则分别写明是程甲本或程乙本；所说的"脂本"，则指各脂本皆大体相同，有大的不同者，则具体写明所据何种脂本。

③　冯其庸先生在《读红三要》中指出："这样一改，似乎前后照应了，殊不知这前后两段话并不是一个人说的，前面的话是冷子兴的'演说'，是冷子兴的胡吹乱说……而后面说元春对宝玉'手引口传'一大段文字，却是作者的正面叙述，是认真的介绍，是说真的。程乙本在重排时没有仔细体会作者的用心，只从表面上看文章，所以作了这样不必要的改动。这样一改，就把作者写冷子兴有一搭无一搭的这种套近乎、乱牵扯的商人味道减弱了。"（见《红楼梦学刊》2001 年第 4 辑）此言有理，特录以备考。不过戚序、舒序本及中国艺术研究院红楼梦研究所校注本，也认为前后有矛盾，而将"次年"改为"后来"。

翻，不叫翻，我们还许回太太去呢。那用急的这个样子！"晴雯听了这话，越发火上浇油，便指着他的脸说道："你说你是太太打发来的，我还是老太太打发来的呢！太太那边的人我也都见过，就只没看见你这么个有头有脸大管事的奶奶！"

凤姐见晴雯说话锋利尖酸，心中甚喜，却碍着邢夫人的脸，忙喝住晴雯。那王善保家的又羞又气，刚要还言，凤姐道："妈妈，你也不必和他们一般见识，你且细细搜你的；咱们还到各处走走呢，再迟了，走了风，我可担不起。"王善保家的只得咬咬牙，且忍了这口气。

增加这段描写，既展开了被压迫者与狗腿子、狗腿子与主子之间的性格冲突，又揭示了在王善保家的与凤姐背后邢夫人与王夫人的矛盾。它说明晴雯的反抗之所以暂时得逞，绝不意味着封建统治者及其走狗的宽容，而只是由于她敏锐地看准和机智地利用了统治者内部的矛盾：王善保家的之所以"且忍了这口气"，也绝非慑于晴雯的厉害。而是由于"凤姐奸甚"（商务版《增评补图〈石头记〉》对凤姐"忙喝住晴雯"的夹批），使身为宠犬的她无可奈何。并且进而使晴雯的愤怒和反抗、机智和尖刻，王善保家的骄宠与凶狠、刁钻与脆弱，凤姐的奸诈与阴险、伪善与圆滑：各人的复杂性格皆得到了多层面的展示。给读者留下了精彩纷呈、忍俊不禁的绝妙印象。

此外，如第十五回写净虚老尼撺掇凤姐插手张金哥婚事，凤姐以"我也不等银子使，也不做这样的事"假意推托，这时脂本写"净虚听了，打去妄想"，与下文净虚继续用激将法使凤姐"发了兴头"，显得衔接不上。程甲本把"打去妄想"四字改成"攒眉凝神"，即既使上下文的情理贯通，又使那个善于察言观色、老奸巨滑的老尼形象神情活现。第十六回末尾，脂本写秦钟临死前劝宝玉"还该立志功名"，程本删改成秦钟未及跟宝玉说上话即死，既删去了"未合秦钟平素的性格和本书的作意"①的语句，又使宝玉对秦钟死后"痛哭不止"，"日日感悼，思念不已"，显得煞是一对令人感佩的"情种"②。诸如此类程本对脂本在语言文字上的"订讹""补遗"，乃至"增损数字处"，对于原作的人物形象，显然都不是随心所欲的篡改和损害，而是难能可贵的合理和强化。

（二）把脂本中夹杂的一些文言词语，改得更加通俗化和大众化。如第六十八回凤姐会见尤二姐时说的话。脂本写道：

> 凤姐儿忙下座以礼相还。口内忙说："皆因奴家妇人之见，一味劝夫慎重，不可在外眠花卧柳，恐惹父母担忧。此皆是你我之痴心，怎奈二爷错会奴意。眠花宿柳之事瞒奴或可；今娶姐姐二房之大事亦人家大礼，亦不曾对奴说。奴亦曾劝二爷早行此礼，以备生育。不想二爷反以奴为那等妒嫉之妇。私自行此大事，并不说知。使奴有冤难诉，惟天地可表……"

这一大段话文言味道很浓。程本将它改成：

> 凤姐忙下坐还礼。口内忙说："皆因我也年轻，向来总是妇人的见识，一味的只劝二爷保重，别在外边眠花宿柳，恐怕叫太爷、太太耽心。这都是你我的痴心，谁知二爷倒错会了我的意。若是外头包占人家姐妹，瞒着家里也罢了；如今娶了妹妹作二房，这样正经大事，也是人家大礼，却不曾合我说。我也劝过二爷，早办这件事。果

---

① 俞平伯：《谈新刊〈乾隆抄本百廿回红楼梦稿〉》，见《中华文史论丛》第5辑。
② 戚本第七回谈对"秦钟"名字的批语称："设云情钟。"

然生个一男半女，连我后来都有靠。不想二爷反以我为那等妒忌不堪的人，私自办了，真真叫我有冤没处诉。我的这个心，惟有天地可表……"

两相比较，可见内容并无多大的变化，只是在字句上作了许多修改：一是把文言词语改成白话词语，如改"奴"为"我"，改"之"为"的"，改"此"为"这"。二是把文绉绉的语句改成道地的口语。如将"此皆是你我之痴心，怎奈二爷错会奴意"，改为"这都是你我的痴心，谁知二爷倒错会了我的意"。将"眠花宿柳之事瞒奴或可"，改成"若是外头包占人家姐妹，瞒着家里也罢了"。三是把过于简略、含混的文言句子改成浅显、明晰的白话。如将"皆因奴家妇人之见"，改成"皆因我也年轻，向来总是妇人的见识"。将"奴亦曾劝二爷早行此礼，以备生育"，改成"我也劝二爷，早办这件事。果然生个一男半女，连我后来都有靠"。这些修改，显得更加切合凤姐说话的口吻，更加真实可信。王希廉于该回回末的评语称："写凤姐向尤二姐一番说话，婉曲动听。尤二姐虽亦伶俐，不由不落其陷阱。"这即针对程本修改后的语言说的。若仍用脂本凤姐那样文绉绉的语言，则令人感到"酸气很重。跟她平常说话不同"[①]。就不会有如此"婉曲动听"的效果。

从总体来看，脂本的语言基本上也是通俗化、口语化的。像上述大段的文言，在全书并不多见；但不时夹杂一些文言词语，则屡见不鲜。程本则将其中多数的文言词语，改成了白话词语。以第六十五回为例，程本改动的文言词语，即有27条之多。如改"夫妇"为"两口子"，改"左右"为"家人"，改"时分"为"时候"，改"扣门之声"为"扣门的声儿"，改"鲍二家的"为"鲍二的女人"，改"面上"为"脸上"，改"借宿一宵"为"借个地方

---

① 俞平伯：《红楼梦八十回校本·序言》第30条注。

儿睡一夜"，改"不解"为"不懂"，改"愚人"为"糊涂人"，改"如何"为"怎么"，改"长久之计"为"长久的法儿"，改"如昔"为"照常"，改"答应"为"伺候"，等等。这类词语的修改，虽非尽善尽美，但确属如程、高所说"便于披阅"；其有利于《红楼梦》在人民大众中的普及，功不可没。

（三）有些语言删改得更加精练和简洁。脂本并非曹雪芹的原稿本，何况曹雪芹的原作本身就是未定稿，再加上传抄过程中的错讹、啰唆、累赘、自相矛盾之处，在所难免。程本在正式刊行前，"准情酌理"，作些删改，是完全必要的。如第五十八回写宝玉庇护藕官烧纸后遇见芳官，脂本为：

　　　　这里宝玉和他只二人。宝玉便将方才火光发起，如何见了藕官，又如何谎言庇护，又如何藕官叫我问你，从头至尾，细细的告诉他一遍。

程本把这段文字压缩成：

　　　　宝玉将方才见藕官，如何谎言庇护，如何藕官叫我问你，细细的告诉一遍。

这即由 53 个字压缩成 29 个字。不仅删去了"这里宝玉和他只二人，宝玉……"等重复词语，芟除了"火光发起"等枝蔓，而且使作品所要表现的宝玉——藕官——芳官之间的感情，更显纯朴和突出。

对于脂本中有些不必要的琐细叙述，程本的删改也如割除累赘，更显其干净、利索。如第七十四回在抄检大观园之后，夜间凤姐"下面淋血不止"。庚辰本便写"请太医来，诊脉毕。遂立药案云：'看得少奶奶系心气不足，虚火乘脾，皆由忧劳所伤，以致嗜卧好眠，胃虚土弱，不思饮食，今聊用升阳养荣之剂。'写毕，遂开了几样药名。不过是人参、当归、黄芪等类之剂。一时退去”。这里既说凤姐的症状是“下面淋血不止”，显属妇科病。这与后文写她不能生子，贾琏因而有“理由”娶尤二姐，是相呼应的。为什么医生立的“药案”又说她的病症是“胃虚土弱”呢？这不仅前后矛盾，而且罗列药案和药名，也显得累赘。程本把这段 81 个字删成 14 个字：“请医诊视，开方立案，说要保重而去。”则精练、简洁多了！

（四）改掉了脂本中一些不必要的脏话。如第六十五回，脂本写鲍二女人骂道：“胡涂浑呛了的忘八！你撞丧那黄汤罢。撞丧醉了，夹着你那膫子挺你的尸去。叫不叫，与你屄相干！”程本把其中的“膫子”改成“脑袋”，把“屄”改成“什么”。同回脂本又写喜儿醉后对隆儿、寿儿说：“咱们今儿可要公公道道的贴一炉子烧饼，要有一个充正经的人，我痛把你妈一肏。”程本把后两句脏话全删了。尤二姐对兴儿笑道：“猴儿肏的，还不起来呢。说句玩话，就唬的那样起来。”程本将“猴儿肏的”，改成“你这小猾贼儿”，对于这些脏话的修改，我看是可取的。

需要指出的是，程本并不是把作品中骂人的话一概当作“脏话”加以修改，只要是表现人物性格所必需的，程本便予以保留。如第四十六回写鸳鸯骂嫂：“你快夹着屄嘴离了这里，好多着呢！”这“屄嘴”二字，表现了鸳鸯对她嫂子来作说客，要她嫁给贾赦为妾的强烈鄙视和憎恶，程本即未作改动。第十二回“王熙凤毒设相思局”，贾瑞错把贾蓉当凤姐，“抱到屋里炕上就亲嘴扯裤子”，这时脂本写贾蓉对贾蔷说：“瑞大叔要臊我呢。”程本还把这个“臊”字改为“肏”字。可见程本修改者绝非一概反对脏话，而是要尽量减少脏话，只把它用在必要的地方。

从上述程本长于脂本处，可以有力地证明，程伟元、高鹗对前八十回的修改，在曹雪芹原作的基础上，有不少地方是改得更好了，值得肯定和赞许。那种说它"把书删改乱窜得皮毛略存，精神全异"①，或舍本逐末，扬言要把曹雪芹的创作之功"改归高鹗名下"，岂不皆属夸张失实？

二、程本短于脂本处

由于程伟元、高鹗与曹雪芹的生活经历、思想水平和艺术才能不同，所以经过程、高修订的程本，与更多地保留曹雪芹原本面貌的脂本相比，也确有一些明显改得不好、短于脂本之处：

（一）为体现高鹗使该书"不谬于名教"②主张，而砍削了原著中一些直接反对封建名教的思想锋芒。如在对待封建最高统治者的态度上，程本把"成则王侯败则贼"中的"王侯"改成"公侯"（第二回），把"圣上亲赐鹡鸰香念珠一串"中的"亲赐"改成"所赐"（第十五回）。"圣上亲赐"是指皇帝亲手赐予，这跟次回作者写黛玉骂它是"什么臭男人拿过的""遂掷而不取"，在黛玉也许不知它是皇帝拿过的，而在作者既然写明它为"圣上亲赐"，就显然有骂皇帝之意，高鹗改"亲赐"为"所赐"，便避免了把皇帝也骂成"臭男人"。第十六回脂本写皇帝之所以同意贵妃省亲，乃因"想父母在家，若只管思念儿女，竟不能见，倘因此成疾致病，甚至死亡，皆由朕躬禁锢，不能使其遂天伦之愿，亦大伤天和之事"。程本将其中带着重号"•"的三句删去，以为皇帝掩盖罪责。至于第十八回的回目，由"荣国府归省庆元宵"改为"皇恩重元妃省父母"，这更属曹雪芹在脂本中所不屑写的"省亲颂"了。

在对待孔子等儒家祖师爷的态度上，脂本直称孔子，而程本却改"孔子"为"圣人"（第二十回），以示尊孔。脂本在写宝玉说了"好好的一个清净洁

---

① 周汝昌：《红楼梦新证》，人民文学出版社 1985 年增订本，第 1135 页。

② 高鹗：《红楼梦序》，见程甲本《红楼梦》卷首。

白女儿，也学的钓名沽誉，入了国贼禄鬼之流，这总是前人无故生事"之后，下有"因此祸延古人，除四书外，竟将别的书焚了"（第三十六回）。而程本却把这后三句删了。脂本写宝钗说："男人们读书明理，辅国治民，这便好了。只是如今并不听见有这样的人，读了书倒更坏了。这是书误了他，可惜他也把书糟踏了。所以竟不如耕种买卖，倒没有什么大害处。"（第四十二回）这反映了封建文化思想已经失去了维系人心的统治力量。可是一经程本把"这是书误了他"改成"这并不是书误了他"。剩下的就只是个人的责任——"可惜他把书糟踏了"，而对封建文化思想本身的僵化和堕落，则开脱了罪责。

在对待神佛的态度上，脂本写"这女儿两个字，极尊贵、极清净的。比那阿弥陀佛、元始天尊的这两个宝号还更尊荣无对的呢"！把在封建社会被视为最卑下的女儿，说成比大乘佛教尊崇的佛和道教尊崇的神"还更尊荣"。其反封建的精神，实在令人可钦可佩！然而程本却把这改成："比那瑞兽珍禽、奇花异草更觉希罕、尊贵呢！"（第二回）这岂非视女儿如瑞兽珍禽、奇花异草那样，是供统治阶级的玩赏之物吗？第三十四回脂本写袭人对王夫人说："那起小人的嘴有什么避讳，心顺了，说的比菩萨还好；心不顺，就贬的连畜牲不如。"这无异于说，菩萨和畜牲本是一回事。只因人"心顺"与"心不顺"的说法不同罢了。程乙本则把后一句改成"就没有忌讳了"。这不仅失去了语言本身的形象性，还清楚地暴露了程乙本修改者思想上的忌讳，生怕对封建传统思想有所冒犯和亵渎。

（二）在某些方面，文笔由含蓄改为外露，思想由深邃改为浅薄。如庚辰本第十二回脂批所指出的："《石头记》中多作心传神会之文。不必道明，一道明便入庸俗之套。"而程本的修改，则往往有此弊病。如第十九回茗烟向宝玉介绍跟他私通的一个女孩子。因"他母亲养他的时节做了个梦。梦见得了一匹锦，上面是五色富贵不断头卍字的花样。所以他的名字叫作卍儿"。脂本接着写："宝玉听了笑道：'真也新奇。想必他将来有些造化。'说着，沉思一会。"究竟宝玉认为他将来有什么"造化"，又"沉思"什么。脂本皆含蓄不露。这就引人遐想，给读者留下了艺术想象的空间和耐人寻味的余地。而程乙本却改成："宝玉听了笑道：'想必他将来有些造化。等我明儿说给你作媳妇好不好？'茗烟也笑了。"这就把"造化"和"沉思"的内容坐实为"说给你作媳妇"。不仅显得很庸俗，而且跟宝玉平日最厌恶女孩儿出嫁的思想性格相悖。就在该回袭人说到她的表妹要出嫁，还写到"宝玉听了出嫁二字，不禁又嗐两声，正不自在"。他怎么会一变而自己要当媒人，叫女孩儿出嫁呢？

脂本的语言往往能由表及里、由小见大地开掘其内涵深邃的社会典型意义。如第六回"贾宝玉初试云雨情"，脂本写宝玉"遂强袭人同领警幻所训云雨之事。袭人素知贾母已将自己与了宝玉的，今便如此亦不为越礼，遂和宝玉偷试一番"。它由此揭示了封建礼教的虚伪和毒辣，使袭人被主子糟蹋了，还以"亦不为越礼"而自慰。程甲本把其中的"强"字改成"与"字。这即改变了袭人不得不勉强屈从的阶级地位和可悲处境。程乙本改"强"为"强拉"。又把"今便如此，亦不为越礼"这句直接控诉封建礼教对袭人毒害之深的语言，改成"也无可推托的。扭捏了半日，无奈何，遂只得和宝玉温存一番"。以"温存"代替"偷试"，又删去"云雨"二字。这一改，仿佛袭人未和宝玉发生性关系。由揭露封建礼教思想的毒害，变成少男少女之间调情的恶作剧，无甚深意可言。

第七十五回写邢大舅与薛蟠等人赌钱，两个娈童只趋奉赢家不理输家的，脂本接着写邢大舅"因骂道：你们这起兔子，就是这样专洑上水"。而程本却把形象地揭露趋炎附势这一丑恶社会现象的"专洑上水"四字，改成纯属骂人的"真是些没良心的忘八羔子"！脂本接着写邢大舅乃拍案对贾珍叹道："怨不的他们视钱如命。多少世宦大家出身的若提起钱势二字，连骨肉都不认了。老贤甥，昨日我和你那边的令伯母赌气，你可知道否？"贾珍道："不曾听见。"邢大舅叹道："就为钱这件混帐东西。利害、利害！"这种由小见大——由两个小变童的势利，而旁及"多少世宦大家出身的"，为"钱势"二字"连骨肉都不认了"——的描写。仿佛如晴天霹雳一样，给人以石破天惊的巨大震撼。而程本却把上述带着重号"·"的字句全部删掉，剩下的只是邢大舅与邢夫人两个人之间赌气：小事一桩，何足挂齿？

（三）在人物形象描写上，有不少地方删改得变形、失真。如贾宝玉性格的重要特征是对女孩儿的亲近和同情。他因看到金钏儿为午睡的王夫人捶腿很疲倦，"就有些恋恋不舍的"，便掏了一丸香雪润津丹给她，并说要向太太讨她到怡红院去。不料"王夫人翻起身来，照金钏儿脸上就打了个嘴巴子"，还要把她撵出贾府，以致迫使金钏儿投井自杀。脂本写的是"金钏儿含羞赌气自尽"，宝玉则"此时一心总为金钏儿感伤，恨不得此时也身亡命殒，跟了金钏儿去"。而程乙本却删掉了其中的"赌气"二字和"跟了金钏儿去"一句（第三十二回）。后来宝玉带着小厮茗烟到水仙庵焚香祭祀金钏儿，脂本写茗烟代祝：

> 若芳魂有感，香魄多情，虽然阴阳间隔，既是知己之间，时常来望候二爷，未尝不可。你在阴间保佑二爷来生也变个女孩儿，和你们一处相伴，再不可又托生这须眉浊物了。

程本却把上述茗烟代祝的内容改成：

> 你若有灵有圣，我们二爷这样想着你，你也时常来望候二爷，未尝不可；你在阴间，保佑二爷来生也变个女孩儿，和你们一处玩耍，岂不两下里都有趣了。（第四十三回）

经过程本的删改，不仅使金钏儿的自尽改成纯属个人的责任，而且阉割了宝玉视金钏儿为"知己之间"的平等思想，把"来生也变个女孩儿"，以表示对身为封建社会的"须眉浊物"的憎恶和愤绝之情，篡改成仅是为了和女孩儿好"一处玩耍"，"两下里都有趣"。这就大大扭曲了宝玉对金钏儿的高尚、纯正感情，削弱了宝玉性格的叛逆性。

宝玉性格的叛逆性，突出地表现在对劝他走封建人生道路的深恶痛绝上，他斥之为说"混帐话"。宝钗因为说"混帐"话，他就和她"生分了"；黛玉由于从来不说这些"混帐话"，他就认定她为"知己"，倾心相爱和深敬。可见说不说"混帐话"，这对于宝玉形象该是多么至关重要！而程本竟将脂本中的"混话"一词，也统统改成"混帐话"。混话，即混说，并无骂人的意思。如《儒林外史》第五回有"只管讲这些混话。误了我们吃酒"；而"混帐话"，则是骂人无理无耻，岂能混淆？！宝玉与黛玉在共读《西厢》时，以《西厢》中的词句对黛玉进行爱情试探，引起黛玉"不觉带腮连耳通红"，指责宝玉是"学了这些混话来欺负我"，程本即将其中的"混话"改成"混帐话"，变成宝玉本人也说"混帐话"，遭到他的知己黛玉的斥责。第三十九回脂本写宝玉听信刘姥姥说的某个庙里有茗玉小姐的像，叫茗烟去寻找，茗烟未找到，说："二爷又不知看了什么书，或者听了谁的混话，信真了，把这件没头脑的事派我去碰头。"程本也把这里的"混话"改为"混帐话"。这些本来都是为了突出宝玉多情的性格，而程本修改者却斥之为"混帐话"，使宝玉变成不但自己好说"混帐话"，还听信别人说"混帐话"。

"金玉姻缘"邪说，是宝玉最受困扰的精神枷锁。脂本写宝玉有一次"便赌气向颈上抓下通灵宝玉，咬牙恨命往地下一摔，道："什么捞什骨子，我砸了你完事！"（第二十九回）程本却把这表示愤绝的"抓下"改成平静地"摘下"，把"我砸了你完事"这愤极恨绝、斩钉截铁的语言，改成轻松平淡地说："我砸了你，就完了事了。"这一改，使宝玉那急欲砸烂"金玉姻缘"枷锁的痛苦神情和生动感人的艺术力量，也即随之糟蹋殆尽。

不但宝玉等主要人物形象横遭扭曲，许多次要人物形象也被改得变味了。

如袭人为顾全宝玉的"声名品行"，向王夫人进言，要叫宝玉搬出大观园去住。这时脂本写王夫人道："你今儿这一番话提醒了我，难为你成全我娘儿两个声名体面……你今既说了这样的话，我就把他交给你了，好歹留心，保全了他，就是保全了我，我自然不辜负你。"（第三十四回）它说明王夫人之所以要保全宝玉的"声名体面"，是因为"保全了他，就是保全了我"。这不仅揭示了"母因子贵"的封建家庭关系实质，而且突出了王夫人那利己主义的性格特色。可是程本却把"难为你成全我娘儿两个声名体面"，改成"难为你这样细心"；把"保全了他，就是保全了我"，改成"别叫他糟塌了身子才好"。仿佛王夫人真的完全是从关怀、爱护宝玉出发，而不是为了保全她自己的声名体面。这岂不把王夫人与宝玉之间本属封建卫道者与叛逆者的关系，扭曲成一般的母子关系了？

马克思曾经赞扬巴尔扎克"以对现实关系具有深刻理解而著名"[①]。曹雪芹对人物形象描写的最大成功，我觉得也就在于他对封建社会没落时期的"现实关系具有深刻理解"，而程本的修改，在许多地方之所以不尽如人意，甚至使人物性格被改得失真、变形，也就在于修改者对原著所描写的人物性格本质和人与人之间的关系，缺乏正确而深刻的理解。这是脂本所代表的曹雪芹原著和程本修改者在人物形象描写上最根本的差别。

（四）不少用词由形象生动，准确传神，改得抽象呆板，模糊失神，甚至字句不通。用词是形象化，还是抽象化，是艺术语言与非艺术语言的重要区别之一。看来程本修改者并不十分懂得这一点。他往往使用词由形象化改为抽象化，如脂本写贾母等听到元春被封为贵妃的消息，"都洋洋喜气盈腮"，程本改为"皆喜见于面"（第十六回）；脂本写宝玉听到贾政叫，"好似打了个焦雷"，程本改成"呆了半晌"（第二十三回）；脂本写倪二"抢拳就要打"，程本改成"就要动手"（第二十四回）；脂本写贾母听张道士说宝玉的形容身

---

① 马克思：《资本论》第3卷。见《马克思恩格斯全集》第25卷，第47页。

段、言谈举动，就同当日国公爷一个稿子，便"由不得满脸泪痕"，程本改成"由不得有些戚惨"（第二十九回）；脂本写黛玉以为宝钗在她母亲跟前撒娇，是"故意来刺我的眼"，程本改成"故意来形容我"（第五十七回）；脂本写凤姐说："少不得我去拆开这鱼头，大家才好"，程本改成"少不得咱们按着这个法儿才好"（第六十八回）；脂本写"诸务猬集"，程本改作"诸务烦杂"（第七十回），诸如此类，不胜枚举。

程本不仅往往使用词失去形象性，更重要的还由此而使人物形象受到损害。如脂本写李嬷嬷说林黛玉"说出一句话来，比刀子还尖"（第八回）。这个"尖"字，既是"刀子"的形象化，又突出了林黛玉那说话犀利、尖刻，对封建世俗之见，勇猛无情地直刺过去的叛逆性格。可是经程本把这个"尖"字改成"利害"，就失去了用词的形象性和准确性，使黛玉的性格仿佛犹如泼妇一样利害。又如脂本写凤姐协理宁国府，"喝命"处罚迟到的用人时，众人"又见凤姐眉立，知是恼了，不敢怠慢"（第十四回）。庚辰本夹批说，这"眉立二字如神"。它把凤姐那凶狠气恼的神情和凶神恶煞般的形象，皆刻画得可谓生动传神至极。可是经程本改"眉立"为"动怒"，就抹杀了凤姐动怒的个性特色，使凤姐形象的生动性和可憎性也大为削弱。

从程本的许多修改来看，修改者与原作者曹雪芹的语言艺术修养和创作才能，确实差距甚大。曹雪芹能活用汉语，是常人难以企及的语言艺术大师。如脂本写"宝玉听说，便猴向凤姐身上立刻要牌"（第十四回）。这个"猴"字本是名词，这里用作动词，便使宝玉那猴子般机灵、撒娇的形象活现。庚辰本于此处的夹批指出："诗中知有炼字一法，不期于《石头记》中多得其妙。"程甲本把这个"猴"字改成"挨"字，变成"便挨向凤姐身上立刻要牌"，不仅失去了宝玉形象的生动性，而且改得字句不通了。"挨"，是靠近的意思，只能挨向凤姐身边，又怎能"挨向凤姐身上"呢？它跟凤姐接着说的"我乏的身子上生疼，还搁的住揉搓"，也衔接不上。又如在宝玉住进大观园前，贾政叫他前去叮嘱几句，脂本写宝玉先是"杀死不敢去"；不得不去，又"一步挪不了三寸"；到了门口，"只得挨进门去"；听完叮嘱，便"一溜烟去了"（第二十三回）。这把宝玉由畏惧、紧张到胆怯、小心，再到如释重负，欢快地溜回的心理、神态，皆刻画得层次分明，清晰可见。程本未改前后文，独把当中的"只得挨进门去"，改成"只得挨门进去"。"挨进门去"的"挨"，应读 ái（捱），是艰难地忍受、拖延的意思，如"挨打""挨时间"，写他进门时的小心谨慎、痛苦不堪和缓慢而进的样子。而一经程本改成"挨门进去"，这个"挨"便应读 āi（埃），是顺着、靠近的意思。他不挨门进去，难道还能破门而入？这完全成了废话，失去了原来表现宝玉不同的心理层次的作用。

如果说个别字句的不当，也许是由于抄写或印刷过程中的妄改或差错，在脂本中也不难找到许多字句不通的例证；那么，大段文字修改得笨拙，程本修改者就更难辞其咎了。如脂本写秦钟与智能私通——

> 正在得趣，只见一人进来，将他二人按住，也不则声。二人不知是谁，唬的不敢动一动。只听那人嗤的一声，撑不住笑了，二人听声方知是宝玉。

程本把这一段改成：

> 这里刚才入港，说时迟，那时快，猛然间一个人从身后冒冒失失的按住，也不出声，二人唬的魂飞魄散。只听"嗤"的一笑，这才知是宝玉。（第十五回）

两相对照，可以清楚地看出，原著是源于生活的写实，它把秦钟与智能二人"正在得趣"之时，突然被人按住而"唬的不敢动一动"的紧张情景，把宝玉那"嗤的一声，撑不住笑了"的逗人的神气，皆写得新鲜别致，生动如画，使读者有身历其境的真实感。而程本改成"这里刚才入港，说时迟，那时快"，"唬的魂飞魄散"，则纯属说书人的陈词滥调，它可以四处套用，缺乏特定情景的新鲜感和生动活泼的独创性。是追求写实的新鲜独创，还是因袭传统的俗套，看来这正反映了曹雪芹的原著与程本的修改在语言艺术上的不同特色。

　　总之，程本虽也有长于脂本处，但以短于脂本处为多。不论是少或多，皆属于量变，不是质变。因为艺术是以形象取胜的，文学作品是个完整的艺术整体，整个《红楼梦》的故事情节、人物形象和语言风格，是曹雪芹所奠定的，绝非极少数文字的修改，就能使整个作品发生质变的。[①] 即使后四十回统统为高鹗所补，其故事和人物，也基本上是遵循前八十回奠定的发展轨迹而作的。尽管有"家道复初""兰桂齐芳"等谬误，终究并未改变整个结局的悲剧性。因此，鲁迅对高续后四十回持基本肯定的态度，而与"大率承高鹗续书而更补其缺陷"，结以"团圆"[②] 的种种续书，则作了原则区分。指出它们跟原作（包括高鹗续作）相比，"比类人猿和原人之差还远"[③]。那种斥责程本有"使之整个存形变质"的罪过，就如同抓住几根枯枝败叶，即把整个树干说成由栋梁变为朽木一样荒谬；那种吹棒程本有使之"面貌一新"的功绩，扬言要把曹雪芹的功劳改归高鹗名下，则更如同要把装修工说成比建筑师还要伟大一样可笑。他们在红学界和《红楼梦》的广大读者中，自然不可能获得多大的市场。

---

　　① 周汝昌先生在《红楼梦新证》中，对程本将空空道人说《石头记》"原来就是……携入红尘，历尽离合悲欢，炎凉世态的一段故事"，改成"原来就是……携入红尘、引登彼岸的一段故事"，斥责为"只这一笔，就显示出高鹗将全书歪曲变质的全部恶毒用意"。这种抓住只言片语即对整个作品妄下结论的方法，是很不科学的。如果周先生的这种论断能够成立，那么，脂本接着写空空道人又说该书："凡伦常所关处，皆是称功颂德，眷眷无穷，实非别书之可比……因空见色，由色生情，传情入色，自色悟空，遂易名为情僧，改《石头记》为《情僧录》。"（第一回）岂不等于说这是曹雪芹自己早已"将全书歪曲变质"了？岂不等于说据此把曹雪芹的《红楼梦》贬为宣扬色空观念的书也能成立了？由此可见其立论的主观荒谬性。

　　② 鲁迅：《中国小说史略》第 24 篇《清之人情小说》。

　　③ 鲁迅：《坟·论睁了眼看》，见《鲁迅全集》第 1 卷，人民文学出版社 1956 年版，第 336 页。

三、脂本与程本的不同文化层次和品位

本着实事求是的原则，笔者经过对程本与脂本的大体比较，认为两者根本不是对立的，而是同样以曹雪芹的原作为根据、为基础的。不同的只是分属于《红楼梦》的两个版本系统，程本经过较多的加工和修改，使两者的文化层次和品位，或多或少地呈现有雅俗、深浅、高下之别。

先说雅和俗。从语言上看，两者虽然皆属通俗小说，但脂本的语言显得典雅一些，程本的语言则改得更加通俗化。从语言所表达的内涵来看，脂本的描写，在许多方面表现了对丑恶现实的尖锐批判和对人生理想的美好追求，显得不同凡俗，颇为高雅。而程本则往往从世俗之见出发，把一些本来高雅的描写改得有点低俗，甚至粗鄙。如香菱把琴姑娘给她的一条新裙子弄脏了，宝玉怕辜负了琴姑娘的心，又怕香菱会受到薛姨妈的责备。因此，他叫香菱把袭人的一条同样的新裙子换上。脂本写香菱便点头笑道："就是这样罢了，别辜负了你的心。我等着你，千万叫他亲自送来才好。""宝玉听了，喜欢非常，答应了忙忙的回来。一壁里低头心下暗算：'可惜这么一个人，没父母，连自己本姓都忘了，被人拐出来，偏又卖与了这个霸王。'"（第六十二回）可见宝玉纯出于对香菱悲惨遭遇的同情之心，是很高雅的。而程本却在香菱与宝玉告别时，加写她"红了脸"，"嘴里却要说什么，又说不出来"，"脸又一红"，仿佛香菱和宝玉之间不是高尚、纯洁的友情，而是有什么见不得人的私情，以致连自己也感到脸红。

如果说程本的这类改写，还只是出于把男女之间的友情一概视为见不得人的私情那种封建世俗之见的话，那么，程本的另一类改写，就显属庸俗粗鄙的封建阶级偏见了。如脂本写"二马同槽，不能相容，互相踢蹶起来"，本是用以象征和讥讽贾珍与贾琏二人同来玩弄尤二姐，如同禽兽一样，毫无人性。

可是程乙本却增加了牵马的小厮隆儿、寿儿、喜儿，在喝住马另拴好之后，调戏鲍二家的，"三个拦着不肯叫走，又亲嘴摸乳，口里乱嘈了一回，才放他出去"（第六十五回）。无端加上这段丑化牵马用人的文字，岂不恰恰暴露了程本修改者庸俗、粗鄙的低级趣味和阶级偏见？

凡此种种，都使我们不能不感到，《红楼梦》这朵本来高雅的文化奇葩，未免被程本修改者玷上了某些低俗的污点。

次说深和浅。宝、黛、钗的爱情婚姻悲剧，在《红楼梦》中的确占有非常重要、突出的地位。但从曹雪芹对前八十回的描写和八十回后的构思来看，他所写的刘姥姥一进、二进荣国府，秦可卿之死，贾元妃省亲，贾宝玉挨打，抄检大观园，探春理家，贾琏偷娶尤二姐，尤三姐之死，晴雯之死，等等，大的波澜和高潮，跟宝、黛、钗的爱情婚姻问题并无直接的关系，显然另有"托言寓意之旨，谁谓独寄兴于一'情'字耶①？他所写的结局，也不仅是爱情婚姻悲剧，更非如程本所写的贾府"家道复初""兰桂齐芳"，而是要写成"一败涂地"，"落了片白茫茫大地真干净"。它所反映的内涵，不只是反对封建的礼教和婚姻制度，"而是巨大到几乎批判了整个封建社会的上层建筑和整个封建统治阶级，并且提出一些关于人的合理的幸福的生活的梦想"②。读了确实令人感到，"《红楼梦》这部巨著为这个古老的社会作了一次最深刻的描写，就像在历史的新时代将要到来之前，给旧时代作了一个总的判决一样"③。而程本的修改和后四十回续书，却竭力要使这个巨大而深刻的思想内涵缩小为爱情婚姻悲剧。仅在爱情婚姻问题上反对封建礼教，而不背叛封建的人生道路，不触及整个的封建统治，这是封建统治阶级也可以接受的。如《西厢记》《牡丹亭》中描写的自由爱情，最后便皆得到了封建家长乃至皇帝的认可。而曹雪

---

① 甲戌本《脂砚斋重评石头记》第一回对英莲为"有命无运""累及爹娘之物"的眉批。
② 何其芳：《论〈红楼梦〉》，见《文学研究集刊》第 5 册，第 35 页。
③ 何其芳：《论〈红楼梦〉》，见《文学研究集刊》第 5 册，第 30 页。

芹所写的爱情婚姻悲剧，又恰恰是以贾宝玉背叛封建的人生道路为前提，以封建大家庭乃至整个封建社会的没落为基础的。因此，我说曹雪芹的《红楼梦》写的"绝不仅仅是个爱情婚姻悲剧，也不只是一般的社会悲剧，而是社会政治历史悲剧"①。即具有对封建社会全面地揭露批判的政治性，反映封建社会日趋没落的历史必然性。"高鹗续的《红楼梦》后四十回，最大的成功就是保留了贾宝玉与林黛玉、薛宝钗的爱情婚姻悲剧的结局；最大的缺点，也正是由于他对曹雪芹所写的悲剧缺乏正确的认识，因而他总是竭力缩小、改变甚至蓄意歪曲这个悲剧的广泛而深刻的伟大典型意义。"②这就使曹雪芹原著和经过高鹗改续的《红楼梦》之间，在文化层次和品位上，总显得有深邃和浅薄之别。

再说高和下。鲁迅盛赞《红楼梦》把"传统的思想和写法都打破了"③。我们说曹雪芹的《红楼梦》所代表的文化层次和品位之高，主要也就高在它对传统的超越上。中国文化之所以有不朽的生命力，就在于它能不断突破僵化和保守，而勇于兼收并蓄，随着时代而发展，甚至呈现出某些超前的意识。曹雪芹的《红楼梦》能够冲破封建传统思想的牢笼，向儒、佛、道等一系列传统思想提出挑战，正是代表了中国文化优秀和不朽的一面。程本之所以要把脂本中的"孔子"改成"圣人"，把佛家的"阿弥陀佛"改成"瑞兽珍禽"，把道教的"元始天尊"改成"奇花异草"，显然皆是为了避免触犯和亵渎儒、佛、道家的祖师爷。这就很典型地反映了曹雪芹与高鹗两人在对待传统思想的态度上确有高下悬殊。曹雪芹打破了传统的思想和写法，程本的修改则恰恰要使它改得较为符合、至少也不明显地违反传统的思想和写法。从我们上述所指

① 周中明：《〈红楼梦〉是怎样打破传统的思想和写法的》，见《红楼梦研究集刊》，第4辑，第127页。

② 周中明：《〈红楼梦〉是怎样打破传统的思想和写法的》，见《红楼梦研究集刊》，第4辑，第128页。

③ 鲁迅：《中国小说的历史的变迁》，《鲁迅全集》第8卷，人民文学出版社1957年版，第350页。

出的程本短于脂本处，即可清楚地看出这个问题。这里再补充一点在写法上的例子，如脂本已打破话本的俗套，程本又改用话本的写法，在每回结尾一概加上"且听下回分解"的字样，在作者的叙述语言中，程本也每每加上"看官听说""说时迟，那时快""闲话少说"等说书人的套话。这就在作品中的人物和读者之间，无端地硬插进一个说书人，不但破坏了全书写实的风格，而且难免令人生厌，削弱了感染人的艺术力量。这一切便在文化层次和品位上，使脂本和程本不能不显得有高下之分。正如何其芳所说："我们对曹雪芹的《红楼梦》给予了最高的赞扬，称它为伟大的不朽的作品，称它为我国小说艺术成就的最高峰。如果把这样的评语用在高鹗的续书上，那就很不适当了。"①

识别文学作品的文化层次和品位，这是需要有艺术感觉和鉴赏能力的。何其芳在谈到俞平伯与顾颉刚对《红楼梦》后四十回的不同评价时，曾说过："这就是有艺术感觉的人和缺少艺术感觉的人的差别。"②我觉得重温这句话，或许既有助于我们认清伟大作家和平庸作家之间相差之悬殊，解决对脂本与程本评价上的分歧，又有助于我们进一步思考作家、作品与接受者之间的互动关系。

---

① 何其芳：《论〈红楼梦〉》，见《文学研究集刊》第 5 册，第 139、140 页。
② 何其芳：《论〈红楼梦〉》，见《文学研究集刊》第 5 册，第 145 页。

从刘大櫆、姚鼐看曹雪芹的创作思想

刘大櫆（1698—1779）、姚鼐（1731—1815）与曹雪芹（1715？—1763？）都主要活动于清代乾隆年间。如果曹雪芹卒于1763年（壬午）而享年48岁的话，他逝世时，刘、姚都还健在，只不过刘比他大17岁，姚比他小16岁罢了。尽管刘大櫆、姚鼐是著名的桐城派古文家，曹雪芹是伟大的小说家，他们之间的政治思想倾向、人生道路和志趣，以及所从事的文学活动，都看似毫不搭界，然而他们毕竟同出身于封建文人，同生活在一个时代，同处在一个社会之中。笔者由于最近几年在承担一项桐城派研究的任务，在阅读刘大櫆、姚鼐的诗文集时，于无意之中却发现其所描写的人物与所表现的思想，跟曹雪芹及其《红楼梦》竟有不少惊人的相似、相通和发人深思之处。为此，笔者特从刘大櫆、姚鼐看曹雪芹的角度，对曹雪芹的创作思想作重新审视。

一、主要思想是不是要"补天"

曹雪芹为什么要画石、写《石头记》？他的"主要思想是要'补天'"吗？敦敏的《懋斋诗钞》中有一首《题芹圃画石》的诗：

> 傲骨如君世已奇，嶙峋更见此支离。
> 醉余奋扫如椽笔，写出胸中磈礧时。

由此虽然可知曹雪芹酷爱画石，但是，它却丝毫没有提供这跟他写《石头记》有什么联系。

在刘大櫆的诗集中，也有一首《题罗生画石扇面为张碇山》诗：

> 罗生十日画一石，嶙峋不异千仞山。
>
> 似从昨夜姑臧至，二十八宿森斓斑。
>
> 此时七月苦炎热，漫肤多汗行路难。
>
> 张君持此动摇微风发，石气随风生薄寒，
>
> 使我凛烈自顾，忽觉衣裳单。
>
> 我闻昔日女娲炼石补青天，余此一握苍且坚。
>
> 一朝大风从北来，吹汝堕入尘埃间。
>
> 溪旁久卧胡不起？视彼后者加之鞭。
>
> 直使驾桥渡海去，东看日出扶桑边。
>
> 石乎胡不含滋吐润惠四海，空存大骨硗硗岩岩然？
>
> 我今斋戒发取视，应得金简玉书九疑东南宛委篇！
>
> 不然缇巾什袭空见怜，无殊瓦甓何足观！
>
> ——《刘大櫆集》卷 11

把这两首诗对照阅读，可见：

第一，在当时不只有"芹圃画石"，还有"罗生画石"，而且他们都不约而同地把石头画成"嶙峋"状，以表达作者刚直不阿的傲骨和犀利尖锐的锋芒。这说明，酷爱画石，以画石来寄托自己的"胸中魁磊"，在那时并非只是曹雪芹所独有的行为，而是一种社会思潮的表现。

第二，敦敏诗中只字未提"芹圃画石"与女娲炼石补天的关系，而在刘大櫆的"罗生画石"题诗中，则把其石说成是由"昔日女娲炼石补青天"，

被大风"吹汝堕入尘埃间"的石头，由此使我不禁联想到"芹圃画石"，很可能画的也是女娲炼成的补天之石。这跟曹雪芹把《红楼梦》题名《石头记》，把贾宝玉写成是"原来女娲炼石补天之时"，弃置未用的一块顽石幻化而成，应是一脉相承的。

第三，刘诗还指出，女娲炼石本应补天，用来"含滋吐润惠四海"，造福于人类的，可是现在却"堕入尘埃间"，"空存大骨硗硗岩岩然"。这说明人材得不到重用，备受糟蹋，是那个时代许多文人的共同感受。这跟曹雪芹在《红楼梦》中所写的："因见众石俱得补天，独自己无材不堪入选，遂自怨自叹，日夜悲号惭愧"，虽然表现形态有别，但所反映的糟蹋人才的时代弊病则相同。

曹雪芹写《红楼梦》中的贾宝玉"原来就是无材补天，幻形入世，蒙茫茫大士、渺渺真人携入红尘，历尽离合悲欢、炎凉世态的一段故事"。接着写有首偈云：

　　无材可去补苍天，枉入红尘若许年。

　　此系身前身后事，倩谁记去作奇传。（第一回）

甲戌本脂批在"无材补天，幻形入世"句旁批曰："八字便是作者一生惭恨。"又在"无材可去补苍天"偈语旁批曰："书之本旨。"因此，有的学者断言："作者的主要思想是'补天'，补封建社会之天，也就是挽救封建社会。"[①]

在刘大櫆的诗集中，还有首诗十分明确地指出："青天破碎不可补，谁能炼石烦女娲！"此诗题为《重九后五日同人宴集分韵得佳字》，现将其全文移录如下：

---

① 聂石樵、邓魁英：《〈红楼梦〉的政治倾向》，《红楼梦研究集刊》第 1 辑。

长安客舍萦蟾蜗，庾郎虽贫犹食鲑。
我辈天涯每痛哭，岂必绛灌曾挤排。
江东风光足烂漫，放浪山巅仍水涯。
都篮茶具鲜且洁，绿阴好鸟鸣喈喈。
无端失足到京洛，似弃筦簟求稿稭。
麾之不去类蝇蚋，汗流疾走常满街。
面垢尘土一千尺，北风日夜闻其喈。
皮干肉皱筋力惫，安得膏润回枯骸。
长城白骨乱楂枒，荷锸便学刘伶埋。
今朝乘兴不暇懒，胜游喜得同心偕。
尚书郎官六七辈，间厕文士拖芒鞋。
或言等类太无别，正如汝言亦复佳。
谈天辩口竞哆侈，掀髯一吐平生怀。
红灯白月争照耀，况倾浊酒如长淮。
少年火色趁姿媚，时出小慧相徘谐。
黄花晚折有馀态，胜对越女携吴娃。
中山已供千日醉，收拾酒碗悬诗牌。
酒政森严忌探伺，诗情古澹惩淫哇。
嗟哉大雅日陵替，怒鼓取闹喧群蛙。
或效昵昵儿女语，径欲拔汝头上钗。
上薄风骚下沈宋，后何不尔前人皆？
青天破碎不可补，谁能炼石烦女娲！
噫吁嘻！丈夫不得嘘气贯赤日，文华纵好无根荄。
群生万物一无济，漫自矜饰云吾侪。
良夜风流偶翕聚，明晨日出当分乖。

髀肉易生时易迈，泪痕沾湿难摩揩。

——《刘大櫆集》卷 12

　　以此诗为参照，可以看出，当时社会政治污浊黑暗，封建文人找不到出路，不得不落到"我辈天涯每痛哭，岂必绛灌曾挤排"的境地；他们对封建统治之"天"，已经感到绝望，毫不犹豫地断言，"青天破碎不可补"；对于身为"丈夫不得嘘气贯赤日，文华纵好无根荄"，更是伤心不已，以致"泪痕沾湿难摩揩"。这说明社会政治腐败，人才得不到重用，已使悲观、失望、惭恨、伤感的情绪，迷漫于那个时代的广大知识阶层之中，曹雪芹不过是其中感受尤深的一个罢了。同时，它还可旁证，曹雪芹的所谓"无材可去补苍天"，不应简单地径直理解为苍天可补，只恨自己"无材"。曹雪芹确凿无疑地写明："娲皇氏只用了三万六千五百块，只单单的剩了一块未用，便弃在此山青埂峰下，谁知此石自经煅炼之后，灵性已通。"可见要害不在于它本身没用"灵性"——"无材"，而在于娲皇氏对它的"弃"而不用，因此娲皇氏才是导致他不能成为补天之材的真正罪魁。甲戌本脂批对这段话的旁批也指出："剩了这一块，便生出这许多故事，使当日虽不以此补天，就该去补地之坑陷，使地平坦，而不得有此一部鬼话。"正是由于当权的统治者既不让他"补天"，又不让他"补地"，使之不能人尽其材，这才是造成他"无材可去补苍天"，引起他惭恨不已的关键所在。

　　"青天破碎不可补，谁能炼石烦女娲！"刘大櫆这话虽然说得比曹雪芹更直截了当、干脆利索，但他缺少曹雪芹那样丰富深邃的内涵，没有像曹雪芹那样把矛头直指"娲皇氏"的胆识，他不是如曹雪芹那样把未能补天的责任归咎于娲皇氏的"弃"置不用，而是说什么"一朝大风从北来，吹汝堕入尘埃间"。不过刘大櫆都能看到"青天破碎不可补"，亦足以启示我们，曹雪芹的真意不是仍然幻想去"补天"。他所写的《红楼梦》，即明白无误地宣称：

"女娲炼石已荒唐，又向荒唐演大荒。"（第八回）脂批以"无材补天，幻形入世"为"作者一生惭恨"，以"无材可去补苍天"为"书之本旨"，与其说是反映了作者有"补天"思想，不如说由于作者的"补天"思想已被客观现实击得粉碎，才不得不成为贾宝玉式的人物，不得不像贾宝玉那样把自己的全部理想和热情都倾注在对"情"的追求上，以致成为一个对封建制度之"天"有百害而一无所"补"的人物。曹雪芹对贾宝玉这个"天下无能第一，古今不肖无双"，"于国于家无望"（第三回）的人物的热烈歌颂，这个事实本身不是对"补天"思想的唾弃吗？不是对"作者的主要思想是要'补天'，说的有力反驳吗？

二、贾宝玉及曹雪芹有没有反君权的思想

《红楼梦》中的贾宝玉及其作者曹雪芹究竟有没有反君权的思想？这是个颇有争议的问题。

人们向来把"天"奉为至高无上的绝对权威。封建皇权之所以无比神圣，就在于皇帝是"天子"。可是随着科学的发展，这种对"天"的迷信思想已逐渐被打破。刘大櫆即公然指出："天道盖浑然无知者也。""日之食也，天不能使其不食也；星之陨也，天不能使其不陨也。其偶而崩也，而天与之为崩；其偶而竭也，而天与之为竭。夫天方自救其过之不遑，而又奚暇以为人之穷通寿夭邪？"[1]在他看来，皆属"愚也！""妄也！"[2]所谓"积善之家，必有馀庆；积不善之家，必有余殃"。"作善降之百祥，作不善降之百殃。"针对当时的社会现实，他指出："今夫杰猾之民，乘时窃位，怙宠立威，黩货无厌，其有稍

---

[1] 《刘大櫆集》卷1，《天道上》。
[2] 《刘大櫆集》卷1，《天道中》。

异于己则黜之，甚则夷灭其宗族，惨骇亦至矣；而康宁寿考令终者，不可胜数。"①这种握有"稍异于己则黜之，甚则夷灭其宗族"之大权者，不是贵为天子的皇帝，谁又有这么大的权力呢？对此，他更明确地指出："及至周衰，孔子、孟子之生，而天下之势变矣。贤能者窜伏于下，而不肖者恣睢于上。智诈自骋，颉滑不仁，怙势袭威，无所顾藉。物产靡敝，而苑囿崇侈；民力竭塞，而畋游无度。唊肤咂血，其锋锐于蚊虻，而深居高拱，恫然自以为尧、舜焉……故夫三代以下，其上之于民，名为治之，而其实乱之；其天之于人，名为生之，而其实杀之也。"②其对于"天"——封建最高统治者，持猛烈抨击的态度，可谓一目了然。

姚鼐对于天子的态度，虽然不像刘大櫆这样激烈，但他也指出："天子虽明圣，不谓无失；大臣虽非大贤，不谓当职而不陈君之失，与其有失播诸天下而改之，不若传诸朝廷而改之之善也；传诸朝廷而改之，不若初见闻诸左右而改之之善也。翰林居天子左右为近臣，则谏其失也，宜先于众人。见君之失，而智不及辨与，则不明；智及辨之而讳言与，则不忠。""明之翰林，皆知其职也，谏争之人接踵，谏争之辞运茭而时书。今之人不以为其当职也，或取其忠而议其言为出位。夫以尽职为出位，世孰肯为尽职者？"③他强调的是天子之"失"，以"谏其失"为"忠"，而清代翰林之所以不能像明代那样"谏争之人接踵"，根由是在于"今之人""取其忠而议其言为出位"。这个"今之人"不是指天子，谁又有这么大的权力呢？

有趣的是，连康熙本人也反对"皇上由天授"的说法。他说："朕常讲天文、地理及算法、声律之学，尔等闻之，辄奏曰：'皇上由天授，非人力可及。'如此称誉朕躬，转掩却朕之虚心勤学处矣。尔等试思，虽古圣人，岂有

---

① 《刘大櫆集》卷1，《天通中》。
② 《刘大櫆集》卷1，《天道下》。
③ 姚鼐：《惜抱轩文集》卷1，《翰林论》。

生来即无所不能者？凡事俱由学习而成……何得谓天授非人力也。"①

乾隆也公然反对以进谏揭露奸臣，充当名臣，他说："乾纲在上，不致朝廷有名臣、奸臣，亦社稷之福耳。"②

刘大櫆、姚鼐虽然打破了对君权天授的迷信，对天子之失有所指责，但是他们仍然持忠君、颂圣的态度，姚鼐还专门作了歌颂皇帝的《圣驾南巡赋并序》。

以此为参照，我们即不难理解，贾宝玉一方面充满叛逆思想，另一方面却仍然恪守君权、父权等封建传统观念。例如第三十六回贾宝玉公然说：

> 还要知道，那朝廷是受命于天，他不圣不仁，那天地断不把这
> 万几重任与他了。可知那些死的（指"文死谏""武死战"者）都是
> 沽名，并不知大义。

吴组缃先生据此断言："这些话把他巅簸不破地信仰着的君父观念全盘托出来了。"③

对于贾宝玉在这段话前面说的批判"文死谏""武死战"的言论，张毕来先生认定：他是"在更高的意义上肯定君臣大义"④。王蒙则认为"他批得十分聪明，是从更加维护朝廷的角度来批文武之死的，是用极封建来批封建"⑤。

有的学者为了论证贾宝玉有反君权的思想，就说贾宝玉这段话"其真正的意思是：既然朝廷是受命于天，就不会'不圣不仁'，就不会有昏君与刀兵；否则，朝廷就不是受命于天，就不是大圣大仁，就不该为他去死！这就又进而

① 《十朝圣训》卷5。
② 乾隆：《明辟尹嘉铨标榜之罪谕》。
③ 吴组缃：《论贾宝玉典型形象》，《北京大学学报》1956年第4期。
④ 张毕来：《略论贾宝玉的鄙弃功名利禄》，《文学评论》1978年第2期。
⑤ 王蒙：《贾宝玉论》，《红楼梦学刊》1988年第2期。

否定了'君权神授'说"①。

还有的学者干脆说:"这分明是用现实中'必定有昏君'之矛,直攻'朝廷是受命于天,必定圣仁'的神话之盾。""宝玉借否定死谏死战的忠臣声东击西,指桑骂槐,把攻击矛头指向了皇帝,才是前后两段议论的实质。"②

这种种辩解,虽然在逻辑推理上不能说全无道理,但终究缺乏充足的说服力,不及吴组缃、张毕来、王蒙的判断切合作品的实际。贾宝玉分明以肯定的口吻说,"还要知道,那朝廷是受命于天"的。这是他反对"文死谏""武死战"的理论根据,前后并无矛盾。谁又能抹杀得了这个事实呢?

好在贾宝玉对君权持肯定的态度,这在《红楼梦》中并非仅有此一孤证,而是有一系列铁证的。例如:

第十七回大观园题对额,贾宝玉在谈到题"有凤来仪"的理由时,即说:"这是第一处行幸之处,必须颂圣方可。"

第十八回由林黛玉代拟,经贾宝玉誊清并呈给贾妃的《杏帘在望》诗,写道:"盛世无饥馁,何须耕织忙。"

第六十三回贾宝玉与芳官对话说:"幸得咱们有福,生在当今之世","竟不用一干一戈,皆天使其拱手俯头缘远来降。我们正该作践他们,为君父生色"。"如今四海宾服,八方宁静,千载百载不用武备。咱们虽一戏一笑,也该称颂,方不负坐享太平了。"

第七十八回贾宝玉作《姽婳词》说:"明年流寇走山东,强吞虎豹势如蜂。王率天兵思剿灭,一战再战不成功。""不期忠义明闺阁,愤起恒王得意人。恒王得意数谁行?姽婳将军林四娘。"

这种种事实皆证明,所谓贾宝玉"产生了反君权思想",纯属某些评论

① 张锦池:《红楼十二论》,百花文艺出版社1995年8月修订版,第178页。
② 尚友萍:《新人贾宝玉论》,河北大学出版社1994年版,第79页。

家的主观臆断。

既然如此，问题又来了：连刘大櫆都认识到："天道盖浑然无知者也"，连康熙本人都否认"皇上由天授"，贾宝玉怎么还公然强调"那朝廷是受命于天"呢？难道曹雪芹的思想认识比刘大櫆、康熙还落后吗？事实当然不可能如此。首先必须明确，贾宝玉有君权思想，并不等于曹雪芹也有君权思想，如同贾宝玉出家，曹雪芹并未出家一样。其次应看到，曹雪芹写贾宝玉有君权思想，如同他写贾宝玉说："父亲伯叔兄弟之伦，因是亘古第一人孔子说的，不敢忤慢。"（第二十回）既是符合他那典型环境中的典型性格的，又可印证作者在开卷所申明的："及至君仁臣良父慈子孝，凡伦常所关之处，皆是称功颂德"，以起到掩人耳目，使作者避免文字狱迫害的保护作用。再次还应看到，贾宝玉对君权如同对于父权一样，只是在表面上"不敢忤慢"而已，在他的思想深处和实际行动上，却绝不是要做忠臣孝子，而是表现出鲜明强烈的叛逆倾向。因此作者写他有君权父权思想，不但没有损害贾宝玉形象的光辉，相反却更加增加了贾宝玉形象的悲剧性及其叛逆精神的难能可贵。

与此同时，曹雪芹又采用种种曲折隐晦的手法，表现了他那反君权的思想倾向。例如：

第二回通过引用民间俗语说："成则王侯败则贼。"《左传》僖公二十五年："今之王，古之帝也。"《辞源》释"王"："君主的称号。"把"王"与"贼"相提并论，这不显然是对君主的亵渎吗？难怪程本要把这句俗语中的"王侯"篡改成"公侯"了。

第十六回通过赵嬷嬷的口，把皇帝南巡，各地忙于接驾，说成是"虚热闹"，奢侈浪费，劳民伤财，"只预备接驾一次，把银子都花的淌海水似的"。"别讲银子成了泥土，凭是世上所有的，没有不是堆山塞海的，'罪过可惜'四个字，竟顾不得了。"

第十八回元妃奉旨省亲，作者公然宣称，为"恐入了别书的俗套"，他不写"省亲颂",而把省亲的场面写成全无欢声笑语,只有哭哭啼啼,悲痛不已。作者通过贾元妃之口,说那皇宫是"不得见人的去处","怎奈皇家规范,违错不得","今虽富贵已极,骨肉各方,然终无意趣"。

第六十三回作者借贾蓉之口,说:"从古至今,连汉朝和唐朝,人还说:'脏唐臭汉',何况咱们这宗人家,谁家没风流事,别讨我说出来……"这里明言"从古至今",显然不只是骂"脏唐臭汉",也是骂当今的皇上同样脏和臭。

第六十八回又通过引用民间俗语:"拼得一身剐,敢把皇帝拉下马。"寄寓了作者对反抗皇权统治的革命精神的颂扬。

最有趣的是第十六回写贾宝玉把"圣上亲赐"又由北静王转赠的鹡鸰香串,"珍重取出来,转赠黛玉。黛玉说:'什么臭男人拿过的!我不要他。'遂掷而不取。宝玉只得收回"。作者既写明"圣上亲赐",又通过林黛玉这么骂,岂不表明作者蓄意把皇帝也骂成"臭男人"吗?

可见曹雪芹确实具有反君权思想,他跟他笔下的贾宝玉在对待君权的态度上显然是有区别的。这种区别,既反映了作家创造人物形象要符合真实性和典型性的需要,也说明那种把贾宝玉与曹雪芹混为一谈,是站不住脚的。

以刘大櫆、姚鼐对君权的态度为参照,贾宝玉形象的进步性,不在于他具有反君权的思想,而在于他对封建社会的一切皆深感厌恶的人生态度,即使在他说"朝廷是受命于天",斥责"文死谏""武死战""都是沽名,并不知大义"之后,他紧接着所说的则是"比如我此时若果有造化,该死于此时的,趁你们在,我就死了,再能够你们哭我的眼泪流成大河,把我的尸首漂起来,送到那鸦雀不到的幽僻之处,随风化了,自此再不要托生为人,就是我死的得时了"(第三十六回)。这跟刘大櫆终生追求科举功名,64岁还有兴致去就任黟县教谕这样的小官相比,这跟姚鼐念念不忘"陈君之失""尽臣之职"相比,在人生态度上,显然有着对封建统治者叛逆与依附之别。

以刘大櫆、姚鼐对君权的态度为参照,曹雪芹的进步性就更加显而易见。他已不再是仅仅"陈君之失",更不是要"颂圣",而是痛斥封建君主为"贼"、为"臭男人",以其《红楼梦》的全部描写向世人证明,封建君主专制制度统治下的一切皆已丧失其继续存在的合理性,爱情婚姻和个性自由平等等人生一切最美好的愿望和理想,都被那个社会毁灭了,那个社会本身也已经"若山崩地陷"(第一回),势必只有"落了片白茫茫大地真干净"(第五回)!

三、贾宝玉叛逆性格的主要表现是不是反对读书中举做官

许多学者都把贾宝玉反对读书中举做官,看作他叛逆性格的主要表现。如徐朔方先生说:"贾宝玉不仅对孔孟之道作了理论的批判,更重要的是在行动上同封建社会和封建家长给他安排的'学而优则仕'的道路作了决裂,公然背离了大贵族大地主家庭强加于他的继承人的枷锁,从而使自己成为地主阶级的逆子贰臣,到此,贾宝玉已经比所有的封建文人都多走了一大段路程。"[1]因为据说:"那时只有中不了举的生员,考不取进士的举人,没有可应试而不应试的人","也没有人自愿在仕进的道路上中途退出"。[2]这种论断,笔者也曾以为很有道理。但是在读了明清时代的一些诗文集,尤其在读了被称为"御用文人"刘大櫆、姚鼐的诗文集之后,深感其与历史事实相距甚远。

首先,不走"学而优则仕"的道路,随着封建统治的腐败,在那时已屡见不鲜,但他们的这种行为并不意味着就"使自己成为地主阶级的逆子贰臣"。如姚鼐的《朱二亭诗集序》写道:

> 子颖承先世用武之余烈,尝思舍章句之业,奋迹戎马,建立功名,

---

① 徐朔方:《论贾宝玉》,《红楼梦研究集刊》第 10 辑。

② 徐朔方:《论贾宝玉》,《红楼梦研究集刊》第 10 辑。

使后世知其豪俊，而其诗亦时及此旨。及暮年，乃仕为转运使，俯仰冠盖商贾之间，忽忽时有所不乐；而二亭以布衣放情山水，见俗人辄避去，高吟自适，以至老死。子颖虽富贵，而志终不伸；二亭虽贫贱，而可谓自行自志，卒无余恨者也。

——《惜抱轩文集后集》卷1

作者通过两人的鲜明对比，显然是鄙弃"学而优则仕"的道路，而赞赏诗人朱二亭"放情山水""高吟自适""自行其志"的人生价值取向。但是朱二亭的所谓"自行其志"，只是洁身自好，不愿跟封建统治者同流合污，作他们的帮凶罢了；他所谓的"放情山水""高吟自适"，不过跟我国古代的"竹林七贤"和王维、陶渊明等山水田园诗人一脉相承而已。他跟曹雪芹笔下所描写和讴歌的贾宝玉的叛逆精神，显然有着质的区别。看来这区别主要并不表现在是否走"学而优则仕"的道路上，而是在于贾宝玉具有以自由平等思想为特征的对反封建的生活理想的追求上。

其次，在对待八股科举的态度上，那时也绝不是"没有可应试而不应试的人"，而是"绝不就试"的人比比皆是。科举制度的腐败，吴敬梓的《儒林外史》已作过专门的揭露。刘大櫆也谴责它"传习既久，日趋诡异，加之以患失之心，求得之念，而流弊至不可胜言"[1]。揭露主持科举考试的"有司者，美恶出于其心，取舍凭于其臆，毁白以为黑，誉浊以为洁，以嫫母为西施，以毛嫱为魔女"[2]。如此颠倒黑白，混淆是非，可谓混帐之极！在姚鼐的笔下，已写了不少由于科举取士的不合理而"绝不就试"的文人。如在《鲍君墓志铭并序》中，他写"君为人敦行义，重然诺，作诗歌古文辞皆有法，能见其才。当时儒者文

---

① 《刘大櫆集》卷3，《方晞原时文序》。
② 《刘大櫆集》卷3，《答周君书》。

士，皆乐与之交。学使者举为优贡生，然困于乡试，不见知。年四十余，遂绝不就试，以文业授徒"①，这位鲍君尽管曾经"困于乡试"，但这并不妨碍他继续应试。他就是个"可应试而不应试的人"，怎么能说"没有"这样的人呢？

再说"自愿在仕进的道路上中途退出"，那时也并非"没有人"。姚鼐的《袁随园君墓志铭并序》，写袁枚"君本以文章入翰林有声，而忽摈外；及为知县著才矣，而仕卒不进。自陕归，年甫四十，遂绝意仕宦，尽其才以为文辞歌诗"②。他在《歙县胡孝廉墓志铭并序》中，写胡君"工文章，中乾隆己卯科乡试，名著于远迩矣，而屡踬会闱，迄母丧终，君遂绝志求进。吏部符取为知县，亦不就，惟日与诸生讲诵文艺以为乐"③。不仅袁枚和胡君皆是中途退出，"绝志求进"，连姚鼐本人也是于43岁主动辞官，以长达四十年的后半生专门从事古文的写作和书院讲学。他们不都是"自愿在仕进的道路上中途退出"的吗？

徐先生的论断也有悖于《红楼梦》的实际描写。曹雪芹在《红楼梦》第七十八回即写明："近日贾政年迈，名利大灰……就思及祖宗们各各亦皆如此，虽有精深举业的，也不曾发迹过一个。看来此亦贾门之数，况母亲溺爱，遂也不强以举业逼他了。"可见愿不愿中举做官，后来已不成其为贾宝玉与封建家长之间的矛盾。在这种情况下，续书特地写贾宝玉在考中了举人之后才出家"却尘缘"。笔者认为，这未必是续作者"所强加的结局，和原作精神不合"④；因为这丝毫不意味着贾宝玉的叛逆性格有悔改的表现，相反却更加显得那个社会制度的可悲可笑！对此连封建家长也感受到了，所以续书写王夫人听宝玉说要去"中个举人出来"，让"太太喜欢喜欢"，王夫人不但不以为喜，反而"更觉伤心起来"，宝钗也听出他"句句都是不祥之兆"，而不禁"眼泪直流

① 姚鼐：《惜抱轩文集》卷13。
② 见《惜抱轩文集》卷13。
③ 见《惜抱轩文集》卷13。
④ 徐朔方：《论贾宝玉》的"注③"，见《红楼梦研究集刊》第10辑。

出来"。使中举成为如此可悲可笑的事情，这岂不震撼人心、发人猛省吗？

以刘大櫆和姚鼐笔下"自行其志""绝不就试""绝意仕宦"者为参照，可见在行动上跟"学而优则仕"的道路决裂的，早已大有人在，贾宝玉在这方面的表现并不是"已经比所有的封建文人都多走了一大段路程"，而只是极具真实性和典型性罢了。贾宝玉形象的独到和可贵，在于他不仅厌恶读书、中举、做官，更"可恨我为什么生在这富贵之家"。他经常自惭形秽，自称"浊玉"。他所要"决裂"的，绝不只是个"学而优则仕"的道路，更重要的是那"浊臭逼人"的以男子为中心的整个封建社会。

四、贾宝玉形象是否即为"母体复归"

如此说来，贾宝玉形象是否即为"母体复归"[①]？曹雪芹是否即"以源于原始母神崇拜的母亲原型和少女原型及其象征意义为双重追求目标的"[②]？其"内涵"，是否"都是以否定男性，皈依女性；否定成熟，皈依童贞为前提的"[③]呢？

曹雪芹写《红楼梦》，确有"使闺阁昭传"，揭示"何我堂堂须眉，诚不若彼裙钗哉"（第一回）之意。这乃由于封建社会是以男子为中心的，从皇帝到各级官吏，到每个家庭的家长，都是由男子独揽大权，因此，男尊女卑成为封建社会的传统观念。而封建统治阶级的腐朽堕落，也首先集中表现在男子的身上，这种以男子为中心的封建统治者日趋堕落的社会现实，就必然跟男尊女卑的传统观念产生巨大的反差，带来剧烈的碰撞。它不仅使曹雪芹深感女子的"行止见识，皆出于我之上"，而且连刘大櫆、姚鼐这样的封建文人，也

---

①② 梅新林：《红楼梦哲学精神》，学林出版社1995年版，第179页。
③ 梅新林：《红楼梦哲学精神》，学林出版社1995年版，第179、208页。

感受到了男尊女卑的传统观念的不合时宜。如他们说：

若其眷眷以善继先人之志为心，缙绅大夫或不能，而女子能之。

——《刘大櫆集》卷6，《方节母传》

夫天地之气不能无所钟也。明之亡也，金陵之乞人闻之而赴水以死。丈夫不能，而女子能之；富贵者不能，而乞人能之，亦可慨也夫！

——《刘大櫆集》卷6，《乞人张氏传》

然女子犹有能明大义者，而男子则泯然惟知富贵利达之求。一邑之中，女子之节烈可采，常至不可胜载；至于国家将亡，其能见危授命者，百不一二观焉。岂天地之义气渐灭之未尽，而犹或钟于女妇欤？

——《刘大櫆集》卷7，《书汪节妇事》

贵贱盛衰不足论，惟贤者为尊，其于男女一也。

——姚鼐：《惜抱轩文集》卷8，《旌表贞节大姐六十寿序》

儒者或言文章吟咏，非女子所宜，余以为不然。使其言不当于义，不明于理，苟为眩曜狂欺，虽男子为之可乎？不可也。明于理，当于义矣，不能以辞文之，一人之善也，能以辞文之，天下之善也。言而为天下善，于男子宜也，于女子亦宜也。

——姚鼐：《惜抱轩文集》卷8，《郑太孺人六十寿序》

君夫人张氏亦贤智有学……一日在余家，共阅王氏《万岁通天帖》，疑草书数字，不能释。君次日走告余曰："昨暮，吾妻为释之矣！"举其字，果当也。

——姚鼐：《惜抱轩文集》卷10，《方染露传》

上述种种议论，不是也具有"否定男性，皈依女性"，或主张男女平等的意味吗？难怪有的学者甚至赞赏刘大櫆"议论之新颖，辞气之激烈，较之黄宗羲、唐甄、吴敬梓、曹雪芹，有过之而无不及"[①]。

以上述为参照，我们即不难理解，曹雪芹之所以写贾宝玉那样厌恶男子、亲近女儿为其思想性格的重要特征，是那以男子为中心的封建统治者已腐朽堕落，只有女儿尚显得纯洁可爱的社会现实的必然反映。

以上述为参照，更重要的是，我们还可清楚地看出，同样是面对那个男浊女清的社会现实，同样有"否定男性，皈依女性"或主张男女平等之意，但是由于作家立场世界观的不同，刘大櫆、姚鼐的"议论"绝不是比曹雪芹"有过之而无不及"，而是其内涵或思想实质皆迥然有别：

首先，刘大櫆、姚鼐之所以斥责男子、赞扬女子，是从违背或恪守封建道德出发的。如指责缙绅大夫不能"以善继先人之志为心"，"而女子能之"；斥责"男子则泯然惟知富贵利达之求"，是见利忘义，称赞"女子犹有能明大义者"，是指恪守扼杀女子情欲的封建贞节观念，所谓"女子之节烈可采，常至不可胜载"。而曹雪芹写贾宝玉说："男人是泥作的骨肉""浊臭逼人"，则是对贾赦、贾琏、贾蓉等封建阶级男子腐化堕落的厌恶和叛逆，说"女儿是水作的骨肉"一样"清爽"，则是对较少受到封建思想污染、纯洁无瑕的女儿的赞美，可见其内涵具有反封建的民主性，而迥别于陈腐的封建性。

其次，刘大櫆所谓的"夫天地之气不能无所钟也"，是指明亡时忠君爱国的节气，他所谓的"岂天地之义气渐灭之未尽，而犹或钟于女妇欤"是指"女子之节烈可采"。归根结底，他是把忠孝节义等封建道德说成如"天地之气"一样天经地义，不可磨灭。而曹雪芹写贾宝玉则曰："因他自幼姐妹丛中长大，亲姐妹有元春、探春，伯叔的有迎春、惜春，亲戚中又有史湘云、林黛

---

① 吴孟复：《桐城文派述论》，安徽教育出版社 1992 年版，第 88 页。

玉、薛宝钗等诸人。他便料定，原来天生人为万物之灵，凡山川日月之精秀，只钟于女儿，须眉男子不过是些渣滓浊沫而已。"（第二十回）他所强调的"凡山川日月之精秀，只钟于女儿"，显然是指女儿所具有的自然本性，而跟刘大櫆把封建道德说成是"天地之气"，可谓悬若天壤。

最后，刘大櫆、姚鼐虽然不满于男浊女清的社会现实，但他们对于人物褒贬、爱憎的标准，显未超出封建主义思想的范畴，而曹雪芹却是以是否超越封建主义思想为其褒贬、爱憎标准的。如他写史湘云因为劝宝玉跟"为官做宰的人们，谈谈讲讲些仕途经济的学问"，他便生气地下逐客令："姑娘请别的姐妹屋里坐坐，我这里仔细污了你知经济学问的。"薛宝钗则因这样劝他，他便"同他生分了"（第三十二回）。并愤慨地说："好好的一个清净洁白女儿，也学的钓名沽誉，入了国贼禄鬼之流。这总是前人无故生事，立言竖辞，原为导后世须眉浊物。不想我生不幸，亦且琼闺绣阁中亦染此风，真真有负天地钟灵毓秀之德！"（第三十六回）他哪有什么抽象的"处女崇拜"①可言呢？他所"皈依"的也绝不是所有的"女性"，而是"独有黛玉自幼不曾劝他去立身扬名等语，所以深敬黛玉"（第三十六回）。或者如晴雯、鸳鸯、司棋等，因富有反抗性格而受到他的钟爱。至于对那些忠实执行封建主子旨意的女性，他不但不"皈依"，而且认为他们"比男人更可杀了"（第七十七回）。他甚至对她的奶妈李嬷嬷，也反感之极。而对于出身贫贱的秦钟、蒋玉菡、柳湘莲等男子，他则引为知己。无数事实足以证明，曹雪芹创作《红楼梦》绝不是"源于原始母神崇拜"，其"内涵"也绝不是笼统地"否定男性，皈依女性"，而是以其鲜明的反封建的思想倾向性，打破一切传统的思想和写法，为刘大櫆、姚鼐等一切正统的文学家所望尘莫及的。

---

① 梅新林：《红楼梦哲学精神》，学林出版社 1995 年版，第 179 页。

五、应怎样看待贾宝玉思想性格中的民主、自由、平等思想

说曹雪芹和贾宝玉思想性格中有某些民主、自由、平等思想因素的萌芽，这无疑是正确的。但是，"任何真理，如果把它说得'过火'（如老狄慈根所指出的那样），加以夸大，把它运用到实际所能应用的范围以外去，便可以弄到荒谬绝伦的地方，而且在这种情形下，甚至必然会变成荒谬绝伦的东西"①。例如，曹雪芹写贾宝玉"喜与秦钟、蒋玉菡和柳湘莲等社会上的中下层人物交游"，是否即意味着"这是一条以平等观念为基础、以个性解放为枢纽的社交路线"②？"贾宝玉在比自己社会地位低的人面前的自惭形秽"，是否"正反映了他对封建等级制的合理性的深刻否定"③？贾宝玉要秦钟"不必论叔侄，只论弟兄朋友"，是否即说明"贾宝玉与秦钟的关系就是建立在这种公然弃置封建礼教的道德规范和社会规范的基础上"？④我在读了刘大櫆、姚鼐的文集之后，深感这些说法未免"过火""夸大"了。

喜与社会上的中下层人物交游，这并非贾宝玉的"专利"，而是在当时的文人中对统治阶级腐朽堕落感到不满和失望的必然表现。如在《刘大櫆集》中，即有篇《樵髯传》，作者自称："余久与翁处，识其性情。翁见余为文，亟求余书其名氏，以传于无穷。余悲之而作《樵髯传》。"这位"樵髯翁姓程氏，名骏。世居桐城县之西鄙。性疏放，无文饰，而多髭须，因自号曰樵髯云。少读书，聪颖拔出凡辈。于艺术匠巧嬉游之事，靡不涉猎，然皆不肯穷竟其学，曰：'吾以自娱而已。'尤嗜奕棋，常与里人奕。翁不任苦思，里人或注局凝神，翁辄鼙顾曰：'我等岂真知弈者，聊用为戏耳！乃复效小儿辈强

---

① 列宁：《共产主义运动中的"左派"幼稚病》，《列宁全集》第31卷，第44页。
②③ 张锦池：《红楼十二论》，百花文艺出版社1995年修订版，第161页。
④ 张锦池：《红楼十二论》，百花文艺出版社1995年修订版，第162页。

为解事。'时时为人治病，亦不用以为意。诸富家尝与往来者病作，欲得翁诊视，使僮奴候之，翁方据棋局，哓哓然，竟不往也"①。这样一位只顾弈棋自娱，而拒绝为富家治病的樵髯翁，其"性疏放，无文饰"，不甚过秦钟、柳湘莲吗？刘大櫆喜与他交游，并因"悲之而作《樵髯传》"，谁能说这就"是一条以平等观念为基础，以个性解放为枢纽的社交路线"呢？

刘大櫆甚至还作了《乞人张氏传》，写"合肥张美之"，因"合肥岁连不登。张氏奉其舅青芝及二叔南走池州乞食，而二叔又皆死。张氏复奉其舅自池州之桐城，依左氏之庑下乞食，挑野菜以养。当是时，桐之民有欲娶张氏者，而张以其舅老穷无归，相依至死，不忍去。青芝死，而张氏年已六十余，犹间至余家行乞也"。为此，作者接着评论道：

> 古者，妇事舅姑，鸡初鸣而盥漱，其礼旷千载不行矣。然吾以为民秉之彝，不尽绝于人心。缙绅大夫之家，必有隆礼守义，善事有舅姑，与孝子之事父母无异者，而往往求之不可得。夫缙绅者衣食奉养之物备具也，然勃豀诟谇，禁之而不止；穷饿至于行乞，苟可以依人而得食，不能禁其改适也，然至死不去，而养其舅以终身，岂非其天性之笃挚有过人者哉？惜乎其为女子且穷而行乞也。设使斯人为丈夫而登于朝宁，则其于君父人伦之间，出其至性，必有建树非常者。
>
> ——《刘大櫆集》卷6

这里刘大櫆强调的是，缙绅大夫之家已不能"隆礼守义"，而只有"勃豀诟谇"；独有"穷饿至于行乞"的张氏妇女，却能天性笃挚过人。作者设想这样的女子能"为丈夫而登于朝宁"就好了。

---

① 《刘大櫆集》卷5。

以上述为参照，可见刘大櫆与曹雪芹的区别，主要在于是否把"君父人伦之间"的封建道德作为人的"天性""至性"加以正面宣扬上；至于对中下层人物的交往及对其人品的热烈赞扬，对缙绅大夫之家的深表厌恶和愤恨，他们之间倒是十分相似的，并不存在封建专制与平等观念、个性解放之别。贾宝玉为"秦钟的人品出众"而自惭形秽，所谓"天下竟有这等人物！如今看来，我竟成了泥猪癞狗了。可恨我为什么生在这侯门公府之家，若也生在寒门薄宦之家，早得与他交结，也不枉生了一世"（第七回）。"侯门公府之家"与"寒门薄宦之家"，不过大小官僚地主之别，岂能谈得上是以"平等观念""个性解放"，而"深刻否定""封建等级制"？

　　更为惊人地相似的是，曹雪芹写贾宝玉与秦钟不论叔侄，而以兄弟相称，刘大櫆的《送潢序》也写他与其侄儿刘潢不论叔侄，而称之为"固吾昆弟也"。其原文是这样写的：

　　　　余在幕中，而宗人潢亦自姑苏而至。潢少年能为文章。余爱潢，潢亦甚爱余。余喜为诗，潢亦工诗，雕镂抉摘，唱和无虚日。潢又善歌，时其被酒，为度三两曲，琅然金石之音，锵鸣于四座。余听之忘倦，为拂衣而舞，相对欢甚。已而相悼，又相与蘁然流涕以悲。余与四方贤俊交游，其于异姓犹亲若弟昆，矧在同姓？则固吾昆弟也。故潢虽伯父呼余，而余终弟视潢。

　　　　　　　　　　　　　　　　　　　　　——《刘大櫆集》卷4

　　刘大櫆不仅如贾宝玉对秦钟那样，"于异姓犹亲若弟昆"，而且把同姓同宗的侄儿刘潢说成"固吾昆弟也"。如果说贾宝玉这是"公然弃置封建礼教的道德规范和社会规范"，那么，这岂不如同说刘大櫆比贾宝玉有过之而无不及一样荒谬吗？

如同不能把稚嫩的幼苗说成参天大树一样，我们绝不能把贾宝玉的民主、平等思想萌芽加以拔高，而抹杀其仍受封建礼教的严重桎梏。他是那样尊重君权亲权；在父母面前，他从来不敢说个"不"字；骑马经过父亲的书房，明知父亲不在，也要坚持下马。怎么能说他"公然弃置封建礼教的道德规范和社会规范"呢？况且，"道德和社会规范"不只有其必须批判的阶级性，还有着值得继承的全民性，如孝敬父母、尊老爱幼、乐善好施、忠诚信义等中华民族的传统美德，在扬弃其封建性的同时，不都还有值得我们今天继承发扬的价值吗？可见以"公然弃置"来赞扬贾宝玉，不仅不符合其实际表现，而且无论在理论或实践上皆站不住脚。

又如民主、平等、自由的新思想，是跟新兴的市民阶层相联系的。在刘大櫆、姚鼐的作品中，已经出现了赞美商贾[①]，反对以职业定人的主张。刘大櫆的《乡饮大宾金君传》即指出："自管子相齐，而士、农、工、商之职分。汉兴，贾谊、晁错上书言政治，谓宜重耕农而抑商贩。然余观当时士大夫名在仕籍，而所为皆贾竖之事也。"他所写的金君，"以家贫不暇攻举子业，而随其父服贾鸠兹、庐、凤间。然君虽溷迹贾人，而至性醇笃，尝割臂肉以疗母疾"。因此他认为其人是"贾名而儒行，孝弟姻睦无愧于独行君子之德，是乃有道仁贤所重为宾礼也。彼职业恶足以定人哉"[②]？他反对以职业定人，显然有向封建等级观念挑战，要求给商人以平等地位之意。曹雪芹在《红楼梦》中把开香料铺的商人卜世仁夫妇写成是极其吝啬、无情无义的人物，连名字都以谐音骂其为"不是人"[③]。这跟刘大櫆、姚鼐笔下受赞扬的商人性格虽然迥异，但是作

---

① 姚鼐《惜抱轩文集》卷10，《陈谨斋家传》即赞扬"谨斋以行贾往来江上，或居吴，或居六合、江浦。所居货尝大利矣，而辄舍去之，既去而守其货者果失利，其明智绝人如此。而内事亲孝，养寡姐甚厚。姐亡，尽力上请，获旌其节"。

② 《刘大櫆集》卷5。

③ 庚辰本《石头记》第24回批语指出："既云'不是人'，如何肯共事。想芸哥此来空了。"《增评补图石头记》第24回眉批也说："卜世仁者，不是人也。"

者皆为重义轻利的封建道德观念所囿则是相同的。

以刘大櫆、姚鼐为参照，可见曹雪芹的高明，不在于他为贾宝玉提供了一条新的"社交路线"，更不在于他对封建等级制和封建道德的"深刻否定"或"公然弃置"，而在于他对奴仆的人格极为尊重，对奴仆的思想品格竭力赞颂，如他通过贾宝玉之口赞美晴雯："其为质则金玉不足喻其贵，其为性则冰雪不足喻其洁，其为神则星日不足喻其精，其为貌则花月不足喻其色。"（第七十八回）贾宝玉和丫鬟们的关系，"没上没下"，"只管随便"（第六十六回）。"这百日内，只不曾拆毁了怡红院，和这些丫头们无法无天，凡世上所无之事都玩耍出来。"（第七十九回）这些确实具有民主、平等、自由的新思想因素，是刘大櫆和姚鼐所不可能具有的。

六、刘大櫆、姚鼐和曹雪芹对封建统治批判所采用的不同的思想武器

总的来看，不少学者认为，曹雪芹的《红楼梦》是批判以"存天理，灭人欲"为核心的程朱理学——"这个时代在上层建筑领域中最腐朽、最保守、最反动的思想"[1]的，而刘大櫆、姚鼐等桐城派古文家则"是要维护程朱理学的反动思潮的统治地位"，"他们的思想基本上是和统治者一鼻孔出气"[2]的，因此人们仿佛把曹雪芹和刘大櫆、姚鼐等桐城派古文家看成是分别属于进步与反动两个对立的阵营。然而，实际情况并非如此简单。

刘大櫆、姚鼐等桐城派古文家确有不少尊崇程朱理学，鼓吹"存天理，灭人欲"的言论。但是，章太炎却指出，他们这样做不过是"援引肤末，大言自壮"[3]而已。郭绍虞也说，所谓程朱"义理，由桐城之学来讲，也只是一种

---

①　聂石樵、邓魁英：《〈红楼梦〉的政治倾向》，《红楼梦研究集刊》第 1 辑。
②　中国科学院文学研究所编：《中国文学史》，人民文学出版社 1962 年版，第 1872 页。
③　章太炎：《检论》四，见《章太炎全集》。

门面语"①罢了。他们毕竟是文学家,在他们的作品中也或多或少地反映了当时的社会现实,他们也看到,随着封建统治的腐朽和资本主义的萌芽、人欲的横行,已成为不可阻挡的历史潮流。如刘大櫆即指出:"今夫嗜欲之所在,智之所不能谋,威之所不能胁也。"②他能够面对现实,主张做"儒之识时变者",反对孔子所说的君子"谋道不谋食""忧道不忧贫",而说:"吾观世俗之情,能治生则生,不能治生则死;能治生则富贵,不能治生则贫贱;能治生则尊荣,不能治生则卑辱。"③

对于封建统治者的贪得无厌、穷奢极欲,刘大櫆也深恶痛绝,指责他们"有食矣,而又欲其精;有衣矣,而又欲其华;有宫室矣,而又欲其壮丽。明童艳女之侍于前,吹竽击筑之陈于后,而既已有之,则又不足以厌其心志也。有家矣,而又欲有国;有国矣,而又欲有天下;有天下矣,而又欲九夷八蛮之无不宾贡;九夷八蛮无不宾贡矣,则又欲长生久视,历万祀而不老。以此推之,人之歆羡于富贵佚游而欲其有之也,岂有终穷乎"④?他在《游万柳堂记》中,指出:"昔之人贵极富溢,则往往为别馆以自娱,穷极土木之工而无所爱惜。"接着他以冯相国所建占地三十亩的万柳堂为例,说:"雍正之初,予始至京师,则好游者咸为予言此地之胜。一至,犹稍有亭榭;再至,则向之飞梁架于水上者,今敧卧于水中矣;三至,则凡其所植柳,斩焉无一株之存。人世富贵之光荣,其与时升降,盖略与此园等。然则,士苟有以自得,宜其不外慕乎富贵;彼身在富贵之中者,方殷忧之不暇,又何必朘民之膏以为苑囿也哉?"⑤刘大櫆这种揭露和反对"朘民之膏"的思想,显然也是有其进步意义的。岂能一概斥之为"反动思潮"?

---

① 郭绍虞:《中国文学批评史》,上海古籍出版社 1979 年版,第 662 页。

② 《刘大櫆集》卷 1,《慎始》。

③ 《刘大櫆集》卷 1,《续难言》。

④ 《刘大櫆集》卷 10,《无斋记》。

⑤ 《刘大櫆集》卷 9,《游万柳堂记》。

以此为参照，可见曹雪芹与刘大櫆的不同，在于他是从贫富悬殊、阶级对立的角度来揭露的。如写贾府吃一顿螃蟹，作者通过刘姥姥之口惊叹："这一顿的钱够我们庄家人过一年了！"（第三十九回）作者又通过写贾珍对前来缴租的乌庄头说："那府里，这几年添了许多花钱的事……不和你们要，找谁去？"（第五十三回）不仅揭示了统治者的穷奢极欲，是建立在对农民残酷剥削的基础之上的，而且活画出贾珍那一副"剥削有理"的嘴脸。跟刘大櫆只是一般地反对"朘民之膏以为苑囿"相比，曹雪芹的揭露批判显然要形象生动、犀利深刻得多了。

两相比较，我们更可以看出，刘大櫆揭露批判的思想出发点，是要恢复古代儒家理想的仁政，是要维护忠孝节义等封建的道德传统。因此他在反对统治者穷奢极欲的同时，也反对合乎人的自然本性的正当的情欲。他写了不少"节妇传""烈女传""贞女传"，甚至对"男女方在襁抱，而父母已为许婚"的未婚夫病故后，也要求女方守节，说什么"相许既定，则亦有'从一以终'之道矣"①。他既看到"人之不能无欲"，又把封建的等级、封建的伦理道德和封建的国家等一整套的封建制度，视为防止为人欲而"争且乱"所必需的。他说："有人则必有男女，有男女则必有夫妇。由夫妇有父子，由父子有兄弟，由兄弟有朋友。人之不能无欲而相与聚处以为生也，则争且乱，于是乎有君臣。是故有天子，有公，有侯，有伯，有子，有男。环天子之畿而为国者，有甸服，有侯服，有绥服，有要服，有荒服。一国之中，有君，有卿，有大夫，有上士、中士、下士，而农、工、商、贾以差，各职其所务。是故敬以主之，德以先之，礼以率之，政以明之，刑以恐之，而乐以化之。"②这岂不是肯定那一整套封建专制统治扼杀人欲的必要性和合理性吗？

---

① 《刘大櫆集》卷6，《江贞女传》。
② 《刘大櫆集》卷1，《辨异》。

曹雪芹的伟大和可贵之处，一方面在于他对封建统治者的揭露批判，不是像刘大櫆那样是以儒家的仁政理想和封建道德为思想武器，而是基于对社会不公的不满和对被剥削者的同情。犹如当时的进步思想家唐甄（1630—1704）所说的："王公家一宴之味，费上农一岁之获，犹食之而不甘。吴西之民，非凶岁为麑粥，杂以荞秆之灰，无食者见之以为天下之美味也。人之生也无不同也，今若此，不平甚矣！"①曹雪芹是顺应这种进步思潮，来揭露批判压迫有理、剥削有理的反动思想的。因此，另一方面，曹雪芹也绝不像刘大櫆那样，把人欲的发展看成是导致"争且乱"的不稳定因素，需要用封建的那一套来加以扼杀或节制。相反，他通过热烈歌颂青年男女的自由爱情——不是基于皮肤滥淫的肉欲，而是以共同反封建的人生道路的为基础的，放纵个性自由发展，追求纯情、真情、至情，或称之谓"意淫"——来尽情赞美人的正当情欲的美好和幸福，揭露和鞭挞封建礼教、封建道德、封建制度扼杀人的正当情欲、置人于死地的凶残暴虐，毫无人性，令人感到实在可憎可恨，不禁悲愤欲绝！由此可见，刘大櫆和曹雪芹虽然同样都是面对那个封建社会的现实，并且都对封建统治阶级的腐朽堕落深感不满，两者的思想倾向却南辕北辙，背道而驰。刘大櫆是向后看，要求复古，用他的话来说："余性颛愚，知志乎古，而不知宜于时，常思以泽及斯民为任。"②他赞赏姚鼐"深有志于古人之不朽"，既不追求以"射策甲科为显官"，也不满足于"区区以文章名于后世"，而要做"尧、舜"那样的"圣贤"。③尽管他们要"泽及斯民"，要做尧舜那样的圣贤，其用心不可谓不善良，而追求"志于古"，则显然是要使历史开倒车，是极不现实的，反映了他们思想上迂腐守旧的一面。而曹雪芹则对封建的那一套已经深感绝望，认为那不过是"反认他乡是故乡，甚荒唐，到头来都是

① 唐甄：《潜书》，《大命》。
② 《刘大櫆集》卷2，《程易田诗序》。
③ 《刘大櫆集》卷4，《送姚姬传南归序》。

为他人作嫁衣裳"。因此，他不是要复古，而是要回归自然，不是要做圣贤，而是要恢复人的自然本性。在曹雪芹看来，人生最重要、最可宝贵的，不是富贵荣华，不是物欲的满足，而是情欲的舒心，是人的个性自由、精神愉悦。因此，他写贾元春即使身为贵妃，富贵已极，也毫无幸福可言，她把皇宫视为牢笼，说成是"那不得见人的去处"，使她不禁悲悲戚戚，在精神上痛苦不堪。他写尤三姐也是十分蔑视富贵才貌，而以"素日可心如意"为择偶的唯一标准，她说："只要我拣一个素日可心如意的人方跟他去。若凭你们拣择，虽是富比石崇，才过子建，貌比潘安的，我心里进不去，也白过了一世。"（第六十五回）他写贾宝玉的人生哲学，就是要叛逆于封建阶级给他安排的生活道路，而热衷于追求过"随心一辈子"（第七十一回）的生活。热烈赞扬和歌颂以反抗封建束缚、追求个性自由、满足人之情欲为主要内容的人生理想，这就是曹雪芹最为难能可贵的新创造和新贡献。

总之，从刘大櫆、姚鼐看曹雪芹，可以更清楚地看出曹雪芹所生活的时代背景和社会环境，更鲜明地衬托出曹雪芹的真实面目，以及他的真正伟大和可贵之所在，校正我们对曹雪芹认识和评价上的一些失实和偏颇之处。同时，还有助于我们实事求是地认识和评价刘大櫆、姚鼐等桐城派古文家：他们虽然远不及曹雪芹进步和伟大，在政治思想上具有严重的复古保守倾向，但毕竟还是洁身自好，有正义感，在一定程度上反映了那个时代的弊病，有较大成就和影响的古文家。尤其值得注意的是，在曹雪芹看来，这种传统的古文也是被贾政等封建腐朽势力所排斥的。他写贾政说："什么《诗经》、古文，一概不用虚应故事，只是先把'四书'一气讲明背熟，是最要紧的。"（第九回）可见把桐城派古文说成是"反动"的"御用文学"，这岂不是跟曹雪芹唱反调，而跟贾政站到一起去了？

本文的目的，当然主要不是为阐明如何评价桐城派^①，而只是以刘大櫆、姚鼐为参照，来认识真正的曹雪芹，认识在大致相同的社会历史条件下，作家的立场、世界观和创作思想，对于其创作的成就和价值是多么影响巨深。为此，仅仅以刘大櫆、姚鼐为参照，当然是远远不够的。笔者只是由此深深感到多读书的重要；曹雪芹不是孤立的个人，多读书，把他放在当时的各种参照系之中来考察，这不失为是我们认识真正的曹雪芹的一条坚实之路，也是使"红学"研究取得新的突破的必由之路。

---

① 笔者有《关于桐城派及近百年来对它的评论》，发表于《文学评论》1997 年第 4 期。另有《桐城派研究》专著，由辽宁大学出版社于 1999 年 7 月出版。

曹雪芹的自然观和《红楼梦》的自然美

曹雪芹美学观的核心是什么？他所创作的《红楼梦》最显著的艺术成就和特色何在？答曰："自然"二字。曹雪芹在谈到绘画时曾说："自应无所不师，而无所必师。何以为法？万物皆宜为法。必也取法自然，方是大法。"①他写《红楼梦》之所以要不"拘拘于朝代年纪"，"只取其事体情理"，"至若离合悲欢，兴衰际遇，则又追踪蹑迹，不敢稍加穿凿，徒为供人之目而反失其真传者"（第一回），就因为他所热烈追求的是"天然图画"般的境界，即"有自然之理，得自然之气"，非"人力穿凿扭捏而成"（第十七、十八回）。

那么，曹雪芹的自然观又究竟具有哪些内涵？体现在他的《红楼梦》创作上又是如何达到"天然图画"般的自然美的呢？

一、以自然界为理想的坐标，批判社会人生的污浊

以人来自自然又回归自然，作为人生的理想和归宿，以自然界作为理想的坐标，来揭露和批判作为社会人生的污浊和腐臭，这是曹雪芹的自然观和《红楼梦》具有自然美的首要特色。

从来的小说，几乎无不从人的今生写起，如《三国演义》从"天下大势，

---

① 曹雪芹：《废艺斋集稿·岫里湖中琐艺》，转引自北京大学哲学系美学教研室编《中国美学史资料选编》下册，中华书局1980年版，第346页。

分久必合，合久必分"写起；《水浒传》从"乱自上作""官逼民反"写起；《金瓶梅》从武松能打自然界的老虎，却打不了人间社会上的"老虎"——西门庆写起，由此可见它们是以封建社会的道德规范——忠臣与奸臣的矛盾，义士与贪官的对立，英雄对恶霸的无奈，作为揭示善恶、褒贬美丑的标准的。

唯独曹雪芹的《红楼梦》，却公然斥责"历来野史皆蹈一辙"的那种"拘拘于朝代年纪"的写法，而从女娲炼石补天时，"只单单剩下一块未用"的顽石写起，把书中男女两个主要正面人物——贾宝玉和林黛玉，分别先写出他们的前生是"大荒山无稽崖青埂峰下"的一块顽石，"西方灵河岸上三生石畔"的一株绛珠草。在他们"下世为人"，经历种种磨难和痛苦之后，贾宝玉的最后结局并不是止于出家当和尚，而是通灵复原，依然成为大荒山上的一块顽石；林黛玉的最后结局也不是止于"泪尽而逝"，而是仙草归真。也就是说，曹雪芹除着重写了宝黛的"今生"，还写了他们的"前生"来自自然，"来生"又回归自然。

曹雪芹究竟为什么不只写宝黛的"今生"，还要写他们的"前生"和"来生"？

显然，在曹雪芹看来，人本来就是大自然的产物。不只贾宝玉是由顽石"自经锻炼之后，灵性已通"，"不觉打动凡心"，经过僧道"大展幻术，将一块大石登时变成一块鲜明莹洁的美玉"，才使他衔玉投生到"那昌明隆盛之邦，诗礼簪缨之族"来的。林黛玉本来也不过是一株绛珠草，只因"神瑛侍者日以甘露灌溉，这绛珠草始得久延岁月，后来既受天地精华，复得雨露滋养，遂得脱却草胎木质，得换人形"（第一回）。

不是把人说成是神仙或上帝创造的，而是把人视为大自然的产物和一部分，这并不是曹雪芹的新发现，而是我们中华文化一贯的传统。早在《易·序卦》中即指出："有天地然后有万物，有万物然后有男女，有男女然后有夫妇，有夫妇然后有父子。"《庄子·知北游》则进一步明言："人之生，气之聚也。聚则为生，散则为死。"《荀子·王制》更具体地剖析："水火有气而无生，草木有生而无知，禽兽有知而无义。人有气，有生，有知，亦且有义，故最为天下贵也。"也就是说，在气、生、知上，人与自然具有某种统一性；自然界与人类社会都是处在一个大系统中，应是"天人合一"，而不应人为地扭曲人的自然本性，违背自然规律。

曹雪芹的新发现在于，认为人和自然界的花草禽鸟，不只同样有气有生，而且同样有知有义有情，不同的只是由于人类社会的不合理，使人的遭遇和命运反而不及自然界的花草禽鸟。因此他写绛珠草因得神瑛侍者"日以甘露灌溉""始得久延岁月"，为报答他的"灌溉之情""甘露之惠"，如今"他既下世为人，我也去下世为人，但把我一生所有的眼泪还他，也偿还得过他了"（第一回）。可见草木尚且如此有情，人岂能反而不如草木吗？请看那"绿柳榆荚自芳菲，不管桃飘与李飞。桃李明年能再发，明年闺中知有谁？……一年三百六十日，风刀霜剑严相逼。明媚鲜妍能几时，一朝飘泊难寻觅……尔今死去侬收葬，未卜侬身何日丧？侬今葬花人笑痴，他年葬侬知是谁？"（第二十七回）曹雪芹写的这段《葬花辞》表明，那林黛玉如鲜花一般美好的青春少女的命运，比自然界的鲜花的遭遇更加悲惨。鲜花只有秋冬两季才遭到风霜的摧残，而生活在封建社会的林黛玉，"一年三百六十日"，天天皆处在"风刀霜剑严相逼"的极端痛苦之中；鲜花死去尚有人收葬，而林黛玉却不知"何日丧"，谁收葬。难怪贾宝玉听见这段唱词后，"不觉恸倒山坡之上"，"不禁试想林黛玉的花颜月貌，将来亦到无可寻觅之时，宁不心碎肠断"（第二十八回）！后来当林黛玉获悉贾宝玉即将与薛宝钗成婚而"焚稿断痴情"时，贾母竟说："林丫头若不是这个病（指相思病）呢，我凭着花多少钱都使得。若是这个病，不但治不好，我也没心肠了。"（第九十七回）这种见死不救的残酷无情，岂不说明封建礼教使贾母竟如此丧失人的自然本性，连草木禽兽都不如吗？

曹雪芹的独创还在于，他以大自然为理想境界，来揭露、批判现实社会的污浊和对人的自然本性的扭曲。如他把生活在大自然中的顽石，赞美为"幽灵真境界"，而把投生到人世的贾宝玉，嘲讽为"幻来污浊臭皮囊"（第八回）；贾宝玉不堪忍受封建统治的种种精神折磨，而一再要化灰化烟，离开人世，回归大自然。作者还写他在梦中"至一所在，但见朱栏白石，绿树清溪，真是人迹希逢，飞尘不到"。宝玉在梦中欢喜，想道："这个去处有趣，我就在这里过一生，纵然失了家也愿意，强如天天被父母师傅打呢。"（第五回）可见摆脱封建统治，回归自然，这是贾宝玉梦寐以求的人生理想。"曰女娲氏所造石，言人性原于自然，与有生以俱来也。"[1]回归自然的"好处"，就是可以像顽石那样："天不拘分地不羁，心头无喜亦无悲。"（第二十五回）过自由自在的幸福生活。林黛玉的理想也是要回归自然，"随花飞到天尽头"，"质本洁来还洁去，强于污淖陷渠沟"（第二十七回）！这一切皆可见，曹雪芹是以自然界为自由自在，为"洁"，而以他所生活的人世——封建社会为受拘羁，为"浊臭"、为"污淖"的。他要写的不是人间社会中忠臣与奸臣、义士与贪官、英雄与恶霸等某一类人之间的矛盾，而是整个人类社会与大自然的对立，恰切地说，是封建统治与人的自然本性的对立。

从人的自然本性出发，来批判封建礼义的不合人性，这是我国明代中叶资本主义萌芽出现以后的新思潮。恰如李卓吾所说："盖声色之来，发于情性，由乎自然，是可以牵合矫强而致乎？故自然发于情性，则自然上止乎礼义，非情性之外复有礼义可止也。惟矫强乃失之，故以自然之为美耳，又非于情性之外复有所谓自然而然也。"[2]强调尊重人的自然情性，反对人为的"牵合矫强而致"，反对在人的"情性之外复有礼义"，曹雪芹的自然观和创作思想，显

---

① 成之：《小说丛话》，转引自一粟编：《古典文学研究资料汇编·红楼梦卷》，中华书局 1963 年版，第 603 页。

② 李卓吾：《焚书》卷三《杂述·读律肤说》。

然是跟这个进步思潮一脉相承和前呼后应的。

　　曹雪芹把宝黛写成有前生、今生和来生，这无疑是借用了佛家的"三生"说。但他不是像佛家那样，借此宣扬因果报应的迷信思想，误导人们以为现实世界之所以有人富贵有人贫穷，是因前生所造善恶决定的结果，今生的善恶行为，亦必导致来生的福祸报应。他扬弃了其因果报应的内核，而突出了人的自然本性与封建社会现实的矛盾，揭露和批判封建社会对人的拘羁和污浊。这种"三生"的写法，不仅使人物的典型意义得到极大的开掘和延伸，而且大大拓展了读者想象和思考的空间，使作品更增添了耐人寻味、发人深省的奇妙魅力。

二、以"木石前盟"与"金玉良姻"的矛盾，体现人的自然本性与扭曲人的自然本性的对立

　　以"木石前盟"与"金玉良姻"的矛盾，来突出人的自然本性与扭曲人的自然本性，两种人物性格、两条人生道路的对立，这是曹雪芹的自然观和《红楼梦》具有自然美的又一显著特色。

　　从来的作品写爱情婚姻题材，总不外乎写男女自由爱情与封建家长的矛盾。如《西厢记》中的崔莺莺，骂她的母亲为"狠毒娘"，谴责"俺娘呵，将颤巍巍双头花蕊搓，香馥馥同心缕带割，长搀搀连理琼枝挫"。《牡丹亭》中的杜丽娘，连在自家的后花园走走，也要担心"老爷闻知怎好"。她只能终日生活在深闺之中，根本不允许她有与青年男子相见的机会，偷偷地到自家后花园游春后，不觉困倦，在梦中遇见一青年男子，又"忽值母亲来到，唤醒将来"，她被惊吓得"一身冷汗"，这就是著名的一出戏《惊梦》。尽管封建礼教的枷锁已经极其严酷地束缚甚至摧残着她们的身心，然而她们追求的却仅仅只限于个人的爱情婚姻自主，在政治上则为走上金榜题名、夫贵妻荣的封建人生道路而感到无比自豪和荣耀。

唯独曹雪芹的《红楼梦》，它所写的"木石前盟"与"金玉良姻"的冲突，却主要不是写男女自由爱情与封建家长的矛盾，而是写坚持人的自然本性与扭曲人的自然本性，两种人物性格、两条人生道路的矛盾。

贾宝玉和林黛玉的主要性格特征，是坚持个性自由的自然本性；他们在反封建的人生道路上志同道合。贾宝玉出生在"本省最有权有势、极富极贵的大乡绅"之家，却不愿走读书中举的封建人生道路，厌恶与为官做宰的谈讲仕途经济，痛斥他们为沽名钓誉的"禄蠹"。因而他被封建家长斥责为"孽根祸胎""混世魔王""不肖的业障"。这已使他处于不堪忍受的精神痛苦之中，又加上薛宝钗、史湘云、袭人等本来被他视为如水一般清爽的女儿，也对他再三规劝，使他更加倍感痛苦和气愤。"只说'好好的一个清净洁白的女儿，也学的钓名沽誉，入了国贼禄鬼之流。这总是前人无故生事，立言竖辞，原为导后世须眉浊物，不想我生不幸，亦且琼闺绣阁中亦染此风，真真有负天地钟灵毓秀之德！'因此祸延古人，除四书外，竟将别的书焚了。"（第三十六回）所谓"有负天地钟灵毓秀之德"，意即辜负了天地间灵秀的自然之气聚集培育的品德。他以此为思想武器，来批判封建统治思想对人的自然本性的毒害和扭曲。这本属他的叛逆性格的可贵表现，可是在那个封建世俗之见占统治地位的时代，他不但得不到应有的理解和支持，反而被众人视为"如此疯颠"。"独有林黛玉自幼不曾劝他去立身扬名等语，所以深敬黛玉。"（第三十六回）可见宝黛的"木石前盟"，实则具有共同走反封建的人生道路，在政治思想上结为同盟之意。

与宝黛相反，薛宝钗则走的是封建主义的人生道路。她竭力要向上爬，一心想"钗于奁内待时飞"（第一回），"好风频借力，送我上青云"（第七十回）。她来到贾府的目的，原先即因皇上要"聘选妃嫔"，她是到京都"待选"（第四回）的。后来大概因为"待选"无望，才把目光转到争取做贾家媳妇上。除了在政治思想方面她被贾宝玉斥之为"入了国贼禄鬼之流"以外，她的思想性格特征，也是竭力扭曲自己的自然本性，扼杀自己的个性爱好，或处处使乖，事事献勤，或装愚守拙，随分从时，千方百计去迎合封建统治者的需要，讨得贾母、王夫人、诸嫂、诸姑乃至仆人的欢心。如贾母为她过生日，叫她点菜点戏，她不点自己喜爱的，却按贾母的喜爱去点。王夫人逼得金钏儿投井自杀后，自己都感到这"岂不是我的罪过"，而薛宝钗为安慰、讨好王夫人，竟不惜睁眼说瞎话，称赞王夫人"是慈善人"，诬蔑金钏儿"他并不是赌气投井。多半他下去住着，或是在井跟前憨顽，失了脚掉下去的。他在上头拘束惯了，这一出去，自然要到各处去顽顽逛逛，岂有这样大气的理！纵然有这样大气，也不过是个糊涂人，也不为可惜"（第三十二回）。宝钗生性不喜欢戴首饰，本来她也嫌那金锁"沉甸甸的有什么趣儿"，只因有个和尚"给了两句吉利话儿"，恰好与通灵宝玉上的"两句话是一对儿"，叫錾上以后拣有玉的好成婚，所以她就"天天带着"（第八回）。为了成就她与宝玉的"金玉良姻"，她不是去赢得宝玉对她的爱情，而是把功夫花在讨得贾府上上下下对她的好感上，仿佛"其心直以宝玉为一禽而张罗以捕之"①。结果她赢得了与宝玉的婚姻，却没有赢得宝玉的爱情，一桩没有爱情的婚姻，终于使她成了极其可悲的活寡妇。

好在曹雪芹并未把罪责归咎于薛宝钗个人，而是写明她从小"也是个淘气的"，"怕看正经书"，"诸如这些'西厢'、'琵琶'以及'元人百种'"等进步作品，她也偷背着人看。只是因为"后来大人知道了，打的打，骂的骂，烧的烧，才丢开了"（第四十二回）。也就是说，只是由于封建家长的管束，才扼杀了她的自然本性，使她成为循规蹈矩的封建淑女。她之所以把功夫不是放在追求爱情上，而是放在实现"金玉良姻"上，这是因为封建的婚姻制度，都由父母硬作主张，不管他的儿女爱情如何，所以宝钗也是那个婚姻制度的上

① 季新：《红楼梦新评》。转引自一粟编《古典文学研究资料汇编·红楼梦卷》，中华书局1963年版，第304页。

当者和受害者，是那个社会千千万万的"红颜薄命"者之一。可见宝钗与宝黛的思想性格虽然对立，而作者批判的锋芒却不是指向宝钗个人，而是指向扭曲她自然本性的封建社会。

坚持人的自然本性，抗拒封建统治者的污染和扭曲，这既是贾宝玉、林黛玉反封建的思想基础，也是他们最基本的性格特征。封建统治是以男人为中心的，从皇帝到各级官吏，直至每个家庭的家长，皆非男人莫属。然而贾宝玉却公然斥责"男人是泥作的骨肉"说他"见了男子，便觉浊臭逼人"（第二回）。人皆以出身富贵之家为荣，而他却宣称"可恨我为什么生在这侯门公府之家"，使"我竟成了泥猪癞狗了"（第七回）。人皆说"康乾盛世"，而他却说那是"浊世"（第七十八回）。北静王将"圣上亲赐鹡鸰香念珠一串"（第十五回），转赠宝玉，宝玉又"珍重取出来，转赠黛玉"，而黛玉竟说："什么臭男人拿过的！我不要他。""遂掷而不取。"（第十六回）她"癖性喜洁"，拒绝这个污浊世界的污染，"说出一句话来，比刀子还尖"（第八回）。而对于宝玉，则全不靠金玉或木石之说，纯以爱情相感。在情意未通之前，黛玉由于放心不下，而时时有疑心，有刻薄语。及至《诉肺腑情迷活宝玉》一回之后，两个相爱之情已定，相知之心已明。从此黛玉对于宝玉再也没有一点疑心，对于宝钗诸人不但毫无从前刻薄尖酸之态，而且还掏心窝地向宝钗坦诚认错，说："你素日待人，固然是极好的，然我最是个多心的人，只当你心里藏奸。从前日你说看杂书不好，又劝我那些好话，竟大感激你。往日竟是我错了，实在误到如今。"（第四十五回）可见她心地是多么光明，胸怀是多么皓洁，品行是多么诚笃，待人是多么憨厚！

由于宝黛爱情是纯出于"木石前盟"——人的自然天性，绝无一切机巧诡诈如通过和尚制造"金玉良姻"之类的世俗恶习，故其相爱之深，非宝钗的美色所得而间，非袭人的柔情所得而动，非封建家长和世俗的诋毁所得而惑，非身体的婚娶、生死所得而移，确实达到情痴的境界。贾宝玉连梦中都在

687

叫喊："和尚道士的话如何信得？什么是金玉姻缘，我偏说是木石姻缘！"（第三十六回）宝黛爱情，既根本不同于封建统治阶级腐化堕落的"皮肤滥淫"，也有别于《西厢记》《牡丹亭》中那种以达到两性结合为满足的自由爱情。他们的爱情是以实现反封建、争自由的人生理想为基础、为前提的。用黛玉的话来说："我为的是我的心。"宝玉说："我也为的是我的心。"（第二十回）这是两颗反封建、争自由，追求天然人性不受封建世俗污染的心，是无比高尚、纯洁、真诚的心，是充满诗化理想的心。这种爱情之所以生死不渝，具有特别感人的强大力量，就在于此——曹雪芹的自然观和《红楼梦》的自然美，与人人皆有追求自然之天性一拍即合，必然发生震撼人心的强烈共鸣。

因此，与其说他们是爱情婚姻悲剧，不如说他们是坚持或扼杀人的自然本性的人生悲剧，是"历史的必然要求和这个要求的实际上不可能实现"[①]的时代悲剧。

三、以"追踪蹑迹，不敢稍加穿凿"的求实精神，写出合乎"事体情理"的自然之美

曹雪芹为什么要反对"悉皆自相矛盾，大不近情理"，"皆蹈一辙"的"历来野史"和"千部共出一套"的"佳人才子等书"呢？这是因为他深知："真者，精诚之至也。不精不诚，不能动人……礼者，世俗之所为也；真者，所以受于天也，自然不可易也。故圣人法天贵真，不拘于俗。"[②]因此，他要打破俗套，"追踪蹑迹，不敢稍加穿凿"地写出反映客观自然规律之真，写出合乎"事体情理"的自然之美。这是曹雪芹的自然观和《红楼梦》自然美的又

---

① 恩格斯：《致斐·拉萨尔》，《马克思恩格斯书信选集》，第119页。

② 《庄子·渔父》，转引自北京大学哲学系美学教研室编《中国美学史资料选编》上册，中华书局1980年版，第40页。

一重要特色。其主要手法和创新之处在于：

首先，他以"假作真时真亦假"的真假对立统一的观点和方法，来揭示和描写他所反映的人和事。例如，他不仅写了个贾宝玉，还写了个甄宝玉，这"贾""甄"，就是"假""真"二字的谐音。两个宝玉，不但名字一样，长的模样相同，小时候连尊崇女儿的性格也一样。只是后来贾宝玉仍坚持其天真纯洁的自然本性，继续走叛逆的人生道路，而甄宝玉则屈服于封建统治的需要"改邪归正"，成为贾宝玉所痛恨的"禄蠹"式的人物。恰如清代陈其泰在《红楼梦》第九十三回末的批语中所指出的："好好一块真宝玉，一为世情所移，便成了俗物。而世之好俗物者，无不以此为真宝玉，反以不雕不凿，全其天真者为无用之物，而讪笑之、唾骂之，且瓦砾视之，则以为贾宝玉云耳。作者慭焉。故特设此两人，以见世之所谓真者反假，而所谓假者实真也。茫茫宇宙，舍林黛玉其谁识之哉？！"[①] 这种以假为真、以真为假、黑白颠倒的现象，在那个封建统治腐朽没落的时代，不但比比皆是，而且是个符合那社会必然没落之客观规律所具有的十分自然的现象。这是作者对社会发展的自然规律"追踪蹑迹"所获得的新发现，足以振聋发聩，令人耳目一新，为之深思猛省。

又如，封建道德是维护封建统治的精神支柱，而曹雪芹的《红楼梦》揭示和描写封建统治的腐朽没落，已促使人皆不孝，而又人皆不得不假孝。贾敬逝世，贾琏、贾珍、贾蓉为其守灵尽孝，竟然不顾孝服在身，在灵堂上施展调戏尤二姐的勾当，贾蓉既帮叔叔贾琏出谋划策，达到"贪图二姐美色"的目的，又企图实现自己"趁贾琏不在时，好去鬼混之意"，免得他"素日因同他姨娘有情，只因贾珍在内，不能畅意"（第六十四回）之苦。由此揭示出，他们尽孝是假，十足令人不齿的狗彘之徒是真。贾赦夫妇之事贾母，从表

---

① 陈其泰评、刘操南辑：《桐花凤阁评〈红楼梦〉辑录》，天津人民出版社1981年版，第278页。

现上看毫无失礼之处，然而其内心却沆瀣一气，欲霸占贾母的贴身丫环鸳鸯为贾赦之妾，而恨不得这个老厌物早死。如果说贾琏、贾珍、贾蓉和贾赦夫妇本来就不属人望所归，那么贾政夫妇似乎属克尽孝道的正经人了。然而作者写他们的一言一行，却毫无至情至性尽孝可以使人感动，他们所谓的尽孝，不过是循礼而已。不难看出其内心以为，我唯循礼，才可以为正经人，我唯循礼，才可以为子孙的表率，至于对母亲真正的爱心和孝心，却很淡漠。唯有凤姐，对贾母费尽心机投其所好，千方百计奉承迎合。然而其骨子里并非出于孝心，只不过要为自己的大权独揽，而竭力博得老祖宗的娇宠罢了。贾府上下满口忠孝节义，仁义道德，而实则如焦大所骂："每日家偷狗戏鸡，爬灰的爬灰，养小叔子的养小叔子。"（第七回）看上去是彬彬诗礼之家，周旋揖让，熙熙然有光风雾月之象，而内里则是父子叔侄兄弟姊妹之间、妻妾姑媳妯娌之间，无不纷纷然相倾相轧，相攘相窃，其阴鸷、残忍、诡谲、刁钻，可谓令人惊心骇目，惨不忍睹！恰如探春所说："咱们倒是一家子亲骨肉呢，一个个不像乌眼鸡，恨不得你吃了我，我吃了你！"（第七十五回）曹雪芹又通过尤氏之口明白道出："我们家下大小的人只会讲外面假礼假体面，究竟作出来的事都够使的了。"（第七十五回）可见既写出"真"的一面，又写出"假"的一面，这样不仅"追踪蹑迹"地深刻揭示出封建统治的腐朽衰落，既逼人为不慈不孝不友不悌之人，又强为假孝假慈假友假悌之人，使读者深感这个社会继续存在下去的合理性已丧失殆尽！而且还从"事体情理"上使人物形象被塑造得更加生动活泼，多姿多彩，真实自然，耐人寻味。

与此同时，他从"世上万般，好便是了，了便是好"（第一回）的辩证观点出发，毫无粉饰现实之意，唯有尊重自然规律之心，以悲喜映照的方法，来揭示社会人生悲剧的实质。例如，贾元春当了皇妃，专为她省亲而建造的大观园，成了"玻璃世界，珠宝乾坤"，"处处灯光相映，时时细乐声喧"。按照他书的俗套，必定要作《灯月赋》《省亲颂》了。然而曹雪芹却在这大喜大庆之时，突出地写"悲"，写他们"不说说笑笑，反倒哭起来"。贾元妃"隔帘含泪谓其父曰：'田舍之家，虽齑盐布帛，终能聚天伦之乐；今虽富贵已极，骨肉各方，然终无意趣。'"一听执事太监说时刻已到，"请驾回銮"，贾妃"不由的满眼又滚下泪来"，贾母等人也"哭的哽噎难言"。作者说："贾妃虽不忍别，怎奈皇家规范，违错不得，只得忍心上舆去了。"（第十七、十八回）身为皇妃，"富贵已极"，以封建世俗之见来看，应该感到无比幸福，无限喜庆，对皇恩浩荡，赞颂备至，感激涕零，程高本即把第十八回的回目，由庚辰本的"荣国府归省庆元宵"，改为"皇恩重元妃省父母"，突出赞颂"皇恩重"之意。然而曹雪芹却别具慧眼，他看重的不是物质上的"富贵已极"，而是"骨肉各方"，"皇家规范，违错不得"所给人带来的精神痛苦。这无异于说，物质上的富贵，不过属人的身外之物，人的自然本性所要求的"天伦之乐"，个性发展所要求的自由、平等、博爱，以及不是动辄"违错"，而是有自由、宽松、舒畅的生存环境，使人的自然本性得到充分的发展，获得精神上的愉悦，这才是人生最重要的最大的幸福。其矛头所向，直指以"皇家规范"为代表的封建专制制度，把"事体情理"写得如此真实深切，恰如庚辰本于此处的脂批所赞叹的："追魂摄魄，《石头记》传神摸（摹）影，全在此等地方，他书中不得有此见识。"

类似这种喜中显悲的写法，在《红楼梦》中不胜枚举。如第二十九回庚辰本回批所说："清虚观贾母、凤姐原意大适意大快乐，偏写出多少小不适事来，此亦天然至情至理必有之事。"又如第四十四回凤姐过生日，贾母说："今日不比往日，定要教凤姐痛乐一日。"可是，正当凤姐为阖家庆贺她生日而"痛乐"之时，她抽身离席回房，却听见房里鲍二家的笑道："多早晚你那阎王老婆死了就好了。"又说："他死了，你倒是把平儿扶了正，只怕还好些。"原来贾琏和鲍二家的正在床上通奸。"凤姐听了气的浑身乱战"，随即跟贾琏、平儿大闹一场，又跟鲍二家的撕打起来，气得平儿要寻死，贾琏拔出剑来，说："不用寻死，我也急了，一齐杀了我偿了命，大家干净。"吓得凤姐"哭着往贾母那边跑"，"爬在贾母怀里"，只说："老祖宗救我，琏二爷要杀我呢。"可见在凤姐"痛乐"可喜可贺之日，却正是她横遭夫权肆虐又可悲可怜之时。作者为什么要这样写？庚辰本脂批的回答是："乐极生悲，自然之理。"

的确，曹雪芹是把人间社会的乐极生悲、由盛而衰，看成如同自然界的春荣秋谢一样，是不可抗拒的客观规律。这有他的《红楼梦》曲子词为证："说什么，天上夭桃盛，云中杏蕊多。到头来，谁把秋挨过？""这的是，昨贫今富人劳碌，春荣秋谢花折磨。似这般，生关死劫谁能躲？"因此，《红楼梦》中各式人物皆落得个悲剧结局："为官的，家业凋零；富贵的，金银散尽；有恩的，死里逃生；无情的，分明报应；欠命的，命已还；欠泪的，泪已尽。"这一切，在曹雪芹看来，皆"好似食尽鸟投林，落了片白茫茫大地真干净"（第五回）！

正因为认识到自然规律不可抗拒，所以他才不是像《红楼梦》续作者那样竭力粉饰现实，写贾府终于"家道复初，兰桂齐芳"，而是忠实地写出"落了片白茫茫大地"的悲剧结局；并且不是为这个悲剧下场而凄凄惨惨、悲悲戚戚地说它"真倒霉"、"真可惜"，而是颇为欣喜地赞叹其"真干净"；不是把造成悲剧的罪责，归咎于个别坏人的作恶或个人的命运，而是揭示出其根源在于社会环境和时代。所谓"玉带林中挂，金钗雪里埋"，甲戌本脂批即指出："皆生非其地之意。"它表明无论黛玉或宝钗的悲剧，皆是由于她们所处的社会环境造成的。至于"才自精明志自高，生于末世运偏消"，更直截了当地指明，"生于末世"才是造成人生悲剧的根源，个人的才能和志气再高也无济于事。

也因为如此，所以他才不只写出贾宝玉、林黛玉等叛逆者的人生悲剧，而且还写出连薛宝钗、史湘云、袭人等封建势力的积极依附者，尤二姐、尤三姐等封建社会的被污辱者，金钏儿、晴雯、鸳鸯等欲做奴隶而不可得的被压迫者，探春、凤姐等才华出众、立志要挽救封建统治没落者，皆无不落得个悲剧的下场。曹雪芹的《红楼梦》所要写的，不只是爱情婚姻等某一方面的悲剧，也不只是某一类人的人生悲剧，而是"千红一窟"（哭）、"万艳同杯"（悲），整个一代青年妇女的人生悲剧，是"浊臭逼人"的整个封建统治必然彻底毁灭，"落了片白茫茫大地真干净"的大悲剧。曹雪芹的这种自然观和所追求的自然美，不但使《红楼梦》的思想内涵显得无比博大精深，充分地揭示出封建社会走向没落的历史必然性，而且从"悲"和"喜"两个方面，使人物形象被塑造得更加具有封建没落时代的时代特色和崭新的典型意义。

此外，曹雪芹以"追踪蹑迹"揭示自然规律，还得力于他从"千里之外，芥豆之微，小小一个人家"——刘姥姥的视角，来作全书的"头绪"和"纲领"（第六回）。他以刘姥姥一进、二进、三进荣国府，不仅自然逼真、生动有趣地写出贾府由豪奢、兴旺走向萧条、衰落的历史轨迹，而且揭示了富贵之家与贫穷的庄家人在生活上的巨大反差：贾府吃茄鲞，要"把才下来的茄子把皮刬了，只要净肉，切成碎钉子，用鸡油炸了，再用鸡脯子肉并香菌、新笋、蘑菇、五香腐干、各色干果子，俱切成钉子，用鸡汤煨干，将香油一收，外加糟油一拌，盛在瓷罐子里封严，要吃时拿出来，用炒的鸡瓜一拌就是"。难怪刘姥姥摇头吐舌说道："别哄我了，茄子跑出这个味儿来了，我们也不用种粮食，只种茄子了。""我的佛祖！倒得十来只鸡来配他，怪道这个味儿！"（第四十一回）贾府吃螃蟹要吃大个的，刘姥姥算笔账，说："阿弥陀佛！这一顿的钱够我们庄家人过一年了。"（第三十九回）至于他们住的园子，在刘姥姥看来，"竟比那画儿还强十倍"。贾母房内"那柜子比我们那一间房子还大还高"（第四十回）。连糊窗屉都要用"软烟罗"，刘姥姥念佛说道："我们想他作衣裳也不能，拿着糊窗子，岂不可惜？"（第四十回）作者以巧姐的判词："势败休云贵，家亡莫论亲。偶因济刘氏，巧得遇恩人。"说明贾府势败之后，巧姐曾遭"狠舅奸兄"所卖，幸得刘姥姥救助，才成为以纺织为生的农村劳动妇女。可见曹雪芹不只看到封建统治的必然彻底灭亡，且把同情和希望寄托在劳动者身上。

至于这种写法在艺术上起到了"天然凑泊"的作用，清代陈其泰在《红楼梦》第六回的批语已经指出："直至百回之外，才用着刘姥姥，而此处已见，以为闲文闲事耳。不知名手引文，多在闲处埋根。到得临时，方天然凑泊，不费经营。譬诸草木有根，逢春自发。人心之灵，与化工争巧。始信文章非小道也。此书在在皆然，举一以待反三。"[1]

　　由于曹雪芹十分注重"追踪蹑迹"，合乎"事体情理"，所以他的《红楼梦》恰如脂批所一再盛赞的——

　　　　即境生文，真到不期然而然，所谓水到渠成，不劳着力者也。（戚本第四回批语）

　　　　天生地设之文。（庚辰本第十五回批语）

　　　　过下无痕，天然而来文字。（庚辰本第二十四回批语）

　　　　各得自然之理，各有自然之妙。（庚辰本第七十四回批语）

　　总之，《红楼梦》的故事情节仿佛不是人为地编撰出来的，而是按照生活原有的样子，任其自然地流泻到纸上的。其故事情节的衔接和发展，犹如长江之中的滚滚波涛，时分时合地顺着一个方向汹涌翻滚，无论在大波或小波之间，皆只见奔流而不见它的中断或生硬牵合之处。它虽然主要写的只是一个贾府，然而它呈现在我们面前的，却仿佛是百面贯通、万象纷呈的整个世界；它为我们勾画了一幅整个封建社会日益走向衰落，恰如"一江春水向东流"那样，既波澜壮阔、势不可挡，又情如水涌、浩瀚凝重的历史画卷。

---

　　① 陈其泰评、刘操南辑：《桐花凤图评〈红楼梦〉辑录》，天津人民出版社1981年版，第64页。

四、反对人为穿凿，追求人物外形和精神的自然美

曹雪芹说他所描写的"半世亲睹亲闻的这几个女子""强似前代书中所有之人"（第一回）。那么，它究竟强在哪儿呢？我看它强就强在追求人的外形和精神的自然美，而反对人为穿凿。这是曹雪芹自然观和《红楼梦》自然美的又一卓越表现。

以人为穿凿为美，这是我国古代小说的一个通病。如《金瓶梅》刻意描写和赞美女人的小脚，写潘金莲"自幼生得有些颜色，缠得一双好小脚儿，因此小名金莲"（第一回）。西门庆之所以在霸占了潘金莲之后，又霸占来旺媳妇宋惠莲，作者还特地写明，她"比金莲脚还小些儿"（第二十二回）。写西门庆与宋惠莲在藏春坞通奸时，又特地"只顾端详"她的脚，赞美地说："谁知你比你五娘脚儿还小。"惠莲也自豪地说："昨日我拿他的鞋略试了试，还套着我的鞋穿。"（第二十三回）后来陈经济之所以与潘金莲通奸，作者也写他先是在葡萄架底下拾到了潘金莲的一只鞋，"经济接在手里，曲似天边新月，红如退瓣莲花，把在掌中恰刚三寸，就知是金莲脚上之物"（第二十八回）。如此不厌其烦地描写小脚，甚至把其鞋赞美成"天边新月""退瓣莲花"，看了令人感到实在肉麻，不免作呕！

其实，这也怪不得《金瓶梅》作者，因为以女人的小脚为美，这本属汉族文化和世俗审美观念中的一个怪癖。早在《南史·齐东昏侯纪》中即称："又凿金为莲花以帖地，令潘妃行其上，曰：'此步步生莲花也。'"唐代李商隐的《隋宫守岁》诗也称赞："昭阳第一倾城客，不踏金莲不肯来。"宋代卢炳的《烘堂词·踏莎行》则赞美："明眸剪出玉为肌，凤鞋弓小金莲衬。"连王实甫《西厢记》中的红娘都得意地唱："金莲蹴损牡丹芽，玉簪抓住茶

靡架。"

曹雪芹的《红楼梦》写了那么多美女，可是他很少描写更不赞美女人的小脚。[①]他着力描写和赞赏的是人物形象的自然美。例如，他写林黛玉："年貌虽小，其举止言谈不俗，身体面庞虽怯弱不胜，却有一段自然的风流态度。"（第三回）所谓"不俗"，就是未受世俗的污染，葆有自然高雅的品性。所谓"自然的风流态度"，即具有天然美好的风度和神韵。写薛宝钗"唇不点而红，眉不画而翠"（第八回）。所谓"不点""不画"，也就是不需人工化妆，即具有自然美。此外，如写迎春"肌肤微丰，合中身材，腮凝新荔，鼻腻鹅脂，温柔沉默，观之可亲"。写探春"削肩细腰，长挑身材，鸭蛋脸面，俊眼修眉，顾盼神飞，文彩精华，见之忘俗"（第三回）。皆无不以别具自然美取胜。

曹雪芹不但看重人物外在形象的自然美，对人物内在精神气质美，他所赞美的也是以人性的自然、个性的自由为美，而绝不是以恪守封建道德规范和世俗之见为美。我国历代封建统治者，常常旌表那些为丈夫逝世而不愿改嫁，坚持终生守节，甚至为殉节从夫而自杀的妇女为"烈女"。历代的史书都辟有《烈女传》，专门表彰这些烈女，使其青史留名，流芳百世。这实在是汉族传统文化中的封建糟粕之一，名为赞颂妇女的美德，实则扼杀妇女的生命，践踏自然。令人惊叹的是，曹雪芹在那时就能唾弃这种封建糟粕，对坚持守节的烈女，他不是竭力赞美、颂扬，而是以其违背自然美为标准，描写和揭示其守节的可悲可怜。例如，他写李纨"系金陵名宦之女"，从小就受到《女四书》《列女传》《贤媛集》等对妇女进行封建道德说教的书籍的毒害，"因此这李纨虽青春丧偶，居家处膏粱锦绣之中，竟如槁木死灰一般，一概无见无闻，惟知侍亲养子，外则陪侍小姑等针黹诵读而已"（第四回）。这"槁木死灰"四字，借助被摧残得完全丧

---

① 庚辰本第六十五回写到尤三姐"底下绿裤、红鞋，一对金莲，或翘或并，没半刻斯文"，显含贬意。程本则删掉了"一对金莲"字样。

失生机的自然景象，把迫使妇女守节这个封建道德的极端残暴性和不合理性，刻画和揭露得该是令人多么怵目惊心、震撼不已啊！恰如《庄子·齐物论》所责问的："形固可使如槁木，而心固可使如死灰乎？"实在太残忍了！

又如，贾赦要娶鸳鸯做小老婆，邢夫人说："你这一进去了，进门就开了脸，就封你姨娘，又体面，又尊贵。"鸳鸯的嫂子也说，这"是天大的喜事"（第四十六回）。《金瓶梅》中的潘金莲、李瓶儿、宋蕙莲等女子，也都以争当西门庆的小老婆为喜为荣。可是曹雪芹的《红楼梦》却不然。它以赞美的口吻写鸳鸯说，这是"把我送在火炕里去"。贾赦以为她恋着宝玉，嫌他老了，她却发誓："我这辈子莫说是'宝玉'，便是'宝金''宝银''宝天王''宝皇帝'，横竖不嫁人就完了！就是老太太逼着我，我一刀抹死了，也不能从命！"（第四十六回）曹雪芹还写尤二姐因为充当贾琏的"包二奶"，结果落了个被迫吞金自杀的下场。

以上皆可见，曹雪芹赞美人物气质美的标准，不是封建的道德规范和世俗之见，而是与此相反的人的自然本性和自由意志。

曹雪芹为什么能摒弃汉族文化传统中的上述封建糟粕呢？汉族文化传统中民主性的精华虽然很多，但是公然明确地把提倡烈女等扼杀人欲的程朱理学斥之为"以理杀人"者，则是清代进步思想家戴震的《孟子字义疏证》。此书约写成于乾隆丙申（1776）末至乾隆丁酉（1777）初。①此时距曹雪芹逝世的公元1763或1764年之后已有十三四年。因此，曹雪芹生前不可能受到戴震批判程朱理学为"以理杀人"这个光辉思想的影响，而很可能是由于受到满族文化传统的直接哺育。因为满族文化是主张"听其自然"反对为"夫死而殉"的。康熙和雍正皆多次明令禁止表彰烈女，康熙说："夫死而殉，日者数禁之矣。今观京师及诸省，殉死者尚众。人命至关重大，而死丧者，恻然之事也，夫修

---

① 据张岱年主编《戴震全书》第六册《孟子字义疏证》前的《说明》，黄山书社 1995 年版。

短寿夭，当听其自然，何为自殒其身耶？不宁惟是，轻生从死，反常之事也，若更从而旌异之，则死者益众，其何益焉？"①雍正也重申："凡烈妇轻生从死，昔年圣祖仁皇帝曾降旨禁止，朕于雍正六年又降旨晓谕，至明至悉。"②缠小脚，做烈女，显然都属摧残生命，扼杀人性，违背"听其自然"的满族文化传统的。曹雪芹祖辈早已加入满族旗籍，他在《红楼梦》中深情描写和赞赏自然美，从未赞美过妇女缠小脚，把守节的烈女李纨写得那么可悲可怜，显然都是由于受到满族文化传统的熏陶，而对汉族文化传统中封建糟粕的批判和唾弃。

五、曹雪芹具有自然观和《红楼梦》富有自然美的原因

曹雪芹为什么会具有如此强烈的自然观？《红楼梦》为什么会成为这般闪烁自然美光彩的伟大作品呢？

首先，是由于曹雪芹长期受到中华民族爱好自然的文化传统的哺育和影响。我们中华民族历来认为人是大自然的产物，而不同于西方迷信上帝创造人的神话。我国古代有不少文学家皆以自然为至美的境界。如屈原的《离骚》说他"朝饮木兰之坠露兮，夕餐秋菊之落英"，"制芰荷以为衣兮，集芙蓉以为裳"，以早晨饮木兰上坠下的露水，晚间食秋菊初开的花朵，身上穿着"芰荷""芙蓉"花制成的衣裳，来代表并显示诗人崇高、纯洁、优美的形象。李白《书赠江夏韦太守良宰》"清水出芙蓉，天然去雕饰"的诗句，脍炙人口，世代相传。元好问的《论诗绝句》盛赞："一语天然万古新，豪华落尽见真淳。"王国维总结我国文学创作的历史经验，指出："元曲之佳处何在？一言以蔽之，曰：自然而已矣。古今之大文学，无不以自然胜，而莫著于元

① 《大清圣祖仁（康熙）皇帝实录》（二），台湾华文书局 1970 年影印本，第 1820 页。
② 《大清世宗（雍正）皇帝实录》，台湾华文书局 1970 年影印本，第 2124 页。

曲。"①明代汤显祖通过其《牡丹亭》中杜丽娘之口，说："可知我常一生儿爱好是天然。"这种崇尚天然的思想，到了曹雪芹生活的清代，显得更加突出而强烈。如李光庭的《乡言解颐》卷五宣称："宇内色色形形，以天然为贵。"徐增的《而庵诗话》提出："诗贵自然。"王又华的《古今词论》要求："词以自然为宗。"叶燮《已畦集·原诗》内篇说："天地自然之文，至工也。"纪昀的《破叶砚铭》也说："古之至文，自然而然。"姚鼐则明言："文章之境，莫佳于平淡，措语遣意，有若自然生成者。"②连对绘画也强调："自然者上品之上，神者上品之中，妙者上品之下；精者中品之上，谨细者中品之下。"③李渔自称居西湖船中，观湖光山色、往来游人，"作我天然图画"④。

　　崇尚天然的思想在清代之所以显得格外突出而强烈，一方面是由于资本主义萌芽以后，摆脱封建束缚，追求自然人性，已成为时代的必然要求；另一方面，则是由于满族文化传统的积极影响所致。除康熙提倡自然，聘请学有专长的西方传教士入宫讲授天文、地理学自然科学知识外，王国维在谈到满族词人纳兰容若时也说："纳兰容若以自然之眼观物，以自然之舌言情。此由初入中原，未染汉人风气，故能真切如此。北宋以来，一人而已。"⑤鲁迅曾经盛赞《红楼梦》"全书所写，虽不外悲喜之情，聚散之迹，而人物事故，则摆脱旧套，与在先之人情小说甚不同"⑥。又称赞它之所以把"传统的思想和写法都打破了"，就在于"其中所叙的人物，都是真的人物"。至于《红楼梦》为什么能"摆脱旧套"，做到"所叙的人物，都是真的人物"⑦，鲁迅则未及深究。

①　王国维：《宋元戏曲史》十二《元剧之文章》。
②　姚鼐：《惜抱轩文后集》卷3《与王铁夫书》。
③　恽敬：《大云山房文稿》卷2《与来卿》。
④　李渔：《闲情偶寄》，转引自北京大学哲学系美学教研室编：《中国美学史资料选编》下册，中华书局1980年版，第240页。
⑤　王国维：《人间词话》五十二。
⑥　鲁迅：《中国小说史略》第24篇。
⑦　鲁迅：《中国小说的历史的变迁》，见《鲁迅全集》第8卷，第350页。

笔者认为，这在很大程度上应归功于曹雪芹能像满族词人纳兰容若一样，"未染汉人风气"，而坚持和发扬满族文化的优秀传统，做到"以自然之眼观物，以自然之舌言情"所致，由此亦可见，我们在谈到中华文化时，绝不应忽视或低估满族等各少数民族的杰出贡献。

其次，还由于曹雪芹对自然与人工、写实与理想、真人真事与艺术创造的关系，有颇为辩证而独到的认知。他虽然崇尚自然，但绝不排斥人工，关键在于要达到自然的境界。因此他通过贾宝玉之口说，只要"有自然之理，得自然之气，虽种竹引泉，亦不伤于穿凿"（第十七、十八回）。又通过惜春为大观园匾额题的《文章造化》诗，极力称赞人工创造的自然美："山水横拖千里外，楼台高起五云中。园修日月光辉里，景夺文章造化工。"（第十七、十八回）大观园的景色虽然很美，但是如何画大观园，他又通过宝钗之口，明确指出："你就照样儿往纸上一画，是必不能讨好的。这要看纸的地步远近，该多该少，分主分宾，该添的要添，该减的要减，该藏的要藏，该露的要露。"（第四十二回）这些见解皆说明，曹雪芹的自然观绝不是依样画葫芦的自然主义，而是深知艺术创作的三昧的。

中国古代小说创作往往把小说人物与真人真事缠夹在一起。如《水浒传》中的宋江，《西游记》中的唐僧，《金瓶梅》中的蔡太师，《儒林外史》中的王冕，都是实有其人的历史人物。小说写的究竟是真人真事，还是作家创造的典型人物？混淆不清。唯独曹雪芹的《红楼梦》公然宣称，他写的不是真人真事，而是"将真事隐去"，"用假语村言，敷演出一段故事来"（第一回）。可是无论是索隐派或以胡适为代表的"新红学"，都硬要把《红楼梦》所写的与真人真事扯在一起，至今"贾宝玉即是曹雪芹"[①]的"自传说"，仍被不少人称为"科学论断"。其实，贾宝玉这个小说人物十分明显地被作者赋予了很多

---

① 胡适：《中国章回小说考证·红楼梦考证》，上海书店 1980 年版，第 218 页。

的理想成分。否则，跟曹雪芹非常亲近的脂砚斋，怎样会说"按此书中写一宝玉，其宝玉之为人，是我辈于书中见而知有此人，实未目曾亲睹者"①呢？怎么会说"听其咽哽不解之言，察其幽微感触之心，审其痴妄委婉之意，皆今古未见之人，亦是未见之文字"②呢？贾宝玉分明是曹雪芹独创的"今古未见"过的伟大典型，而有的研究者却硬要把曹雪芹拉回到混淆文学与历史的界限、写真人真事的俗套上去。好在曹雪芹有超凡脱俗的见识，不拘泥于摹写真人真事，有独到而卓越的艺术创新精神，他才能创作出《红楼梦》这样具有自然美的艺术瑰宝。

最后，我们还应看到，曹雪芹之所以能写出别具神奇自然美的《红楼梦》，最根本的还在于他对所要写的人和事有切身的深刻体会，有血泪般的真情实感。如脂批所一再指出的："非经历过，如何写得出。《石头记》得力擅长，全是此等地方。"③"一句一滴泪，一句一滴血之文。"④清代贺贻孙的《诗筏》说："盛唐人诗，有血痕无墨痕，今之学盛唐者，有墨痕无血痕。"所谓"有血痕无墨痕"，就是诗人的作品纯属真情的自然流露，而绝无人工穿凿的痕迹。我国自明代前后七子提倡"文必秦汉，诗必盛唐"以来，形式主义的摹拟之风大为盛行，导致许多作家无病呻吟，"有墨痕无血痕"成为文学创作的通病。曹雪芹之所以能摆脱这个通病，主要是由于他亲自经历过由"诗礼簪缨""花柳繁华""温柔富贵"到"茅椽蓬牖，瓦灶绳床""一技无成，半生潦倒"的巨变，对于封建阶级由盛而衰，人生悲欢离合，有着特别深切的体验。因此，他的《红楼梦》仿佛不是用墨水写的，而是"字字看来皆是血"⑤，饱含着浓烈的血泪感情。再加上他的创作态度又极其严肃认真，不惜"于悼红

---

① 庚辰本《脂砚斋重评石头记》第十九回批语。
② 庚辰本《脂砚斋重评石头记》第十九回批语。
③ 庚辰本《脂砚斋重评石头记》第十七、十八回批语。
④ 甲戌本《脂砚斋重评石头记》第三回批语。
⑤ 甲戌本《脂砚斋重评石头记·凡例》。

轩中披阅十载，增删五次"。尽管经过"十年辛苦不寻常"①的笔耕，终究还未完稿、定稿。"壬午除夕，书未成，芹为泪尽而逝。"②庚辰本第二十二回回末总批又具体指明："此回未成而芹逝矣，叹叹！"他是如此把《红楼梦》的创作，当作毕生心血的结晶。可见曹雪芹这个伟大作家之所以伟大，不只在于他的天才，更重要的在于他有忠于自然的自然观，有为追求自然美而不惜献身的精神。

伟大的作家和作品，不只属于过去，而且属于未来。曹雪芹的自然观和《红楼梦》的自然美，即具有这个特性。它所反映的那个封建没落时代，虽然早已过去了，但它所揭示的那个社会种种违反自然规律的病症，却至今仍像梦魇一样危害着我们；它对回归人的自然本性的赞美，至今仍对我们有着启迪和鼓舞的积极作用。因此，它随着人类越来越重视自然和自然规律，而势必越来越熠熠生辉，越来越光彩夺目！

（下篇大部分内容，曾以《红楼梦——迷人的艺术世界》为书名，于1989年10月由台北贯雅文化事业有限公司出版，1991年8月重印。增补改名为《红楼梦的艺术创新》，于2002年9月由黑龙江教育出版社出版）

---

① 甲戌本《脂砚斋重评石头记·凡例》。
② 甲戌本《脂砚斋重评石头记》第一回眉批。

相关链接

从吴敬梓看曹雪芹的近代意识

　　曹雪芹的思想究竟是"古已有之"，还是与资本主义萌芽相适应的新的近代意识？这是困扰人们达半个世纪之久的悬案。笔者最近应约梳理《儒林外史》研究中的悬案，又一次激起我对吴敬梓与曹雪芹作比较研究的兴趣。吴敬梓（1701—1754）只比曹雪芹（？—1763）大一二十岁。他俩都曾在南京生活过，所写《儒林外史》和《红楼梦》都对封建社会的腐朽作了淋漓尽致的揭露和批判；书中的正面人物杜少卿和贾宝玉，又皆具有作者自叙传的成分，一个被称为"杜家第一个败类"，"不可学天长杜仪"；一个则被说成"古今不肖无双"，"莫效此儿形状"。二人罪名虽异，遭受睚眦则同。通过把曹雪芹与吴敬梓、贾宝玉与杜少卿作对比，笔者发现，他们之间不只有明显的共同性，更有强烈的反差性；由此可以更清晰地看出，吴敬梓的进步思想多属"古已有之"的传统意识，而曹雪芹则别具与世界接轨的、以新的民主主义思想为特征的近代意识。不信，请看事实。

一、批判的思想武器由"礼乐兵农"变为"女清男浊"

　　作家是以什么样的思想武器来揭露、批判？封建统治的腐朽，已经"礼崩乐坏"，世风颓败。对此，吴敬梓和曹雪芹持揭露、批判的态度虽基本相同，而所动用的思想武器则形成了强烈反差：吴敬梓是以礼、乐、兵、农的儒家政治理想，来揭露、批判封建统治衰败的某些弊病，而曹雪芹则是以"女清男浊"的新思想，对整个封建统治阶级作全面、彻底的批判和否定。

曹雪芹在《红楼梦》第二回写贾宝玉说："女儿是水作的骨肉，男人是泥作的骨肉。我见了女儿，我便清爽；见了男子，便浊臭逼人。"这看上去虽属贾宝玉说的"孩子话"，但从曹雪芹的创作思想来说，这种"女清男浊"论，实质上是对男权统治的封建阶级已经腐朽透顶的生动写照和深刻揭露，是对整个封建腐朽统治合法性的尖锐挑战和彻底否定，是对"男尊女卑"的封建传统观念反其道而行之，是属于以"矫枉过正"来达到男女平等的近代意识。因此，它跟吴敬梓的"礼乐兵农"传统意识相比，对于封建统治的揭露、批判，具有空前无比的毁灭性的杀伤力。

首先，从揭露、批判的广度来看。吴敬梓以礼、乐、兵农的传统意识，所揭露、批判的对象，未免局限那些沉缅于"三年清知府，十万雪花银"的贪官酷吏，热衷于科举功名而道德沦丧的无耻文人，或靠吹牛撒谎、欺世盗名的假名士，并未从根本上触及整个封建统治，即使对于八股科举也只是揭露其"缺失和弊端"，"并不是反对八股科举制度的本身。"[①]由此可见，在吴敬梓看来，由男子掌权的封建统治阶级，并不是整个地都腐朽了，腐朽的只是他们中的一部分人。也就是，整个封建统治如同一棵大树，只要修剪掉几根病枝枯叶即可。这跟《三国》《水浒》《西游》只反对昏君奸臣，几乎如出一辙。

唯有曹雪芹的《红楼梦》，以"女清男浊"论，把封建统治阶级的所有男子皆写成腐朽不堪——"污臭逼人"，把揭露、批判的对象扩展到完全由男权统治的整个封建阶级。不只各级官吏皆被斥为"国贼禄蠹"，而且连皇帝也被骂为"臭男人"。如贾宝玉把"圣上亲赐"、北静王转赠给他的鹡鸰香串珠送给林黛玉，作者写"黛玉说：'什么臭男人拿过的！我不要他。'遂掷而不取"。（第十六回）如果说林黛玉不知道是"圣上亲赐"之物，她主观上未

① 陈美林:《吴敬梓评传》，南京大学出版社1990年版。

必有骂皇帝之意。可是，林黛玉无意，作者却有心，他既写这是"圣上亲赐"之物，是皇帝拿过的，那么他借黛玉之口骂"什么臭男人拿过的"，其骂皇帝之意，岂不昭然若揭？何况作者还写明贾宝玉"把一切男子都看成混沌浊物"（第二十回）。这"一切"二字，显然包括以皇帝为首、由各级官吏到封建家长统统由男子掌权的整个封建统治阶级。事实上，在《红楼梦》中除了把封建统治者写成"混沌浊物"外，就再也没有把他们中的任何人像《儒林外史》与以往的小说那样写成清官或"真儒"之类理想的正面人物。曹雪芹的《红楼梦》给我的强烈感受是：整个封建统治都已经腐朽糜烂，衰败堕落，"一代不如一代"，后继无人了，"如今外面的架子虽未甚倒，内囊却也尽上来了"，"忽剌剌似大厦倾，昏惨惨似灯将尽"，已成必然之势。也就是说，封建统治如同一棵大树，已经不只是某几根枝枝叶叶有病需要修剪掉，而是整棵大树皆已病得岌岌可危，无可挽救，只有连根铲除。

其次，从揭露、批判的深度来看。吴敬梓以礼乐救世的传统意识，无论所反对的或所歌颂的，都主要是封建统治阶级中某些人的个人道德品质问题。如闲斋老人《〈儒林外史〉序》中所说："其书以功名富贵为一篇之骨：有心艳功名富贵而媚人下人者；有倚仗功名富贵而骄人傲人者；有假托无意功名富贵自以为高、被人看破耻笑者；终乃以辞却功名富贵、品地最上一层为中流砥柱。"[①]同样对待功名富贵，为什么会有四种人四样不同的态度？作者揭露、批判的深度，显然不触动整个封建统治制度，而是停留在个人的"品地"上；至多只触及封建统治者实行的个别办法，如指出以八股科举取士"这个法却定的不好！将来读书人既有此一条荣身之路，把那文行出处都看得轻了"。即使这一点，作者还是把希望寄托在封建统治者身上，幻想"天上纷纷有百十个小星，都坠向东南角上去了"。"天可怜见，降下这一伙星君去维持文运。"（第一回）

---

① 陈美林：《新批〈儒林外史〉》，江苏古籍出版社 1989 年版。

唯有曹雪芹的《红楼梦》，以"女清男浊"论，把整个封建统治阶级皆揭露、批判成已到了腐朽不堪、"浊臭逼人"的地步。他不是把揭露、批判的矛头仅指向某个人的个人道德品质问题，而是深入封建制度和阶级本质的层面。例如，贾雨村因得贾政的举荐而当上了应天府尹，一上任就接到薛蟠打死人命案，贾雨村本想"事关人命，蒙皇上隆恩，起复委用，实是重生再造，正当殚心竭力图报之时，岂可因私而废法"？可是当他手下的门子告诉他："此薛蟠即贾府之亲"，若不按照当时盛行的"护官符"办，"不但不能报效朝廷，亦且自身不保"。因此，"雨村便徇情枉法，胡乱判断了此案"，并"急忙作书信二封，与贾政并京营节度使王子腾，不过说'令甥之事已完，不必过虑'等语"（第四回）。曹雪芹的这种写法，清楚地说明，贾雨村的"徇情枉法"，绝不仅仅是他个人的品质问题，而是整个封建统治制度使然。又如，贾元春被选为皇妃，奉旨省亲，这从封建世俗之见来看，可谓享尽荣华富贵，令人歆羡、赞颂至极。然而曹雪芹却偏偏要把它写得凄凄惨惨戚戚，写贾元妃隔帘含泪谓其父曰："田舍之家，虽齑盐布帛，终能聚天伦之乐；今虽富贵已极，骨肉各方，然终无意趣！"见到贾母、王夫人，又是"三个人满心里皆有许多话，只是俱说不出，只管呜咽对泣"，抱怨"送我到那不得见人的去处"。临别，"不由的满眼又滚下泪来"，"贾妃虽不忍别，怎奈皇家规范，违错不得，只得忍心上舆去了"（第十七、十八回）。在曹雪芹的笔下，那皇宫全然不是令人羡慕、向往的天堂，而是令人失去自由，在精神上痛苦不堪的"不得见人的去处"。贾府虽然世称"诗礼簪缨之族"（第一回），"倒是一家子亲骨肉呢"，可是一个个却"像乌眼鸡，恨不得你吃了我，我吃了你"（第七十五回）！如此重重矛盾，显然也不只是某个人的品质问题，而是封建的宗族、妻妾、嫡庶、主奴等制度所致。贾蓉不顾热孝在身，公然调戏姨娘尤二姐、尤三姐，又"抱着丫头们亲嘴"。作者也不是把他的荒淫无耻归咎于人品堕落，而是以贾蓉的辩解说："从古至今，连汉朝和唐朝，人们还说脏唐臭汉，何况咱们这宗人家。"（第六十三回）由此可见，荒淫无耻，腐化堕落，是整个封建统治阶级的本质决定的，"脏唐臭汉"，历来如此。所以曹雪芹的《红楼梦》，其揭露、批判的深度，确属穷形尽相，深中肯綮，如同何其芳所指出的："它的总的意义和效果就不能不是对于整个封建社会的批判和否定。"①

最后，从人物形象塑造上看。吴敬梓等以往的作家在"男尊女卑"的传统观念影响下，总是把小说写成男性的世界，男人占据主导地位，女性只能当配角，即使如《金瓶梅》那样写了潘金莲、李瓶儿、庞春梅三位女主角，她们也全受西门庆的主宰，且都背上"淫妇"的恶名。《儒林外史》中除沈琼枝拒绝做妾略显亮色外，其他三位女性：鲁小姐、王太太与聘娘，也都属恪守传统、深陷在道德的泥潭里不能自拔。

唯有曹雪芹在"女清男浊"论的思想指导下，他决心要"令世人换新眼目"，着力写"其行止见识，皆出于我之上"的，"我半世亲睹亲闻的这几个女子"（第一回），为我们塑造了诸如林黛玉、薛宝钗、史湘云、贾元春、迎春、探春、惜春、晴雯、紫鹃、袭人、香菱、鸳鸯、司棋、芳官、藕官等一大群女儿形象。她们一个个是那样形象丰满，个性鲜明，瑰丽多姿，情感炽烈，才华横溢，俊俏妩媚，如群星璀璨，美仑美奂，令人不禁感情激荡，思绪萦怀，倾心赞叹，拍案叫绝！她们的思想倾向，虽有激进与保守、反抗与迎合之别，但她们的命运遭遇，却如"千红一窟"（哭）"万艳同杯"（悲）一样悲惨。造成她们悲惨命运的，显然不是偶然的个别人的罪过，而是那已经腐朽到"浊臭逼人"地步的封建统治者和由他们所维护的封建制度。你看那贾赦，"上了年纪""胡子苍白"，"如今兄弟、侄儿、儿子、孙子一大群"，已经"左一个小老婆，右一个小老婆放在屋里"，还要贾母的丫环鸳鸯给他做

① 何其芳：《论〈红楼梦〉》，刘梦溪编《红学三十年论文选编》上卷，百花文艺出版社1983年版。

妾。遭到鸳鸯的拒绝后，贾母还给银子叫他另买小妾，"终究费了八百两银子，买了一个十七岁的女孩子来，名唤嫣红，收在屋内"（第四十七回）。那贾敬则"一味好道，只爱烧丹炼汞，余者一概不在心上"（第二回），沉缅于"玄教中吞金服砂"，"参星礼斗"，"妄作虚为"，结果"烧胀而殁"（第六十三回）。那贾政，看上去古板、正经，实则不只迂腐无能，且十分庸俗下流。他在大庭广众之中讲笑话，讲的竟是有人怕老婆，怕到给老婆舔脚，舔得"未免恶心要吐"，还跪下求说："并不是奶奶的脚脏，只因吃多了黄酒。"（第七十五回）

"女清男浊"，这就是曹雪芹为贾宝玉性格生成设置的典型环境。他"自幼在姊妹丛中长大"（第二十三回），"日夜一处起坐"，耳濡目染，使他养成了如水一样清净的女孩儿的性格。为此，封建世俗之见诬蔑他："将来色鬼无疑。"（第二回）然而曹雪芹却通过贾母之口予以澄清："只他这种和丫头们好却是难懂。我为此也耽心，每每的冷眼查看他。只和丫头们闹，必是人大心大，知道男女的事了，所以爱亲近他们。既细细查试，究竟不是如此，岂不奇怪？"（第七十八回）其中没有什么可奇怪的。贾宝玉只不过是为女儿们的"清爽"所深深吸引，他打心眼里喜欢亲近她们，深受她们的影响，而对于他所出身的阶级则深感厌恶，痛斥他们为"须眉浊物""国贼禄蠹"，拒绝跟他们沆瀣一气，同流合污，厌恶走读书中举的封建人生道路。贾宝玉的爱憎感情和叛逆性格，都是建立在"女清男浊"的基础上的。

在曹雪芹笔下，当然也不是把所有女的都写成"清"的，所有男的都写成"浊"的。在女儿中也有薛宝钗、史湘云有时见机劝导宝玉立志功名，他不但不听劝，反生起气来，只说："好好的一个清净洁白的女儿，也学的钓名沽誉，入了国贼禄鬼之流。这总是前人无故生事，立言竖辞，原为导后世须眉浊物。不想我生不幸，亦且琼闺绣阁中亦染此风，真真有负天地钟灵毓秀之德！"（第三十六回）至于对嫁了男人的妇女，宝玉更为反感。因为她们充当主子的帮凶，执行迫害、撵走司棋等奴婢的任务，所以贾宝玉"恨的只瞪着他们"，说："奇怪，奇怪，怎么这些人只一嫁了汉子，染了男人的气味，就这样混帐起来，比男人更可杀了！"（第七十七回）由此可见，曹雪芹看得很深刻，他不是把女儿、女人身上的劣迹归咎于她们自身，而是归咎于"须眉浊物"，归咎于"染了男人的气味"。这无异于说，归根结底，万恶之源，都是以男子为权力中心的封建统治阶级造成的。

因此，曹雪芹的"女清男浊"论，使贾宝玉的叛逆性格具有空前的彻底性。如杜少卿和贾宝玉都同样厌恶科举功名，同样被封建世俗之见斥责为"不肯相与一个正经人"，但两者的思想出发点、典型的性质，却迥然有别。杜少卿对于"但凡说是见过他家太老爷的，就是一条狗也是敬重的"（第三十一回）。鲍廷玺去见他，他本想不见的，只因一听说鲍廷玺"受过先太老爷多少恩德"，"太老爷着实喜欢这鲍廷玺"，他就不但见他，而且把他留住在自己家中，盛情款待，可见"父为子纲"的传统思想对他的影响之深。在《红楼梦》中贾雨村也受过贾政的恩德，深得贾政的喜爱。他要见宝玉，宝玉即十分厌恶地表示："不愿同这些人往来。"（第三十二回）其原因就在于贾宝玉"把一切男子都看成混沌浊物，可有可无。只是父亲叔伯兄弟中，因孔子是盘古第一人说下的，不可忤慢，只得要听他这句话"（第二十回）。这里的"只得"云云，显属无可奈何的语气。尽管由于传统的沉重压力，使他在表面上"不可忤慢"，但在其内心深处却仍把他的父亲和贾雨村之流"都看成混沌浊物"，在实际行动上更是向来不遵从贾政的教训，即使为此而被贾政打成重伤，他也毫无悔改之意。可见"父为子纲"的传统思想，在杜少卿身上仍起很大的作用；在贾宝玉身上的作用，竟变得微乎其微，甚至徒有其表了。

尽管曹雪芹的时代尚不可能明确提出男女平等的科学主张，但是我们不能不承认曹雪芹的"女清男浊"说，不只跟"男尊女卑"的封建意识针锋相对，而且也有别于《雌木兰》等"古已有之"的要求男女平等的思想；它对男权统治的封建阶级的彻底背叛和否定，即足以证明它是近代男女平等思想的萌芽，是与传统意识绝不相容的近代意识。

二、颂扬的人生理想由讲究"文行出处"变为"任性恣情"

作家是颂扬什么样的人生理想？以什么作为褒贬人物的标准和人生立命处？面对封建统治的腐朽，拒绝跟他们同流合污，厌恶走八股科举取士的老路，在这方面，吴敬梓和曹雪芹可谓所见略同，不谋而合。问题在于唾弃科举取士的老路之后，又应追求什么样的人生理想呢？吴敬梓使他笔下的正面人物所追求的，仍是以"修身、齐家、治国、平天下"为己任，只不过其前提是要讲究"文行出处"（即：文，文章、学业；行，道德、品行；出，做官；处，退隐。），做到"有道则现，无道则隐"，"出则可以为王佐，处则不失为真儒"。这显然仍是儒家传统的人生理想。

唯有曹雪芹别具近代意识。他笔下的正面主人公贾宝玉所追求的，则是"于国于家无望"，只求个人"遂心一辈子"，带有个性自由解放意味的新的人生理想。因此，他写贾宝玉"竟一味的随心所欲"（第九回），"放荡弛纵，任性恣情，最不喜务正"（第十九回）。"真正一心无挂碍，只知道和姐妹们玩笑"，"一点后事也不虑"，用宝玉自己的话来说："能够和姐妹们过一日是一日，倘或我在今日明日、今年明年死了，也算是遂心一辈子。"（第七十一回）为实现这种人生理想，他只求"在闺阁中，固可为良友"，而不惜"于世道中未免迂腐怪诡，百口嘲谤，万目睚眦"；只要"独为我闺阁增光"，而不惜"见弃于世道"。（第五回）为此，他"天不怕，地不怕"（第四十五回中赖嬷嬷对他的评语）。显示出虽属新思想的萌芽，却独具新生力量无所畏惧、勇往直前的冲击力。作者强调他生前本是块"天不拘兮地不羁"（第二十五回），"无材补天"的"顽石"，投生人世间之后，又认定："老天生人再不虚赋情性的。"（第四十八回）也就是说，人的自然属性本应是无拘无束、生来就有情性的，为什么要加以人为的束缚和扼杀而使之"虚赋"呢？可见作者所赋予贾宝玉的人生理想，实则就是人性的觉醒和个性的自由解放。

由于是从儒家传统的人生理想出发，所以吴敬梓的《儒林外史》描写虞育德、庄绍光、杜少卿等正面人物，尽管他们皆明知那是个"无道则隐"的时代，主动打消了做官的念头，但仍念念不忘要为"治国、平天下"效力。杜少卿不惜从仅剩下"千把多银子"的家产中，一下子就拿出三百两银子，赞助修建泰伯祠，并与虞育德等一起公祭被孔子称颂为"至德"的泰伯，以"借此大家习学礼乐，成就出些人才，也可以助一助政教"（第三十三回）。可见他们对封建制度不只寄予幻想、抱有希望，且为挽救其没落而是多么的不遗余力。

与此截然不同的是，曹雪芹则写贾宝玉从不幻想要为封建统治"补天"，从未想到自己要担当起"齐家、治国、平天下"的重任，从来就对如何维护封建统治漠不关心，对礼乐、政教之类毫无兴趣。用他自己的话来说："我又不希罕那功名。"（第七十八回）他所希罕和热衷的，只是如何"任性恣性"，做"情痴情种"（第五回）。贾元春晋封皇妃，不只是贾府的无上荣耀，也是朝廷皇帝的大事，"贾母等如何谢恩，如何回家，亲朋如何来庆贺，宁荣两处近日如何热闹，众人如何得意，独他一个皆视有如无，毫不曾介意"（第十六回）。而对于秦钟与水月庵尼姑智能私自恋爱，受到其父秦业杖责，他却耿耿于怀，"心中怅然如有所失"（第十六回）。作者以此两相对照，可见这位"情痴情种"是多么憎爱分明。他的"情"，绝非局限于男女爱情，更多的是表现为喜爱跟清净如水的女儿们在一起，充当她们的知己者和关爱者，同情者和庇护者。他说："趁你们在，我就死了，再能够你们哭我的眼泪流成大河，把我的尸首漂起来，送到那雅雀不到的幽僻之处，随风化了，自此再不托生为人，就是我死的得时了。"（第三十六回）这期间，既有对黑暗现实的完全失望，对封建统治的愤极恨绝，也有对任性恣情的怡然自得，对人生前途的极端无奈。它不是一个消极虚无主义者、悲观厌世主义者的绝望哀鸣，而是一个坚持抗争、永不屈服，又尚未找到可靠出路，仅仅处于萌芽、稚嫩状态的新思想代表者无可奈何的痛苦心声。

正是因为从儒家传统的人生理想出发，所以吴敬梓在《儒林外史》中褒贬人物所持的标准："不论是肯定人物还是否定人物，都可以用是否注重文行出处这一块试金石加以鉴定。"①不讲究文行出处，那就必然热衷于追求功名富贵，成为"借圣言而躬恶行"，"口谈道德而志在穿窬"的诸色败类，成为如同周进、范进、严贡生、严监生、王德、王仁、王惠等被讽刺的可耻可笑、可憎可鄙、又可怜可悲的人物。而讲究文行出处，就是要淡泊功名富贵，恪守儒家传统的道德操守，像书中被推崇为"真儒""名贤""上上人物""书中第一人"的虞育德那样，成为"真乃天怀淡定之君子"。这就造成"《儒林外史》中有个规律性现象：凡是受到作者赞美的人品都是有点古老性的——即所谓的古风"②。

如王冕学屈原，"在《楚辞图》上看见画的屈原衣冠，他便自选一顶极高的帽子，一件极阔的衣服"，作屈原的穿戴打扮；精通礼乐的萧云仙，被庄绍光誉为"真不数北魏崔浩"；杜少卿讲义气、好施舍，作者即写他"两眉剑竖，好似画上关夫子眉毛"。梦想以这些古代贤人为楷模，来扭转"礼崩乐坏"的败局；力图以复兴传统文化为己任，来挽救世道人心的堕落。这一切，实质上都体现了地主阶级改革派面对封建末世政治文化和精神道德的全面危机，而在复古的旗帜下积极追求革新的精神。其思想渊源，显属"古已有之"的传统意识。

曹雪芹褒贬人物的标准，却不是儒家传统的文行出处，而是看他对封建

---

① 陈美林主编：《儒林外史辞典》，南京大学出版社 1994 年版。
② 周月亮：《王冕》《杜少卿》，见《儒林外史鉴赏辞典》，中国妇女出版社 1992 年版。

统治的态度：是叛逆，还是迎合？对自己的个性爱好，是尽情张扬和追求，还是竭力禁锢和扼杀？薛宝钗的美貌、才华、会做人，无疑地都可堪称"艳冠群芳"，不愧为"花中之王"。然而只是由于她深受封建统治思想的影响，有时要劝宝玉读书中举，便被斥为"入了国贼禄鬼之流"。贾母为她过生日，叫她点戏、点菜，她不是按照自己的喜好，而是按照贾母的喜好来点，以讨得贾母的欢心。她明明内心也爱贾宝玉，却偏偏要在行动上故意疏远他。作者对她的这一切描写，其贬意是显而易见的。而林黛玉尽管有"小心眼""爱刻薄人"等缺点，但她从不劝宝玉立身扬名，走仕途经济之路，以此深深地赢得了宝玉对她的敬重。她不顾身处"风刀霜剑严相逼"的险恶处境，仍然坚持自己直抒胸臆、锋芒毕露的个性，"说出一句话来比刀子还尖"。其性格的可敬可爱，显然寄寓了作者的热烈褒扬之意。从中我们不难看出，作者褒贬人物的标准，已不受儒家传统所囿，而是突破传统，别具歌颂叛逆、张扬个性的近代意识。

还是因为从儒家传统的人生理想出发，所以吴敬梓"好治经曰：'此人生立命处也'"[①]。他把儒家经典视为如同"天地日月"一样永恒的真理，说："夫圣人之经，犹天有日月也，日月照临之下，四时往来，万物化育，各随其形之所附，光华发越，莫不日新月异。学者心思同绅绎，义理无穷，经学亦日为阐明。"[②]他之所以要作《儒林外史》，就是要使"读之者，无论是何人品，无不可取以自镜。《传》云：'善者，感发人之善心；恶者，惩创人之逸志。'是书有焉"[③]。从儒家的传统思想来劝善惩恶，他的这种创作思想，跟他本人以"治经"为"人生立命处"，是完全一致的。

与此相反，曹雪芹则写贾宝玉说："除《四书》外，杜撰的太多，偏只我是杜撰不成！"（第三回）"凡读书上进的人"，他"就起个名字叫作'禄

---

① 程晋芳：《文木先生传》，《勉行堂文集》卷6。
② 吴敬梓：《〈尚书私学〉序》，《儒林外史研究资料》，上海古籍出版社1984年版。
③ 陈美林：《新批〈儒林外史〉》，江苏古籍出版社1989年版。

蠹'；又说只除'明明德'外无书，都是前人自己不能解圣人之书，便另出己意，混编纂出来的"（第十九回）。只因憎恨"清净洁白女儿"也"入了国贼禄鬼之流"，他便"祸延古人，除《四书》外，竟将别的书焚了"（第三十六回）。除《四书》外，还有"五经"：《诗》《书》《礼》《易》《春秋》，皆属维护封建统治的教科书，宣扬封建思想的理论根据，在封建时代历来被尊为神圣的经典。然而曹雪芹却通过他所肯定的正面人物贾宝玉之口，斥责它是"混编纂出来的"，是毫无根据的"杜撰"，不但不值得把它作为"人生立命处"，耗尽生命去学习它，钻研它，还把它当作"祸"根付之一炬。他对儒家经典如此厌恶之至，而对被封建统治者斥为"淫词艳曲"的《西厢记》《牡丹亭》等进步作品，则视为珍宝，说："真真这是好书！你要看了，连饭也不想吃呢。"（第二十三回）入迷到如此地步，确可堪称以此为"人生立命处"。

两种人生理想，两种褒贬人物的标准，两种"人生立命处"，皆显然反映了吴敬梓和曹雪芹这两位作者，有囿于传统和突破传统、固守传统意识和追求近代意识的重大区别。

三、对待爱情婚姻不是以金钱、才能、美貌，而是以志同道合为择偶的标准

作家对爱情婚姻持什么观念和态度？吴敬梓的《儒林外史》之所以只字未及男女爱情，不完全是由于作品的题材、主旨所限，它跟吴敬梓对自由爱情持否定的观念和态度有关。他的《〈剑缘传奇〉叙》写道："吾友蓬门所编《玉剑缘》，述杜生、李氏一笑之缘，其间多所间阻，复有铁汉之侠，鲍母之挚，云娘之放，尽态极妍。至《私盟》一出，几于郑人之音矣。读其词者沁人心脾，不将疑作者为子矜佻达之风乎？然吾友二十年来勤治诸经，羽翼圣学，穿穴百家，方立言于后，岂区区于此剧哉！子云：'悔其少作。'吾友尚

未即悔者，或以偶发于一时，感于一事，劳我精神，不忍散失。"①其反对男女"私盟"、否定写自由爱情之意，可谓昭然若揭。

当然，吴敬梓并不是个头脑冬烘的封建顽固派。《诗经》中的《溱洧》，朱熹《诗集传》说它是"淫奔者自叙之词"，他反驳说："《溱洧》之诗，也只是夫妇同游，并非淫乱。"（第三十四回）他写杜少卿"携着娘子的手""在清凉山冈子走了一里多路"，引得"两边看的人目眩神摇，不敢仰视"（第三回）。论者赞之为"惊世骇俗的行为"②。不过作者写明这是在"这日杜少卿大醉了"的情况下，是醉酒失态，并非蓄意挑战封建礼教。当有人劝杜少卿纳妾时，作者写杜少卿说："娶妾的事，小弟觉得最伤天理。天下不过是这些人，一个人占了几个妇人，天下必有几个无妻之客。小弟为朝廷之法：人生须四十无子，方许娶一妾；此妾如不生子，便遣别嫁。是这等样，天下无妻子的人，或者也少几个。"（第三十四回）他希望天下"少几个""无妻子的人"，这当然是值得赞扬的，但从他认定四十无子便许娶妾，即可见他所遵循的还是"不孝有三，无后为大"，娶妻必为生子传宗接代的封建婚姻观。

与吴敬梓相比，曹雪芹在爱情婚姻问题上更明显地表现出了已超越封建时代的近代意识。

首先，在爱情婚姻观念上，他以金玉姻缘与木石姻缘的对立，批判和否定了封建的婚姻观，肯定和颂扬了符合人的自然本性的新的爱情婚姻观。"金玉"无疑地象征着富贵，代表着封建婚姻要求的"门当户对"；封建家长又因宝玉含玉而生，戴着通灵宝玉，而特地请和尚给宝钗打了个金锁，散布将来要拣有玉的才可配为姻缘的流言，力图借封建迷信，来达到贾薛两个家族联姻的目的。为实现金玉姻缘的封建包办婚姻，封建家长竟然如此不择手段，如此要

① 吴敬梓：《〈玉剑缘传奇〉叙》，《儒林外史研究资料》，上海古籍出版社 1984 年版。
② 陈美林主编：《儒林外史辞典》，南京大学出版社 1994 年版。

尽阴谋诡计！它不仅显得卑鄙之极，而且给真心相爱的贾宝玉和林黛玉带来极大的精神折磨和痛苦，使之成为他俩经常怄气的祸根。如黛玉奚落宝玉说："你有玉，人家就有金来配你；人家有'冷香'，你就没有'暖香'去配？"（第十九回）她自称："比不得宝姑娘，什么金什么玉的，我们不过是草木之人！""宝玉听他提出'金玉'二字来，不觉心动疑猜，便说道：'除了别人说什么金什么玉，我心里要有这个想头，天诛地灭，万世不得人身！'"（第二十八回）宝玉被这个姻缘邪说折磨得不禁在梦中喊骂说："和尚道士的话如何信得？什么是金玉姻缘，我偏说木石姻缘！"（第三十六回）黛玉更是被折磨得眼泪都哭干了，使她体弱多病，病情日益加重。所谓"木石姻缘"是指林黛玉前生为绛珠仙草，贾宝玉前生为"无材补天"的"顽石"；"木石"既象征着贫贱，又代表着人的自然本性，说明宝黛爱情是不以"金玉"、门第等任何附加物为前提的，纯属"儿女之真情"。这种以人为本的爱情婚姻观念，显然只能是属于与"门当户对"的封建婚姻观念相对立的近代意识。

其次，在选择的自由度和择偶的标准上，由于封建礼教隔绝了青年男女交往的机会，因此如《西厢记》《牡丹亭》等作品，都只能写"一见钟情"式的爱情。既没有更多的自由选择的机会，更缺乏深厚的感情基础，尤其是择偶的标准仍是封建的。男女双方看中的不过是"郎才女貌""夫贵妻荣"。"她有德言工貌，小生有温良恭俭。""六宫宣有你朝拜，五花诰封你非分外。"而曹雪芹所描写和歌颂的宝黛爱情，不但丝毫没有封建道德和封建政治掺杂其间，而且作者特地创造了大观园这个"女儿国"，使贾宝玉和众多女孩儿长期朝夕相处，密切交往。经过多方的自由选择，甚至"变尽法子暗中试探"（第二十九回），才建立起志趣相合、性格相投、两情相悦、生死不渝的爱情。不论戴金锁的薛宝钗，或系着金麒麟的史湘云，或有白雪红梅映衬的妙玉，都无法从贾宝玉的感情深处排挤掉林黛玉的位置。贾宝玉对林黛玉的爱情越来越专注，越来越浓烈。如果说他原先还有点泛爱主义，想得到众人哭他的眼泪，可是后来他终于认识到："昨夜说人们的眼泪单葬我，这就错了。我竟不能全得了。从此后只是各人各得眼泪罢了。"（第三十六回）描写如此自由、纯洁、专一、执着的爱情，显然也只能是出于作家的近代意识。

最后，在爱情与政治及人生道路的关系上，曹雪芹竭力突出在政治思想上成为反封建的"知己"具有决定性的作用。薛宝钗只因劝宝玉读书中举，会会为官做宰的人，谈讲些仕途经济的学问，即引起贾宝玉的极大反感，斥之为"混帐话"，"他不管人脸上过的去过不去，他就咳了一声，拿起脚来走了。这里宝姑娘的话也没说完，见他走了，登时羞的脸通红，说又不是，不说又不是"。不仅搞得薛宝钗下不了台，而且因此便"同他生分了"（第三十二回）。"独有林黛玉自幼不曾劝他去立身扬名等语，所以深敬黛玉。"（第三十六回）"若他也说过这些混帐话，我早和他生分了。"作者写"黛玉听了这话，不觉又喜又惊，又悲又叹。所喜者，果然自己眼力不错，素日认他是个知己，果然是个知己……"（第三十二回）宝黛爱情的可贵，恰恰在于他们以政治思想上互为"知己"，共同走反封建的人生道路。也就是说，他们不只在爱情婚姻问题上反封建，更重要的是在政治思想和人生道路上反封建，前者是以后者为前提、为基础的。

因此，从思想实质上看，这不只是爱情自由、婚姻自主与封建包办婚姻的斗争，更重要的是新生的民主主义与腐朽的封建主义两种思想的激烈冲撞，是新生力量与腐朽统治两种势力的生死搏斗，具有不可调和的对抗性。宝黛既不可能为实现自主婚姻而放弃自己的人生道路，向封建家长屈服，如张生、柳梦梅那样答应考中进士之后再成婚；封建家长也更不可能迁就他们的要求，允许他们成婚。尽管贾母他们皆深知不答应宝黛成婚，将会使他们痴狂病发作，丧魂失魄，断送他们的"命根子"；强使宝玉与宝钗成婚，连袭人都预感到这不是"冲喜"而是"催命"。但封建家长不惜一切代价也要这样做。因为这不只是他们个人的愿望，更重要的是为维护封建统治所必需。

在《红楼梦》中，曹雪芹不只使宝黛爱情的进步性，远远超过《西厢记》《牡丹亭》等以往一切描写爱情的作品，而且他写的鸳鸯拒绝做妾跟吴敬梓《儒林外史》所写的沈琼枝拒绝做妾，也大相径庭。沈琼枝为什么拒绝做妾？她说："宋百富强占良人为妾，我父亲和他涉了讼，他买嘱知县将我父亲断输了，这是我不共戴天之仇。况且，我虽然不才，也颇知文墨，怎么肯把一个张耳之妻去事外黄佣奴？故此逃了出来。"（第四十一回）杜少卿赞扬她："盐商富贵奢华，多少士大夫见就销魂夺魄；你一个弱女子，视如土芥，这就可敬的极了！"（第四十一回）其进步意义由此可见。然而，问题在于她为什么把"盐商富贵奢华""视如土芥"？如果她跟宋百富没有"不共戴天之仇"，如果她本人不是"颇知文墨"，而是"佣奴"，岂不就可以嫁给宋百富为妾吗？可见其思想实质依然存在封建等级观念。

曹雪芹在《红楼梦》中写贾赦要娶贾母房里的丫鬟鸳鸯为妾，贾赦之妻邢夫人劝她说："你这一进去了，进门就开了脸，就封你姨娘，又体面，又尊贵。"鸳鸯不肯，邢夫人又说："若果然不愿意，可真是个傻丫头了。放着主子奶奶不作，倒愿意作丫头！三年二年，不过配个小子，还是奴才。你跟了我们去……过一年半载，生下个一男半女，你就和我并肩了。家里人你要使唤谁，谁还不动？现成主子不做去，错过这个机会，后悔就迟了。"鸳鸯的嫂子也奉命来劝她，说这"可是天大的喜事"，而鸳鸯却认为"这是把我送在火坑里去"，说："家生女儿怎么样？'牛不吃水强按头'？我不愿意，难道杀我的老子娘不成？"贾赦以为"他必定嫌我老了，大约他恋着少爷们，多半是看上了宝玉，只怕也有贾琏。果有此心，叫他早早歇了心，我要他不来，此后谁还敢收？……叫他细想，凭他嫁到谁家去，也难出我的手心"！而鸳鸯面对如此重重威胁利诱，却义无反顾，斩钉截铁地宣告："我是横了心的，当着众人在这里，我这一辈子莫说是'宝玉'，便是'宝金''宝银''宝天王''宝皇帝'，横竖不嫁人就完了！就是老太太逼着我，我一刀抹死了，也不能从命！"（第四十六回）

由此可见，沈琼枝和鸳鸯虽然同样拒绝做妾，但吴敬梓由此所表达的，是以封建等级观念对抗盐商的富贵奢华和横行不法；曹雪芹由此所表达的，则是活画出一个大义凛然、英气逼人的女奴形象：她竟然敢于如此藐视封建等级，蔑视封建权贵，坚持以自己的人格独立，来向封建统治和威权挑战！前者显然仍属封建传统意识，而后者则属无视封建等级观念，自己主宰自己命运的近代民主意识。就思想实质来看，她俩仿佛分属两个不同时代的人。

曹雪芹笔下的尤三姐形象，也在爱情婚姻上别具近代意识。她不爱早已看上她的贾珍、贾琏、贾蓉，却偏偏爱上了"一贫如洗"的柳湘莲。贾琏娶尤二姐为妾后，尤二姐想劝尤三姐嫁给贾珍为妾，作者写尤三姐回答说："终身大事，一生至一死，非同儿戏。我如今改过守分，只要我拣一个素日可心如意的人方跟他去。若凭你们拣择，虽是富比石崇，才过子建，貌比潘安的，我心里进不去，也白过了一世。"（第六十五回）"富比石崇，才过子建，貌比潘安"，这都是历来人们择偶时所热烈追逐、梦寐以求的，然而尤三姐却统统置之度外，只求自己"可心如意"，心里进得去。如此爱情婚姻观念，充分表现了人的觉醒——人性高于一切。它显然不可能属于等级森严、扼杀人性的封建时代，而只能是属于追求人性觉醒和个性解放的近代和未来。

四、杜少卿与贾宝玉的典型意义形同而实异

在杜少卿和贾宝玉这两位正面主人公身上，虽然都带有作家自叙传的成份，但他俩所表现出来的思想内涵是否一致或相似相近呢？是恪守儒家传统的旧人，还是具有自由、民主、平等、博爱精神的新人呢？有的学者强调两者的相同或相似，说："吴敬梓和曹雪芹两个同时代的大作家，都写自己钟爱的人物不被庸众所理解，都以'反笔'颂扬他们，可见这是有深刻时代根源的历史现象。在杜少卿和贾宝玉形象里，确实透露出若许新鲜的气息和出奇之处，

在不被社会认同的情况下，作者以'反笔为颂'达到一石双鸟的效果：既颂扬了奇人，又讽刺了庸众。"① 而笔者则认为，两者只是形同实异，或形似神异。

杜少卿在《儒林外史》中被颂扬为"品行、文章，是当今第一人"（娄焕文语），是"海内英豪，千秋快士"，"自古及今难得的一个奇人"（迟衡山语）。巡抚奉旨荐贤，举荐他去。迟衡山说："你此番征辟了去，替朝廷做些正经事，方不愧我辈所学。"而他却说："这征辟的事，小弟已是辞了。正为走出去做不出什么事业，徒惹高人一笑，所以宁可不出去的好。"（第三十三回）他对封建官场已不抱幻想，对科举取士更是极其不满，斥责"这学里的秀才，未见得好似奴才"！决心"将来乡试也不应，科、岁也不考，逍遥自在，做些自己的事罢"（第三十四回）！毋庸置疑，这个人物形象在当时是具有进步意义的。然而就其思想内涵和典型特质来说，恰如有的学者所指出的："像杜少卿这样映现着作家全部感性情趣，寄寓着作家的理想的人物，也似乎并没有走出新的道路，他给人留下深刻印象的是'拒绝'的魅力，而不是新选择的启示。""作为一种精神现象，杜少卿是儒家文化的一个苦闷的象征。"② 也就是说，他是属于"古已有之"的儒家传统文化的产物。

跟杜少卿相比，贾宝玉则不只有"'拒绝'的魅力"，更有着"新选择的启示"。他在许多方面已经超越"古已有之"的儒家传统文化，而有着与资本主义萌芽相适应的新的自由、民主、平等、博爱的精神。

首先，表现在交友方面，杜少卿所谓"逍遥自在，做些自己的事"，主要是指"议礼乐名流访友"，结交迟衡山，庄绍光、虞育德等不愿做官的"真儒""贤人"，从事修建泰伯祠，祭祀"古今第一个贤人吴泰伯"的活动，企图以古代的礼乐教化来挽救封建统治的衰败。被书中称为"上上人物"的

---

① 李汉秋：《〈儒林外史〉研究》，上海华东师范大学出版社 2001 年版。

② 周月亮：《王冕》《杜少卿》，见《儒林外史鉴赏辞典》，中国妇女出版社 1992 年版。

虞育德、作者借众人之口，"说这位主祭的老爷是一位神圣临凡"（第三十七回）。他不仅是杜少卿最崇敬的师友，而且仿佛成了他的精神支柱。当虞育德离开南京时，杜少卿即说："老叔已去，小侄从今无所依归矣。"（第四十六回）以礼乐名流为交友的圈子，以古代的"真儒"为效法的楷模，这是杜少卿形象的显著特征。

贾宝玉形象则截然不同。他所崇敬和结交的好友，不是"礼乐名流"，不是"真儒""贤人"，而是秦钟、柳湘莲、蒋玉菡等下层人物。作者写"那宝玉自见了秦钟的人品出众"，"乃自思道：'天下竟有这等人物！如今看来，我竟成了泥猪癞狗了。可恨我为什么生在这侯门公府之家，若也生在寒门薄宦之家，早得与他交结，也不枉生了一世。'""秦钟自见了宝玉形容出众，举止不凡"，"亦自思道：'果然这宝玉怨不得人溺爱他。可恨我偏生于清寒之家，不能与他耳鬓交接。'"（第七回）这里作者所突出的，不是对方所代表的儒家思想道德风范，而是各自为对方的人品所吸引；不是局限于"名流""贫婆"的阶级界限。秦钟的性格特征是"情种"，他竟然跟尼姑庵里的智能私自恋爱，引起智能私奔到他家。他是秦可卿的弟弟，跟宝玉是叔侄关系。作者写道："宝玉终是不安本分之人，竟一味地随心所欲，因此又发了癖性，又特向秦钟说道：'咱们俩个人一样的年纪，况又是同窗，以后不必论叔侄，只论兄弟朋友就是了。'先是秦钟不肯，当不得宝玉不依，只叫他'兄弟'，或叫他表字'鲸卿'，秦钟也只得混着乱叫起来。"（第九回）宝玉所结交的柳湘莲，被"误认作优伶一类"（第四十七回）；蒋玉菡更是道道地地的优伶。宝玉却不嫌弃他们的身份地位卑贱，而跟他们结为挚友，甚至纵容蒋玉菡逃出忠顺王府，以致王爷派人来找贾政要人，使贾政"又惊又气"，责问宝玉"怎么做出这些无法无天的事来"（第三十三回）！这一切皆可见，作者写贾宝玉的交友，就是要求既突破贫富的阶级界限，又摒弃叔侄、尊卑等封建等级观念，凸现他"不安本分""无法无天"的叛逆性格，表现出追求自由、平等的新思想、新精神。

其次，表现在对下层人物的同情和援助方面。吴敬梓写杜少卿对下层人物也颇为同情，"和尚、道士、工匠、花子，都拉着相与"（第三十四回）。"又最好做大老官。听见人向他说些苦，他就捧出来给人家用。"（第三十一回）有个在他家做衣服的杨裁缝，跪在他面前哭着说："小的母亲得个暴病死了"，要求"借几两银子与小的"买棺材、衣服，以后"算着除工钱还"。杜少卿当即惨然道："我那里要你还？你还是小本生意，这父母身上大事，你也不可草草，将来就是终身之恨。几两银子如何使得？至少也要买口十六两银子的棺材，衣服、杂费共需二十金。我这几日一个钱也没有。也罢，我这一箱衣服，也可当得二十多两银子。"他当即吩咐管家："王胡子，你就拿去同杨司务当了，一总把与杨司务去用。"（第三十一回）这里作者写杜少卿对杨裁缝的慷慨援助，其济困扶危的精神当然是值得赞扬的，但他的指导思想却是为了帮助他尽孝道，表现出他既有关公的义气，又有不知爱财惜福，好充阔绰的"大老官"作风。更可笑的是他所帮助的杨裁缝却是个骗子，是"与王胡子上下其手"，"编出母死一节，骗回衣箱"。[①]以致后来杜少卿骂道："这些做奴才的有甚么良心！"（第三十七回）可见这绝不是表现他有什么自由、民主、平等的新思想，而是恰恰在不经意间流露出张扬孝、义，卑视奴才的封建意识。

有的学者认为，杜少卿"既看重别人的个性，待人接物也就颇有平等的色彩"[②]。其所举的例证是杜少卿搬入秦淮河畔的河房时，迟衡山等众人来贺，"到上昼时分，客已到齐，将河房窗子打开了。众客散坐，或凭栏看水，或啜茗闲谈，或据案观书，或箕踞自适，各随其便"（第三十三回）。可是这种自由、平等仅限于文人雅士的圈子里，绝无给下层人民以自由、平等的意思。在吴敬梓笔下，被誉为"他虽生意是贱业，倒颇多君子之行"的戏子鲍文卿，

---

① 陈美林：《新批〈儒林外史〉》，江苏古籍出版社1989年版。

② 李汉秋：《〈儒林外史〉研究》，上海华东师范大学出版社2001年版。

恪守上下尊卑礼节，却成为作者极力赞扬的一个优点。写他口口声声自称"贱人"，虽有恩于向知县，却固守贱人的身份，每次见向知县时都要叩头请安，向知县要同他叙礼，他却说："小的何等人，敢与老爷施礼！"向知县拉他坐，他却"断然不敢坐"，说："这个关系朝廷体统，小的断然不敢。"向知县叫家里亲戚出来陪，他也"断不敢当"。后来叫管家出来陪，他才欢喜。陈美林批语称："鲍之重视朝廷体统，恪守上下尊卑，每得作者赞赏。"①

曹雪芹则不是局限于文人雅士之间的尊重个性和自由平等，更不赞赏"重视朝廷体统，恪守上下尊卑"的奴性，而是通过贾宝玉形象大肆鼓吹无视"朝廷体统"，打破"上下尊卑"，竭力在主奴之间实行个性自由、人格平等。他写贾宝玉去上学前，特地嘱咐袭人等丫鬟："你们也别闷死在这屋里，长和林妹妹一处去顽笑着才好。"（第九回）宝玉生性爱好自由、平等，所以小厮兴儿说他："喜欢时没上没下，大家乱顽一阵；不喜欢各自走了，他也不理人，我们坐着卧着，见了他也不理，他也不责备。因此没人怕他，只管随便，都过的去。"（第六十六回）由于"只管随便"，所以生活在宝玉"房中这些丫鬟们都越性恣意的玩笑，也有赶围棋的，也有掷骰抹牌的，嗑了一地瓜子皮"。奶妈李嬷嬷看不过，说："这是他（宝玉）的屋子，由着你们遭塌，越不成体统了。""这些丫头们明知宝玉不讲究这些，二则李嬷嬷已告老解事出去的了，如今管他们不着，因此只顾顽，并不理他。"（第十九回）怡红院里的丫头们给宝玉单过生日，众人要按礼节给宝玉安席，宝玉说："这一安就安到了五更天了。知道我最怕这些俗套子，在外人跟前不得已的，这会子还怄我就不好了。"众人听了，都说："依你。"主仆一起喝酒，划拳，掷骰子，抽签，唱曲，行令，一个个皆玩得十分尽兴，喝得醉醺醺的，东倒西歪，胡乱睡在一起，"大家黑甜一觉，不知所之。及至天明，袭人睁眼一看"，说芳官

---

① 陈美林：《新批〈儒林外史〉》，江苏古籍出版社1989年版。

"不害羞，你吃醉了，怎么也不拣地方儿乱挺下了"。"芳官听了，瞧了一瞧，方知道和宝玉同榻，忙笑的下地来，说：'怎么吃的不知道了。'宝玉笑道：'我竟也不知道。若知道，给你脸上抹些黑墨。'"这种尽情玩乐、自由自在的生活，使袭人次日还兴奋地对平儿说："昨儿夜里热闹非常，连往日老太太、太太带着众人顽也不及昨儿这一顽。一坛酒我们都鼓捣光了，一个个吃的把臊都丢了，三不知的又都唱起来。四更多天才横三竖四的打了一个盹儿。"平儿一听即异常羡慕地说："也不请我，还说着给我听，气我。"（第六十三回）

不只在日常生活中尽量给奴婢以自由，而且作者还写小丫鬟春燕告诉她妈说："宝玉常说，将来这屋里的人，无论家里外头的，一应我们这些人，他都要回太太放出去，与本人父母自便呢。"（第六十回）这就是说，宝玉还要给奴婢以人身的自由。

曹雪芹不是如吴敬梓那样扭曲和贬低奴才形象，斥责"做奴才的有什么良心"，而是竭力赞美和颂扬奴才的高尚品格、卓越才干。如称晴雯虽"身为下贱"，却"心比天高"。（第五回）热烈歌颂"其为质则金玉不足喻其贵，其为性则冰雪不足喻其洁，其为神则星日不足喻其精，其为貌则花月不足喻其色"（第七十八回）。宝玉能够跟这些高洁、优美的女儿们朝夕相处，他感到是他的最大安慰和幸福。因此作者除写他偶尔耍过公子哥脾气（如踢袭人、摔杯子、要撵晴雯等等）外，则着力写他平时"却每每甘心为诸丫鬟充役，竟也得十分闲消日月"（第三十六回）。袭人说："我只想风干栗子吃，你替我剥栗子。"宝玉就"取栗子来，自向灯前检剥"（第十九回）。麝月说头痒，宝玉就说："这会子没什么事，我替你篦头罢。"于是麝月"将文具镜匣搬来，卸去钗钏，打开头发，宝玉拿了篦子替她———的梳篦"（第二十回）。晴雯性格如爆炭，经常顶撞宝玉。有一次袭人说她和晴雯、麝月、秋纹每人出五钱银子，芳官、碧痕、小燕、四儿每人出三钱银子，一起给宝玉过生日，宝玉说："他们是那里的钱，不该叫他们出才是。"晴雯当即顶撞道："他们没钱，难道我们是有钱的！这原是各人的心。那怕他偷的呢，只管领他们的情就是。"宝玉听了不但不生气，反而笑说："你说的是。"袭人笑道："你一天不挨他两句硬话村你，你再过不去。"（第六十三回）不摆少爷架子，不计较身为丫鬟竟敢用"硬话村"主子，而是"惯能作小服低，赔身下气"（第九回），这就是宝玉平等待人、尊重丫鬟的民主作风。宝玉和宝钗、黛玉等人一起到妙玉那儿喝茶，妙玉给各人用的茶杯有别，作者即写宝玉笑道："常言世法平等，他两个就用那古玩奇珍，我就是个俗器了。"（第四十一回）这里尽管是借用佛家语，却明确地提出了要求平等的观念。芳官不满干娘用给亲女儿洗剩下的水给她洗头，遭到她干娘的臭骂，作者便写："宝玉道：'怨不得芳官。自古说：物不平则鸣。他少亲失眷的，在这里没人照看，赚了他的钱，又作践他，如何怪得。'"（第五十八回）这就进一步指明了要求平等的合理性和客观必然性。

曹雪芹不同于吴敬梓写杜少卿慷慨助人时又表现出"好做大老官"的阔少习气，他写贾宝玉虽身为少爷，却"一点儿做不得主"（第四十七回），虽不可能用大捧的银子接济人，却着力表现出他对奴婢的体贴、关爱和庇护、救助的博爱精神。如龄官因思念情人贾蔷，在地上画"蔷"字画得入迷，连下雨也未觉得。作者便写："宝玉想道：'这时下雨，他这个身子如何禁得起骤雨一激！'因此禁不住便说道：'不用写了。你看下大雨，身上都湿了。'"龄官抬头一看，还"只当是个丫头，再不想是宝玉，因笑道：'多谢姐姐提醒了我。难道姐姐在外头有什么遮雨的？'一句提醒了宝玉，'嗳哟'了一声，才觉得浑身冰凉，低头一看，自己身上也都湿了。说声'不好'，只得一气跑回怡红院去了，心里却还记挂着那女孩子没处避雨。（第三十回）"还有一次玉钏儿给宝玉送一碗汤，"不想伸猛了手，便将碗碰翻，将汤泼了宝玉身上"，玉钏儿"唬了一跳"，而"宝玉自己烫了手倒不觉的，却只管问玉钏儿：'烫了那里了？疼不疼？'玉钏儿和众人都笑了。玉钏儿道：'你自己烫了，只管问我。'宝玉听说，方觉自己烫了"（第三十五回）。这种关爱奴婢甚过关爱自己的行为，被人们讥为"呆子"，而为当时封建社会所不容。由此亦可见，他这种博爱精神与传统意识完全相悖，而只能是属于未来社会的一种美好的理想。

支撑这种博爱精神的，并不是儒家传统的"博爱之谓仁"①，而是属于未来理想的那种不分长幼尊卑、无私奉献的胸襟。如贾环"故意装作失手把那一盏油汪汪的蜡灯向宝玉脸上只一推"，使"宝玉左边脸上烫了一溜燎泡出来"。气得王夫人直骂赵姨娘："养出这样黑心不知道理下流种子来，也不管管！""又是心疼，又怕明日贾母问怎么回答。"而宝玉却说："有些疼，还不妨事。明儿老太太问，就说是我自己烫的罢了。""次日，宝玉见了贾母，虽然自己承认是自己烫的，不与别人相干，免不得那贾母又把跟从的人骂了一顿。"（第二十五回）若果真说是贾环烫的，那还得了！他不只对伤害自己的同父异母弟弟贾环主动庇护，对于贾府的奴才，他也同样主动想方设法尽力庇护。如藕官在园内烧纸钱，被一婆子看到了，"恶狠狠走来拉藕官"去见主子，说："仔细你的肉！"宝玉便为其掩饰说："他并没烧纸钱，原是林妹妹叫他烧那烂字纸的。你没有看真，反错告了他。"那婆子"弯腰向纸灰中拣那不曾化尽的遗纸，拣了两点在手内"，说"有证据在这里"，依然拉住藕官，就拽着要走。"宝玉忙把藕官拉住，用拐杖敲开那婆子的手，说道：'你只管拿了那个回去，实告诉你：我昨日作了一个梦，梦见杏花神和我要一挂白纸钱，不可叫本房人烧，要一个生人替我烧了，我的病就好的快。所以我请了这白钱，巴巴儿的和林姑娘烦了他来，替我烧了祝赞。原不许一个人知道的，所以我今日才能起来，偏你看见了。我这会子又不好了，都是你冲了！你还要告他去。藕官，只管去，见了他们你就依我这话说。等老太太回来，我就说他故意来冲神祇，保佑我早死。'""那婆子忙丢下纸钱，陪笑央告宝玉道：'我原不知道，二爷若回了老太太，我这老婆子岂不完了？我如今回奶奶们去，就说是

———————————

① 韩愈：《昌黎集》十一《原道》。

爷祭神，我看错了。'宝玉道：'你也不许再回去了，我便不说。'"'藕官因方才护庇之情感激于衷，便知他是自己一流的人物。"（第五十八回）对于一个在贾府的地位比下三等奴才还不如的戏子藕官，宝玉竟然如此想尽法子予以庇护，以致使藕官把他看作"是自己一流人物"，作者如果没有一点自由、平等、博爱的近代意识，又怎么可能写出宝玉这种对奴婢的"护庇之情"呢？

曹雪芹还把贾宝玉的博爱精神，从贾府延伸到社会上的穷人和自然界。如写他把清虚观张道士赠送的一盘"珠穿玉贯、玉琢金缕，共有三五十件"传道的法器，"叫小子们捧了""跟着我出去散给穷人"（第二十九回）。刘姥姥用过的茶杯，妙玉嫌脏不要了，宝玉提议："不如就给那贫婆子罢，他卖了也可以度日。"（第四十一回）他"看见燕子，就和燕子说话；河里看见了鱼，就和鱼说话；见了星星月亮，不是长吁短叹，就是咕咕哝哝的"（第三十五回）。看见杏花全落，结了许多小杏，他便"仰望杏子不舍"，"只管对杏流泪"，因他由此"想起邢岫烟已择了夫婿一事，虽说是男女大事，不可不行，但未免又少了一个好女儿。不过两年，便也要'绿叶成荫子满枝'了"（第五十八回）。他的博爱胸怀，不但不为封建世俗之人所理解，反而被他们嘲笑为"千真万真的有些呆气"。（第三十五回）

尽管曹雪芹没有、在当时也不可能明确提出资产阶级的自由、民主、平等、博爱的政治主张，但是上述事实皆足以证明，他在贾宝玉形象塑造中确实寄寓了某些自主、民主、平等、博爱的新思想、新精神。

五、结语

综上所述，无论从批判的思想武器、颂扬的人生理想，或爱情婚姻观念、正面主人公的思想内涵方面来看，曹雪芹与吴敬梓乃至以往一切作家相比，都显然有着倾向未来的近代意识与向往复古的传统意识的原则区别。这不是量的变化，而是质的飞跃，是摆脱中国几千年封建传统的历史性的跨越，具有打破一切传统思想和写法而与世界接轨，预示未来美好理想的划时代的意义。

因此，它所揭示的矛盾，已不再是封建主义内部理想的改革派与腐朽的现实派之间的矛盾，而是高举反封建的大旗，着力歌颂具有初步民主主义思想的新人，突出他们跟封建主义势力之间存在着不可调和的对抗性的矛盾。如贾政即早已看出并认定贾宝玉的思想性格，对于封建统治具有极大的对抗性和危险性，足以"明日酿到他弑君杀父"，"不如趁今日一发勒死了，以绝将来之患"。（第三十三回）虽然他说的只是"明日"，并非眼前，眼前它还处于萌芽状态，但究其思想实质，它跟封建主义的矛盾具有你死我活、势不两立的对抗性，毫无调和、妥协的余地；作为代表新思想的新生力量，虽然还很稚嫩、弱小，却具有顽强的不可战胜的生命力。所以曹雪芹写贾宝玉、林黛玉、尤三姐、晴雯等人的叛逆或反抗性格，都是死不改悔、宁死不屈的。用袭人的话来说："那一日那一时我不劝二爷，只是再劝不醒。"（第三十四回）"凭人怎么劝，都是耳旁风。"（第二十一回）"左劝也不改，右劝也不改。"（第二十四回）宝玉则明言："就便为这些人（指金钏儿、蒋玉菡等）死了，也是情愿的！"（第三十四回）黛玉则坚信："质本洁来还洁去，强于污淖陷渠沟。"（第二十七回）如此不屈不挠、不可战胜的生命力，生动有力地表现了新的民主主义思想的特质。

既然贾宝玉形象代表了新的民主主义的思想，那么，我们是否可因此而断言贾宝玉就是新兴市民阶层的典型形象呢？否，认为只有新兴的市民阶层，才可代表资本主义萌芽的新思想，这是机械的阶级论，是简单化地给文学作品中的人物形象划阶级成分，是一个阶级只有一个典型的谬说，笔者不敢苟同。因为"单独的个人并不'总是'以他所属的阶级为转移"①。马克思和恩格斯都非出身于无产阶级，他们的思想却足以代表无产阶级。就贾宝玉的阶级出身来

---

① 《马克思恩格斯全集》第4卷，人民出版社1958年版。

说，他无疑地是个封建大家庭中的公子哥儿，在他身上也必不可免地存在着公子哥儿的许多劣根性。就贾宝玉形象的典型特质来说，他是个反封建的叛逆者，是个具有新的民主主义思想的"新人"形象。但他跟新兴的市民阶层，尚不能相提并论，更不应完全等同。因为作者不能不从贾宝玉所处的典型环境和典型性格出发，不能为作者的理想而背离其不可少的真实性。

贾宝玉形象虽然带有曹雪芹自叙传的成分，在一定程度上体现了曹雪芹的思想，但是我们是否可以把贾宝玉说成就是曹雪芹呢？否，曹雪芹的思想要远远高于贾宝玉。如贾宝玉尚不冒犯皇帝，他为大观园题对额，提出"这是第一处行幸之处，必须颂圣方可"。而曹雪芹则明言他不作"省亲颂"，"恐入了别书的俗套"（第十七、十八回）。贾宝玉说："咱们虽一戏一笑也该称颂，方不负坐享升平了。"（第六十三回）而曹雪芹则明言他不写"大贤大忠理朝廷治风俗的善政"（第一回）。因此，我们说曹雪芹所具有的近代意识，绝不等于贾宝玉也完全同样具有。作者之所以要写出这个落差，则完全是出于典型环境中的典型性格的需要。他没有"过于钟爱他的主人公"，把他写得"太完美无疵了"。[①] 而是一再明言"独宝玉是个迂阔呆公子的性情"（第五十六回），"他原是富贵公子的口角"（第二十四回）。贾宝玉所出身阶级的阶级烙印，作者丝毫未加粉饰和美化。我们对贾宝玉既不应求全责备，更不必讳言或开脱其身上的瑕疵，而应充分认识贾宝玉这个典型形象的复杂性，他既有无比超前的理想性，又有极其生动的真实性。

曹雪芹生活的时代，距离 1840 年中国正式跨入近代，还有七八十年之久。曹雪芹如此超前地即具有与资本主义萌芽相适应的近代意识，虽然有上述大量事实足以证明，但这在理论上是否也有充足的根据呢？有。尽管曹雪芹还生

① 恩格斯：《给明娜·考茨基的信》，《马克思恩格斯列宁斯大林论文艺》，人民文学出版社 1959 年版。

活在封建时代，但是正如马克思、恩格斯《共产党宣言》所说："在旧社会内部已经形成了新社会的因素，旧思想的解体与旧生活条件的解体是同时进行的。"① 马克思主义本身就是在资本主义社会中产生的。马克思还说："新思潮的优点就恰恰在于我们不想教条式地预料未来，而只是希望在批判旧世界中发现新世界。"② 毛泽东也指出："中国封建社会内部的商品经济的发展，已经孕育着资本主义的萌芽。"③ 由此可见，曹雪芹从封建统治的腐朽、解体之中，批判和揭示了旧思想的解体，形成了与未来新社会相适应的以新的民主主义思想为特质的近代意识，这是完全合乎客观规律的。我们的任务，不应以"古已有之"来扭曲它、贬低它、抹杀它，而应从实际出发来正视它、认识它、发扬它，使之真正成为我们民族的光荣和骄傲，随着时代的前进而不断发扬光大。

最后需要说明的是，笔者通过吴敬梓与曹雪芹的对比，只是要说明他们在创作思想上有传统意识和近代意识之别，绝不是要否认吴敬梓及其《儒林外史》的伟大，也不是要否认吴敬梓的传统意识在当时也有其进步性，甚至也不是完全否认吴敬梓也有某些新思想（如主张知识分子自食其力，寄希望于四个市井细民），如同不应否认曹雪芹也有某些旧思想一样。

（原载《红楼梦学刊》2005 年第 1 辑）

---

① 《马克思恩格斯全集》第 4 卷，人民出版社 1958 年版。
② 《马克思恩格斯全集》第 1 卷，人民出版社 1956 版。
③ 《毛泽东选集》第 2 卷，人民出版社 1952 年版。

《红楼梦——迷人的艺术世界》
台湾版自序

　　余英时先生提出，《红楼梦》里有"两个世界"，即现实世界和理想世界。这是针对红学研究中的偏颇提出来的。他说："在最近五十年中，《红楼梦》研究基本上乃是一种史学的研究。而所谓红学家也多数是史学家，或虽非史学家，但所作的仍是史学的工作。史学家的兴趣自然地集中在《红楼梦》的现实世界上。他们根本不大理会作者'十年辛苦'所建造起来的空中楼阁——《红楼梦》中的理想世界。相反地，他们的主要工作正是要拆除这个空中楼阁，把它还原为现实世界的一砖一石。在'自传说'的支配之下，这种还原的工作更进一步地从小说中的现实世界转到了作者所生活过的真实世界。因此半个世纪以来的所谓'红学'其实只是'曹学'，是研究曹雪芹和他的家世的学问"①。余先生的这个批评，虽然不足以完全概括红学研究的历史和现状，但它至少是击中了某些声名显赫的红学家的要害的，尽管我们丝毫不否认曹学的研究对于红学的研究也大有裨益。

　　"两个世界"说，是否就是红学研究的出路呢？用余先生的话来说，它只是"比'自传说'整整地多出了一个世界"，即在现实世界之外，又多了一个理想世界。"这两个世界并且是永远密切地纠缠在一起的。任何企图把这两

---

　　① 余英时：《红楼梦的两个世界》，《香港中文大学学报》第 2 期，1976 年 4 月。台北《幼狮月刊》第 42 卷第 4 期转载。

个世界截然分开并对它们作个别的孤立的了解，都无法把握到《红楼梦》的内在完整性。"①尽管余先生作了这种说明，但他的"两个世界"说本身就难免有把《红楼梦》这个艺术整体"截然分开"之嫌。赵冈先生指出此说存在"三个较大的矛盾"，是"上了雪芹的当"，"不知不觉的走进了雪芹预设的圈套"。②赵先生的驳难尽管是从曹学出发的，但不能说它毫无道理。

我认为在《红楼梦》里只有一个世界，这就是艺术世界。它与"自传说"的区别，不在于现实世界之外，还多一个理想世界，而在于它是跟现实世界和理想世界皆有着本质区别的独特的艺术世界。《红楼梦》作为中国古代小说艺术的伟大杰作，它既不是现实世界的照相式的反映，也不是理想世界的乌托邦式的寄托，而是在作家对社会生活"亲睹亲闻"③的基础上，熔铸着作家对人生的理想和追求、幻灭和悲哀，饱含着作家的血泪感情④所进行的伟大的艺术创造，它是丰富多彩、光辉灿烂的中华民族文化的结晶，是由作家独创的迷人的艺术世界。在这个艺术世界中，不仅有对丑恶现实的揭露和美好理想的寄托，更重要的是它无论对于现实或理想，皆作了艺术的加工，赋予了它们以艺术的形式和生命，使它们成为一个有着不朽的强大的艺术魅力的迷人的艺术世界。因此我认为，我们只有从艺术世界和现实世界、理想世界的本质区别上，才能真正认识和把握《红楼梦》这部伟大作品的真谛。

我一向就是把《红楼梦》作为一个完整的艺术世界来研究的。拙著《红楼梦的语言艺术》，1982 年由广西漓江出版社出版，1983 年台湾木铎出版社

---

① 余英时：《红楼梦的两个世界》，《香港中文大学学报》第 2 期，1976 年 4 月。台北《幼狮月刊》第 42 卷第 4 期转载。

② 赵冈：《"假作真时真亦假"——红楼梦的两个世界》，香港《明报月刊》1976 年 6 月号。

③ 曹雪芹在《红楼梦》第一回中说他所写的是："我半世亲睹亲闻的这几个女子……"

④ 曹雪芹在《红楼梦》第一回中称他写的是："满纸荒唐言，一把辛酸泪！"甲戌本《脂砚斋重评石头记·凡例》称："漫言红袖啼痕重，更有情痴抱恨长。字字看来皆是血，十年辛苦不寻常！"可见作家的主观感情世界在《红楼梦》创作中所起的巨大作用。

翻印，1986年漓江出版社又重印。这本《红楼梦：迷人的艺术世界》是它的姊妹篇。在大陆的《红楼梦学刊》《红楼梦研究集刊》大多单篇发表过。为促进海峡两岸的学术交流，现汇集由台湾贯雅文化事业有限公司出版。它不只是从语言艺术的角度，还从中国古代文学乃至整个传统文化的广阔视野，对《红楼梦》这个迷人的艺术世界之所以迷人，作了颇为有趣的探讨。艺术不但要令人受到感动，而且要使人得到愉悦。它对于人类来说，是一种高尚的文化滋补和精神享受。我的红学研究就是旨在作点力所能及的向导工作，带领读者到《红楼梦》这个艺术世界里游历一番，以获得最大的文化滋补和精神愉悦。至于我这个向导是否称职，那就需要请"游客"和方家来评判，并多加批评、指教了。

周中明

1988 年 12 月 21 日于合肥安徽大学中文系

说不尽的《红楼梦》

歌德有《说不尽的莎士比亚》一文。他说："关于莎士比亚人们已经说了那么多的话，以致看来好像再没有什么可说的了；可是精神有一种特性，就是永远对精神起着推动的作用。"我看对于曹雪芹的《红楼梦》，这话也完全适用。

有人说："《红楼梦》的研究像熬稀粥一样，熬来熬去，还有什么熬头？！"还有人说："研究《红楼梦》的文章和著作，已经'洪水泛滥'了！"

这种看法，对吗？

我看，不对！

茅盾说："世人艳称，历来研究莎士比亚的著作，汗牛充栋，自成一图书馆。这番话，如果移来称道曹雪芹及其不朽的巨著《红楼梦》，显然也是合适的。"（见《文艺报》1963 年第 12 期）尽管曹雪芹的《红楼梦》跟莎士比亚的著作相提并论，是完全合适的，但是跟外国研究莎士比亚的著作相比，我国研究《红楼梦》的著作，还远未达到"汗牛充栋，自成一图书馆"的规模。

再拿对我国儒家的经典著作《论语》的研究来说，据日本学者林泰辅博士在《论语年谱》中的著录，关于《论语》的著作达三千种之多，还有他所不曾著录和不及著录的。研究《红楼梦》的著作之多，显然还未赶上研究《论语》的著作。

因此，无论跟外国研究莎士比亚的著作或中国研究《论语》的著作相比，我们研究《红楼梦》的著作，都不能说已经嫌多了，而应该说还是很不相称的。

《红楼梦学刊》已经持续出了三十期，我看应该永久持续出下去。这不仅对红学研究是个不可缺少的阵地和重大的贡献，而且对整个古典文学研究，特别是对古典小说的研究，都有积极的推动作用。这里顺带说一句，有人不仅嫌对《红楼梦》的研究多了，而且也嫌对《三国》《水浒》等小说名著的研究多了。我认为，说我们对其他非名著的研究太少是可以的，说对名著的研究过多则大谬矣。我国古典小说在封建社会被排斥在文学正宗之外，除了李贽、金圣叹、毛宗岗、张竹坡等极少数有识之士外，古典小说的研究是完全被排斥在研究者的视野之外的。新中国成立后，我们对这些古典小说的研究还刚刚起步，怎么能谈得上嫌多呢？

问题不仅在于数量的多少，更重要的是在研究的广度和深度上，都还与《红楼梦》这部不朽的巨著很不相称。

从广度上看，我们过去较多的是从索隐学、考据学、社会学、历史学、道德伦理学、文艺学等方面，来对《红楼梦》作出研究和评价，而很少从哲学、美学、心理学、文艺创作学、语言学，以及整个中华民族历史文化传统等方面，对《红楼梦》的思想意蕴和艺术成就，作出更为全面的研究和更为充分的阐发。

在研究的方法上，我们过去的研究较多的还是局限于《红楼梦》本身，固守于索隐、考据、评点、赏析等传统的批评模式，而很少把它放在中外整个文化背景之中，吸取比较文学、心理批评、形式主义批评、原型批评、结构主义批评，以及接受美学等研究模式的长处，进行多角度、全方位的研究。

从深度上看，《红楼梦》研究中的许多问题都还处于众说纷纭、莫衷一是的状态。如产生《红楼梦》的历史背景跟资本主义萌芽究竟有没有关系？是什么样的关系？《红楼梦》跟中国传统文化是什么关系？有哪些继承？又有哪些突破和发展？贾宝玉的典型性质究竟是"新人"的萌芽，还是旧人的复苏？人们对薛宝钗的评价，为什么总是争论不休，"几挥老拳"？王熙凤心毒手辣为什么却又能赢得读者对她的喜爱?《红楼梦》各种版本之间究竟是什么关系? 其中哪些文字是曹雪芹的原作,哪些是他人的篡改?《红楼梦》后四十回跟前八十回在思想和艺术上究竟有哪些差异? 曹雪芹的家世、生平、思想跟《红楼梦》的创作究竟是什么关系?《红楼梦》所写的内容哪些是"真",哪些是"假"?《红楼梦》在中国和世界文学史上有什么独特的贡献和杰出的地位? ……问题之多,真可谓说不尽。不是说我们的研究深入了,就能把所有的问题都解决了,但至少在一些根本性的问题上,可以求得大体一致的认识。可惜我们今天远未达到这个地步,有待我们深入研究的问题还很多很多;认识不能统一,表明我们的研究成果还不足以完全说服人。

我所谓的"说不尽的《红楼梦》",不仅是从我们对《红楼梦》研究的现状来说的,更重要的是从《红楼梦》这个特定的研究对象本身来说的。

首先,《红楼梦》是部博大精深、百科全书式的伟大作品。不仅它对于中国封建社会没落时期的政治、经济、文化、艺术、伦理、道德、司法、家庭、爱情、婚姻、奴婢、宗教等方面的描写和批判,对于我们有着永远难以穷尽的认识意义,而且它所描写的形形色色的悲剧,如贾宝玉追求个性自由和知己爱情的悲剧,林黛玉执着"质本洁来还洁去"的悲剧,薛宝钗"可叹停机德""金簪雪里埋"的悲剧,晴雯"风流灵巧招人怨,寿夭多因毁谤生"的悲剧,等等,这里既有性格的悲剧、命运的悲剧,又有社会的悲剧、时代的悲剧,归根结底,是各种各样的人生悲剧。它包含着无穷的人生哲理,深广的典型意义,可以给各个时代的人们以说不尽的激愤和鞭策、启迪和思索、智慧和力量、振奋和鼓舞。正因为《红楼梦》所反映的社会生活和人生哲理是说不尽的,因此我们对《红楼梦》的研究必然也是说不尽的;除非人类社会的历史翻到了最后一页,《红楼梦》的研究绝不会完全终止。

其次,《红楼梦》是整个中华民族全部优秀文化遗产的结晶。我们每个人都永远不可能完全抛弃自己民族的文化传统。如同列宁所说的:"托尔斯泰去世了，革命前的俄国也成了过去……但是在他的遗产里，却有着没有成为过去而是属于未来的东西。俄国无产阶级要接受这份遗产，要研究这份遗产。"（列宁：《列·尼·托尔斯泰》）对于曹雪芹的《红楼梦》，难道我们不也完全可以这样说吗？有的同志侈谈彻底抛弃我们民族的文化传统，重弹早已被近代中国历史否定的"全盘西化"论，这就如同宣称要从自己身上割除父母的遗传基因一样，只能是属于愚蠢的自杀，或无知的妄想，而绝无任何实际的价值和意义。我们肯定民族文化的继承性，绝不是要把"小脚女人"当成国粹加以维护，在我们的民族传统文化中，无疑地是有大量必须加以扬弃的糟粕。事实上，从《红楼梦》来看，它对于中华民族的文化传统就不仅是有继承的一面，更重要的，它有重大的创造和发展。如鲁迅所说："自有《红楼梦》出来以后，传统的思想和写法都打破了。"（《中国小说的历史的变迁》）在《红楼梦》中有不少语句和情节跟《金瓶梅》相同或相似，而《红楼梦》所创造的艺术境界、情趣、格调却跟《金瓶梅》根本不同，大有高低、细粗、雅俗之别。在《金瓶梅》中津津乐道、啧啧赞美的女人的"三寸金莲"，《红楼梦》作者对它就完全不屑一顾了。人物的美也绝不再仅仅囿于郎才女貌或色欲，而是美在人的灵魂、人的理想、人的志向、人的知识、人的智慧、人的情趣、人的爱好、人的性格、人的抗争、人的追求。诸如此类，难道不是对于我们民族文化传统的突破和发展吗？难道不是"属于未来的东西"吗？正像我们要前进不能不从眼前的脚下起步一样，我们要创造和发展新的民族文化，也绝不能离开我们民族文化的土壤，绝不能不借鉴和吸取包括《红楼梦》在内如何继承和发展优秀民族文化遗产的宝贵经验。正因为《红楼梦》所继承和发展的我们民族文化传统的丰富性，以及其中有"属于未来的东西"，而未来是无穷的，所以我们对《红楼梦》的研究也就必然是说不尽的。

最后，由于《红楼梦》的思想和艺术本身具有无比的渊博性和复杂性，再加上读者（包括研究者）自身的客观条件和主观认识能力有千差万别，这就必然造成作品的客观实际和读者的主观认识往往不一致，有时甚至相去很远。为接受美学奠定哲学基础的德国哲学家马丁·海德格尔（Martin Heidegger）指出：任何存在都不能超越一定历史环境，都是在特定时间和空间的"定在"（Dasein）。存在的时间性和空间性，规定了人的认识和理解的历史具体性——我们认识、理解任何事物，都是以自己已有的先在（Vorhabe）、先见（Vorsicht）、先把握（Vorgriff），即意识的"先结构"为基础，进行有选择、有变形的吸收（参见马丁·海德格尔：《存在与时间》，纽约1962年版，第189—197页）。所以，"作品呈现在读者心目中的实际意义，并不是作者给定的原意，而总是由解释者的历史环境乃至全部客观历史进程共同作用的结果。"（伽达默：《真实与方法》，杜宾根1960年版，第280页）红学研究的历史便是最有说服力的证明。蔡元培在《石头记索隐》中说："《石头记》者，清康熙朝政治小说也。作者持民族主义甚挚。书中本事在吊明之亡，揭清之失，而尤于汉族名士仕清者寓痛惜之意。"他的这个论断，显然是他所处的民族民主革命的时代所使然。以胡适为代表的新红学，所以能"打破从前种种穿凿附会的'红学'"，在关于《红楼梦》的作者、家世和版本等问题上取得重大的突破，一方面是由于他所接受的西方实验主义有其科学性的一面，如"处处想撇开一切先入的成见；处处存一个搜求证据的目的，处处尊重证据，让证据做向导，引我到相当的结论上去"，另一方面，从整体上来看，却又未跳出唯心主义的泥坑。如他经过考证得出的结论："《红楼梦》这部书是曹雪芹的自叙传。""《红楼梦》只是老老实实的描写这一个'坐吃山空''树倒猢狲散'的自然趋势。"（胡适：《红楼梦考证》）这就否定了文学作品的典型化和典型意义，也抹杀了作家揭露和批判的思想倾向。而这一切显然既反映了研究者的立场、观点和方法，又带有研究者所处的时代的特点。新中国成立以后，李希凡、蓝翎在红学研究上的新突破，更是由于他们受到了马列主义理论指导的结果。接受美学的理论和红学自身发展的历史都证明，只要时代在前进，研究者的立场、观点和方法必然在不断地更新，红学的发展就必然会有新的突破，《红楼梦》的研究也就必然永远说不尽。

今天我们正处在社会主义四个现代化和社会主义精神文明建设的新时期，党和国家实行对外开放、对内搞活和改革的政策，这对于我们的红学研究必然产生十分巨大而深远的影响。我们研究者的思想观点已经空前地活跃，研究方法也正在充分地多样化，红学研究小的突破层出不穷，大的突破则不仅需要研究者下苦功夫，花大力气，博学深究，还有待于历史的契机，非人为地主观上所能一蹴而就的。一方面红学的研究需要从当前的时代获得启示，吸取智慧；另一方面，当前的时代也需要红学作为一支重要的精神的推动力量。当代作家需要从红学研究中借鉴《红楼梦》的艺术经验，广大读者也需要红学研究帮助他们提高对作品的阅读和欣赏能力，了解人生的真谛，汲取艺术的营养，提高民族的文化素质。

至于红学研究在当前如何取得重大突破和发展，我主张要面向现实，面向群众，面向创作。这绝不是要降低我们红学研究的学术水平。必要的考证和版本研究，我也完全赞成。但是须知《红楼梦》是部普及与提高相统一的小说，它具有极大的群众性。红学研究的学术水平绝不是表现在它只有少数专家才能读得懂，它完全可以像《红楼梦》本身一样，既是高水平的，又能获得广大群众的喜爱和欣赏。有的学术水平很高，即使暂时不能被群众所理解，我们当然也应欢迎。我强调的不是迁就普及，而是不要把提高和普及对立起来。只有面向现实，从现实中吸取我们时代最科学的立场、观点和方法，红学研究才有取得重大突破的可能，这是红学研究的历史证明了的真理。只有面向群众，为帮助读者提高对《红楼梦》的阅读、欣赏水平服务，为提高我们民族的文化素质服务，红学研究才能有勃勃生机，才能在社会主义精神文明的建设中充分发挥其积极作用，红学研究的队伍也才能不断发展，有广大的生力军。面向创作，总结《红楼梦》的创作经验，为新时期的社会主义文学创作服务，这是把红学研究引向深入，充分发挥其效益的重要一环，也是以往红学研究中亟待克服的一个薄弱环节。注意这三个面向，我看红学研究不仅说不尽，而且丝毫不必怕什么"洪水泛滥"，因为它泛滥的结果不是成灾，而是极大地哺育着我们的作家和整个民族的文化艺术素养；稀粥更不必怕长久熬，熬得越稠越好吃，越容易为人们所消化、吸收。

（原载《红楼梦学刊》1987 年第 3 辑）

在扬州《红楼梦》笔谈会上的发言

当前改革开放、安定、团结的形势，不仅有利于繁荣经济，而且也为红学研究和其他各项事业的发展提供了活力和保证。在这个大气候下，我深信 20 世纪 90 年代红学研究一定会出现一个新的局面，其特点是：红学界必将新人辈出；研究的路子将越来越拓宽；研究的方法将更加多样化；各种不同的学术观点不是定于一尊，而是竞相争鸣，空前活跃。

为了开创和迎接这个新局面，我感到我们应该：

第一，要拓宽红学研究的路子。那种认为只有索隐、考证、评点、探佚，才算红学，而把对《红楼梦》作品本身的思想和艺术研究，排斥在红学之外，我看是抱残守阙、自我封闭，把红学研究拖进狭窄小胡同的典型论调。不仅一切有关《红楼梦》及其作者曹雪芹、高鹗的研究，都可算作红学，而且当今世界上一切有用的研究方法，也应为红学研究所借鉴和吸取。红学研究者的思路、角度和方法，完全可以而且也必须充分地发挥各人的聪明才智，各显神通。至于各人所得出的学术观点是否完全正确，或有几分的正确性，那当然是可以讨论和批评的。但学术问题从来不可能靠哪一个人说了算的，某种学术观点的正确与否，往往要经过很长的历史时间的考验，才能见分晓。我们要提倡坚持真理，修正错误。任何人都不能以马克思主义者自居，把自己的观点看成是唯一正确的，强加于人。红学作为一门学术研究，本来就不应该有禁区，它的路子理应宽阔无垠。过去的种种所谓"禁区"，完全是人为地设置的或者是作茧自缚。今天，我们红学研究者自身要解放思想，开阔视野，更新研究方法，充分利用当代各门学科的思维成果，来提高我们红学研究的学术水平，才能使我们红学研究的路子得到真正坚实的新的开拓。

第二，要充分吸取过去红学研究的经验教训，使红学研究力求具有更大的真正的科学性。过去红学研究的经验教训很多，我感受最深的有两点：

一是要从文学的特征出发，不能把红学和史学混为一谈。虽然对红学也需作文献学、社会学、历史学等研究，但它的主体毕竟是属于文学研究的范畴。它研究的对象，虽然也是历史和现实的反映，但它毕竟不同于历史和生活的实录，而是经过作家的艺术加工和创造的文学作品。旧红学之所以把《红楼梦》中的描写与某些历史事实牵强附会，新红学之所以把《红楼梦》中的贾府混同于曹府，把贾宝玉混同于曹雪芹，新中国成立后红学研究中之所以庸俗社会学泛滥，把《红楼梦》说成是政治历史小说，它们都有一个共同的特征，就是混淆文学和史学的本质区别。余英时教授提出《红楼梦》中有两个世界，即现实世界和理想世界。这个新鲜论点虽然是针对把《红楼梦》等同于现实世界，反对把红学混同于史学的，但他们仍旧把《红楼梦》的艺术描写，与现实世界和理想世界混为一谈。我以为《红楼梦》中只有一个世界，即艺术世界；无论是现实世界或理想世界，在《红楼梦》中都已经过了作者的艺术加工，都是跟现实世界和理想世界有质的区别的属于作家独创的艺术世界。已经在台湾出版的拙著《红楼梦——迷人的艺术世界》，就是专门从这个角度论述的。历史学家、哲学家、社会学家、经济学家、心理学家也都要在自己的作品中反映现实和理想，但他们跟小说家的作品对现实和理想的反映迥然有别。小说家是把现实世界和理想世界皆熔铸在他所创造的艺术世界，即典型环境中的典型人物上的，不把握这个特质，我认为我们对《红楼梦》和它的作者的研究就难免会有偏差。

二是要掌握辩证法，克服红学研究中简单化、绝对化等形而上学的倾向。如我们反对说"《红楼梦》的主要观念是色空"，不应走向另一个极端，绝对否认《红楼梦》中确实宣扬了色空观念；我们反对把《红楼梦》说成是曹雪芹的"自叙传"，不应绝对否认《红楼梦》中确实有不少作者自传的成分。反过来，我们也不应因为《红楼梦》中确有不少作者自传的成分，就说《红楼梦》是曹雪芹的自传说完全正确，批评不得。文学作品都是经过作家头脑加工的产物，许多著名的作品都不免带有作家自传的成分。用鲁迅的话来说："作品大抵是作者借别人以叙自己，或以自己推测别人的东西。"法国文学史家安培尔考证出歌德与他创造的浮士德性格一样，歌德肯定"他说得也很妙，他指出不仅主角浮士德的阴郁的、无餍的企图，就连那恶腐的鄙夷态度和辛辣讽刺，都代表着我自己性格的组成部分"。可是人们并没有把这些作品看成就是作者的"自叙传"。我们承认《红楼梦》中有曹家的影子，在贾宝玉身上寄托着曹雪芹自己的一些人生态度和理想，《红楼梦》是我国古代小说中最具有作家自传成分的一部杰作。但是，最具有作家自传的成分，并不等于整个作品就是曹雪芹的"自叙传"，《红楼梦》是在真实生活的基础上，经过作家艺术虚构和典型创造的产物。"贾者，假也。""按此书中写一宝玉之为人，是我辈于书中见而知有此人，实未目曾亲睹者。又写宝玉之发言，每每令人不解，宝玉之生性，件件令人可笑。不独于世上亲见这样的人不曾，即阅今古所有之小说传奇中，亦未见这样的文字。"脂砚斋的这些批语，都是对"自传说"的直接否定。受胡适"自传说"影响而受到过分批评的俞平伯先生也承认："所谓'自传说'，是把曹雪芹和贾宝玉看作一人，而把曹家跟贾家处处比附起来，此说始作俑者为胡适。笔者过去也曾在此错误影响下写了一些论红楼梦的文章。这种说法的实质便是否定本书的高度的概括性和典型性，从而抹杀它所包含的巨大的社会内容。我们知道，作者从自己的生活经验取材，加以虚构，创作出作品来，这跟自传说完全是两回事，不能混为一谈。"当然，《红楼梦》是否"自叙传"，是个可以争鸣的学术问题，我在这里只是略陈管见，说明带有自传的成分和自传说是两回事，以此为例，反对红学研究中的简单化、绝对化等形而上学的倾向。

第三，要认真发扬学术民主，开创"百家争鸣"的新局面。红学的学术性是比较强的。学术当然也不能脱离政治，正确的政治领导是红学发展的必要条件。但是以往的教训证明，政治不应直接干预和代替红学研究，那样势必会把红学引向庸俗社会学和实用主义的歧途。讨论学术问题，应该提倡学术民主、百家争鸣。我们红学界自身，尤其是那些众望所瞩的权威和作为红学主要阵地的《红楼梦学刊》，应该有这个气魄，在红学研究中尊重各种不同的学术观点，迎接各种不同红学观点的挑战，组织海内外各方面的人士展开认真的讨论和争鸣。发扬学术民主，开创"百家争鸣"的新局面，不仅仅是少数领导者的事，我们每个成员也都有自己应尽的责任。特别是应有学者严谨踏实的学风、平等讨论问题的态度和与人为善、从善如流的气魄风度，要坚决反对把学术讨论和学术争鸣搞成政治大批判式的，以打倒别人来抬高自己的卑劣作风。在批判过去极左的流毒时，我感到有些人自身却在重演极左的一套，把红学当作打人的石头，搞一鸣惊人的鼓噪。这是第二重的悲剧，我们不应让这种令人厌恶的悲剧无休止地重演下去。

（原载《红楼梦学刊》1990 年第 3 辑）

开创《红楼梦》文本研究的
新观念、新思路、新局面
——祝贺《红楼梦学刊》创刊第 100 辑

如果我是一粒种子，那么《学刊》便是培养我生根、发芽、成长的肥土沃壤；如果我是一朵蓓蕾，那么《学刊》就是促使我鲜花绽放、芬芳馥郁的甘露和阳光；如果说《学刊》是块繁花似锦的红学园地，那么《学刊》编辑部的全体同人便个个是好样的养花园丁、护花使者。冬去春来，仿佛就在霎那间，《学刊》已经迎来创刊第 100 辑。这 100 辑，该是凝聚着多少作者和编辑的心血啊！作为红学爱好者和研究者之一，我不禁满怀着由衷的感激和钦佩之情，向编辑部的全体同志道一声：你们辛苦了！我相信千千万万的红学爱好者和研究者也像我一样感谢你们。你们所付出的心血和劳苦，完全够得上一个字：值！

编辑部拟出版百辑纪念专辑，来信要求写点纪念文章。我想最好的纪念，莫过于要把这个红学园地办得更好，越办越好；把红学研究引向深入，再深入。为此，就开创《红楼梦》文本研究的新观念、新思路、新局面问题，我谈几点不成熟的想法：

（一）《红楼梦》的文本研究，究竟应以什么样的文本为对象？历来都不外乎程本或脂本。发行量最大、影响最广的，是人民文学出版社 1982 年以前出版的以程乙本为底本的《红楼梦》，1982 年 3 月出版的由中国艺术研究院红楼梦研究所校注的以脂批庚辰传抄本为底本的《红楼梦》，其他各省市出版的《红楼梦》虽然很多，但就其版本来看，也不外乎程本和脂本两种。而我则希望红学界能给读者提供一个超越于程本和脂本，集众本之长的《红楼梦》文本。

为此，首先要破除程本对脂本是"使之整个存形变质"①的偏见，确立程本与脂本同为以乾隆年间的传抄本为底本的观念。脂本是以乾隆甲戌、己卯、庚辰等年的传抄本为依据，在传抄的本子中已有明确的记载。程本在程伟元、高鹗的《红楼梦序》和《红楼梦引言》中，也明言"是书前八十回，藏书家抄录传阅几三十年矣"，"今复聚集各原本详加校阅""广集核勘，准情酌理，补遗订讹。其间或有增损数字处，意在便于披阅，非敢争胜前人也"。"书中后四十回系就历年所得，集腋成裘，更无他本可考。惟按其前后关照者，略为修辑，使其应接而无矛盾。至其原文，未敢臆改，俟再得善本，更为厘定，且不欲尽掩其本来面目也。"②他们既然"未敢臆改"原文，都是以乾隆年间的传抄本为依据，只是"其间或有增损数字处"，"按其前后关照者，略为修辑"，怎么就变成"使之整个存形变质"了呢？谁能拿出确凿的证据证明程、高说的不是事实而纯属谎言呢？后四十回比前八十回大为逊色，在它之前的《水浒传》，在它之后的《镜花缘》，也与此书似。至于作家在开头的设计与后面的实际描写不尽契合，在写作过程中作些变动也是常有的事，何况曹雪芹所写的原本就是个未定稿。岂能说明这一切就是程、高"使之整个有形变质"的呢？

其次，要破除迷信脂本，贬斥程本，或抬高程本、否定脂本的偏颇，确立尊重程本、脂本"互有短长"③为客观事实的观念。脂本虽非曹雪芹的原稿本，而是由后人辗转传抄的，有许多错讹、遗漏、残缺之处，但其底本确属曹雪芹

---

① 周汝昌：《红楼梦新证》，人民文学出版社1985年增订本，第1136页。
② 程伟元、高鹗：《红楼梦引言》，见程乙本卷首。
③ 俞平伯：《红楼梦研究》，人民文学出版社1988年版，第54页。

生前即流传出来的，以它与程本对照，确实可发现程本为"不谬于名教"①而妄改之处（如将"成则王侯败则贼"中的"王侯"改成"公侯"，以削弱其把批判的矛头直指最高统治者的锋芒）。可是程本也确有使人物形象的描写进一步合理和强化，语言改得更加通俗化和大众化，更加精练和简洁等长处。俞平伯先生逐字逐句做过校勘，正式出版了《红楼梦八十回校本》②，他得出的程本与脂本"互有短长"的结论，是以客观事实为根据的，是可信的。

最后，要纠正程本与脂本互相分割，各自独立的偏向，确立择善而从、集众本之长的观念。既然无论程本或脂本都是以曹雪芹的原稿传抄本为底本的，我们为什么不可以"真善美"为标准，择善而从，把两者改坏了的地方重新改过来，而把两者的长处统统予以吸纳呢？例如，第七十四回写王熙凤奉命带着王善保家的抄检大观园，抄到怡红院，"只见晴雯挽着头发闯进来，豁一声将箱子掀开，两手捉着底子，朝天往地下尽情一倒，将所有之物尽都倒出"。脂本接着只写"王善保家的也觉没趣，看了一看，也无甚私弊之物。回了凤姐，要往别处去"。而程本则在"王善保家的也觉没趣儿"后面，增写了长达二三百字一大段王善保家的与晴雯、凤姐的对话，以及他们三人各自的心理和外在的表现，不只使晴雯那"暴炭般"刚烈、机智与尖刻，王善保家的骄宠、凶狠与脆弱，凤姐的奸诈、阴险与圆滑，各人的复杂性格皆得到了多层面的展示，而且还进一步揭示出她们背后的邢夫人与王夫人，以及与贾母溺爱宝玉，以致连宝玉的丫鬟也有恃无恐等错综复杂的矛盾。这段精彩纷呈、令人忍俊不禁的绝妙文字，它虽出自程本，但谁又能断定程本不是出自曹雪芹原稿的传抄本呢？程、高所见到的传抄本，比我们今天所能见到的不知要多多少部。既然我们无法断定，又岂能因为它是出自程本就予以排斥呢？即使属于程、高的手

---

① 高鹗：《红楼梦序》，见程甲本卷首。
② 俞平伯：《红楼梦八十回校本》，人民文学出版社 1958 年初版，1963 年再版。

笔，它写得好，我们又为什么不能予以吸纳呢？红楼梦研究所的校注本为什么就不能有这段极其精彩的描写呢？还不就是因为它属脂本系统而对程本予以排斥吗？其实这纯属研究者自身的偏见，硬要将程本与脂本强行分割开来，而背离择善而从、集众本之长的校勘原则。

所以，我希望红学界能研究出一部不论它出自何种本子，只要它写得好，符合"真善美"的标准，就予以吸纳。这样一部集众本之长的《红楼梦》既为广大读者所需要，也应成为我们作《红楼梦》文本研究的出发点，使我们的红学文本研究摆脱只局限于程本或脂本的缺憾。

（二）《红楼梦》的思想倾向究竟属于什么性质？是否具有封建没落时代特色，属于资本主义萌芽性质的新的民主主义思想的因素或成分？曹雪芹的《红楼梦》，虽然也深受我国"古已有之"的传统思想的深刻影响，但我们总觉得那里面确有一些超越传统思想的因素。它跟《三国演义》《水浒传》《西游记》《儒林外史》《聊斋志异》等古代小说所宣扬的远未突破封建主义体系的思想倾向，有着明显的质的区别。例如，它不是把当时现实社会的种种丑恶，仅仅归咎于昏君奸臣、贪官酷吏、妖魔鬼怪等个别的坏人坏事，而是对整个封建社会作了那样全面、深刻、彻底的批判和否定；它不是宣扬忠孝节义等封建传统观念，把希望寄托在仁君贤相、忠臣义士、清官廉吏、孝子节妇身上，而是以新的民主主义思想热烈赞美和讴歌反封建的叛逆者和受压迫、争自由的下层人物，竟然把他们写成"其为质则金玉不足喻其贵，其为性则冰雪不足喻其洁，其为神则星日不足喻其精，其为貌则花月不足喻其色"；它不是只追求个人的爱情自由，婚姻自主，而是对人与人之间那种带有民主、自由、平等思想的新的幸福生活的热烈憧憬和誓死争取。这一切都是前所未有的，它对于封建主义的思想体系，显然是个重大的突破，不是纯属于过去，而是有属于现在和未来的理想成分。它具有民主主义的思想性质，尽管这种民主主义思想尚未扩展到社会政治和经济制度的层面，是不成熟、不系统的，尚处于初步的萌芽状态，但它是属于新的因素或成分，跟旧的传统思想或多或少有着质的区别。也就是说它的可贵之处，不只在于对传统思想的继承和发扬，更重要的是适应封建统治没落、资本主义萌芽时代发展的需要，对"古已有之"的传统作出了历史性的跨越和创新，提出了摆脱和超越封建传统的新的人生理想。《红楼梦》之所以成为我国古代小说思想和艺术成就的最高峰，《红楼梦》之所以对于我们今天仍然具有强烈的现实意义，其在思想倾向的性质上具有这种先进性和前瞻性，是最为重要的根本原因，也是最值得我们作认真、深入研究的。

为此，我们红学研究者首先要破除"古已有之"的传统思想观念，确立无论社会或文学皆必然不断发展和创新的唯物辩证史观。马克思、恩格斯说："在旧社会内部已经形成了新社会的因素，旧思想的解体与旧生活条件的解体是同时进行的。"[①] 既然如此，处于中国封建社会末期的清代，怎么就不可能出现"新社会的因素"——资本主义萌芽呢？曹雪芹的《红楼梦》那样全面、彻底地揭露了"旧生活条件的解体"的必然性，那样深情地描绘和热烈地歌颂了"强似前代书中所有之人"（曹雪芹语，见于《红楼梦》第一回），怎么可能仅靠"古已有之"的传统思想，而没有一点新思想呢？曹雪芹和他的《红楼梦》的伟大，难道不正在于他站在当时时代的最前列，最敏锐、最深刻、最生动地反映了中国封建统治的必然全面彻底解体，充满对一个人与人之间民主、自由、平等的新的社会必然到来的热烈憧憬，而只是在于它以极其高超的艺术反映了"古已有之"的传统思想吗？究竟哪一种论断，既坚持了历史唯物主义和辩证唯物主义的科学观点，又更切合《红楼梦》的实际？我相信通过实事求是地作认真、深入的研究，是不难得出更有说服力的正确结论的。

（三）《红楼梦》中众多的人物形象，如贾宝玉、林黛玉、薛宝钗、王熙

---

① 马克思、恩格斯：《共产党宣言》，见《马克思恩格斯全集》第4卷，第488页。

凤等人的性格特征和典型性质究竟是什么？对此，不只众说纷纭，且分歧极大。如有人肯定贾宝玉是"封建阶级的叛逆者"，有人断言他"未超出正在没落的贵族公子哥儿的范畴"，有人赞美宝玉是"新人的典型"，有人斥责他是"垂死阶级的代表"；对林黛玉，有人说她是"贾宝玉的同路人"，有人则说她是"一个封建礼教的回归者"；对薛宝钗，有人说她"是一个顽固的封建卫道者，是一个虚伪奸诈的女君子"，也有人赞扬在她身上"存在着民族美德和民族文化的闪光"；有人认为"王熙凤是封建社会末期穿着贵族家庭少奶奶的服装，讲着市民粗俗的话，干着高利贷剥削勾当的资本原始积累时期公开、无耻、冷酷的新型剥削者的一种典型"，"是'代表着未来'的新人"，有人则认为"曹雪芹通过反面典型凤姐，写出了整个所谓'康乾盛世'时的地主阶级的动向"。如何在对《红楼梦》人物形象的认知和评价上缩小分歧，扩大共识呢？我觉得要使《红楼梦》的人物研究继续深入，取得新的突破，亟须使我们的研究者树立四个新观念。

一是要破除对"乾隆盛世"的迷信，认同曹雪芹所说的那是"末世""浊世"，必然使所有人物皆落得个悲剧命运的观念。如同马克思所说的："我们每一个人都是更多地受环境的支配，而不是受自己意志的支配。"[①]不能正确了解当时的社会环境，我们就很难正确认识曹雪芹和他笔下所写的人物为什么都落得个悲剧的命运。我由于研究刘大櫆、姚鼐等桐城派作家的需要，看过不少乾隆年间人写的诗文集，从中使我深深感到，那时所谓"盛世"已经急剧衰朽，臭名昭著的大贪官和珅专权长达二十年，侵吞的财产竟占整个国库收入的一半以上。面对这种腐朽统治，当时即有不少文人厌恶读书，反对八股时文，放弃参加科举考试，拒绝做官，著名作家袁枚、姚鼐已考中进士，做了官，却又在中年相继主动辞官。姚鼐还撰文感叹："悲夫！人生幸得可快之事何其少，

---

① 见《马克思恩格斯选集》第4卷，第373页。

而不幸可痛之事何其多也！"① 这些诗文集作者虽然远不及曹雪芹的思想激进，但是把这些诗文集中所写的真人真事，作为研究《红楼梦》中小说人物的参照系，还是大有裨益的。由此可更清楚地看出，曹雪芹揭露那是"末世""浊世"，把他笔下的人物皆写成悲剧性的，不只眼光敏锐，识见非凡，且是有充分的现实根据的。我们对《红楼梦》的人物研究，必须把他放在那个"末世""浊世"的典型环境之中；不应对某个人物作孤立的研究，而应把握他们共同的悲剧命运。

二是要摒弃传统小说单一的匾型人物观，认同曹雪芹"爱而知其恶"的多面的圆型人物观。以《三国》《水浒》为代表的我国传统小说，惯于以"忠""奸""孝""义"等单一的性格特征刻画人物，使之成匾型状态，令人一看就明。而曹雪芹所塑造出来的人物形象，却无不具有极大的复杂性，作者往往采用以假作真、以真作假、明褒实贬、明贬实褒、以此写彼、以彼写此、虚虚实实、虚实相生等各种隐晦曲折的艺术手法，塑造出具有多面性的圆型人物，使读者往往不能一眼看穿，一读就真正读懂，以致连毛泽东那样聪明绝顶的伟人、日理万机的领袖，也不惜花功夫，说至少要读五遍，才能读懂《红楼梦》。如果我们的红学研究者不是完全从《红楼梦》人物塑造的这个特点出发，而是仍像对传统的匾型人物那样，只强调其人物形象的某一侧面，那又怎么可能对其作出全面、公正、深刻的评析，从而得出科学的结论呢？

三是要破除把文学混同于历史的传统偏见，认同曹雪芹所写的是"假语村言"的观念。如贾宝玉绝不等于曹雪芹，贾宝玉为大观园题对额，强调"这是第一处行幸之处，必须颂圣方可"，而曹雪芹写贾元妃奉旨省亲，却公然宣称反对写"省亲颂"，他把省亲的场面不是写成欢声笑语，喜庆无比，而是写成哭哭啼啼，悲痛不已，揭露那皇宫是"不得见人的去处"，"虽富贵已

---

① 姚鼐：《惜抱轩诗文集》，上海古籍出版社 1992 年版，第 370、371 页。

极，骨肉各方，然终无意趣”；贾宝玉有个姐姐贵为皇妃，而曹雪芹却没有；贾宝玉虽厌恶读书中举，但终于考中举人，而曹雪芹却从未考中过举人；贾宝玉最后出家当和尚，而曹雪芹却无此经历；至于曹雪芹在诗、词、绘画、小说创作等方面的杰出才能，那既非贾宝玉所长，更是贾宝玉所望尘莫及的。因此，尽管《红楼梦》带有曹雪芹自叙传的成分，在贾宝玉身上也确实寄寓了曹雪芹的若干生活体验，但是把贾家与曹家、小说人物贾宝玉与历史人物曹雪芹混为一谈，相提并论，那实在是红学研究中的一大误区；"红学"再特殊，也不能特殊成史学，不把《红楼梦》当作小说而当作曹家的历史实录来研究。

四是要破除机械的阶级论，确认人物形象的典型性远远大于阶级性的观念。尽管"主要的人物事实上代表了一定的阶级和倾向"①，阶级分析的方法当然也是需要的，但是绝不能把阶级分析简单化为给人物形象划阶级成分，把对人物形象的评析，变成给人物作政治思想鉴定。事实上，"人的本质""是一切社会关系的总和"②。《红楼梦》中的人物就像现实生活中的人物一样，是极其复杂的，其性格特征和典型意义，往往要远远超出其所出身的阶级范畴。不仅《红楼梦》如此，古今中外的伟大作品也都如此。谁能说出堂·吉诃德、阿Q是代表哪个阶级的典型呢？

克服上述种种偏颇，端正研究者自身的思想观念，窃以为必有助于《红楼梦》人物研究的进一步开拓、创新。

（四）《红楼梦》为什么会那样脍炙人口，令人百读不厌，每读一遍都会有新的感受和收获，都会给人难以穷尽的艺术享受，其艺术魅力如此强大和隽永的奥秘究竟何在？我看主要不在于它是曹家的家史实录，更不在于"解梦"者所索隐的清廷秘史，那不过是我国早在唐以前即已打破的把文学与历

---

① 恩格斯：《给斐·拉萨尔的信》，见《马克思恩格斯论艺术》，第 37 页。
② 马克思：《关于费尔巴哈的提纲》，《马克思恩格斯全集》第 3 卷，第 5 页。

史混为一谈的老观念的"陈渣泛起"，而恰恰在于曹雪芹敢于突出一个字："假"——实则是以假求真，完全切合文学创作追求艺术真实的客观法则，使之就像唐诗宋词一样，成为我们民族艺术的瑰宝、民族文化的骄傲。好在曹雪芹是个既极具前瞻性，有新思想、新观念，又有诗、词、绘画等多方面艺术才能的伟大作家，他不只继承了我国小说来自文人史传和民间说唱的传统，更重要的还创造性地吸取了我国诗、词、古文、书法、绘画、戏曲、建筑等一切艺术之精粹，堪称集我中华民族文化艺术之大成，是民族精神之升华、民族智慧之结晶、民族形式之典范、民族传统之瑰宝。《红楼梦》的艺术魅力，源于它有着极其博大精深的文化底蕴，得力于曹雪芹有高度卓越的文化素养和艺术才能，对我国传统文化艺术作出了历史性的巨大发展和创造。因此，我们红学研究者的思路和精力，不应局限于对原型和史料的考索上，而应放眼于我国整个的文化传统与艺术精神。

例如，我国文论、诗论、词论、画论、曲论、剧品所追求的"不虚美，不隐恶""言有尽而意无穷""意得神传，笔精形似""诗中有画，画中有诗""尺幅千里""虚实相生，无画处皆成妙境"等等艺术造诣，在《红楼梦》中可谓无不比比皆是。我国的艺术传统讲究气韵生动，韵味无穷，所谓"有韵则生，无韵则死。有韵则雅，无韵则俗。有韵则响，无韵则沉。有韵则远，无韵则局。物色在于点染，意态在于转折，情事在于犹夷，风致在于绰约，语气在于吞吐，体势在于游行，此则韵之所由生矣。陆龟蒙、皮日休知用实而不知运实之妙，所以短也"[①]。曹雪芹岂不正是既坚持"用实"的现实主义原则，又充分发挥"运实"的艺术创造才能，从而避其"短"，使他的《红楼梦》显得韵味十足的吗？请看贾宝玉与甄宝玉、贾雨村与甄士隐，作者不只利用谐音明示"假""真"二字，且可见它是以"假"为主，以"真"为辅，"假"多

---

① 明·陆时雍：《诗镜总论》，《历代诗话续编》，无锡丁氏校印本。

"真"少，更重要的它有生动的人物性格作支撑，以彼此映衬的韵味，更深刻地揭示了两种不同人物的人生道路和命运。其他如林黛玉与薛宝钗、晴雯与袭人、元春与探春、贾母与凤姐、邢夫人与王夫人、贾赦与贾政等人物性格的刻画，也无不是作家的匠心独运，使之具有相互对称的情趣，相映生辉的韵味。虽然人物性格有别，人生道路不同，但又不得不皆归于悲剧的结局，使读者不禁回味无穷，获得深长的人生感悟。前人所称赞的："雪芹纪一世家，能包括百千世家。"①恰恰正是由于他充分发挥了艺术创造的特殊功能，才使之产生"尺幅千里"的艺术效应。总之，把握艺术的特性，使我们的红学研究回归本体，建立在我国博大精深、精美绝伦的文化艺术传统的基础之上，必定大有可为。

笔者的上述设想，旨在抛砖引玉；读者若有兴趣，不妨参阅拙著《红楼梦的艺术创新》（黑龙江教育出版社2002年9月出版），请不吝赐教。值此《学刊》创刊第100辑，但愿它"而今迈步从头越"，使新人辈出，红学之花更骄人，令人不禁为之惊赞："哇，酷！"

（原载《红楼梦学刊》2004年第1辑）

---

① 清·二知道人：《红楼梦说梦》，见《古典文学研究资料汇编·红楼梦卷》第1册，中华书局1963年版，第102页。

从山旮旯里走出来的巨人

——沉痛悼念吴组缃老师

如果说，一个人在某个方面取得历史性的成就，已是十分难能可贵的话，那么，像吴组缃先生那样，在现代文学创作、古代文学研究和教育培养学生等几个领域，皆能作出重大的、卓越的贡献，则实在可堪称为难得的巨人。

更为难得的是，这位巨人是从毫不显眼的安徽泾县茂林村的山旮旯里走出来的。他不仅出生在那儿，而且在那儿上过学，当过小学教师。后来他虽然上了清华大学，长期在远离家乡的地方工作，但是，如同参天大树总离不开培育它生根发芽的土壤一样，他的思想性格也一直受到家乡山旮旯里生活的深刻影响。他对家乡更是始终怀有浓烈眷恋和深切感激之情，在 1986 年他 80 高寿的时候，还特地回到家乡，将他上万册的藏书和一万元人民币积蓄，捐赠给家乡的小学。他被推选为全国红楼梦学会的首任会长，可是历届国际国内的红学讨论会，他从不出席，唯独 1986 年在他的家乡安徽师大召开的全国红学讨论会，他则欣然应邀出席，并精心准备，先后三次就红学研究问题在大会上作了长篇发言。其对家乡的赤子之心和满腔热情，由此可见一斑。

我认识吴先生，是在 1956 年上北大中文系读书之后。那时吴先生是北大中文系教授，兼任中国作协书记处书记，《人民文学》和《文艺报》的编委，又是中共预备党员。在我们当学生的心目中，他被视为又红又专的楷模。不料在反右派、反右倾运动中，吴先生却被取消了中共预备党员的资格。究竟什么原因，我们不了解。但是从我自己因为在党小组会上提了个问题：上面为什么要规定肃反对象的指标？这是不是造成肃反扩大化的一个原因？是党委布置叫我们提问题，供党委作报告时解答的。我却因为提了这么个问题和平时埋头用功读书，而被批判为思想右倾和走白专道路，给了我留党察看的处分。从我自己的切身经历中，我体会到吴先生的被撤销预备党员资格，绝不会由于他自己有什么过错，相反，却可说明，他有着山旮旯里人所特有的那种耿直、憨厚的思想性格，敢于讲真话，敢于讲实话。只是由于在那个极左思潮泛滥的年代，讲真话的往往斗不过讲假话的，讲实话的每每挨讲空话的人的整。这足以使许多无辜受伤害的心流血和困惑，却终究未能使吴先生的性格被强行扭曲和变形。我看他还是照常在未名湖畔散步，照常教书，在我的内心里便激起了对于他的更加敬重之情。

后来吴先生给我们讲《中国小说史》，我又进一步体会到，讲真话，不讲假话，讲实话，不讲空话，也是他讲课的一贯风格。那时，反右派反右倾运动刚过去不久，许多人都心有余悸，不敢讲真话、实话，只是讲一些书本上或报纸上的空话、套话。我们期待已久，并抱着很大的期望去听一位名教授上课，结果令我们大失所望，不是由于他没有学问，而是因为他不敢讲自己的观点，只是根据报纸上发表的一篇文章照本宣科。吴先生虽然因为敢于讲真话、讲实话而挨过整，但是他讲课从来不讲书本上或报纸上人家已经讲过的话，而统统都是讲他自己研究的心得体会，讲他个人的独到见解，并且所讲的内容，都是从作品的实际出发的，完全实打实，没有一句空头大道理。他并不是完全排斥理论，而是句句都贯穿了唯物论的反映论和辩证法的精神。恕我直言，在我所听过课的老师中，课讲得最好，我听到最为津津有味，获益硕大至深的，要数吴先生的课首屈一指，最令我折服。我之所以毕生从事于元明清文学的教学与研究，我对《红楼梦》和整个中国古代小说研究的视角和方法，我教课的内容和风格，都跟吴先生对我的影响息息相关。如同人的生命离不开父母的遗传基因，小鸡的出生离不开有适当温度的鸡蛋孵化，万物的生长离不开阳光雨露一样，我的成长，真是师恩深重，终生难忘啊！

　　北大毕业后，我被分配到安徽大学中文系任教，有机会到过吴先生的老家——皖南山区，只见那儿山连山，一座座山峰恰如重岚叠翠，此起彼伏，连绵不绝。这山望着那山高，举目远眺，或显或隐，可以望见七八层姿态各异的高山，真可谓山外有山，天外有天。由此我联想到，吴先生由一位默默无闻的山村小学教师，成长为海内外著名的北大教授，由在现代文学创作上成就卓著的著名作家，进而又在古代文学研究上成为著名学者和教育家；吴先生的这种不断拼搏、不断开拓、勇于攀登的精神，不正是由于他生长在那山旮旯里，切身感受到"山外有山、天外有天"的环境所培养成的吗？当然环境毕竟只是外因，决定性的因素还在于人。同样是出生于那山旮旯的环境，它对于弱者，仿佛就是个令人闭塞的陷阱，明知山外有山、天外有天，却终生被那山旮旯所困住，连当地的县城一辈子都从未去过；它对于吴先生却是块把强者高高托起的垫脚石，如同从黄山石缝里能生长出超凡出众的奇松一样，土壤越是贫瘠，越是挤压出了他那特别旺盛的生命力，越是造就成了他那特别奇妙的神姿仙态，显得特别精神焕发，光彩迷人。

　　吴先生不仅有把崇山峻岭统统踩在脚底下，不断开拓、攀登的精神，而且他还深知人在大自然面前毕竟是渺小的，只能认识、把握和服从客观自然规律，而不能强不知以为知。因此，他虽然身为成就卓著的巨人，却有着极为谦虚谨慎的品格。1982 年，拙著《红楼梦的语言艺术》准备出版，我写信并把样稿寄给他，想请他写个序言。他于 1982 年 3 月 15 日给我回信说："我因病多事多，恒感力不从心。常有熟朋友叫我为其著作写序文，自问学力甚差，易致佛头着粪，有害无益。阁下于红楼梦语言方面用功，这是极好的题目。我拜读了赐寄的论文，觉得有许多新意，当然亦有可商酌的问题。我于此道毕竟外行，想不出什么话好说。现免致耽误出版，遵嘱即作罢论，有负台命，尚望曲亮！"尽管病多事多，他还是读了我寄的论文，给予我"有许多新意"的鼓励。他分明是大学问家，却说"自问学力甚差"；分明是海内外公认的红学权威，却说他对于《红楼梦》语言方面"毕竟外行，想不出什么话好说"。我看他信中的语气非常恳切，绝不像是故作谦虚，故意推托。因此他虽然未给拙著赐序，却比赐序使我更有"高山景行，私所仰慕"之感。

尊敬的吴先生，安息吧！您人虽然离开了我们，但是，您的精神，您的事业，您的著作，却足以永久支撑起您那巨人般的高大形象，如同您家乡的崇山峻岭一样，万世长存，永远矗立在人们心中，鼓舞着人们不断向新的高峰攀登，攀登，再攀登！

（原载《红楼梦学刊》1995年第2辑）

图书在版编目（CIP）数据

红楼梦的语言艺术　红楼梦的艺术创新 / 周中明著 .
-- 北京 : 北京联合出版公司，2019.2
　（周中明文集）
　ISBN 978-7-5596-2324-9

Ⅰ . ①红… Ⅱ . ①周… Ⅲ . ①《红楼梦》研究 Ⅳ .
① I207.411

中国版本图书馆 CIP 数据核字（2018）第 154202 号

红楼梦的语言艺术　红楼梦的艺术创新
作　　者: 周中明
总 发 行: 北京华景时代文化传媒有限公司
责任编辑: 宋延涛
封面设计: 张　敏
版式设计: 柳淑燕

北京联合出版公司出版
（北京市西城区德外大街 83 号楼 9 层　100088）
北京中科印刷有限公司印刷　　新华书店经销
字数 653 千字　　690 毫米 ×980 毫米　　1/16　　48 印张
2019 年 2 月第 1 版　　2019 年 2 月第 1 次印刷
ISBN 978-7-5596-2324-9
定价：698.00 元（全四册）
